CINQUANTE NUANCES PLUS SOMBRES

Du même auteur

Cinquante nuances de Grey, tome 1, Lattès, 2012.
Cinquante nuances plus claires, tome 3, Lattès, 2013.

www.editions-jclattes.fr

EL James

CINQUANTE NUANCES PLUS SOMBRES

roman

Traduit de l'anglais
par Aurélie Tronchet

JC Lattès

Titre de l'édition originale
FIFTY SHADES DARKER
Publiée par the Writer's Coffee Shop Publishing House,
Australie, 2011

Couverture : Atelier Didier Thimonier, d'après le design de Jennifer McGuire
Illustration : © E. Spek/Dreamstime.com

ISBN : 978-2-7096-5964-2

L'auteur a publié précédemment sur Internet *Master of the Universe*, une version en feuilleton de cette histoire, avec d'autres personnages, sous le pseudonyme Snowqueen's Icedragon.

(Première édition janvier 2013.)

CPI – Brodard et Taupin – N° d'édition : 01 – N° d'impression : 3020859
Dépôt légal : janvier 2017
Imprimé en France

Pour Z et J
Avec mon amour inconditionnel, pour toujours

Prologue

Il est revenu. Maman dort ou bien elle est de nouveau malade.

Je me recroqueville sous la table de la cuisine pour me cacher. Je vois maman à travers mes doigts. Elle est endormie sur le canapé. Sa main repose sur le tapis vert poisseux, et lui porte ses grosses bottes avec la boucle qui brille. Il crie sur maman en se tenant au-dessus d'elle.

Il la frappe avec un ceinturon. *Debout ! Debout ! Tu n'es qu'une traînée défoncée. Tu n'es qu'une traînée défoncée. Tu n'es qu'une traînée défoncée. Tu n'es qu'une traînée défoncée. Tu n'es qu'une traînée défoncée. Tu n'es qu'une traînée défoncée.*

Maman sanglote. *Arrête. Je t'en prie, arrête.* Maman ne crie pas. Maman se met en boule.

Je me bouche les oreilles et je ferme les yeux. Le bruit cesse.

Il se tourne et je vois ses bottes lorsqu'il entre en tapant des pieds dans la cuisine. Il a toujours le ceinturon. Il me cherche.

Il s'accroupit en souriant. Il sent mauvais. Il pue la cigarette et l'alcool. *Te voilà, petit merdeux.*

Il se réveille dans un gémissement effrayant. *Seigneur !* Il est trempé de sueur et son cœur bat à tout rompre. *Bon sang, mais qu'est-ce qui se passe ?* Assis droit dans le lit, il se prend la tête dans les mains. *Bordel. Ils sont de retour. Ce bruit, c'était moi.* Il inspire profondément pour se calmer et s'efforce de vider son esprit et ses narines de l'odeur du bourbon bas de gamme et de la puanteur froide des Camel.

1.

J'ai survécu au Troisième Jour Après Christian et à mon premier jour au bureau. Toute distraction a été bienvenue. Le temps a filé dans une brume de nouveaux visages, de nouvelles tâches à accomplir, et de M. Jack Hyde. M. Jack Hyde… Il se penche au-dessus de moi en souriant. Il est appuyé contre mon bureau et ses yeux bleus brillent.

— Excellent travail, Ana. Je pense que nous allons former une bonne équipe.

Je ne sais comment je parviens à esquisser un semblant de sourire.

— Je vais y aller, si vous êtes d'accord, je murmure.

— Bien sûr, il est 17 h 30. On se voit demain.

— Bonne soirée, Jack.

— Bonne soirée, Ana.

Je ramasse mon sac à main, j'enfile ma veste dans un haussement d'épaules et je me dirige vers la porte. Dehors, je prends une profonde inspiration de l'air du soir de Seattle. Cela ne comble en rien le vide dans ma poitrine, un vide qui s'est installé depuis samedi matin, un creux douloureux qui me rappelle ce que j'ai perdu. Je marche vers l'arrêt de bus, tête baissée, les yeux rivés à mes pieds, en songeant au fait que je ne peux plus utiliser ma Wanda adorée, ma vieille Coccinelle… ou l'Audi.

Je claque aussitôt la porte sur cette pensée. Non. Ne pense pas à lui. Bien sûr, je peux me payer une voiture – une belle voiture neuve. Je le soupçonne d'avoir été trop généreux dans son paiement et cette idée me laisse un goût amer dans la bouche, mais je m'en débarrasse très vite et m'efforce de garder mon esprit aussi engourdi et vide que possible. Il ne faut pas que je pense à lui. Je n'ai aucune envie de me remettre à pleurer – pas dans la rue.

L'appartement est vide. Kate me manque, je l'imagine allongée sur une plage de la Barbarde en train de siroter un cocktail frais. J'allume le téléviseur à écran plat pour que le bruit remplisse le vide et me procure un semblant de compagnie. Mais je n'écoute pas ni ne regarde. Assise, je fixe le mur de briques d'un air absent. Je suis hébétée. Je ne ressens rien d'autre que la douleur. Combien de temps me faudra-t-il endurer cet état ?

La sonnette de la porte qui retentit me tire de mon angoisse et mon cœur marque un arrêt. Qui cela peut-il bien être ? J'appuie sur le bouton de l'interphone.

— Livraison pour Mlle Steele, m'annonce une voix lasse et désincarnée.

La déception s'abat sur moi. Je descends sans enthousiasme au rez-de-chaussée. Un jeune homme mâchonnant bruyamment un chewing-gum est appuyé contre la porte d'entrée et tient une grande boîte en carton. Je signe et j'emporte le paquet à l'étage. La boîte est énorme et étonnamment légère. Elle contient deux douzaines de roses blanches et une carte.

Félicitations pour ton premier jour de travail.
J'espère que ta journée s'est bien passée.
Et merci pour le planeur.
C'était une charmante attention.
Il trône fièrement sur mon bureau.
Christian

J'examine la carte dactylographiée et le creux dans ma poitrine s'agrandit. Aucun doute, c'est son assistante qui s'est chargée de cet envoi. Christian n'a certainement rien à voir avec cette délicatesse. C'est trop douloureux d'y penser. J'examine les roses – elles sont magnifiques et je ne peux me résoudre à les jeter à la poubelle. Je vais chercher un vase à la cuisine.

C'est ainsi qu'une routine se met en place : se réveiller, aller travailler, pleurer, dormir. Enfin, essayer de dormir. Je ne peux même pas lui échapper dans mes rêves. Son regard gris brûlant, son air perdu, ses cheveux cuivrés, tout en lui me hante. Et la musique… toute cette musique – je ne la supporte plus. Je prends bien soin de l'éviter à tout prix. Même les jingles des publicités me donnent le frisson.

Je n'en ai parlé à personne, pas même à ma mère ou à Ray. Je n'ai pas la force de discuter pour le moment. Non, je ne veux pas de ça. Je suis devenue une sorte d'État insulaire, un territoire ravagé et déchiré par la guerre où rien ne pousse et où l'horizon est désolé. Voilà, c'est moi. Je peux être en interaction avec les autres au travail, mais ça s'arrête là. Si je parle à maman, je sais que je me briserai davantage – et il ne reste plus rien à briser en moi.

Manger m'est difficile. Au déjeuner, mercredi, je parviens à ingurgiter un yaourt et c'est la première fois que je m'alimente depuis vendredi. Je survis grâce à une toute récente tolérance aux *latte* et au Coca Light. Je tiens grâce à la caféine, mais je suis tendue.

Jack a commencé à me tourner autour. Il me pose des questions personnelles. Il m'agace. Qu'est-ce qu'il veut ? Je reste polie mais je dois le garder à distance.

Je m'assois et j'entreprends de traiter une pile de courriers qui lui sont adressés, ravie de la distraction apportée par cette basse besogne. Ma boîte mail m'annonce l'arrivée d'un nouveau message et je vérifie aussitôt de qui il provient.

Bordel. Un message de Christian. *Oh non, pas ici… pas au bureau.*

De : Christian Grey
Objet : Demain
Date : 8 juin 2011 14:05
À : Anastasia Steele

Chère Anastasia,
Pardonne-moi cette intrusion à ton travail. J'espère que cela se passe bien. As-tu reçu mes fleurs ?

Je constate que le vernissage de l'exposition de ton ami a lieu demain. Je suis certain que tu n'as pas eu le temps de t'acheter une voiture, et c'est assez loin. Je serais plus qu'heureux de t'accompagner – si tu le souhaites.
Tiens-moi au courant.

Christian Grey
P-DG, Grey Enterprises Holding, Inc.

Mes yeux s'emplissent de larmes. Je quitte mon bureau à la hâte pour me précipiter aux toilettes où je me réfugie dans une des cabines. L'exposition de José. Je lui avais promis d'être là et j'ai complètement oublié. Merde, Christian a raison : comment vais-je y aller ?

Je prends mon front dans mes mains. Pourquoi José n'a-t-il pas téléphoné ? Maintenant que j'y pense, pourquoi personne ne m'a appelée ? J'avais tellement la tête ailleurs que je ne me suis même pas étonnée du silence de mon portable.

Merde ! Quelle idiote ! J'ai laissé le programme de renvoi d'appel vers le BlackBerry. Quel bordel. Christian doit recevoir mes appels – à moins qu'il n'ait balancé le BlackBerry. Comment s'est-il procuré mon adresse de messagerie ?

Il connaît bien ma pointure, une adresse de messagerie électronique n'a pas dû lui poser de problèmes.

Suis-je capable de le revoir ? Pourrai-je le supporter ? Ai-je envie de le voir ? Les yeux clos, je rejette la tête en arrière tandis que le chagrin et le désir me transpercent. Bien sûr que j'en ai envie.

Peut-être – peut-être puis-je lui dire que j'ai changé d'avis… Non, non, non. Je ne peux pas sortir avec un homme qui prend du plaisir à me faire souffrir, un homme qui est incapable de m'aimer.

Des souvenirs pénibles traversent mon esprit : le vol en planeur, nos mains qui se tiennent, les baisers, la baignoire, sa douceur, son humour et son regard sombre, menaçant et sexy. Il me manque. Cela fait cinq jours, cinq longs jours d'angoisse qui m'ont paru une éternité. Je m'endors en pleurant le soir, en regrettant d'être partie, en espérant qu'il puisse être différent, en désirant que nous soyons ensemble. Combien de temps encore ce sentiment atroce et écrasant va-t-il durer ? Je suis au purgatoire.

Je me recroqueville, m'étreignant fort pour ne pas m'effondrer. Il me manque. Il me manque vraiment… Je l'aime. C'est simple.

Anastasia Steele, tu es au travail ! Il faut que je sois forte. Mais je veux aller au vernissage de José et, au fond de moi, la masochiste désire voir Christian. J'inspire profondément avant de rejoindre mon bureau.

De : Anastasia Steele
Objet : Demain
Date : 8 juin 2011 14:25
À : Christian Grey

Bonjour Christian,
Merci pour les fleurs, elles sont très jolies.
Oui, ce serait sympa que tu m'emmènes.
Merci.

Anastasia Steele
Assistante de Jack Hyde, Éditeur, SIP

En consultant mon portable, je constate qu'il est toujours programmé pour renvoyer les appels sur le BlackBerry. Jack est en réunion et j'appelle aussitôt José.

— Salut, José, c'est Ana.

— Salut, belle étrangère.

Son ton est si chaleureux et accueillant que je manque de craquer de nouveau.

— Je ne peux pas parler longtemps. À quelle heure dois-je venir pour ton vernissage demain ?

— Tu viens toujours ?

Il a l'air tout excité.

— Bien sûr.

En imaginant sa mine réjouie, j'ai mon premier sourire sincère depuis cinq jours.

— 19 h 30.

— À demain alors. Salut, José.

— Salut, Ana.

De : Christian Grey
Objet : Demain
Date : 8 juin 2011 14:27
À : Anastasia Steele

Chère Anastasia,
À quelle heure dois-je venir te chercher ?

Christian Grey
P-DG, Grey Enterprises Holding, Inc.

De : Anastasia Steele
Objet : Demain
Date : 8 juin 2011 14:32
À : Christian Grey

Le vernissage commence à 19:30. Quelle heure te conviendrait ?

Anastasia Steele
Assistante de Jack Hyde, Éditeur, SIP

De : Christian Grey
Objet : Demain
Date : 8 juin 2011 14:34
À : Anastasia Steele

Chère Anastasia,
Portland est assez loin. Je passerai te prendre à 17:45.
J'ai hâte de te voir.

Christian Grey
P-DG, Grey Enterprises Holding, Inc.

De : Anastasia Steele
Objet : Demain
Date : 8 juin 2011 14:38
À : Christian Grey

À demain alors.

Anastasia Steele
Assistante de Jack Hyde, Éditeur, SIP

Mon Dieu. Je vais voir Christian. Pour la première fois en cinq jours, mon moral s'améliore un peu et je m'autorise à me demander de quelle manière il a vécu ces dernières journées.

Est-ce que je lui ai manqué ? Probablement pas autant qu'il m'a manqué. A-t-il trouvé une nouvelle soumise ? Cette pensée est tellement douloureuse que je l'écarte aussitôt. Je considère la pile de courrier que je dois trier pour Jack en m'obligeant une fois de plus à chasser Christian de mon esprit.

Ce soir-là, dans mon lit, je me retourne encore et encore en cherchant le sommeil. C'est la première fois depuis longtemps que je ne m'endors pas en pleurant.

Dans ma tête, je visualise le visage de Christian la dernière fois que je l'ai vu, quand je suis partie. Son expression torturée me hante. Il ne voulait pas que je m'en aille, ce qui était étrange. Pourquoi serais-je restée alors que nous nous trouvions dans une impasse ? Chacun de nous esquivait ses propres écueils : ma peur du châtiment, sa peur de... de quoi ? De l'amour ?

Allongée sur le côté, j'étreins mon oreiller, le cœur empli d'une immense tristesse. Il pense qu'il ne mérite pas d'être aimé. Pourquoi éprouve-t-il cela ? Est-ce lié à son enfance ? Sa mère naturelle, la pute camée ? Mes réflexions me tourmentent jusqu'au petit matin où, épuisée, je finis par sombrer dans un sommeil agité.

La journée n'en finit pas de durer et Jack est inhabituellement attentif. Je suppose que la robe prune et les bottines à talons hauts que j'ai dérobées dans le placard de Kate y sont pour beaucoup, mais je ne m'attarde pas sur cette pensée. J'irai m'acheter des vêtements avec mon premier salaire. La robe est plus ample sur moi qu'avant, mais je n'y prête pas vraiment garde.

Enfin, il est 17 h 30. Je ramasse ma veste et mon sac à main en tentant de contenir ma nervosité. *Je vais le voir !*

— Vous avez un rendez-vous ce soir ? me demande Jack en passant nonchalamment devant mon bureau sur le chemin de la sortie.

— Oui. Non. Pas vraiment.

Il hausse un sourcil, sa curiosité est de toute évidence piquée.

— Un petit ami ?

Je rougis.

— Non, un ami. Un ancien petit ami.

— Peut-être accepterez-vous de venir prendre un verre après le travail demain. Votre première semaine a été parfaite, Ana. Nous devrions fêter ça.

Il sourit et une émotion inconnue et troublante traverse fugacement son visage en le mettant mal à l'aise. Les mains dans les poches, il passe tranquillement la double porte. Je fronce les sourcils en le regardant s'éloigner. Boire un verre avec le patron, est-ce une bonne idée ? Je secoue la tête. Il faut d'abord que je passe la soirée avec Christian Grey. Je suis comme d'habitude, pâle, des cernes noirs autour de mes trop grands yeux. Je parais décharnée et tourmentée. Si au moins je savais me maquiller. Je mets du mascara, trace un trait de crayon noir sur mes paupières et pince mes joues en espérant les colorer un peu. Puis je coiffe mes cheveux afin qu'ils dévalent artistiquement dans mon dos. J'inspire profondément. Ça fera l'affaire.

Nerveuse, je traverse le hall en souriant et j'adresse un signe de la main à Claire, à la réception. Je crois que nous pourrions devenir amies. Jack discute avec Elizabeth alors que je me dirige vers les portes. Il se précipite avec un grand sourire pour me les ouvrir.

— Après vous, Ana, murmure-t-il.

— Merci, dis-je avec un sourire embarrassé.

Taylor attend sur le trottoir. Il ouvre la portière arrière de la voiture. Je lance un regard hésitant vers Jack qui m'a suivie dehors et contemple l'Audi avec une mine consternée.

Je me tourne puis grimpe à l'arrière du véhicule, et il est assis là, Christian Grey, dans son costume gris, sans cravate, le premier bouton de sa chemise blanche ouvert. Ses yeux gris s'embrasent.

J'ai la bouche sèche. Il est magnifique, même s'il me dévisage d'un air bourru. *Pourquoi ?*

— Quand as-tu mangé pour la dernière fois ? demande-t-il sèchement une fois que Taylor a fermé la portière derrière moi.

Merde.

— Bonjour, Christian. Moi aussi, je suis contente de te voir.

— Ne fais pas ta maligne. Réponds-moi.

Son regard est menaçant.

Re-merde.

— Euh… j'ai mangé un yaourt au déjeuner. Oh, et une banane.

— À quand remonte ton dernier vrai repas ? insiste-t-il d'un ton aigre.

Taylor se glisse sur le siège conducteur, démarre la voiture et s'engage dans la circulation.

Je lève les yeux et Jack m'adresse un signe de la main, même si je me demande bien comment il peut me voir au travers des vitres teintées. Je lui fais moi aussi un signe.

— Qui est-ce ? me demande Christian.

— Mon patron.

Je jette un coup d'œil vers l'homme superbe assis à côté de moi. Il pince les lèvres d'un air dur.

— Eh bien ? Ton dernier repas ?

— Christian, ça ne te regarde vraiment pas, je murmure en me sentant soudain d'un courage exceptionnel.

— Tout ce que tu fais me regarde. Dis-moi.

Non, ce n'est pas vrai. Je lève les yeux au ciel avec un grognement de frustration, et Christian plisse les paupières. Pour la première fois depuis longtemps, j'ai envie de rire. Je m'efforce de réprimer le gloussement qui menace d'éclater. Le visage de Christian s'adoucit en me voyant tenter de garder mon sérieux et une esquisse de sourire se dessine sur ses lèvres.

— Eh bien ? demande-t-il d'une voix plus douce.

— Pasta *alle vongole*, vendredi dernier, dis-je dans un chuchotement.

Il ferme les yeux. La colère et probablement le regret traversent son visage.

— Je vois, dit-il d'une voix blanche. Tu as l'air d'avoir perdu au moins deux kilos, peut-être plus. Je t'en prie, il faut que tu manges, Anastasia, me réprimande-t-il.

Je baisse les yeux sur mes doigts noués sur mes genoux. Pourquoi faut-il toujours qu'il me parle comme à une enfant égarée ?

Il se tourne vers moi.

— Comment vas-tu ? me demande-t-il d'une voix toujours douce.

Eh bien, comme une merde, en fait… Je déglutis.

— Si je te disais que je vais bien, je te mentirais.

Il inspire brusquement.

— Moi aussi, chuchote-t-il en me prenant la main. Tu me manques.

Oh non, peau contre peau.

— Christian, je…

— Ana, je t'en prie. Il faut qu'on parle.

Je vais pleurer. Non.

— Christian, je… je t'en prie… j'ai tellement pleuré.

Je parle avec difficulté en tâchant de contrôler mes émotions.

— Oh, bébé, non.

Il serre ma main et, avant que je n'ai eu le temps de dire ouf, je suis sur ses genoux. Il me tient dans ses bras et plonge son nez dans mes cheveux.

— Tu m'as tellement manqué, Anastasia, soupire-t-il.

Je veux m'échapper de son étreinte pour maintenir une certaine distance, mais ses bras m'enveloppent. Il me serre contre son torse. Je fonds. Oh, c'est là que j'ai envie d'être.

Je pose ma tête contre lui et il embrasse plusieurs fois ma chevelure. Je suis chez moi, contre lui. Il sent le coton, l'adoucissant, le gel douche et mon parfum favori – Christian. Un moment, je m'autorise à croire que tout va bien se passer et cette pensée apaise mon âme dévastée.

Quelques minutes plus tard, Taylor gare la voiture près du trottoir alors que nous sommes encore en ville.

— Viens, dit Christian en me faisant descendre de ses genoux. Nous y sommes.

Quoi ?

— L'hélistation se trouve au sommet de l'immeuble, précise-t-il.

Bien sûr. *Charlie Tango*. Taylor ouvre la portière et je me glisse au-dehors. Il m'adresse un sourire chaleureux et avunculaire qui me fait me sentir en sécurité. Je lui souris en retour.

— Je dois vous rendre votre mouchoir.

— Gardez-le, mademoiselle Steele, avec mes meilleurs vœux.

Je rougis tandis que Christian, après avoir contourné la voiture, vient me prendre la main. Il dévisage Taylor d'un air interrogateur mais ce dernier reste de marbre.

— 21 heures ? lui dit Christian.

— Oui, monsieur.

Christian acquiesce et nous passons la double porte pour pénétrer dans le hall grandiose. Je savoure le contact de sa main et de ses longs doigts habiles, enroulés autour des miens. L'attirance familière est bien là : je suis aimantée comme Icare vers son soleil. Je m'y suis déjà brûlé les ailes et pourtant je suis encore là.

Devant les ascenseurs, il appuie sur le bouton « appel ». Je lève rapidement les yeux vers lui : il arbore un demi-sourire énigmatique. Quand les portes s'ouvrent, il me lâche la main pour me laisser entrer dans la cabine.

Les portes se referment, je m'aventure à un deuxième coup d'œil. Il baisse les yeux vers moi et c'est bien là, cette électricité dans l'air. Elle est palpable. Je peux presque en sentir le goût, elle vibre entre nous, nous attire l'un vers l'autre.

— Oh mon Dieu, dis-je, le souffle coupé.

Je me délecte brièvement de cette attraction primale et viscérale.

— Moi aussi, ça me fait de l'effet, dit-il fiévreusement.

Le désir se répand, sombre et fatal, dans mon ventre. Christian me serre la main en frôlant mes doigts de son pouce et tous mes muscles se crispent, avec délice, au plus profond de moi.

Comment peut-il encore me faire cet effet ?

— S'il te plaît, ne te mordille pas la lèvre, Anastasia, chuchote-t-il.

Je lève les yeux vers lui en libérant ma lèvre. J'ai envie de lui. Là, maintenant, dans l'ascenseur. Pourquoi ne pourrais-je pas ?

— Tu sais ce que ça me fait, murmure-t-il.

Oh, je lui fais encore de l'effet. Ma déesse intérieure se réveille après ses cinq jours de bouderie.

Les portes s'ouvrent brutalement, brisant le charme, et nous sortons sur le toit. Il y a du vent et j'ai froid, malgré ma veste noire. Christian passe son bras autour de moi en m'attirant contre lui et nous nous dirigeons vers l'endroit où Charlie Tango est posé, au centre de l'hélistation, les pales du rotor tournant au ralenti.

Un grand blond à la mâchoire carrée, vêtu d'un costume noir, bondit hors de l'appareil et se précipite vers nous en baissant la tête. Il serre la main de Christian et crie par-dessus le vacarme des moteurs.

— Prêt à décoller, monsieur. Il est à vous !

— Tous les contrôles ont été effectués ?

— Oui, monsieur.

— Vous viendrez le chercher vers 20 h 30 ?

— Oui, monsieur.

— Taylor vous attend devant l'immeuble.

— Merci, monsieur Grey. Bon vol jusqu'à Portland. Madame, ajoute-t-il pour me saluer.

Sans me lâcher, Christian lui adresse un hochement de tête, se baisse et me conduit vers la portière de l'hélicoptère.

Une fois dans l'appareil, il serre mon harnais en tirant bien sur les sangles. Il m'adresse alors un regard entendu et son sourire secret.

— Attachée comme ça, tu ne devrais pas pouvoir bouger, murmure-t-il. Je dois avouer que je trouve que ce harnais te va bien. Ne touche à rien.

Je rougis de manière indécente tandis qu'il fait courir son index sur ma joue avant de me tendre le casque. *J'aimerais te toucher mais tu ne me laisseras pas faire*. Je peste. De plus, il a tellement serré les sangles que je peux à peine remuer.

Il s'installe dans son siège, se sécurise lui aussi, puis commence à procéder à tous les contrôles avant le décollage. Il est juste tellement compétent. Et c'est si séduisant. Il met son casque, appuie sur un interrupteur et les pales accélèrent leur rotation assourdissante.

Il se tourne vers moi.

— Prête, bébé ?

Sa voix résonne dans le casque.

— Oui.

Il a ce sourire enfantin. *Waouh*, ça faisait longtemps que je ne l'avais pas vu.

— Tour de contrôle Sea-Tac, ici Charlie Tango Golf-Golf Echo Hôtel, paré au décollage pour Portland *via* PDX. Merci de confirmer. Terminé.

La voix désincarnée du contrôleur aérien répond en listant les instructions.

— Bien reçu, contrôle, Charlie Tango paré, terminé.

Christian relève deux manettes, attrape le manche à balai et l'hélicoptère décolle lentement et doucement dans le ciel du soir.

Seattle et mon estomac s'éloignent de nous. Il y a tellement à voir.

— Nous avons déjà chassé l'aube, Anastasia, ce soir, nous chassons le crépuscule, me lance-t-il dans les écouteurs.

Je me tourne vers lui, stupéfaite.

Qu'est-ce qu'il entend par là ? Comment fait-il pour me sortir les phrases les plus romantiques qui soient ? Il sourit et à mon tour je ne peux retenir un sourire timide.

— Ainsi que le soleil couchant, il y a plus à voir cette fois-ci, ajoute-t-il.

La dernière fois que nous avons volé jusqu'à Seattle, il faisait nuit, mais ce soir la vue est spectaculaire, littéralement irréelle. Nous survolons les immeubles les plus hauts en nous élevant peu à peu.

— Escala est là-bas, dit-il en me désignant un immeuble. Boeing là-bas et tu peux voir également l'Aiguille de l'espace.

Je me tords le cou pour l'apercevoir.

— Je n'y suis jamais allée.

— Je t'y emmènerai, nous pourrons y dîner.

— Christian, nous avons rompu.

— Je sais. Je peux quand même t'y emmener et te nourrir.

Il me lance un regard furieux. Je secoue la tête et décide de ne pas le contrarier.

— C'est très beau, vu d'ici, merci.

— Impressionnant, n'est-ce pas ?

— Impressionnant que tu saches piloter.

— Un compliment venant de vous, mademoiselle Steele ? Mais je possède de nombreux talents.

— J'en suis tout à fait consciente, monsieur Grey.

Il m'adresse un petit sourire satisfait et, pour la première fois en cinq jours, je parviens à me détendre. Ce ne sera peut-être pas si difficile.

— Comment se passe ton nouveau boulot ?

— Bien, merci. Intéressant.

— Comment est ton patron ?

— Oh, ça va.

Comment puis-je dire à Christian que Jack me met mal à l'aise ? Il me dévisage.

— Qu'est-ce qui ne va pas ? demande-t-il.

— À part ce qui me semble évident, rien.

— Ce qui est évident ?

— Oh, Christian, tu es vraiment obtus parfois.

— Obtus ? Moi ? Je ne suis pas certain d'apprécier votre ton, mademoiselle Steele.

— Eh bien, c'est comme ça.

Ses lèvres se tordent en un sourire.

— Ton insolence m'a manqué, Anastasia.

J'en ai le souffle coupé et j'ai envie de crier : *Tu m'as manqué, tout de toi m'a manqué, pas seulement ta bouche !* Mais je me tais en regardant à travers le pare-brise de Charlie Tango qui ressemble à un bocal à poisson, tandis que nous volons vers le sud. Le crépuscule est sur notre droite, le soleil est bas sur l'horizon – grand, brûlant d'un orange ardent. Me voilà de nouveau Icare s'approchant trop près de l'astre.

Le crépuscule nous suit depuis Seattle, le ciel est inondé d'opale, de rose et de bleu-vert intimement mêlés comme seule Mère Nature le permet. C'est un soir clair et frais, et lorsque Christian pose l'hélicoptère sur l'hélistation, les lumières de Portland scintillent et clignotent comme si elles nous souhaitaient la bienvenue. Nous atterrissons au sommet d'un étrange immeuble de briques brunes de Portland, ville que nous avons quittée moins de trois semaines plus tôt.

Trois semaines, ce n'est rien. Pourtant j'ai l'impression de connaître Christian depuis toujours. Il coupe les moteurs de Charlie Tango en actionnant diverses manettes afin que les pales s'immobilisent. Enfin, je n'entends plus que ma respiration dans le casque. Mmm. Cela me rappelle brièvement l'expérience Thomas Tallis. Je blêmis. Je n'ai pas envie de m'aventurer sur ce terrain maintenant.

Après avoir détaché son harnais, Christian se penche pour défaire le mien.

— Bon voyage, mademoiselle Steele ? s'enquiert-il d'un ton léger, une lueur dans le regard.

— Oui, merci, monsieur Grey.

— Eh bien, allons voir les photos de ce jeune homme.

Il me tend la main pour m'aider à descendre de l'hélicoptère.

Un homme barbu, aux cheveux gris, s'avance vers nous avec un grand sourire. Je le reconnais : c'est le vieux bonhomme de notre dernière visite.

— Bonsoir, Joe.

Christian me lâche la main pour serrer chaleureusement celle de l'homme.

— Gardez bien l'hélico pour Stephan. Il sera là autour de 20 ou 21 heures.

— Je n'y manquerai pas, monsieur Grey. Madame, dit-il en me saluant d'un signe de tête. Votre voiture vous attend en bas, monsieur. Oh, et l'ascenseur est hors service ; il va vous falloir emprunter l'escalier.

— Merci, Joe.

Christian me reprend la main et nous nous dirigeons vers l'escalier de secours.

— Avec ces talons, heureusement qu'il n'y a que trois étages, marmonne-t-il d'un ton désapprobateur.

Sans blague.

— Tu n'aimes pas mes bottes ?

— Je les aime beaucoup, Anastasia.

Son regard s'assombrit et j'ai l'impression qu'il va ajouter quelque chose, mais non.

— Viens. On va y aller doucement. Je n'ai aucune envie que tu te rompes le cou en tombant.

Dans la voiture qui nous conduit à la galerie, nous n'échangeons pas un mot. Mon angoisse est revenue plus puissante que jamais et je comprends que notre voyage dans Charlie Tango a été l'œil de la tempête. Christian est calme et sombre… inquiet même. Notre humeur plus légère d'il y a quelques instants s'est dissipée. Je voudrais lui dire tellement de choses, mais ce trajet est trop court. Christian regarde pensivement par la fenêtre.

— José est juste un ami, je murmure.

Il se tourne pour m'adresser un coup d'œil grave et prudent, sans rien laisser paraître. Sa bouche – oh, comme sa bouche est troublante et si naturelle. Je me la rappelle sur mon corps – partout. Ma peau s'embrase. Il remue sur la banquette en fronçant les sourcils.

— Ces beaux yeux te mangent littéralement le visage, Anastasia. Je t'en prie, promets-moi de te nourrir.

— Oui, Christian, je vais me nourrir, dis-je aussi mécaniquement que si je délivrais une platitude.

— Je ne plaisante pas.

— Vraiment ?

Impossible de cacher le mépris dans ma voix. Franchement, l'audace de cet homme ! Cet homme qui, ces derniers jours, m'a fait vivre l'enfer… Non, c'est faux. Je me suis infligé l'enfer. Non. C'est lui. Je secoue la tête, confuse.

— Je ne veux pas me disputer avec toi, Anastasia. Je voudrais que tu me reviennes et que tu me reviennes en bonne santé.

— Mais rien n'a changé.

Tu as toujours cette folie aux cinquante nuances.

— Nous en parlerons sur le chemin du retour. On est arrivés.

La voiture s'arrête devant la galerie et Christian descend, me laissant sans voix. Il m'ouvre la portière et je sors péniblement.

— Pourquoi fais-tu cela ?

Ma voix est plus forte que je ne le veux.

— Quoi donc ? demande-t-il, surpris.

— Pourquoi dis-tu quelque chose pour t'arrêter ensuite ?

— Anastasia, on est arrivés. Où tu veux être. Allons au vernissage et nous parlerons ensuite. Je ne tiens pas particulièrement à me donner en spectacle en pleine rue.

Je regarde autour de nous. Il a raison. L'endroit est trop passant. Je pince les lèvres et il pose sur moi un regard courroucé.

— D'accord, je marmonne.

Tenant ma main serrée dans la sienne, il m'entraîne à l'intérieur du bâtiment.

Nous pénétrons dans un entrepôt reconverti – des murs en briques, des planchers sombres, des plafonds et des tuyauteries blancs. C'est spacieux et moderne, et plusieurs personnes déambulent dans la galerie en sirotant du vin et en admirant le travail de José. Un moment, ma confusion se dissipe quand je prends conscience que José a enfin réalisé son rêve. *Bien joué, José !*

— Bonsoir et bienvenue à l'exposition de José Rodriguez.

Une jeune femme vêtue de noir avec des cheveux châtains très courts, du rouge à lèvres vif et de grands anneaux aux oreilles nous accueille. Elle me jette un bref regard qui s'attarde ensuite sur Christian plus longtemps que nécessaire, puis elle se retourne vers moi en clignant des yeux, rouge de confusion.

Je plisse le front. *Il est à moi* – du moins, il l'était. Je m'efforce de ne pas me renfrogner. Quand la jeune femme parvient de nouveau à reconcentrer son regard, c'est pour cligner encore des yeux.

— Oh, c'est vous, Ana. Nous aimerions avoir également votre avis sur cette exposition.

Tout sourire, elle me tend une plaquette et me conduit vers une table chargée de boissons et d'amuse-gueules.

— Tu la connais ? me demande Christian en fronçant les sourcils.

Je secoue la tête, tout aussi intriguée que lui. Il hausse les épaules, déstabilisé.

— Que veux-tu boire ?

— Je prendrai un verre de vin blanc, merci.

Il plisse le front mais s'abstient de commentaire et s'éloigne vers le bar.

— Ana !

José se fraie un chemin à travers la foule.

Oh putain ! Il porte un costume. Il est magnifique et se dirige vers moi, la mine réjouie. Il me serre fort dans ses bras et je fais tout mon possible pour ne pas éclater en sanglots. C'est mon ami, le seul qui me reste en l'absence de Kate. Mes yeux s'emplissent de larmes.

— Ana, je suis tellement content que tu sois venue, me chuchote-t-il à l'oreille.

Il m'écarte brusquement de lui pour m'inspecter du regard.

— Quoi ?

— Hé, tu vas bien ? Tu as l'air, disons, étrange. *Dios mío*, tu n'aurais pas perdu du poids ?

Je ferme les yeux pour ravaler mes larmes – *non, pas lui.*

— José, je vais bien. Je suis tellement contente pour toi. Félicitations pour l'exposition.

Ma voix tremble et l'inquiétude se dessine sur son visage si familier, mais il faut que je me contrôle.

— Comment es-tu venue ? me demande-t-il.

— Christian m'a accompagnée, dis-je soudain sur la défensive.

— Oh. (Son visage se décompose et il me lâche.) Où est-il ? demande-t-il, la mine assombrie.

— Là-bas, il est allé chercher à boire.

Je désigne Christian d'un mouvement de tête et remarque qu'il est en train de plaisanter avec une personne qui attend son tour. Il lève les yeux et nos regards se croisent. Et, dans ce bref instant, observer cet homme si beau qui me regarde avec une telle émotion me paralyse. Ses yeux me brûlent, et nous nous perdons un moment dans cet échange.

Oh merde… Cet homme superbe me veut de nouveau et, au fond de moi, une douce joie se déploie comme une belle-de-jour à l'aube.

— Ana ! me lance José pour détourner mon attention.

Je reviens à la réalité.

— Je suis tellement content que tu sois venue. Écoute, je dois t'avertir…

Soudain Mlle-cheveux-très-courts-et-rouge-à-lèvres l'interrompt :

— José, le journaliste du *Portland Printz* t'attend. Viens.

Elle m'adresse un sourire poli.

— C'est chouette, non ? La célébrité.

Je ne peux m'empêcher de sourire à mon tour, il semble vraiment heureux.

— Je te retrouve plus tard, Ana, me lance-t-il.

Il m'embrasse sur la joue et je le regarde se diriger sans se presser vers une jeune femme, près d'un photographe grand et maigre.

Les clichés de José sont partout et, dans certains cas, agrandis sur d'énormes toiles. Des photos en noir et blanc et en couleurs, des paysages d'une beauté éthérée. Sur un cliché du lac de Vancouver, des nuages roses se reflètent dans l'eau immobile, à la nuit tombante. Un instant, la tranquillité et la paix m'envahissent. C'est étonnant.

Christian me rejoint et me tend un verre de vin blanc.

— Il est à la hauteur ?

Ma voix est plus normale. Il me dévisage d'un air interrogateur.

— Le vin.

— Non. Rarement dans ce genre d'événements. Ce garçon a du talent, n'est-ce pas ? dit-il en admirant la photo du lac.

— Pour quelle raison crois-tu que je lui ai demandé de faire ton portrait ?

La fierté est sensible dans ma voix. Ses yeux se reportent sur moi.

— Christian Grey ? s'enquiert le photographe du *Portland Printz* en approchant. Puis-je prendre une photo, monsieur ?

— Bien sûr.

Christian masque sa mauvaise humeur. Je recule mais il m'attrape la main et m'attire à lui. Le photographe nous considère tous les deux sans cacher sa surprise.

— Merci, monsieur Grey. (Il prend quelques clichés.) Mademoiselle... ? demande-t-il.

— Ana Steele, dis-je.

— Mademoiselle Steele, dit-il avant de s'éloigner rapidement.

— J'ai recherché des photos de toi avec des petites amies sur Internet. Je n'en ai pas trouvé. C'est pour cette raison que Kate pensait que tu étais homo.

La bouche de Christian se tord en un sourire.

— Ce qui explique ta question déplacée. Non, je ne me montre pas en compagnie de petites amies, Anastasia. Il n'y a que toi. Mais tu le sais.

Sa voix est calme et sincère.

— Alors tu n'es jamais sorti avec tes… (Je jette un regard nerveux alentour pour vérifier que personne ne peut nous entendre.)… tes soumises ?

— Parfois. Mais pas en rendez-vous galant. Pour aller faire des courses, tu vois.

Il hausse les épaules sans me quitter des yeux.

Oh, alors juste dans la salle de jeux – sa Chambre rouge de la Douleur et son appartement. Je ne sais quoi penser.

— Seulement avec toi, Anastasia, me murmure-t-il.

Je baisse les yeux sur mes doigts en rougissant. À sa manière, il tient à moi.

— Ton ami a l'air d'être un homme de paysages, pas de portraits. Allons faire un tour.

Je prends la main qu'il me tend.

Nous déambulons devant quelques autres clichés et je remarque un couple qui m'adresse un signe de tête en me souriant comme s'ils me connaissaient. Ce doit être parce que je suis avec Christian, mais voilà qu'un jeune homme me dévisage ouvertement. *Étrange.*

Un peu plus loin, je comprends pourquoi j'ai été la cible de regards bizarres. Accrochés au mur du fond se trouvent sept immenses portraits… de moi.

Je les contemple, stupéfaite, tandis que mon visage se vide de tout son sang. Moi : faisant la moue, riant, l'air renfrogné, sérieuse, amusée. Tous des gros plans. Tous en noir et blanc.

Oh merde ! Je me rappelle José jouant avec son appareil lors de quelques-unes de ses visites et aussi toutes ces fois où j'avais joué le rôle de chauffeur ou d'assistante. Il prenait des instantanés, c'était du moins ce que je croyais. Pas ces photos invasives en caméra invisible.

Fasciné, Christian examine les photos les unes après les autres.

— Il semblerait que je ne sois pas le seul sur le coup, marmonne-t-il de façon énigmatique en pinçant les lèvres.

Je crois qu'il est en colère.

— Excuse-moi, me dit-il.

Il me cloue un instant de son regard pénétrant avant de se diriger vers l'accueil.

C'est quoi son problème maintenant ? Je l'observe, hypnotisée, alors qu'il est en discussion animée avec Mlle-cheveux-très-courts-et-rouge-à-lèvres. Il sort son portefeuille et lui tend sa carte de crédit.

Merde. Il a dû acheter un des portraits.

— Hé, vous êtes la muse ! Ces photos sont géniales.

Un jeune homme avec une tignasse de cheveux blond clair me fait sursauter. Une main se pose sur mon coude, Christian est de retour.

— Vous êtes un type chanceux, déclare Tignasse blonde à Christian qui lui lance un regard froid.

— En effet, je le suis, réplique-t-il d'un air sombre en m'attirant à l'écart.

— Tu viens d'acheter un des portraits ?

— Un des portraits ? ricane-t-il sans quitter les photos des yeux.

— Tu en as acheté d'autres ?

Il lève les yeux au ciel.

— Je les ai tous achetés, Anastasia. Je ne veux pas qu'un inconnu te reluque chez lui.

Ma première réaction est de rire.

— Tu préfères que ce soit toi ? dis-je avec dédain.

Il me lance un regard noir, surpris par mon audace, supposé-je, tout en s'efforçant de dissimuler son amusement.

— Franchement, oui.

— Pervers, dis-je tout bas avant de me mordre la lèvre inférieure pour éviter de sourire.

Il en est bouche bée, et sa jubilation est sensible à présent. Il se frotte le menton d'un air pensif.

— Ça, je ne peux pas le nier, Anastasia.

Il secoue la tête, l'humour adoucit son regard.

— Je serais ravie d'en discuter avec toi mais j'ai signé un accord de confidentialité.

Il me dévisage en soupirant et ses yeux s'assombrissent.

— Si tu savais ce que j'aimerais te faire, petite maligne, murmure-t-il.

J'en ai le souffle coupé, je sais très bien ce qu'il entend par là.

— Vous êtes très grossier, dis-je en tentant, avec succès, de paraître choquée.

N'a-t-il donc aucune limite ?

Il a un petit sourire amusé et satisfait puis fronce les sourcils.

— Tu sembles très détendue sur ces photos, Anastasia. Je ne te vois pas comme ça très souvent.

Quoi ? Waouh ! Changement de sujet, du jeu à la gravité – tu parles d'un *non sequitur*.

Je baisse les yeux sur mes mains en rougissant. Il me relève le menton, j'inspire profondément au contact de ses doigts.

— Je te veux aussi détendue avec moi, chuchote-t-il.

Plus aucune trace d'humour.

La joie s'éploie encore une fois en moi. *Mais comment est-ce possible ?* Nous avons des problèmes.

— Tu dois cesser de m'intimider si tu veux que ça arrive.

— Tu dois apprendre à communiquer et à me dire ce que tu ressens, réplique-t-il, les yeux fiévreux.

Je prends une profonde inspiration.

— Christian, tu me voulais soumise. C'est là tout le problème. Dans la définition même de « soumise » – tu me l'as envoyée par courriel une fois… (Je marque une pause en essayant de me rappeler les mots exacts.) Je pense que les synonymes étaient, et je te cite : « docile, obéissante, accommodante, souple, passive, résignée, patiente, domptée, subjuguée ». Je n'étais pas censée te regarder. Ni te parler à moins que tu ne m'en donnes la permission. À quoi t'attends-tu ?

Le froncement de sourcils s'accentue alors que je poursuis :

— C'est très troublant d'être avec toi. Tu ne veux pas que je te défie, mais tu aimes quand je fais la maligne. Tu veux que je t'obéisse, sauf quand tu veux pouvoir me punir. Je ne sais tout simplement pas ce qu'il faut que je fasse quand je suis avec toi.

Il plisse les yeux.

— Bon point, bien joué, comme d'habitude, mademoiselle Steele. (Sa voix est glaciale.) Allons manger.

— Nous ne sommes là que depuis une demi-heure.

— Tu as vu les photos, tu as discuté avec le jeune photographe.

— Il s'appelle José.

— Tu as discuté avec José, l'homme qui, la dernière fois que je l'ai rencontré, essayait d'enfoncer sa langue dans ta bouche réticente alors que tu étais ivre et malade, dit-il, hargneux.

— Il ne m'a jamais frappée, lui.

Christian se renfrogne, sa colère est perceptible.

— C'est un coup bas, Anastasia, murmure-t-il d'une voix menaçante.

Je pâlis et Christian passe la main dans ses cheveux, crépitant d'une rage à peine contenue. Je lui retourne un regard furieux.

— Je t'emmène manger quelque chose. Tu es en train de t'étioler devant moi. Va trouver ton copain et dis-lui au revoir.

— Je t'en prie, on ne peut pas rester encore un peu ?

— Non. Vas-y. Va lui dire au revoir.

Je lui lance une œillade noire, mon sang bout dans mes veines. M. Malade-du-contrôle. Il vaut mieux que je sois en colère. C'est mieux que d'être larmoyante.

Je détourne mon regard pour scruter la pièce à la recherche de José. Il discute avec un groupe de jeunes femmes. Exaspérée, je me dirige vers lui en m'éloignant de M. Cinquante Nuances. S'il croit que je vais faire ce qu'il me demande, simplement parce que c'est lui qui m'a amenée ici ! Bon sang, mais pour qui se prend-il ?

Les filles sont suspendues aux lèvres de José. L'une d'elles est même bouche bée quand elle me voit approcher, me reconnaissant sans doute d'après les portraits.

— José.

— Ana. Je vous prie de m'excuser, les filles.

José leur sourit en passant un bras autour de ma taille. Cela m'amuse que José soit si doux et qu'il impressionne les dames.

— Tu as l'air en colère.

— Je dois y aller.

— Tu viens juste d'arriver.

— Je sais, mais Christian doit rentrer. Les photos sont fantastiques, José, tu as beaucoup de talent.

Il est ravi.

— C'était vraiment bon de te voir.

José m'enlace tendrement en me faisant tourner si bien que je peux voir Christian à l'autre bout de la galerie. Il m'adresse un regard mauvais et je comprends que c'est parce que je suis dans les bras de José. Alors, dans un geste très calculé, je passe mes bras autour du cou de mon ami. Christian va en crever. Son regard déjà sombre devient vraiment sinistre et il s'approche de nous lentement.

— Merci de m'avoir prévenue pour les portraits, dis-je à José.

— Merde. Je suis désolé, Ana. J'aurais dû t'en parler. Tu as aimé ?

— Hum… je ne sais pas trop, dis-je sincèrement, un peu déstabilisée par sa question.

— Eh bien, ils ont été vendus, alors quelqu'un doit les aimer. C'est cool, non ? Te voilà une égérie de poster.

Il me serre encore plus fort alors que Christian nous rejoint. Il me lance un œil noir qu'heureusement José ne voit pas quand il me libère enfin.

— Ne disparais pas, Ana. Oh, monsieur Grey, bonsoir !

— Monsieur Rodriguez, très impressionnant. (Christian est d'une politesse glacée.) Je suis désolé que nous ne puissions rester plus longtemps, mais nous devons rentrer à Seattle. Anastasia ?

Il appuie subtilement sur le « nous » tout en me prenant la main.

— Au revoir, José. Et, encore une fois, félicitations !

Je pose un rapide baiser sur la joue de mon ami et, avant que je n'aie le temps de m'en rendre compte, Christian me traîne hors de l'immeuble. Je perçois sa fureur muette, mais je suis dans le même état.

Il jette un rapide coup d'œil de part et d'autre de la rue puis se dirige vers la gauche et me tire soudain dans une allée transversale où il me pousse brutalement contre le mur. Prenant mon visage entre ses mains, il m'oblige à affronter ses yeux ardents et déterminés.

Le souffle me manque quand ses lèvres descendent en piqué vers moi. Il m'embrasse, violemment. Nos dents s'entrechoquent brièvement puis sa langue pénètre ma bouche.

Le désir explose dans tout mon corps tel un feu d'artifice du 4 Juillet et je lui rends son baiser, me mettant au diapason de sa ferveur. Mes mains font des nœuds dans ses cheveux, les tirent fort. Il grogne, un râle venant du fond de sa gorge, bas et sexy, qui résonne en moi tandis que sa main descend le long de mon corps, jusqu'en haut de ma cuisse, ses doigts s'enfonçant dans ma chair à travers la robe prune.

Dans ce baiser, j'évacue toute l'angoisse et mon chagrin de ces derniers jours. Je suis stupéfaite – au milieu de ce moment de passion aveuglante – de constater qu'il est dans le même état, qu'il ressent la même chose.

Il s'arrache à notre baiser, haletant. Ses yeux, embrasés de désir, font bouillonner le sang déjà brûlant qui pulse dans mon corps. J'en ai la bouche toute amollie et je m'efforce de remplir mes poumons d'un air devenu rare.

— Tu... Es... Mienne, gronde-t-il en accentuant chaque mot.

Il s'écarte de moi et s'accroupit, les mains sur les genoux, comme s'il venait de courir le marathon.

— Pour l'amour de Dieu, Ana.

Je reste appuyée contre le mur, haletante moi aussi, et je tente de dominer les débordements de mon corps et de retrouver un équilibre.

— Je suis désolée, dis-je dans un chuchotement, quand j'ai repris mon souffle.

— Tu peux. Je sais très bien ce que tu étais en train de faire. Tu as envie du photographe, Anastasia ? De toute évidence, il a des sentiments pour toi.

Je secoue la tête d'un air coupable.

— Non. C'est juste un ami.

— J'ai passé toute ma vie à essayer d'éviter les émotions extrêmes. Et toi... tu éveilles en moi des sentiments qui me sont totalement étrangers. C'est très... (Il fronce les sourcils en cherchant ses mots.) Troublant. J'aime tout contrôler, Ana. Et, quand tu es dans les parages, cette maîtrise... disparaît.

Il se redresse, son regard est intense, il a un vague geste de la main avant de la passer dans ses cheveux. Il inspire profondément. Il serre ma main dans la sienne.

— Viens. Il faut qu'on parle et il faut que tu manges.

2.

En deux temps trois mouvements il déniche un petit restaurant intime.

— Cet endroit fera l'affaire, ronchonne-t-il. Nous n'avons pas beaucoup de temps.

L'établissement m'a l'air très bien. Des chaises en bois, des nappes en coton et des murs de la même couleur que la salle de jeux de Christian – un rouge sang profond –, avec des petits miroirs dorés accrochés çà et là, des bougies blanches et des petits vases contenant des roses blanches. En fond sonore, Ella Fitzgerald chante, de sa voix douce de crooneuse, cette chose qu'on appelle « l'amour ». C'est très romantique.

Le serveur nous conduit à une table pour deux dans une petite alcôve et je m'assois, sur mes gardes, me demandant ce qu'il s'apprête à me dire.

— Nous sommes pressés, dit Christian au garçon quand nous nous installons. Nous prendrons deux steaks d'aloyau cuits à point, avec de la sauce béarnaise, si vous en avez, des frites et des légumes verts, ou ce que le chef peut nous proposer. Et apportez-moi la carte des vins.

— Certainement, monsieur.

Surpris par l'efficacité froide et tranquille de Christian, le serveur s'éloigne à toute vitesse. Christian pose son BlackBerry sur la table. Eh bien, j'ai peut-être le droit de choisir, non ?

— Et si je n'aime pas le steak ?

Il soupire.

— Ne commence pas, Anastasia.

— Je ne suis pas une enfant, Christian.

— Alors, cesse de te comporter comme telle.

Sa réponse me fait l'effet d'une gifle. C'est donc ainsi que ça va se passer ? Une discussion nerveuse et tendue, malgré un décor très romantique, mais sûrement pas de cœurs ni de fleurs.

— Je suis une enfant parce que je n'aime pas le steak ? je marmonne, craignant de montrer que je suis blessée.

— Tu me rends volontairement jaloux. C'est un comportement puéril. Ne respectes-tu donc pas les sentiments de ton ami pour le provoquer de cette manière ?

Christian, les lèvres pincées, prend un air renfrogné quand le garçon revient avec la carte des vins.

Je rougis, je n'y avais pas songé. Pauvre José, je ne tiens certainement pas à l'encourager. Et soudain je suis mortifiée. Christian a raison : c'était vraiment stupide de ma part. Il jette un œil à la carte des vins.

— Tu veux choisir ? me demande-t-il.

Il hausse les sourcils avec l'air d'attendre quelque chose. L'arrogance incarnée. Il sait que je ne connais rien aux vins.

— Non, choisis.

Je peux toujours bouder, me voilà bien punie !

— Deux verres de Barossa Valley Shiraz, s'il vous plaît.

— Euh... Nous ne servons ce vin qu'à la bouteille, monsieur.

— Une bouteille alors, rétorque Christian.

— Monsieur.

Le serveur bat en retraite sans ajouter un mot et je ne peux pas lui en vouloir. Je fronce les sourcils en direction de mon Cinquante Nuances. Qu'est-ce qui le tracasse ? Oh, moi probablement. Et, quelque part au fond de ma psyché, ma déesse intérieure se dresse, encore tout endormie, s'étire et sourit. Cela fait un moment qu'elle sommeille.

— Tu es très grognon.

Il me dévisage d'un air impassible.

— Je me demande bien pourquoi ?

— Eh bien, quelle bonne idée de donner le « la » pour une discussion intime et franche sur notre avenir, tu ne crois pas ?

Je lui adresse un doux sourire. Il pince de nouveau les lèvres mais elles se retroussent néanmoins aux commissures. Je sais qu'il essaie de réprimer un sourire.

— Je suis désolé, dit-il.

— Excuses acceptées et je suis ravie de t'apprendre que je ne suis pas devenue végétarienne depuis notre dernier repas.

— Puisque c'est aussi la dernière fois que tu as pris un repas, je suppose que c'est un point discutable.

— De nouveau ce mot, « discutable ».

— « Discutable », répète-t-il, le regard adouci par l'humour.

Il passe la main dans ses cheveux, il est de nouveau grave.

— Ana, la dernière fois que nous avons parlé, tu m'as quitté. Je suis un peu nerveux. Je t'ai dit que je voulais que tu reviennes et tu n'as rien répondu.

Son regard est intense, empli d'attente, et sa candeur est tout à fait désarmante. Qu'est-ce que je peux bien répondre à ça ?

— Tu m'as manqué, tu m'as vraiment manqué, Christian. Ces derniers jours ont été... difficiles.

Je déglutis, une boule enfle dans ma gorge au souvenir de l'angoisse désespérée que j'ai ressentie après mon départ. Cette dernière semaine a été la pire de ma vie, la douleur en était presque indescriptible. Jamais rien n'a approché cette expérience. Mais la réalité s'impose à moi et me coupe le souffle.

— Rien n'a changé. Je ne peux pas être ce que tu veux que je sois.

Les mots s'efforcent de contourner la boule dans ma gorge.

— Tu es ce que je veux que tu sois, affirme-t-il, catégorique.

— Non, Christian, ce n'est pas vrai.

— Tu es en colère à cause de ce qui s'est passé la dernière fois. Je me suis comporté de manière stupide et tu... Et toi aussi. Pourquoi n'as-tu pas utilisé le mot d'alerte, Anastasia ?

Son ton a changé, il est accusateur.

Quoi ? Waouh ! Nouveau changement de direction.

— Réponds-moi.

— Je ne sais pas. J'étais bouleversée. J'essayais d'être ce que tu voulais, j'essayais de gérer la douleur et ça m'est sorti de l'esprit. Tu comprends… j'ai oublié, je chuchote, honteuse, en haussant les épaules en guise d'excuse.

Nous aurions peut-être pu nous épargner tout ce chagrin.

— Tu as oublié !

Horrifié, le regard noir, il s'agrippe des deux mains à la table. Je me flétris devant lui.

Merde ! Le voilà de nouveau en colère. Ma déesse intérieure me lance, elle aussi, un regard plein de rancœur. *Voilà, tu as gagné !*

— Comment puis-je te faire confiance ? (Il parle d'une voix basse.) Comment est-ce possible ?

Le serveur revient avec la bouteille de vin tandis que nous nous dévisageons, mes yeux bleus plongés dans ses yeux gris. Tous les deux débordant de récriminations tues, alors que le serveur débouche la bouteille avec un geste théâtral superflu et verse un peu de vin dans le verre de Christian. Sans y penser, Christian prend son verre et boit une gorgée.

— Très bien, dit-il d'une voix cassante.

Le serveur remplit avec précaution nos verres et pose la bouteille sur la table avant de battre à nouveau en retraite. Christian ne m'a pas quittée des yeux une seconde. Je craque la première et bois une grande lampée de vin dont je perçois à peine le goût.

— Je suis désolée.

Je me sens soudain idiote. Je suis partie parce que j'ai pensé que nous étions incompatibles, mais voilà qu'il est en train de me dire que j'aurais pu faire en sorte qu'il s'arrête !

— Pourquoi es-tu désolée ? demande-t-il d'un air inquiet.

— Je n'ai pas utilisé le mot d'alerte.

Il ferme les yeux, comme soulagé.

— Nous aurions pu nous épargner toute cette souffrance, dit-il.

— Tu me sembles aller bien.

Même mieux que ça. Tu as l'air tout à fait toi.

— Les apparences sont parfois trompeuses, répond-il calmement. Je vais tout sauf bien. J'ai l'impression que le soleil s'est couché et ne s'est pas levé pendant cinq jours, Ana. Je vis dans une nuit perpétuelle.

Cet aveu me coupe le souffle. *Mon Dieu, comme moi alors.*

— Tu m'avais dit que tu ne partirais jamais. Et pourtant, au premier coup dur, tu claques la porte.

— Quand ai-je dit que je ne partirais jamais ?

— Dans ton sommeil. Je n'ai jamais entendu de parole aussi rassurante, Anastasia. Ça m'a permis de me détendre.

Mon cœur se comprime. Je prends mon verre de vin.

— Tu as dit que tu m'aimais, chuchote-t-il. Est-ce déjà du passé ?

Il s'exprime d'une voix basse mêlée d'angoisse.

— Non, Christian, ce n'est pas le cas.

Il soupire. *Comme il paraît vulnérable.*

— Bien, murmure-t-il.

Sa confession me laisse sans voix. Il a changé d'avis. La dernière fois que je lui ai dit que je l'aimais, il a été horrifié. Le serveur est de retour. Il dépose très vite nos assiettes avant de décamper.

Bon sang. De la nourriture.

— Mange ! m'ordonne Christian.

Au fond de moi, je sais que j'ai faim mais, là, en cet instant, mon estomac est noué. Débattre de mon avenir incertain avec le seul homme que j'aie jamais aimé, assis en face de moi, ne m'ouvre pas franchement l'appétit. Je considère mon assiette d'un air dubitatif.

— Que Dieu m'en garde, Anastasia, si tu ne manges pas, je te mets sur mes genoux en plein restaurant et je t'assure que cela n'aura rien à voir avec une quelconque gratification sexuelle. Mange !

Mollo, Grey. Ma conscience me lance un coup d'œil par-dessus ses verres en demi-lune. Elle est tout à fait d'accord avec M. Cinquante Nuances.

— D'accord, je vais manger. Tu peux ranger la main qui te démange.

Il me dévisage toujours d'un air sombre, sans sourire. À contrecœur, je lève mon couteau et ma fourchette et coupe mon steak. Mon Dieu, c'est tellement bon que j'en bave. J'ai faim, vraiment faim. Il se détend manifestement en me voyant mâcher.

Nous dînons en silence. La musique a changé. Une femme à la voix douce chante des paroles qui sont l'écho de mes pensées. Je ne serai plus jamais la même maintenant qu'il est entré dans ma vie.

Je jette un coup d'œil à M. Cinquante Nuances. Il m'observe en mangeant. Faim, désir, angoisse se mêlent dans son regard brûlant.

— Tu sais qui chante ? je lui demande pour m'essayer au bavardage.

Christian marque une pause et écoute.

— Non… mais elle chante bien en tout cas.

— Oui, j'aime bien aussi.

Finalement il m'adresse son sourire intime et énigmatique. Que prépare-t-il ?

— Quoi ?

Il secoue la tête.

— Finis, me dit-il doucement.

J'ai mangé la moitié de mon assiette. Comment puis-je négocier de laisser le reste ?

— Je n'en peux plus. Ai-je mangé suffisamment pour monsieur ?

Il me dévisage impassiblement, sans me répondre, puis jette un coup d'œil à sa montre.

— Je suis vraiment repue.

Je bois une gorgée du délicieux vin.

— Il ne va pas falloir tarder. Taylor attend dehors et tu dois te lever tôt demain matin pour travailler.

— Toi aussi.

— J'ai besoin de moins d'heures de sommeil que toi, Anastasia. Tu auras au moins mangé quelque chose.

— Nous ne reprenons pas Charlie Tango ?

— Non, je me doutais que j'allais boire. Taylor vient nous chercher. Comme ça, je t'aurai pendant plusieurs heures pour moi seul dans la voiture. Que pourrons-nous faire d'autre à part discuter ?

Oh, voilà son plan.

Christian appelle le serveur et lui demande l'addition, puis il prend son BlackBerry pour passer un appel.

— Nous sommes au Picotin, sur Southwest 3e Avenue.

Il raccroche. Sa voix était cassante au téléphone.

— Tu es vraiment brusque avec Taylor. Avec la plupart des gens, d'ailleurs.

— Je me contente d'aller droit au but, Anastasia.

— Tu n'es pas allé droit au but ce soir. Rien n'a changé, Christian.

— J'ai une proposition à te faire.

— Toute cette histoire a commencé par une proposition.

— Une proposition différente.

Le serveur revient et Christian lui tend sa carte de crédit sans même vérifier l'addition. Il me regarde, l'air dubitatif, pendant que le serveur passe sa carte. Quand son téléphone bipe une fois, il jette un coup d'œil dans sa direction.

Il a une proposition ? Qu'est-ce que c'est encore ? Quelques scénarios me traversent l'esprit : un enlèvement, travailler pour lui. Non, rien de tout ça ne fait sens.

— Viens. Taylor nous attend dehors.

Nous nous levons et il me prend la main.

— Je ne veux pas te perdre, Anastasia.

Il dépose un baiser tendre au creux de mon poignet et le contact de ses lèvres sur ma peau fait vibrer tout mon corps.

L'Audi nous attend devant le restaurant. Christian m'ouvre la portière, je grimpe dans la voiture et m'enfonce dans le cuir moelleux. Il se dirige côté conducteur ; Taylor s'écarte de la voiture et les deux hommes s'entretiennent brièvement. Ce n'est pas le rituel habituel. Je suis intriguée. De quoi parlent-ils ? Quelques secondes plus tard, ils sont tous les deux dans la voiture et Christian regarde droit devant lui sans afficher la moindre expression.

J'examine brièvement son profil : son nez droit, ses lèvres pleines et ourlées, ses cheveux qui tombent si délicieusement sur son front. Cet homme divin n'est de toute évidence pas fait pour moi.

De la musique douce emplit l'arrière de la voiture, un morceau classique que je ne connais pas. Taylor s'engage dans la circulation fluide en direction de l'I-5 et de Seattle.

Christian se tourne pour me faire face.

— Comme je te disais, Anastasia, j'ai une proposition à te faire.

Je jette un regard nerveux vers Taylor.

— Taylor ne peut pas t'entendre, me rassure Christian.

— Comment ça ?

— Taylor, appelle Christian.

Mais Taylor ne répond pas. Christian l'appelle une seconde fois, en vain. Christian se penche alors pour lui tapoter l'épaule. Taylor ôte une oreillette que je n'avais pas remarquée.

— Oui, monsieur ?

— Merci, Taylor. Tout va bien ; vous pouvez reprendre votre écoute.

— Bien, monsieur.

— Tu es contente ? Il écoute son iPod. Puccini. Oublie qu'il est là. Moi, c'est ce que je fais.

— Tu lui as délibérément demandé de faire ça ?

— Oui.

Oh.

— Bon, et ta proposition ?

Christian, l'air soudain déterminé, prend son visage d'homme d'affaires. Merde. Nous sommes en train de négocier un contrat. J'écoute avec attention.

— Laisse-moi tout d'abord te poser une question. Souhaites-tu une relation amoureuse normale, sans aucune baise perverse ?

Je suis stupéfaite.

— Baise perverse ?

— Oui, baise perverse.

— Je n'arrive pas à croire que tu aies pu dire ça.

— Eh bien, c'est ce que j'ai dit. Réponds-moi, dit-il calmement.

Je rougis. Ma déesse intérieure me supplie à genoux, les mains jointes.

— J'aime ta baise perverse, je murmure.

— C'est bien ce que je pensais. Alors qu'est-ce que tu n'aimes pas ?

Ne pas pouvoir te toucher. Le fait que tu te délectes de ma douleur, la morsure de la ceinture…

— La menace d'un châtiment cruel et inhabituel.

— Qu'est-ce que ça veut dire ?

— Eh bien, toutes ces cannes, ces fouets et ces accessoires dans ta salle de jeux me fichent une peur bleue. Je ne veux pas que tu les utilises avec moi.

— D'accord, donc pas de cannes ni de fouets - ni de ceintures, dans ce cas précis, dit-il froidement.

Je le dévisage, intriguée.

— Essaierais-tu de définir de nouvelles limites ?

— Pas tant que ça, j'essaie juste de te comprendre, d'avoir une idée plus précise de ce que tu aimes et de ce que tu n'aimes pas.

— Fondamentalement, Christian, c'est la joie que tu éprouves à me faire du mal qui est difficile à gérer. Et aussi l'idée que tu le feras parce que j'aurai franchi une ligne arbitraire.

— Mais ce n'est pas arbitraire : les règles sont définies.

— Je ne veux pas de règles.

— Aucune ?

— Aucune règle.

Je secoue la tête, le cœur au bord de l'explosion. Où veut-il en venir ?

— Mais ça ne te dérange pas que je te donne une fessée ?

— Que tu me donnes une fessée avec quoi ?

— Ça.

Il lève la main. Je me tortille, mal à l'aise.

— Non, pas vraiment. Particulièrement avec ces boules argentées…

Dieu merci, il fait sombre. Mon visage s'embrase et ma voix s'étrangle au souvenir de cette nuit. Ouais… je suis prête à le refaire.

Il sourit d'un air satisfait.

— Oui, c'était bon.

— Plus que bon.

— Alors tu peux supporter un peu de douleur.

Je hausse les épaules.

— Oui, je suppose.

Mais où veut-il en venir ? Mon angoisse a grimpé de plusieurs degrés sur l'échelle de Richter.

Il se frotte le menton, plongé dans ses pensées.

— Anastasia, je veux qu'on recommence tout depuis le début. Qu'on vive une histoire romantique. Et une fois que tu me feras confiance et que je serai sûr que tu es honnête et capable de communiquer avec moi, on pourra passer aux choses que j'aime faire.

Je le fixe du regard, abasourdie, le cerveau vide, tel un ordinateur qui vient de planter. Je me dis qu'il est inquiet, mais je ne le vois pas bien dans les ténèbres de l'Oregon qui nous enveloppent. Finalement, on y est.

Il désire la lumière, mais ai-je le droit de lui demander de faire ça pour moi ? Et est-ce que je n'aime pas l'ombre, moi aussi ? Parfois. Des souvenirs de la nuit Thomas Tallis flottent comme autant d'invitations dans mon esprit.

— Et à propos des châtiments ?

— Pas de châtiment. (Il secoue la tête.) Aucun.

— Et les règles ?

— Pas de règles.

— Aucune ? Mais tu en as besoin.

— J'ai davantage besoin de toi, Anastasia. Ces derniers jours ont été un enfer. Tout en moi me disait de t'oublier parce que je ne te méritais pas. Ces photos que ce garçon a prises… Je comprends comment il te voit : sereine et superbe. Non que tu ne sois pas superbe, là, maintenant. Mais je te vois, je vois ta douleur. C'est pénible de savoir que c'est à cause de moi. Je suis un homme égoïste. Je t'ai voulue dès l'instant où tu es tombée dans mon bureau. Tu es exquise, franche, chaleureuse, forte, tu as de l'esprit, et tu es d'une innocence charmante ; la liste est sans fin. Tu m'impressionnes. Je te veux et l'idée que quelqu'un d'autre puisse t'avoir est comme un couteau planté dans mon âme sombre.

J'ai la bouche sèche. *Oh merde.* Si ce n'est pas une déclaration d'amour, je ne vois pas ce que c'est. Les mots s'échappent de ma bouche comme d'une digue brisée :

— Christian, pourquoi crois-tu que ton âme est sombre ? Je ne dirai jamais ça. Triste peut-être, mais tu es un homme bon. Je vois que tu es… généreux et tu ne m'as jamais menti. Je n'ai pas fait beaucoup d'efforts.

Samedi dernier, mon corps a subi un vrai choc. C'était comme une sonnette d'alarme. J'ai compris que tu y avais mis les formes mais que je ne pouvais pas être celle que tu voulais que je sois. Puis, après t'avoir quitté, j'ai pris conscience que la souffrance que tu m'avais infligée n'était rien comparée à la douleur de te perdre. Je veux te faire plaisir, mais c'est difficile.

— Tu me fais plaisir tout le temps, murmure-t-il. Combien de fois dois-je te le répéter ?

— Je ne sais jamais ce que tu penses. Parfois, tu es tellement inaccessible... telle une île au milieu de l'océan. Tu m'intimides. C'est pour cette raison que je me tiens tranquille. Je ne sais jamais quelle va être ton humeur. On passe du nord au sud, puis retour au point de départ en un millième de seconde. C'est troublant. Sans compter que tu ne me laisses jamais te toucher alors que j'ai tellement envie de te montrer à quel point je t'aime.

Il cligne des yeux dans le noir, avec prudence je pense, et je ne peux lui résister plus longtemps. Je détache ma ceinture de sécurité pour grimper sur ses genoux, le prenant par surprise. Je pose mes mains de part et d'autre de son visage.

— Je t'aime, Christian Grey. Et tu es prêt à beaucoup de choses pour moi. C'est moi qui ne te mérite pas et je suis désolée de ne pouvoir en faire autant pour toi. Peut-être qu'avec le temps... mais oui, j'accepte ta proposition. Où dois-je signer ?

Il m'entoure de ses bras et me serre contre lui.

— Oh, Ana, soupire-t-il, le nez dans mes cheveux.

Nous restons assis dans les bras l'un de l'autre, dans la voiture, à écouter la musique – un morceau de piano apaisant – qui reflète nos émotions. C'est le calme et la douceur d'après l'orage. Je me blottis dans ses bras, la tête posée dans le creux de son cou. Il me caresse légèrement le dos.

— Le contact est une limite à ne pas franchir pour moi, chuchote-t-il.

— Je sais. J'aimerais comprendre pourquoi.

Au bout d'un moment, il soupire.

— J'ai eu une enfance terrible, dit-il d'une voix douce. Un des macs de la pute camée… (Sa voix se perd et son corps se tend à l'évocation de ces souvenirs trop horribles.) Je m'en souviens, murmure-t-il en frissonnant.

Soudain, je me rappelle les cicatrices sur sa peau, et mon cœur se serre. *Oh, Christian.* Je renforce mon étreinte autour de son cou.

— Elle a abusé de toi ? Ta mère ?

Je parle d'une voix sourde, sans larmes.

— Pas que je m'en souvienne. Elle était négligente. Elle ne m'a pas protégé de son mac. (Il ricane.) Je pense que c'est plutôt moi qui me suis occupé d'elle. Quand elle a fini par se suicider, il s'est passé quatre jours avant que quelqu'un ne s'inquiète et ne nous trouve… Je me souviens de ça.

L'horreur me coupe le souffle. *Nom de Dieu.* La bile me monte à la gorge.

— C'est vraiment pourri, je chuchote.

— En cinquante nuances, murmure-t-il.

Je colle mes lèvres contre son cou en cherchant à consoler ce petit garçon sale, aux yeux gris, perdu et tout seul à côté du corps sans vie de sa mère.

Oh, Christian. J'inhale son odeur. Il sent divinement bon, c'est le parfum que je préfère au monde. Resserrant ses bras autour de moi, il m'embrasse les cheveux. Assise, je reste enveloppée dans son étreinte pendant que la voiture file dans la nuit.

Quand je me réveille, nous roulons dans Seattle.

— Hé, dit doucement Christian.

— Désolée.

Je me redresse en clignant des yeux et en m'étirant. Je suis toujours dans ses bras, sur ses genoux.

— Je pourrais te regarder dormir jusqu'à ma mort, Ana.

— J'ai parlé ?

— Non. Nous sommes presque arrivés chez toi.

Oh ?

— On ne va pas chez toi ?

— Non.

Je me redresse et le regarde, surprise.

— Et pourquoi ?

— Parce que tu travailles demain.

— Oh.

Je fais la moue.

— Pourquoi ? Tu avais une idée derrière la tête ?

Je me tortille.

— Eh bien, peut-être.

Il émet un petit rire.

— Anastasia, je ne te toucherai pas de nouveau sans que tu me supplies.

— Quoi ?

— Pour que tu t'efforces à communiquer avec moi. La prochaine fois que nous ferons l'amour, tu devras me dire exactement ce que tu veux. Dans les détails.

— Ah.

Il me descend de ses genoux au moment où Taylor se gare devant mon immeuble. Christian sort de voiture et me tient la portière ouverte.

— J'ai quelque chose pour toi.

Il se dirige vers le coffre pour y prendre un gros paquet cadeau. Bon sang, mais qu'est-ce que ça peut être ?

— Tu l'ouvriras chez toi.

— Tu ne montes pas ?

— Non, Anastasia.

— Alors quand te reverrai-je ?

— Demain.

— Mon patron veut que j'aille prendre une verre avec lui demain.

Les traits de Christian se durcissent.

— C'est vrai ?

Sa voix est lourde de menace.

— Oui, il veut fêter ma première semaine, j'ajoute aussitôt.

— Où ça ?

— Je ne sais pas.

— Je pourrai passer te prendre ensuite.

— D'accord… Je t'envoie un mail ou un texto.

— Bien.

Devant l'entrée, il patiente pendant que je plonge la main dans mon sac à la recherche de mes clés. Une fois la porte ouverte, il se penche vers moi et prend mon menton dans sa main. Sa bouche plane au-dessus de la mienne.

Les yeux fermés, il dessine un chemin de baisers depuis le coin de mon œil jusqu'à la lisière de ma bouche.

Un petit gémissement m'échappe. Je fonds, sentant l'excitation se déployer dans mon ventre.

— À demain, soupire-t-il.

— Bonne nuit, Christian.

Ma voix vibre de désir. Il sourit.

— Allez, rentre, m'ordonne-t-il.

Je traverse le hall en portant mon paquet mystérieux.

— À plus, bébé ! me lance-t-il.

Il se détourne avec élégance pour se diriger vers la voiture.

Une fois chez moi, j'ouvre mon cadeau et découvre mon ordinateur portable MacBook Pro, mon BlackBerry et une autre boîte rectangulaire. Qu'est-ce que ça peut bien être ? Je défais le papier argenté. À l'intérieur, il y a un mince étui en cuir noir.

Il contient un iPad. *Merde alors...* Une carte blanche portant un message de l'écriture de Christian est glissée au coin de l'écran :

Anastasia, ceci est pour toi.
Je sais ce que tu veux entendre.
La musique de l'iPad le dit pour moi.
Christian

Une cassette de mix Christian Grey sous forme d'iPad dernier cri. Je secoue la tête d'un air désapprobateur à cause de la dépense mais, au fond de moi, j'adore ce cadeau. Jack en a un au bureau et je sais donc m'en servir.

Je l'allume. J'ai le souffle coupé en découvrant l'image de fond d'écran : une petite maquette de planeur. *Oh mon Dieu.* C'est le Blanik L-23 que je lui ai donné, monté sur un support en verre et posé sur ce que je pense être le bureau de Christian. J'en reste bouche bée.

Il l'a construite ! Il l'a vraiment construite. Je me rappelle à présent qu'il l'a mentionné sur le mot qui accompagnait les roses. Je suis abasourdie. Je mesure en cet instant toute l'attention qu'il a mise dans ce cadeau.

Je fais glisser la flèche au bas de l'écran pour le déverrouiller et suis une nouvelle fois stupéfaite. La photo de fond est un portrait de Christian et moi sous le chapiteau lors de ma remise de diplôme. C'est celle qui a paru dans le *Seattle Times*. Christian est tellement beau que je ne peux m'empêcher de sourire. *Oui, il est à moi.*

D'un glissement du doigt, je fais défiler les icônes et de nouvelles apparaissent sur l'écran suivant. Des applications Kindle, iBooks, Word, sans que je sache à quoi elles correspondent.

La British Library ? Je touche l'icône et le menu apparaît : collection historique. Je fais défiler le menu déroulant, choisis « Romans du XVIIIe et du XIXe siècles ». Un autre menu, je tape le titre : *L'Américain*, de Henry James. Une nouvelle fenêtre s'ouvre sur un exemplaire scanné du livre. Bordel, c'est une édition originale publiée en 1879, et elle est sur mon iPad ! Il m'a acheté la British Library à visiter d'un clic.

Je quitte rapidement l'application, convaincue que je pourrais m'y perdre une éternité. Repérant une icône « Nourriture saine », je lève les yeux au ciel en souriant. Une application d'informations, une de météo… Mais sa note parlait de musique. Je retourne à l'écran principal, effleure l'icône iTunes et une liste de morceaux apparaît. Je fais défiler les chansons en souriant. Thomas Tallis – je ne suis pas près d'oublier ça. Après tout, je l'ai écouté deux fois, pendant qu'il me flagellait et me baisait.

« Sorcellerie. » Mon sourire s'épanouit – danser dans la grande salle. Le morceau de Bach, *Marcello – oh non, c'est bien trop triste pour mon humeur. Hmm.* Jeff Buckley – ouais, j'en ai entendu parler. Snow Patrol – mon groupe préféré – et une chanson appelée *Principles of Lust* par Enigma. C'est tellement Christian. Un autre titre, *Possession… Oh oui, très Cinquante Nuances.* Et quelques autres encore que je n'ai jamais entendues.

Je sélectionne une chanson qui attire mon attention. Elle est intitulée *Try* de Nelly Furtado. L'artiste commence à chanter et sa voix m'enveloppe telle une écharpe en soie. Je m'allonge sur mon lit.

Est-ce que ça veut dire que Christian va essayer ? Qu'il va essayer cette nouvelle relation ? J'absorbe les paroles,

les yeux rivés au plafond, en m'efforçant de comprendre son brusque changement d'attitude. Je lui ai manqué. Il m'a manqué. Il doit éprouver des sentiments pour moi. Ce doit être ça. Cet iPad, ces chansons, ces applications, il tient à moi. Il tient vraiment à moi. Mon cœur se gonfle d'espoir.

À la fin de la chanson, les larmes me montent aux yeux. Je fais rapidement défiler le menu pour en choisir une autre : *The Scientist* de Coldplay, un des groupes préférés de Kate. Je connais ce morceau, mais je n'en ai jamais vraiment écouté les paroles. Les yeux clos, je me laisse submerger par les mots.

Les larmes se mettent à couler. Je ne peux les endiguer. Si ce ne sont pas des excuses, alors je ne sais pas ce que c'est. *Oh, Christian.*

Ou bien est-ce une invitation ? *Va-t-il répondre à mes questions ? Est-ce que je surinterprète ? Oui, je dois certainement surinterpréter.*

J'essuie mes larmes. Il faut que je lui envoie un message pour le remercier. Je bondis de mon lit pour attraper l'ordinateur.

Je m'installe en tailleur sur le lit pendant que Coldplay continue de jouer. Le Mac se met en marche et je me connecte.

De : Anastasia Steele
Objet : iPad
Date : 9 juin 2011 23:56
À : Christian Grey

Tu m'as encore fait pleurer.
J'adore l'iPad.
J'adore les chansons.
J'adore l'application de la British Library.
Je t'aime.
Merci.
Bonne nuit.

Ana

De : Christian Grey
Objet : iPad
Date : 10 juin 2011 00:03
À : Anastasia Steele

Je suis content que cela te plaise. Je m'en suis acheté un pour moi.
Là, si j'étais avec toi, j'embrasserais tes larmes.
Mais je ne suis pas là, alors va te coucher.

Christian Grey
P-DG, Grey Enterprises Holdings, Inc.

Sa réponse me fait sourire. Il fait très « patron », très Christian. Est-ce que ça aussi, ça va changer ? Et je comprends aussitôt que j'espère que non. Je l'aime comme ça – dominant – tant que je peux me rebeller sans craindre une punition.

De : Anastasia Steele
Objet : Monsieur Grincheux
Date : 10 juin 2011 00:07
À : Christian Grey

Vous faites votre autoritaire, comme d'habitude, et je vous retrouve bien là, probablement tendu et grognon, monsieur Grey. Je sais ce qui pourrait vous détendre. Mais c'est vrai, vous n'êtes pas là – et vous n'avez pas voulu que je vienne et vous attendez de moi que je vous supplie...
Vous pouvez toujours rêver, monsieur.

Ana
P.-S. : J'ai aussi remarqué que tu as inclus l'hymne de Police *Every breath you take*. J'aime ton sens de l'humour mais est-ce que le Dr Flynn est au courant ?

De : Christian Grey
Objet : Calme et zen
Date : 10 juin 2011 00:10
À : Anastasia Steele

Ma très chère mademoiselle Steele,

Les fessées ne sont pas exclues des relations amoureuses romantiques, vous le savez. Habituellement de manière consensuelle et dans un contexte sexuel... mais je serais ravi de faire une exception.
Vous serez soulagée d'apprendre que le Dr Flynn apprécie tout autant mon sens de l'humour.
À présent, je vous en prie, allez vous coucher, car je crains que vous ne dormiez pas beaucoup demain soir.
Au fait, vous me supplierez, faites-moi confiance. Et j'ai hâte de voir ça.

Christian Grey
P-DG tendu, Grey Enterprises Holdings, Inc.

De : Anastasia Steele
Objet : Bonne nuit, fais de beaux rêves
Date : 10 juin 2011 00:12
À : Christian Grey

Eh bien, puisque c'est si joliment demandé, et j'aime beaucoup cette menace délicieuse, je vais me blottir contre l'iPad que tu m'as si gentiment offert et je vais m'endormir en me promenant dans la British Library et en écoutant de la musique qui parle pour toi.

Ana

De : Christian Grey
Objet : Une dernière demande
Date : 10 juin 2011 00:15
À : Anastasia Steele

Rêve de moi.

Christian Grey
P-DG, Grey Enterprises Holdings, Inc.

Rêver de toi, Christian Grey ? Toujours.

J'enfile vite fait mon pyjama, je me brosse les dents et me glisse au lit. Mes écouteurs sur le crâne, je tire le ballon Charlie Tango aplati de sous mon oreiller pour le serrer dans mes bras.

Je déborde de joie, un sourire stupide sur les lèvres. C'est fou ce qui peut se passer en une journée ! Comment vais-je réussir à dormir ?

Tandis que José González se met à chanter une mélodie apaisante avec un riff de guitare envoûtant, je m'enfonce lentement dans le sommeil, m'émerveillant que le monde se soit rétabli en une soirée et me demandant négligemment si je ne devrais pas moi aussi composer une playlist pour Christian.

3.

Ce n'est pas si mal que ça de ne pas avoir de voiture. Dans le bus qui m'emmène au bureau, je branche mes écouteurs à mon iPad, bien en sécurité au fond de mon sac, et j'écoute tous les merveilleux morceaux que Christian m'a offerts. Quand j'arrive au travail, j'arbore le sourire le plus grotesque qui soit.

Jack lève les yeux vers moi et marque un temps d'arrêt.

— Bonjour, Ana. Vous avez l'air… radieuse.

Sa remarque me trouble. Comme c'est déplacé !

— J'ai bien dormi, merci, Jack. Bonjour.

Il plisse le front.

— Pouvez-vous lire ça pour moi et me faire un rapport pour l'heure du déjeuner, s'il vous plaît ?

Il me tend quatre manuscrits. Devant mon expression horrifiée, il ajoute aussitôt :

— Les premiers chapitres uniquement.

— Bien sûr.

Je souris, soulagée, et il me rend la pareille.

Je mets en route l'ordinateur en finissant mon *latte* et en mangeant une banane. Il y a un message de Christian.

De : Christian Grey
Objet : Alors aide-moi…
Date : 10 juin 2011 08:05
À : Anastasia Steele

J'espère que tu as pris un petit déjeuner.

Tu m'as manqué la nuit dernière.

Christian Grey
P-DG, Grey Enterprises Holdings, Inc.

De : Anastasia Steele
Objet : Vieux livres...
Date : 10 juin 2011 08:33
À : Christian Grey

Je mange une banane tout en tapant ce message. Je n'ai pas pris de petit déjeuner ces derniers jours, alors c'est déjà un progrès. J'adore l'application British Library – j'ai commencé à relire *Robinson Crusoe*... et bien, sûr, je t'aime.
Maintenant laisse-moi tranquille, j'essaie de travailler.

Anastasia Steele
Assistante de Jack Hyde, Éditeur, SIP

De : Christian Grey
Objet : C'est tout ce que tu as mangé ?
Date : 10 juin 2011 08:36
À : Anastasia Steele

Tu peux faire mieux. Il va te falloir de l'énergie pour me supplier.

Christian Grey
P-DG, Grey Enterprises Holdings, Inc.

De : Anastasia Steele
Objet : Casse-pieds
Date : 10 juin 2011 08:39
À : Christian Grey

Monsieur Grey, j'essaie de travailler pour vivre – et c'est vous qui me supplierez.

Anastasia Steele
Assistante de Jack Hyde, Éditeur, SIP

De : Christian Grey
Objet : Tu me provoques ?
Date : 10 juin 2011 08:42
À : Anastasia Steele

Eh bien, mademoiselle Steele, j'aime les défis...

Christian Grey
PDG, Grey Enterprises Holdings, Inc.

Je reste assise devant l'écran, à sourire comme une idiote. Mais je dois lire ces chapitres pour Jack et rédiger un rapport sur chacun d'eux. Je pose les manuscrits sur mon bureau et me mets au travail.

Au déjeuner, je me rends chez le traiteur où je mange un sandwich au bœuf fumé en écoutant mon iPad. Le premier morceau est *Homelands* de Nitin Sawhney, de la *world music* – c'est bon. M. Grey a des goûts éclectiques en matière de musique. Je reviens en arrière pour écouter du classique, *Fantasia sur un thème de Thomas Tallis* par Ralph Waughan Williams. Oh, M. Cinquante Nuances a de l'humour et je l'aime aussi pour ça. Vais-je enfin me défaire de ce sourire idiot ?

L'après-midi traîne en longueur. Je décide de faire une pause et d'envoyer un message à Christian.

De : Anastasia Steele
Objet : Je m'ennuie...
Date : 10 juin 2011 16:05
À : Christian Grey

Je me tourne les pouces.
Comment vas-tu ?
Qu'est-ce que tu fais ?

Anastasia Steele
Assistante de Jack Hyde, Éditeur, SIP

De : Christian Grey
Objet : Tes pouces
Date : 10 juin 2011 16:15
À : Anastasia Steele

Tu aurais dû accepter de travailler pour moi.
Tu ne te tournerais pas les pouces.
Je suis certain que je pourrais leur trouver un meilleur usage.
En fait, toute une série de possibilités me vient à l'esprit...
Je m'adonne aux habituelles et monotones fusions et acquisitions.
Tout cela est bien ennuyeux.
Tes messages à SIP sont surveillés.

Christian Grey
PDG distrait, Grey Enterprises Holdings, Inc.

Oh merde. Je n'en avais aucune idée. Comment diable peut-il le savoir ? Je me renfrogne devant l'écran et relis vite fait les messages que nous avons échangés, en les effaçant au fur et à mesure.

À 17 h 30 pile, Jack est debout devant mon bureau. On est vendredi, jour de tenue décontractée, et il porte un jean ainsi qu'une chemise noire.

— Un verre, Ana ? En général, on en prend un rapide au bar en face.

— On ? je demande, pleine d'espoir.

— Ouais, la plupart d'entre nous... Vous venez ?

Pour une raison inconnue, que je ne tiens pas à analyser trop avant, je suis soulagée.

— J'aimerais beaucoup. Quel est le nom du bar ?

— Le Fifty's.

— Vous plaisantez ?

Il me considère d'un air étrange.

— Non. Ça signifie quelque chose pour vous ?

— Non, désolée. Je vous rejoins là-bas.

— Qu'est-ce que vous prendrez ?

— Une bière, s'il vous plaît.

— Parfait.

Je me rends aux toilettes d'où j'envoie un message à Christian sur le BlackBerry.

De : Anastasia Steele
Objet : Un endroit pour toi…
Date : 10 juin 2011 17:36
À : Christian Grey

Nous allons dans un bar qui s'appelle le Fifty's.
Une source de plaisanterie que je pourrais exploiter à l'infini.
J'ai hâte de vous y retrouver, monsieur Grey.

A.

De : Christian Grey
Objet : Coïncidences
Date : 10 juin 2011 17:38
À : Anastasia Steele

Exploiter est une activité très très dangereuse.

Christian Grey
P-DG, Grey Enterprises Holdings, Inc.

De : Anastasia Steele
Objet : Coïncidences ?
Date : 10 juin 2011 17:40
À : Christian Grey

Ce qui veut dire ?

De : Christian Grey
Objet : Simplement…
Date : 10 juin 2011 17:42
À : Anastasia Steele

Juste une remarque comme ça, mademoiselle Steele.
Je te rejoins bientôt.
À plus tôt que tard, chérie.

Christian Grey
P-DG, Grey Enterprises Holdings, Inc.

Je jette un coup d'œil à mon reflet dans le miroir. Tout peut changer en une journée. Mes pommettes sont plus colorées et mes yeux brillent. C'est l'effet Christian Grey. Un petit échange de messages avec lui ferait ça à n'importe quelle fille. Je souris au miroir en tirant sur mon chemisier – celui que Taylor m'a acheté. Je porte mon jean préféré. La plupart des femmes au bureau portent soit un jean soit une jupe ample. Je vais aussi devoir investir dans une ou deux jupes amples. Je vais peut-être m'en occuper ce week-end et encaisser le chèque que Christian m'a donné pour la vente de Wanda, ma Coccinelle.

Devant l'immeuble, quelqu'un m'appelle.

— Mademoiselle Steele ?

Je me retourne, intriguée, vers une jeune femme au visage de cendres qui s'approche avec précaution. On dirait un fantôme : elle est si pâle, avec une expression bizarre et absente.

— Mademoiselle Anastasia Steele ? répète-t-elle.

Ses traits demeurent figés tandis que je l'observe. Qui est-elle ? Que me veut-elle ?

— Je peux vous aider ?

Comment connaît-elle mon nom ?

— Non… Je voulais juste vous voir.

Sa voix est étrangement douce. Comme moi, elle a des cheveux sombres qui contrastent franchement avec sa peau claire. Ses yeux, marron bourbon, sont vides. Sans vie. Son beau visage pâle est marqué par le chagrin.

— Je suis désolée, vous me prenez au dépourvu, dis-je en essayant d'ignorer le picotement d'alerte qui court le long de mon échine.

Elle est encore plus bizarre de près, échevelée et pas soignée. Ses vêtements sont deux tailles trop grandes pour elle, y compris son imperméable de créateur.

Elle éclate de rire. Un bruit étrange et discordant qui ne fait que renforcer mon angoisse.

— Qu'est-ce que vous avez que je n'ai pas ? demande-t-elle tristement.

Mon anxiété se transforme en peur.

— Je suis désolée. Qui êtes-vous ?

— Moi ? Je ne suis personne.

Elle passe une main dans ses cheveux qui tombent sur ses épaules. La manche de son imperméable se relève et découvre son poignet entouré d'un bandage sale.

Bon Dieu.

— Bonne journée, mademoiselle Steele.

Elle se tourne et s'éloigne dans la rue. Pétrifiée, je regarde sa frêle silhouette disparaître de ma vue et se perdre au milieu des employés qui se déversent des immeubles alentour.

Que vient-il donc de se passer ?

Je traverse la rue pour rejoindre le bar tout en essayant de comprendre ce qui vient de se produire. Ma conscience pointe son horrible tête pour me cracher au visage : *Elle a quelque chose à voir avec Christian.*

Le Fifty's est un bar impersonnel à l'atmosphère de caverne, décoré de fanions et d'affiches de baseball accrochés aux murs. Jack se trouve au comptoir avec Elizabeth ; Courtney, l'autre éditrice ; deux types du service financier ; et Claire de l'accueil. Elle porte les anneaux en argent qui la caractérisent.

— Tiens, Ana ! me lance Jack en me tendant une bouteille de Bud.

— Santé… Merci.

Je suis encore chamboulée par ma rencontre avec la Fille fantôme.

— Santé.

Nous trinquons et Jack poursuit sa conversation avec Elizabeth. Claire me sourit gentiment.

— Alors, comment s'est passée ta première semaine ? demande-t-elle.

— Bien, merci. Tout le monde a été très sympa avec moi.

— Tu sembles beaucoup plus joyeuse aujourd'hui.

— On est vendredi, je marmonne très vite. Alors, tu as quelque chose de prévu pour ce week-end ?

Ma technique de distraction brevetée fait effet et je suis sauvée. Claire m'apprend qu'elle fait partie d'une fratrie de sept enfants et qu'elle se rend à une réunion de famille à Tacoma. Elle est très enthousiaste et je prends conscience que je n'ai pas parlé à une femme de mon âge depuis que Kate est partie à la Barbarde.

Mine de rien, je me demande comment elle va… ainsi qu'Elliot. Il faut que je pense à demander à Christian s'il a eu de ses nouvelles. Oh, et Ethan, le frère de Kate, rentre mardi prochain et séjournera dans notre appartement. J'imagine que ça ne va pas réjouir Christian. Ma récente rencontre avec l'étrange Fille fantôme dérive loin de mon esprit.

Alors que je discute avec Claire, Elizabeth me tend une autre bière.

— Merci, dis-je en souriant.

C'est très simple de discuter avec Claire, elle aime ça et, sans m'en rendre compte, j'en suis déjà à ma troisième bière, la dernière offerte par un type des finances.

Quand Elizabeth et Courtney s'en vont, Jack se joint à Claire et moi. Où est Christian ? Un des types du service financier se lance dans une conversation avec Claire.

— Ana, vous pensez que vous avez pris la bonne décision en venant travailler pour nous ?

Jack s'exprime d'une voix douce en se tenant un peu trop près de moi. Mais j'ai remarqué qu'il a tendance à se comporter ainsi avec tout le monde, même au bureau.

— J'ai beaucoup apprécié cette semaine, merci, Jack. Oui, je crois que j'ai fait le bon choix.

— Vous êtes une femme très intelligente, Ana. Vous irez loin.

Je rougis.

— Merci.

Je ne vois vraiment pas quoi dire d'autre.

— Vous habitez loin ?

— Dans le quartier de Pike Market.

— Pas loin de chez moi.

Tout en souriant, il s'approche davantage et s'appuie contre le comptoir, me piégeant tout à fait.

— Vous avez quelque chose de prévu pour le week-end ?

— Eh bien… euh.

Je le sens avant même de le voir. C'est comme si tout mon corps était hautement sensible à sa présence. Il se détend et s'enflamme en même temps – une dualité interne bizarre – et je ressens une étrange décharge électrique.

Christian passe son bras autour de mes épaules, espérant paraître désinvolte dans cet étalage d'affection, mais je sais qu'il n'en est rien. Il revendique quelque chose et, vu les circonstances, c'est tout à fait bienvenu. Il m'embrasse doucement les cheveux.

— Bonsoir, bébé, murmure-t-il.

Je me sens soulagée, en sécurité et excitée avec son bras autour de moi. Il m'attire à son côté et je lève les yeux vers lui pendant qu'il considère Jack avec un air impassible. Tournant son attention vers moi, il m'adresse un sourire en coin fugace qu'il ponctue d'un baiser rapide. Il porte sa veste bleu marine à fines rayures sur un jean et une chemise blanche ouverte au col. Il est tout à fait comestible.

Jack recule, mal à l'aise.

— Jack, je vous présente Christian.

Je marmonne sur un ton d'excuse que je ne saurais expliquer.

— Christian, Jack.

— Je suis son petit ami, déclare Christian en serrant la main de Jack avec un sourire détendu qui n'atteint pourtant pas ses yeux.

J'observe Jack qui semble estimer le beau spécimen de virilité face à lui.

— Je suis son patron, répond-il avec arrogance. Ana a en effet évoqué un ancien petit ami.

Oh merde. Tu ne devrais pas jouer à ça avec M. Cinquante Nuances.

— Eh bien, je ne suis plus un ex, répond calmement Christian. Tu viens, bébé, il est temps d'y aller.

— Je vous en prie, restez boire un verre avec nous, propose doucement Jack.

Je ne crois pas que ce soit une bonne idée. Pourquoi est-il aussi mal à l'aise ? Claire, bouche bée, dévisage évidemment Christian avec une expertise concupiscente. Quand cesserai-je de remarquer l'effet qu'il a sur les autres femmes ?

— Nous avons quelque chose de prévu, répond Christian avec un sourire énigmatique.

Ah bon ? Un frisson d'anticipation me traverse le corps.

— Une autre fois, peut-être. Tu viens ? dit-il en me prenant la main.

— À lundi.

Je souris à Jack, à Claire et aux types des finances, en m'efforçant d'ignorer l'expression on ne peut plus mécontente de Jack, avant de suivre Christian vers la sortie.

Taylor est au volant de l'Audi garée près du trottoir.

— Fallait-il vraiment que ça tourne au concours de celui qui fait pipi le plus loin ?

— C'était tout à fait ça, murmure-t-il en m'adressant de nouveau son sourire énigmatique avant de claquer la portière.

— Bonsoir, Taylor, dis-je.

Nos regards se croisent dans le rétroviseur.

— Mademoiselle Steele, répond-il cordialement.

Christian se glisse à côté de moi et prend ma main dont il embrasse doucement le bout des doigts.

— Bonsoir, me dit-il gentiment.

Mes joues rosissent. Je sais que Taylor peut nous entendre et je suis satisfaite qu'il ne voie pas l'effet torride, à enflammer ma petite culotte, que Christian a sur moi. Je fais appel à toute la maîtrise dont je suis capable pour ne pas immédiatement bondir sur lui, à l'arrière de la voiture.

Oh, l'arrière de la voiture… Mmm.

— Bonsoir, je soupire, la bouche sèche.

— Qu'est-ce que tu aimerais faire ce soir ?

— Je croyais que nous avions quelque chose de prévu.

— Moi, je sais ce que j'aimerais faire, Anastasia. Je te demande ce que toi, tu aimerais faire.

Je lui adresse un sourire radieux.

— Je vois, dit-il avec un rictus vicieux. Il est donc question de supplier. Veux-tu supplier chez moi ou chez toi ?

La tête inclinée sur le côté, il me gratifie de son sourire si sexy.

— Je crois que vous êtes très présomptueux, monsieur Grey. Mais, pour changer, nous pourrions aller chez moi.

Je me mordille délibérément la lèvre et son expression s'assombrit.

— Taylor, chez Mlle Steele, s'il vous plaît.

— Bien, monsieur, confirme Taylor en s'engageant dans la circulation.

— Alors comment s'est passée ta journée ? me demande Christian.

— Bien. La tienne ?

— Bien, merci.

Son sourire bêtement épanoui fait écho au mien et il m'embrasse de nouveau la main.

— Tu as l'air d'aller bien, me dit-il.

— Comme toi.

— Ton patron, Jack Hyde, il est compétent ?

Waouh ! Encore un brusque changement de sujet. Je fronce les sourcils.

— Pourquoi ? Ne me dis pas que le concours de celui qui fait pipi le plus loin continue ?

Petit sourire de Christian.

— Cet homme a des vues sur ta culotte, Anastasia, lâche-t-il sèchement.

Je deviens écarlate, bouche bée, et je jette un coup d'œil nerveux vers Taylor.

— Eh bien, il peut s'imaginer tout ce qu'il veut… D'ailleurs, pourquoi en parle-t-on ? Tu sais qu'il ne m'intéresse pas. C'est juste mon patron.

— Justement. Il veut ce qui est à moi. J'ai besoin de savoir s'il est compétent.

Je hausse les épaules.

— Je le pense.

Où veut-il en venir ?

— Eh bien, il ferait mieux de te ficher la paix ou alors il va se retrouver à la rue.

— Oh, Christian, de quoi est-ce que tu parles ? Il n'a rien fait de mal.

Pas encore. Il se tient juste trop près de moi.

— S'il tente quelque chose, préviens-moi. En gros, on appelle ça de la dépravation, ou du harcèlement sexuel.

— C'était seulement un verre après le travail.

— Je ne plaisante pas. S'il tente quoi que ce soit, il est hors circuit !

— Tu n'en as pas le pouvoir.

Franchement ! Et avant que je ne lève les yeux au ciel, l'évidence me percute avec la puissance d'un camion lancé à toute allure.

— N'est-ce pas, Christian ?

Nouveau sourire énigmatique.

— Tu es en train d'acheter la société, je murmure, horrifiée.

Son sourire dérape dès qu'il sent la panique dans ma voix.

— Pas exactement.

— Tu l'as déjà achetée. SIP. C'est déjà fait ?

Il cligne des yeux avec prudence.

— C'est possible.

— Tu l'as fait ou pas ?

— C'est fait.

Bon sang !

— Pourquoi ?

J'en ai le souffle coupé. Trop, c'est vraiment trop.

— Parce que je le peux, Anastasia. J'ai besoin de te savoir en sécurité.

— Tu as dit que tu n'interviendrais jamais dans ma carrière !

— Et je ne le ferai pas.

J'extirpe vivement ma main de la sienne.

— Christian…

Mais je ne trouve pas les mots.

— Tu es en colère contre moi ?

— Oui. Bien sûr que je suis en colère contre toi. (Je bous littéralement de rage.) Je veux dire, quel homme d'affaires responsable peut prendre des décisions en fonction de la personne qu'il baise ?

Je blêmis en jetant un regard nerveux vers Taylor qui nous ignore stoïquement.

Merde. C'est bien le moment que la fonction « filtre » entre mon cerveau et ma bouche soit défaillante.

Christian s'apprête à parler puis se ravise. Il me lance un coup d'œil menaçant auquel je réponds par un regard noir. Tandis que nous nous toisons, la température, dans la voiture, a brusquement chuté, passant de la douceur des retrouvailles à la froideur des reproches contenus.

Heureusement, notre désagréable trajet ne dure pas et Taylor se gare bientôt devant mon immeuble.

Je sors rapidement de la voiture sans attendre qu'on vienne m'ouvrir la portière.

— Il vaut mieux que vous attendiez ici, murmure Christian à Taylor.

Puis je le sens près de moi, dans mon dos, pendant que je fouille mon sac à main à la recherche de mes clés.

— Anastasia, dit-il calmement comme si j'étais un animal pris au piège.

Je soupire et me retourne vers lui. Je lui en veux tellement que ma colère est palpable, telle une entité sombre qui menace de m'étouffer.

— Premièrement, ça fait un moment que je ne t'ai pas baisée – j'ai même l'impression que ça fait une éternité –, et deuxièmement, je voulais me lancer dans l'édition. Des quatre maisons d'édition installées à Seattle, SIP est celle qui fait le plus de bénéfices, mais elle se trouve à un tournant et son activité menace de stagner, il faut qu'elle la diversifie.

Je le toise, glaciale. Son regard est intense, presque menaçant, mais sexy comme tout. Je pourrais me perdre dans la profondeur vertigineuse de ses yeux.

— Alors c'est toi mon patron dorénavant ?

— Techniquement, je suis le patron du patron de ton patron.

— Et, techniquement, le fait que je baise avec le patron du patron de mon patron, c'est de la dépravation.

— Pour le moment, tu ne fais que te disputer avec lui, me répond-il avec mauvaise humeur.

— Il faut dire que c'est un sacré con !

Christian recule sous le coup de la surprise. *Oh, merde. Suis-je allée trop loin ?*

— Un con ? murmure-t-il, l'air amusé.

Bon sang de bois ! Je suis en colère contre toi, ne me fais pas rire !

— Oui.

Je m'efforce de conserver une expression indignée.

— Un con ? répète Christian.

Cette fois, ses lèvres tressaillent malgré ses efforts pour réprimer un sourire.

— Ne me fais pas rire alors que je suis en colère contre toi !

Et voilà, il sourit, un sourire éblouissant, de toutes ses dents, un sourire de gamin. Je ne peux me retenir davantage : je lui fais écho avant d'éclater de rire. Comment ne pas être touchée par sa joie si évidente ?

— Ce n'est pas parce que j'ai ce sourire stupide que je ne suis pas en colère contre toi.

À bout de souffle, je tente d'étouffer mes gloussements de pom-pom girl ado – et la pensée amère que je n'ai pourtant jamais été pom-pom girl me traverse l'esprit.

Il se penche vers moi et je pense qu'il va m'embrasser, mais il ne le fait pas. Il enfouit son nez dans mes cheveux en inspirant profondément.

— Comme toujours, mademoiselle Steele, vous me surprenez.

Il s'écarte pour me dévisager. Ses yeux pétillent de plaisir.

— Alors, tu m'invites à entrer ou bien est-ce que tu me renvoies chez moi parce que j'ai usé du droit du citoyen, de l'entrepreneur et du consommateur américain, à acheter ce que bon lui semble ?

— Tu en as parlé au Dr Flynn ?

Il éclate de rire.

— Tu me laisses entrer ou non, Anastasia ?

Je tente un regard réticent – me mordiller la lèvre aide un peu –, mais j'ouvre la porte en souriant. Christian se tourne pour adresser un signe de la main à Taylor. L'Audi démarre et s'éloigne.

C'est bizarre d'avoir Christian Grey chez moi. Mon appartement semble trop petit pour lui.

Je lui en veux toujours – sa surveillance ne connaît aucune limite et c'est certainement ainsi qu'il a su que mes messages étaient lus chez SIP. Il en sait d'ailleurs probablement davantage sur SIP que moi. Cette pensée est répugnante.

Que puis-je faire ? Pour quelle raison éprouve-t-il ce besoin de me savoir en sécurité ? Je suis adulte – *enfin presque* –, pour l'amour de Dieu. Comment le rassurer ?

Je l'observe aller et venir dans la pièce tel un prédateur en cage, et ma colère s'apaise. Il est là, dans mon espace, alors que je croyais que tout était fini entre nous. C'est vraiment réconfortant. Plus encore. Je l'aime et mon cœur déborde d'une joie entêtante et fiévreuse. Il parcourt la pièce du regard, évalue le cadre.

— Bel endroit, conclut-il.

— Les parents de Kate ont acheté l'appartement pour leur fille.

Il acquiesce d'un air absent. Ses yeux gris provocants s'accrochent aux miens. Je rougis tant je suis nerveuse.

— Euh… tu veux boire quelque chose ?

— Non merci, Anastasia.

Son regard s'assombrit.

— Que veux-tu faire, Anastasia ? demande-t-il doucement en s'approchant de moi d'une démarche animale et sexy. Je sais ce que je veux faire, ajoute-t-il à voix basse.

Je recule jusqu'à buter contre l'îlot central de la cuisine.

— Je suis toujours en colère contre toi.

— Je sais.

Il m'adresse un petit sourire en coin, comme pour s'excuser, et je fonds… Bon, peut-être que je ne suis pas si en colère que ça.

— Tu veux manger quelque chose ?

Il hoche lentement la tête.

— Oui. Toi.

Tout ce qui est situé en dessous de ma taille se resserre. Sa voix suffit à me charmer et ce regard, ce regard affamé qui me dit « j'ai envie de toi maintenant », oh mon Dieu…

Debout devant moi, sans vraiment me toucher, il rive ses yeux aux miens et m'irradie de la chaleur de son corps. Je suis brûlante, agitée, mes jambes flageolent tandis que je suis parcourue de désirs obscurs. J'ai envie de lui.

— Tu as mangé aujourd'hui ? chuchote-t-il.

— Un sandwich au déjeuner.

Je n'ai pas envie de parler de bouffe. Ses yeux rétrécissent.

— Il faut que tu manges.

— Je n'ai vraiment pas faim, là… Enfin, je n'ai pas vraiment envie de nourriture.

— De quoi avez-vous faim, mademoiselle Steele ?

— Je crois que vous le savez, monsieur Grey.

Il se penche et, une fois encore, je crois qu'il va m'embrasser mais il ne le fait pas.

— Tu veux que je t'embrasse, Anastasia ? me murmure-t-il doucement à l'oreille.

— Oui.

— Où ?

— Partout.

— Il va falloir que tu sois un peu plus précise que ça. Je t'ai dit que je ne te toucherais pas tant que tu ne me supplierais pas et que tu ne me dirais pas ce que tu veux.

Je suis perdue, ce n'est pas juste. Je parviens juste à chuchoter :

— Je t'en prie.

— Je t'en prie quoi ?

— Touche-moi.

— Où, bébé ?

Il est si proche, la tentation est grande et son parfum est enivrant. Je tends la main et il recule aussitôt.

— Non, non, me réprimande-t-il, soudain agité et inquiet.

— Quoi ?

Non, reviens.

— Non, répète-t-il en secouant la tête.

— Pas du tout ?

Impossible de taire mon désir. Il me considère avec fébrilité et son hésitation me donne du courage. J'avance vers lui et il recule en levant les mains pour se défendre, malgré son sourire.

— Écoute, Ana.

C'est un avertissement. Il se passe la main dans les cheveux, exaspéré.

— Parfois, ça ne te dérange pas, fais-je observer d'une voix plaintive. Peut-être devrions-nous délimiter au marqueur les zones interdites.

Il hausse un sourcil.

— Ce n'est pas une mauvaise idée. Où est ta chambre ?

Je la lui désigne d'un mouvement de tête. Change-t-il volontairement de sujet ?

— Tu prends ta pilule ?

Oh merde. Ma pilule. Son visage se décompose devant mon expression.

— Non.

— Je vois, dit-il, les lèvres pincées. Viens, allons manger quelque chose.

— Je croyais qu'on allait au lit ! Je veux aller au lit avec toi.

— Je sais, bébé.

Il sourit et, se précipitant soudain vers moi, il m'attrape par les poignets et m'attire dans ses bras pour coller son corps au mien.

— Il faut que tu manges et moi aussi, murmure-t-il. De plus... l'attente est la clé de la séduction et, en ce moment même, je suis vraiment pour la satisfaction différée.

Ah ouais, depuis quand ?

— Je suis séduite et je veux être satisfaite maintenant. Je te supplie, je t'en prie.

Il me sourit tendrement.

— Mange. Tu es trop mince.

Il m'embrasse sur le front avant de me relâcher. C'est un jeu, ça fait partie d'un plan diabolique. Je prends une mine renfrognée.

— Je suis toujours furieuse que tu aies acheté SIP et maintenant je t'en veux parce que tu m'obliges à attendre.

Je fais la moue.

— Quelle petite dame en colère ! Tu te sentiras mieux après un bon repas.

— Je sais après quoi je me sentirais mieux.

— Anastasia Steele, je suis choqué.

Il se moque gentiment.

— Arrête de m'allumer. Ce n'est pas juste.

Il réprime un sourire en se mordant la lèvre inférieure. Il est tout simplement adorable... Christian le joueur qui s'amuse avec ma libido. Si seulement mes talents de séductrice étaient plus affutés, je saurais quoi faire, mais le fait de ne pouvoir le toucher me gêne.

Ma déesse intérieure, les yeux plissés, réfléchit. Il va falloir qu'on trouve une solution.

Pendant que Christian et moi nous dévisageons – moi, chaude, préoccupée et pleine de désir, et lui, détendu et s'amusant de moi –, je me rends compte que je n'ai rien à manger chez moi.

— Je veux bien te cuisiner quelque chose mais il va falloir aller faire des courses.

— Des courses ?

— Oui, à l'épicerie.

— Tu n'as pas de quoi manger ici ?

Son expression se durcit. Je secoue la tête. Merde, il a l'air en colère.

— Allons faire des courses alors, propose-t-il d'un air grave.

Tournant les talons, il se dirige vers la porte et l'ouvre en grand pour me laisser passer.

— Quand es-tu allé dans un supermarché pour la dernière fois ?

Christian n'a pas du tout l'air à sa place, mais il me suit consciencieusement en portant un panier.

— Je ne me rappelle pas.

— Est-ce que Mme Jones se charge de toutes les courses ?

— Je crois que Taylor lui donne un coup de main. Je ne suis pas sûr.

— Ça te va, un sauté ? C'est rapide.

— Un sauté me convient tout à fait.

Christian sourit, devinant sans doute mes raisons de vouloir préparer un plat rapide.

— Ça fait longtemps qu'ils travaillent pour toi ?

— Taylor, quatre ans, je crois. Mme Jones, environ la même période. Pourquoi n'as-tu rien à manger chez toi ?

— Tu sais pourquoi.

Je rougis.

— C'est toi qui m'as quitté, marmonne-t-il sur un ton désapprobateur.

— Je sais, dis-je d'une petite voix.

Je n'ai pas envie qu'il me rappelle cet épisode. Nous arrivons à la caisse où nous faisons la queue en silence.

Je m'interroge : *Si je n'étais pas partie, aurait-il fini par me proposer l'option relation amoureuse ?*

— Tu as quelque chose à boire ?

Il me ramène à la réalité.

— De la bière, je crois.

— Je vais chercher du vin.

Oh mon Dieu. Je ne suis pas certaine qu'on trouve du vin dans l'épicerie d'Ernie. Christian revient les mains vides avec une grimace dégoûtée.

— Il y a un bon caviste juste à côté, dis-je aussitôt.

— Je vais voir ce qu'ils ont.

Peut-être que nous devrions tout simplement aller chez lui, nous n'aurions pas à nous embarrasser de tout ça. Il sort du magasin avec une expression déterminée et une élégance naturelle. Deux femmes, arrivant en sens inverse, s'arrêtent pour le regarder. *Allez-y, matez donc mon Cinquante Nuances*, je pense, abattue.

J'aimerais garder un souvenir de lui dans mon lit, mais il est difficile à coincer. Je devrais peut-être me comporter comme lui. Ma déesse intérieure hoche la tête comme une folle. Alors que j'attends mon tour, nous décidons toutes les deux d'un plan. Mmm…

Christian porte le sac de courses du magasin à l'appartement. Il est bizarre. Il n'a pas son maintien habituel de P-DG.

— Tu fais très… homme d'intérieur.

— Personne ne m'a jamais dit ça avant, répond-il sèchement.

Il dépose les sacs sur le comptoir de la cuisine. Alors que j'entreprends de les vider, il sort une bouteille de vin blanc et part à la recherche d'un tire-bouchon.

— Cet endroit est encore tout nouveau pour moi. Je crois que le tire-bouchon se trouve là, dis-je en désignant un tiroir du menton.

Tout cela a l'air si… normal. Deux personnes qui apprennent à se connaître, qui s'apprêtent à partager un repas. Et pourtant c'est tellement bizarre. La peur que j'ai toujours ressentie en sa présence a disparu. Nous avons déjà fait tellement de choses ensemble, je rougis à cette pensée, et pourtant je le connais à peine.

— Tu penses à quoi ?

Christian interrompt ma rêverie en ôtant sa veste à fines rayures avant de la poser sur le canapé.

— Au fait que je sais très peu de choses de toi.

Son regard s'adoucit.

— Tu me connais mieux que personne.

— Je pense que c'est faux.

Mrs Robinson fait irruption dans mon esprit sans y être invitée.

— Et pourtant c'est vrai, Anastasia. Je suis une personne très très secrète.

Il me tend un verre de vin blanc.

— Santé, dit-il.

— Santé.

Je bois une gorgée de vin pendant qu'il range la bouteille dans le réfrigérateur.

— Je peux t'aider ? me demande-t-il.

— Non, ça va... Assieds-toi.

— J'aimerais t'aider.

Il a l'air sincère.

— Tu peux découper les légumes alors.

— Je ne sais pas cuisiner, dit-il en considérant d'un œil suspicieux le couteau que je lui tends.

— Je suppose que tu n'as pas besoin de savoir.

Je pose une planche à découper et quelques poivrons rouges devant lui. Il les regarde avec une expression confuse.

— Tu n'as jamais découpé de légumes ?

— Non.

J'ai un sourire satisfait.

— Ne serait-ce pas un sourire de satisfaction ?

— Il semblerait qu'il y a quelque chose que je sais faire et pas toi. Regardons les choses en face, Christian. C'est une première, non ? Bon, je vais te montrer.

Je le frôle et il recule. Ma déesse intérieure se redresse pour en prendre note.

— Comme ça.

J'émince le poivron rouge en prenant soin d'enlever les graines.

— Ça m'a l'air simple.

— Tu devrais pouvoir t'en sortir, dis-je d'un ton ironique.

Il m'adresse un regard impassible puis se met au travail pendant que je coupe le poulet en dés. Il commence à l'émincer, avec soin, lentement. *Oh mon Dieu, on va y passer la nuit.*

Je me lave les mains et sors le wok, l'huile et les ingrédients dont j'ai besoin, en le frôlant à plusieurs reprises – de la hanche, de mon dos, de mes mains. Des petits contacts aux dehors innocents. Il s'immobilise chaque fois que je le touche.

— Je sais ce que tu es en train de faire, Anastasia, murmure-t-il, l'air sérieux, en coupant toujours le premier poivron.

— Je crois qu'on appelle ça faire la cuisine, dis-je en battant des cils.

Attrapant un autre couteau, je le rejoins devant la planche à découper pour éplucher et émincer l'ail, les échalotes et les haricots verts, sans cesser de me heurter à lui.

— Tu t'en sors bien, marmonne-t-il en s'attaquant au second poivron.

— Tu veux dire, pour découper les légumes ?

Nouveaux battements de cils.

— J'ai des années de pratique.

Je le frôle encore. Cette fois ce sont mes fesses. Il se fige.

— Si tu recommences, Anastasia, je vais te prendre sur le sol de la cuisine.

Waouh, ça marche.

— Il va te falloir me supplier d'abord.

— C'est un défi ?

— Peut-être.

Il pose son couteau et s'approche de moi d'un pas nonchalant, le regard brûlant. Se penchant derrière moi, il éteint le gaz. L'huile dans le wok cesse presque aussitôt de grésiller.

— Je crois qu'on mangera plus tard, dit-il. Remets le poulet dans le réfrigérateur.

Jamais je n'aurais imaginé Christian Grey prononcer une telle phrase et il n'y a que lui pour la dire de manière aussi sexy. Les mains tremblantes, je couvre d'une assiette le saladier contenant les morceaux de poulet et je le range au réfrigérateur. Quand je me retourne, Christian est à côté de moi.

— Alors tu vas me supplier ?

J'affronte avec bravoure son regard qui s'assombrit.

— Non, Anastasia, dit-il en agitant la tête. Pas de supplique.

Sa voix est douce, aguicheuse.

Debout, l'un près de l'autre, nous nous buvons des yeux. L'air se charge autour de nous, il crépite presque tant il est électrique. Nous ne nous disons rien, nous nous fixons juste du regard. Je me mords la lèvre lorsque mon désir pour cet homme m'envahit de plus belle, embrasant mon sang, écourtant mon souffle, me liquéfiant au-dessous de la taille. Sa posture, ses yeux se nourrissent de mes réactions.

En un éclair, il m'attrape par les hanches pour m'attirer à lui alors que mes mains s'enfoncent dans ses cheveux et que sa bouche revendique la mienne. Je gémis entre ses lèvres, tandis qu'une des ses mains s'affaire dans ma chevelure, me tirant la tête en arrière pendant ce baiser sauvage.

— Qu'est-ce que tu veux, Anastasia ? soupire-t-il.

— Toi, dis-je, haletante.

— Où ?

— Dans le lit.

Il se détache de moi, me soulève dans ses bras et m'emmène aussitôt – et de toute évidence, sans effort – dans ma chambre. Il me pose debout près de mon lit et se penche pour allumer la lampe de chevet. Il jette un coup d'œil rapide autour de lui avant de tirer très vite les rideaux crème.

— Et maintenant ? demande-t-il doucement.

— Fais-moi l'amour.

— Comment ?

Mon Dieu.

— Tu dois me dire, bébé.

Bon sang de bonsoir.

— Déshabille-moi.

Je suis déjà pantelante. Le sourire aux lèvres, il crochète son index dans ma chemise ouverte pour m'attirer vers lui.

— Bonne petite, murmure-t-il.

Sans me quitter de ses yeux brûlants, il commence à déboutonner lentement mon chemisier.

Dans un geste hésitant, je pose mes mains sur ses bras pour garder l'équilibre. Il ne s'en plaint pas. Ses bras sont une zone sûre. Une fois mon chemisier déboutonné, il le fait glisser sur mes épaules et je lâche les bras de Christian pour que le vêtement tombe par terre. Puis il baisse les mains sur la taille de mon jean, en fait sauter le bouton et descend la fermeture Éclair.

— Dis-moi ce que tu veux, Anastasia.

Ses yeux s'enflamment, ses lèvres s'entrouvrent, il respire par à-coups.

— Embrasse-moi de là à là.

Je fais courir mon doigt de la base de mon oreille tout le long de ma gorge.

Écartant mes cheveux, il se penche et dépose de doux baisers le long du chemin emprunté par mon doigt, puis remonte en sens inverse.

— Mon jean et ma culotte.

Je chuchote et il sourit de nouveau tout contre ma gorge avant de tomber à genoux devant moi.

Oh, je me sens si puissante. Accrochant ses pouces dans mon jean, il le tire doucement en même temps que ma culotte. Débarrassée de mes ballerines et de mes vêtements, je ne porte plus que mon soutien-gorge. Christian s'immobilise et lève les yeux vers moi. Il a l'air d'attendre la suite, mais il reste à genoux.

— Et maintenant, Anastasia ?

— Embrasse-moi.

— Où ?

— Tu sais bien où.

— Où ?

Oh, il ne fait pas de quartier. Mal à l'aise, je désigne rapidement le sommet de mes cuisses et il a un petit sourire vicieux. Je ferme les paupières, mortifiée, mais en même temps mon excitation est à son comble.

— Avec plaisir, glousse-t-il.

Il m'embrasse et sa langue se déchaîne, cette langue experte qui me donne tant de plaisir. Je grogne en serrant le poing dans ses cheveux. Il n'arrête pas, sa langue qui encercle mon clitoris me rend folle, il continue encore et encore, tout autour, il tourne. *Ahh… ça fait si… longtemps… ? Oh…*

— Christian, je t'en prie.

Je ne veux pas jouir debout. Je n'en ai pas la force.

— Je t'en prie, quoi, Anastasia ?

— Fais-moi l'amour.

— C'est ce que je fais, murmure-t-il, soufflant doucement tout contre mon sexe.

— Non, je te veux en moi.

— Tu es sûre ?

— Je t'en prie.

Mais il ne met pas fin à sa douce et exquise torture. Mon gémissement enfle.

— Christian, je t'en prie.

Il se lève et baisse les yeux sur moi. Ses lèvres luisent de la preuve de mon excitation.

C'est tellement bon...

— Eh bien ? demande-t-il.

— Eh bien quoi ?

Je le regarde, emplie d'un désir désespéré.

— Je suis toujours habillé.

Je reste bouche bée de confusion.

Le déshabiller ? Oui, je peux faire ça. Je tends la main vers sa chemise et il recule.

— Oh non.

Merde, il parlait de son jean.

Oh, et ça me donne une idée. Ma déesse intérieure explose de joie. Je tombe à genoux devant Christian. Un peu maladroite, les doigts tremblants, je défais sa ceinture puis je baisse son jean ainsi que son boxer, et son sexe se libère d'un coup tel un ressort. *Waouh.*

Je lève le regard vers lui et il me contemple avec... quoi ? Appréhension ? Terreur ? Surprise ?

Il sort les pieds de son jean, enlève ses chaussettes et j'empoigne son sexe en faisant glisser ma main vers sa base comme il me l'a montré. Il grogne et se raidit, son souffle devient sifflant au travers de ses dents serrées. Très timidement, je prends son sexe dans ma bouche et je le suce – fort. Mmm, il a bon goût.

— Ah, Ana... doucement.

Il prend tendrement ma tête entre ses mains et je l'enfonce plus loin dans ma bouche, resserrant autant que possible mes lèvres autour de lui, protégeant mes dents et le suçant avec vigueur.

— Putain, siffle-t-il.

Oh, quelle exclamation inspirante et sexy, alors je m'y remets, l'étirant sur toute la longueur, faisant tourner ma langue autour de son gland. Mmm… J'ai l'impression d'être Aphrodite.

— Ana, ça suffit. Arrête.

Je recommence – *Implore, Grey, implore* – encore et encore.

— Ana, j'ai compris, grogne-t-il, les dents serrées. Je ne veux pas jouir dans ta bouche.

Je continue et il se penche, m'attrape par les épaules et me relève avant de me jeter sur le lit. Il fait passer sa chemise par-dessus tête, puis fouille dans son jean au sol et, comme un bon boy-scout, il en sort un sachet argenté.

— Enlève ton soutien-gorge, m'ordonne-t-il.

Assise, je m'exécute.

— Allonge-toi. Je veux te regarder.

Je m'allonge, les yeux levés vers lui pendant qu'il enfile lentement son préservatif. J'ai tellement envie de lui. Les yeux baissés sur moi, il passe la langue sur ses lèvres.

— Quel beau spectacle vous m'offrez là, mademoiselle Steele.

Il se penche sur le lit et rampe lentement au-dessus de moi tout en m'embrassant. Il baise mes seins, en agaçant les tétons pendant que je gémis et me tortille sous lui, sans qu'il s'arrête pour autant.

Non… Arrête. J'ai envie de toi.

— Christian, je t'en prie.

— Je t'en prie quoi ? murmure-t-il entre mes seins.

— Je te veux en moi.

— Maintenant ?

— S'il te plaît.

Il ouvre mes cuisses avec ses jambes et se déplace de manière à planer au-dessus de moi. Sans détacher son regard du mien, il plonge en moi avec une lenteur délicieuse.

Je ferme les yeux, savourant l'ampleur, la sensation exquise de sa possession, basculant instinctivement le bassin pour aller à sa rencontre, pour le rejoindre, tout en gémissant bruyamment. Il se retire et m'emplit une nouvelle fois très lentement. Mes doigts se fraient un chemin dans ses cheveux soyeux et rebelles. Il va et vient en prenant son temps.

— Plus vite, Christian, plus vite… je t'en prie.

Il baisse son regard triomphant sur moi avant de m'embrasser avec fougue puis il commence vraiment à se mouvoir en moi – *un mouvement éprouvant et impitoyable… Oh, bordel* – et je sais qu'il n'y en a plus pour longtemps. Il me pilonne en rythme. Je m'emballe, mes jambes se raidissent sous lui.

— Viens, bébé, halète-t-il. Jouis pour moi.

Ses paroles causent ma perte et j'explose, superbement, à m'en engourdir le cerveau, en un million de morceaux autour de lui, et il se joint à moi en criant mon nom.

— Ana ! Oh putain, Ana !

Il s'écroule sur moi, la tête blottie dans mon cou.

4.

Lorsque je reprends enfin mes esprits, j'ouvre les yeux pour contempler le visage de l'homme que j'aime. L'expression de Christian est douce et tendre. Il frotte son nez contre le mien, en appui sur ses coudes, ses mains tenant les miennes de part et d'autre de ma tête. Je soupçonne avec tristesse que c'est pour éviter que je le touche. Il plante un doux baiser sur mes lèvres en se retirant de moi.

— Ça m'a manqué, soupire-t-il.

— À moi aussi.

Il prend mon menton et m'embrasse. Un baiser passionné et suppliant… qui me demande quoi ? Je ne sais pas. Un baiser qui me laisse à bout de souffle.

— Ne me quitte plus, me supplie-t-il en plongeant son regard dans le mien, l'air grave.

— D'accord.

Je soupire avec un sourire. Celui qu'il me renvoie est éblouissant : le soulagement, la joie et un plaisir enfantin se mêlent en une expression qui ferait fondre le cœur le plus glacé.

— Merci pour l'iPad.

— Ça me fait plaisir, Anastasia.

— Quelle est ta chanson préférée dans ta sélection ?

— Ma réponse serait très parlante.

Il sourit.

— Va me faire à manger, la gueuse. Je suis affamé, ajoute-t-il en s'asseyant très vite et en m'entraînant avec lui.

— La gueuse ? dis-je en gloussant.

— La gueuse ! À manger, maintenant, s'il te plaît.

— Puisque c'est si gentiment demandé, j'y vais tout de suite.

En descendant du lit, je déloge mon oreiller et découvre le ballon-hélicoptère dégonflé. Christian le prend, intrigué.

— C'est mon ballon, dis-je sur un ton possessif en attrapant mon peignoir pour m'y envelopper.

Oh Seigneur… pourquoi a-t-il fallu qu'il tombe là-dessus ?

— Dans ton lit ? chuchote-t-il.

— Oui. Il me tient compagnie.

Je rougis.

— Quel veinard, ce Charlie Tango, dit-il, surpris.

Eh oui, je suis une sentimentale, Grey. Parce que je t'aime.

— C'est mon ballon à moi !

Et je tourne les talons en direction de la cuisine et le laisse avec son sourire jusqu'aux oreilles.

Assis sur le tapis persan de Kate, Christian et moi mangeons avec des baguettes des nouilles sautées au poulet dans des bols en porcelaine blanche, tout en sirotant du pinot blanc Grigio frais. Christian, appuyé contre le canapé, ses longues jambes allongées devant lui, arbore sa coiffure d'après-baise. Il porte son jean, sa chemise et c'est tout. Le Buena Vista Social Club chante doucement depuis l'iPod de Christian.

— C'est délicieux, déclare-t-il en piochant dans son bol.

Assise en tailleur à côté de lui, je mange avec appétit – je suis plus qu'affamée – tout en admirant ses pieds nus.

— En général, c'est moi qui cuisine. Kate n'est pas bonne cuisinière.

— C'est ta mère qui t'a appris ?

— Pas vraiment. Quand j'ai été en âge de m'intéresser à la cuisine, ma mère vivait avec son Mari Numéro Trois à Mansfield, Texas. Et Ray, eh bien, il se serait contenté de toasts et de plats à emporter si je n'avais pas été là.

— Pourquoi n'es-tu pas restée au Texas avec ta mère ?

— Son mari, Steve, et moi… on ne s'entendait pas vraiment bien. Et Ray me manquait. Le mariage de ma mère avec Steve n'a pas duré. Elle a recouvré ses esprits, je pense. Elle ne parle jamais de lui d'ailleurs. Je crois que c'est une période sombre de sa vie que nous n'avons jamais évoquée.

— Alors tu es restée à Washington avec ton beau-père ?

— J'ai vécu un petit moment au Texas. Puis je suis retournée habiter avec Ray.

— On dirait que tu t'es occupée de lui.

— Je suppose, dis-je en haussant les épaules.

— Tu as l'habitude de t'occuper des autres.

La tension dans sa voix attire mon attention.

— Qu'est-ce qu'il y a ?

Je suis surprise, il a l'air sur ses gardes.

— Je veux prendre soin de toi, dit-il.

Ses yeux brillent d'une émotion sans nom. Mon cœur s'emballe.

— J'ai remarqué. Tu le fais juste d'une drôle de façon.

Il plisse le front.

— C'est la seule façon que je connaisse.

— Je t'en veux encore d'avoir acheté SIP.

Il sourit.

— Je sais bien mais que tu m'en veuilles, bébé, ne m'arrêtera pas.

— Que vais-je dire à mes collègues et à Jack ?

Ses yeux s'étrécissent.

— Ce salopard a plutôt intérêt à faire attention à ce qu'il fait.

— Christian ! C'est mon patron.

Il pince les lèvres. On dirait un écolier récalcitrant.

— Ne leur dis pas, dit-il.

— Ne leur dis pas quoi ?

— Que SIP m'appartient. Les premiers accords ont été signés hier. La nouvelle ne doit pas s'ébruiter avant quatre semaines, le temps que la direction de SIP procède à des changements.

— Oh… je vais perdre mon poste ? dis-je avec inquiétude.

— Franchement, j'en doute, répond-il avec ironie en réprimant un sourire.

Je prends un air renfrogné.

— Si je pars et que je trouve un autre emploi, tu achèteras aussi cette société ?

— Tu ne penses pas quitter ton travail, n'est-ce pas ?

Son expression change. Le voici de nouveau prudent.

— Probablement pas. Je ne pense pas que tu m'aies laissé grand choix.

— Alors oui, j'achèterai cette société.

Nouveau regard noir. Je ne gagnerai jamais à ce jeu-là.

— Tu ne crois pas que tu es légèrement surprotecteur ?

— Oui, j'ai tout à fait conscience que ça ressemble à ça.

— Il faut que j'envoie un message au Dr Flynn, dis-je pour moi-même.

Il pose son bol vide et me considère d'un air impassible. Je soupire. Je n'ai pas envie de me disputer avec lui. Je me lève et ramasse son bol.

— Tu veux un dessert ?

— Voilà du sérieux ! dit-il en m'adressant un sourire lascif.

— Je ne parle pas de moi.

Et pourquoi pas ? Ma déesse intérieure se réveille de sa petite sieste et se redresse, tout ouïe.

— J'ai de la crème glacée. À la vanille, un parfum d'amourette.

Je ricane.

— Vraiment ?

Son sourire s'épanouit.

— Je crois qu'on pourrait en faire quelque chose, ajoute-t-il.

Quoi ? Je le regarde, abasourdie, tandis qu'il se lève avec aisance.

— Je peux rester ici ? me demande-t-il.

— Qu'est-ce que tu entends par là ?

— Rester cette nuit.

— Je partais du principe que c'était ce que tu comptais faire.

— Bien. Où est la crème glacée ?

— Dans le four, dis-je avec un sourire.

Il incline puis agite la tête en soupirant.

— Le sarcasme est le trait d'esprit le plus bas qui soit, mademoiselle Steele.

Ses yeux étincellent. *Oh merde, qu'est-ce qu'il a en tête ?*

— Je pourrais toujours te donner une fessée.

Je dépose les bols dans l'évier.

— Tu as les boules argentées ?

Il se tapote la poitrine, le ventre et les poches de son jean.

— C'est amusant mais je n'ai jamais un jeu de rechange sur moi. Je n'en ai pas vraiment l'utilité au bureau.

— Je suis ravie de l'apprendre, monsieur Grey, et je pensais vous avoir entendu dire que le sarcasme était le trait d'esprit le plus bas qui soit.

— Eh bien, Anastasia, ma nouvelle devise est la suivante : « Ce que tu ne peux vaincre, embrasse-le. »

Je reste bouche bée – *je n'arrive pas à croire qu'il ait dit ça*. Il a l'air satisfait et ça m'insupporte. Il ouvre le congélateur et en sort un pot de la meilleure vanille Ben & Jerry's.

— Ça ira tout à fait.

Il lève ses yeux sombres vers moi.

— Ben & Jerry's & Ana.

Il détache chaque mot en prononçant clairement chaque syllabe.

Oh, nom de Dieu. J'ai l'impression que ma mâchoire inférieure repose par terre. Il ouvre le tiroir à couverts et y prend une cuillère. Quand il relève la tête, les paupières mi-closes, sa langue vient frôler ses dents supérieures. *Oh, cette langue.*

J'ai le souffle court. Le désir, sombre, luisant et indécent, coule tel un flot brûlant dans mes veines. Nous allons nous amuser, avec de la nourriture.

— J'espère que tu as chaud, murmure-t-il. Je vais te rafraîchir avec ça. Viens.

Il me prend la main. Dans ma chambre, il dépose le pot de crème glacée sur la table de nuit, retire la couette du lit et enlève les oreillers en empilant le tout par terre.

— Tu as des draps de rechange, n'est-ce pas ?

J'acquiesce, fascinée. Il me montre Charlie Tango.

— Ne joue pas avec mon ballon !

Il répond à mon avertissement par un demi-sourire.

— Je n'y songerais même pas, bébé, mais je vais jouer avec toi et ces draps.

Mon corps est pratiquement pris de convulsions.

— Je veux t'attacher.

Oh.

— D'accord.

— Juste les mains. Au lit. J'ai besoin que tu restes tranquille.

— D'accord.

Je suis incapable d'autre chose qu'un chuchotement. Il avance vers moi d'un pas nonchalant, sans me quitter des yeux.

— Nous allons nous servir de ça.

Il saisit la large ceinture de mon peignoir et, avec une lenteur délicieuse et provocante, il défait le nœud et la tire doucement pour la libérer du vêtement.

Mon peignoir s'ouvre et je suis paralysée par son regard brûlant. Puis il le fait glisser sur mes épaules et le laisse choir à mes pieds. Je me tiens à présent nue devant lui. Il caresse mon visage du dos de sa main et son contact se répercute jusqu'au fond de mon sexe. Il se penche pour m'embrasser fugacement les lèvres.

— Allonge-toi sur le lit, sur le dos, me murmure-t-il, ses yeux sombres embrasant les miens.

Je m'exécute. La chambre est plongée dans le noir à l'exception de la lumière pâle de ma lampe de chevet.

D'habitude, je déteste les ampoules basse consommation – elles diffusent une lumière trop terne – mais, là, nue devant Christian, j'apprécie que la lumière soit tamisée. Debout près du lit, il baisse les yeux sur moi.

— Je pourrais t'admirer toute la journée, Anastasia.

Alors il grimpe sur le lit et se place à califourchon sur mon corps.

— Les bras au-dessus de la tête ! m'ordonne-t-il.

J'obtempère. Il attache l'extrémité de la ceinture du peignoir autour de mon poignet gauche et la fait passer au travers des barres métalliques de la tête du lit. Puis il tire d'un coup sec et mon bras est soudain plié au-dessus de ma tête. Il attache ensuite ma main droite en faisant un nœud serré avec la ceinture.

Une fois que je suis ligotée, les yeux toujours fixés sur lui, il se détend. Il aime que je sois attachée. De cette façon, je ne peux pas le toucher. Aucune de ses soumises n'a dû le toucher non plus – elles n'ont pas dû en avoir l'occasion. Il devait sans doute toujours tout contrôler et garder une distance. C'est pour cette raison qu'il aime ses règles.

Il descend de mon corps après m'avoir déposé un rapide baiser sur les lèvres. Puis il se lève et retire sa chemise. Il défait son jean et le laisse tomber par terre.

Le voici dans sa merveilleuse nudité. Ma déesse intérieure effectue un triple axel sur barres asymétriques avant de toucher terre et soudain j'ai la bouche sèche. Le volume de son corps respecte les canons classiques : des épaules larges et musclées, des hanches étroites, comme un triangle à l'envers. Il fait visiblement de la muscu. Moi aussi, je pourrais l'admirer toute la journée. Se postant au bout du lit, il m'attrape les chevilles et me tire d'un coup sec vers lui afin que mes bras soient tendus et incapables de bouger.

— C'est mieux, marmonne-t-il.

Le pot de crème glacée à la main, il remonte en douceur sur le lit pour s'asseoir de nouveau à califourchon sur moi. Très lentement, il détache le couvercle et plonge la cuillère dans la glace.

— Hmm… elle est encore assez dure, observe-t-il en haussant un sourcil.

Il enfourne une cuillerée de crème à la vanille dans sa bouche.

— Délicieuse, murmure-t-il en se léchant les lèvres. C'est fou comme la glace à la vanille toute simple peut être bonne.

Il baisse les yeux sur moi.

— Tu en veux ? me demande-t-il, un rien provocateur.

Il a l'air si follement sexy, si jeune et insouciant, assis sur moi à manger de la glace, les yeux brillants, le visage radieux. Oh mon Dieu, mais que va-t-il me faire ? *Comme si tu ne le savais pas*. Je hoche la tête, timidement.

J'ouvre la bouche quand il me tend une autre cuillerée de glace, mais il l'enfourne rapidement dans la sienne.

— C'est trop bon pour la partager, dit-il avec un petit sourire vicieux.

— Hé !

— Et alors, mademoiselle Steele, vous aimez la vanille ?

— Oui.

Je réponds avec plus d'ardeur que voulu tout en essayant en vain de le désarçonner. Il éclate de rire.

— On devient fougueuse, dis donc ! Je ne m'amuserais pas à ça si j'étais toi.

— Donne-moi de la glace.

Je l'implore.

— Bien, puisque vous m'avez grandement contenté aujourd'hui, mademoiselle Steele.

Il me propose une nouvelle cuillerée de glace. Cette fois, il me laisse la manger.

J'ai envie de glousser. Il s'amuse vraiment et sa bonne humeur est contagieuse. Il plonge encore une fois la cuillère dans le pot et m'en propose, puis il recommence. *D'accord, ça suffit.*

— Mmm… Eh bien, voilà un moyen de m'assurer que tu manges : te nourrir de force. Je pourrais m'y habituer.

Une nouvelle cuillerée. Cette fois, la bouche close, je secoue la tête. Il laisse alors la glace fondre lentement dans la cuillère et goutter sur ma gorge et sur ma poitrine avant de lécher lentement la crème glacée sur mon corps qui s'embrase de désir.

— Mmm… C'est encore meilleur sur vous, mademoiselle Steele.

Je tire sur mes liens et le lit émet un craquement sinistre, mais je m'en fiche – le désir me brûle, me consume. Christian laisse fondre une autre cuillerée de glace sur ma poitrine. Puis avec le dos de la cuillère, il étale la crème sur mes seins et mes mamelons.

Oh… c'est froid. Mes tétons pointent et durcissent sous la glace à la vanille.

— C'est froid ? me demande-t-il doucement.

Il se penche pour lécher de nouveau la vanille, sa bouche chaude contrastant avec la glace.

C'est une torture. La crème glacée, en fondant, forme sur mon corps des petits ruisseaux qui dévalent jusque sur le lit. Les lèvres de Christian poursuivent leur lente persécution, il suce fort, frotte son nez contre moi, doucement – *Oh je t'en prie* –, je suis haletante.

— Tu en veux ?

Et avant que je ne puisse accepter ou refuser, sa langue plonge dans ma bouche. Glacée et experte, elle a le goût de Christian mélangé à la vanille. C'est délicieux.

Et, alors que je commence à m'habituer à cette sensation, il se redresse et dessine un chemin de glace au centre de mon corps, sur mon ventre, jusqu'à mon nombril où il dépose une grosse cuillerée de glace. *Oh, c'est encore plus frais qu'avant mais, très bizarrement, ça brûle.*

— Bon, ça, je te l'ai déjà demandé.

Les yeux de Christian brillent.

— Ne bouge pas ou il y aura de la glace partout sur le lit.

Il embrasse mes seins, en aspire les tétons, puis il suit le chemin de crème glacée le long de mon corps tout en suçotant et en léchant.

Et j'essaie, j'essaie de ne pas bouger malgré la combinaison enivrante du froid et du contact excitant de Christian. Mais mes hanches se mettent à se mouvoir involontairement, tanguant selon un rythme qui leur est propre, possédées par le charme frais de la vanille. Il descend plus bas et commence à manger la glace sur mon ventre, laissant sa langue tournoyer autour de mon nombril.

Je gémis. *Oh, la vache !* C'est froid, c'est chaud, c'est excitant, mais il n'arrête pas. Il suit le sentier de glace plus bas sur mon corps, jusqu'à mon pubis, jusque sur mon clitoris. Je pousse un petit cri.

— Chut, dit doucement Christian.

Sa langue magique s'applique à laper la glace à la vanille et je me tiens tranquille.

— Oh… je t'en prie… Christian.

— Je sais, bébé, je sais, souffle-t-il tandis que sa langue œuvre avec magie.

Il ne s'arrête pas, il ne s'arrête tout simplement pas, et mon corps s'envole, plus haut, encore plus haut. Il glisse un doigt en moi, puis un second, et les fait entrer et sortir avec une atroce lenteur.

— Juste là, murmure-t-il.

Il caresse en rythme la paroi avant de mon vagin tout en continuant à me lécher et me sucer de façon exquise et implacable.

J'explose subitement en un orgasme à m'en faire disjoncter le cerveau. Une jouissance qui stupéfie tous mes sens, effaçant tout ce qui se passe à l'extérieur de mon corps tandis que je me tortille en gémissant. *Oh, merde,* c'est venu si vite.

Je suis vaguement consciente que Christian a cessé de me prodiguer ses bons soins. Il plane au-dessus de moi, enfile un préservatif puis me pénètre vite et fort.

— Oh oui ! grogne-t-il en me pilonnant.

Il est collant, les restes de glace fondue s'étalent entre nos deux corps. Cette sensation étrange détourne brièvement mon attention, mais je ne m'y attarde pas plus de quelques secondes car Christian se retire soudain pour me retourner.

— Comme ça, murmure-t-il.

Il s'enfonce de nouveau d'un coup en moi sans adopter d'emblée son rythme habituel. Il se penche pour me détacher les mains et me redresse de manière que je sois pratiquement assise sur lui. Ses mains remontent vers mes seins, qu'il prend dans ses paumes, en tirant doucement les tétons. Je rejette la tête en arrière contre son épaule en grognant. Son visage enfoui dans mon cou, tout en me mordillant, il bascule son bassin et me remplit encore et encore, avec délice et lenteur.

— Sais-tu à quel point tu comptes pour moi ? soupire-t-il à mon oreille.

— Non.

Je suis pantelante. Il sourit dans ma nuque et ses doigts s'enroulent autour de ma mâchoire et de ma gorge, me serrant brièvement.

— Si, tu le sais. Je ne te laisserai plus me quitter.

Je grogne de nouveau lorsque son rythme en moi s'accélère.

— Tu es à moi, Anastasia.

— Oui, à toi, je répète à bout de souffle.

— Je prends soin de ce qui est à moi, siffle-t-il en me mordant l'oreille.

Je crie.

— C'est ça, bébé, je veux t'entendre.

Une main serpente autour de ma taille tandis que l'autre m'attrape par la hanche, il s'enfonce plus fort en moi et je crie encore. Et le rythme impitoyable commence. Son souffle se fait plus rude, et encore plus rude, irrégulier, comme le mien. Je ressens cette accélération familière au fond de moi. *Encore !*

Je ne suis que sensation. Voilà ce qu'il me fait : il prend mon corps, le possède totalement, et je ne pense plus à rien d'autre qu'à lui. Sa magie est puissante, toxique. Je suis tel un papillon pris dans son filet, incapable de quoi que ce soit et ne désirant pas s'échapper. *Je suis sienne... complètement sienne.*

— Viens, bébé, gronde-t-il, les dents serrées.

À ce signal, telle l'apprentie sorcière que je suis, je m'abandonne et nous jouissons ensemble.

Je suis blottie dans ses bras sur le drap poisseux. Son ventre est collé contre mon dos, son nez dans mes cheveux.

— Ce que je ressens pour toi me fait peur, dis-je dans un chuchotement.

Il ne bouge pas.

— À moi aussi, bébé, répond-il paisiblement.

— Et si tu me quittais ?

Cette pensée m'horrifie.

— Je ne vais nulle part. Je ne crois pas pouvoir me rassasier de toi, Anastasia.

Je me tourne pour le regarder. Son expression est grave et sincère. Je l'embrasse tendrement. Il repousse mes cheveux derrière mon oreille en souriant.

— Je n'avais jamais rien ressenti de pareil quand tu m'as quitté, Anastasia. Je remuerais ciel et terre pour ne plus jamais ressentir cela.

Il a l'air si triste, abattu même.

Je l'embrasse encore une fois. J'aimerais nous remonter le moral, mais Christian le fait à ma place.

— Veux-tu m'accompagner à la soirée qu'organise mon père demain soir ? C'est une fête de charité annuelle. J'ai promis d'y aller.

Je souris, prise soudain de timidité.

— Bien sûr que je veux t'accompagner.

Oh merde, je n'ai rien à me mettre.

— Quoi ?

— Rien.

— Dis-moi, insiste-t-il.

— Je n'ai rien à me mettre.

Christian semble momentanément mal à l'aise.

— Ne m'en veux pas, mais j'ai toujours tous ces vêtements pour toi dans mon appartement. Il doit bien y avoir une ou deux robes.

Je fais une grimace.

— Tu as ça chez toi ?

Mon ton est sarcastique. Je n'ai pas envie de me disputer avec lui ce soir. J'ai besoin de prendre une douche.

La fille qui me ressemble se tient devant l'immeuble de SIP. Attendez, elle est moi. Je suis pâle et négligée, je porte des vêtements trop grands ; je la regarde et elle porte mes vêtements, elle a l'air joyeux et en pleine forme.

— Qu'est-ce que tu as que je n'ai pas ?

— Qui êtes-vous ? me demande-t-elle.

— Je ne suis personne... Qui êtes-vous ? Vous aussi, vous n'êtes personne ?

— Alors nous sommes deux, ne le dites pas, ils vont nous bannir, vous savez...

Elle sourit, un rictus lent et mauvais qui envahit son visage, et j'ai tellement peur que je me mets à crier.

— Seigneur, Ana !

Christian me secoue pour me réveiller. Je suis complètement désorientée. *Je suis chez moi... dans le noir... au lit avec Christian.* Je secoue la tête pour tenter de m'éclaircir les idées.

— Ça va, bébé ? Tu faisais un cauchemar.

— Oh.

Il allume la lampe et la lumière douce nous enveloppe. Il m'observe avec une expression inquiète.

— La fille.

— Quoi ? Quelle fille ? me demande-t-il d'un ton rassurant.

— Il y avait une fille en face de chez SIP quand je suis sortie hier soir. Elle me ressemblait… mais en même temps pas vraiment.

Christian se fige et, maintenant que l'ampoule de la lampe produit une lumière plus vive, je remarque que son visage a pris la couleur de la cendre.

— C'est arrivé quand ? murmure-t-il, inquiet.

Il se redresse sans me quitter des yeux.

— Quand je suis sortie du bureau, je viens de te le dire. Tu sais qui est cette femme ?

— Oui.

Il passe une main dans ses cheveux.

— Qui est-ce ?

— C'est Leila.

Je déglutis. L'ancienne soumise ! Christian m'en a parlé avant notre escapade en planeur. Soudain la tension est perceptible. Il se passe quelque chose.

— La fille qui a mis *Toxic* sur ton iPod ?

Il me lance un regard nerveux.

— Oui. Elle t'a parlé ?

— Elle m'a demandé ce que j'avais qu'elle n'avait pas et quand je lui ai demandé qui elle était, elle a répondu « personne ».

Christian ferme les yeux comme sous le coup de la douleur. Que s'est-il passé ? Que représente-t-elle pour lui ?

Mon cuir chevelu me picote sous l'afflux d'adrénaline. *Et si elle comptait beaucoup pour lui ? Peut-être lui manque-t-elle ? Je sais si peu de ses anciennes… euh, relations.* Elle devait avoir un contrat : elle a dû faire ce qu'il voulait, lui donner avec plaisir ce dont il avait besoin.

Oh non ! Et moi qui n'y arrive pas. Cette pensée me donne la nausée.

Christian sort du lit, enfile son jean et disparaît dans la pièce principale. Un coup d'œil à mon réveil, il est 5 heures. Je roule hors du lit, passe sa chemise blanche et le suis.

Merde, il est au téléphone.

— Oui, devant SIP hier… début de soirée, dit-il tranquillement.

Il se tourne vers moi alors que je me dirige vers la cuisine.

— Vers quelle heure exactement ? me demande-t-il.

— Environ 17 h 50.

Qui donc appelle-t-il à cette heure-ci ? Qu'est-ce que Leila a fait ? Il transmet l'information à son interlocuteur, sans me quitter des yeux, le visage sombre et grave.

— Cherchez à savoir comment... Oui... J'aurais dit la même chose mais alors je ne l'aurais pas crue capable de ça. (Il ferme les yeux comme s'il avait mal.) Je ne sais pas comment ça va finir... Oui, je vais lui parler... Oui... Je sais... Renseignez-vous et tenez-moi au courant. Contentez-vous de la localiser, Welch, elle a des ennuis. Trouvez-la.

Il raccroche.

— Tu veux un thé ?

Le thé, la réponse de Ray à toutes les crises et la seule chose qu'il sait préparer en cuisine. Je remplis la bouilloire d'eau.

— En fait, j'aimerais aller me recoucher.

À son air, je devine que ce n'est pas pour dormir.

— Eh bien, moi, j'ai envie d'un thé. Tu veux te joindre à moi ?

Je sais ce qui est en train de se passer. Il ne détournera pas mon attention grâce au sexe.

Il passe une main nerveuse dans ses cheveux.

— Oui, merci, je veux bien un thé, dit-il.

Mais je sens qu'il est agacé. Je pose la bouilloire sur le feu et m'affaire avec les tasses et la théière. Mon degré d'angoisse a grimpé au niveau d'alerte militaire 1. Va-t-il m'expliquer quel est le problème ? Ou vais-je devoir trouver par moi-même ?

Je sens son regard posé sur moi. Son incertitude et sa colère sont palpables. Je lève la tête, il semble anxieux.

— Qu'est-ce qu'il y a ?

Il secoue la tête.

— Tu ne veux pas me dire ?

Il soupire.

— Non.

— Pourquoi ?

— Parce que ça ne devrait pas te concerner. Je ne veux pas te mêler à tout ça.

— Ça ne devrait pas me concerner et pourtant c'est le cas. Elle m'a trouvée et m'a accostée devant mon bureau. Comment est-elle au courant à mon sujet ? Comment sait-elle où je travaille ? Je pense que j'ai le droit de savoir ce qui se passe.

Il glisse de nouveau la main dans ses cheveux, comme si sa frustration lui livrait une guerre intérieure.

— S'il te plaît, dis-je doucement.

Il pince les lèvres en levant les yeux au ciel.

— D'accord, dit-il d'un air résigné. Je ne sais absolument pas comment elle t'a trouvée. Peut-être grâce à la photo de nous deux qui a été prise à Portland, je ne sais pas.

Il soupire encore une fois. Sa contrariété n'est dirigée que vers lui-même.

J'attends patiemment et verse l'eau bouillante dans la théière alors qu'il va et vient dans la pièce. Au bout d'un moment, il parle de nouveau :

— Quand j'étais avec toi en Géorgie, Leila s'est présentée à mon appartement sans prévenir et a fait une scène devant Gail.

— Gail ?

— Mme Jones.

— Qu'est-ce que tu entends par « faire une scène » ?

Il me lance un regard noir, pour me jauger.

— Dis-moi. Tu me caches quelque chose.

Mon ton est plus énergique que je ne m'en sentais capable. Il cligne des yeux, surpris.

— Ana, je…

Puis il se tait.

— S'il te plaît.

Il soupire, vaincu.

— Elle a vaguement cherché à s'ouvrir les veines.

— Oh non !

Ce qui explique le bandage au poignet.

— Gail l'a accompagnée à l'hôpital. Mais Leila a signé une décharge avant que je n'arrive là-bas.

Quelle merde. Ça veut dire quoi ? Qu'elle est suicidaire ? Pourquoi ?

— Le psy qui l'a vue a qualifié son acte d'appel au secours. Il n'a pas vraiment cru qu'elle pouvait mettre sa vie en danger, elle est à deux doigts de l'idéation suicidaire, comme il a dit. Mais je n'en suis pas convaincu. J'ai tenté de la faire suivre depuis pour essayer de l'aider.

— Elle a dit quelque chose à Mme Jones ?

Il me dévisage. Il paraît vraiment mal à l'aise.

— Pas grand-chose, finit-il par répondre.

Je sais qu'il ne me dit pas tout. J'essaie de penser à autre chose en versant le thé dans les tasses. Leila souhaite donc revenir dans la vie de Christian et elle a choisi la tentative de suicide pour attirer son attention ? *Waouh... ça fait peur.* Mais c'est efficace. Christian est parti de Géorgie pour être à son côté, mais elle a disparu avant qu'il n'arrive ? Bizarre.

— Tu ne l'as pas trouvée ? Elle a de la famille ?

— Personne ne sait où elle est. Pas même son mari.

— Son mari ?

— Oui, répond-il d'un air absent. Elle est mariée depuis deux ans.

Quoi ?

— Alors elle était mariée quand elle était avec toi ?

Bordel. Rien ne l'arrête.

— Non ! Mon Dieu, non. Notre histoire remonte à trois ans. Puis elle est partie et a épousé ce type peu de temps après.

Oh.

— Alors pourquoi essaie-t-elle d'attirer ton attention aujourd'hui ?

Il secoue tristement la tête.

— Je ne sais pas. J'ai juste appris qu'elle a quitté son mari il y a environ quatre mois.

— Si je comprends bien, elle n'est plus ta soumise depuis trois ans ?

— Depuis deux ans et demi.

— Et elle voulait plus.

— Oui.

— Mais pas toi ?

— Tu sais déjà tout ça.

— Donc elle t'a quitté.

— Oui.

— Alors pourquoi revient-elle maintenant ?

— Je ne sais pas.

D'après le ton de sa voix, je sens qu'il en a au moins une vague idée.

— Mais tu crois savoir…

Ses yeux se plissent, sous la colère.

— Je soupçonne que ça a quelque chose à voir avec toi.

Moi ? Qu'est-ce qu'elle pourrait bien me vouloir ? *« Qu'est-ce que vous avez que je n'ai pas ? »*

Je fixe M. Cinquante Nuances du regard. Il est magnifique, nu à partir de la taille. Je l'ai. Il est à moi. Voilà ce que j'ai, et pourtant elle me ressemblait : mêmes cheveux foncés, même peau pâle. Je me renfrogne. *Oui… qu'est-ce que j'ai qu'elle n'a pas ?*

— Pourquoi ne m'en as-tu pas parlé hier ? me demande-t-il doucement.

— Je l'avais oubliée.

Je hausse les épaules en signe d'excuse.

— Les bières après le travail, pour fêter ma première semaine au bureau. Ton arrivée dans le bar et ta… poussée de testostérone avec Jack. Et ensuite nous sommes venus ici. Ça m'est sorti de l'esprit. Tu as tendance à me faire oublier beaucoup de choses.

— Ma poussée de testostérone ?

Ses lèvres tressaillent.

— Oui. Le concours de celui qui fait pipi le plus loin.

— Tu veux que je te montre ce qu'est une poussée de testostérone ?

— Tu ne préférerais pas prendre une tasse de thé ?

— Non, Anastasia.

Ses yeux me consument, m'embrasent, juste avec ce regard « je te veux et je te veux tout de suite ». *Putain… c'est tellement excitant.*

— Oublie-la. Viens.

Il me tend la main. Ma déesse intérieure fait trois saltos arrière sur le tapis de gym lorsque je le suis.

Je me réveille, j'ai trop chaud, enroulée autour d'un Christian Grey nu. Il me serre contre lui, même dans son sommeil. La lumière douce du matin filtre au travers des rideaux. Ma tête est posée sur son torse, mon bras sur son ventre et nos jambes sont emmêlées.

Je lève la tête en craignant de le réveiller. Il a l'air jeune et détendu quand il dort. Et il est à moi.

Mmmm... Je caresse son torse d'une main hésitante, en faisant courir le bout de mes doigts sur les touffes de poils, et il ne bouge pas. Je n'arrive pas à y croire. Il est vraiment à moi – pendant quelques moments précieux encore. Je me penche pour embrasser tendrement une de ses cicatrices. Il gémit doucement sans se réveiller. Je souris. J'embrasse une autre marque et il ouvre les yeux.

— Bonjour, dis-je avec un petit air coupable.

— Bonjour, répond-il avec prudence. Qu'est-ce que tu fais ?

— Je te regarde.

Mes doigts suivent la ligne de poils qui descend sur son ventre. Il capture ma main en plissant les yeux puis m'adresse le sourire d'un Christian bien dans sa peau et je me détends. Mes effleurements secrets le resteront.

Oh... pourquoi ne me laisses-tu pas te toucher ?

Brusquement, il se positionne au-dessus de moi, m'enfonçant dans le matelas, ses mains sur les miennes, comme un avertissement. Il frotte son nez contre le mien.

— Je crois que vous avez une idée derrière la tête, mademoiselle Steele, m'accuse-t-il sans cesser de sourire.

— J'aime avoir une idée derrière la tête quand je suis avec toi.

— C'est vrai ? me demande-t-il avant de me déposer un léger baiser sur les lèvres. Sexe ou petit déjeuner ?

Au fond de ses yeux sombres brille une étincelle de malice. Son sexe se fraie un chemin en moi et je bascule mon bassin pour aller à sa rencontre.

— Bon choix, murmure-t-il contre ma gorge avant de semer un chapelet de baisers sur ma poitrine.

Debout devant ma commode, je m'inspecte dans le miroir en essayant de dompter mes cheveux afin d'obtenir un semblant de style, mais ils sont vraiment trop longs. Je suis en jean et tee-shirt, et Christian, tout frais sorti de la douche, s'habille derrière moi. Je contemple son corps avec envie.

— Tu fais souvent du sport ?

— Tous les jours de la semaine, répond-il en remontant sa braguette.

— Et qu'est-ce que tu fais ?

— Course, poids, kickboxing, dit-il en haussant les épaules.

— Kickboxing ?

— Oui, j'ai un entraîneur personnel, un ancien boxeur médaillé olympique, qui me donne des cours. Il s'appelle Claude. Il est très bon. Tu l'aimerais bien, j'en suis sûr.

Je me tourne pour le regarder alors qu'il commence à boutonner sa chemise.

— Qu'est-ce que tu entends par là ?

— Tu l'aimerais bien comme entraîneur.

— Pourquoi aurais-je besoin d'un entraîneur personnel ? Tu te charges de me maintenir en forme.

Il s'approche nonchalamment et m'entoure de ses bras. Ses yeux d'un coup plus sombres croisent les miens dans le miroir.

— Mais je veux que tu sois en forme, bébé, pour ce que j'ai en tête. Je vais avoir besoin que tu suives.

Je rougis au souvenir de ce qui s'est passé dans la salle de jeux. Oui… La Chambre rouge de la Douleur peut être épuisante. Me laissera-t-il y retourner ? Ai-je envie d'y retourner ?

Bien sûr que tu en as envie ! me crie ma déesse intérieure.

Je plonge mon regard dans les yeux gris insondables et hypnotiques de Christian.

— Tu sais que tu en as envie, prononce-t-il à voix basse.

Je rougis de plus belle. La pensée malvenue que Leila, elle, avait probablement la forme pour le suivre, s'immisce, douloureusement et inopportunément, dans mon esprit. Je pince les lèvres. Christian fronce les sourcils.

— Quoi ? demande-t-il, inquiet.

— Rien, dis-je en secouant la tête. D'accord, je vais rencontrer Claude.

— C'est vrai ?

Son visage s'illumine, il n'en croit pas ses oreilles. Cela me fait sourire. On dirait qu'il vient de gagner au loto

– bien qu'il n'y ait sans doute jamais joué, il n'en a pas besoin.

— Oui, mon Dieu, si ça te fait plaisir, dis-je en me moquant.

Il resserre ses bras autour de moi et m'embrasse sur la joue.

— Tu n'as pas idée, murmure-t-il. Alors, qu'est-ce que tu veux faire aujourd'hui ?

Il se frotte contre moi, provoquant de délicieux frissons dans tout mon corps.

— J'aimerais me faire couper les cheveux et hum… je dois encaisser un chèque et acheter une voiture.

— Ah, fait-il d'un air entendu en se mordant la lèvre.

Il glisse une main dans la poche de son jean et me tend la clé de ma petite Audi.

— Elle est ici, dit-il tranquillement, avec une expression peu assurée.

— Qu'est-ce que tu entends par « elle est ici » ?

Bon sang ! Merde. Je suis furieuse. *Comment ose-t-il ?*

— Taylor l'a rapportée hier.

J'ouvre la bouche puis je la referme. Je répète deux fois l'opération, mais je demeure sans voix. Il me rend la voiture. *Re-merde*. Pourquoi n'ai-je pas vu le coup venir ? Eh bien, on peut jouer tous les deux à ce petit jeu. Je plonge la main dans la poche arrière de mon jean et j'en sors l'enveloppe contenant son chèque.

— Tiens, c'est à toi.

Christian me regarde sans comprendre puis, reconnaissant l'enveloppe, il recule en levant les deux mains.

— Oh non, c'est ton argent.

— Non, ça ne l'est pas. J'aimerais t'acheter la voiture.

Son expression change complètement. La fureur – oui, la fureur – traverse son visage.

— Non, Anastasia. C'est ton argent, et ta voiture.

— Non, Christian. Mon argent, et ta voiture. Je te l'achète.

— Je t'ai offert cette voiture pour ta remise de diplôme.

— Un stylo aurait été un cadeau de remise de diplôme tout à fait approprié, mais tu m'as offert une Audi.

— Tu veux vraiment qu'on se dispute ?

— Non.

— Bien. Alors voilà les clés.

Il les pose sur la commode.

— Ce n'est pas ce que je voulais dire !

— Fin de la discussion, Anastasia. N'insiste pas.

Je me renfrogne puis l'inspiration me vient. Je prends l'enveloppe et la déchire en deux, puis encore en deux, et je laisse tomber les morceaux dans la poubelle. Oh, ça, c'est bon.

Christian me regarde, impassible, mais je sais que je viens juste d'allumer la mèche et que je ferais mieux de garder mes distances. Il se frotte le menton.

— Comme d'habitude, vous me défiez, mademoiselle Steele, dit-il sèchement.

Il tourne les talons et disparaît, furieux, dans l'autre pièce. Ce n'est pas la réaction à laquelle je m'attendais. Je m'attendais à un Armageddon de grande envergure. Je me tourne face au miroir et hausse les épaules en décidant de me faire une queue-de-cheval.

Ma curiosité est piquée. Que fait M. Cinquante Nuances ? Je le suis dans l'autre pièce, il est au téléphone.

— Oui, vingt-quatre mille dollars. Directement.

Il lève les yeux vers moi, toujours impassible.

— Bien… Lundi ? Parfait… Non, ce sera tout, Andrea.

Il referme son téléphone.

— Virés sur ton compte, lundi. Ne joue pas avec moi.

Il bout de rage mais je m'en fiche.

— Vingt-quatre mille dollars ! (Je crie presque.) Et comment connais-tu le numéro de mon compte en banque ?

Ma fureur déstabilise Christian.

— Je sais tout sur toi, Anastasia, répond-il tranquillement.

— Ma voiture ne valait pas vingt-quatre mille dollars !

— Je suis d'accord avec toi mais tu ne connais pas le marché. Tout dépend de si on achète ou si on vend. Un cinglé qui voulait acquérir ce cercueil sur roues en a offert ce prix. Apparemment, c'est un modèle classique. Demande à Taylor si tu ne me crois pas.

Je lui lance un regard noir, il fait de même. Nous sommes deux imbéciles, en colère et têtus, qui se toisent.

Et je la sens, cette force – cette électricité – qui nous attire indéniablement l'un vers l'autre. Soudain il m'attrape et me soulève contre la porte. Sa bouche sur la mienne, il me revendique avec faim, une main sur mes fesses pour me coller contre son bas-ventre, et l'autre sur ma nuque me tirant la tête en arrière. Mes doigts se tordent dans ses cheveux pour le garder contre moi. Il écrase son corps contre le mien, m'emprisonne, le souffle court. Je le sens. Il a envie de moi et j'ai la tête qui tourne, je titube d'excitation.

— Pourquoi ? Pourquoi me défies-tu ? marmonne-t-il entre deux baisers brûlants.

Mon sang chante dans mes veines. Aura-t-il donc toujours cet effet sur moi ? Et moi sur lui ?

— Parce que je le peux.

Je suis à bout de souffle. Je sens, plutôt que je ne vois, son sourire dans mon cou. Il appuie son front contre le mien.

— Seigneur, j'ai envie de te prendre maintenant mais je n'ai plus de préservatifs. Je ne me rassasie jamais de toi. Tu es une femme exaspérante.

— Et toi tu me rends folle. Dans tous les sens du terme.

Il secoue la tête.

— Viens. Sortons petit-déjeuner. Je connais un endroit où on peut te couper les cheveux.

— D'accord.

J'acquiesce et, juste comme ça, notre dispute est finie.

— C'est moi qui paie, dis-je en prenant l'addition avant lui.

Il fait la tête.

— Il faut être rapide ici, Grey.

— Tu as raison, répond-il avec amertume, bien que je pense qu'il me provoque.

— Ne sois pas si contrarié. Je suis plus riche de vingt-quatre mille dollars depuis ce matin. Je peux me permettre de payer vingt-deux dollars et soixante-sept cents pour le petit déjeuner, dis-je en jetant un coup d'œil à l'addition.

— Merci, dit-il à contrecœur.

Oh, le garçon boudeur est de retour.

— Où on va maintenant ?

— Tu veux vraiment te faire couper les cheveux ?

— Oui, regarde-les.

— Je te trouve ravissante. Tu l'es toujours pour moi.

Je rougis en baissant les yeux sur mes genoux et mes doigts croisés.

— Et il y a la soirée de ton père ce soir.

— Rappelle-toi, c'est habillé.

— Ça se passe où ?

— Chez mes parents. Ils installent un barnum. Tu sais comment ça fonctionne.

— Et c'est pour quelle œuvre de charité ?

Christian se frotte les mains sur les cuisses, l'air mal à l'aise.

— « Faire face ensemble. » C'est un programme de désintoxication pour les parents ayant de jeunes enfants.

— Ça me paraît être une bonne cause, dis-je doucement.

— Allez, on y va.

Il se lève, mettant ainsi fin à la conversation, et me tend la main. Quand je la prends, il resserre les doigts autour des miens.

C'est étrange. Il peut être tellement démonstratif certaines fois et si fermé l'instant d'après. Il me précède hors du restaurant et nous déambulons dans la rue. La matinée est légère et agréable. Le soleil brille et l'air embaume le café et le pain frais.

— Où va-t-on ?

— Surprise.

D'accord. Mais je n'aime pas vraiment les surprises.

Deux pâtés de maisons plus loin, les boutiques deviennent nettement plus huppées. Je n'ai pas encore eu l'occasion d'explorer ce quartier alors qu'il est vraiment tout proche de notre appartement. Kate sera ravie. Il y a plein de petites boutiques qui pourront nourrir sa passion pour la mode. En fait, j'ai moi-même besoin d'acheter des jupes amples pour le travail.

Christian s'arrête devant un grand salon de beauté à la vitrine racoleuse et m'en ouvre la porte. L'endroit s'appelle Esclava. L'intérieur est tout de cuir blanc. À l'accueil, austère et blanc également, est assise une jeune blonde dans un uniforme immaculé. Elle lève les yeux lorsque nous entrons.

— Bonjour, monsieur Grey ! lance-t-elle d'un ton joyeux.

Ses joues rosissent et elle bat des cils. C'est l'effet Grey, mais elle le connaît ! Comment est-ce possible ?

— Bonjour, Greta.

Et lui aussi la connaît. Qu'est-ce que c'est que ça ?

— On fait comme d'habitude, monsieur ? demande-t-elle poliment.

Son rouge à lèvres est vraiment rose.

— Non, répond-il aussitôt avec un coup d'œil nerveux dans ma direction.

Comme d'habitude ? Qu'est-ce que ça signifie ?

Putain ! C'est la règle numéro six, le fichu salon de beauté. Toute cette connerie d'épilation... merde !

Voilà donc où il a amené toutes ses soumises ? Peut-être même Leila ? Bon sang mais qu'est-ce que je dois en penser ?

— Mlle Steele va vous expliquer ce qu'elle désire.

Je lui lance un regard noir. Il introduit ses règles en douce. J'ai donné mon accord pour l'entraîneur personnel, O.K. Mais maintenant ça ?

— Pourquoi ici ?

— Cet endroit m'appartient, ainsi que trois autres identiques.

— Ce salon t'appartient ?

J'en reste bouche bée. Plutôt inattendu.

— Oui, il s'agit d'une activité annexe. Peu importe, on te fera tout ce que tu veux ici, et c'est offert par la maison. On peut te proposer toutes sortes de massages, suédois, shiatsu, avec des pierres chaudes, de la réflexologie, des bains d'algues, des masques de visage. Tout ce que les femmes apprécient. Tout est possible.

Il agite ses longs doigts avec condescendance.

— De l'épilation à la cire aussi ?

Il éclate de rire.

— Oui, aussi. Intégrale, murmure-t-il en savourant mon embarras.

Je jette un coup d'œil gêné à Greta qui m'observe tout en patientant.

— J'aimerais me faire couper les cheveux.

— Certainement, mademoiselle Steele.

Greta et son rouge à lèvres rose sont d'une efficacité toute germanique :

— Franco est libre dans cinq minutes, annonce-t-elle après avoir consulté l'écran de son ordinateur.

— Franco est très bien, m'assure Christian.

J'essaie de comprendre ce que tout cela signifie. Christian Grey, P-DG de Grey Entreprises Holding Inc., possède une chaîne de salons de beauté !

Au même instant, je vois Christian changer de couleur : quelqu'un ou quelque chose a attiré son attention. Je tourne la tête dans cette direction et, tout au fond du salon, j'aperçois une élégante blonde platine. Elle referme une porte derrière elle et se met à parler avec un des coiffeurs.

La Blonde platine est grande, bronzée, ravissante et elle doit approcher de la quarantaine – difficile à dire. Elle porte le même uniforme que Greta, mais en noir. Elle est renversante. Ses cheveux, coupés en un carré net, brillent tel un halo. Lorsqu'elle remarque Christian, elle lui sourit. Un sourire éblouissant et chaleureux.

— Excuse-moi, bredouille précipitamment Christian.

Il traverse le salon à grands pas, dépassant les coiffeurs tous de blanc vêtus et les apprentis près des bacs, et la rejoint. Ils sont trop loin pour que je puisse entendre leur conversation. La Blonde platine l'accueille avec une affection manifeste, en l'embrassant sur les joues, les mains posées sur ses avant-bras. Ils discutent de façon animée.

— Mademoiselle Steele ?

Greta la réceptionniste essaie d'attirer mon attention.

— Une seconde, je vous prie.

J'observe Christian, fascinée.

La Blonde platine se tourne pour me regarder et m'adresse le même large sourire, comme si elle me connaissait. Je lui réponds par un autre sourire poli.

Christian semble agacé. Visiblement, il essaie de la raisonner et elle hoche la tête, les mains levées, l'air conciliant. De toute évidence, ils se connaissent bien. Ils travaillent peut-être ensemble depuis longtemps ? Peut-être est-ce la gérante du salon ? Après tout, il émane d'elle une certaine autorité.

Puis une pensée fond sur moi, tel un boulet de démolition ; je sais, au plus profond de moi, intimement, je sais qui elle est. *Renversante, plus âgée, magnifique*.

C'est Mrs Robinson.

5.

— Greta, avec qui M. Grey est-il en train de parler ?

Mon cuir chevelu essaie de se faire la malle. Il fourmille de trouille et ma conscience me hurle de le suivre. Mais je garde un ton suffisamment désinvolte.

— Oh, c'est Mme Lincoln. Elle possède le salon avec M. Grey.

Greta semble ravie de partager cette information.

— Mme Lincoln ?

Je pensais que Mrs Robinson était divorcée. Elle s'est peut-être remariée avec une pauvre andouille.

— Oui, elle n'est pas là d'habitude, mais elle remplace une de nos employées malade.

— Vous connaissez le prénom de Mme Lincoln ?

Greta lève les yeux vers moi en fronçant les sourcils et, intriguée par ma curiosité, pince ses lèvres rose vif. Merde, peut-être suis-je allée trop loin.

— Elena, répond-elle presque à contrecœur.

Un étrange sentiment de soulagement m'envahit : je n'ai pas perdu mon sixième sens.

Sixième sens ? ricane ma conscience. *Ton sixième sens pour repérer les pédophiles, oui.*

Ils sont toujours en pleine discussion. Elena paraît soudain inquiète et hoche la tête avec une grimace. Puis elle frotte le bras de Christian de façon apaisante tout en se mordillant la lèvre. Un autre hochement de tête et elle me jette un coup d'œil assorti d'un petit sourire rassurant.

Je ne peux m'empêcher de la dévisager. Je dois être en état de choc. Comment a-t-il pu m'amener ici ?

Elle murmure quelque chose à Christian et il regarde brièvement dans ma direction avant de se retourner vers Elena pour lui répondre. Elle acquiesce, je crois même qu'elle lui souhaite bonne chance, mais mes talents de lecture sur les lèvres demeurent assez limités.

M. Cinquante Nuances revient à grands pas vers moi, avec une expression angoissée. J'avais raison. Mrs Robinson disparaît dans l'arrière-salle en refermant la porte derrière elle.

Christian fronce les sourcils.

— Ça va ? me demande-t-il.

Sa voix est tendue et prudente.

— Pas vraiment. Tu ne voulais pas me présenter ?

La mienne est froide et dure. Il reste bouche bée, comme si je venais de tirer brusquement le tapis sous ses pieds.

— Mais je croyais...

— Pour un homme intelligent, parfois...

Les mots me font défaut.

— J'aimerais partir, s'il te plaît.

— Pourquoi ?

— Tu le sais très bien, dis-je en levant les yeux au ciel.

Il pose un regard fébrile sur moi.

— Je suis désolé, Ana. Je ne savais pas qu'elle serait là. Elle ne vient jamais. Elle a ouvert une nouvelle boutique au Bravern Center et c'est normalement là-bas qu'elle travaille. Mais une employée était malade aujourd'hui.

Je tourne les talons et me dirige vers la porte.

— Nous n'avons plus besoin de Franco, Greta ! lance Christian lorsque nous sortons.

Je me retiens de ne pas courir. J'ai envie de m'enfuir, vite et loin. J'éprouve une irrésistible envie de pleurer. J'ai juste besoin de m'éloigner de toute cette merde et de tous ces malades.

Christian marche en silence à côté de moi pendant que je ressasse tout ça dans ma tête. Je me recroqueville et, tête baissée, je tâche d'éviter les arbres de la 2e Avenue. Il est bien avisé de ne pas essayer de me toucher. Mon cerveau bouillonne de questions sans réponse. Est-ce que M. Évasif va enfin cracher le morceau ?

— Tu emmenais tes soumises dans ce salon ?

— Certaines, oui, répond-il calmement, et rapidement.

— Leila ?

— Oui.

— L'endroit paraît assez récent.

— Il a été redécoré il y a peu.

— Je vois. Alors Mrs Robinson rencontre toutes tes soumises.

— Oui.

— Est-ce que tes soumises savaient ce qui s'était passé entre vous deux ?

— Non. Aucune d'elles n'était au courant. Seulement toi.

— Mais je ne suis pas ta soumise.

— Non, tu ne l'es définitivement pas.

Je m'arrête pour lui faire face. Ses yeux écarquillés sont emplis de crainte. Il pince les lèvres avec une moue grave.

— Tu vois à quel point toute cette situation est pourrie ? dis-je à voix basse.

Je lui lance un regard noir.

— Oui, je suis désolé.

Et il a l'obligeance d'avoir l'air contrit.

— Je voudrais me faire couper les cheveux dans un endroit où, de préférence, tu n'as baisé ni le personnel ni la clientèle.

Il tressaille.

— Maintenant, si tu veux bien m'excuser.

— Tu ne vas pas t'en aller, n'est-ce pas ? me demande-t-il.

— Non, je veux juste une fichue coupe de cheveux. Dans un endroit où je pourrai fermer les yeux pendant mon shampoing et où je pourrai oublier tout ce que tu trimballes.

— Je peux demander à Franco de venir à l'appartement ou chez toi, propose-t-il.

— Elle est très attirante.

Il cligne des yeux.

— Oui, elle l'est.

— Elle est toujours mariée ?

— Non. Elle a divorcé il y a cinq ans.

— Pourquoi n'es-tu pas avec elle ?

— Parce que c'est fini entre nous. Je te l'ai déjà dit.

Soudain, son front se plisse. Il lève un doigt et sort son BlackBerry de la poche de sa veste. L'appareil devait être sur vibreur parce que je ne l'ai pas entendu sonner.

— Welch, dit-il avant d'écouter.

Nous nous trouvons sur la 2e Avenue. Les gens s'affairent autour de nous, absorbés par leurs tâches du samedi matin, sans aucun doute tourmentés par leurs propres tragédies. Je me demande si leurs histoires impliquent d'anciennes soumises qui les surveilleraient, d'anciennes dominatrices extraordinaires et un homme qui n'a aucune idée de la notion de vie privée, telle que l'entend la loi américaine.

— Tué dans un accident de voiture ? Quand ?

Christian interrompt ma rêverie.

Oh non. Qui ? J'écoute plus attentivement.

— C'est la deuxième fois que ce type est malhonnête. Il doit savoir. Il n'éprouve rien pour elle ou quoi ?

Christian secoue la tête, avec une expression dégoûtée.

— Je commence à comprendre... Non... Ça explique pourquoi, mais pas où.

Il scrute alentour comme s'il cherchait quelque chose et je me surprends à l'imiter. Rien n'attire mon attention. Il n'y a que des gens qui font leurs courses, des voitures qui circulent et des arbres.

— Elle est là, poursuit Christian. Elle nous surveille... Oui... Non. Deux ou quatre, vingt-quatre heures sur vingt-quatre, sept jours sur sept... Je n'ai pas encore abordé le sujet.

Christian me regarde à présent. *Pas encore abordé quoi ?* Je prends un air maussade et le dévisage avec méfiance.

— Quoi..., murmure-t-il.

Il pâlit, les yeux écarquillés.

— Je vois. Quand ?... Si récemment ? Mais comment ?... Aucune vérification ?... Je vois. Envoyez-moi par courrier électronique le nom, l'adresse et les photos, si vous les avez... Vingt-quatre heures sur vingt-quatre, sept jours sur sept à partir de cet après-midi. Mettez-vous en contact avec Taylor.

Il raccroche.

— Eh bien ?

Je suis exaspérée. Va-t-il enfin me parler ?

— C'était Welch.

— Qui est Welch ?

— Mon conseiller en sécurité.

— D'accord. Alors qu'est-ce qui se passe ?

— Leila a quitté son mari il y a environ trois mois. Elle est partie avec un type qui s'est tué dans un accident de voiture il y a quatre semaines.

— Oh.

— Cet abruti de psy aurait dû le savoir, dit-il, en colère. Le chagrin, voilà ce qu'elle vit. Viens !

Il me tend la main et je lui donne machinalement la mienne avant de la retirer aussitôt.

— Attends une seconde. Nous étions au beau milieu d'une discussion nous concernant. Et au sujet d'elle. Mrs Robinson.

Le visage de Christian se durcit.

— Elle ne s'appelle pas Mrs Robinson. Nous parlerons de ça chez moi.

— Je ne veux pas aller chez toi. Je veux me faire couper les cheveux !

Je crie. Si on pouvait juste rester concentrés sur ça…

Il ressort son BlackBerry de sa poche et compose un numéro.

— Greta, ici Christian Grey. Je veux que Franco soit chez moi dans une heure. Demandez à Mme Lincoln… Bien.

Il range son téléphone.

— Franco vient à 13 heures.

— Christian… !

Je suis tellement à bout que j'en bafouille.

— Anastasia, Leila est apparemment en pleine crise psychotique. Je ne sais pas si c'est après moi ou toi qu'elle en a, ni jusqu'où elle est capable d'aller. On va passer chez toi, tu vas prendre des affaires et tu pourras rester chez moi le temps qu'on la retrouve.

— Et pourquoi je ferais ça ?

— Pour que je te sache en sécurité.

— Mais…

Il me lance un regard noir.

— Tu reviens chez moi même si je dois t'y traîner par les cheveux.

J'en reste bouche bée... Incroyable. Cinquante Nuances en Technicolor.

— Je crois que tu exagères.

— Non. Nous pourrons poursuivre cette discussion chez moi. Viens.

Je croise les bras et le toise avec colère. C'en est trop !

— Non, dis-je avec entêtement.

Il faut bien que je m'affirme.

— Tu peux y aller à pied ou bien je te porte. Peu importe la manière, Anastasia.

— Tu n'oserais pas.

Je le mets au défi. Il ne ferait pas une scène sur la 2e Avenue ? Il a un demi-sourire qui n'atteint pas ses yeux.

— Oh, bébé, nous savons tous les deux que si tu me tends la perche, je serai trop content de la saisir.

Nous nous faisons face et, brusquement, dans un mouvement balayant vers le bas, il m'attrape au niveau des cuisses et me soulève. Avant que je ne puisse réagir, il me flanque sur son épaule.

— Repose-moi !

Ça fait du bien de hurler ! Il se met à marcher à toute allure sur la 2e Avenue en ignorant mes cris. Resserrant même son bras autour de mes cuisses, il me tape les fesses de sa main libre.

— Christian !

Les gens nous regardent. La situation ne pourrait être plus humiliante.

— D'accord, je vais marcher, je vais marcher !

Il me pose à terre et, avant même qu'il ne se soit redressé, je pars en tapant des pieds en direction de mon appartement, bouillonnant de rage et me désintéressant de Christian. Évidemment, il me rattrape aussitôt mais je continue de l'ignorer. Que vais-je faire ? Je suis tellement en colère que je ne sais même plus pourquoi. Il y a tellement de raisons.

Tout en retournant chez moi d'un pas furieux, je dresse une liste dans ma tête :

1. Il me transporte sur son épaule, ce qui est inacceptable pour toute personne de plus de six ans.

2. Il m'emmène dans le salon qu'il possède avec son ancienne maîtresse. Comment peut-il être aussi stupide ?

3. L'endroit même où il a emmené ses soumises. Encore une stupidité.

4. Il ne conçoit même pas que cela soit une mauvaise idée, alors qu'il est censé être un type intelligent.

5. Ses ex-petites amies sont cinglées. Puis-je lui en vouloir ? Je suis tellement en colère que, oui, je peux lui en vouloir pour ça aussi.

6. Il connaît mon numéro de compte. Si ce n'est pas de la surveillance !

7. Il achète SIP, il a plus d'argent que de bon sens.

8. Il insiste pour que je reste chez lui, la menace de Leila doit être pire que ce qu'il craignait… et il n'en a pas parlé hier.

Et soudain je comprends. Il y a quelque chose d'autre. Mais quoi ? Je m'arrête et Christian stoppe en même temps.

— Que s'est-il passé ?

Il fronce les sourcils.

— Que veux-tu dire par là ?

— Avec Leila.

— Je te l'ai dit.

— Non, tu ne m'as pas tout dit. Il y a autre chose. Tu n'as pas insisté pour que je vienne chez toi hier ? Alors que s'est-il passé ?

Il se balance d'un pied sur l'autre, mal à l'aise.

— Christian ! Dis-moi !

— Elle a réussi à se procurer un permis de port d'armes cachées hier.

Oh, merde. Je le fixe en clignant des yeux, et mon visage se vide de tout son sang pendant que je digère la nouvelle. Je suis sur le point de m'évanouir. Supposons qu'elle veuille le tuer ? Non !

— Ce qui signifie qu'elle peut acheter une arme.

— Ana, dit-il d'une voix inquiète avant de m'attirer à lui. Je ne crois pas qu'elle ose quelque chose de stupide, mais je ne veux pas prendre ce risque avec toi.

— Avec moi… et toi alors ?

Il fronce les sourcils et je le prends dans mes bras pour le serrer fort, mon visage contre son torse. Cela ne semble pas le déranger.

— Retournons chez toi, murmure-t-il en se baissant pour m'embrasser les cheveux.

Et c'est fini. Toute ma colère a disparu, sans que je l'oublie. Dissipée par la menace qu'on puisse faire du mal à Christian. Cette pensée m'est insupportable.

Je remplis avec gravité une petite valise et range mon Mac, le BlackBerry, mon iPad et le ballon Charlie Tango dans mon sac à dos.

— Charlie Tango vient aussi ? s'enquiert Christian.

J'acquiesce et il m'adresse un petit sourire indulgent.

— Ethan revient mardi.

— Ethan ?

— Le frère de Kate. Il va habiter ici le temps de trouver un appartement à Seattle.

Christian me lance un regard vide mais froid.

— Eh bien, ça tombe bien que tu séjournes chez moi. Il aura plus de place, reprend-il tranquillement.

— Je ne sais pas s'il a les clés. Il faudra que je sois là.

Christian ne dit rien.

— Voilà, j'ai tout.

Il prend ma valise et nous nous dirigeons vers la porte. En contournant l'arrière de l'immeuble pour rejoindre le parking, je me surprends à regarder par-dessus mon épaule. Je ne sais si c'est ma paranoïa qui prend l'avantage ou si nous sommes effectivement suivis. Christian ouvre la portière de l'Audi côté passager et me regarde avec l'air d'attendre quelque chose.

— Tu montes ?

— Je croyais que j'allais conduire.

— Non. Je conduis.

— Tu as un problème avec ma conduite ? Ne me dis pas que tu connais aussi ma note au permis de conduire… Je ne serais pas surprise, avec ta manie de la surveillance.

Peut-être sait-il que j'ai obtenu mon code de justesse.

— Monte dans la voiture, Anastasia ! me somme-t-il, glacial.

— D'accord.

Je monte vite fait. *Bon sang, détends-toi, mon gars !*

Il éprouve sans doute le même sentiment de malaise que moi. Une sentinelle sombre nous surveille – une brune pâle aux yeux marron qui me ressemble étrangement et qui, très probablement, porte une arme dissimulée.

Christian s'engage dans la circulation.

— Est-ce que toutes tes soumises étaient brunes ?

Il fronce les sourcils.

— Oui, marmonne-t-il, l'air incertain.

J'imagine qu'il se demande où je veux en venir.

— Je me posais juste la question.

— Je te l'ai déjà dit, je préfère les brunes.

— Mrs Robinson n'est pas brune.

— C'est probablement la raison, bougonne-t-il. Elle m'a à tout jamais dégoûté des blondes.

— Tu plaisantes.

Je suffoque presque.

— Oui, je plaisante, réplique-t-il, exaspéré.

Je jette un regard impassible par la vitre en épiant partout les brunes, sans qu'aucune d'entre elles se révèle être Leila.

Alors il n'aime que les brunes. Je me demande bien pourquoi. Est-ce que l'extraordinairement élégante bien que plus âgée Mrs Robinson l'a vraiment dégoûté des blondes ? Je secoue la tête. Christian Grey l'Embrouille.

— Parle-moi d'elle.

— Que veux-tu savoir ?

Il plisse le front et le ton de sa voix est censé me servir d'avertissement.

— Parle-moi de vos arrangements en affaires.

Il se détend, visiblement ravi de parler travail.

— Je suis un associé tacite. Les salons de beauté ne m'intéressent pas particulièrement, mais elle en a fait une entreprise florissante. Je me suis contenté d'investir et de l'aider à se lancer.

— Pourquoi ?

— Je le lui devais.

— Oh ?

— Quand j'ai abandonné Harvard, elle m'a prêté cent mille dollars pour démarrer mon entreprise.

Bordel, elle aussi est riche.

— Tu as abandonné tes études ?

— Ce n'était pas mon truc. J'ai étudié deux ans à Harvard. Malheureusement, mes parents n'ont pas été aussi compréhensifs.

Je fronce les sourcils. M. Grey et Dr Grace Trevelyan-Grey critiques ? Difficile à imaginer.

— Il semble que ça t'ait plutôt réussi d'abandonner. Qu'est-ce que tu étudiais ?

— Politique et économie.

Hum... comme par hasard.

— Alors elle est riche ?

— C'était une épouse décorative qui s'ennuyait, Anastasia. Son mari était riche, une fortune dans les scieries.

Il m'adresse un sourire vorace.

— Il ne voulait pas qu'elle travaille. Tu comprends, il la contrôlait. Certains hommes font ça.

Autre sourire en coin.

— Vraiment ? Un homme qui contrôle tout, ce ne peut être qu'une légende.

Impossible de mettre plus de sarcasme dans ma réponse. Christian sourit de plus belle.

— Elle t'a prêté l'argent de son époux ?

Il acquiesce avec de la malice sur les lèvres.

— C'est terrible.

— Il a récupéré son bien, poursuit Christian d'un air sinistre en s'engageant dans le parking souterrain de l'Escala.

Oh ?

— Comment ça ?

Christian secoue la tête comme si le souvenir était particulièrement amer. Il se gare à côté de l'Audi Quattro.

— Viens. Franco va bientôt arriver.

Dans l'ascenseur, Christian m'observe.

— Tu es toujours en colère contre moi ?

— Très.

Il hoche la tête.

— D'accord, dit-il en regardant droit devant lui.

Taylor nous attend dans le hall. Comment est-il toujours au courant ? Il prend ma valise.

— Welch vous a contacté ? demande Christian.

— Oui, monsieur.

— Et ?

— Tout est arrangé.

— Parfait. Comment va votre fille ?

— Elle va bien. Merci, monsieur.

— Bien. Un coiffeur va se présenter à 13 heures, il s'agit de Franco De Luca.

— Mademoiselle Steele, me salue Taylor en hochant la tête.

— Bonjour, Taylor. Vous avez donc une fille ?

— Oui, madame.

— Quel âge a-t-elle ?

— Sept ans.

Christian me lance un regard impatient.

— Elle vit avec sa mère, précise Taylor.

— Oh, je vois.

Taylor sourit. C'est inattendu. Taylor est donc papa ? Je suis Christian dans la pièce principale, intriguée par cette nouvelle information. Je jette un coup d'œil autour de moi. Je ne suis pas revenue ici depuis que j'ai quitté Christian.

— Tu as faim ?

Je secoue la tête. Christian décide de ne pas discuter.

— J'ai quelques coups de fil à passer. Fais comme chez toi.

— D'accord.

Il disparaît dans son bureau, m'abandonnant dans l'énorme galerie d'art qu'il appelle son « chez lui ». Je me demande ce que je vais bien pouvoir faire.

Les vêtements ! Je ramasse mon sac à dos et monte à l'étage dans ma chambre pour inspecter le contenu du dressing. Il est toujours rempli d'habits : tous neufs avec leurs étiquettes encore accrochées. Il y a trois longues robes de soirée, trois robes de cocktail et trois tenues à porter tous les jours. Tout cela a dû coûter une fortune.

Je consulte l'étiquette sur une des robes de soirée : 2 998 dollars. *Putain*. Je me laisse tomber par terre.

Ce n'est pas moi. Je me prends la tête à deux mains en essayant de repasser les dernières heures dans ma tête. C'est épuisant. Pourquoi, mon Dieu, pourquoi je suis tombée amoureuse d'un homme complètement dingue – superbe, sexy comme pas deux, plus riche que Crésus et Cinglé avec un C majuscule de surcroît ?

Je sors mon BlackBerry de mon sac à dos et j'appelle ma mère.

— Ana, ma chérie ! Ça fait si longtemps. Comment vas-tu, mon cœur ?

— Oh, tu sais…

— Qu'est-ce qui ne va pas ? Ça n'a pas marché avec Christian ?

— Maman, c'est compliqué. Je crois qu'il est fou. C'est ça le problème.

— Ne m'en parle pas. Parfois, ça ne sert à rien de chercher à comprendre les hommes. Bob se demande si notre déménagement en Géorgie était une bonne idée.

— Quoi ?

— Ouais, il parle de repartir à Las Vegas.

Oh, visiblement, je ne suis pas la seule à avoir des problèmes. Christian apparaît sur le seuil.

— Tu es là. J'ai cru que tu t'étais échappée.

Il est de toute évidence soulagé. Je lève la main pour lui signifier que je suis au téléphone.

— Désolée, maman, il faut que je te laisse. Je te rappelle bientôt.

— D'accord, ma chérie. Prends soin de toi. Je t'aime.

— Moi aussi, je t'aime, maman.

Je raccroche et regarde M. Cinquante Nuances. Il a l'air renfrogné et étrangement mal à l'aise.

— Pourquoi tu te caches ici ? me demande-t-il.

— Je ne me cache pas, je suis désespérée.

— Désespérée ?

— Par tout ça, Christian, dis-je en désignant les vêtements d'un geste vague.

— Je peux entrer ?

— C'est ton dressing.

Il fronce de nouveau les sourcils avant de s'asseoir, en tailleur, en face de moi.

— Ce ne sont que des vêtements. Si tu ne les aimes pas, je peux les renvoyer à la boutique.

— C'est beaucoup d'un coup à assumer avec toi, tu sais ?

Il se gratte le menton… son menton à la barbe naissante. Ça me brûle les doigts de le toucher.

— Je sais. Je suis éprouvant, murmure-t-il.

— Très éprouvant.

— Vous aussi, mademoiselle Steele.

— Pourquoi fais-tu tout ça ?

Il ouvre grands ses yeux où la méfiance a ressurgi.

— Tu sais pourquoi.

— Non, je ne sais pas.

Il passe une main dans ses cheveux.

— Tu es une femme très frustrante.

— Tu pourrais avoir une belle brune soumise. Une qui te demanderait même la permission de respirer, en supposant bien sûr qu'elle ait le droit de parler. Alors pourquoi moi, Christian ? Je ne comprends pas.

Il me dévisage un moment sans que je sache ce qu'il pense.

— Tu me fais voir le monde autrement, Anastasia. Tu ne veux pas de moi pour mon argent. Tu me donnes de… l'espoir, avoue-t-il doucement.

Tiens ? M. Énigmatique est de retour.

— De l'espoir pour quoi ?

Il hausse les épaules.

— Pour plus, dit-il d'une voix basse et tranquille. Et tu as raison, je suis habitué aux femmes qui font exactement ce que je veux. On s'en lasse vite. Il y a quelque chose chez toi, Anastasia, qui me parle au plus profond de moi. C'est comme l'appel des sirènes. Je ne peux pas te résister et je ne veux pas te perdre.

Il me prend la main.

— Ne t'en va pas, je t'en prie. Aie un peu foi en moi et sois patiente. S'il te plaît.

Il a l'air si vulnérable… C'est troublant. Je me penche en avant pour l'embrasser tendrement sur les lèvres.

— D'accord. De la foi et de la patience, je crois que je peux.

— Bien. Parce que Franco est arrivé.

Franco est petit, hâlé et gay. Je l'adore.

— Quels cheveux superbes ! s'exclame-t-il avec un accent italien outrancier, et probablement faux.

Je parie qu'il est de Baltimore ou d'ailleurs, mais son enthousiasme est communicatif. Christian nous conduit tous les deux dans sa salle de bains, sort en vitesse et revient avec une chaise de sa chambre.

— Je vous laisse tous les deux, marmonne-t-il.

— *Grazie*, monsieur Grey. (Franco se tourne vers moi.) *Bene*, Anastasia, que peut-on faire pour vous ?

Assis sur le canapé, Christian est absorbé par ce qui ressemble à des colonnes de chiffres. Une musique classique, douce et mélodieuse flotte dans la grande pièce. Une femme chante passionnément, répandant toute son âme dans la chanson. C'est à couper le souffle. Christian lève les yeux et sourit, détournant mon attention de la musique.

— Vous voyez ! J'étais certain qu'il allait aimer, s'extasie Franco.

— Tu es ravissante, Ana, dit Christian d'un air appréciateur.

— Mon travail en ces lieux est fini, s'exclame Franco.

Christian se lève et s'approche nonchalamment de nous.

— Merci, Franco.

Le coiffeur me serre dans ses bras avec chaleur et m'embrasse sur les deux joues.

— Ne laissez jamais personne d'autre vous couper les cheveux, *bellissima* Ana !

J'éclate de rire, embarrassée par sa familiarité. Christian le raccompagne et revient quelques minutes plus tard.

— Je suis content que tu les aies gardés longs, dit-il en se dirigeant vers moi, les yeux brillants.

Il prend une mèche de mes cheveux entre ses doigts.

— Ils sont si doux, me chuchote-t-il. Tu es toujours en colère contre moi ?

J'acquiesce et il sourit.

— Pourquoi précisément ?

Je lève les yeux au ciel.

— Tu veux la liste ?

— Il y a une liste ?

— Oui, et elle est longue.

— On peut en parler au lit ?

— Non.

Je lui adresse une moue puérile.

— En déjeunant alors. J'ai faim et pas seulement de nourriture, ajoute-t-il avec un sourire salace.

— Je ne vais pas te laisser m'embobiner avec ta sexpertise.

Il réprime un sourire.

— Qu'est-ce qui vous tracasse en particulier, mademoiselle Steele ? Crachez le morceau.

D'accord.

— Ce qui me tracasse ? Pour commencer, il y a tes incursions déplacées dans ma vie privée, il y a le fait que tu m'aies emmenée dans un endroit où travaille ton ancienne maîtresse et où tu avais l'habitude d'emmener toutes tes soumises pour qu'elles se fassent épiler où je pense, ensuite tu m'as molestée dans la rue comme si j'avais six ans et, pour couronner le tout, tu laisses Mrs Robinson te toucher !

Ma voix est montée crescendo. Il hausse les sourcils et sa bonne humeur disparaît.

— Juste pour clarifier les choses une fois de plus, elle n'est pas ma Mrs Robinson.

— Elle peut te toucher.

Il retrousse les lèvres.

— Elle sait où elle peut.

— Qu'est-ce que ça veut dire ?

Il passe les deux mains dans ses cheveux en fermant brièvement les yeux comme s'il cherchait une intervention divine quelconque. Il déglutit.

— Toi et moi n'avons aucune règle. Je n'ai jamais eu de relations sans règles et je ne sais jamais où tu vas me toucher. Cela me rend nerveux. Ton contact me...

Il s'arrête pour chercher ses mots.

— Cela veut simplement dire plus... tellement plus.

Plus ? Sa réponse est complètement inattendue, elle me surprend, et il y a de nouveau ce petit mot avec un énorme sens entre nous.

Mon contact signifie… plus. Comment suis-je censée résister quand il me dit des trucs pareils ? Les yeux de Grey cherchent les miens, craintivement.

Je tends une main hésitante et la crainte se transforme en frayeur. Christian recule et je laisse retomber ma main.

— Les limites à ne pas franchir, murmure-t-il avec une expression douloureuse et paniquée.

Ma déception est cuisante.

— Que ressentirais-tu si tu ne pouvais pas me toucher ?

— Je serais dévasté, je me sentirais lésé, répond-il aussitôt.

Oh, mon Cinquante Nuances. Je secoue la tête en lui adressant un petit sourire rassurant et il se détend.

— Tu vas devoir m'expliquer un jour les raisons de ces limites à ne pas franchir, s'il te plaît.

— Un jour, murmure-t-il.

Il se défait de sa vulnérabilité en une nanoseconde. Comment peut-il changer d'état aussi vite ? C'est la personne la plus imprévisible que je connaisse.

— Alors, le reste de ta liste… J'envahis ton intimité.

Il tord la bouche à cette pensée.

— Parce que je connais le numéro de ton compte en banque ?

— Oui, et c'est scandaleux.

— Je me renseigne sur toutes mes soumises. Je vais te montrer, dit-il avant de se diriger vers son bureau.

Abasourdie, je le suis docilement. Il sort un dossier d'un placard verrouillé. Sur l'onglet est tapé à la machine : ANASTASIA ROSE STEELE.

Bordel de merde. Je lui lance un regard noir.

Il hausse les épaules en manière d'excuse.

— Tu peux le garder, dit-il calmement.

— Eh bien, merci.

J'en feuillette le contenu. Il possède une copie de mon acte de naissance (*mon Dieu !*), mes limites à ne pas franchir, l'accord de confidentialité, le contrat (*doux Jésus !*), mon numéro de sécurité sociale, mon CV, mes références.

— Alors tu savais que je travaillais chez Clayton ?

— Oui.

— Donc, ce n'était pas une coïncidence. Tu ne passais pas là par hasard ?

— Non.

Je ne sais si je dois être en colère ou flattée.

— Tu es complètement malade. Tu le sais, ça ?

— Je ne le vois pas de cette manière. Étant donné mes activités, je dois prendre des précautions.

— Mais c'est privé.

— Je n'utilise pas ces renseignements à de mauvaises fins. N'importe qui peut accéder à ces informations pour peu qu'on en ait l'envie, Anastasia. Pour contrôler, j'ai besoin d'avoir ces informations. J'ai toujours procédé ainsi.

Il me dévisage avec une expression indéchiffrable.

— Tu as utilisé ces informations à mauvais escient. Tu as viré sur mon compte vingt-quatre mille dollars dont je ne voulais pas.

Il pince les lèvres.

— Je te l'ai dit. C'est ce que Taylor a réussi à obtenir pour ta voiture. Incroyable, je sais, mais c'est comme ça.

— Mais l'Audi…

— Anastasia, tu as une petite idée de ce que je gagne ?

Je rougis.

— Pourquoi devrais-je me poser cette question ? Je n'ai pas besoin de connaître le solde de ton compte en banque, Christian.

Son regard s'adoucit.

— Je sais. C'est une des choses que j'aime chez toi.

Je le fixe, choquée. Ce qu'il aime chez moi ?

— Anastasia, je gagne environ cent mille dollars par heure.

J'en reste bouche bée. Ce montant est carrément obscène.

— Vingt-quatre mille dollars ne représentent rien pour moi. La voiture, les livres de Thomas Hardy, les vêtements, tout cela n'est rien.

Il s'exprime d'une voix douce. Je le dévisage. *Il n'en a vraiment aucune idée !* C'est extraordinaire.

— À ma place, comment prendrais-tu toutes ces… largesses ?

Il me considère d'un air vide. En un mot, voilà son problème : l'empathie, ou plutôt son manque d'empathie. Le silence s'étire entre nous. Il finit par hausser les épaules.

— Je ne sais pas, lâche-t-il, sincèrement perplexe.

Mon cœur gonfle. On y est, l'essentiel de M. Cinquante Nuances, certainement. Il ne peut pas se mettre à ma place. Eh bien, maintenant je le sais.

— Pour résumer, je ne vis pas ça bien. Je veux dire, tu es très généreux mais cela m'embarrasse. Je te l'ai répété assez souvent.

— Je voudrais t'offrir le monde entier, Anastasia, soupire-t-il.

— Mais c'est toi que je veux, Christian. Pas tous les suppléments.

— Ils font partie du deal. De ce que je suis.

Oh, cette discussion ne mènera nulle part.

— On déjeune ?

La tension entre nous s'épuise. Il fronce les sourcils.

— Bien sûr.

— Je vais préparer à manger.

— Bien. Sinon, il y a de quoi faire dans le frigo.

— Mme Jones ne travaille que la semaine ? Si je comprends bien tu manges froid le week-end ?

— Non.

— Oh ?

Il soupire.

— Mes soumises cuisinent, Anastasia.

— Évidemment.

Je rougis. Comment puis-je être aussi stupide ? Je lui souris gentiment.

— Qu'est-ce que Monsieur souhaiterait pour le déjeuner ?

— Ce que Madame pourra trouver, répond-il avec gravité.

J'inspecte le contenu impressionnant du réfrigérateur et je décide de préparer une omelette espagnole. Il y a même des pommes de terre cuites froides, c'est parfait. Rapide et simple. Christian est toujours dans son bureau, sans aucun doute en train d'envahir l'intimité d'un pauvre imbécile innocent et de rassembler des renseignements le concernant. Cette pensée désagréable me laisse un goût amer dans la bouche. Mon esprit tourne à plein régime. Il ne connaît vraiment aucune limite.

J'ai besoin de musique pour cuisiner et je vais le faire de manière non soumise ! Je me dirige vers la station iPod près de la cheminée et prends l'appareil de Christian. Je parie qu'il y a davantage de morceaux choisis par Leila là-dedans. Cette simple idée me terrifie.

Où est-elle ? Que veut-elle ?

Je frissonne. Quel héritage. Je ne comprends rien à cette histoire.

Je fais défiler la longue liste de morceaux. Je cherche quelque chose d'optimiste. Hum, Beyoncé, ça ne ressemble pas aux goûts de Christian. *Crazy in Love*. Oh oui ! Comme c'est approprié. J'appuie sur le bouton « Repeat » et je monte le volume.

Je retourne d'un pas léger dans la cuisine. Je choisis un saladier et sors les œufs du réfrigérateur. Je les casse et commence à les battre tout en dansant.

Nouvelle visite au réfrigérateur : j'y prends des pommes de terre, du jambon ainsi que – *super !* – des petits pois dans le congélateur. Tout ça fera l'affaire. Je déniche une poêle, la pose sur le feu, verse un peu d'huile d'olive et me remets à battre les œufs.

Pas d'empathie. Est-ce propre à Christian ? Tous les hommes sont probablement comme ça, déconcertés par les femmes. Je n'en sais tout bonnement rien. Ce n'est peut-être pas une révélation.

Je regrette que Kate ne soit pas là, elle saurait. Ça fait trop longtemps qu'elle est à la Barbade. Elle devrait être de retour à la fin de la semaine, après son séjour avec Elliot. Je me demande si c'est encore le désir au premier regard pour ces deux-là.

Une des choses que j'aime chez toi.

Je lâche mon fouet. Il l'a dit. Cela signifie-t-il qu'il y a d'autres choses ? Je souris pour la première fois depuis que j'ai vu Mrs Robinson. Un sourire sincère, profond, jusqu'aux oreilles.

Quand Christian passe ses bras autour de moi, je sursaute.

— Intéressant comme choix de musique, ronronne-t-il en m'embrassant sous l'oreille. Tes cheveux sentent bon.

Il y enfouit son nez en inspirant profondément.

Le désir se déploie dans mon ventre. Non. Je m'arrache à son étreinte d'un haussement d'épaules.

— Je suis toujours en colère contre toi.

Il fronce les sourcils.

— Combien de temps cela va-t-il durer ?

— Au moins jusqu'à ce que j'aie mangé.

Ses lèvres tressaillent. Il prend la télécommande sur le comptoir et coupe la musique.

— C'est toi qui as mis ça sur ton iPod ?

Il secoue la tête, le visage sombre, et je sais que c'est elle, la Fille fantôme.

— Tu ne crois pas qu'elle essayait de te dire quelque chose à l'époque ?

— Eh bien, rétrospectivement, si, répond-il calmement.

CQFD. Aucune empathie. Ma conscience, les bras croisés, claque la langue en signe de dégoût.

— Pourquoi tu n'as pas effacé ce morceau ?

— J'aime assez cette chanson. Mais si cela te blesse, je vais la supprimer.

— Non, ça va. J'aime bien cuisiner en musique.

— Qu'est-ce que tu veux écouter ?

— Surprends-moi.

Il se dirige vers la station iPod et je me remets à battre les œufs.

Quelques secondes plus tard, la voix divinement douce et mélancolique de Nina Simone emplit la pièce. C'est une des chansons préférées de Ray : *I Put a Spell on You*.

Je me tourne, bouche bée, vers Christian. Qu'est-il en train d'essayer de me dire ? Ça fait déjà un moment qu'il m'a envoûtée. Oh mon Dieu… Son expression a changé, toute désinvolture l'a abandonné et ses yeux sont plus sombres et plus intenses.

Je le regarde, fascinée, s'approcher nonchalamment de moi tel un prédateur, au rythme lent et voluptueux de la musique. Il est pieds nus, juste vêtu de sa chemise blanche qu'il n'a pas rentrée dans son jean. Il me convoite avec passion.

Nina chante « *You're mine* » à l'instant où Christian me rejoint sans cacher ses intentions.

— Christian, je t'en prie.

Je ne sais quoi faire du fouet, resté dans ma main.

— Je t'en prie, quoi ?

— Ne fais pas ça.

— Pas ça quoi ?

— Ça.

— Tu es sûre ? soupire-t-il.

Il me prend l'ustensile des mains et le repose dans le saladier. Je suis tendue. Je n'ai pas envie de ça – j'ai envie de ça –, vraiment. Il est tellement frustrant, si sexy et si désirable. Je détourne mes yeux de son regard envoûtant.

— Je te veux, Anastasia, chuchote-t-il. J'aime et je déteste et j'aime me disputer avec toi. C'est tout nouveau pour moi. J'ai besoin de savoir que tout va bien entre nous. C'est la seule manière que je connaisse.

— Mes sentiments pour toi n'ont pas changé.

Sa proximité est irrésistible, grisante. L'attraction familière est bien présente, tous mes synapses me poussent vers lui, ma déesse intérieure est au summum de sa libido. Les yeux fixés sur les poils dépassant du V de sa chemise, je me mords la lèvre, vulnérable, assujettie au désir. Je veux le goûter en cet endroit.

Il est proche mais ne me touche pas. Sa chaleur réchauffe ma peau.

— Je ne te toucherai pas à moins que tu ne me dises « oui », dit-il doucement. Mais là, après cette matinée de merde, je veux juste m'enterrer en toi et tout oublier excepté nous.

Oh mon Dieu... Nous. Une combinaison magique, un petit pronom puissant qui conclut tout. Je lève les yeux pour contempler son visage magnifique bien que grave.

— Je vais toucher ton visage, dis-je dans un soupir.

La surprise se reflète fugacement dans ses yeux avant qu'il ne cède.

Je lève la main, caresse sa joue et fais courir le bout de mes doigts sur sa barbe naissante. Il ferme les yeux en expirant et appuie son visage contre ma main. Puis il baisse lentement la tête et mes lèvres partent automatiquement à la rencontre des siennes. Il plane au-dessus de moi.

— Oui ou non, Anastasia ? soupire-t-il.

— Oui.

Sa bouche se referme doucement sur la mienne, me cajolant, forçant mes lèvres à s'ouvrir tandis que ses bras m'enveloppent pour m'attirer contre lui. Ses mains remontent le long de mon dos, ses doigts s'emmêlent dans mes cheveux à l'arrière de ma tête en les tirant gentiment, pendant que son autre main s'aplatit sur mes fesses, me pressant contre lui. Je gémis doucement.

— Monsieur Grey, toussote Taylor.

Christian me lâche aussitôt.

— Taylor, dit-il d'une voix glaciale.

Je fais volte-face pour découvrir un Taylor mal à l'aise sur le seuil de la grande pièce. Les deux hommes se dévisagent comme si une discussion silencieuse se déroulait entre eux.

— Dans mon bureau, lui propose Christian.

Taylor traverse rapidement la pièce.

— Ce n'est que partie remise, me chuchote Christian avant de suivre Taylor.

J'inspire profondément pour me calmer. Suis-je donc incapable de lui résister ? Je secoue la tête, dégoûtée par ma faiblesse. Pourtant, même si la situation était gênante, je suis soulagée que Taylor y ait mis un terme.

Je me demande quel genre de scènes Taylor a dû interrompre par le passé. Ce qu'il a vu. Je refuse d'y penser. Le déjeuner. Je vais préparer le déjeuner. Je m'affaire à découper des pommes de terre en rondelles. Que voulait Taylor ? Mon cerveau turbine. Est-ce que ça a un rapport avec Leila ?

Ils émergent du bureau dix minutes plus tard, juste au moment où l'omelette est cuite. Christian paraît préoccupé.

— Je leur expliquerai tout cela dans dix minutes, dit-il à Taylor.

— Nous serons prêts, répond Taylor avant de sortir de la grande pièce.

Je dépose nos deux assiettes sur le comptoir de la cuisine.

— Déjeuner ?

— S'il te plaît, répond Christian en se perchant sur un des tabourets de bar.

Il me considère à présent avec attention.

— Un problème ?

— Non.

Je me renfrogne. Il ne me dit pas. Je m'assieds à côté de lui en me résignant à ne rien savoir.

— C'est délicieux, murmure-t-il d'un ton de connaisseur en avalant une bouchée. Tu veux un verre de vin ?

— Non, merci.

J'ai besoin d'avoir toute ma tête quand tu es dans les parages, Grey.

C'est bon en effet, même si je n'ai pas vraiment faim. Je mange malgré tout, sachant que Christian va me harceler si je ne le fais pas. Pour mettre fin à notre silence maussade, il met le morceau de musique classique que j'ai entendu plus tôt.

— Qu'est-ce que c'est ?

— Canteloube, *Chants d'Auvergne.* Celui-ci est intitulé « Bailero ».

— C'est charmant. C'est en quelle langue ?

— En vieux français, en occitan plus précisément.

— Donc tu comprends ?

Des souvenirs de son français parfait lors du dîner chez ses parents me reviennent…

— Certains mots oui.

Christian sourit, visiblement détendu.

— Ma mère avait une devise : « Instrument de musique, langue étrangère, art martial. » Elliot parle espagnol ; Mia et moi parlons français. Elliot joue de la guitare, moi du piano et Mia du violoncelle.

— Waouh. Et les arts martiaux ?

— Elliot pratique le judo. Mia a fait un caprice à douze ans et a refusé de continuer.

Ce souvenir le fait sourire.

— Je regrette que ma mère n'ait pas été aussi organisée.

— Le Dr Grace est formidable quand il est question de la réussite de ses enfants.

— Elle doit être très fière de toi. Je le serais à sa place.

Une ombre traverse le visage de Christian et il semble soudain mal à l'aise. Il me dévisage avec prudence comme s'il se trouvait en territoire inconnu.

— Tu as décidé ce que tu allais porter ce soir ? Ou bien dois-je choisir pour toi ?

Son ton est devenu subitement brutal.

Waouh ! Il a l'air en colère. *Pourquoi ? Qu'est-ce que j'ai encore dit ?*

— Hum… Pas encore. C'est toi qui as choisi tous ces vêtements ?

— Non, Anastasia. J'ai donné une liste et ta taille à une styliste personnelle chez Neiman Marcus. Ces vêtements devraient t'aller. Juste pour ton information, j'ai demandé des mesures de sécurité supplémentaires pour ce soir et pour les prochains jours. Leila est imprévisible et on n'est pas parvenus à la localiser à Seattle. Il est plus sage de prendre des précautions. Je ne veux pas que tu sortes sans être accompagnée. D'accord ?

Je cligne des yeux.

— D'accord.

Et qu'en est-il du « j'ai envie de toi maintenant », Grey ?

— Bien, je vais aller donner des directives aux types de la sécurité. Cela ne devrait pas être long.

— Ils sont ici ?

— Oui.

Où ?

Christian dépose son assiette dans l'évier avant de quitter la pièce. Bon sang mais qu'est-ce que ça signifie ? On dirait qu'ils sont plusieurs à habiter dans le même corps. Est-ce un signe de schizophrénie ? Il va falloir que j'aille faire quelques recherches sur Google.

Je débarrasse mon assiette, fais rapidement la vaisselle et retourne dans ma chambre, le dossier ANASTASIA ROSE STEELE sous le bras. Dans le dressing, je sors les trois robes de soirée. Bon, laquelle des trois ?

Allongée sur le lit, je regarde mon Mac, mon iPad et mon BlackBerry. Je suis noyée sous la technologie. Je décide de transférer la liste de musique de Christian de mon iPad à mon Mac puis je me connecte à Google.

Quand Christian entre dans la chambre, je suis allongée en travers du lit à regarder mon Mac.

— Tu fais quoi ? demande-t-il doucement.

J'ai un bref moment de panique. Dois-je lui laisser voir le site que je suis en train de consulter ? Troubles de personnalités multiples : les symptômes.

S'allongeant près de moi, il scrute la page avec un air amusé.

— Tu regardes ça pour une raison particulière ?

Le Christian brusque a disparu, et le joueur est de retour. Comment diable suis-je censée le suivre ?

— Je fais quelques recherches. Au sujet d'une personnalité difficile.

Je lui adresse mon regard le plus impassible. Ses lèvres se tordent pour réprimer un sourire.

— Une personnalité difficile ?

— Ma lubie du moment.

— Je suis une lubie du moment ? Une activité annexe. Une expérience scientifique peut-être. Moi qui croyais être tout. Mademoiselle Steele, vous me vexez.

— Comment sais-tu qu'il s'agit de toi ?

— Pure hypothèse.

— Il est vrai que tu es le seul maniaque du contrôle, complètement malade et lunatique que je connaisse intimement.

— Je pensais être le seul homme que tu connaissais intimement.

Il hausse un sourcil. Je rougis.

— Oui. Aussi.

— Tu es déjà parvenue à quelques conclusions ?

Je me tourne pour l'observer. Il est allongé sur le côté près de moi, la tête appuyée sur le coude, avec une expression douce et amusée.

— Je pense que tu as besoin d'une sérieuse thérapie.

Il repousse délicatement une mèche de cheveux derrière mon oreille.

— Je crois que j'ai besoin de toi. Maintenant.

Il me tend un tube de rouge à lèvres.

Je fronce les sourcils. Il est d'un rouge salope, pas du tout ma couleur.

— Tu veux que je mette ça ?

Il éclate de rire.

— Non, Anastasia, à moins que tu ne le veuilles. Je ne suis malgré tout pas certain que ce soit ta couleur, conclut-il sur un ton sec.

Il s'assied en tailleur sur le lit et commence à retirer sa chemise. *Oh mon Dieu.*

— J'aime ton idée de carte.

Je lui adresse un regard vide. Une carte ?

— Une carte des zones interdites, explique-t-il.

— Oh. Je plaisantais.

— Pas moi.

— Tu veux que je dessine sur toi avec du rouge à lèvres ?

— Ça partira. Au bout d'un moment.

Ce qui veut dire que je pourrais le toucher en toute liberté. Mes lèvres esquissent un petit sourire émerveillé.

— Pourquoi pas quelque chose de plus permanent, comme un marqueur ?

— Je pourrais aussi me faire tatouer, plaisante-t-il.

Christian Grey avec un tatouage ? Ce serait gâcher son beau corps qui est déjà tellement marqué. Jamais !

— Non, quand même pas un tatouage ! dis-je en riant pour cacher mon horreur.

— Au rouge à lèvres alors, répond-il en souriant.

Je referme le Mac et le pousse de côté. Ça peut être amusant.

— Viens, dit-il en me tendant les mains. Assieds-toi sur moi.

J'enlève mes ballerines, je me redresse et rampe jusqu'à lui. Il est allongé sur le lit, les jambes repliées.

— Appuie-toi sur mes jambes.

Je grimpe sur lui et m'assieds à califourchon comme il me l'a demandé. Ses yeux écarquillés me considèrent avec prudence. Mais la situation l'amuse aussi.

— Ça a l'air de te plaire, dit-il sur le ton de l'ironie.

— Je suis toujours à l'affût de nouvelles informations, monsieur Grey, et cela signifie que vous allez pouvoir vous détendre car je saurai où sont les limites.

Il secoue la tête comme si lui-même ne croyait pas qu'il allait me laisser faire ça.

— Ouvre le rouge à lèvres, m'ordonne-t-il.

Oh, il passe en mode super-boss, mais je m'en fiche.

— Donne-moi ta main.

Je lui tends mon autre main.

— Celle avec le rouge à lèvres.

Il lève les yeux au ciel.

— Est-ce que tu ne serais pas en train de lever les yeux au ciel ?

— Si.

— C'est très grossier, monsieur Grey. Je connais des personnes qui deviennent carrément violentes quand on lève les yeux au ciel en leur présence.

— Bon, j'attends, raille-t-il.

Je lui tends ma main qui tient le rouge à lèvres et il se redresse soudain. Nous sommes presque nez contre nez.

— Tu es prête ? me chuchote-t-il doucement.

Tout se tend en moi. *Waouh.*

— Oui.

Sa proximité est excitante : sa chair tonique si près de moi, son odeur se mélangeant au parfum de mon savon. Il guide ma main vers la courbe de son épaule.

— Appuie, souffle-t-il.

J'ai la bouche sèche. Il guide ma main vers le bas, depuis le sommet de son épaule, autour de l'attache de son bras, en descendant sur le côté de son torse. Le rouge à lèvres laisse une large traînée d'un rouge criard. Sa main s'arrête au bas de sa cage thoracique puis bifurque à travers son ventre. Tendu, il plonge ses yeux, apparemment impassibles, dans les miens, mais malgré ce regard je sens sa résistance.

Il contrôle sérieusement sa répulsion, la tension transparaît le long de sa mâchoire et au pourtour de ses yeux.

— Remonte de l'autre côté, me murmure-t-il quand je parviens au milieu de son ventre.

Il relâche ma main.

Je dessine une ligne identique sur son flanc gauche. La confiance qu'il m'accorde est grisante mais se trouve modérée par ma perception de sa douleur. Sa poitrine est parsemée de sept petites cicatrices rondes et blanches. Quel sinistre supplice que d'affronter l'atroce et diabolique profanation de ce corps magnifique. Qui a pu faire ça à un enfant ?

— Voilà, c'est fait, dis-je dans un murmure.

Je m'efforce de contenir mon émotion.

— Non, ça n'est pas fini, répond-il.

Il trace une ligne invisible avec son index autour de la base de son cou.

Je marque cette ligne d'une traînée rouge avant de plonger mon regard dans les profondeurs grises de ses yeux.

— Maintenant, mon dos, chuchote-t-il.

Il se tortille afin que je descende de lui, puis il se retourne sur le lit et s'assoit en tailleur en me présentant son dos.

— Suis la ligne depuis mon torse jusqu'à l'autre côté, dit-il d'une voix basse et rauque.

Je m'exécute et trace une ligne écarlate qui traverse tout son dos. En dessinant cette limite, je compte davantage de cicatrices abîmant son beau corps. Neuf au total.

Bordel de merde. Je dois lutter contre le désir qui me submerge d'embrasser chacune d'elles en retenant mes larmes. Quel genre d'animal est capable de ça ? Christian baisse la tête et son corps se tend pendant que je termine le périmètre sur son dos.

— Autour de ton cou aussi ?

Il acquiesce et je dessine une nouvelle ligne à la lisière de ses cheveux qui rejoint la première.

— J'ai fini.

On dirait qu'il porte un drôle de débardeur couleur chair avec une couture rouge salope. Il se détend et ses épaules s'affaissent, puis il se tourne lentement pour me faire de nouveau face.

— Voici les limites, conclut-il tranquillement.

Ses yeux s'assombrissent et ses pupilles sont dilatées... de peur ? de désir ?

Je me retiens de me jeter violemment sur lui et le dévisage avec émerveillement.

— Je peux vivre avec. Mais, là, j'ai juste envie de me jeter sur toi.

Il m'adresse un sourire malicieux et tend ses mains en guise d'accord silencieux.

— Eh bien, mademoiselle Steele, je suis à vous.

Je couine d'un ravissement puéril et me catapulte dans ses bras en l'aplatissant sur le lit. Il se tord en laissant échapper un éclat de rire enfantin empli de soulagement, maintenant que l'épreuve est passée. Je finis allongée sous lui sur le lit.

— Et maintenant, si nous parlions de cette partie remise, souffle-t-il.

Sa bouche revendique une nouvelle fois la mienne.

6.

Le poing serré dans ses cheveux, ma bouche se déchaîne contre la sienne, le consumant, savourant le contact de sa langue. Et il est pareil que moi : il me dévore. C'est divin.

Soudain il me redresse et attrape le bas de mon tee-shirt qu'il fait passer par-dessus ma tête avant de le jeter par terre.

— J'ai envie de te sentir, dit-il fiévreusement.

Ses mains glissent dans mon dos pour m'ôter mon soutien-gorge. En un mouvement fugace, il me l'enlève et le lance.

Puis il me repousse sur le lit, m'aplatissant contre le matelas, et sa bouche et sa main remontent jusqu'à ma poitrine. Mes doigts agrippent ses cheveux lorsqu'il prend un de mes tétons entre ses lèvres et qu'il tire fort dessus.

J'émets un cri et la sensation balaie tout mon corps, m'empale et resserre tous les muscles autour de mon sexe.

— Oui, bébé, je veux t'entendre, murmure-t-il sur ma peau chauffée à blanc.

Bon sang, je le veux en moi tout de suite. Sa bouche joue avec mon téton, tire dessus, et je me tortille et me tords dans tous les sens, pleine de désir. Je sens son envie mélangée à quoi ? De la vénération. Oui, il me vénère.

Il me provoque avec ses doigts. Mon téton grossit, durcit et s'allonge sous ce contact expert. Sa main descend dans mon jean qu'elle déboutonne habilement. Il baisse la fermeture Éclair et faufile la main dans ma culotte pour caresser mon sexe.

Sa respiration se fait sifflante quand ses doigts s'immiscent en moi. Je rehausse mon bassin contre la paume de sa main et il répond en la frottant contre mon sexe.

— Oh, bébé, souffle-t-il.

Il plane au-dessus de moi, ses yeux tendrement plongés dans les miens.

— Tu es toute mouillée, s'émerveille-t-il.

— J'ai envie de toi.

Sa bouche se joint de nouveau à la mienne et je sens son désespoir affamé, son besoin de moi.

C'est nouveau. Ça n'a jamais été ainsi, sauf peut-être à mon retour de Géorgie, et les paroles qu'il a prononcées plus tôt me reviennent… *J'ai besoin de savoir que tout va bien entre nous. C'est le seul moyen que je connaisse.*

Cette pensée me bouleverse tout à fait. Savoir que j'ai cet effet sur lui, que je peux lui offrir le réconfort, en faisant ça… Il s'assied, attrape le bas de mon jean et me l'enlève en le tirant, en même temps que ma culotte.

Gardant ses yeux rivés aux miens, il se lève, sort un étui argenté de sa poche et me le jette, puis il ôte son jean et son boxer en un mouvement rapide.

Je déchire l'emballage avec empressement et, lorsqu'il s'allonge près de moi, je déroule lentement le préservatif sur son sexe. Il attrape mes deux mains avant de basculer sur le dos.

— Toi dessus, m'ordonne-t-il en me tirant sur lui. Je veux te voir.

Oh.

Il me guide et je me laisse glisser sur lui avec hésitation. Il ferme les yeux et soulève son bassin pour venir à ma rencontre, me remplir, m'étirer. Sa bouche forme un O parfait quand il expire.

Oh, c'est tellement bon, de le posséder, qu'il me possède.

Il me tient les mains et je ne sais si c'est pour me garder en équilibre ou pour m'empêcher de le toucher, malgré la carte qui se trouve sous mes yeux.

— C'est tellement bon d'être en toi, murmure-t-il.

Je me soulève de nouveau, grisée par le pouvoir que j'ai sur lui. J'observe Christian Grey se disloquer lentement sous moi. Il me lâche les mains pour m'attraper par les hanches et je m'appuie sur ses bras. Il s'enfonce brutalement en moi et je pousse un cri.

— C'est ça, bébé, sens-moi, dit-il d'une voix tendue.

La tête rejetée en arrière, c'est exactement ce que je fais. C'est ce qu'il fait si bien.

Je bouge en répondant à son rythme dans un accord parfait. Toutes mes pensées et ma raison s'engourdissent. Je ne suis que sensations perdues dans ce vide de plaisir. *En haut, en bas… Encore et encore… Oh oui.* J'ouvre les yeux, je le regarde, haletante ; lui aussi me regarde avec passion.

— Mon Ana.

— Oui. Pour toujours.

Il grogne et referme les yeux en rejetant la tête en arrière. Voir Christian si vulnérable suffit à décider de mon sort et je jouis bruyamment, à m'en épuiser, m'enfonçant en tournant sur moi-même avant de m'écrouler sur lui.

— Oh, bébé, gémit-il.

Et il jouit à son tour, me serrant contre lui avant de se laisser aller.

Ma tête repose sur son torse, dans la zone interdite, ma joue enfouie dans le matelas de poils couvrant son sternum. Je suis pantelante, radieuse, et je me retiens de lui embrasser la poitrine.

Allongée sur lui, j'essaie de reprendre mon souffle. Il caresse mes cheveux et ses mains effleurent mon dos pendant que sa respiration s'apaise.

— Tu es si belle.

Je relève la tête avec un air sceptique. Il fronce les sourcils et me surprend en se redressant rapidement tout en me maintenant en place d'un bras. Je serre ses biceps, nos nez se touchent.

— Tu-es-belle, articule-t-il en appuyant sur chacun des mots.

— Et toi, tu es étonnamment doux parfois.

Je l'embrasse tendrement. Il me soulève et se retire de moi. Je grimace. Il se penche et dépose un doux baiser sur mes lèvres.

— Tu ne te rends même pas compte à quel point tu es attirante, n'est-ce pas ?

Je rougis. Pourquoi me parle-t-il de ça ?

— Tous ces garçons qui te courent après, ça ne te suffit pas comme preuve ?

— Des garçons ? Quels garçons ?

— Tu veux une liste ? Le photographe, il est fou de toi, ce garçon dans le magasin de bricolage, le frère aîné de ta colocataire. Ton patron, ajoute-t-il avec amertume.

— Oh, Christian, c'est tout simplement faux.

— Crois-moi. Ils ont envie de toi. Ils désirent ce qui est à moi.

Il m'attire contre lui. Les mains dans ses cheveux, je le dévisage avec une expression amusée.

— Ce qui est à moi, répète-t-il, avec la satisfaction d'un propriétaire.

— Oui, à toi.

Je le rassure en souriant. Il semble apaisé et je me sens tout à fait bien, nue sur ses genoux, sur ce lit dans la pleine lumière d'un samedi après-midi. Qui l'aurait cru ? Les marques de rouge à lèvres sont encore visibles sur son corps exquis. Je remarque quelques taches sur la couette et je me demande brièvement ce que Mme Jones en pensera.

— Les limites sont toujours intactes.

Je suis courageusement de l'index la marque sur son épaule. Il se raidit et cligne soudain des yeux.

— Je voudrais explorer.

Un regard sceptique.

— Dans l'appartement ?

— Non. Je pensais plutôt à la carte au trésor qu'on a dessinée.

Mes doigts me démangent de le toucher. Il hausse les sourcils, l'air incertain. Je frotte mon nez contre le sien.

— Et à quoi pensez-vous précisément, mademoiselle Steele ?

Ma main se détache de son épaule et je fais courir mes doigts sur son visage.

— Je veux juste te toucher là où je peux.

Christian attrape mon index entre ses dents et le mordille gentiment.

— Oh !

Il sourit en émettant un grognement rauque.

— D'accord, dit-il.

Il libère mon doigt mais sa voix est pleine de crainte.

— Attends.

Il se penche dans mon dos, me soulève de nouveau et enlève le préservatif avant de le laisser tomber sans cérémonie près du lit.

— Je déteste ces trucs. J'ai bien envie d'appeler le Dr Greene pour qu'elle vienne te faire une injection.

— Et tu crois que le meilleur gynéco-obstétricien de Seattle va accourir ?

— Je peux être très convaincant, murmure-t-il en repoussant une mèche de mes cheveux derrière mon oreille. Franco a fait du beau travail. J'aime ce dégradé.

Quoi ?

— Cesse de changer de sujet.

Il me repousse en arrière afin que je sois assise à califourchon sur lui, adossée contre ses genoux remontés, mes pieds de part et d'autre de ses hanches. Il s'appuie en arrière sur ses bras.

— Touche, dit-il avec humour.

Il semble nerveux mais s'efforce de le cacher.

Sans le quitter des yeux, mes doigts parcourent ses abdominaux finement sculptés sous la ligne de rouge à lèvres. Il tressaille et je m'arrête.

— On n'est pas obligés.

— Non, ça va. Ça demande quelques… ajustements de ma part. Ça fait longtemps qu'on ne m'a pas touché, chuchote-t-il.

— Mrs Robinson ?

Les mots m'échappent spontanément et, étonnamment, ma voix est exempte de toute amertume et rancœur.

Il acquiesce, visiblement gêné.

— Je n'ai pas envie qu'on parle d'elle. Cela va gâcher ta bonne humeur.

— Je peux le supporter.

— Non, tu ne peux pas, Ana. Tu vois rouge dès que je mentionne son nom. Mon passé m'appartient. C'est un fait. Je ne peux pas le changer. J'ai de la chance que tu n'en aies pas, parce que cela me rendrait fou.

Je fronce les sourcils mais je ne veux pas me disputer avec lui.

— Ça te rendrait fou ? Plus que tu ne l'es déjà ?

Je souris, espérant détendre l'atmosphère entre nous. Il pince les lèvres.

— Fou de toi, murmure-t-il.

Mon cœur déborde de joie.

— Dois-je appeler le Dr Flynn ?

— Je ne pense pas que ce sera nécessaire, répond-il sèchement.

Je me déplace vers l'arrière, l'obligeant à allonger les jambes, et je repose mes doigts sur son ventre. Il se fige une fois de plus.

— J'aime te toucher.

Mes doigts glissent vers son nombril puis, plus bas, en suivant la piste de ses poils. Ses lèvres s'entrouvrent et sa respiration s'accélère. Ses yeux s'assombrissent et son érection s'éveille et tressaille sous moi. *Bordel. Deuxième round.*

— Encore ?

Il sourit.

— Oh oui, mademoiselle Steele. Encore.

Quelle façon délicieuse de passer un samedi après-midi. Sous la douche, je me lave sans penser à rien – juste en prenant soin de ne pas mouiller mes cheveux attachés – et je songe aux dernières heures. Christian et le sexe-vanille me paraissent bien se conjuguer.

Il m'a révélé tant de lui aujourd'hui. J'en ai la tête qui tourne rien que d'essayer d'assimiler toutes ces informations et de réfléchir à ce que j'ai appris : ses revenus – *waouh, il est sacrément riche et, pour quelqu'un d'aussi jeune, c'est tout simplement extraordinaire* – et les dossiers qu'il a sur moi et sur toutes ses soumises brunes. Je me demande s'ils se trouvent tous dans le même placard ?

Ma conscience fait la moue et secoue la tête. *N'y pense même pas.* Je fronce les sourcils. *Juste un petit coup d'œil ?*

Et il y a Leila – vraisemblablement armée, quelque part – et ses goûts de chiotte en matière de musique sur l'iPod de Christian. Mais, pis encore, Mrs Pédo-Robinson ; je n'arrive pas à comprendre ce qu'elle est et je ne le souhaite pas. Je ne veux pas d'elle tel un spectre aux cheveux dansants dans notre histoire. Il a raison, je pique une crise dès que je pense à elle, et peut-être ne vaut-il mieux pas.

En me séchant, je suis brusquement envahie par une colère inattendue.

Mais qui ne piquerait pas une crise ? Quelle personne normale et saine ferait ça à un garçon de quinze ans ? À quel point est-elle responsable de ses perversions ? Je ne la comprends pas. Pis encore, il prétend qu'elle l'a aidé. Comment ça ?

Je pense à ses cicatrices, l'incarnation brutale de son enfance terrible et un rappel répugnant des cicatrices mentales dont il doit encore souffrir. Mon doux et triste Cinquante Nuances. Il a dit des choses tellement charmantes aujourd'hui. *Il est fou de moi.*

Devant mon reflet, mon cœur déborde une nouvelle fois au souvenir de ses paroles et mon visage se transforme à l'apparition d'un sourire ridicule. Notre histoire va peut-être fonctionner. Mais combien de temps acceptera-t-il de se livrer à ce jeu avant d'éprouver l'envie de me tabasser parce que j'aurai franchi une quelconque limite arbitraire ?

Mon sourire s'évanouit. Ça, je n'en sais rien. C'est l'ombre qui plane au-dessus de nous. De la baise perverse, oui, ça, je peux. Mais davantage ?

Ma conscience me fixe d'un regard impassible et, pour une fois, ne me fait aucun discours de sagesse désobligeant. Je retourne dans la chambre pour m'habiller. Christian est en bas et j'ai la chambre pour moi toute seule. En plus de toutes les robes dans le dressing, j'ai également des tiroirs entiers de lingerie. Je choisis un corset noir agrémenté d'un galon argenté comme un filigrane et dont l'étiquette annonce 540 dollars. J'opte pour la plus petite culotte qui soit. Des bas également, couleur chair, si fin, en pure soie. *Waouh*, ils sont vraiment… chics… et plutôt sexy.

Je m'apprête à aller chercher la robe quand Christian entre sans prévenir. *Hé, tu pourrais frapper !* Il s'immobilise, le regard rivé sur moi, les yeux brillants, remplis de désir. J'ai l'impression de rougir de partout. Il porte une chemise blanche et un pantalon de costume noir ; le col de sa chemise est ouvert. La ligne de rouge à lèvres est encore visible et il continue de me fixer.

— Je peux vous aider, monsieur Grey ? Je suppose que vous veniez pour une autre raison que me regarder d'un air ahuri.

— Je savoure plutôt cet air d'ahuri, merci, mademoiselle Steele, murmure-t-il avec sérieux en avançant dans la pièce tout en me dévorant des yeux. Rappelez-moi d'envoyer un petit mot pour remercier Caroline Acton.

Je fronce les sourcils. *Bon sang, mais qui c'est, celle-là ?*

— L'acheteuse personnelle de chez Neiman, dit-il, en répondant étrangement à ma question silencieuse.

— Oh.

— J'ai la tête complètement ailleurs.

— Je vois ça. Que veux-tu ?

Je le regarde droit dans les yeux. Il réagit par un sourire en coin et, quand il sort les boules argentées de sa poche, je me fige sur place. *Bordel de merde ! Il veut me donner la fessée ?* Maintenant ? Pourquoi ?

— Ce n'est pas ce que tu crois, dit-il aussitôt.

— Éclaire ma lanterne.

— J'ai pensé que tu pourrais les porter ce soir.

Les implications d'une telle proposition restent en suspens entre nous pendant que l'idée fait son chemin en moi.

— À cette soirée ?

Je suis choquée. Il acquiesce lentement et ses yeux s'assombrissent.

Oh mon Dieu.

— Tu me donneras une fessée plus tard ?

— Non.

Un instant, j'éprouve comme une vague pointe de déception. Il glousse.

— Tu veux ?

Je déglutis. Je n'en sais tout simplement rien.

— Bien, je te promets que je ne te toucherai pas comme ça, même pas si tu me supplies.

Ah ! C'est nouveau !

— Tu veux jouer à ce jeu ? poursuit-il en levant les boules. Tu pourras toujours les enlever si c'est trop difficile à supporter.

Je le contemple. Il est si diaboliquement tentant : pas coiffé, avec ses cheveux d'après-baise, ses yeux sombres dansant sous l'effet de pensées érotiques, ses lèvres étirées en un sourire amusé et sexy.

— D'accord, dis-je doucement.

Bon sang, oui ! Ma déesse intérieure, qui a retrouvé sa voix, hurle sur les toits.

— Bien, dit Christian en souriant. Viens ici, je vais te les mettre, une fois que tu auras enfilé tes chaussures.

Mes chaussures ? Je me tourne pour jeter un coup d'œil aux talons aiguilles gris tourterelle qui vont avec la robe que j'ai choisi de porter.

Fais-lui plaisir !

Il tend la main pour me soutenir quand je chausse les escarpins Louboutin hors de prix. Je dois mesurer au moins douze centimètres de plus.

Il me conduit près du lit sans s'y asseoir mais se dirige vers la seule chaise de la chambre. Il la prend et la dépose devant moi.

— Quand je hoche la tête, tu te penches en te tenant à la chaise. Compris ? demande-t-il d'une voix rauque.

— Oui.

— Bien. Maintenant ouvre la bouche, ordonne-t-il toujours à voix basse.

Je m'exécute en pensant qu'il va mettre les boules dans ma bouche pour les lubrifier. Non, il y glisse son index.

Oh…

— Suce.

Je lève ma main pour attraper la sienne et la maintenir en place pendant que je fais ce qu'il m'a demandé – tu vois, je peux être obéissante quand je veux.

Il a un goût de savon… Mmm. Je le suce fort et je suis récompensée lorsque ses yeux s'écarquillent et que ses lèvres s'entrouvrent pendant qu'il inspire. À ce rythme, je ne vais pas avoir besoin de lubrifiant. Il met les boules dans sa bouche tandis que je suce son doigt en faisant virevolter ma langue autour. Quand il tente de le retirer, je serre les dents.

Il secoue la tête en souriant, comme pour me réprimander, et je le libère. Il hoche la tête et je me penche en m'accrochant aux côtés de la chaise. Il écarte alors ma culotte et, très lentement, glisse un doigt dans mon sexe, imprimant un lent mouvement circulaire afin que je le sente partout à l'intérieur de moi. Je ne peux retenir le gémissement qui s'échappe de mes lèvres.

Il retire brièvement et avec précaution son doigt et insère les boules l'une après l'autre en les poussant tout au fond de mon sexe. Une fois qu'elles sont en place, il remet ma culotte et m'embrasse les fesses. Faisant courir ses mains le long de mes jambes, depuis la cheville jusqu'à la cuisse, il pose un doux baiser, juste sous mes fesses, à la lisière de mes bas.

— Vous avez de très belles jambes, mademoiselle Steele, murmure-t-il.

Toujours debout, il m'attrape par les hanches et attire mes fesses contre lui pour que je sente son érection.

— Peut-être que je te prendrai comme ça quand nous rentrerons, Anastasia. Tu peux te redresser maintenant.

J'ai la tête qui tourne. Je suis au-delà de toute excitation à la sensation des boules qui poussent et tirent dans mon sexe. Christian se penche sur mon dos et m'embrasse l'épaule.

— Je les avais achetées pour que tu les portes au gala de samedi dernier.

Il passe son bras autour de moi. Une petite boîte rouge marquée Cartier repose dans la paume de sa main.

— Mais tu m'as quitté, alors je n'ai pas eu l'occasion de te les donner.

Oh !

— C'est ma seconde chance, murmure-t-il, la voix tendue par une émotion inconnue.

Il est nerveux.

D'une main hésitante, je prends la boîte et l'ouvre. Deux pendants d'oreilles scintillent à l'intérieur. Chacun est constitué de quatre diamants, un à la base, un creux, puis trois diamants parfaitement espacés suspendus les uns sous les autres. Les boucles d'oreilles sont superbes, simples et classiques. Ce que je choisirais moi-même, si j'avais l'occasion de faire du shopping chez Cartier.

— Elles sont ravissantes. Et puisque ce sont des boucles d'oreilles de la seconde chance, je les adore. Je te remercie.

La tension l'abandonne et il se détend tout contre moi. Il embrasse encore une fois mon épaule.

— Tu portes la robe en satin argent ? demande-t-il.

— Oui. Est-ce que ça va ?

— Bien sûr. Je te laisse te préparer.

Il quitte la chambre sans un regard.

Je viens de pénétrer dans un autre univers. La jeune femme qui me fait face est digne du tapis rouge. Sa longue robe bustier en satin argent est tout simplement sensationnelle. Peut-être devrais-je envoyer moi-même un mot de remerciement à Caroline Acton. La robe est ajustée et met en valeur mes quelques courbes.

Mes cheveux tombent en vagues douces autour de mon visage avant de se répandre sur mes épaules jusqu'à ma poitrine. Je repousse quelques mèches pour révéler mes boucles d'oreilles de la seconde chance. Mon maquillage se réduit au minimum pour avoir l'air naturel. Crayon pour les yeux, mascara, un peu de fard à joues rose et un rouge à lèvres rose pâle.

Cependant je n'ai pas vraiment besoin du fard. Mes joues rosissent à cause du mouvement constant des boules. Au moins, grâce à elles, je suis certaine que mes joues ne perdront pas leur couleur ce soir. Secouant la tête en songeant à l'audace des idées érotiques de Christian, je me baisse pour ramasser mon étole en satin et ma pochette argentée avant de partir à la recherche de M. Cinquante Nuances.

Me tournant le dos, il est en train de s'entretenir avec Taylor et trois autres hommes dans le couloir. Leur expression de surprise et d'admiration avertit Christian de ma présence. Il se retourne tandis que je patiente, l'air embarrassé.

J'ai la bouche sèche. Il est renversant… Smoking noir, nœud papillon noir. Il me contemple avec admiration. Il s'avance nonchalamment vers moi et m'embrasse les cheveux.

— Anastasia, tu es à couper le souffle.

Je rougis à ce compliment prononcé devant Taylor et les autres hommes.

— Une coupe de champagne avant de partir ?

— Je veux bien.

Christian adresse un signe de tête à Taylor qui se dirige vers l'entrée avec les trois hommes.

Dans la grande pièce, Christian sort une bouteille de champagne du réfrigérateur.

— C'est l'équipe de sécurité ?

— De protection rapprochée. Ils sont sous la responsabilité de Taylor. Il est formé à ça aussi.

Christian me tend une flûte.

— Il est très polyvalent, fais-je remarquer.

— En effet.

Il me sourit.

— Tu es ravissante, Anastasia. Santé !

Il lève son verre et nous trinquons. Le champagne, rose pâle, a un goût délicieusement vif et léger.

— Comment te sens-tu ? me demande-t-il.

— Très bien, merci.

Je lui souris tendrement, en ne livrant rien, sachant parfaitement qu'il fait allusion aux boules argentées. Il a un petit sourire satisfait.

— Tiens, tu vas avoir besoin de ça.

Il me tend une grande pochette en velours qui était posée sur le comptoir de la cuisine.

— Ouvre, dit-il entre deux gorgées de champagne.

Intriguée, je sors du sac un masque argenté de bal costumé, surmonté d'une couronne de plumes bleu cobalt.

— C'est un bal masqué, précise-t-il.

— Je vois.

Le masque est magnifique. Un liséré de ruban argenté en souligne le tour et un exquis filigrane argenté entoure les yeux.

— Cela mettra en valeur tes yeux sublimes, Anastasia.

Je lui adresse un sourire timide.

— Tu en portes un ?

— Bien sûr. Ces accessoires sont, d'une certaine manière, très libérateurs, ajoute-t-il en haussant un sourcil.

Oh. Ça peut être amusant.

— Viens. Je veux te montrer quelque chose.

Je prends la main qu'il me tend et il me conduit dans le couloir jusqu'à une porte qui jouxte l'escalier. Elle ouvre sur une pièce de la même taille environ que la salle de jeux qui doit se trouver directement au-dessus de nous. Cette pièce-ci est remplie de livres. *Waouh*, une bibliothèque dont les murs sont bourrés de livres du sol au plafond. Au milieu se dresse une table de billard illuminée par un long lustre Tiffany en forme de prisme.

— Tu as une bibliothèque !

Je ne peux dissimuler l'admiration et l'excitation qui me submergent.

— Oui, c'est la pièce des boules, comme l'appelle Elliot. L'appartement est assez grand. Je me suis rendu compte aujourd'hui, quand tu as parlé d'exploration, que je ne t'avais jamais fait visiter les lieux. Nous n'avons pas le temps maintenant, mais j'ai pensé que je te montrerais cette pièce et que je te défierais peut-être au billard dans un futur assez proche.

Je souris.

— Je t'attends.

Je jubile. José et moi nous sommes rencontrés autour d'une table de billard. Nous jouons depuis trois ans. Je suis une championne à ce jeu-là. José a été un bon professeur.

— Quoi ? demande Christian, amusé.

Oh ! Je dois vraiment cesser d'exprimer toutes les émotions que je ressens à l'instant où je les ressens, me dis-je pour me réprimander.

— Rien.

Christian plisse les yeux.

— Eh bien, le Dr Flynn pourra peut-être découvrir tes secrets. Tu vas le rencontrer ce soir.

— Le charlatan hors de prix ?

Bordel de merde.

— Celui-là même. Il meurt d'envie de te connaître.

À l'arrière de l'Audi qui roule vers le nord, Christian me prend la main et effleure doucement la naissance de mes doigts avec son pouce. Je me tortille, ce qui réveille aussitôt mon sexe. Je résiste à l'envie de gémir car Taylor est à l'avant – sans son iPod – avec un des types de la sécurité qui, je crois, s'appelle Sawyer.

Je commence à éprouver une lancinante mais agréable douleur dans le ventre. Combien de temps vais-je pouvoir tenir sans me... soulager ? Je croise les jambes. Ce faisant, quelque chose qui me titillait à l'arrière de mon esprit fait soudain surface.

— Où as-tu eu le rouge à lèvres ?

Avec un petit sourire, il désigne l'avant de la voiture.

— C'est Taylor, prononce-t-il en silence.

J'éclate de rire.

— Oh.

Et je m'arrête aussitôt – les boules.

Je me mords la lèvre. Les yeux de Christian scintillent d'un éclat diabolique. Il sait exactement ce qu'il fait, cet animal sexy.

— Détends-toi, souffle-t-il. Si c'est trop...

Mais il ne va pas jusqu'au bout de sa pensée et m'embrasse doucement les doigts avant de suçoter le bout de mon auriculaire.

Maintenant je sais qu'il agit à dessein. Les yeux fermés, je laisse le désir se déployer en moi. Je m'abandonne brièvement à la sensation, mes muscles se crispant tout au fond de moi.

Quand j'ouvre de nouveau les yeux, Christian m'observe avec attention, tel un prince des ténèbres. Ce doit être le smoking et le nœud papillon mais il paraît plus âgé, plus sophistiqué. Un débauché diablement beau avec des intentions licencieuses. Il me coupe tout simplement le souffle. Je suis sous sa sujétion sexuelle et, à l'en croire, il est sous la mienne. Cette pensée me fait sourire et celui qu'il m'adresse en retour me fascine.

— Alors à quoi doit-on s'attendre à cette soirée ?

— Oh, au tralala habituel, répond Christian avec désinvolture.

— Ça n'est pas habituel pour moi.

Christian sourit affectueusement et m'embrasse de nouveau la main.

— Il y aura beaucoup de gens venus étaler leur argent. Une vente aux enchères, une tombola, un dîner, de la danse. Ma mère sait organiser une soirée.

Pour la première fois de la journée, je me réjouis à la perspective de cette fête.

Une file de voitures de luxe remonte l'allée vers la demeure Grey. De longs lampions en papier rose pâle sont suspendus au-dessus de l'allée et, alors que nous progressons dans l'Audi, je constate qu'il y en a partout. Dans la lumière de début de soirée, ils donnent un air magique au lieu, comme si nous pénétrions dans un royaume enchanté. Je jette un coup d'œil vers Christian. Comme cela va bien à mon prince – et ma joie puérile explose, éclipsant tout autre sentiment.

— On met les masques, dit Christian en souriant.

Il pose son masque noir tout simple sur son visage et mon prince se transforme aussitôt en un personnage plus sombre, plus sensuel. Je ne vois que sa superbe bouche et sa mâchoire marquée. Mon cœur tressaute. J'attache mon masque en ignorant la faim qui gronde au plus profond de mon corps.

Taylor arrête la voiture dans l'allée et un valet ouvre la portière de Christian. Sawyer bondit hors de la voiture pour ouvrir la mienne.

— Tu es prête ? me demande Christian.

— Comme je le serai toujours.

— Tu es splendide, Anastasia.

Il m'embrasse la main et sort de la voiture.

Un tapis vert sombre court le long de la pelouse jusqu'à une aile de la maison, conduisant à un terrain impressionnant à l'arrière. Christian passe un bras protecteur autour de moi, une main sur ma taille, tandis que nous suivons le tapis vert au milieu du flot régulier du gratin de Seattle vêtu de ses plus beaux atours et arborant toutes sortes de masques. Les lampions illuminent le chemin. Deux photographes accompagnent les invités et les font poser devant la toile de fond d'une tonnelle parsemée de lierre.

— Monsieur Grey ! appelle l'un des photographes.

Christian hoche la tête en signe de reconnaissance et m'attire à lui pour que nous posions rapidement pour une photo. Comment savent-ils qu'il s'agit de lui ? Sans doute à cause de sa chevelure cuivrée indisciplinée si reconnaissable.

— Deux photographes ?

— L'un est du *Seattle Times*, l'autre prend des photos souvenirs. Nous pourrons en acheter une plus tard.

Oh, de nouveau ma photo dans la presse. Leila fait brièvement irruption dans mon esprit. C'est comme ça qu'elle m'a trouvée, en me voyant avec Christian. Cette pensée est troublante, mais je suis rassurée : on ne pourra pas me reconnaître sous mon masque.

Au bout de la file des invités, des serveurs vêtus de blanc nous accueillent avec des plateaux de coupes de champagne remplies à ras bord. Christian m'en tend une – ce qui me distrait efficacement de mes sombres réflexions.

Nous approchons d'une grande pergola blanche décorée de versions plus petites des lampions en papier. Une barrière basse, avec des entrées aménagées sur trois côtés, entoure une magnifique piste de danse en damier noir et blanc. De part et d'autre de la piste se dressent deux sculptures de glace représentant des cygnes. Le quatrième côté de la pergola est occupé par une estrade sur laquelle un quatuor à cordes joue doucement un morceau lancinant que je ne reconnais pas. La scène semble être installée pour un grand orchestre, mais je ne vois pas d'autres musiciens. Ce sera certainement pour plus tard. Me prenant la main, Christian me conduit entre les cygnes jusqu'à la piste de danse où les autres invités se saluent et discutent en buvant du champagne.

Vers le bord de mer est installée une énorme tente, ouverte sur le côté le plus proche de nous, ce qui permet d'apercevoir des tables et des chaises cérémonieusement disposées. Il y en a tellement !

— Combien de personnes sont attendues ?

Je suis épatée par la taille de la tente.

— Je crois qu'il y a trois cents invités. Tu demanderas à ma mère.

Il me sourit.

— Christian !

Une jeune femme s'échappe de la foule et se jette à son cou. Je comprends aussitôt qu'il s'agit de Mia. Elle porte une élégante robe longue en mousseline rose pâle avec un étonnant et délicat masque vénitien assorti. Elle est extraordinaire. Une seconde, je déborde de reconnaissance envers Christian pour la robe qu'il m'a donnée.

— Ana ! Oh, ma chérie, tu es splendide.

Elle me serre rapidement dans ses bras.

— Viens que je te présente mes amies. Personne ne veut croire que Christian a enfin déniché une petite copine.

Je jette un coup d'œil paniqué à Christian qui hausse les épaules, résigné, genre « je sais qu'elle est impossible mais il va falloir que je la supporte encore quelques années » et il laisse Mia me conduire vers un groupe de quatre jeunes femmes, toutes élégantes et impeccablement coiffées.

Mia nous présente rapidement. Trois d'entre elles sont aimables et gentilles mais Lily – je crois que c'est son nom – me dévisage avec amertume derrière son masque rouge.

— Bien sûr, on croyait toutes que Christian était homo ! lance-t-elle d'un air sournois en dissimulant sa rancœur derrière un grand sourire hypocrite.

Mia fait la moue.

— Lily, tiens-toi bien. De toute évidence, il a un excellent goût en matière de femmes. Il attendait la bonne et ce n'était pas toi !

Lily devient aussi rouge que son masque, et moi également. Il ne doit pas y avoir de situation plus embarrassante.

— Mesdemoiselles, je peux récupérer ma petite amie, s'il vous plaît ?

Enroulant son bras autour de ma taille, Christian m'attire contre lui. Les quatre femmes rougissent et se tortillent sous l'effet de son sourire éblouissant. Mia me jette un coup d'œil en levant les yeux au ciel et je ne peux m'empêcher d'éclater de rire.

— Ravie de vous avoir rencontrées, dis-je alors qu'il m'entraîne avant d'ajouter à l'attention de Christian : Merci.

— J'ai vu cette Lily avec Mia. C'est une peste.

— Elle t'aime bien.

Il frissonne.

— Eh bien, ce n'est pas réciproque. Viens, laisse-moi te présenter à quelques personnes.

Je passe la demi-heure suivante dans un tourbillon de présentations. Je rencontre deux acteurs de Hollywood, deux autres P-DG et plusieurs éminents médecins. *Impossible de me rappeler tous les noms.*

Christian me garde auprès de lui et je lui en suis reconnaissante. Franchement, le luxe, le prestige et la dimension purement somptueuse de la soirée m'intimident. Je n'ai jamais participé à un événement de ce genre.

Les serveurs en tenue blanche se déplacent sans effort avec des bouteilles de champagne au milieu de la foule grandissant d'invités et on me remplit mon verre avec une inquiétante régularité. *Il ne faut pas que je boive trop. Il ne faut pas que je boive trop.* Mais la tête commence à me tourner et je ne sais si c'est le champagne, l'atmosphère mystérieuse ou bien l'excitation provoquée par les masques, ou encore les secrètes boules argentées. La douleur lancinante dans mon ventre devient impossible à ignorer.

— Vous travaillez donc chez SIP ? me demande un monsieur au crâne dégarni arborant un masque d'ours ou de chien. J'ai eu vent d'une rumeur de rachat hostile.

Je rougis. Il y a bien un rachat hostile, par un homme qui a plus d'argent que de bon sens et qui est un expert de la surveillance.

— Je ne suis qu'une simple assistante, monsieur Eccles. Je ne sais rien de tout ça.

Christian se tait et adresse un sourire affable à Eccles.

— Mesdames et messieurs ! nous interrompt le maître de cérémonie, affublé d'un impressionnant masque d'arlequin blanc et noir. Je vous prie de vous asseoir. Le dîner est servi.

Christian me prend par la main et nous suivons l'assistance bavarde qui se dirige vers l'immense tente.

L'intérieur est stupéfiant. Trois énormes lustres projettent des étincelles arc-en-ciel sur le tissu soyeux ivoire tendu au plafond et sur les parois. Il doit y avoir au moins trente tables et l'endroit me rappelle la salle à manger privée de l'hôtel Heathman – des verres en cristal, des nappes blanches empesées avec, au centre de chaque tablée, une composition exquise de pivoines rose pâle autour d'un candélabre en argent. À côté, un panier enveloppé de soie très fine contient des petits cadeaux.

Christian consulte le plan de table et me conduit vers le centre. Mia et Grace Trevelyan-Grey, déjà installées, sont en grande conversation avec un jeune homme que je ne connais pas. Grace porte une longue robe scintillante vert menthe et un masque vénitien assorti. Elle est radieuse, pas du tout stressée, et elle m'accueille chaleureusement.

— Ana, quel délice de vous revoir ! Vous êtes superbe.

— Mère.

Christian la salue avec raideur en l'embrassant sur les deux joues.

— Oh, Christian, tu es si cérémonieux ! le taquine-t-elle.

Les parents de Grace, M. et Mme Trevelyan, nous rejoignent à la table. Ils semblent exubérants et pleins de jeunesse, même si c'est difficile à dire.

Sous leurs masques bronze assortis, ils sont ravis de voir Christian.

— Grand-mère, Grand-père, permettez-moi de vous présenter Anastasia.

Mme Trevelyan se jette sur moi comme la misère sur le monde.

— Oh, il a enfin trouvé quelqu'un, vous êtes merveilleuse et si jolie ! Eh bien, j'espère que vous ferez de lui un honnête homme, se répand elle tout en me serrant la main.

La vache. Je remercie le ciel de porter un masque.

— Mère, n'embarrassez pas Ana, intervient Grace en volant à mon secours.

— Ne faites pas attention à cette vieille folle, ma chérie, me dit M. Trevelyan en me serrant la main à son tour. Elle croit que son âge l'autorise à dire toutes les âneries qui passent par son esprit embrumé.

— Ana, je te présente mon petit ami, Sean.

Mia me présente timidement le jeune homme qui m'adresse un sourire malicieux. Ses yeux bruns pétillent d'humour quand il me sert la main.

— Ravie de vous rencontrer, Sean.

Christian le salue à son tour en le considérant d'un œil critique. Ne me dites pas que la pauvre Mia doit, elle aussi, supporter son frère dominateur ! Je souris à Mia avec compassion.

Lance et Janine, des amis de Grace, forment le dernier couple à notre table, mais toujours aucun signe de M. Carrick Grey.

Soudain on entend un sifflement de micro et la voix de M. Grey explose dans les enceintes, provoquant aussitôt la fin des bavardages. Debout sur une petite estrade à une extrémité de la tente, Carrick arbore un impressionnant masque doré de Polichinelle.

— Mesdames et messieurs, bienvenue à notre bal de charité annuel. J'espère que vous apprécierez ce que nous vous avons préparé ce soir et que vous mettrez la main à la poche pour soutenir le travail fantastique de notre équipe de « Faire face ensemble ». Comme vous le savez, c'est une cause chère à mon épouse et à moi-même.

Je jette un coup d'œil nerveux en direction de Christian qui doit regarder vers la scène d'un air impassible. Il se tourne vers moi avec un sourire en coin.

— Je vous laisse entre les mains de notre maître de cérémonie. Je vous prie de vous installer et de profiter de votre soirée, conclut Carrick.

Suivent des applaudissements polis, puis les bavardages reprennent. Je suis assise entre Christian et son grand-père. J'admire le petit carton blanc sur lequel mon nom est inscrit en une délicate calligraphie argentée pendant qu'un serveur allume le candélabre à l'aide d'un long cierge. Quand il nous rejoint, Carrick m'embrasse sur les deux joues, ce qui me surprend.

— Quel plaisir de vous revoir, Ana, murmure-t-il.

Il est vraiment impressionnant avec son extraordinaire masque doré.

— Mesdames et messieurs, je vous prie de désigner un chef de table, annonce le maître de cérémonie.

— Ooooh, moi, moi ! s'écrie aussitôt Mia en bondissant avec enthousiasme sur sa chaise.

— Au centre de la table, vous trouverez une enveloppe, poursuit le maître de cérémonie. Je vais demander à chacun de trouver, d'emprunter ou de voler un billet de la plus grosse valeur possible. Écrivez ensuite votre nom dessus et placez-le à l'intérieur de l'enveloppe. Les chefs de table garderont soigneusement ces enveloppes. Nous en aurons besoin plus tard.

Merde. Je n'ai pas d'argent sur moi. *Quelle idiote, c'est un bal de charité !*

Christian sort son portefeuille et en extrait deux billets de cent dollars.

— Tiens, dit-il.

Quoi ?

— Je te rembourserai.

Il pince les lèvres et je sais qu'il n'est pas content, mais il ne fait aucun commentaire. Je signe en utilisant son stylo-plume – il est noir avec un motif blanc en forme de fleur sur le bouchon – et Mia fait tourner l'enveloppe.

Devant moi se trouve un autre carton sur lequel figure notre menu, également en calligraphie argentée.

MENU DU BAL MASQUÉ EN SOUTIEN DE
FAIRE FACE ENSEMBLE

TARTARE DE SAUMON AVEC CRÈME FRAÎCHE
ET CONCOMBRE SUR BRIOCHE TOASTÉE
DOMAINE ALBAN ROUSSANNE 2006

MAGRET DE CANARD DE BARBARIE GRILLÉ
PURÉE CRÉMEUSE D'ARTICHAUT DE JÉRUSALEM
GRIOTTES GRILLÉES AU THYM, FOIE GRAS
CHÂTEAUNEUF-DU-PAPE VIEILLES VIGNES 2006
DOMAINE DE LA JANASSE

MOUSSELINE DE NOIX EN CROÛTE DE SUCRE
FIGUES CONFITES, CRÈME GLACÉE D'ÉRABLE
VIN DE CONSTANCE 2004 KLEIN CONSTANTIA

SÉLECTION DE FROMAGES ET DE PAINS LOCAUX
GRENACHE DOMAINE ALBAN 2006

CAFÉ ET MIGNARDISES

Eh bien, je comprends mieux le nombre de verres en cristal de toutes tailles qui encombrent ma place. Notre serveur est de retour pour proposer du vin ou de l'eau. Derrière moi, on ferme les parois de la tente par lesquelles nous sommes entrés, tandis que, devant, deux serveurs tirent la toile afin de révéler le coucher de soleil sur Seattle et la baie de Meydenbauer.

Le spectacle est absolument époustouflant : les lumières scintillantes de Seattle au loin et l'orange mat de la baie sur laquelle se reflète un ciel d'opale. *Waouh*.

Dix serveurs, portant chacun une assiette, viennent se poster entre nous. À un signal silencieux, ils nous servent nos entrées avec un synchronisme parfait avant de disparaître. Le saumon a l'air délicieux et je me rends compte que je suis affamée.

— Tu as faim ? me murmure Christian.

Je sais bien qu'il ne fait pas référence à la nourriture. Les muscles au plus profond de mon ventre réagissent aussitôt.

— Très, dis-je dans un murmure en le regardant avec aplomb.

Christian inspire en entrouvrant les lèvres.

Ha ! Tu vois… On peut jouer tous les deux à ça.

Le grand-père de Christian engage aussitôt la discussion avec moi. C'est un charmant vieux monsieur, si fier de sa fille et de ses trois petits-enfants.

C'est étrange d'imaginer Christian petit. Le souvenir de ses brûlures me revient malgré moi, mais je le repousse très vite. Je refuse d'y penser maintenant, même si, de manière ironique, il y a un rapport évident avec l'organisation de cette soirée.

Je regrette que Kate ne soit pas là, avec Elliot. Elle serait tout à fait à l'aise – rien que le nombre de fourchettes et de couteaux disposés devant elle ne la découragerait pas – et c'est elle qui commanderait à table. Je l'imagine très bien en découdre avec Mia pour déterminer laquelle des deux serait le chef de table. Cette pensée me fait sourire.

La conversation entre les convives va bon train. Mia est comme d'habitude le centre de l'animation et éclipse tout à fait le pauvre Sean qui, la plupart du temps, reste silencieux, comme moi. La grand-mère de Christian est celle qu'on entend le plus. Elle a, elle aussi, un sens de l'humour mordant, particulièrement aux dépens de son époux. Je commence à compatir avec M. Trevelyan.

Christian et Lance s'engagent dans une discussion animée sur un appareil que la société de Christian est en train de développer inspiré du principe de E. F. Schumacher, « Ce qui est petit est beau ». Difficile à suivre. Christian semble résolu à fournir de l'électricité aux communautés pauvres du monde entier à l'aide d'une technologie mécanique – des appareils qui n'ont pas besoin d'électricité ni de piles et un entretien minimum.

Je suis surprise de le voir ainsi en plein discours. Il est passionné et déterminé à améliorer l'existence des moins fortunés. Avec sa société de télécommunications, il a l'intention d'être le premier à lancer sur le marché un téléphone portable mécanique.

Waouh. Je n'en savais rien. Je veux dire, je savais qu'il avait à cœur de nourrir le monde, mais ça…

Lance paraît ne pas comprendre la détermination de Christian de faire don de cette technologie sans pour autant faire breveter ses inventions. Je me demande vaguement comment Christian a gagné tout cet argent, vu la façon dont il le distribue.

Durant tout le dîner, un flot régulier d'hommes en costumes de soirée élégamment coupés, et affublés de masques sombres, s'arrête à notre table pour saluer Christian, lui serrer la main et échanger des plaisanteries. Il me présente à certains, mais pas à d'autres. Je suis intriguée de connaître ses critères de choix en la matière.

Au cours d'une de ces discussions, Mia se penche vers moi en souriant.

— Ana, veux-tu m'aider pour la vente aux enchères ?

— Bien sûr, dis-je, ravie.

Au moment du dessert, la nuit est tombée et je me sens vraiment mal à l'aise. Il faut que je me débarrasse des boules. Avant que j'aie le temps de m'excuser, le maître de cérémonie apparaît à notre table et, avec lui – si je ne me trompe pas –, Fifi Brindacier.

Comment s'appelle-t-elle déjà ? Hänsel, Gretel… Gretchen.

Elle porte un masque, bien entendu, mais je devine que c'est elle en surprenant ses yeux qui ne quittent pas Christian. Elle rougit et, très égoïstement, je suis aux anges que Christian ne remarque pas sa présence.

Le maître de cérémonie demande notre enveloppe et, avec des gestes théâtraux et une éloquence experte, sollicite Grace afin qu'elle tire le billet gagnant. C'est celui de Sean et le panier enveloppé de soie lui revient.

J'applaudis poliment, mais il me paraît impossible de me concentrer davantage sur la cérémonie.

— Si tu veux bien m'excuser, dis-je à Christian.

Il me scrute attentivement.

— Tu as besoin d'aller aux toilettes ?

J'acquiesce.

— Je vais t'accompagner, dit-il d'un air sombre.

Quand je me lève, tous les hommes de la table m'imitent. *Oh, ces manières.*

— Non, Christian ! C'est moi qui accompagne Ana !

Mia est debout avant que Christian n'ait eu le temps de protester. Il crispe la mâchoire ; je sais qu'il n'est pas content. Pour être honnête, moi non plus. J'ai... des besoins. Je hausse les épaules à son intention comme pour m'excuser et il se rassoit, résigné.

À notre retour, je me sens un peu mieux, bien que le soulagement d'avoir ôté les boules ne soit pas aussi instantané que je l'espérais. Elles sont à présent soigneusement rangées dans ma pochette.

Comment ai-je pu croire que je pourrais tenir toute la soirée ? J'ai toujours envie – je pourrai peut-être convaincre Christian de m'emmener plus tard dans le hangar à bateaux. Rougissant à cette pensée, je lui jette un regard en me rasseyant. Il me fixe, et l'ombre d'un sourire passe sur ses lèvres.

Pfiou... il n'est plus en colère d'avoir manqué une occasion, mais peut-être que moi, si. Je me sens frustrée – irritable même. Christian presse ma main et nous écoutons tous les deux attentivement Carrick, de retour sur l'estrade, parler de « Faire face ensemble ». Christian me fait passer un autre carton : la liste des prix aux enchères. Je les parcours rapidement.

DONS MIS AUX ENCHÈRES
ET GRACIEUX DONATEURS AU PROFIT DE
FAIRE FACE ENSEMBLE

BATTE DE BASE-BALL SIGNÉE PAR LES MARINERS –
DR EMILY MAINWARING

SAC À MAIN, PORTEFEUILLE ET PORTE-CLÉS GUCCI –
ANDREA WASHINGTON
UNE JOURNÉE DE SOINS POUR DEUX CHEZ ESCLAVA,
CENTRE BARVERN –
ELENA LINCOLN

PRESTATION DE PAYSAGISME – GIA MATTEO
COFFRET DE PRODUITS DE BEAUTÉ
ET PARFUMS COCO DE MER –
ELIZABETH AUSTIN

MIROIR VÉNITIEN – M. ET MME J. BAILEY
DEUX CAISSES DE VINS DE VOTRE CHOIX
DES DOMAINES ALBAN – DOMAINES ALBAN

DEUX BILLETS VIP POUR LE CONCERT DE XTY –
MME L. YESYOV

UNE ENTRÉE POUR LA COURSE DE DAYTONA –
EMC BRITT INC.

PREMIÈRE ÉDITION DE *ORGUEIL ET PRÉJUGÉS*
DE JANE AUSTEN – DR A. F. M. LACE-FIELD

UNE JOURNÉE DE CONDUITE D'UNE ASTON MARTIN DB7 –
M. ET MME L. W. NORA

PEINTURE À L'HUILE, *INTO THE BLUE* DE J. TROUTON –
KELLY TROUTON

UNE LEÇON DE PLANEUR –
ASSOCIATION DE PLANEUR DE SEATTLE

UN WEEK-END POUR DEUX À L'HÔTEL HEATHMAN,
PORTLAND – HÔTEL HEATHMAN

UNE WEEK-END À ASPEN, COLORADO
(POUR SIX PERSONNES) – M. C. GREY

UNE SEMAINE SUR LE YACHT *SUSIE CUE*
(POUR SIX PERSONNES), MOUILLAGE À SAINTE-LUCIE –
DR ET MME LARIN

UNE SEMAINE AU LAC ADRIANA, MONTANA
(POUR HUIT PERSONNES) – M. ET DR GREY

Bordel de merde. Je cligne des yeux en regardant Christian.

— Tu as une propriété à Aspen ? je lui demande à voix basse.

Il hoche la tête, surpris par cette question, et agacé, je pense. Il porte son doigt à ses lèvres pour me faire taire.

— Tu as d'autres propriétés ailleurs ?

Il acquiesce encore une fois avant de pencher la tête sur le côté en signe d'avertissement.

Des acclamations et des applaudissements fusent dans la salle : un des prix est monté jusqu'à douze mille dollars.

— Je t'en parlerai plus tard, me dit-il calmement. Je voulais y aller avec toi, ajoute-t-il, un peu boudeur.

Eh bien, tu ne l'as pas fait. Je fais la moue en me rendant compte que je suis encore querelleuse, sans aucun doute à cause de la frustration provoquée par les boules. Mon humeur s'assombrit quand je lis le nom de Mrs Robinson sur la liste des généreux donateurs.

Je jette un coup d'œil alentour pour essayer de la repérer, mais je ne parviens pas à localiser sa chevelure si reconnaissable. Christian m'aurait sûrement avertie si elle avait été invitée ce soir. Assise, je bous, applaudissant quand c'est nécessaire, chaque fois qu'un lot est attribué pour une somme incroyable.

Lorsque arrive le séjour dans la propriété de Christian, à Aspen, les enchères montent à vingt mille dollars.

— Vingt mille dollars une fois, deux fois, scande le maître de cérémonie.

Et je ne sais ce qui me prend soudain, mais j'entends ma propre voix retentir clairement au-dessus de la foule.

— Vingt-quatre mille dollars !

Tous les convives masqués à notre table se tournent vers moi, étonnés et choqués. Mais la réaction la plus vive vient de celui qui est assis à côté de moi. Il inspire brutalement et je sens sa rage me balayer comme un raz de marée.

— Vingt-quatre mille dollars à la charmante dame en robe argentée, une fois, deux fois… Adjugé !

7.

Bordel, est-ce que je viens vraiment de faire ça ? Ce doit être l'alcool.

J'ai bu du champagne, plus quatre verres de quatre vins différents. Je lève les yeux vers Christian qui est occupé à applaudir.

Merde, il va être sacrément en rogne alors que ça allait si bien entre nous. Ma conscience a finalement décidé de faire une apparition : elle arbore son visage du *Cri* d'Edvard Munch.

Christian se penche vers moi avec un grand sourire bien faux plaqué sur le visage. Il m'embrasse sur la joue, puis se rapproche pour me chuchoter à l'oreille d'une voix glaciale et contrôlée :

— Je ne sais si je dois tomber à tes pieds pour te révérer ou bien te fesser à bras raccourcis.

Oh, je sais ce que je veux, là, maintenant. Je lève les yeux vers lui, en clignant des paupières derrière mon masque. Je regrette de ne pouvoir lire son regard.

— Je choisis la seconde option, s'il te plaît, dis-je dans un murmure désespéré alors que les applaudissements meurent.

Il entrouvre les lèvres pour une nouvelle inspiration brutale. *Oh, cette bouche, je la veux sur moi, maintenant.* J'ai mal tellement j'ai envie de lui. Il m'adresse un sourire radieux et sincère à me couper le souffle.

— Tu souffres, n'est-ce pas ? Voyons voir ce qu'on peut faire pour y remédier, susurre-t-il en faisant courir un doigt le long de ma mâchoire.

Son contact résonne très profondément en moi, là où la douleur est née et a grossi. J'ai envie de lui sauter dessus, là, tout de suite, mais nous restons assis pour suivre les enchères du lot suivant.

J'ai du mal à tenir en place. Christian, un bras autour de mes épaules, caresse mon dos en rythme avec son pouce, déclenchant de délicieux frissons le long de ma colonne vertébrale. Sa main libre serre la mienne et la porte à ses lèvres avant de la reposer sur ses cuisses.

Lentement et discrètement, de manière que je ne me rende pas compte de son manège avant qu'il ne soit trop tard, il fait progresser ma main le long de sa cuisse jusqu'à son érection. Bouche bée, je jette des coups d'œil paniqués autour de la table mais tous ont le regard rivé sur la scène. *Dieu soit loué, j'ai un masque.*

Profitant complètement de la situation, je le caresse lentement en explorant son érection de mes doigts. Il garde sa main posée sur la mienne pour cacher mes doigts audacieux pendant que son pouce dérive lentement vers ma nuque. La bouche entrouverte, il halète doucement et c'est la seule réaction décelable à mon contact inexpérimenté. Mais cela signifie tellement. Il me désire. Tout ce qui se trouve en dessous de mon nombril se crispe. Cela devient insupportable.

Une semaine près du lac Adriana dans le Montana est le dernier lot mis aux enchères. Bien sûr, M. et Dr Grey possèdent une maison dans le Montana et les enchères grimpent rapidement, mais je m'en rends à peine compte. Christian grossit sous mes doigts, je me sens si puissante.

— Adjugé pour cent dix mille dollars ! déclare victorieusement le maître de cérémonie.

Toute la salle explose en applaudissements et je m'y joins à contrecœur avec Christian. Ce qui gâche notre plaisir.

Il se tourne vers moi, les lèvres frémissantes.

— Tu es prête ? articule-t-il silencieusement au milieu des acclamations frénétiques.

— Oui.

— Ana ! m'appelle Mia. C'est le moment !

Quoi ? Non. Pas encore !

— Le moment de quoi ?

— Des enchères pour la première danse. Allez, viens !

Elle se lève en me tendant la main. Je jette un coup d'œil à Christian qui, je crois, fusille Mia du regard. Je ne sais si je dois rire ou pleurer, mais c'est le rire qui l'emporte. Je succombe à une crise cathartique de gloussements de collégienne parce que nous sommes, une fois de plus, contrariés par le grand tourbillon rose qu'est Mia Grey. Christian me regarde fixement et, au bout d'une seconde, finit par esquisser un sourire.

— La première danse sera pour moi, d'accord ? Et ce ne sera pas sur la piste, me murmure-t-il d'un ton lascif à l'oreille.

Je cesse de glousser quand l'excitation ravive les flammes de mon désir. *Oh oui !* Ma déesse intérieure exécute un parfait triple saut sur ses patins à glace.

— J'ai hâte.

Je me penche pour planter un doux et chaste baiser sur sa bouche. Je regarde autour de moi : nos compagnons de table sont abasourdis. Bien sûr, c'est la première fois qu'ils voient Christian avec une petite amie.

Son sourire est radieux. Et il a l'air… heureux.

— Viens, Ana, insiste Mia.

Saisissant la main qu'elle me tend, je la suis sur l'estrade où dix autres jeunes femmes se sont rassemblées. Je remarque avec une vague gêne que Lily se trouve parmi elles.

— Messieurs, voici venu le meilleur moment de cette soirée ! déclare le maître de cérémonie par-dessus le brouhaha. Le moment que vous attendez tous ! Ces douze jolies dames ont toutes accepté de mettre leur première danse aux enchères !

Oh non. Je rougis de la tête aux pieds. Je n'avais pas compris. Comme c'est humiliant !

— C'est pour une bonne cause, me souffle Mia qui a senti mon malaise. Sans compter que Christian va l'emporter.

Elle lève les yeux au ciel.

— Il ne laissera personne d'autre surenchérir. Il ne t'a pas quittée des yeux de toute la soirée.

Bon, se concentrer sur la bonne cause, et Christian est voué à l'emporter. Soyons lucides, il n'est pas à un dollar près.

Seulement cela signifie qu'il va encore dépenser pour toi ! me balance ma conscience avec agressivité. Mais je ne veux danser avec personne d'autre – je ne peux danser avec personne d'autre – et ce n'est pas vraiment pour moi cette dépense, c'est pour une œuvre de charité. *Comme les vingt-quatre mille dollars qu'il a déjà déboursés ?* Ma conscience plisse les yeux.

Merde. Il semblerait que j'aie oublié mon enchère impulsive. Pourquoi suis-je en train de me disputer avec moi-même ?

— Et maintenant, messieurs, je vous prie de vous rapprocher et de regarder celle qui pourrait être vôtre pour la première danse. Voici douze jeunes femmes charmantes et accommodantes.

Seigneur ! J'ai l'impression d'être au marché au bétail. Horrifiée, je regarde vingt hommes, au moins, se diriger vers l'estrade, Christian compris. Il se déplace avec aisance entre les tables et s'arrête pour saluer de temps à autre. Une fois les enchérisseurs rassemblés, le maître de cérémonie se lance :

— Mesdames et messieurs, selon la tradition du bal masqué, nous garderons le mystère derrière les masques et n'utiliserons que les prénoms. La première sur la liste est l'adorable Jada.

Jada glousse comme une écolière, elle aussi. Je ne serai peut-être pas si déplacée. Elle est habillée de la tête aux pieds de taffetas bleu marine et porte un masque coordonné. Deux jeunes hommes s'avancent avec l'air d'attendre quelque chose. Chanceuse Jada.

— Jada parle couramment le japonais, elle est pilote de chasse diplômée et gymnaste olympique… Mmm, déclare le maître de cérémonie en faisant un clin d'œil. Messieurs, à combien dois-je l'estimer ?

Jada reste sans voix, abasourdie par les propos du maître de cérémonie ; de toute évidence, il raconte vraiment n'importe quoi. Elle sourit timidement aux deux concurrents.

— Mille dollars ! crie l'un d'eux.

Très vite les enchères grimpent jusqu'à cinq mille dollars.

— Cinq mille une fois, deux fois… adjugé ! clame le maître de cérémonie d'une voix forte. Au monsieur avec le masque !

Et comme, bien sûr, tous les hommes portent des masques, cette annonce déclenche des hurlements de rires, des applaudissements et des acclamations. Jada, un sourire radieux pour son acquéreur, descend rapidement de scène.

— Tu vois ? C'est marrant, murmure Mia. J'espère malgré tout que Christian va t'emporter… On ne tient pas à ce qu'il y ait une bagarre, ajoute-t-elle.

— Une bagarre ? dis-je horrifiée.

— Oh oui. Il s'énervait vite quand il était jeune.

Elle frissonne.

Christian ? Se bagarrer ? Le Christian raffiné, sophistiqué, style enfant de chœur ? Je n'arrive pas à l'imaginer. Le maître de cérémonie me tire de ma rêverie en présentant la candidate suivante : une jeune femme en rouge avec de longs cheveux noir de jais.

— Messieurs, permettez-moi de vous présenter la merveilleuse Mariah. Qu'allons-nous faire de Mariah ? C'est une matador expérimentée, une violoncelliste digne d'un grand orchestre et une championne de saut à la perche… Qu'en pensez-vous, messieurs ? À combien estimez-vous, je vous prie, une danse avec la ravissante Mariah ?

Cette dernière lance un regard noir au maître de cérémonie.

— Trois mille dollars ! hurle très fort un homme blond barbu.

Il y a une contre-offre, mais Mariah part pour quatre mille dollars.

Christian m'épie tel un aigle. Le bagarreur Trevalyan-Grey, qui l'aurait cru ?

— Il y a combien de temps ?

Mia me regarde, perplexe.

— Ça remonte à quand, l'époque où Christian était bagarreur ?

— Au début de l'adolescence. Il rendait mes parents dingues, il rentrait à la maison la lèvre fendue et les yeux au beurre noir. On l'a renvoyé de deux écoles. Il a causé de sacrés dommages à ses adversaires.

J'en reste bouche bée.

— Il ne t'a rien raconté ?

Elle soupire.

— Il avait mauvaise réputation parmi mes amis. Il a été *persona non grata* pendant des années. Mais cela a cessé à l'âge de quinze ou seize ans, conclut-elle en haussant les épaules.

Bordel. Une autre pièce du puzzle se met en place.

— Alors quelle est la mise de départ pour la splendide Jill ?

— Quatre mille dollars, lance une voix profonde sur la gauche.

Jill couine de ravissement. Je cesse de prêter attention aux enchères. Alors Christian avait ce genre de problèmes à l'école ? Il se battait, je me demande pourquoi. Je le fixe. Lily nous observe tous les deux.

— Et maintenant, permettez-moi de vous présenter la superbe Ana.

Oh merde, c'est mon tour. Je lance un regard nerveux à Mia qui me pousse vers le centre de la scène. Heureusement, je ne tombe pas, mais je reste plantée là, gênée, exposée aux regards de tous. Quand je me tourne vers Christian, il m'adresse un sourire satisfait. Le salaud.

— La superbe Ana joue de six instruments de musique, elle parle couramment le mandarin et pratique le yoga… eh bien, messieurs.

Et avant qu'il ne puisse finir sa phrase, Christian l'interrompt en le foudroyant du regard derrière son masque.

— Dix mille dollars.

Lily suffoque d'incrédulité derrière moi.

Oh merde.

— Quinze mille.

Quoi ? Nous nous tournons tous vers un grand homme impeccablement vêtu sur la gauche de la scène. Je cligne des yeux vers M. Cinquante Nuances. Merde, comment va-t-il réagir ? Il se gratte le menton en adressant à l'étranger un sourire ironique. De toute évidence, Christian le connaît. L'étranger le salue d'un signe de tête.

— Eh bien, messieurs ! Il y a des flambeurs parmi nous ce soir.

L'excitation perlant sous son masque d'arlequin, le maître de cérémonie se tourne avec un large sourire vers Christian. C'est du grand spectacle mais c'est à mes dépens que ça se passe. J'ai envie de hurler.

— Vingt mille, renchérit calmement Christian.

Le brouhaha de la foule a cessé. Tout le monde nous regarde, Christian, M. Mystérieux près de la scène et moi.

— Vingt-cinq, dit l'inconnu.

La situation ne pourrait pas être plus embarrassante.

Christian m'observe d'un air impassible mais amusé. Tous les yeux sont sur lui. Que va-t-il faire ? J'ai le cœur au bord des lèvres.

— Cent mille dollars ! lance-t-il d'une voix claire et forte sous la tente.

— Putain, c'est pas vrai ! siffle Lily dans mon dos.

Un murmure de consternation et d'amusement mêlés parcourt l'assemblée. L'inconnu lève les mains en signe de défaite, tout en riant, et Christian lui adresse un sourire satisfait. Du coin de l'œil, je vois Mia bondir de joie.

— Cent mille dollars pour la jolie Ana ! Une fois… deux fois…

Le maître de cérémonie se tourne vers l'inconnu qui secoue la tête avec un air de regret feint avant d'exécuter une révérence chevaleresque.

— Adjugé ! crie triomphalement le maître de cérémonie.

Sous une tempête d'applaudissements et d'acclamations, Christian s'avance et me prend la main pour m'aider à descendre de la scène. Il me dévisage avec humour, embrasse le dos de ma main et l'accroche à son bras avant de me conduire vers la sortie de la tente.

— Qui était cet homme ?

— Quelqu'un que tu pourras rencontrer plus tard. Mais là, je voudrais te montrer quelque chose. Nous avons environ trente minutes avant la fin des enchères. Puis il nous faudra revenir sur la piste afin que je puisse savourer ce que j'ai gagné.

— Une danse hors de prix, fais-je remarquer.

— Je suis sûr qu'elle en vaut chaque cent.

Il m'adresse un sourire diabolique, un sourire magnifique. La douleur se réveille et s'épanouit dans tout mon corps.

Nous marchons sur la pelouse. Je pensais que nous allions nous rendre dans le hangar à bateaux mais, à ma grande déception, il me semble que nous nous dirigeons vers la piste de danse où l'orchestre est en train de s'installer. Il y a au moins vingt musiciens ainsi que quelques invités qui fument en cachette aux alentours – mais puisque l'essentiel des activités se déroule sous la tente, nous n'attirons pas vraiment leur attention.

Christian me conduit à l'arrière de la maison et ouvre une porte-fenêtre menant dans un grand salon confortable que je n'ai encore jamais vu. Il traverse un couloir désert en direction d'un imposant escalier avec sa balustrade élégante en bois verni. Prenant dans la sienne ma main qui était posée sur son bras, il me mène au premier étage, puis au second par une autre volée de marches. Il ouvre une porte blanche et me fait entrer très vite dans une des chambres.

— C'était ma chambre, précise-t-il tranquillement, avant de verrouiller la porte.

La pièce est grande, austère et peu meublée. Les murs sont blancs, comme le mobilier. Un lit double, un bureau et une chaise, des étagères chargées de livres et sur lesquelles sont disposés divers trophées de kickboxing, selon toute apparence. Des affiches de film sont accrochées aux murs : *Matrix, Fight Club, The Truman Show* et deux posters encadrés représentant des kickboxeurs, dont un certain Guiseppe Natale dont je n'ai jamais entendu parler.

Mais ce qui attire mon attention au-dessus du bureau, c'est le tableau blanc couvert d'une myriade de photos, de fanions des Mariners et de tickets d'entrée à différentes manifestations. Une tranche de la vie du jeune Christian. Mon regard revient se poser sur l'homme magnifique qui se tient au centre de la pièce. Ses yeux farouches et sexy m'observent avec intensité.

— Je n'ai jamais amené de filles ici, murmure-t-il.

— Jamais ?

Il secoue la tête. Je déglutis. La douleur qui m'a fait souffrir ces dernières heures rugit à présent, crue et animale. Christian, debout sur la moquette bleu roi, avec ce masque… c'est bien plus qu'érotique. J'ai envie de lui. Maintenant. De n'importe quelle manière. Je dois me retenir de me jeter sur lui pour lui arracher ses vêtements. Il s'avance nonchalamment vers moi.

— Nous n'avons pas beaucoup de temps, Anastasia, et dans l'état où je suis en ce moment, nous n'aurons pas besoin de beaucoup de temps. Tourne-toi. Laisse-moi t'ôter cette robe.

Je me tourne et fixe la porte, soulagée qu'elle soit verrouillée. Il se penche pour me chuchoter doucement à l'oreille :

— Garde le masque.

Ses paroles provoquent en moi un gémissement et une crispation de tout mon corps. Et il ne m'a même pas encore touchée.

Lorsqu'il attrape le haut de ma robe, ses doigts glissent sur ma peau et leur contact me fait vibrer. En un mouvement rapide, il descend le zip. Puis, tenant ma robe, il m'aide à en sortir et se tourne pour la déposer de manière artistique sur le dossier de la chaise. Il enlève sa veste qui rejoint la robe. Il marque une pause pour me manger des yeux. Vêtue uniquement de la guêpière et de la culotte assortie, je me délecte de son regard sensuel.

— Tu sais, Anastasia…, commence-t-il doucement.

Il avance d'un pas tranquille vers moi tout en défaisant son nœud papillon qu'il laisse pendre de part et d'autre de son cou, puis il libère les trois premiers boutons de sa chemise.

— J'étais vraiment en colère quand tu as acheté ce lot aux enchères. Toutes sortes d'idées me sont passées par la tête. J'ai dû me rappeler que le châtiment n'était pas au menu. Mais c'est alors que tu t'es portée volontaire. (Il baisse les yeux sur moi derrière son masque.) Pourquoi as-tu fait cela ? chuchote-t-il.

— Volontaire ? Je ne sais pas. La frustration… trop d'alcool… une cause valable.

Je hausse les épaules avec humilité. *Peut-être pour attirer son attention ?*

J'avais envie de lui alors. J'ai encore plus envie de lui maintenant. La douleur est pire à présent et je sais qu'il peut l'apaiser, calmer ce mugissement, en unissant la bête salivante en moi à la bête qui est en lui. Il passe lentement la langue sur sa lèvre supérieure. Je veux cette langue sur moi.

— Je me suis juré de ne plus jamais te fesser, même si tu me suppliais.

— S'il te plaît.

— Mais j'ai compris que tu te sens probablement très mal en ce moment et que tu n'en as sûrement pas l'habitude.

Ce salopard arrogant m'adresse un sourire satisfait, mais je m'en fiche car il a parfaitement raison.

— Oui, je souffle.

— Alors on pourrait envisager une certaine… latitude. Si je le fais, tu dois me promettre une chose.

— Ce que tu veux.

— Tu me diras le mot d'alerte si tu en as besoin et je me contenterai de te faire l'amour, d'accord ?

— Oui.

Je suis pantelante. Je veux ses mains sur moi.

Il déglutit, puis il me prend la main et se dirige vers le lit. Repoussant la couette, il s'assied, attrape un oreiller et le place à côté de lui. Il lève les yeux vers moi, debout près de lui, et tire soudain sur mon bras pour que je tombe sur ses genoux. Il se déplace ensuite légèrement afin que mon corps repose sur le lit, ma poitrine sur l'oreiller, mon visage sur le côté. Il se penche pour écarter mes cheveux de mon épaule avant de faire courir ses doigts dans les plumes de mon masque.

— Mets tes mains derrière ton dos, me murmure-t-il.

Oh ! Il enlève son nœud papillon et me ligote rapidement les poignets dans le dos, mes mains reposant sur mes reins.

— Tu veux vraiment ça, Anastasia ?

Je ferme les yeux. C'est la première fois depuis notre rencontre que je le veux vraiment. J'en ai besoin.

— Oui.

— Pourquoi ? demande-t-il doucement en caressant mes fesses.

Je gémis dès que sa main entre en contact avec ma peau. *Je ne sais pas pourquoi… Tu me dis de ne pas trop réfléchir. Après une journée comme celle-ci, passée à nous disputer à propos d'argent, de Leila, de Mrs Robinson, du dossier me concernant, après l'histoire de la carte, la soirée somptueuse, les masques, l'alcool, les boules argentées, la vente aux enchères… je veux ça.*

— Il te faut une raison ?

— Non, bébé, tu n'en as pas besoin, dit-il. J'essaie juste de te comprendre.

Sa main gauche se pose sur ma taille, pour me maintenir en place pendant que son autre main quitte mes fesses et atterrit avec force juste au-dessus de la naissance de mes cuisses. La brûlure se connecte directement avec la douleur dans mon ventre.

Oh, mon Dieu… Je gémis bruyamment. Il me frappe encore, exactement au même endroit. Je grogne encore.

— Deux, murmure-t-il. Nous irons jusqu'à douze.

Oh mon Dieu ! C'est complètement différent de la dernière fois, c'est si charnel, si nécessaire. Il caresse mes fesses de ses longs doigts et je me sens vulnérable, troussée et enfoncée dans le matelas, à sa merci, de mon propre gré. Il me frappe encore une fois, légèrement sur le côté, et encore, de l'autre côté, puis il marque une pause pendant laquelle il baisse lentement ma culotte et me l'enlève. Il fait légèrement courir sa main en travers de mes fesses avant de poursuivre la fessée – chaque claque cinglante émoussant mon besoin ou bien l'alimentant, je ne sais plus. Je m'abandonne au rythme des coups, j'absorbe chacun d'eux en les savourant tous.

— Douze, murmure-t-il d'un ton sévère.

Il caresse de nouveau mes fesses et fait progresser sa main vers mon sexe dans lequel il glisse lentement deux doigts, les remuant en cercle, encore et encore, comme une torture.

Je gémis fort lorsque mon corps prend le dessus et je jouis, je jouis en me convulsant autour de ses doigts. C'est si intense, si inattendu et si fulgurant.

— C'est bien, bébé, chuchote-t-il d'un ton appréciateur.

Il me détache les poignets en gardant ses doigts en moi tandis que je repose haletante et vidée sur lui.

— Je n'en ai pas encore fini avec toi, Anastasia, dit-il en bougeant sans retirer ses doigts.

Il me place à genoux par terre et je suis maintenant penchée sur le lit. Il s'agenouille derrière moi et baisse la fermeture Éclair de son pantalon. Il retire ses doigts de mon sexe et j'entends le bruit familier de l'étui qu'on déchire.

— Écarte les jambes.

Je m'exécute. Il caresse mes fesses et me pénètre.

— Ça va aller vite, bébé, murmure-t-il en m'attrapant les hanches.

Il se retire avant de s'enfoncer brutalement en moi.

— Ah !

Je crie mais c'est divin de se sentir remplie.

Il frappe en plein dans la douleur de mon ventre, encore et encore, l'éradiquant à chaque poussée, dure et douce à la fois. C'est à s'en faire exploser le cerveau, exactement ce dont j'ai besoin. Je me recule pour aller à sa rencontre, poussée contre poussée.

— Ana, non, grogne-t-il en essayant de me maintenir en place.

Mais j'ai trop envie de lui et je m'écrase contre lui, m'accordant à chaque coup de reins.

— Ana, merde, siffle-t-il en jouissant.

Ce gémissement me fait encore partir, m'expédiant dans la spirale d'un orgasme salutaire qui n'en finit pas, m'essore et me laisse épuisée, à bout de souffle.

Christian se penche pour m'embrasser sur l'épaule avant de se retirer. M'entourant de ses bras, il repose sa tête au milieu de mon dos et nous restons ainsi, tous les deux agenouillés devant le lit, pendant quoi ? Des secondes ? Quelques minutes même, le temps de reprendre notre respiration. La douleur dans mon ventre a disparu. Je ne suis plus que plénitude et satisfaction.

Christian s'étire et m'embrasse le dos.

— Je crois que vous me devez une danse, mademoiselle Steele, murmure-t-il.

— Mmm.

Je savoure l'absence de douleur et me prélasse dans le souvenir voluptueux de nos ébats.

Christian s'assied sur les talons et me tire du lit jusqu'à ses genoux.

— Nous n'avons pas beaucoup de temps. Viens.

Il m'embrasse les cheveux et m'oblige à me lever.

Je me rassois sur le lit en ronchonnant, ramasse ma culotte par terre et l'enfile. Puis je me dirige paresseusement vers la chaise pour y prendre ma robe. Je note avec détachement que je n'ai pas ôté mes chaussures pendant notre secret rendez-vous galant. Christian remet son nœud papillon après avoir fini de se rhabiller et retapé le lit.

Pendant que j'ajuste ma robe, je jette un coup d'œil aux photos sur le tableau blanc. Christian en adolescent renfrogné était déjà magnifique : avec Elliot et Mia sur les pistes de ski ; seul à Paris, avec l'Arc de triomphe en guise d'indice ; à Londres ; à New York ; dans le Grand Canyon ; à l'Opéra de Sydney ; et même devant la Grande Muraille de Chine. Le maître Grey voyageait beaucoup dans sa jeunesse.

Il y a également des tickets de divers concerts : U2, Metallica, The Verve, Sheryl Crow, le New York Philarmonic jouant le *Roméo et Juliette* de Prokofiev, quel éclectisme ! Et, dans un coin, je remarque la photo d'identité d'une jeune femme. En noir et blanc. Elle me semble familière, mais je suis bien incapable de la situer. Ça n'est pas Mrs Robinson, Dieu merci.

— Qui est-ce ?

— Une personne sans importance, marmonne-t-il en passant sa veste et en redressant son nœud papillon. Tu veux que je t'aide à remonter ton zip ?

— S'il te plaît. Alors pourquoi y a-t-il cette photo sur ton tableau ?

— Un oubli de ma part. Comment est mon nœud papillon ?

Il lève le menton comme un petit garçon et je le lui remets d'aplomb en souriant.

— Maintenant c'est parfait.

— Comme toi, murmure-t-il en m'attirant à lui pour m'embrasser passionnément. Tu vas mieux ?

— Beaucoup mieux, merci, monsieur Grey.
— C'était un plaisir, mademoiselle Steele.

Les invités se regroupent sur la piste de danse. Christian me sourit – nous sommes arrivés à temps – et me conduit sur le sol à damiers.

— Et maintenant, mesdames et messieurs, c'est le moment de la première danse. Monsieur et docteur Grey, êtes-vous prêts ?

Carrick acquiesce d'un hochement de tête, les bras passés autour de Grace.

— Mesdames et messieurs de la vente aux enchères des premières danses, êtes-vous prêts ?

Nous hochons tous la tête. Mia est accompagnée d'un homme que je ne reconnais pas. Je me demande ce qui est arrivé à Sean.

— Alors, commençons. C'est parti, Sam !

Sous les applaudissements chaleureux, un jeune homme s'avance avec nonchalance sur la scène, se tourne vers le groupe derrière lui et claque des doigts. Les premières notes familières de *I Got You Under My Skin* remplissent l'air.

Christian me prend dans ses bras et commence à évoluer sur la piste. Oh, il danse tellement bien que c'est facile de le suivre. Nous nous sourions comme deux imbéciles tandis qu'il me fait tourbillonner.

— J'aime cette chanson, murmure Christian en me contemplant. Elle est tout à fait appropriée.

Il ne sourit plus, son expression est grave.

— Je t'ai dans la peau aussi, dis-je. Du moins c'était le cas dans ta chambre.

Il pince les lèvres, incapable de dissimuler son amusement.

— Mademoiselle Steele, m'admoneste-t-il en manière de jeu. Je n'aurais jamais imaginé que vous puissiez être aussi crue.

— Monsieur Grey, moi non plus. Mes récentes expériences y sont sans doute pour quelque chose. Elles m'ont éduquée, d'une certaine manière.

— Moi aussi.

Christian est de nouveau sérieux. Nous sommes seuls au monde avec le groupe de musiciens. Dans notre petite bulle.

À la fin du morceau, nous applaudissons tous les deux. Sam, le chanteur, salue gracieusement avant de présenter ses musiciens.

— Puis-je vous interrompre ?

Je reconnais l'homme qui a surenchéri pendant la vente. Christian m'abandonne à contrecœur avec, malgré tout, un petit air amusé.

— Je vous en prie. Anastasia, je te présente John Flynn. John, Anastasia.

Merde !

Christian s'éloigne en souriant vers le bord de la piste de danse.

— Comment allez-vous, Anastasia ? s'enquiert doucement le Dr Flynn.

À son accent, je comprends qu'il est anglais.

— Bonsoir, dis-je en bégayant presque.

Le groupe entame un nouveau morceau et le Dr Flynn m'attire dans ses bras. Il est beaucoup plus jeune que ce que j'imaginais, bien que je ne puisse voir son visage. Il porte un masque identique à celui de Christian. Il est grand, mais pas autant que Christian et il ne se déplace pas avec sa grâce naturelle.

Qu'est-ce que je pourrais bien lui dire ? Lui demander pourquoi Christian est à ce point cinglé ? Ou pour quelle raison il a surenchéri tout à l'heure ? C'est la seule question que j'ai envie de lui poser, mais elle me semble un peu grossière.

— Je suis ravi de vous rencontrer enfin, Anastasia. Vous passez une bonne soirée ?

— Jusqu'à présent, oui.

— Oh. J'espère que je ne suis pas responsable de votre changement d'humeur.

Il m'adresse un sourire chaleureux qui me met plus à l'aise.

— Docteur Flynn, c'est vous, le psy. C'est à vous de me le dire.

Il sourit de plus belle.

— C'est ça, le problème, n'est-ce pas ? Le côté psy ?

Je glousse.

— J'ai peur de ce que je pourrais révéler, c'est pour ça que je suis un peu timide et impressionnée. Et, pour être franche, je n'ai qu'une envie, c'est de vous poser des questions au sujet de Christian.

— Tout d'abord, je suis invité à cette soirée donc je ne suis pas de service, me chuchote-t-il sur le ton de la conspiration. Ensuite, il m'est interdit de vous parler de Christian. De plus, nous en aurions jusqu'à Noël, poursuit-il avec un air provocateur.

Je reste sans voix.

— C'est de l'humour de médecin, Anastasia.

Je rougis, gênée, avant de lui en vouloir un peu. Il se moque de Christian.

— Vous venez juste de me confirmer ce que je disais à Christian… que vous êtes un charlatan hors de prix.

Le Dr Flynn pouffe de rire.

— Vous avez peut-être raison.

— Vous êtes anglais ?

— Oui. Je viens de Londres.

— Comment êtes-vous arrivé ici ?

— D'heureuses circonstances.

— Vous ne vous livrez pas beaucoup, n'est-ce pas ?

— Il n'y a pas grand-chose à dire. Je suis une personne plutôt ennuyeuse.

— Vous vous dévalorisez.

— C'est typiquement anglais. C'est un trait de caractère national.

— Oh.

— Et je pourrais vous accuser du même travers, Anastasia.

— D'être également ennuyeuse, docteur Flynn ?

Il pouffe encore.

— Non, Anastasia. De ne pas vous livrer beaucoup.

— Il n'y a pas grand-chose à dire.

Je souris.

— J'en doute sincèrement.

Il prend soudain une mine renfrognée. Je rougis, mais le morceau se finit et Christian est de nouveau à mon côté. Le Dr Flynn me libère.

— Ça a été un plaisir de vous rencontrer, Anastasia.

Il m'adresse encore une fois son sourire chaleureux et j'ai le sentiment d'avoir passé une sorte d'examen caché.

— John, dit Christian en hochant la tête.

— Christian, répond le Dr Flynn en faisant de même.

Il tourne les talons et disparaît dans la foule. Christian m'attire dans ses bras pour la danse suivante.

— Il est bien plus jeune que je ne pensais, dis-je. Et terriblement indiscret !

Christian penche la tête de côté.

— Indiscret ?

— Oh oui, il m'a tout raconté.

Christian se raidit à ma provocation.

— Eh bien, dans ce cas, je vais aller chercher ton sac. Je suis persuadé que tu ne tiens plus à avoir affaire à moi, dit-il doucement.

Je m'immobilise.

— Il ne m'a rien dit !

C'est la panique ! Christian cligne des yeux avant que le soulagement n'inonde son visage. Il me serre de nouveau contre lui.

— Alors profitons de cette danse.

Il baisse les yeux sur moi, le visage radieux, et me fait tourbillonner.

Pourquoi pense-t-il que j'aurais envie de m'en aller ? C'est absurde.

Nous dansons encore le temps de deux morceaux, puis je me rends compte que j'ai besoin d'aller aux toilettes.

— Je n'en ai pas pour longtemps.

En chemin, je me rappelle avoir laissé mon sac à la table où nous avons dîné et je bifurque vers la tente. Quand je pénètre à l'intérieur, l'endroit est toujours illuminé mais quasi désert, à l'exception d'un couple, à l'autre bout, qui devrait vraiment se trouver une chambre ! Je m'apprête à repartir avec mon sac.

— Anastasia ?

Une voix douce me fait sursauter et je me retourne vers une femme vêtue d'une longue robe moulante en velours noir. Son masque est unique : orné d'un filigrane doré intriqué, il couvre son visage jusqu'au nez, mais aussi ses cheveux. Il est stupéfiant.

— Je suis contente de vous trouver seule, ajoute-t-elle gentiment. Je souhaitais vous parler depuis le début de la soirée.

— Je suis désolée, je ne sais pas qui vous êtes.

Elle ôte son masque et relâche ses cheveux.

Merde ! Mrs Robinson.

— Je suis désolée de vous avoir fait peur.

J'en reste bouche bée. *Bordel, mais qu'est-ce que cette bonne femme me veut ?* Je ne sais trop comment réagir en présence d'une pédophile. Elle me fait signe de m'asseoir à la table en me souriant. Et parce que je manque singulièrement d'expérience pour ce genre de rencontre, je m'exécute avec une politesse hébétée, heureuse de porter mon masque.

— Je vais être brève, Anastasia, je sais ce que vous pensez de moi… Christian me l'a dit.

Je la dévisage, impassible, sans rien livrer de mes pensées, satisfaite néanmoins qu'elle soit au courant. Cela m'épargne de le lui dire et elle peut aller droit au but. Je dois reconnaître qu'une partie de moi est plutôt intriguée par ce qu'elle a à me dire.

Elle jette un coup d'œil par-dessus son épaule.

— Taylor nous surveille.

Je me penche, Taylor inspecte en effet l'intérieur de la tente depuis l'entrée. Sawyer est avec lui. Ils regardent partout sauf dans notre direction.

— Écoutez, nous n'avons pas beaucoup de temps, s'empresse-t-elle d'ajouter. Il est évident que Christian est amoureux de vous. Je ne l'ai jamais vu ainsi. Jamais.

Elle appuie sur le dernier mot. *Quoi ? Il m'aime ?* Pourquoi me dit-elle ça ? Pour me rassurer ? Je ne comprends pas.

— Il ne vous l'avouera pas parce qu'il n'en est sans doute pas conscient lui-même, malgré tout ce que j'ai pu lui dire, mais il est comme ça. Il n'est pas très sensible aux sentiments qu'il peut éprouver et à ses émotions positives. Il s'attarde beaucoup trop sur ce qui est négatif. Mais vous avez sans doute déjà compris ça par vous-même. Il pense qu'il ne vaut rien.

Mon cerveau mouline. *Christian m'aime ?* Il ne l'a pas avoué mais cette femme lui a dit ce qu'il ressentait ? C'est très étrange.

Une centaine d'images dansent dans ma tête : l'iPad, le planeur, le fait qu'il prenne l'avion pour me voir, ses réactions, sa possessivité, cent mille dollars pour une danse. C'est de l'amour ?

Et l'entendre de cette femme, que ce soit elle qui me le confirme, est franchement malvenu. Je préférerais l'apprendre de lui.

Mon cœur se serre. Il se sent indigne d'être aimé ? Pourquoi ?

— Je ne l'ai jamais vu aussi heureux et c'est évident que vous avez également des sentiments pour lui.

Un sourire fugace passe sur ses lèvres.

— C'est bien, et je vous souhaite à tous les deux ce qu'il y a de meilleur. En revanche, je tenais à vous dire que, si vous le faites encore une fois souffrir, je vous retrouverai. Et cela risque de ne pas bien se passer, je peux vous l'assurer.

Ses yeux d'un bleu glacial semblent vriller mon crâne et essayer de s'immiscer sous mon masque. Sa menace est surprenante, tellement déplacée qu'un gloussement incrédule m'échappe involontairement. Vraiment, j'étais loin de m'attendre à ça.

— Vous trouvez ça drôle, Anastasia ? bafouille-t-elle, consternée. Vous ne l'avez pas vu samedi dernier.

Mon visage se décompose et s'assombrit. L'idée que Christian soit malheureux m'est insupportable et, samedi dernier, je l'ai quitté. Il a dû aller la retrouver. Cette possibilité me met mal à l'aise. Pourquoi est-ce que je suis encore là à écouter toutes ses conneries, bon sang ? Je me lève lentement en la regardant intensément.

— C'est votre audace qui me fait rire, madame Lincoln. Christian et moi n'avons rien à voir avec vous. Et si je le quitte et que vous me retrouvez, vous pouvez être certaine que moi aussi je vous attendrai. Et je vous administrerai peut-être une dose de votre propre médication de la part du garçon de quinze ans dont vous avez abusé et que vous avez probablement rendu plus mal qu'il n'était déjà.

Elle en reste sans voix.

— Maintenant, je vous prie de m'excuser, mais j'ai mieux à faire que de perdre mon temps avec vous.

L'adrénaline et la colère pulsent dans mon corps et je tourne les talons pour me diriger d'un pas furieux vers l'entrée de la tente où Taylor se tient, juste au moment où Christian arrive, l'air nerveux et inquiet.

— Te voilà, lance-t-il.

Il fronce les sourcils en apercevant Elena. Je le dépasse à grands pas, sans rien dire, et je lui laisse le choix : elle ou moi. Il prend la bonne décision.

— Ana, appelle-t-il.

Je m'arrête pour lui faire face lorsqu'il me rattrape.

— Que se passe-t-il ?

— Pourquoi ne poses-tu pas la question à ton ex ?

Mon ton est sifflant et amer. Ses lèvres se tordent et son regard se glace.

— Je te le demande à toi, dit-il d'une voix douce.

J'y perçois malgré tout quelque chose de bien plus menaçant. Nous nous fusillons du regard.

Bon, je sens que ça va finir en dispute si je me tais.

— Elle m'a menacée de s'en prendre à moi si je te faisais de nouveau du mal. Probablement avec un fouet d'ailleurs...

Une expression de soulagement traverse brièvement son visage et sa bouche se détend.

— L'ironie de la situation ne t'a sans doute pas échappé ? demande-t-il.

Je sens qu'il s'efforce de réprimer une moue amusée.

— Ça n'est pas drôle, Christian !

— Non, tu as raison. Je lui en parlerai.

Il adopte une expression grave, malgré le sourire qu'il réprime.

— Tu n'en feras rien.

Les bras croisés, je sens ma colère remonter en flèche. Il cligne des yeux, surpris par mon emportement.

— Écoute, je sais que tu es lié financièrement à elle, excuse l'image, mais...

Je me tais... Que suis-je en train de lui demander ? De la laisser tomber ? De cesser de la voir ? En ai-je le droit ?

— Il faut que j'aille aux toilettes.

Les lèvres pincées, je lui lance un regard plein de colère. Il soupire et penche la tête de côté. Est-il possible d'avoir l'air plus sexy ? C'est le masque ou tout simplement lui ?

— Je t'en prie, ne te mets pas en colère. Je ne savais pas qu'elle était là. Elle a dit qu'elle ne viendrait pas.

Il me parle d'un ton apaisant comme à une enfant, puis il fait courir son pouce sur ma lèvre inférieure boudeuse.

— Ne laisse pas Elena nous gâcher notre soirée, je t'en prie, Anastasia. C'est vraiment de l'histoire ancienne.

Je pense de façon pas très charitable qu'« ancienne » est le terme adéquat, lorsqu'il me relève le menton et frôle doucement mes lèvres des siennes. Je soupire, résignée, les cils papillonnants. Il se redresse alors et me prend par le coude.

— Je t'accompagne aux toilettes afin que personne ne t'intercepte cette fois.

Nous traversons la pelouse vers les toilettes mobiles. Mia dit qu'elles ont été livrées pour l'occasion, mais je n'avais aucune idée que ce type d'équipement existait en version de luxe.

— Je t'attends ici, bébé, me murmure-t-il.

À mon retour, mon humeur s'est adoucie. J'ai décidé de ne pas laisser Mrs Robinson parasiter ma soirée, parce que c'est probablement ce qu'elle souhaite. Christian est au téléphone à quelques mètres de moi et hors de portée d'écoute des quelques personnes qui bavardent en riant aux alentours. Je me rapproche pour écouter ce qu'il dit. Discussion laconique.

— Pourquoi as-tu changé d'avis ? Je pensais que nous étions tombés d'accord. Eh bien, fiche-lui la paix… C'est ma première relation normale et je ne veux pas que tu la mettes en péril à cause d'une inquiétude déplacée à mon endroit. Tu lui fiches la paix. Et je ne plaisante pas, Elena.

Il marque une pause pour écouter.

— Non, bien sûr que non.

Il fronce profondément les sourcils puis lève les yeux et me voit l'observer.

— Je dois te laisser. Bonne soirée.

Il met fin à la communication. La tête penchée sur le côté, je hausse un sourcil. Pourquoi l'appelle-t-il ?

— Comment va l'histoire ancienne ?

— Grincheuse, répond-il d'un ton acerbe. Tu veux encore danser ? Ou veux-tu qu'on y aille ?

Il consulte sa montre.

— Le feu d'artifice commence dans cinq minutes.

— J'adore les feux d'artifice.

— Nous allons rester alors, déclare-t-il en passant les bras autour de moi pour m'attirer contre lui. Ne la laisse pas s'immiscer entre nous, je t'en prie.

— Elle s'inquiète pour toi.

— Oui, et moi pour elle… comme une amie.

— Je crois que c'est plus qu'une amitié pour elle.

Il plisse le front.

— Anastasia, Elena et moi… c'est compliqué. Nous avons une histoire commune. Mais c'est juste ça : une histoire. Je te le répète encore et encore : c'est une bonne amie. C'est tout. Je t'en prie, oublie-la.

Il m'embrasse les cheveux et, dans l'intérêt de notre soirée que je ne veux pas gâcher, je laisse tomber. J'essayais juste de comprendre.

Nous déambulons main dans la main vers la piste de danse. L'orchestre est à fond.

— Anastasia.

Je me tourne vers Carrick qui se tient derrière nous.

— Je me demandais si vous me feriez l'honneur de la prochaine danse, me demande-t-il en me tendant la main.

Christian hausse les épaules en souriant. Il me lâche la main et je laisse Carrick me conduire sur la piste. Sam, le meneur, lance *Come Fly with Me* et Carrick, un bras autour de ma taille, me fait virevolter doucement au milieu de la foule.

— Je voulais vous remercier pour la généreuse contribution à notre œuvre de charité, Anastasia.

D'après son ton, ce doit être une manière détournée d'avoir confirmation que j'en ai les moyens.

— Monsieur Grey…

— Appelez-moi Carrick, je vous en prie, Ana.

— Je suis ravie de pouvoir contribuer à votre œuvre. J'ai reçu une grosse somme d'argent de façon tout à fait inattendue. Je n'en ai pas besoin. Et c'est une cause qui en vaut la peine.

Il me sourit et je saisis l'occasion pour poser quelques questions innocentes. *Carpe diem*, me siffle ma conscience, une main devant la bouche.

— Christian m'a un peu raconté son passé et je trouve que c'est tout à fait approprié de soutenir votre action.

J'espère que cela encouragera Carrick à me livrer un petit aperçu du mystère qu'est son fils. Il semble surpris.

— Christian vous a parlé ? C'est assez inhabituel. De toute évidence, vous avez une influence positive sur lui, Anastasia. Je ne crois pas l'avoir déjà vu aussi, aussi… enjoué.

Je rougis.

— Désolé, je n'avais aucune intention de vous gêner.

— Eh bien, en dépit de mon expérience limitée, je dirais que c'est un homme tout à fait inhabituel, dis-je dans un murmure.

— Il l'est, c'est vrai, concède calmement Carrick.

— La petite enfance de Christian a l'air d'avoir été particulièrement traumatisante, d'après ce qu'il m'en a dit.

Au froncement de sourcils de Carrick, je crains d'être allée trop loin.

— Mon épouse était le médecin de garde quand les policiers ont amené Christian. Il n'avait que la peau sur les os et était horriblement déshydraté. Il ne parlait pas.

Carrick plisse le front, perdu dans ce souvenir horrible, malgré le rythme frénétique de la musique qui nous entoure.

— En fait, il n'a pas parlé pendant près de deux ans. C'est le piano qui l'a finalement fait sortir de sa carapace. Oh, et l'arrivée de Mia, bien sûr.

Il me sourit affectueusement.

— Il joue superbement bien. Et il a accompli tellement de choses, vous devez être très fier de lui.

J'ai l'air d'être ailleurs. *Bordel, il n'a pas parlé pendant deux ans.*

— Immensément. C'est un jeune homme très déterminé, très compétent et très intelligent. Mais de vous à moi, Anastasia, c'est de le voir comme il est ce soir, insouciant et se comportant comme un homme de son âge, qui nous fait vraiment plaisir, à sa mère et à moi. Nous en parlions tous les deux aujourd'hui. Je pense que nous pouvons vous en être reconnaissants.

Je rougis jusqu'à la racine de mes cheveux. Que suis-je censée répondre à ça ?

— Il a toujours été tellement solitaire. Nous pensions ne jamais le voir avec quelqu'un. Quel que soit votre secret, je vous en prie, continuez. Nous aimerions le voir heureux.

Il se tait soudain comme si lui aussi était allé trop loin.

— Je suis désolé, je ne veux pas vous embarrasser.

Je secoue la tête.

— Moi aussi, j'aimerais le voir heureux.

Que puis-je dire d'autre ?

— Eh bien, je suis vraiment content que vous soyez venue ce soir. Cela a été un réel plaisir de vous voir tous les deux ensemble.

Alors que les dernières notes de *Come Fly with Me* résonnent, Carrick me relâche et se courbe vers moi. Je lui réponds par une petite révérence.

— Ça suffit de danser avec des vieux.

Christian est soudain à mon côté. Carrick éclate de rire.

— Moins vieux que tu ne crois, mon fils. Moi aussi, j'ai eu mes moments de gloire.

Carrick m'adresse un clin d'œil complice avant de s'éloigner d'un pas nonchalant.

— Je crois que mon père t'aime bien, marmonne Christian en observant son père disparaître dans la foule.

— Comment pourrait-il en être autrement ?

Je lui jette un petit regard aguicheur à travers mes cils.

— Bon point, bien joué, mademoiselle Steele.

Il me prend dans ses bras quand le groupe entame les premières mesures de *It Had to Be You*.

— Dansez avec moi, murmure-t-il sur un ton séducteur.

— Avec plaisir, monsieur Grey.

Je souris pendant qu'il me fait virevolter encore une fois sur la piste de danse.

À minuit, nous nous dirigeons tranquillement vers le rivage, entre la tente et le hangar à bateaux, là où les autres invités se sont rassemblés pour contempler le feu d'artifice. Le maître de cérémonie, reprenant son rôle, nous a autorisés à ôter les masques afin de mieux profiter du spectacle. Christian a passé son bras autour de moi, mais j'ai conscience de la proximité de Taylor et de Sawyer, probablement parce que nous sommes dorénavant au milieu des gens. Ils regardent dans toutes les directions, sauf vers le quai où deux techniciens vêtus de noir se livrent aux derniers préparatifs. Voir Taylor me fait penser à Leila. Elle est peut-être là. *Merde*. Cette pensée me glace le sang et je me blottis contre Christian. Il me serre contre lui.

— Ça va, bébé ? Tu as froid ?

— Ça va.

Je jette un coup d'œil rapide derrière nous et je vois les autres types de la sécurité, ceux dont j'ai oublié le nom, qui se sont rapprochés. Christian me fait passer devant lui et enlace mes épaules.

Soudain un merveilleux morceau de musique classique retentit au-dessus du ponton et deux fusées s'envolent en flèche dans le ciel, éclatant dans un « boum » assourdissant au-dessus de la baie, l'illuminant complètement sous une canopée incandescente d'orange et de blanc qui se reflètent en douche scintillante sur l'eau calme. J'en reste sans voix. Plusieurs autres fusées composent un kaléidoscope coloré en explosant au-dessus de nous.

Je ne me rappelle pas avoir vu de spectacle aussi impressionnant, sauf peut-être à la télévision, et ça n'était pas aussi beau. Tout est synchro avec la musique. Salve après salve, boum après boum et explosion après explosion de lumière pendant que la foule pousse des « oh » et des « ah », le souffle coupé. C'est irréel.

Sur le ponton dans la baie, plusieurs fontaines de lumière argentée jaillissent à six mètres de haut et changent de couleurs, passant du bleu au rouge, à l'orange avant de revenir à l'argent – et d'autres fusées éclatent pendant que la musique monte crescendo.

Je commence à avoir mal aux maxillaires à force de sourire comme une imbécile, avec cette expression émerveillée plaquée sur le visage. Je jette un coup d'œil à M. Cinquante Nuances : il est comme moi, en extase comme un enfant devant ce spectacle. Pour le final, une volée de six fusées filent dans le ciel avant d'exploser toutes ensemble, nous baignant d'un magnifique embrasement doré, tandis que l'assemblée se déchaîne en applaudissements enthousiastes.

— Mesdames et messieurs, reprend le maître de cérémonie alors que les acclamations s'apaisent. Voici une dernière annonce pour clore cette merveilleuse soirée : votre générosité a permis de rassembler un total d'un million huit cent cinquante-trois mille dollars.

Des applaudissements spontanés fusent de nouveau et, là-bas, sur le ponton, un message s'allume en lettres étincelantes au-dessus de l'eau : « Merci pour Faire face ensemble. »

— Oh, Christian... C'était fabuleux.

Je lui souris et il se penche pour m'embrasser.

— Il est temps de rentrer, murmure-t-il.

Ses paroles sont riches de promesses. Soudain, je me sens très lasse.

Lorsque Christian relève la tête, Taylor est près de lui et la foule se disperse autour de nous. Ils ne se parlent pas, mais quelque chose passe entre les deux hommes.

— Reste avec moi un moment. Taylor préfère que nous attendions que le gros des invités soit parti.

Oh.

— Ce feu d'artifice a probablement vieilli Taylor de cent ans, ajoute-t-il.

— Il n'aime pas ça ?

Christian me regarde affectueusement et secoue la tête sans s'étendre.

— Aspen donc, dit-il.

Je sais qu'il essaie de détourner mon attention de quelque chose et ça marche.

— Oh... Je n'ai pas payé ce que je dois.

— Tu peux envoyer un chèque. J'ai l'adresse, me rassure Christian.

— Tu étais vraiment en colère.

— Oui, en effet.

Je souris.

— C'est votre faute, à toi et tes jouets.

— Vous ne saviez plus vraiment où vous étiez, mademoiselle Steele. Ça s'est plutôt bien fini, si mon souvenir est bon.

Il m'adresse un sourire lubrique.

— D'ailleurs, où sont-elles ?

— Les boules argentées ? Dans mon sac.

— J'aimerais que tu me les redonnes. Ce sont des accessoires bien trop dangereux pour être laissés entre des mains innocentes.

— Tu as peur que je ne sache plus où j'en suis, en présence de quelqu'un d'autre ?

Ses yeux brillent dangereusement.

— J'espère que cela n'arrivera pas, dit-il avec une pointe de froideur dans la voix. Mais, non, Ana. Je ne veux que ton plaisir.

Waouh.

— Tu ne me fais pas confiance ?

— Implicitement. Maintenant tu me les donnes ?

— Je vais y réfléchir.

Ses yeux s'étrécissent. La musique reprend sur la piste de danse mais c'est un DJ cette fois. Il passe un morceau lancinant aux pulsations de basses implacables.

— Tu veux danser ?

— Je suis vraiment fatiguée, Christian. J'aimerais rentrer, si ça ne te dérange pas.

Christian jette un regard vers Taylor, qui hoche la tête, et nous nous dirigeons vers la maison en suivant quelques invités éméchés. Bien heureusement, Christian me tient par la main car mes chaussures étroites, aux talons démesurés, me font mal aux pieds.

Mia bondit vers nous.

— Vous ne partez pas déjà ? C'est la vraie musique qui commence. Viens, Ana.

Elle me prend la main.

— Mia, la réprimande Christian. Anastasia est fatiguée. Nous rentrons. De plus, nous avons une grosse journée demain.

Ah bon ?

Mia fait la moue mais, bizarrement, n'insiste pas.

— Passe donc un jour de cette semaine. On pourrait aller faire du shopping ensemble ?

— Bien sûr, Mia.

Je souris en me demandant comment diable je vais pouvoir tenir ma promesse puisque je dois travailler pour gagner ma vie.

Elle m'embrasse vite avant de serrer sauvagement Christian dans ses bras, nous surprenant tous les deux. Je suis encore plus étonnée quand elle pose les mains directement sur les revers de sa veste et qu'il baisse les yeux sur elle avec indulgence.

— J'aime te voir heureux comme ça, dit-elle doucement avant de déposer un baiser sur sa joue. Au revoir. Amusez-vous bien.

Elle s'éloigne en sautillant vers ses amis qui l'attendent – parmi eux, Lily, qui paraît encore plus amère sans son masque.

Je me demande où peut bien être Sean.

— Allons dire bonsoir à mes parents avant de partir. Viens.

Christian me précède au milieu d'une cohorte d'invités jusqu'à Grace et Carrick qui nous saluent avec chaleur.

— Revenez nous voir, Anastasia, nous étions ravis de vous avoir parmi nous, me dit gentiment Grace.

Je suis un peu bouleversée par leurs réactions. Heureusement, les parents de Grace se sont déjà retirés pour la soirée. Au moins leur enthousiasme m'est épargné.

Détendus et fourbus, Christian et moi nous dirigeons main dans la main vers le devant de la maison, où une file interminable de voitures attend les invités. Je lève les yeux vers M. Cinquante Nuances. Il a l'air heureux. C'est un réel plaisir de le voir ainsi, bien que je soupçonne que ce soit assez inhabituel après une journée aussi extraordinaire.

— Tu n'as pas froid ? me demande-t-il.

— Non, je te remercie.

Je m'enveloppe dans mon étole de satin.

— J'ai vraiment apprécié cette soirée, Anastasia. Je te remercie.

Il hoche la tête en souriant puis son front se plisse.

— Ne mordille pas ta lèvre, m'avertit-il d'une voix qui fait bouillir mon sang.

— Qu'entendais-tu par là quand tu as dit que nous avions une grosse journée demain ?

À mon tour de détourner son attention.

— Le Dr Greene vient pour une consultation à domicile. Et j'ai une surprise pour toi.

— Le Dr Greene !

Je m'immobilise.

— Pourquoi ?

— Parce que je déteste les préservatifs, répond-il tranquillement.

Ses yeux, qui luisent dans la lumière douce des lampions de papier, jaugent ma réaction.

— C'est mon corps.

Je bougonne, vexée qu'il ne m'en ait pas parlé.

— C'est le mien également, chuchote-t-il.

Je lève le visage vers lui tandis que plusieurs invités nous dépassent en nous ignorant. Il semble si sérieux. Oui, mon corps est à lui… Il le connaît mieux que moi-même.

Je lève la main et il tressaille très légèrement mais ne bronche pas. Attrapant le coin de son nœud papillon, je tire dessus pour le défaire, révélant les boutons de col de sa chemise.

— Tu es sexy comme ça, dis-je.

En fait, il a toujours l'air sexy, mais là, il l'est encore plus.

Il sourit.

— Il faut que je te ramène à la maison. Viens.

Près de la voiture, Sawyer tend une enveloppe à Christian. Il fronce les sourcils et me jette un coup d'œil pendant que Taylor me fait monter en voiture. Pour une raison inconnue, ce dernier paraît soulagé. Christian s'installe à son tour et me donne l'enveloppe, sans l'ouvrir, pendant que Taylor et Sawyer montent à l'avant.

— Elle t'est adressée. Un des domestiques l'a donnée à Sawyer. Sans aucun doute une lettre d'un autre cœur que tu auras pris au piège.

Sa bouche se tord. De toute évidence, cette idée lui déplaît.

Qui m'a écrit cette lettre ? Je déchire l'enveloppe et lis rapidement dans la pénombre. Bordel, c'est un mot d'*elle* ! Pourquoi ne me fiche-t-elle donc pas la paix ?

Il se peut que je vous aie mal jugée. Et vous m'avez de toute évidence mal jugée. Appelez-moi si vous avez besoin de remplir les blancs – on pourrait déjeuner ensemble. Christian ne veut pas que je vous parle, mais je serais ravie de vous aider. Ne vous méprenez pas, j'approuve votre relation, croyez-moi, mais que Dieu m'en préserve, si vous lui faites du mal... Il a déjà assez souffert.
Appelez-moi : (206) 279-6261
Mrs Robinson

Bordel, elle a signé Mrs Robinson. Il le lui a dit. Le connard.
— Tu le lui as dit ?
— Dit quoi à qui ?
— Que je l'appelle Mrs Robinson.
— C'est un mot d'Elena ?
Christian est sous le choc.
— C'est ridicule, grommelle-t-il en se passant une main dans les cheveux, agacé. Je vais m'occuper d'elle demain. Ou lundi, ajoute-t-il avec amertume.
Et, bien que j'aie honte de l'admettre, une infime partie de moi s'en réjouit. Ma conscience acquiesce avec sagesse. Elena l'agace et cela ne peut être que positif, sans aucun doute. Je décide de me taire pour le moment, mais je fourre la note dans mon sac et, dans un geste qui garantira la bonne humeur de Christian, je lui rends ses boules argentées.
— Jusqu'à la prochaine fois, dis-je dans un murmure.
Il est difficile de voir son visage dans le noir mais je crois qu'il a un petit sourire satisfait. Il attrape ma main et la serre.
Contemplant l'obscurité extérieure par la vitre, je réfléchis à cette longue journée. J'ai tellement appris à son sujet – les salons de beauté, la carte sur son corps, son enfance –, mais il y a encore davantage à découvrir. Et que dire de Mrs Robinson ? Oui, elle tient à lui, et profondément, me semble-t-il, je peux le voir, et il tient à elle – mais pas de la même manière. Je ne sais plus quoi penser. Toutes ces informations me donnent la migraine.

Christian me réveille alors que nous nous garons devant Escala.

— Tu veux que je te porte à l'intérieur ? me demande-t-il gentiment.

Je secoue la tête, tout endormie. Sûrement pas.

Dans l'ascenseur, je m'appuie contre lui, la tête sur son épaule. Sawyer se tient devant nous, dansant d'un pied sur l'autre, mal à l'aise.

— La journée a été longue, hein, Anastasia ?

J'acquiesce.

— Fatiguée ?

Nouveau hochement de tête.

— Tu n'es pas très loquace.

Un autre. Il sourit.

— Viens. Je vais te mettre au lit.

Nous sortons de l'ascenseur mais Sawyer nous arrête dans l'entrée d'un geste de la main. Soudain, je suis tout à fait éveillée. Sawyer parle dans sa manche. Je ne savais pas qu'il avait une radio sur lui.

— Je le fais, T., dit-il avant de se tourner vers nous. Monsieur Grey, quelqu'un a crevé les pneus de l'Audi de Mlle Steele et la voiture a été aspergée de peinture.

Bordel de merde. Ma voiture ! Qui a pu faire ça ? Je connais la réponse à l'instant même où je me pose la question. Leila. Je jette un regard vers Christian qui est livide.

— Taylor craint que le responsable du méfait n'ait pénétré dans l'appartement et ne soit encore là. Il veut s'en assurer.

— Je vois, chuchote Christian. Quel est le plan de Taylor ?

— Il monte par l'ascenseur de service avec Ryan et Reynolds. Ils vont inspecter l'appartement avant de nous donner le feu vert. Je dois attendre avec vous, monsieur.

— Merci, Sawyer, dit Christian en resserrant son étreinte autour de moi. Cette journée va de mal en pis.

Il soupire avec amertume et frotte son nez dans mes cheveux.

— Écoutez, Sawyer, je ne peux pas rester là à attendre. Prenez soin de Mlle Steele. Ne la laissez pas entrer avant d'avoir le feu vert. Je suis certain que Taylor en fait trop. Elle ne peut pas entrer dans l'appartement.

Quoi ?

— Non, Christian, reste avec moi, je t'en supplie.

Christian me relâche.

— Fais ce qu'on te dit, Anastasia. Attends ici.

Non !

— Sawyer ? demande Christian.

Sawyer ouvre la porte d'entrée pour laisser Christian pénétrer dans l'appartement, puis il la referme et se poste devant, en me regardant d'un air impassible.

Bon sang, Christian ! Toutes sortes de dénouements terribles me traversent l'esprit, mais je n'ai pas le choix : je dois rester là et attendre.

8.

Sawyer parle de nouveau dans sa manche.

— Taylor, M. Grey est entré dans l'appartement.

Il sursaute et saisit l'oreillette qu'il dégage de son conduit, recevant de toute évidence de puissantes invectives de la part de Taylor.

Oh non, si Taylor s'inquiète…

— Je vous en prie, laissez-moi entrer.

Je supplie Sawyer.

— Désolé, mademoiselle Steele. Ce ne sera pas long, déclare Sawyer en levant les deux mains en signe de défense. Taylor et les deux autres gars viennent juste d'entrer dans l'appartement.

Oh. Je me sens si impuissante. Clouée sur place, je tends l'oreille à l'affût du moindre bruit, mais tout ce que je perçois, c'est mon souffle qui se dégrade. Je respire par saccades, mon cuir chevelu me picote, ma bouche est sèche et je me sens faible. Je prie en silence : *Je vous en prie, faites que Christian aille bien.*

Je n'ai aucune notion du temps qui passe et nous n'entendons toujours rien. De toute évidence, ne rien entendre est plutôt positif : il n'y a pas de coups de feu. Je tourne en rond autour de la table dans l'entrée en examinant les peintures sur les murs pour détourner mon attention.

Je n'y ai jamais vraiment fait attention : ce sont toutes des peintures figuratives, toutes religieuses – seize représentations de la Vierge à l'Enfant. Comme c'est bizarre.

Christian n'est pas très porté sur la religion pourtant. Toutes les peintures dans la pièce principale sont des toiles abstraites, celles-ci sont tellement différentes. Mais elles ne me distraient pas longtemps. *Où est Christian ?*

Je regarde Sawyer toujours impassible.

— Que se passe-t-il ?

— Pas de nouvelles, mademoiselle Steele.

Soudain la poignée de la porte bouge. Sawyer fait volte-face et dégaine une arme de son holster d'épaule.

Je me fige. Christian apparaît à la porte.

— La voie est libre, dit-il en fronçant les sourcils.

Sawyer rengaine aussitôt son arme et s'écarte pour me laisser entrer.

— Taylor en fait trop, grommelle Christian en me tendant la main.

Je le dévisage, interdite, incapable du moindre geste. Je le bois jusque dans les moindres détails : ses cheveux indomptables, la tension autour de ses yeux, sa mâchoire prononcée, les deux boutons défaits de sa chemise. Je crois que j'ai dû vieillir de dix ans. Christian plisse le front, l'air préoccupé, les yeux sombres.

— Tout va bien, bébé.

Il s'approche de moi et me prend dans ses bras en m'embrassant les cheveux.

— Viens, tu es fatiguée. Au lit !

— J'étais tellement inquiète.

Je me délecte de son étreinte et j'aspire son odeur si douce, ma tête contre son torse.

— Je sais. Nous sommes tous nerveux.

Sawyer a disparu, probablement dans l'appartement.

— Franchement, vos ex sont vraiment problématiques, monsieur Grey, dis-je avec ironie.

Christian se détend.

— En effet.

Il me relâche et, main dans la main, nous traversons le couloir jusqu'à la pièce principale.

— Taylor et son équipe sont en train de vérifier tous les placards. Je ne pense pas qu'elle soit ici.

— Pourquoi serait-elle ici ? Ça n'a pas de sens.

— Justement.

— Elle pourrait entrer dans l'appartement ?

— Je ne vois pas comment. Mais Taylor est très prudent parfois.

— Tu es allé voir dans ta salle de jeux ?

Christian me jette un rapide coup d'œil, l'air soucieux.

— Oui, elle est verrouillée, mais Taylor et moi avons vérifié.

Une profonde inspiration me lave de toute angoisse.

— Tu veux boire quelque chose ? me demande Christian.

— Non.

Je suis submergée de fatigue, je veux juste aller me coucher.

— Viens. Laisse-moi te mettre au lit. Tu sembles épuisée.

Son expression s'adoucit. Je fronce les sourcils. Il ne vient pas ? Il préfère dormir seul ?

Je suis soulagée lorsqu'il me conduit dans sa chambre. Je dépose ma pochette sur la commode et l'ouvre pour la vider. Je regarde la note de Mrs Robinson.

— Tiens, dis-je en la donnant à Christian. Je ne sais pas si tu veux la lire. Je préfère plutôt l'ignorer.

Christian la parcourt brièvement et ses mâchoires se crispent.

— Je ne vois pas quels blancs elle veut remplir, lance-t-il avec dédain. Il faut que je parle à Taylor. Laisse-moi t'aider à enlever ta robe.

— Tu vas appeler la police à propos de ma voiture ?

Je me mets dos à lui et il écarte mes cheveux pour se dégager un passage jusqu'à la fermeture Éclair. Ses doigts frôlent doucement mon dos nu, puis il descend le zip.

— Non. Je ne veux pas mêler la police à ça. Leila a besoin d'aide, pas de l'intervention de la police, et je ne veux pas de policiers ici. Nous devons juste redoubler d'efforts pour la retrouver.

Il se penche pour planter un doux baiser sur mon épaule.

— Va te coucher, m'ordonne-t-il avant de s'en aller.

Allongée, je fixe le plafond en attendant son retour. Il s'est passé tellement de choses aujourd'hui, j'ai tellement d'informations à assimiler. Par où commencer ?

Je me réveille en sursaut, désorientée. Est-ce que je me suis endormie ? Clignant des yeux dans la faible lumière provenant du couloir par la porte entrouverte de la chambre, je constate que Christian n'est pas avec moi. Où est-il ? Je lève les yeux. Debout au pied du lit, il y a une ombre. Une femme peut-être ? Vêtue de noir ? Difficile à dire.

L'esprit embrouillé, je tends la main pour allumer la lampe de chevet puis me retourne pour regarder de nouveau, mais il n'y a personne. Je secoue la tête. Ce serait un tour de mon imagination ? J'aurais rêvé ?

Je m'assieds et parcours la chambre des yeux. Un vague et insidieux malaise s'empare de moi, mais je suis toute seule.

Je me frotte le visage. Quelle heure est-il ? Où est Christian ? Le réveil indique 2 h 15.

Les jambes en coton, je pars à la recherche de Christian, déconcertée par mon imagination débordante. À présent, je vois des choses... Ce doit être une réaction aux événements traumatisants de la soirée.

La pièce principale est vide et seules les trois suspensions au-dessus du bar sont allumées. Mais la porte de son bureau est entrouverte et je l'entends parler au téléphone.

— Je ne sais pas pourquoi tu appelles à cette heure. Je n'ai rien à te dire... Eh bien, tu peux me le dire maintenant. Tu n'as pas besoin de me laisser un message.

Immobile près de la porte, j'écoute d'un air coupable. À qui parle-t-il ?

— Non, c'est toi qui vas m'écouter. Je te l'ai déjà demandé et je te le répète encore une fois. Tu lui fiches la paix. Elle n'a rien à voir avec toi. Tu comprends ?

Il est agressif et en colère. J'hésite à frapper.

— Je sais. Mais je ne plaisante pas, Elena. Tu vas lui foutre la paix. Est-ce que je dois te le répéter encore une fois ? Tu m'as bien entendu ?... Bien. Bonne nuit.

Oh merde. Je toque à la porte d'une main hésitante.

— Quoi ? demande-t-il d'un ton hargneux.

Je suis à deux doigts de courir me cacher.

Il est assis à son bureau, la tête dans les mains. Il lève des yeux emplis d'une expression féroce, mais son visage s'adoucit dès qu'il m'aperçoit. Son regard se fait prudent malgré ses yeux écarquillés. Soudain il a l'air si las que j'en ai le cœur serré.

Il cligne des paupières et m'examine de la tête aux pieds. Je porte un de ses tee-shirts.

— Tu devrais dormir dans la soie ou le satin, Anastasia, souffle-t-il. Mais, même dans mon tee-shirt, tu es superbe.

Oh, un compliment inattendu.

— Tu me manquais. Viens te coucher.

Il se lève lentement de son fauteuil, toujours vêtu de sa chemise blanche et de son pantalon de smoking. À présent, ses yeux brillent, pleins de promesses… mais j'y perçois également une trace de tristesse. Debout devant moi, il me regarde intensément sans me toucher.

— Tu veux savoir ce que tu représentes pour moi ? murmure-t-il. Si quelque chose t'arrivait, à cause de moi…

Il ne finit pas sa phrase, son front se plisse et la douleur qui traverse son visage est presque palpable. Il a l'air tellement vulnérable, sa peur est tellement visible.

— Il ne m'arrivera rien.

Je le rassure d'une voix apaisante. Puis je lui caresse le visage, faisant courir mes doigts sur sa barbe naissante. Elle est étonnamment douce.

— Ta barbe repousse vite, fais-je remarquer dans un chuchotement.

Je suis incapable de dissimuler l'émerveillement dans ma voix devant ce bel homme si bousillé.

Je suis le contour de sa lèvre inférieure, puis descends le long de sa gorge, jusqu'à la légère tache de rouge à lèvres à la base de son cou. Il baisse les yeux, toujours sans me toucher, les lèvres entrouvertes. Je fais courir mon index le long de la ligne et il ferme les yeux. Sa respiration douce s'accélère. Mes doigts atteignent le bord de la chemise et je les fais passer sur le bouton suivant.

— Je ne vais pas te toucher. Je veux juste t'ôter ta chemise.

Il ouvre grands les yeux, pris de panique. Mais il ne bronche pas et il ne m'en empêche pas. Très lentement, je défais le bouton, écartant le tissu de sa peau, puis je passe d'une main tremblante au bouton suivant et je répète le même geste – lentement, en me concentrant sur ce que je fais.

Je ne veux pas le toucher. *Bon, en fait, si... mais je ne le ferai pas.* Au quatrième bouton, la ligne rouge apparaît et je lui souris timidement.

— De retour en territoire ami.

Je suis la ligne avec mes doigts avant de défaire le dernier bouton. J'ouvre sa chemise et je m'attaque à ses poignets, ôtant ses boutons de manchette en pierre noire polie.

— Je peux t'enlever ta chemise ?

Je m'exprime à voix basse. Il hoche la tête, les yeux toujours écarquillés, lorsque je lève les mains pour passer sa chemise sur ses épaules. Il libère ses bras et il se tient alors torse nu devant moi. Sans sa chemise, il semble retrouver son équilibre. Il a un sourire satisfait.

— Et mon pantalon, mademoiselle Steele ? me demande-t-il en haussant un sourcil.

— Dans la chambre. Je te veux dans ton lit.

— Je me demande bien pourquoi.

Je lui attrape la main et le traîne hors de son bureau jusqu'à sa chambre. Il y fait frais.

— Tu as ouvert la fenêtre du balcon ? me demande-t-il en me regardant d'un air inquiet quand nous entrons dans la chambre.

— Non.

Je ne me rappelle pas avoir fait ça. Je me rappelle avoir parcouru la chambre des yeux en me réveillant. La fenêtre était définitivement fermée.

Oh merde... Mon visage se vide de tout son sang et je regarde Christian, stupéfaite.

— Quoi ? s'exclame-t-il en me fusillant du regard.

— Quand je me suis réveillée... il y avait quelqu'un dans la chambre. J'ai pensé que c'était mon imagination.

— Quoi ?

Horrifié, il se précipite vers la porte du balcon, jette un coup d'œil à l'extérieur puis revient dans la chambre après avoir verrouillé la porte derrière lui.

— Tu es sûre ? Qui ? me demande-t-il d'une voix tendue.

— Une femme, je pense. Il faisait noir. Je venais juste de me réveiller.

— Habille-toi, m'ordonne-t-il. Tout de suite !

— Mes habits sont en haut.

Il ouvre un des tiroirs de la commode et en sort un pantalon de survêtement.

— Mets ça.

Il est bien trop grand mais je crois qu'il vaut mieux ne pas discuter. Il passe lui aussi rapidement un tee-shirt. Il décroche le téléphone sur la table de chevet et appuie sur deux boutons.

— Putain, elle est encore là, siffle-t-il dans le combiné.

Environ trois secondes plus tard, Taylor et un des types de la sécurité surgissent dans la chambre de Christian qui leur expose les détails de ce qui s'est passé.

— Il y a combien de temps ? me demande Taylor d'un ton professionnel.

Il porte toujours sa veste. Est-ce que cet homme dort parfois ?

— Environ dix minutes.

Je marmonne. Pour une raison inconnue, je me sens coupable.

— Elle connaît cet appartement comme sa poche, dit Christian. J'emmène Anastasia. Leila se cache ici quelque part. Trouvez-la. Quand Gail revient-elle ?

— Demain soir, monsieur.

— Eh bien, elle ne revient pas avant que cet appartement ne soit sécurisé. Compris ? lance Christian d'un ton sec.

— Oui, monsieur. Allez-vous à Bellevue ?

— Je ne veux pas mêler mes parents à mes problèmes. Réservez-moi une chambre quelque part.

— Oui. Je vous appelle.

— On n'en fait pas trop, là ? dis-je.

Christian me foudroie du regard.

— Elle est peut-être armée, gronde-t-il.

— Christian, elle se tenait au bout du lit. Elle aurait pu me tirer dessus, si c'était ce qu'elle souhaitait faire.

Christian marque une pause. Pour se maîtriser, je crois.

— Je ne veux pas prendre de risque, déclare-t-il d'une voix à la fois douce et menaçante. Taylor, Anastasia a besoin de chaussures.

Christian disparaît dans son dressing pendant qu'un des types de la sécurité veille sur moi. Je ne me rappelle pas son nom, Ryan peut-être. Il regarde alternativement le couloir et vers la fenêtre du balcon. Christian émerge quelques minutes plus tard avec une sacoche en cuir. Il porte un jean et une veste à fines rayures. Il dépose un blouson en jean sur mes épaules.

— Viens.

Il me serre fort la main et je dois presque courir pour le suivre quand il se dirige à grandes enjambées vers la pièce principale.

— Je n'arrive pas à croire qu'elle a pu se cacher ici, dis-je en regardant vers les portes donnant sur le balcon.

— L'appartement est grand. Tu ne l'as pas encore visité en entier.

— Pourquoi ne l'appelles-tu pas… pour lui dire que tu veux lui parler ?

— Anastasia, elle est instable et elle est peut-être armée, répond-il, agacé.

— Alors nous fuyons ?

— Pour le moment, oui.

— Et supposons qu'elle essaie de tirer sur Taylor ?

— Taylor connaît et comprend les armes, répond-il avec répugnance. Il sera plus rapide qu'elle.

— Ray a été dans l'armée. Il m'a appris à tirer.

Christian hausse les sourcils, carrément perplexe.

— Toi, avec une arme ? demande-t-il, incrédule.

— Oui.

Je suis vexée.

— Je sais tirer, monsieur Grey, alors vous feriez mieux de faire attention. Il n'y a pas que de tes ex-soumises cinglées que tu dois te méfier.

— Je garderai ça à l'esprit, mademoiselle Steele, répond-il sèchement mais amusé.

Cela me fait du bien de savoir que, même dans cette situation ridiculement tendue, je peux encore le faire rire.

Taylor nous retrouve dans l'entrée et me tend une petite valise ainsi que mes Converse noires. Je suis abasourdie qu'il m'ait préparé mon sac. Je le remercie d'un sourire timide et celui qu'il me rend est bref mais rassurant. Je ne peux m'empêcher de le serrer fort dans mes bras. Je le prends par surprise et, lorsque je le libère, ses joues ont rosi.

— Faites attention, dis-je.

— Oui, mademoiselle Steele, marmonne-t-il, embarrassé.

Christian fronce les sourcils avant de lancer un regard interrogateur à Taylor qui redresse sa cravate avec un léger sourire.

— Tenez-moi au courant là où je me trouverai, dit Christian.

Taylor sort son portefeuille de sa veste et tend une carte de crédit à Christian.

— Vous pourrez l'utiliser là où vous serez.

Christian hoche la tête.

— Bien pensé.

Ryan nous rejoint.

— Sawyer et Reynolds n'ont rien trouvé, annonce-t-il.

— Accompagne M. Grey et Mlle Steele au garage, lui ordonne Taylor.

Le parking est désert. Bon, d'un autre côté, il est presque 3 heures du matin. Christian me fait monter rapidement sur le siège passager de la R8 et range ma valise et son sac dans le coffre à l'avant de la voiture. L'Audi garée à côté est un vrai carnage – tous les pneus crevés, la voiture éclaboussée de peinture blanche. Ça fait froid dans le dos et je suis contente que Christian m'emmène ailleurs.

— Une voiture de remplacement sera livrée lundi, déclare Christian quand il s'assied à côté de moi.

— Comment a-t-elle pu savoir que c'était ma voiture ?

Il me lance un regard nerveux et soupire.

— Elle avait une Audi A3. J'en achète à toutes mes soumises, c'est une des voitures les plus sûres de cette gamme.

Oh.

— Alors ce n'était pas vraiment un cadeau de fin d'études.

— Anastasia, en dépit de ce que j'ai pu espérer, tu n'as jamais été ma soumise alors, techniquement, il s'agit d'un cadeau de fin d'études.

Il sort la voiture de l'emplacement de parking et accélère vers la sortie.

En dépit de ce qu'il a pu espérer. Oh non... Ma conscience secoue tristement la tête. On y revient toujours.

— Et tu espères toujours ? dis-je.

Le téléphone de la voiture sonne.

— Grey, fait Christian.

— Fairmont Olympic. Une chambre à mon nom.

— Merci, Taylor. Et... Taylor, faites attention.

Ce dernier marque une courte pause.

— Oui, monsieur, répond-il calmement avant que Christian ne raccroche.

Les rues de Seattle sont désertes et Christian fait vrombir la voiture dans la 5e Avenue vers l'I-5. Une fois sur l'autoroute, il appuie sur l'accélérateur en direction du nord. Il accélère si brusquement que je suis momentanément plaquée en arrière dans mon siège.

Je l'observe discrètement. Plongé dans ses pensées, il laisse s'installer un silence de mort. Il n'a pas répondu à ma question. Il jette régulièrement des coups d'œil dans le rétroviseur et je comprends qu'il vérifie que nous ne sommes pas suivis. C'est peut-être pour cette raison que nous prenons l'autoroute. Je pensais que le Fairmont se trouvait à Seattle.

Je regarde par la vitre en m'efforçant de raisonner mon esprit épuisé et débordant. Si elle avait voulu me blesser, elle en avait eu l'occasion dans la chambre.

— Non, ce n'est pas ce que j'espère encore. Plus maintenant. Je pensais que c'était évident, dit Christian en interrompant mon introspection d'une voix douce.

Je m'enveloppe davantage dans sa veste en jean en clignant des yeux sans savoir si la fraîcheur est en moi ou provient de l'extérieur.

— Je m'inquiète, tu sais... de ne pas te suffire.

— Tu me suffis bien assez. Pour l'amour de Dieu, Anastasia, qu'est-ce qu'il faut que je fasse ?

Parle-moi de toi. Dis-moi que tu m'aimes.

— Pourquoi as-tu pensé que j'allais partir quand je t'ai fait croire que le Dr Flynn m'avait tout raconté à ton sujet ?

Il soupire, ferme les yeux un moment et reste silencieux bien trop longtemps à mon goût.

— Tu ne peux entrevoir les profondeurs de ma perversion, Anastasia. Et je ne tiens pas à partager ça avec toi.

— Et tu crois vraiment que je partirais si je savais ?

Ma voix aiguë exprime toute mon incrédulité. Il ne comprend donc pas que je l'aime.

— C'est donc l'idée que tu te fais de moi ?

— Je sais que tu partiras, dit-il tristement.

— Christian… Je crois que c'est fort peu probable. Je ne peux pas imaginer vivre sans toi.

Jamais…

— Tu m'as déjà quitté une fois, je ne veux pas que cela se reproduise.

— Elena m'a dit qu'elle t'avait vu samedi.

— C'est faux.

Il fronce les sourcils.

— Tu n'es pas allé la voir quand je t'ai quitté ?

— Non, rétorque-t-il, irrité. Je t'ai déjà dit non et je n'aime pas qu'on mette ma parole en doute. Je ne suis allé nulle part le week-end dernier. Je suis resté chez moi et j'ai fabriqué le planeur que tu m'as offert. Ça m'a pris une éternité, ajoute-t-il, plus calme.

Mon cœur se serre une fois de plus. Mrs Robinson a dit qu'elle l'avait vu. C'est vrai ou pas ? Elle ment. Mais pourquoi ?

— Contrairement à ce que croit Elena, je ne me précipite pas chez elle quand j'ai un problème, Anastasia. Je ne me précipite nulle part. Tu l'as peut-être remarqué, mais je ne suis pas très loquace.

Ses mains se crispent sur le volant.

— Carrick m'a confié que tu n'avais pas parlé pendant deux ans.

— Ah oui ?

Il pince les lèvres.

— Je suis un peu allée à la pêche aux informations.

Gênée, je baisse les yeux sur mes doigts.

— Et qu'est-ce que papa t'a dit d'autre ?

— Il m'a raconté que ta mère était le médecin qui t'avait examiné quand on t'a amené à l'hôpital. Après qu'on t'a découvert dans l'appartement.

Son expression demeure neutre… prudente.

— Il a précisé que le piano t'avait fait du bien. Ainsi que Mia.

Ses lèvres se retroussent en un sourire affectueux à l'évocation de sa sœur.

— Elle avait environ six mois quand elle est arrivée, reprend-il au bout d'un moment. J'étais aux anges, Elliot l'était moins. Il avait déjà dû faire face à mon arrivée. Elle était parfaite.

La douce et triste admiration dans sa voix est touchante.

— Elle l'est moins aujourd'hui, bien sûr, marmonne-t-il.

Je me rappelle Mia et ses tentatives réussies pour contrecarrer nos intentions lascives pendant le bal. Cela me fait glousser.

Christian m'adresse un regard en coin.

— Ça vous fait rire, mademoiselle Steele ?

— Elle semblait déterminée à nous tenir séparés ce soir.

Il a un rire sans joie.

— Oui, elle est très talentueuse, dit-il en posant une main sur mon genou. Mais nous y sommes quand même arrivés.

Il sourit et jette un nouveau coup d'œil dans le rétroviseur.

— Je ne pense pas qu'on nous ait suivis.

Il sort de l'autoroute pour reprendre la direction du centre de Seattle.

— Je peux te demander quelque chose au sujet d'Elena ?

Nous sommes arrêtés à un feu tricolore. Il me scrute avec méfiance.

— S'il le faut, marmonne-t-il d'une voix grave.

Je ne me laisse pas dissuader par son agacement.

— Tu m'as dit qu'il y a des années elle t'aimait d'une manière que tu acceptais. Qu'est-ce que ça signifie ?

— N'est-ce pas évident ?

— Pas pour moi.

— J'étais incontrôlable. Je ne supportais pas d'être touché. Je ne le supporte toujours pas. Pour un adolescent de quatorze, quinze ans avec les hormones en ébullition, c'était une période difficile. Elle m'a montré comment relâcher la pression.

Oh.

— Mia m'a raconté que tu étais bagarreur.

— Seigneur, que se passe-t-il avec ma famille soudain si loquace ? En fait, c'est toi.

Nous sommes de nouveau arrêtés à un feu et il plisse les yeux.

— Tu sais convaincre les gens de te parler.

Il secoue la tête l'air faussement dégoûté.

— C'est Mia qui m'a livré d'elle-même cette information. En fait, elle était très disposée à parler. Elle craignait que tu ne déclenches une bagarre dans la tente si tu ne remportais pas les enchères.

— Oh, bébé, il n'y avait aucun danger. C'était inconcevable que je laisse quelqu'un d'autre danser avec toi.

— Tu as laissé le Dr Flynn pourtant.

— Il est toujours l'exception à la règle.

Christian engage la voiture dans l'allée impressionnante et verdoyante du Fairmont Olympic Hotel et se gare près de l'entrée, non loin d'une fontaine en pierre au charme suranné.

— Viens.

Il descend de voiture et prend nos bagages. Un valet de nuit se précipite vers nous, l'air surpris, certainement en raison de l'heure tardive de notre arrivée. Christian lui jette les clés de la voiture.

— Au nom de Taylor ! annonce-t-il.

Le valet hoche la tête et ne peut contenir sa joie quand il saute dans la R8 avant de s'éloigner. Christian me prend la main et entre à grands pas dans le hall de l'hôtel. Je me sens tout à fait ridicule, à côté de lui à la réception. Me voici dans l'hôtel le plus prestigieux de Seattle, vêtue d'un vieux tee-shirt, d'une veste en jean et d'un pantalon de survêtement trop grands au côté de cet élégant dieu grec. Pas surprenant que le regard de la réceptionniste passe de l'un à l'autre comme si l'équation était bancale. Évidemment, elle est impressionnée par Christian. Je lève les yeux au ciel quand elle se met à rougir et à bégayer. Ses mains tremblent.

— Vous… avez besoin d'aide… pour vos bagages, monsieur Taylor ? demande-t-elle en virant de nouveau à l'écarlate.

— Non, Mme Taylor et moi nous débrouillerons tout seuls.

Mme Taylor ! Mais je ne porte pas d'alliance. Je cache mes mains derrière mon dos.

— Vous êtes dans la suite Cascade, au onzième étage, monsieur Taylor. Notre groom va vous aider à porter vos bagages.

— Inutile, réplique sèchement Christian. Où sont les ascenseurs ?

Mlle Écarlate le lui explique et Christian me reprend la main. Je jette un regard dans le hall impressionnant et somptueux, meublé de fauteuils rembourrés. L'endroit est désert à l'exception d'une femme brune assise sur un canapé confortable et qui donne à manger à son westie. Elle lève les yeux et nous sourit alors que nous nous dirigeons vers les ascenseurs. L'hôtel accepte les animaux ? Étrange pour un endroit aussi grandiose !

La suite comporte deux chambres et un salon élégant avec un piano à queue. Un feu crépite dans la cheminée. Cette suite est plus grande que mon appartement.

— Eh bien, madame Taylor, je ne sais pas pour vous mais j'aimerais bien boire un verre, marmonne Christian en verrouillant la porte derrière nous.

Dans la chambre, il dépose ma valise et sa sacoche sur l'ottomane au bout du lit king-size muni de quatre colonnes, puis il me conduit dans la pièce principale où un feu flambe dans la cheminée. Un spectacle qui fait du bien. Debout devant l'âtre, je me réchauffe les mains pendant que Christian nous sert à boire.

— Armagnac ?

— S'il te plaît.

Au bout d'un moment, il me rejoint près du feu et me tend un verre en cristal.

— Quelle journée, n'est-ce pas ?

J'acquiesce. Son regard est pénétrant, inquiet.

— Ça va, dis-je pour le rassurer. Et toi ?

— Eh bien, là tout de suite, j'aimerais vider ce verre puis, si tu n'es pas trop fatiguée, j'aimerais t'emmener au lit et me perdre en toi.

— Je pense que ça doit pouvoir s'arranger, monsieur Taylor.

Je souris timidement pendant qu'il se débarrasse de ses chaussures et enlève ses chaussettes.

— Madame Taylor, cessez de vous mordiller la lèvre, chuchote-t-il.

Je rougis, le nez dans mon verre. L'armagnac est délicieux et laisse une chaleur brûlante en glissant comme de la soie dans ma gorge. Christian sirote lui aussi son alcool en me dévorant de ses yeux sombres et affamés.

— Tu ne cesses jamais de me surprendre, Anastasia. Après une journée comme aujourd'hui – ou plutôt comme hier –, tu ne geins ni ne t'enfuis en hurlant. Je t'admire. Tu es très forte.

— J'ai la meilleure raison qui soit de rester. Toi. Je te l'ai dit, Christian, je ne vais nulle part, peu importe ce que tu as fait. Tu sais ce que je ressens pour toi.

Il fait la moue comme s'il doutait de mes paroles et son front se creuse comme si ce que je lui disais était douloureux à entendre. Oh, Christian, que dois-je faire pour te faire comprendre ce que j'éprouve ?

Laisse-le te battre, raille ma conscience. Je lui décoche un regard menaçant.

— Où vas-tu accrocher les portraits que José a faits de moi ?

Je m'efforce d'alléger l'atmosphère.

— Ça dépend.

Sa lèvre tressaille. C'est, de toute évidence, un sujet de conversation qui lui plaît davantage.

— De quoi ?

— Des circonstances, dit-il d'un air mystérieux. Son exposition n'est pas encore terminée et je n'ai donc pas à me décider tout de suite.

Je penche la tête sur le côté en plissant les paupières.

— Vous pouvez prendre l'air le plus sévère qui soit, madame Taylor. Je ne dirai rien, plaisante-t-il.

— Tu parlerais sous la torture.

Il hausse un sourcil.

— Vraiment, Anastasia, tu ne devrais pas promettre ce que tu ne peux tenir.

Oh mon Dieu, est-ce là ce qu'il pense ? Je pose mon verre sur le manteau de la cheminée, tends la main et, à la grande surprise de Christian, lui prends son verre pour le déposer près du mien.

— Nous allons voir ça, dis-je dans un murmure.

Très vaillamment – encouragée par l'alcool, sans aucun doute –, je l'entraîne dans la chambre et m'arrête au pied du lit. Il tente de dissimuler son amusement.

— Maintenant que tu m'as amené ici, Anastasia, que vas-tu faire de moi ? me taquine-t-il à voix basse.

— Je vais commencer par te déshabiller. J'aimerais terminer ce que j'avais commencé plus tôt.

Je saisis les revers de sa veste en prenant bien soin de ne pas le toucher. Il retient sa respiration sans tressaillir.

Doucement, je repousse sa veste sur ses épaules. Ses yeux restent rivés aux miens, toute trace d'humour a disparu, et ils sont perçants, prudents… et emplis de désir ? On peut interpréter son regard de tant de manières. *À quoi pense-t-il ?* Je pose sa veste sur l'ottomane.

— Maintenant ton tee-shirt, dis-je en empoignant le bas du tissu.

Il coopère, levant les bras et se reculant pour me faciliter la tâche. Une fois le tee-shirt retiré, Christian ne porte plus que son jean qui tombe de manière si provocante sur ses hanches. Le haut de son boxer est visible. Il me fixe intensément.

Mes yeux dérivent avec avidité de son ventre tendu à la ligne de rouge à lèvres à moitié effacée jusqu'à sa poitrine. Je désirerais tant faire courir ma langue dans les poils de son torse pour en savourer le goût.

— Et maintenant ? murmure-t-il, les yeux fiévreux.

— Je veux t'embrasser là.

Je passe mon doigt d'une hanche à l'autre en traversant son ventre. Il entrouvre les lèvres en inspirant profondément.

— Je ne t'en empêche pas, souffle-t-il.

Je le prends par la main.

— Tu ferais mieux de t'allonger, dis-je en le conduisant vers le lit à colonnes.

Il semble déconcerté. Il me vient à l'esprit que personne n'a peut-être osé prendre d'initiative avec lui depuis… elle. *Non, ne t'aventure pas sur ce terrain.*

Soulevant les couvertures, il s'assied sur le bord du lit, les yeux levés vers moi, dans l'attente, avec une expression méfiante et grave. Debout devant lui, je me débarrasse de sa veste en jean que je laisse tomber par terre, puis c'est au tour du pantalon de survêtement.

Il frotte son pouce contre le bout de ses doigts. Cela le démange de me toucher, je le sens, mais il réfrène son envie. Inspirant profondément, j'attrape courageusement le bas de mon tee-shirt et je le fais passer par-dessus ma tête afin de me retrouver nue devant lui. Ses yeux ne quittent pas les miens, mais il déglutit et ses lèvres s'entrouvrent.

— Tu es Aphrodite, Anastasia, murmure-t-il.

Je serre son visage entre mes mains, lui relève la tête et me penche pour l'embrasser. Un gémissement rauque s'échappe de sa gorge.

Dès que je pose ma bouche sur la sienne, il m'attrape par les hanches et, avant que je n'aie le temps de réagir, je suis clouée sous lui, ses jambes forçant les miennes à s'ouvrir, et il se blottit, là, contre mon corps. Il m'embrasse, dévastant ma bouche, nos langues entremêlées. Sa main chemine sur ma cuisse, sur ma hanche, sur mon ventre jusqu'à mes seins qu'il pince, pétrit et dont il étire agréablement les tétons.

Je bascule mon bassin contre lui, me délectant du frottement contre la couture de sa braguette et de son érection grandissante. Il cesse de m'embrasser et, à bout de souffle, il pose un regard amusé sur moi. Puis il projette ses hanches en avant de manière à appuyer son érection contre moi… *Oui, juste là.*

Je ferme les yeux en gémissant, et il recommence mais, cette fois, je pousse moi aussi contre lui, savourant le grognement qui lui échappe pendant qu'il m'embrasse de nouveau. Il poursuit sa lente et délicieuse torture : il se frotte contre moi, se frotte encore. Et il a raison – se perdre en lui, c'est enivrant au point de tout faire oublier. Toutes mes inquiétudes se sont évanouies. Je suis là, dans cet instant avec lui – mon sang pulse dans mes veines, tambourine fort dans mes oreilles, se mélange au bruit de nos respirations haletantes. J'enfouis mes mains dans ses cheveux, je le tiens tout contre ma bouche, je le consume, ma langue est aussi avide que la sienne. Mes doigts courent le long de ses bras, sur ses reins jusqu'à la taille de son jean et je glisse mes mains affamées et intrépides sous les vêtements, le pressant encore et encore contre moi – et j'oublie tout, sauf nous.

— Tu vas m'émasculer, Ana, chuchote-t-il soudain.

Il s'écarte de moi, se met à genoux, puis baisse brutalement son jean et me tend un étui argenté.

— Tu as envie de moi, bébé, et j'ai envie de toi, ça ne fait aucun doute. Tu sais quoi faire.

De mes doigts nerveux et agiles, je déchire l'emballage et déroule le préservatif sur son sexe. Il m'observe en souriant, la bouche ouverte, ses yeux d'un gris brumeux emplis de promesse charnelle. Se penchant sur moi, il frotte son nez contre le mien, les paupières closes, et délicieusement, lentement, il me pénètre.

Accrochée à ses bras, je bascule la tête en arrière pour me délecter de la sensation absolue et exquise de me faire posséder. Il fait courir ses dents sur mon menton, se retire puis se glisse de nouveau en moi – si lentement, si doucement, si tendrement –, son corps pesant sur le mien, ses coudes et ses mains de part et d'autre de mon visage.

— Tu me fais tout oublier. Tu es la meilleure thérapie qui soit, souffle-t-il.

Il ondule à un rythme douloureusement lent, savourant chaque centimètre de mon corps.

— S'il te plaît, Christian, plus vite, dis-je dans un souffle.

J'ai envie de plus, tout de suite.

— Oh non, bébé, j'ai besoin que ce soit lent.

Il m'embrasse délicatement, affectueusement, mordillant ma lèvre inférieure et absorbant mes gémissements doux.

Je plonge mes mains dans ses cheveux et je m'abandonne à son rythme aussi lentement et sûrement que mon corps grimpe haut, et encore plus haut, et se stabilise avant de retomber, brutalement et vite, quand je jouis autour de lui.

— Oh, Ana, murmure-t-il en se laissant aller.

Mon nom est comme une bénédiction sur ses lèvres quand il jouit à son tour.

Sa tête repose sur mon ventre, ses bras m'enlacent. Mes doigts fourragent dans sa chevelure indisciplinée et nous restons étendus ainsi pendant je ne sais combien de temps. Il est tellement tard et je suis si fatiguée, mais je veux juste profiter du souvenir tranquille et serein de l'amour que je viens de partager avec Christian Grey, parce que c'est bien ce que nous avons fait : l'amour, de manière tendre et douce.

Il a fait tant de chemin, tout comme moi, en si peu de temps. C'est presque trop à absorber. Avec toutes ces histoires de fous, je perds parfois de vue le voyage simple et sincère qu'il entreprend avec moi.

— Je ne serai jamais rassasié de toi. Ne me quitte pas, murmure-t-il avant de m'embrasser le ventre.

— Je ne vais nulle part, Christian, et il me semble me rappeler que c'est moi qui voulais t'embrasser le ventre.

Je grommelle à moitié, ensommeillée. Il sourit tout contre ma peau.

— Rien ne t'en empêche maintenant, bébé.

— Je ne pense pas être capable de bouger… Je suis trop crevée.

Christian soupire en changeant de position à contrecœur et vient s'allonger près de moi, la tête appuyée sur son coude, le drap tiré sur nous. Il me contemple de ses yeux brillants et aimants.

— Dors, bébé.

Il m'embrasse les cheveux, me prend dans ses bras et je m'endors aussitôt.

Lorsque je me réveille, la lumière qui emplit la chambre m'éblouit. J'ai l'esprit confus par le manque de sommeil. *Où suis-je ? Oh, l'hôtel…*

— Bonjour, me murmure Christian avec un sourire affectueux.

Il est allongé sur les draps près de moi, habillé. Depuis quand se tient-il là ? Est-ce qu'il m'observait ? Soudain, je me sens terriblement intimidée et mon visage s'embrase sous son regard calme. Heureusement je suis allongée sur le ventre.

— Bonjour. Ça fait longtemps que tu me regardes ?

— Je pourrais te regarder dormir des heures entières, Anastasia. Mais je ne suis là que depuis cinq minutes, répond-il en se penchant pour m'embrasser. Le Dr Greene va bientôt arriver.

— Oh.

J'avais oublié l'intervention déplacée de Christian.

— Tu as bien dormi ? demande-t-il avec douceur. Il me semble que c'est le cas vu la façon dont tu as ronflé.

Oh, mon Cinquante Nuances est joueur et taquin.

— Je ne ronfle pas ! dis-je avec une grimace.

— Non. Tu ne ronfles pas.

Il me sourit. La ligne floue de rouge à lèvres est toujours visible autour de son cou.

— Tu as pris une douche ?

— Non, je t'attendais.

— Oh… d'accord. Quelle heure est-il ?

— 10 h 15. Je n'ai pas eu le cœur de te réveiller avant.

— Tu m'as dit que tu n'avais pas de cœur du tout.

Il sourit tristement sans répondre.

— Le petit déjeuner est servi. Des pancakes et du bacon pour toi. Viens, lève-toi. Je me sens tout seul.

Avant de quitter le lit, il me gifle sur le derrière et je sursaute.

Hum… Sa conception d'un geste affectueux.

Alors que je m'étire, je me rends compte que je suis endolorie de partout… C'est sans aucun doute le résultat de tout le sexe, de la danse et des vacillements sur mes escarpins à talons hauts. Je sors en titubant du lit et me dirige vers la salle de bains somptueuse tout en me repassant les événements de la veille. En sortant, j'enfile un des peignoirs trop moelleux suspendus à la patère en cuivre.

Leila – qui me ressemble –, voilà l'image la plus saisissante que mon cerveau fait surgir : Leila et sa présence étrange et inquiétante dans la chambre de Christian. Que voulait-elle ? Moi ? Christian ? Pour quoi faire ? Et, bon sang, pourquoi a-t-elle fichu ma voiture en l'air ?

Christian a déclaré que j'aurais une nouvelle Audi, comme toutes ses soumises. Cette pensée n'est pas bienvenue. Et puisque j'ai été très généreuse avec l'argent qu'il m'a donné, je n'ai pas vraiment d'autre option.

J'entre tranquillement dans le salon de la suite. Aucune trace de Christian. Je le localise enfin dans la salle à manger. Je m'assieds, ravie de l'impressionnant petit déjeuner qui s'offre à moi. Christian lit les journaux du dimanche en buvant son café, il a fini de manger. Il me sourit.

— Mange. Tu vas avoir besoin de forces aujourd'hui, me taquine-t-il.

— Et pourquoi donc ? Tu vas m'enfermer dans la chambre ?

Ma déesse intérieure se réveille en sursaut, toute échevelée, avec l'air de celle qui vient de baiser.

— Si attrayante cette idée soit-elle, j'ai pensé que nous pourrions sortir aujourd'hui. Respirer le grand air.

— C'est raisonnable ?

Je feins l'innocence en essayant en vain de ne pas paraître ironique. Le visage de Christian se décompose et il crispe les lèvres.

— Là où nous allons, nous serons en sécurité. Et je ne vois pas matière à plaisanter, ajoute-t-il d'une voix sévère.

Je pique du nez en rougissant sur mon petit déjeuner. Je n'ai vraiment pas envie qu'on me réprimande après tous ces drames et une nuit aussi courte. Je mange en silence, de mauvaise humeur.

Ma conscience secoue la tête. M. Cinquante Nuances ne plaisante pas à propos de ma sécurité, je devrais l'avoir compris. J'aimerais lever les yeux au ciel mais je m'en abstiens.

D'accord, je suis fatiguée et irritable. La journée d'hier a été longue et je n'ai pas assez dormi. Pourquoi, mais pourquoi donc, lui a l'air aussi frais qu'un gardon ? La vie n'est pas juste.

On frappe à la porte.

— Ce doit être notre bon docteur, grommelle Christian, toujours piqué au vif par mon ironie.

Il s'éloigne de la table visiblement en colère. Ne pourrions-nous pas passer une matinée calme et normale ? Je laisse la moitié de mon petit déjeuner en soupirant et me lève pour accueillir Dr Progestatifs.

Nous sommes toutes les deux dans la chambre et le Dr Greene me considère bouche bée. Vêtue de manière plus détendue que la dernière fois, elle porte un twin-set en cachemire rose pâle et un pantalon noir, et ses beaux cheveux blonds sont détachés.

— Et vous avez arrêté de prendre votre pilule ? Comme ça ?

Je rougis, je me sens vraiment stupide.

— Oui.

Je ne pourrais m'exprimer d'une voix plus fluette.

— Vous pourriez être enceinte, déclare-t-elle d'un ton plat.

Quoi ! Le monde s'écroule sous moi. Ma conscience s'effondre sur le sol, prise de haut-le-cœur et je crois que je vais être malade, moi aussi. *Non !*

— Bon, allez faire pipi là-dedans.

Elle est très professionnelle aujourd'hui. Pas de quartier.

Je prends docilement le petit récipient en plastique qu'elle me tend et me dirige, hébétée, vers la salle de bains. *Non. Non. Non. C'est impossible… Impossible… Je vous en prie, non. Non.*

Que fera M. Cinquante nuances ? Je blêmis. Il va flipper.

Je prie en silence : *Non, je vous en prie !*

Je rends mon échantillon au Dr Greene et elle y trempe soigneusement une petite bandelette blanche.

— Quand ont commencé vos règles ?

Comment suis-je censée me rappeler ces menus détails quand tout ce dont je suis capable, c'est regarder la bandelette blanche avec anxiété ?

— Euh… Mercredi ? Pas celui passé, celui d'avant. Le 1er juin.

— Et quand avez-vous cessé de prendre la pilule ?

— Dimanche. Dimanche dernier.

Elle fait la moue.

— Ça devrait aller, dit-elle brusquement. J'imagine à votre tête qu'une grossesse imprévue ne serait pas la bienvenue. Alors la medroxyprogestérone me paraît être une bonne solution si vous oubliez de prendre votre pilule tous les jours.

Elle me lance un regard sévère et je tremble devant son expression autoritaire. Elle prend la bandelette blanche pour l'inspecter.

— Vous êtes hors de danger. Vous n'avez pas encore ovulé, alors si vous avez pris des précautions, vous ne devriez pas être enceinte. Maintenant, je vais vous donner quelques conseils au sujet de cette injection. Nous avons écarté cette méthode contraceptive la fois dernière à cause des effets secondaires mais, très franchement, les effets secondaires d'un enfant sont d'une portée bien plus importante et durent des années.

Elle sourit, ravie de sa petite plaisanterie, mais je n'arrive même pas à réagir. Je suis abasourdie.

Le Dr Greene se lance dans l'énumération complète des effets secondaires tandis que je reste assise, clouée par le soulagement, sans même écouter un mot. Je crois que je serais capable de tolérer je ne sais combien de femmes bizarres au bout de mon lit plutôt que d'avouer à Christian que je suis enceinte.

— Ana ! lance le Dr Greene. Allons-y.

Elle m'arrache à ma rêverie et je remonte volontiers ma manche.

Christian referme la porte derrière elle et me regarde avec méfiance.

— Tout va bien ? demande-t-il.

J'acquiesce sans dire un mot et il penche la tête de côté, le visage tendu par l'inquiétude.

— Anastasia, que se passe-t-il ? Qu'est-ce que le Dr Greene a dit ?

Je secoue la tête.

— Tu as encore une semaine à tenir.

— Une semaine ?

— Oui.

— Ana, qu'est-ce qui se passe ?

Je déglutis.

— Rien d'inquiétant. Je t'en prie, Christian, laisse tomber.

Il est aussitôt devant moi, me prend par le menton pour me relever la tête et plonge son regard dans le mien en essayant de déchiffrer ma panique.

— Dis-moi, demande-t-il d'un ton sec.

— Il n'y a rien à dire. J'aimerais m'habiller.

Je dégage mon menton de sa main. Il soupire et passe une main dans ses cheveux en fronçant les sourcils.

— Allons nous doucher, finit-il par proposer.

— Bien sûr.

Je marmonne, la tête ailleurs. Sa bouche se tord.

— Viens, dit-il d'un air boudeur en me prenant fermement la main.

Il se dirige vers la salle de bains d'un pas furieux en me traînant derrière lui. De toute évidence, je ne suis pas la seule de mauvaise humeur. Il ouvre le robinet de la douche et se déshabille rapidement avant de se tourner vers moi.

— Je ne sais pas ce qui t'a bouleversée, ou si tu es juste de mauvaise humeur par manque de sommeil, déclare-t-il en détachant mon peignoir. Mais je veux que tu me racontes. Mon imagination part dans tous les sens et je n'aime pas ça.

Je lève les yeux au ciel et il me fusille du regard, les yeux plissés. *Merde ! D'accord… C'est parti.*

— Le Dr Greene m'a remonté les bretelles parce que je n'ai pas pris ma pilule. Elle a dit que je pouvais tomber enceinte.

— Quoi ?

Il pâlit et ses mains se figent. Son teint est de cendres.

— Mais je ne le suis pas. Elle a fait le test. Ça a été un choc, c'est tout. Je n'arrive pas à croire que j'ai pu être aussi stupide.

Il se détend de manière visible.

— Tu es sûre que tu n'es pas enceinte ?

— Oui.

Il laisse échapper un profond soupir.

— Bien. Oui, je peux comprendre que des nouvelles de ce genre peuvent chambouler.

Je fronce les sourcils… *chambouler ?*

— C'était ta réaction qui m'inquiétait le plus.

Il plisse le front, intrigué.

— Ma réaction ? Eh bien, naturellement, je suis soulagé… Ce serait le summum de la négligence et des mauvaises manières de te mettre en cloque.

— Alors peut-être devrions-nous nous abstenir.

Il me considère un moment, perplexe, comme si j'étais une sorte d'expérience scientifique.

— Tu es de mauvaise humeur ce matin.

— C'était le choc, c'est tout, dis-je, morose.

Saisissant les revers de mon peignoir, il m'attire à lui dans une étreinte affectueuse, embrasse mes cheveux et pose ma tête contre son torse. Je suis distraite par ses poils qui me chatouillent la joue. Oh, si je pouvais y fourrer mon nez.

— Ana, je ne suis pas habitué à ça, me murmure-t-il. Mon inclination naturelle serait plutôt de te ficher une fessée, mais je doute sérieusement que ce soit ce que tu attends de moi.

Bordel de merde !

— Non, en effet. Mais ça, là, ça aide.

Je le serre plus fort dans mes bras et nous restons une éternité dans cette étrange étreinte, Christian nu et moi dans mon peignoir. Je suis encore une fois étonnée par son honnêteté. Il ne connaît rien aux relations et moi non plus, à l'exception de ce que j'ai appris avec lui. Bon, il m'a demandé d'être confiante et patiente ; je devrais peut-être faire de même.

— Viens, allons nous doucher, finit-il par dire en me relâchant.

Il recule et m'enlève mon peignoir et je le suis sous la cascade d'eau en levant le visage vers le torrent. Il y a assez de place pour nous deux sous la tête de douche gigantesque. Christian prend le shampoing et se lave les cheveux. Il me tend la bouteille et je fais de même.

Oh, comme c'est bon. Je ferme les yeux et succombe à l'eau chaude qui me lave de tout. Alors que je me rince les cheveux, je sens ses mains sur moi qui me savonnent : mes épaules, mes bras, mes aisselles, mes seins, mon dos. Doucement il me retourne et m'attire contre lui en descendant le long de mon corps : mon ventre, ses doigts experts entre mes cuisses – *mmm* –, mes fesses. Oh, c'est tellement bon et intime. Il me retourne de nouveau pour que je sois face à lui.

— À toi, dit-il calmement en me tendant la bouteille. Je veux que tu nettoies les traces de rouge à lèvres.

J'écarquille d'un coup les yeux et je cherche aussitôt à accrocher son regard. Il me fixe intensément, trempé et magnifique, de ses merveilleux yeux gris insondables.

— Ne t'écarte pas trop de la ligne, s'il te plaît, marmonne-t-il d'une voix tendue.

— D'accord.

Je m'efforce d'intégrer l'ampleur de ce qu'il vient de me demander : le toucher à la lisière de la zone interdite.

Je verse une petite quantité de savon dans ma main, frotte mes deux paumes l'une contre l'autre pour former de la mousse, puis je pose mes mains sur ses épaules et frotte doucement la ligne de rouge à lèvres de chaque côté. Il est immobile, les yeux clos, le visage impassible, mais sa respiration s'accélère et je sais que ce n'est pas de désir, mais de peur. Cela me pique au vif.

De mes doigts tremblants, je suis soigneusement la ligne jusqu'à son flanc tout en savonnant et en massant légèrement. Il déglutit, la mâchoire crispée comme sous la douleur. *Oh !* Mon cœur se serre ainsi que ma gorge. *Oh non, je vais pleurer.*

Lorsque je m'arrête pour rajouter du savon dans ma main, je le sens se détendre devant moi. Je ne peux lever les yeux vers lui. Je ne supporte pas de voir sa souffrance, c'est trop.

La tension est perceptible quand je murmure :

— Tu es prêt ?

— Oui, chuchote-t-il d'une voix rauque emplie de crainte.

Doucement, je pose mes mains de part et d'autre de son torse et il se fige une nouvelle fois.

C'est trop. Je suis bouleversée par sa confiance en moi. Bouleversée par sa peur, par les dégâts faits sur cet homme superbe, déchu, vicié.

Les larmes s'accumulent sous mes paupières et se déversent sur mon visage pour se perdre dans l'eau de la douche. *Oh, Christian ! Qui t'a fait ça ?*

Son diaphragme se soulève rapidement à chaque inspiration, son corps est raide, la tension se propage en lui par vagues tandis que mes mains se déplacent le long de la ligne. Oh, si je pouvais seulement effacer sa douleur, je le ferais – je ferais n'importe quoi – et je ne désire rien de plus qu'embrasser chaque cicatrice sous mes yeux, pour laver de mes baisers ces années atroces de négligence. Mais je sais que je ne peux pas et mes larmes coulent instinctivement sur mes joues.

— Non, je t'en prie, ne pleure pas, murmure-t-il d'une voix angoissée en me serrant fort dans ses bras. Je t'en prie, ne pleure pas pour moi.

Et j'éclate en gros sanglots. J'enfouis mon visage dans son cou en pensant au petit garçon perdu dans une mer de peur et de douleur, effrayé, négligé, abusé. Blessé au-delà de ce qui est supportable.

S'écartant de moi, il me prend le visage à deux mains, me redresse la tête et se penche pour m'embrasser.

— Ne pleure pas, Ana, je t'en prie, souffle-t-il contre ma bouche. C'était il y a longtemps. J'ai tellement envie que tu me touches mais je ne le supporte tout simplement pas. C'est impossible. Je t'en prie, je t'en prie, ne pleure pas.

— J'ai envie de te toucher, moi aussi. Plus que tu ne peux l'imaginer. Te voir comme ça… si blessé et effrayé, Christian… cela me fait tellement de peine. Je t'aime tant.

Il fait courir son pouce sur ma lèvre inférieure.

— Je sais. Je sais, chuchote-t-il.

— C'est très facile de t'aimer. Tu ne le vois donc pas ?

— Non, bébé, je ne le vois pas.

— Pourtant c'est vrai. Et je t'aime et ta famille aussi t'aime. Comme Elena et Leila. Elles ont peut-être une étrange manière de le montrer, mais elles t'aiment. Tu le mérites.

— Arrête.

Il pose ses doigts sur mes lèvres et secoue la tête avec une expression déchirante.

— Je ne peux pas l'entendre. Je ne suis rien, Anastasia. Je ne suis qu'une enveloppe d'homme. Je n'ai pas de cœur.

— Mais si, tu en as un. Et je le veux, je le veux tout entier. Tu es un homme bon, Christian, un homme vraiment bon. Ne doute jamais de ça. Regarde ce que tu as fait… ce que tu as accompli.

Je sanglote toujours.

— Regarde ce que tu as fait pour moi… ce à quoi tu as renoncé. Je sais. Je sais ce que tu éprouves pour moi.

Il baisse sur moi ses yeux écarquillés et paniqués. On n'entend plus que le flot régulier de l'eau qui se répand sur nous.

— Tu m'aimes.

Ses yeux s'élargissent davantage et il entrouvre la bouche pour prendre une profonde inspiration, comme s'il avait le souffle coupé. Il paraît torturé. Vulnérable.

— Oui, murmure-t-il. Je t'aime.

9.

Je ne peux contenir ma joie. Ma conscience en reste bouche bée, dans un silence stupéfait, et j'arbore un large sourire en plongeant mon regard avec convoitise dans les yeux torturés de Christian.

Sa douce confession me touche profondément : on dirait qu'il cherche l'absolution. Ses trois petits mots sont une manne tombée du ciel. Les larmes me montent une nouvelle fois aux yeux. *Oui, tu m'aimes. Je sais que tu m'aimes.*

Cette prise de conscience est une véritable délivrance, comme si on m'avait soulagée d'un poids énorme. Cet homme superbe et abîmé, à qui j'ai autrefois songé comme mon héros romantique – fort, renfermé, mystérieux –, possède tous ces traits de caractère, mais il est également fragile, solitaire et plein de haine envers lui-même. Je suis remplie de joie, mais aussi de douleur pour sa souffrance. Et, en cet instant, j'ai la conviction que mon cœur est assez grand pour nous deux. J'espère qu'il est assez grand pour nous deux.

Je lève les mains pour prendre son cher et beau visage et je l'embrasse tendrement, déversant tout l'amour que je ressens dans cet unique et doux contact. J'ai envie de le dévorer sous la cascade d'eau chaude. Christian m'enlace en grognant. Il me tient contre lui comme si j'étais l'air dont il a besoin pour respirer.

— Oh, Ana, chuchote-t-il d'une voix rauque. J'ai envie de toi, mais pas ici.

— Oui.

Ma réponse est comme un souffle ardent sur sa bouche.

Il coupe l'eau de la douche et me prend la main pour me faire sortir de la cabine avant de m'envelopper dans le peignoir. Il attrape une serviette qu'il noue autour de sa taille, puis une autre plus petite avec laquelle il s'applique à me sécher délicatement les cheveux. Une fois satisfait de sa tâche, il drape la serviette autour de ma tête et, lorsque je me regarde dans le grand miroir au-dessus du lavabo, j'ai l'impression de porter un voile. Il se tient derrière moi et nos yeux se croisent dans le reflet, son gris ardent et mon bleu vif. Cela me donne une idée.

— Je peux te faire la même chose ?

Il acquiesce malgré une légère inquiétude. J'attrape une autre serviette dans la pile moelleuse qui se trouve à côté du meuble sous la vasque et, sur la pointe des pieds, devant lui, entreprends de lui sécher les cheveux. Il se penche en avant pour me faciliter la tâche et, chaque fois que j'aperçois son visage sous la serviette, je vois qu'il sourit comme un petit garçon.

— Il y a longtemps que personne ne m'a fait ça. Très longtemps, murmure-t-il avant de froncer les sourcils. En réalité, je crois que personne ne m'a jamais séché les cheveux.

— Grace l'a sûrement fait. Te sécher les cheveux quand tu étais petit.

Il secoue la tête, entravant ma tâche.

— Non. Elle a respecté mes limites dès le premier jour, même si c'était douloureux pour elle. J'étais un enfant très autonome, répond-il calmement.

Je ressens un bref pincement dans les côtes en pensant au petit enfant aux cheveux cuivrés s'occupant de lui-même parce que personne n'était là pour lui. Cette image est triste et écœurante. Mais je refuse que ma mélancolie prenne en otage cette intimité réjouissante.

— Eh bien, je suis honorée, dis-je gentiment pour le taquiner.

— Vous pouvez l'être, mademoiselle Steele. Ou peut-être est-ce à moi d'être honoré.

— Cela va sans dire, monsieur Grey.

Je finis de lui sécher les cheveux, j'attrape une autre petite serviette et je le contourne pour me poster dans son dos. Nos regards se croisent de nouveau dans le miroir et ses yeux vigilants et interrogateurs me somment de parler.

— Je peux essayer quelque chose ?

Au bout d'un moment, il hoche la tête. Avec précaution et très doucement, je passe le tissu moelleux sur son bras gauche, épongeant l'eau qui perle sur sa peau. Je lève les yeux pour observer son expression dans le miroir. Il cligne des paupières et ses yeux embrasent les miens.

Je me penche en avant pour embrasser son biceps et ses lèvres s'entrouvrent imperceptiblement. Je sèche son autre bras de la même manière, en dessinant un chemin de baisers autour du biceps. Un petit sourire danse sur ses lèvres. Avec soin, je frotte son dos en dessous de la vague ligne de rouge à lèvres encore visible. Je n'ai pas réussi à lui laver le dos.

— Tout le dos, dit-il tranquillement. Avec la serviette.

Il inspire brusquement et crispe les paupières pendant que je le sèche rapidement, en veillant à ne le toucher qu'avec la serviette.

Son dos est tellement beau : de larges épaules sculptées, le moindre muscle clairement dessiné. Il prend vraiment soin de lui. Il n'y a que les cicatrices qui gâchent ce splendide spectacle.

J'ai du mal à les ignorer et je réprime l'envie qui me submerge d'embrasser chacune d'elles. Quand j'ai fini, il expire et je me penche pour le récompenser d'un baiser sur l'épaule. Passant les bras autour de lui, je lui sèche le ventre. Nos regards se croisent une fois de plus dans le miroir. Son expression amusée ne parvient pas à masquer son appréhension.

— Tiens ça.

Je lui tends une petite serviette pour le visage.

— Tu te rappelles en Géorgie ? Tu m'as fait me caresser en utilisant tes mains, dis-je.

Malgré son visage qui s'assombrit, je passe les bras autour de lui. Comme ça, à nous regarder par le biais du miroir – sa beauté, sa nudité et moi avec mes cheveux voilés –, nous avons un air presque biblique, comme sortis d'une scène de l'Ancien Testament.

Je prends sa main, qu'il me confie de plein gré, et je la guide vers son torse pour qu'il le sèche, le balayant lentement avec la serviette, et maladroitement en travers de son corps. Une fois, deux fois, puis encore une fois. Il est figé sur place, raidi par la tension. Seuls ses yeux suivent ma main enveloppant la sienne.

Ma conscience observe d'un air approbateur. Sa bouche habituellement boudeuse sourit. C'est moi, la grande marionnettiste ! Je sens l'angoisse de Christian, qui se propage jusque dans son dos, mais il maintient le contact du regard bien que ses yeux soient plus sombres, dévoilant fatalement… leurs secrets ?

Est-ce un endroit où j'ai envie d'aller ? Ai-je envie d'affronter ses démons ?

— Je crois que tu es sec, maintenant.

Je laisse retomber ma main et plonge dans les profondeurs du reflet de ses yeux.

Sa respiration s'accélère, il entrouvre les lèvres.

— J'ai besoin de toi, Anastasia, chuchote-t-il.

— J'ai besoin de toi, moi aussi.

En prononçant ces mots, je suis frappée par leur vérité. Je suis incapable d'imaginer ne plus être avec Christian, jamais.

— Laisse-moi t'aimer, dit-il d'une voix rauque.

— Oui.

Il se tourne et me soulève dans ses bras. Ses lèvres qui cherchent les miennes, m'implorent, m'adorent… m'aiment.

Rassasiés, baignant dans l'oubli post-coïtal, nous nous regardons tandis qu'il fait courir ses doigts de haut en bas le long de ma colonne vertébrale. Nous sommes tous les deux allongés, moi sur le ventre enserrant mon oreiller, lui sur le côté, et je savoure sa douce caresse. Je sais que maintenant il a besoin de me toucher. Je suis un baume pour lui, une source de réconfort. Comment pourrais-je le lui refuser ? Je ressens exactement la même chose envers lui.

— Tu sais aussi être doux.

— Mmm… il semblerait, mademoiselle Steele.

Je souris.

— Tu ne l'as pas particulièrement été la première fois que… nous avons fait ça.

— Non ? demande-t-il avec un sourire en coin. Quand je t'ai dérobé ta vertu.

— Je ne crois pas que tu me l'aies dérobée.

Quelle arrogance ! *Je ne suis pas une demoiselle vulnérable.*

— Je crois que ma vertu t'a été offerte très librement et volontairement. J'avais aussi envie de toi et, si je me rappelle bien, j'y ai plutôt pris beaucoup de plaisir.

Je me mordille la lèvre.

— Moi aussi, si je me rappelle bien, mademoiselle Steele. Vous satisfaire est notre priorité, ajoute-t-il d'une voix traînante.

Son visage se fait plus grave.

— Et cela veut dire que tu es mienne. Complètement.

Toute trace d'humour a disparu.

— Oui, je suis tienne. Je voulais te demander quelque chose.

— Vas-y.

— Ton père biologique… Tu sais qui c'était ?

Cette pensée n'a cessé de me turlupiner. Il secoue la tête.

— Je n'en ai aucune idée. En tout cas pas le sauvage qui était le mac de ma mère, c'est déjà pas mal.

— Comment le sais-tu ?

— D'après ce que mon père… Carrick m'a dit.

Je regarde M. Cinquante Nuances, attendant qu'il poursuive.

— Tu veux tellement toujours tout savoir, Anastasia, soupire-t-il en secouant la tête. Le mac a découvert le corps de la pute camée et a appelé la police. Cependant il s'est passé quatre jours avant qu'il ne la découvre. Il est parti. Il a fermé la porte derrière lui… et m'a laissé avec elle… son cadavre.

Ses yeux s'embrument à ce souvenir. J'inspire brutalement. Pauvre petit garçon. C'est tellement effroyable que c'en est difficile à imaginer.

— Les policiers l'ont interrogé plus tard. Il a nié en bloc avoir quoi que ce soit à voir avec moi. Carrick m'a assuré que nous ne nous ressemblions pas du tout.

— Tu te souviens de quoi il avait l'air ?

— Anastasia, ce n'est pas une partie de ma vie que je revisite très souvent. Oui, je me souviens de lui. Je ne l'oublierai jamais.

Son regard se durcit soudain et s'emplit d'une colère glaciale.

— On peut parler d'autre chose ?

— Je suis désolée. Je n'avais pas l'intention de te bouleverser.

Il hausse les épaules.

— C'est de l'histoire ancienne, Ana. Et sûrement pas quelque chose à laquelle je souhaite penser.

— Alors quelle est la surprise que tu me réserves ?

J'ai besoin de changer de sujet avant qu'il ne devienne trop Cinquante Nuances. Il se détend aussitôt.

— Tu veux bien sortir pour respirer le grand air ? J'aimerais te montrer quelque chose.

— Bien sûr.

Je m'émerveille de son soudain changement d'humeur – lunatique comme toujours. Il m'adresse un sourire enfantin, insouciant, qui montre qu'il n'a que vingt-sept ans et j'ai l'impression que mon cœur va exploser. Il m'assène une claque sur les fesses d'un air joueur.

— Habille-toi. Passe un jean. J'espère que Taylor en a mis un dans ta valise.

Il se lève et enfile son boxer. Oh... Je pourrais rester assise là toute la journée à le regarder se déplacer dans la pièce.

— Debout, me houspille-t-il, en prenant son ton autoritaire.

Je le regarde en souriant.

— J'admire la vue.

Il lève les yeux au ciel.

Alors que nous nous habillons, je remarque que nous nous déplaçons au même rythme, comme deux personnes qui se connaissent bien, chacun attentif et excessivement conscient de l'autre, échangeant de temps à autre un sourire timide en se frôlant. Et il me vient à l'esprit que c'est aussi nouveau pour lui que pour moi.

— Sèche-toi les cheveux, me recommande Christian une fois que nous sommes habillés.

— Dominant, comme toujours.

Je lui adresse un sourire en coin et il se penche pour m'embrasser les cheveux.

— Ça ne changera jamais, bébé. Je ne veux pas que tu attrapes froid.

Je lève les yeux au ciel et sa bouche se tord d'amusement.

— Mes paumes me démangent encore, vous savez, mademoiselle Steele.

— Je suis ravie de l'apprendre, monsieur Grey. Je commençais à croire que vous perdiez votre vivacité.

— Je pourrais très facilement vous démontrer que ce n'est pas le cas, si vous le souhaitez.

Christian sort un grand pull beige à torsades de son sac et le drape artistiquement autour de ses épaules. Avec son tee-shirt blanc et son jean, ses cheveux savamment en bataille et, maintenant, le pull, il semble sortir tout droit d'un magazine.

Ce devrait être interdit d'être aussi beau. Et je ne sais si c'est la distraction momentanée que son apparence parfaite me procure ou le fait de savoir qu'il m'aime, mais cette menace ne me terrifie plus. C'est mon Cinquante Nuances, il est comme ça.

Je prends le sèche-cheveux et une lueur d'espoir m'envahit. Nous trouverons le juste milieu. Nous devons juste reconnaître les besoins de l'autre et les concilier. *J'en suis capable, non ?*

J'inspecte mon reflet dans le miroir. Je porte la chemise bleu ciel que Taylor a achetée et mise dans ma valise. Mes cheveux sont en bataille, mon visage est rouge, mes lèvres gonflées. Je les touche en me rappelant les baisers ardents de Christian et je ne peux retenir un demi-sourire en me contemplant. *Oui, je t'aime,* a-t-il dit.

— Où allons-nous exactement ?

Nous attendons le voiturier dans le hall de l'hôtel. Christian tapote le côté de son nez et me lance un clin d'œil conspirateur en s'efforçant en vain de contenir sa joie. Franchement, tout ça n'est pas très Cinquante Nuances.

Il était aussi comme ça quand nous avons fait du planeur – c'est peut-être ce que nous allons faire. Je suis rayonnante, à son image. Alors il me toise de son air supérieur avec un sourire en biais et il se penche pour m'embrasser tendrement.

— Est-ce que tu sais à quel point tu me rends heureux ? murmure-t-il.

— Oui… Je sais exactement. Parce que tu me fais le même effet.

Le voiturier, souriant jusqu'aux oreilles, déboule en faisant vrombir la voiture de Christian. Seigneur, c'est le grand bonheur pour tout le monde aujourd'hui.

— Belle voiture, monsieur, marmonne-t-il en tendant les clés.

Christian lui adresse un clin d'œil et lui donne un pourboire indécent.

Je fronce les sourcils. Non mais franchement.

Alors que nous progressons dans la circulation, Christian se perd dans ses pensées. La voix d'une jeune femme s'échappe des enceintes ; elle a un timbre superbe, riche et suave, et je m'abandonne à son chant triste et mélancolique.

— Je dois faire un détour. Ça ne devrait pas être long, dit-il d'un air absent en détournant mon attention de la chanson.

Pourquoi ? Je suis curieuse de connaître la surprise. Ma déesse intérieure sautille comme une gamine de cinq ans.

— Pas de problème.

Il y a quelque chose qui cloche. Il a soudain pris une mine sinistre et déterminée. Il s'arrête sur le parking d'un grand concessionnaire de voitures, coupe le moteur et se tourne vers moi avec une expression méfiante.

— Il faut qu'on te rachète une nouvelle voiture.

J'en reste bouche bée.

Maintenant ? Un dimanche ? Mais bon sang ! Et puis c'est un garage Saab.

— Pas une Audi ?

C'est la seule chose stupide que je trouve à dire et, Dieu soit béni, il rougit. Christian, gêné. C'est une première !

— J'ai pensé que tu pourrais avoir envie d'une autre voiture, bredouille-t-il.

Il est presque en train de se tortiller sur son siège.

Oh, je t'en prie… L'occasion est trop belle pour que je ne le taquine pas. J'arbore un petit sourire satisfait.

— Une Saab ?

— Oui. Une 9-3. Viens.

— Qu'est-ce que tu as avec les voitures étrangères ?

— Les Allemands et les Suédois construisent les voitures les plus sûres au monde, Anastasia.

Ah bon ?

— Je pensais que tu m'avais déjà commandé une autre Audi A3 ?

Il me lance un regard à la fois sévère et amusé.

— Je peux annuler. Viens.

Il descend de voiture et se dirige de mon côté d'un pas tranquille pour m'ouvrir la portière.

— Je te dois un cadeau de fin d'études, précise-t-il en me tendant la main.

— Christian, tu n'as pas à faire ça.

— Si. Je t'en prie. Viens.

À son ton, je comprends qu'il ne vaut mieux pas que je le prenne à la légère. Je me résigne. Une Saab ? Est-ce que j'ai envie d'une Saab ? J'aimais assez l'Audi Spéciale Soumise. Elle était plutôt chouette.

Bien sûr, maintenant elle est couverte d'une tonne de peinture blanche… Je frémis. Et Leila est toujours là, quelque part.

Main dans la main, nous déambulons dans le hall d'exposition. Troy Turniansky, le vendeur, ne lâche pas M. Cinquante Nuances d'un pouce. Il pressent la vente. Son accent est curieusement mid-Atlantic. Peut-être anglais ? Difficile à dire.

— Une Saab, monsieur ? D'occasion ?

Il se frotte les mains de joie.

— Neuve.

Christian pince les lèvres. *Neuve !*

— Vous avez un modèle en tête, monsieur ?

Quel flagorneur !

— 9-3 2, 0T berline Sport.

— Excellent choix, monsieur.

— Quelle couleur, Anastasia ? me demande Christian en inclinant la tête.

— Euh... noir ?

Je hausse les épaules.

— Ce n'est vraiment pas indispensable, tu sais.

Il fronce les sourcils.

— Le noir ne se voit pas facilement la nuit.

Oh, pour l'amour de Dieu. Je résiste à la tentation de lever les yeux au ciel.

— Tu as une voiture noire.

Il me lance un regard de la même couleur.

— Jaune canari alors, dis-je en haussant les épaules.

Christian fait une drôle de tête, le jaune canari n'est de toute évidence pas son truc.

— Quelle couleur veux-tu que je choisisse ?

Je lui pose la question comme s'il était un petit garçon, ce qu'il est en bien des manières. Cette pensée est malvenue – en fait, elle est triste et donne à réfléchir.

— Gris métallisé ou blanc.

— Gris métallisé, alors. Tu sais que je prendrai l'Audi, dis-je, calmée par mes pensées.

Troy pâlit, sentant qu'il est sur le point de perdre une vente.

— Peut-être préféreriez-vous la décapotable, madame ? demande-t-il en tapant des mains avec enthousiasme.

Ma conscience se hérisse de dégoût, humiliée par toute cette histoire d'achat de voiture, mais ma déesse intérieure la plaque au sol. *Une décapotable ? Oh oui !*

Christian me dévisage en fronçant les sourcils.

— Tu veux une décapotable ? me demande-t-il en haussant un sourcil.

Je rougis. C'est comme s'il était en connexion directe avec ma déesse intérieure, ce qui est bien sûr le cas. C'est très dérangeant certaines fois. Je baisse les yeux sur mes mains. Christian se tourne vers Troy.

— Quelle est la fiabilité du modèle décapotable ?

Troy, sentant la vulnérabilité de Christian, passe à l'attaque en égrenant toutes sortes de statistiques.

Naturellement, Christian souhaite que je sois en sécurité. C'est une religion pour lui et, comme le fanatique qu'il est, il écoute attentivement le baratin bien rodé de Troy. M. Cinquante Nuances est vraiment intéressé.

Oui, je t'aime. Je me rappelle les mots susurrés et étouffés de ce matin et une chaleur fondante se répand comme du miel dans mes veines. Cet homme – un cadeau du ciel pour les femmes – m'aime.

Je me surprends à lui sourire d'un air idiot et, quand il baisse les yeux sur moi, il est amusé et un peu intrigué par mon expression. J'ai envie de m'étreindre moi-même tellement je suis heureuse.

— Je ne sais pas ce que vous avez pris, mais je veux bien la même chose, mademoiselle Steele, me murmure-t-il alors que Troy s'éloigne vers son ordinateur.

— C'est vous, ma drogue, monsieur Grey.

— Vraiment ? Eh bien, tu as de toute évidence l'air accro, ajoute-t-il avant de m'embrasser vite fait. Et merci d'accepter la voiture. Ç'a été plus simple que la dernière fois.

— Bon, ce n'est pas une Audi A3.

Il a un petit sourire satisfait.

— Ce n'est pas la voiture qu'il te faut.

— Je l'aimais bien.

— Monsieur, pour la 9-3 ? J'en ai une dans notre concession de Beverly Hills. Nous pourrons la recevoir d'ici deux jours.

Troy est triomphant.

— Haut de gamme ?

— Oui, monsieur.

— Parfait.

Christian sort sa carte de crédit ou bien est-ce celle de Taylor ? Cette pensée est déroutante. Je me demande comment va Taylor et s'il a localisé Leila dans l'appartement. Je me frotte le front. Oui, il y a tout le passé de Christian, aussi.

— Si vous voulez bien me suivre, monsieur…, dit Troy en jetant un coup d'œil au nom sur la carte. Monsieur Grey.

Christian m'ouvre la portière et je remonte sur le siège passager.

— Merci, dis-je une fois qu'il est installé à côté de moi.

— Tout le plaisir est pour moi, Anastasia.

La musique se remet à jouer quand Christian démarre.

— Qui chante ?

— Eva Cassidy.

— Elle a une jolie voix.

— En effet, elle avait.

— Oh.

— Elle est morte jeune.

— Oh.

— Tu as faim ? Tu n'as pas fini ton petit déjeuner.

Il me jette un coup d'œil rapide avec un petit air désapprobateur.

Oh, oh.

— Oui.

— Alors allons manger d'abord.

Christian se dirige vers la côte puis prend la direction du nord le long de l'Alaskan Way Viaduc. C'est une autre belle journée à Seattle ; les dernières semaines ont été atypiquement agréables.

Christian a l'air content et détendu tandis que nous roulons sur l'autoroute en écoutant la voix douce et mélodieuse d'Eva Cassidy. Me suis-je déjà sentie aussi bien en sa compagnie avant ? Je ne sais pas.

Je crains moins ses humeurs, j'ai davantage confiance maintenant que je sais qu'il ne me punira pas, et il est plus à l'aise avec moi aussi. Il tourne à gauche pour prendre la route de la côte et finit par s'arrêter sur un parking en face de la vaste marina.

— Nous allons déjeuner ici. Je vais t'ouvrir la portière.

Et il me l'annonce de telle façon que je sens qu'il vaut mieux que je ne bouge pas et que j'attende qu'il contourne la voiture.

Vais-je m'en lasser un jour ?

Nous déambulons bras dessus bras dessous au bord de la marina qui s'étale devant nous.

— Tous ces bateaux, dis-je émerveillée.

Il y en a des centaines, de toutes les formes et de toutes les tailles, tanguant sur les eaux tranquilles de la marina. Dans le détroit de Puget, on distingue des dizaines de voiles battant dans le vent. C'est un spectacle sain pour qui aime les activités de plein air. Le vent souffle un peu plus fort et je serre ma veste.

— Tu as froid ? me demande-t-il en m'attirant contre lui.

— Non, j'admire la vue.

— Je pourrais contempler cet endroit toute la journée. Viens par là.

Nous entrons dans un grand bar en front de mer et nous dirigeons vers le comptoir. Le décor est plus Nouvelle-Angleterre que côte Ouest : des murs passés à la chaux, du mobilier bleu ciel et des accessoires marins suspendus un peu partout. C'est un endroit lumineux et gai.

— Monsieur Grey ! lance chaleureusement le barman en voyant Christian. Que puis-je vous servir cet après-midi ?

— Bonjour, Dante.

Christian est tout joyeux quand nous nous installons tous les deux sur les tabourets.

— Cette charmante dame s'appelle Anastasia Steele.

— Bienvenue chez SP.

Dante m'adresse un sourire amical. C'est un Noir superbe. Ses yeux sombres me jaugent sans me trouver à son goût, il me semble. Un gros diamant me lance des clins d'œil depuis son oreille. Je l'aime aussitôt.

— Que voulez-vous boire, Anastasia ?

Je jette un regard à Christian qui m'observe en attendant ma réponse. *Oh, il me laisse choisir.*

— Je vous en prie, appelez-moi Ana, et je prendrai la même chose que Christian.

Je souris timidement à Dante. M. Cinquante Nuances s'y connaît bien mieux que moi en vin.

— Je vais prendre une bière. C'est le seul bar de Seattle qui sert de la Adnams Explorer.

— Une bière ?

— Oui, dit-il, ravi. Deux Explorer, s'il te plaît, Dante.

Dante hoche la tête et pose les bières sur le bar.

— On mange une délicieuse soupe aux fruits de mer ici, fait remarquer Christian.

Il est en train de me demander mon avis, là !

— Une soupe et une bière, c'est parfait.

— Deux soupes ? demande Dante.

— S'il te plaît, répond Christian.

Pendant le repas, nous discutons comme nous ne l'avons jamais fait. Christian est détendu et calme – il semble jeune, heureux et enjoué malgré tous les événements de la veille. Il me raconte l'histoire de Grey Enterprises Holdings, Inc. et, plus il en révèle, plus je ressens la passion qui l'anime à résoudre des problèmes de société, ses espoirs dans la technologie que son entreprise développe et ses rêves de rendre le tiers-monde plus productif. Je l'écoute, captivée. Il est drôle, intelligent, philanthrope, sublime, et il m'aime.

En retour, il me harcèle de questions à propos de Ray et de ma mère, de mon enfance dans les forêts luxuriantes du Montesano, et de mes brèves expériences au Texas et à Vegas. Il veut savoir quels sont mes livres et mes films préférés et je suis surprise que nous ayons autant de points communs.

Pendant que nous parlons, je me rends compte que le personnage d'Alec d'Urberville de Hardy est devenu Angel. En très peu de temps, il est passé de la corruption au grand idéal.

Il est 14 heures passées quand nous finissons de manger. Christian paie l'addition à Dante qui nous adresse un affectueux au revoir.

— C'est un chouette endroit. Merci pour le déjeuner, dis-je à Christian quand il me prend la main pour sortir du bar.

— Nous reviendrons, répond-il. Je voudrais te montrer quelque chose.

— Je sais… et, quoi que ce soit, j'ai hâte de voir ce que c'est.

Nous déambulons main dans la main le long de la marina. C'est un magnifique après-midi. Les gens sont sortis pour profiter de leur dimanche – ils promènent leurs chiens, admirent les bateaux, regardent leurs enfants courir sur la promenade. Plus nous nous approchons de la marina, plus les bateaux deviennent imposants. Christian me conduit sur le quai et s'arrête devant un énorme catamaran.

— Je pensais que nous pourrions faire du bateau cet après-midi. Il est à moi.

Bordel. Il doit bien faire au moins douze ou quinze mètres. Deux coques blanches étincelantes, un pont, une cabine spacieuse et, dominant le tout, un mât impressionnant. Je n'y connais rien en bateaux mais je peux voir que celui-ci est spécial.

— Waouh…, fais-je, émerveillée.

— Construit par ma société, déclare-t-il fièrement.

Mon cœur se gonfle.

— Il a été entièrement conçu par les meilleurs architectes et construit ici à Seattle dans mon chantier naval. Il est équipé de moteurs électriques hybrides, de deux gouvernails asymétriques, d'une grand-voile à corne…

— D'accord, d'accord… je n'y comprends rien, Christian.

Il sourit.

— C'est un bon bateau.

— Il m'a l'air parfait, monsieur Grey.

— Il l'est, mademoiselle Steele.

— Quel est son nom ?

Il m'écarte sur le côté afin que je puisse lire par moi-même : *The Grace*. Je suis surprise.

— Tu l'as baptisé du nom de ta mère ?

— Oui.

Il penche la tête sur le côté, l'air interrogateur.

— Tu trouves ça bizarre ?

Je hausse les épaules. Je suis surprise, il semble toujours ambivalent en sa présence.

— J'adore ma mère, Anastasia. Pourquoi je ne donnerais pas son nom à un bateau ?

Je rougis.

— Non, ce n'est pas ça… c'est juste…

Merde, comment pourrais-je formuler ça ?

— Anastasia, Grace Trevelyan-Grey m'a sauvé la vie. Je lui dois tout.

Je le regarde en laissant cet aveu si doucement exprimé me pénétrer. Je comprends, peut-être pour la première fois, combien il aime sa mère. Pourquoi alors cette étrange tension en sa présence ?

— Tu veux monter à bord ? demande-t-il, tout excité.

— Oui, s'il te plaît.

Ravi, il me prend la main et nous empruntons à grandes enjambées la petite passerelle. Nous nous arrêtons sur le pont sous un auvent rigide.

D'un côté, il y a une table avec une banquette en forme de U, couverte de cuir bleu ciel, qui doit pouvoir accueillir au moins huit personnes. Je jette un coup d'œil par les portes coulissantes vers l'intérieur de la cabine et sursaute, surprise, lorsque que je comprends que je suis en train d'espionner quelqu'un qui s'y trouve. Un grand homme blond très bronzé, aux cheveux bouclés et aux yeux marron, émerge sur le pont. Il est vêtu d'un polo à manches courtes rose délavé, d'un short et de chaussures bateau. Il doit avoir à peine plus de trente ans.

— Mac, dit Christian, tout sourire.

— Monsieur Grey ! Bienvenue.

Les deux hommes se serrent la main.

— Anastasia, je te présente Liam McConnell. Liam, voici ma petite amie, Anastasia Steele.

Sa petite amie ! Ma déesse intérieure exécute une rapide arabesque. Elle ne s'est pas départie de son sourire depuis l'achat de la décapotable. Il va falloir que je m'y habitue. Ce n'est pas la première fois qu'il me présente ainsi, mais l'entendre le dire me donne toujours le frisson.

— Monsieur, dis-je à Liam en lui tendant la main.

— Appelez-moi Mac, répond-il chaleureusement sans que je parvienne à situer son accent. Bienvenue à bord, mademoiselle Steele.

— Ana, je vous en prie.

Je marmonne en rougissant. Ses yeux sont d'un marron profond.

— Comment tu la trouves, Mac ? demande aussitôt Christian.

Un moment, je crois qu'il parle de moi.

— *Grace* est prête pour un rock'n'roll, monsieur, répond Mac, avec enthousiasme.

Oh, le bateau. Le Grace. *Quelle imbécile je suis.*

— Mettons-nous en route alors.

— Vous le sortez ?

— Oui.

Christian lance à Mac un regard malicieux.

— Une petite visite, Anastasia ?

— Oui, je veux bien.

Je le suis à l'intérieur de la cabine. Un canapé en cuir crème en forme de L nous fait face et, au-dessus, une énorme fenêtre incurvée offre une vue panoramique sur la marina. À gauche se trouve la cuisine, très bien équipée, entièrement en bois clair.

— C'est le salon principal. La kitchenette est à côté, explique Christian avec un geste de la main.

Il me conduit dans la cabine principale. Elle est étonnamment spacieuse. Le sol est du même bois clair. Elle est moderne, élégante et spacieuse, mais tout est impeccable, comme s'il ne l'utilisait jamais.

— Une salle de bains de chaque côté.

Il désigne deux portes, puis en ouvre une autre, petite et à la forme étrange, qui se trouve juste en face de nous. Il entre. Nous voici dans une chambre somptueuse. *Oh...* Elle comporte un lit de cabine king-size et est décorée de tissu bleu ciel et de bois clair comme dans sa chambre à l'Escala. De toute évidence, Christian a ses thèmes et ses couleurs de prédilection.

— C'est la cabine du capitaine.

Il pose des yeux fiévreux sur moi.

— Tu es la première femme à venir ici, à l'exception de celles de ma famille, dit-il. Mais ça ne compte pas.

Je rougis sous son regard brûlant et mon sang se met à battre plus vite. *Vraiment ? Une autre première fois.* Il m'attire dans ses bras, ses doigts s'emmêlent dans mes cheveux et il m'embrasse longtemps et avec force. Lorsqu'il s'écarte, nous sommes tous les deux à bout de souffle.

— Il va falloir étrenner le lit, chuchote-t-il contre ma bouche.

Oh, en mer !

— Mais pas tout de suite. Viens, Mac va appareiller.

Je ne tiens pas compte du petit pincement de déception quand il me reprend la main pour me ramener dans le salon principal. Il me désigne une autre porte.

— C'est mon bureau, et devant, il y a deux autres cabines.

— Combien de personnes peuvent dormir là ?

— C'est un catamaran pour six personnes. Je n'ai jamais emmené que la famille à bord. J'aime naviguer seul. Mais pas quand tu es là. Il va falloir que je garde un œil sur toi.

Il fouille dans un coffre et en sort un gilet de sauvetage rouge vif.

— Tiens.

Il me le passe par-dessus la tête et serre toutes les attaches avec un léger sourire sur les lèvres.

— Tu aimes bien m'attacher, n'est-ce pas ?

— Quelle que soit la manière, répond-il avec une expression concupiscente.

— Tu es un pervers.

— Je sais.

Il hausse les sourcils et son sourire s'épanouit.

— Mon pervers, dis-je.

— Oui, rien qu'à toi.

Une fois que je suis sanglée, il attrape les côtés du gilet et m'embrasse.

— Pour toujours, souffle-t-il.

Et il me relâche avant que je n'aie une chance de réagir.

Pour toujours ! Bordel !

— Viens.

Main dans la main, nous ressortons et grimpons quelques marches jusqu'au pont supérieur, vers un petit poste de pilotage équipé d'un gros volant et d'un siège surélevé. À la proue du navire, Mac s'active avec des cordes.

— C'est là que tu as appris à faire tous ces nœuds avec les cordes ? dis-je innocemment.

— Les nœuds de cabestan sont bien pratiques, répond-il en me jaugeant du regard. Mademoiselle Steele, vous êtes bien curieuse. J'aime que vous soyez curieuse. Je serais ravi de vous montrer ce dont je suis capable avec une corde.

Il m'adresse un petit sourire satisfait et je le fixe d'un air impassible comme s'il m'avait peinée. Son visage se décompose.

— Je t'ai eu, dis-je en souriant.

Sa bouche se tord, ses yeux se plissent.

— Il est fort possible que je m'occupe de ton cas plus tard, mais là, je dois piloter le bateau.

Il s'assied devant le tableau de bord, appuie sur un bouton et les moteurs vrombissent.

Mac rapplique le long du pont et saute sur le quai où il commence à dénouer une corde. Lui aussi connaît peut-être des tours avec des cordes. Cette idée surgit de manière inattendue dans mon esprit et je rougis aussitôt.

Ma conscience me fusille du regard. Je hausse les épaules mentalement et jette un coup d'œil vers Christian. C'est à cause de M. Cinquante Nuances. Il prend la radio et communique avec le garde-côte quand Mac l'avertit que nous sommes prêts à appareiller.

Une fois de plus, je suis subjuguée par les compétences de Christian. Existe-t-il quelque chose dont il ne soit pas capable ? Puis je me rappelle sa sincère tentative de découper un poivron dans ma cuisine vendredi. Et cette pensée me ravit.

Lentement, Christian dégage le *Grace* de son mouillage et le dirige vers l'entrée de la marina. Derrière nous, une petite foule s'est rassemblée sur le quai pour observer notre départ. Des enfants agitent la main et je leur réponds.

Christian jette un coup d'œil par-dessus son épaule, puis m'attire entre ses jambes et désigne divers cadrans et accessoires dans le poste de pilotage.

— Prends la barre, m'ordonne-t-il sur un ton autoritaire.

Je m'exécute.

— À vos ordres, capitaine ! dis-je en gloussant.

Ses mains recouvrant parfaitement les miennes, il conduit le bateau hors de la marina et, en quelques minutes, nous sommes en pleine mer, dans les eaux bleues et froides du delta de Puget. Loin de la digue protectrice de la marina, le vent est plus fort et le bateau tangue sur l'eau.

Je ne peux m'empêcher de sourire en sentant l'euphorie de Christian. C'est tellement grisant. Nous décrivons une grande courbe avant de prendre la direction de l'ouest et de la péninsule Olympic, le vent dans notre dos.

— C'est le moment de hisser les voiles, déclare Christian tout excité. Tiens, conduis. Garde le même cap.

Quoi ? Il se moque de mon expression horrifiée.

— Bébé, c'est vraiment très simple. Tu tiens la barre et tu gardes le regard sur l'horizon au-dessus de la proue. Tu vas t'en sortir ; tu t'en sors toujours bien. Quand les voiles seront hissées, tu vas sentir la poussée. Garde le bateau bien équilibré. À ce signal...

Il fait le geste de se trancher la gorge.

— ... tu couperas les moteurs. Avec ce bouton.

Il désigne une gros bouton noir.

— Tu as compris ?

— Oui.

Je secoue énergiquement la tête, complètement paniquée. *Merde ! Je n'avais pas prévu d'avoir à faire quoi que ce soit.*

Il m'embrasse rapidement puis descend du siège du capitaine et part rejoindre Mac au bout du bateau, où il se met à déployer des voiles, détacher des cordes et manipuler des leviers et des poulies. Les deux hommes forment une équipe efficace, ils échangent des termes nautiques et cela fait vraiment plaisir de voir M. Cinquante Nuances interagir avec une autre personne de manière aussi insouciante.

Peut-être que Mac est un de ses amis. Il ne semble pas en avoir beaucoup, d'après ce que je peux en savoir – mais moi-même, je ne suis pas si bien pourvue non plus. Bon, en fait, pas à Seattle. La seule amie que j'ai est en vacances en train de se faire bronzer à Saint-James sur la côte ouest de la Barbade.

Je ressens un soudain pincement au cœur en pensant à Kate. Ma colocataire me manque plus que je n'aurais pensé. J'espère qu'elle va changer d'avis et rentrer avec son frère, Ethan, plutôt que de prolonger son séjour avec Elliot.

Christian et Mac hissent la grand-voile. Elle se remplit et se gonfle lorsque le vent s'y engouffre avidement et le bateau, soudain projeté en avant, se met à filer. Je le sens au travers du gouvernail. *Waouh !*

Christian et Mac se mettent à monter la voile avant et je la regarde, fascinée, s'envoler en haut du mat. Le vent s'en saisit et la tend aussitôt.

— Garde le cap, bébé, et coupe les moteurs ! me crie Christian par-dessus le vent en me faisant le signal.

J'entends à peine sa voix, mais je hoche la tête avec enthousiasme, contemplant l'homme que j'aime, balayé par le vent, euphorique, et luttant contre le roulis du bateau.

J'appuie sur le bouton, le rugissement des moteurs cesse et le *Grace* file vers la péninsule Olympic, effleurant l'eau comme s'il volait. J'ai envie de hurler, de crier et d'applaudir. Ce doit être une des expériences les plus excitantes de ma vie – à l'exception peut-être du planeur, et peut-être de la Chambre rouge de la Douleur.

Waouh. Ce bateau va vite ! Je m'accroche fermement au gouvernail quand Christian apparaît de nouveau derrière moi. Il pose ses mains sur les miennes.

— Qu'est-ce que tu en dis ? s'époumone-t-il par-dessus le vacarme du vent et de la mer.

— Christian ! C'est fantastique !

Il arbore un large sourire radieux.

— Attends que le spi soit hissé !

Il me désigne du menton Mac en train de déployer le spinnaker – une voile d'un rouge sombre et somptueux. Qui n'est pas sans me rappeler la couleur de la salle de jeux.

— Couleur intéressante, dis-je en criant.

Il m'adresse un sourire vorace assorti d'un clin d'œil. Oh, c'est donc volontaire.

Le spi se gonfle – une grande forme étrange et elliptique – et le *Grace* passe en surmultiplié. Trouvant le vent debout, il file dans le détroit.

— Voile asymétrique. Pour la vitesse.

Christian répond à ma question silencieuse.

— C'est étonnant.

Je ne trouve rien d'autre à dire. Je garde le sourire le plus stupide qui soit pendant que nous fendons l'eau en direction des majestueuses montagnes Olympic et Bainbridge Island. Lorsque je regarde derrière moi, Seattle devient de plus en plus petite et j'aperçois au loin le mont Rainier.

Je n'avais jamais vraiment remarqué à quel point le paysage autour de Seattle était si beau et accidenté : verdoyant, luxuriant et tempéré, de grands arbres à feuillages persistants et des falaises surgissant çà et là. Ce décor à la beauté à la fois sauvage et sereine me coupe le souffle. Comparé à la rapidité à laquelle nous survolons l'eau, le calme est surprenant.

— À quelle vitesse allons-nous ?

— Il fait du quinze nœuds.

— Je ne sais pas à quoi ça correspond.

— Ça fait environ du vingt-sept kilomètres heure.

— C'est tout ? On a l'impression que c'est bien plus.

Il presse ma main en riant.

— Tu es ravissante, Anastasia. Ça fait du bien de voir de la couleur sur tes joues… et pas seulement parce que tu rougis. Tu ressembles vraiment aux photos de José.

Je me retourne pour l'embrasser.

— Vous savez comment faire passer du bon temps à une femme, monsieur Grey.

— Vous satisfaire est notre priorité, mademoiselle Steele.

Il écarte les cheveux de mon visage et m'embrasse dans la nuque, décochant de délicieux frissons le long de ma colonne vertébrale.

— J'aime te voir heureuse, murmure-t-il en resserrant ses bras autour de moi.

Je contemple l'étendue d'eau bleue en me demandant ce que j'ai pu faire par le passé pour que la fortune me sourie en m'envoyant cet homme.

Ouais, tu es une sacrée veinarde, me balance ma conscience, le visage narquois et insolent. *Mais tu as passé un marché avec lui. Il ne va pas se contenter de cette histoire à l'eau de rose éternellement… Tu vas devoir faire des compromis.* Je la foudroie du regard et pose ma tête contre le torse de Christian. Au fond de moi, je sais que ma conscience a raison, mais je bannis ces pensées. Je ne veux pas me gâcher la journée.

Une heure plus tard, nous jetons l'ancre dans une petite crique retirée de Bainbridge Island. Mac a rejoint la terre dans le canot gonflable – pour quelle raison, je ne sais pas, mais j'ai quelques soupçons parce qu'à peine Mac a-t-il fait vrombir le moteur du canot que Christian m'entraîne dans sa cabine, comme animé d'une mission.

Le voici debout devant moi, distillant sa sensualité grisante tandis que ses doigts agiles parviennent vite à bout des sangles de mon gilet de sauvetage. Il le jette et baisse son regard intense sur moi, les pupilles sombres et dilatées.

Il m'a juste touchée et je suis déjà perdue. Il lève la main jusqu'à mon visage et ses doigts courent le long de mon menton, de ma gorge jusqu'à mon sternum. Cette simple caresse m'enflamme. Il s'arrête au premier bouton de ma chemise.

— Je veux te voir, souffle-t-il en défaisant habilement le bouton.

Il se penche et plante un doux baiser sur mes lèvres entrouvertes. Je suis haletante, j'ai envie de lui, excitée par la puissante combinaison de sa beauté captivante, de sa sexualité brute dans l'exiguïté de la cabine, et du doux tangage du bateau. Il recule.

— Déshabille-toi pour moi, murmure-t-il, les yeux brûlants.

Oh mon Dieu. Je m'exécute avec bonheur. Sans détacher mes yeux des siens, je défais lentement chaque bouton en savourant son regard torride. Oh, c'est vraiment enivrant. Je vois son désir – il est évident sur son visage… et ailleurs.

Je laisse tomber ma chemise par terre et mes mains se posent sur le bouton de mon jean.

— Arrête, ordonne-t-il. Assieds-toi.

Je m'installe au bord du lit et, en un mouvement fluide, il est à mes genoux. Il dénoue les lacets d'une de mes chaussures de sport puis de l'autre et me les retire ainsi que mes chaussettes. Il prend mon pied gauche et le soulève pour planter un tendre baiser sur la pulpe de mon gros orteil avant d'y frotter ses dents.

— Ah !

Je gémis en ressentant aussitôt les effets jusque dans mon ventre. Il se relève avec la même grâce et me tend les mains pour que je quitte le lit.

— Continue, dit-il avant de se reculer pour me contempler.

Je baisse la fermeture Éclair de mon jean et crochète mes pouces à la taille en me tortillant pour faire glisser le pantalon le long de mes jambes. Ses lèvres esquissent un léger sourire mais ses yeux demeurent sombres.

Et je ne sais pas si c'est parce qu'il m'a fait l'amour ce matin, et j'entends par là, vraiment me faire l'amour, tendrement, doucement, ou bien si c'est sa déclaration passionnée – *oui… je t'aime* –, mais je n'éprouve aucun malaise. J'ai envie d'être sexy pour cet homme. Il mérite que je le sois, il me fait me sentir sexy. D'accord, c'est nouveau pour moi mais j'apprends sous sa tutelle experte. Et, encore une fois, c'est également nouveau pour lui. Cela rétablit l'équilibre entre nous, un peu, je crois.

Je porte mes nouveaux sous-vêtements – une culotte en dentelle blanche et le soutien-gorge assorti –, une marque de haute couture avec le prix qui l'accompagne. Je m'extirpe de mon jean et me tiens debout devant lui dans la lingerie qu'il a achetée. Mais je ne me sens plus au rabais. Je suis à lui.

Passant les mains dans mon dos, je détache mon soutien-gorge, fais glisser les bretelles sur mes bras et laisse tomber le sous-vêtement sur ma chemise. Lentement, je fais descendre ma culotte qui dévale jusqu'à mes chevilles et j'avance d'un pas pour m'en défaire, surprise par ma grâce.

Debout devant lui, je suis nue sans éprouver la moindre honte, et je sais que c'est parce qu'il m'aime. Je n'ai plus à me cacher. Il ne dit rien, il me contemple. Je ne vois que son désir, son adoration même, et quelque chose d'autre, la profondeur de son besoin – la profondeur de son amour pour moi.

Il soulève le bas de son pull beige et le fait passer par-dessus sa tête, puis c'est au tour de son tee-shirt, découvrant son torse, sans me quitter de ses insolents yeux gris. Ses chaussures et ses chaussettes suivent avant qu'il ne passe au bouton de son jean.

— Laisse-moi faire.

Je murmure en tendant les mains. Ses lèvres forment un « oh » fugace et il sourit.

— Je t'en prie.

J'avance vers lui, je glisse mes doigts entreprenants à l'intérieur de son jean et le tire afin que Christian soit obligé de faire un pas vers moi. Devant mon aplomb inattendu, un halètement lui échappe puis il me sourit. Je défais le bouton, mais avant de baisser la braguette, je laisse mes doigts vagabonder et suivre son érection au travers de la toile du jean. Il avance le bassin contre ma paume et ferme brièvement les yeux, savourant mon contact.

— Tu deviens tellement audacieuse, Ana, tellement audacieuse, chuchote-t-il.

Il prend mon visage et se penche pour m'embrasser profondément. Je pose mes mains sur ses hanches – à moitié sur sa peau fraîche, à moitié sur le haut de son jean taille basse.

— Toi aussi.

Je murmure contre ses lèvres pendant que mes pouces dessinent de lents cercles sur sa peau.

— On y vient.

Mes mains se déplacent sur le devant du jean et je descends la fermeture. Mes doigts hardis courent dans les poils de son pubis jusqu'à son érection que j'empoigne.

Un gémissement rauque monte de sa gorge, son souffle doux me balaie le visage, et il m'embrasse de nouveau amoureusement. Tandis que mes mains le parcourent, l'entourent, le caressent, le serrent, il passe ses bras autour de moi, sa main droite à plat au milieu de mon dos, les doigts écartés. Sa main gauche dans mes cheveux pour me maintenir contre sa bouche.

— Oh, j'ai tellement envie de toi, bébé, souffle-t-il.

Il se recule soudain et se débarrasse de son jean et de son boxer dans un mouvement rapide et souple. Il est vraiment beau à regarder, avec ou sans vêtements. Chaque centimètre carré de sa peau est sublime. Il est parfait. Sa beauté est uniquement désacralisée par ses cicatrices. Et elles sont si profondes.

— Qu'est-ce qui ne va pas, Ana ? me murmure-t-il en caressant doucement ma joue du dos de sa main.

— Rien. Aime-moi, maintenant.

Il me prend dans ses bras, m'embrasse, entortille ses doigts dans mes cheveux. Nos langues s'entremêlent, il me fait reculer vers le lit et m'y abaisse doucement en me suivant pour s'étendre près de moi. Il fait courir son nez le long de la mâchoire pendant que mes mains se perdent dans sa chevelure.

— Sais-tu à quel point ton odeur est exquise, Ana ? C'est irrésistible.

Ses mots ont le même effet que d'habitude : ils enflamment mon sang et font accélérer les battements de mon cœur. Son nez poursuit sa route le long de ma gorge, sur ma poitrine, tout en m'embrassant avec vénération.

— Tu es tellement belle, chuchote-t-il.

Il aspire un téton et le suçote. Je gémis et mon corps se cambre sur le lit.

— Laisse-moi t'écouter, bébé.

Ses mains cheminent jusqu'à ma taille et je me glorifie dans son contact, peau contre peau – sa bouche affamée sur mes seins et ses longs doigts agiles qui me caressent, m'adorent. Ils courent sur mes hanches, sur mes fesses et descendent le long de ma jambe jusqu'à mon genou et, pendant tout ce temps, il ne cesse d'embrasser et de sucer mes seins.

M'attrapant le genou, il me relève soudain la jambe pour l'enrouler sur ses hanches, j'en ai le souffle coupé et je sens, plus que je ne vois, son sourire contre ma peau. Il roule sur le côté et je me retrouve à califourchon sur lui. Il me tend un étui argenté.

Je me redresse, j'empoigne son sexe et je ne peux résister à sa majesté. Je me penche et l'embrasse avant de le prendre dans ma bouche en faisant tourner ma langue autour de son sexe avant de le sucer. Il gémit et avance le bassin pour s'enfoncer davantage entre mes lèvres.

Mmm... il a bon goût. Je le veux en moi. Je m'assois pour le contempler : à bout de souffle, la bouche ouverte, il me regarde intensément.

Très vite, je déchire l'enveloppe du préservatif que je déroule sur son sexe. Il me tend les mains. J'en prends une, me positionne sur lui, puis, lentement, je revendique son sexe en moi.

Un gémissement sourd s'élève de sa gorge, il ferme les yeux.

La sensation de l'avoir en moi… qui m'écarte… qui me remplit… Je gémis doucement… *C'est divin.* Il place ses mains sur mes hanches et me fait monter et descendre en poussant en moi. *Oh… c'est si bon.*

— Oh, bébé, murmure-t-il.

Lorsqu'il se redresse soudain, nous sommes nez à nez et la sensation est extraordinaire – il me remplit complètement. Le souffle court, je m'accroche à ses bras pendant qu'il prend ma tête entre ses mains et plonge son regard dans le mien. Ses yeux intenses et gris brûlent de désir.

— Oh, Ana. Qu'est-ce que tu me fais, chuchote-t-il.

Il m'embrasse passionnément, avec une ardente ferveur.

Je réponds à son baiser, ivre de la sensation délicieuse de le sentir au plus profond de moi.

— Oh, je t'aime, dis-je dans un murmure.

Il gémit comme si mes mots chuchotés lui faisaient mal. Puis il roule en m'entraînant avec lui sans briser notre précieux contact et je suis à présent étendue sous lui, entourant sa taille de mes jambes.

Il me contemple avec adoration et émerveillement. Je suis certaine que mon expression est le reflet de la sienne quand je lève la main pour caresser son beau visage. Très lentement, il se met à bouger en moi, les yeux fermés, en grognant doucement.

Le léger tangage du bateau, la paix et le calme de la cabine sont uniquement troublés par nos souffles mêlés tandis qu'il va et vient lentement en moi, dans un mouvement si contrôlé, si délicieux – c'est divin. Il place ses bras au-dessus de ma tête, une main dans mes cheveux, et il me caresse le visage de l'autre en se penchant pour m'embrasser.

Sa chaleur m'enveloppe alors qu'il me fait l'amour, allant et venant posément en moi, se délectant de mon corps. Je le touche en respectant les limites – ses bras, ses cheveux, le bas du dos, son superbe cul –, et ma respiration s'accélère tandis que son rythme régulier m'emporte plus haut et encore plus haut. Il m'embrasse la bouche, le menton, la mâchoire, puis mordille mon oreille. J'entends son souffle staccato à chaque poussée de son corps en moi.

Mon corps commence à trembler. *Oh... Cette sensation que je connais bien maintenant... j'en suis proche... Oh...*

— C'est ça, bébé... donne-moi tout... S'il te plaît... Ana, chuchote-t-il.

Ses paroles signent ma perte.

— Christian !

Je crie, il grogne et nous jouissons ensemble.

10.

— Mac va bientôt revenir, me murmure-t-il.

— Mmm.

J'ouvre les yeux en clignant des paupières sur son doux regard gris. Seigneur, ses yeux sont d'une couleur étonnante – particulièrement en mer –, ils ont pris la teinte des reflets de l'eau qui s'immiscent dans la cabine par les petits hublots.

— Je préférerais de beaucoup passer l'après-midi ici avec toi, mais il va avoir besoin d'un coup de main avec le canot.

Il se penche pour m'embrasser tendrement.

— Ana, tu es tellement belle, là maintenant, tout échevelée et si sexy. Ça me donne envie de plus.

Il se lève du lit en souriant. Étendue sur le ventre, j'admire la vue.

— Vous n'êtes pas mal non plus, capitaine, dis-je avec un claquement de lèvres admiratif.

Je le regarde se mouvoir dans la cabine et se rhabiller. Cet homme qui vient encore de me faire si tendrement l'amour. J'ai vraiment du mal à croire à ce qui m'arrive. Je n'arrive pas à croire qu'il soit à moi.

Il s'assoit sur le lit pour remettre ses chaussures.

— Capitaine, hein ? fait-il sèchement. Eh bien, je suis le maître de ce vaisseau.

Je penche la tête sur le côté.

— Vous êtes le maître de mon cœur, monsieur Grey.

Et de mon corps… et de mon âme.

Il secoue la tête d'un air incrédule et se penche pour m'embrasser.

— Je serai sur le pont. Il y a une douche dans la salle de bains si tu veux. Tu as besoin de quelque chose ? À boire ?

Sa voix est tellement pleine de sollicitude que je ne peux que lui répondre par un sourire.

Est-ce là le même homme ? Où sont passées ses cinquante nuances de folie ?

— Quoi ? demande-t-il en réagissant à mon air idiot.

— Toi.

— Quoi moi ?

— Qui es-tu ? Et qu'as-tu fait de Christian ?

Ses lèvres se tordent en une moue triste.

— Il n'est pas très loin, bébé.

Il y a, dans sa voix, une pointe de mélancolie qui me fait aussitôt regretter d'avoir posé la question. Mais son expression s'évanouit très vite.

— Tu le verras bien assez tôt, et surtout si tu ne te lèves pas, ajoute-t-il avec un petit sourire satisfait.

Il m'assène une claque sur les fesses et je jappe en riant tout à la fois.

— Je m'inquiétais.

— Et maintenant ?

Il plisse le front.

— Tu émets des signaux contradictoires, Anastasia. Comment un homme peut-il te suivre ?

Il m'embrasse de nouveau.

— À plus tard, ma puce.

Et, avec un sourire à tomber par terre, il se lève et m'abandonne à mes pensées éparpillées.

Quand je fais surface sur le pont, Mac est de retour à bord mais disparaît sur le pont supérieur dès que j'ouvre les portes du salon principal. Christian est en ligne sur son BlackBerry. *À qui parle-t-il ?* Il s'approche tranquillement de moi et m'attire à lui pour m'embrasser les cheveux.

— Bonnes nouvelles… bien. Oui… Vraiment ? L'escalier de secours ?… Je vois… Oui, ce soir.

Il met fin à la communication et le bruit des moteurs qui démarrent me fait sursauter. Mac doit être dans le poste de pilotage au-dessus.

— Il est temps de rentrer, dit Christian.

Il m'embrasse de nouveau en me sécurisant dans mon gilet de sauvetage.

Le soleil est bas dans le ciel derrière nous alors que nous rentrons à la marina et je songe à cet après-midi merveilleux. Sous la tutelle patiente et prudente de Christian, je sais maintenant arrimer une grand-voile, un foc et un spi, et j'ai également appris à faire les nœuds plats, de cabestan et de bouline. Ses lèvres n'ont cessé de tressaillir pendant toute la leçon.

— Il se peut que je t'attache un jour, dis-je dans un murmure revêche.

Sa bouche se tord d'amusement.

— Il faudra d'abord m'attraper, mademoiselle Steele.

Ses paroles font ressurgir en moi la fois où je l'avais cherché dans tout l'appartement, le frisson éprouvé puis l'atroce résultat. Je fronce les sourcils en tressaillant. Ensuite, je l'ai quitté.

Le quitterais-je maintenant qu'il a avoué qu'il m'aimait ? Serais-je capable de le quitter de nouveau – malgré ce qu'il pourrait me faire ? Serais-je capable de le trahir de la sorte ? Non. Je ne le crois pas.

Il m'a offert une visite plus poussée de son superbe bateau en m'expliquant en quoi sa conception et sa technologie sont innovantes, ainsi que les matériaux haut de gamme utilisés dans son élaboration. Je me rappelle l'interview lors de notre première rencontre ; j'avais alors noté sa passion pour les bateaux. Je pensais que celle-ci concernait uniquement les cargos transatlantiques construits par sa société – et pas les magnifiques catamarans.

Et, bien sûr, il m'a fait l'amour tendrement et sans urgence. Je secoue la tête au souvenir de mon corps arqué de désir sous ses mains expertes. C'est un amant exceptionnel, j'en suis certaine – même si je n'ai aucun élément de comparaison, évidemment. Mais Kate se serait davantage extasiée si faire l'amour ressemblait toujours à ça ; elle n'est pas du genre à garder les détails pour elle.

Combien de temps cela va-t-il me contenter ? Je ne sais tout simplement pas et cette pensée est déroutante.

Il est assis et je reste entre ses bras, en sécurité, pendant des heures, il me semble, dans un silence confiant et amical tandis que le *Grace* glisse vers Seattle. Je tiens la barre et Christian me conseille de temps en temps pour ajuster la course.

— Il y a dans la navigation une poésie aussi vieille que le monde, me murmure-t-il à l'oreille.

— On dirait une citation.

Je sens qu'il sourit.

— C'en est une. Antoine de Saint-Exupéry.

— Oh… j'adore *Le Petit Prince*.

— Moi aussi.

C'est déjà le début de soirée quand Christian, ses mains toujours posées sur les miennes, nous fait pénétrer dans la marina. Quelques lumières clignotent sur les bateaux et se réfléchissent sur l'eau sombre, mais il fait encore jour – c'est un soir lumineux et doux, un prélude à ce qui sera sans doute un coucher de soleil spectaculaire.

Une foule se rassemble sur le quai lorsque Christian manœuvre lentement le bateau pour rejoindre le mouillage plutôt petit. Il le fait facilement et recule en douceur dans le même emplacement que nous avons quitté plus tôt. Mac saute sur le quai et amarre avec soin le *Grace* à un bollard.

— Nous voilà de retour, chuchote Christian.

— Merci. C'était un après-midi parfait.

Christian sourit à mon murmure timide.

— Je trouve aussi. Tu pourras peut-être t'inscrire dans une école de navigation afin que l'on parte quelques jours, juste tous les deux.

— J'aimerais beaucoup. Et étrenner la chambre encore et encore.

Il se penche pour m'embrasser sous l'oreille.

— Hmm… j'ai hâte, Anastasia, me chuchote-t-il.

Tous mes poils sont au garde-à-vous. Comment fait-il ça ?

— Viens, l'appartement est sécurisé. Nous pouvons rentrer.

— Et nos affaires, à l'hôtel ?

— Taylor est déjà passé les chercher.

Oh ! Quand ?

— Plus tôt dans la journée, après avoir fouillé le *Grace* avec son équipe, répond Christian à ma question silencieuse.

— Le pauvre, il ne dort jamais ?

— Il dort.

Christian hausse un sourcil, intrigué.

— Il fait juste son travail, Anastasia, et il est même très bon. Jason est une véritable trouvaille.

— Jason ?

— Jason Taylor.

Je pensais que Taylor était son prénom. Jason. Ça lui va bien – solide, fiable. Sans que je sache pourquoi, cela me fait sourire.

— Tu aimes bien Taylor, me dit Christian en me scrutant.

— Je crois que oui.

Sa question me déstabilise. Il fronce les sourcils.

— Je ne suis pas attirée par lui si c'est ce qui te contrarie. Stop.

Christian fait la tête, devient boudeur. *Seigneur, c'est un vrai gamin parfois.*

— Je pense que Taylor prend vraiment bien soin de toi. C'est pour ça que je l'aime bien. Il semble gentil, fiable et loyal. Il a un charme avunculaire.

— Avunculaire ?

— Oui.

— D'accord, avunculaire.

Christian soupèse le mot et son sens. J'éclate de rire.

— Oh, Christian, grandis, pour l'amour de Dieu !

Surpris par mon commentaire, il en reste bouche bée puis il se renfrogne comme s'il songeait à mes propos.

— J'essaie, finit-il par dire.

— Je sais, tu fais beaucoup d'efforts, dis-je doucement avant de lever les yeux au ciel.

— Quels souvenirs te viennent à l'esprit pour que tu lèves les yeux au ciel de la sorte, Anastasia ? s'enquiert-il, amusé.

Je lui réponds par un petit sourire satisfait.

— Eh bien, si tu te tiens convenablement, nous pourrons peut-être revivre certains de ces souvenirs.

Un rictus plein d'humour.

— Si je me tiens convenablement ? demande-t-il en haussant les sourcils. Vraiment, mademoiselle Steele, qu'est-ce qui vous fait croire que j'ai envie de les revivre ?

— Probablement la façon dont votre regard s'illumine comme un sapin de Noël quand j'en parle.

— Tu me connais déjà tellement bien.

— J'aimerais te connaître davantage, dis-je affectueusement.

— Et moi de même, Anastasia.

— Merci, Mac.

Christian serre la main de McConnell et descend sur le quai.

— C'est toujours un plaisir, monsieur Grey, et au revoir. Ana, ravi de vous avoir rencontrée.

Je lui serre timidement la main. Il doit se douter de ce que Christian et moi avons fait quand il était à terre.

— C'était une belle journée, Mac. Merci.

Il sourit et m'adresse un clin d'œil qui me fait rougir. Christian me prend la main et nous remontons le quai jusqu'à la promenade de la marina.

— D'où Mac est-il originaire ?

Je suis toujours intriguée par son accent.

— D'Irlande… Irlande du Nord, corrige Christian.

— C'est un ami à toi ?

— Mac ? Il travaille pour moi. Il m'a aidé dans la construction du *Grace*.

— Tu as beaucoup d'amis ?

Il fronce les sourcils.

— Pas vraiment. Avec ce que je fais… je ne cultive pas vraiment les amitiés. Il n'y a que…

Il s'arrête, son front se creuse davantage et je sais qu'il s'apprêtait à mentionner Mrs Robinson.

— Tu as faim ? propose-t-il pour changer de sujet.

J'acquiesce. En fait, je suis affamée.

— Nous dînerons là où j'ai laissé la voiture. Viens.

À côté de SP se trouve un petit bistrot italien appelé Bee's. Cela me rappelle le restaurant à Portland – quelques tables et des boxes, dans un décor frais et moderne, avec une grande photo en noir et blanc d'une fête du début du siècle en guise de fresque murale.

Installés dans un des boxes, nous étudions soigneusement le menu tout en sirotant un Frascati délicieusement léger. Quand je lève les yeux de la carte en ayant fait mon choix, Christian est en train de me scruter.

— Quoi ?

— Tu es ravissante, Anastasia. Le grand air te va bien.

Mes joues s'empourprent.

— J'ai plutôt l'impression d'avoir été brûlée par le vent, pour tout te dire. Mais j'ai passé un après-midi délicieux. Parfait, même. Merci.

Il m'adresse un sourire et un regard chaleureux.

— C'était un plaisir, murmure-t-il.

— Je peux te demander quelque chose ?

— Tout ce que tu veux, Anastasia. Tu le sais.

Il est exquis quand il penche la tête de côté.

— Tu ne sembles pas avoir beaucoup d'amis. Pourquoi donc ?

Il hausse les épaules en fronçant les sourcils.

— Je te l'ai dit, je n'ai pas vraiment le temps. J'ai des associés en affaires, même si je suppose que c'est très différent des amis. J'ai ma famille et c'est tout. À part Elena.

Je décide d'ignorer la mention de la garce.

— Pas d'ami homme de ton âge avec qui tu peux sortir pour décompresser ?

— Tu sais de quelle manière j'aime décompresser, Anastasia.

Sa bouche se tord.

— Et j'ai travaillé, j'ai monté mon entreprise. C'est tout ce que je fais, à l'exception de naviguer et de faire de l'avion de temps en temps.

— Pas même à la fac ?

— Pas vraiment.

— Juste Elena alors ?

Il hoche la tête, méfiant.

— Tu dois te sentir seul.

Ses lèvres se retroussent en un petit sourire mélancolique.

— Qu'est-ce que tu as envie de manger ? demande-t-il pour changer de sujet.

— Je vais prendre le risotto.

— Bon choix.

Christian met fin à cette conversation en appelant le serveur. Une fois notre commande passée, je me tortille, mal à l'aise sur ma chaise, en triturant mes doigts. S'il est d'humeur loquace, il faut que j'en profite. Je dois lui parler de ses attentes, de ses… hum… besoins.

— Anastasia, qu'y a-t-il ? Dis-moi.

Je lève les yeux vers son visage inquiet.

— Dis-moi, répète-t-il avec insistance.

Son inquiétude se change en quoi ? En peur ? En colère ? J'inspire profondément.

— Je crains juste que ça ne te suffise pas. Tu sais, pour décompresser.

Il serre les mâchoires et son regard se durcit.

— T'ai-je fait comprendre que cela ne me suffisait pas ?

— Non.

— Alors pourquoi penses-tu ça ?

— Je sais ce que tu es. Ce dont tu as… besoin.

Je bégaie. Il ferme les yeux en se frottant le front.

— Que faut-il que je fasse ?

Malgré sa douceur, sa voix est menaçante comme s'il était en colère, et mon cœur se serre.

— Non, tu ne comprends pas, tu as été fantastique ces derniers jours mais j'espère que je ne t'oblige pas à être quelqu'un que tu n'es pas.

— Je suis toujours moi, Anastasia, dans toutes les cinquante nuances de ma folie. Oui, je dois lutter contre mon envie de tout contrôler… mais c'est ma nature, ma manière de mener ma vie. Oui, j'attends de toi que tu te comportes d'une certaine façon et, quand tu ne le fais pas, c'est à la fois éprouvant et rafraîchissant. Nous faisons toujours ce que j'aime. Tu m'as laissé te fesser hier après ton enchère scandaleuse.

Il sourit tendrement à ce souvenir.

— J'aime te punir. Je ne pense pas que ce désir disparaîtra… mais j'essaie et c'est moins difficile que je ne le pensais.

Je me tortille en rougissant, me rappelant notre rendez-vous clandestin dans sa chambre d'enfant.

— Ça ne m'a pas dérangée.

— Je sais.

Ses lèvres s'ourlent en un sourire peu enthousiaste.

— Moi non plus. Mais laisse-moi te dire, Anastasia, tout cela est nouveau pour moi et ces derniers jours ont été les plus beaux de ma vie. Je ne veux rien changer.

Oh !

— Ce sont aussi les plus beaux de ma vie, sans conteste.

Son sourire s'élargit. Ma déesse intérieure acquiesce furieusement de la tête – et me donne un grand coup de coude. *D'accord, d'accord.*

— Alors tu ne veux pas m'emmener dans ta salle de jeux ?

Il déglutit et pâlit, toute trace d'humour disparaît.

— Non, je ne veux pas.

— Pourquoi ?

Ce n'est pas la réponse que j'attendais. Et oui, on y est, je suis un peu déçue. Ma déesse intérieure tape du pied en boudant, les bras croisés comme une gamine en colère.

— La dernière fois que nous y sommes allés, tu m'as quitté, répond-il tranquillement. Je vais éviter tout ce qui pourrait te pousser à me quitter encore une fois. J'étais dévasté quand tu es partie. Je te l'ai expliqué. Je ne veux plus jamais éprouver cela. Je t'ai dit ce que je ressens pour toi.

Ses yeux gris intenses s'agrandissent pour exprimer sa sincérité.

— Mais cela ne me semble pas juste. Si tu t'inquiètes toujours de ce que je ressens, ça ne va pas t'aider à te détendre. Tu as accepté de faire tous ces changements pour moi et je crois… que, d'une certaine manière, je devrais te rendre la pareille. Je ne sais pas, peut-être… essayer… des jeux de rôles.

Je balbutie, le visage aussi écarlate que les murs de la salle de jeux.

Pourquoi est-ce si difficile d'en parler ? J'ai pratiqué le sexe de multiples façons avec cet homme, fait des choses dont je n'avais jamais entendu parler quelques semaines auparavant, des choses que je n'aurais jamais crues possibles, et pourtant le plus difficile, c'est de lui en parler.

— Ana, tu me rends la pareille, plus que tu ne le penses. Je t'en prie, je t'en prie, ne pense pas ça.

Adieu le Christian insouciant. À présent, la panique envahit ses yeux. J'en ai le ventre retourné.

— Bébé, cela ne fait qu'un week-end, poursuit-il. Sois patiente. J'ai beaucoup pensé à nous la semaine passée. Nous avons besoin de temps. Il faut que tu me fasses confiance, et pareil pour moi. Peut-être que, plus tard, nous pourrons nous laisser tenter, mais j'aime comme tu es maintenant. J'aime te voir aussi heureuse, aussi détendue et insouciante, en sachant que j'y suis pour quelque chose. Je n'ai jamais…

Il s'interrompt en se passant la main dans les cheveux.

— Il faut marcher avant de se mettre à courir.

Il a soudain un petit sourire.

— Qu'y a-t-il de si drôle ?

— Flynn. Il dit toujours ça. Je n'aurais jamais cru le citer un jour.

— Un Flynnisme donc.

Christian éclate de rire.

— Exactement.

Le serveur arrive avec nos amuse-gueules et des bruschettas et, comme Christian se détend, notre conversation prend un autre tour.

En regardant les plats aux proportions déraisonnables posés devant nous, je ne peux m'empêcher de songer à la manière dont j'ai perçu Christian aujourd'hui : détendu, heureux et insouciant. Au moins, maintenant, il rit, de nouveau à l'aise.

Je soupire de soulagement lorsqu'il commence à me poser des questions sur les endroits où je suis allée. Un sujet vite épuisé puisque je n'ai jamais quitté les États-Unis. Christian, lui, a fait le tour du monde. La discussion prend une tournure plus facile et plus agréable quand il évoque les pays qu'il a visités.

Après notre dîner savoureux et roboratif, Christian nous ramène à l'Escala avec la voix douce d'Eva Cassidy qui se déverse des enceintes de la voiture. Je m'autorise un paisible intermède de réflexion. J'ai eu une journée de folie : le Dr Greene, notre douche, l'aveu de Christian, l'amour à l'hôtel et sur le bateau, l'achat de la voiture. Même Christian a été vraiment différent. Comme s'il lâchait prise ou qu'il redécouvrait quelque chose – je ne sais lequel des deux.

Qui aurait cru qu'il pouvait être aussi doux ? Est-ce que lui-même le savait ?

Je l'observe à la dérobée ; lui aussi semble perdu dans ses pensées. Je comprends brusquement qu'il n'a jamais eu d'adolescence – d'adolescence normale, en tous les cas. Je secoue la tête.

Mon esprit dérive de nouveau vers le bal, ma danse avec le Dr Flynn et la peur de Christian que le Dr Flynn ne m'ait tout révélé le concernant. Christian me cache encore quelque chose. Comment pouvons-nous avancer s'il agit ainsi ? Il pense que je le quitterai si je le connais tout à fait. Que je vais le quitter s'il est lui-même. *Oh, cet homme est tellement compliqué.*

À mesure que nous approchons de la maison, sa tension devient palpable. Il inspecte les trottoirs et les allées transversales du regard, ses yeux épiant dans toutes les directions. Je sais qu'il cherche Leila. Je me mets moi aussi à surveiller les alentours. N'importe quelle femme brune est suspecte.

Lorsqu'il se gare dans le parking, sa bouche est crispée en une ligne sinistre. Je me demande pourquoi nous revenons à l'Escala s'il est aussi méfiant et tendu. Sawyer se trouve dans le garage, il patrouille. L'Audi maculée n'est plus là. Sawyer vient m'ouvrir la portière quand Christian se gare à côté du 4 × 4.

— Bonjour, Sawyer.

— Mademoiselle Steele, répond-il en hochant la tête. Monsieur Grey.

— Aucun signe d'elle ? demande Christian.

— Non, monsieur.

Christian m'attrape par la main et se dirige vers l'ascenseur. Je sais que son cerveau fonctionne à toute vitesse – il est ailleurs. Une fois dans la cabine, il se tourne vers moi.

— Tu ne dois pas sortir d'ici seule. Tu comprends ? lance-t-il d'un ton sec.

— D'accord.

Seigneur, calme-toi. Mais ce comportement me fait sourire. J'ai envie de me rassurer – cet homme est si dominateur et brusque avec moi, je sais. Je m'émerveille du fait que, s'il m'avait parlé de la sorte, une semaine plus tôt, j'aurais trouvé son attitude menaçante. Aujourd'hui je le comprends tellement mieux. C'est sa stratégie d'adaptation. Il est stressé à cause de Leila, il m'aime et il veut me protéger.

— Qu'y a-t-il de si drôle ? me murmure-t-il, un peu amusé lui-même.

— Toi.

— Moi ? Mademoiselle Steele ? En quoi suis-je drôle ? demande-t-il avec une moue.

La moue de Christian… tellement sexy.

— Ne fais pas ça.

— Pourquoi ?

Il accentue sa moue.

— Parce que cela a le même effet sur moi que j'ai sur toi quand je fais ça.

Je me mords volontairement la lèvre. Il hausse les sourcils, à la fois surpris et ravi.

— Vraiment.

Il répète sa grimace et se penche pour me donner un rapide et chaste baiser.

Dans la nanoseconde où nos bouches se rejoignent, une traînée de poudre se répand dans mes veines depuis ce point de contact intime et m'attire vers lui.

Soudain, mes doigts s'emmêlent dans ses cheveux pendant qu'il m'attrape et me pousse contre la paroi de la cabine, ses mains autour de mon visage me maintiennent pendant que nos lèvres s'affolent. Est-ce l'exiguïté de l'ascenseur qui rend tous nos gestes plus tangibles ? Je sens son besoin, son angoisse et sa passion.

Nom de Dieu. J'ai envie de lui, ici et maintenant.

L'ascenseur s'immobilise en tintant, les portes s'ouvrent et Christian arrache son visage du mien, ses hanches me clouant toujours à la paroi, son érection poussant contre moi.

— Waouh, halète-t-il.

— Waouh, dis-je en accueillant une inspiration bienvenue dans mes poumons.

Il me contemple, le regard en feu.

— Quel effet tu me fais, Ana…

Il suit ma lèvre inférieure de son pouce.

Du coin de l'œil, je vois Taylor reculer pour ne plus être à portée de vue. Je lève la main et embrasse Christian au coin de sa bouche superbement sculptée.

— Quel effet tu me fais, Christian.

Il recule et me prend la main. À présent, ses yeux sont plus sombres, ses paupières semblent lourdes.

— Viens, m'ordonne-t-il.

Toujours dans l'entrée, Taylor nous attend discrètement.

— Bonsoir, Taylor, dit cordialement Christian.

— Monsieur Grey, mademoiselle Steele.

— J'étais Mme Taylor, hier, je glisse à Taylor.

— Ça sonne bien, mademoiselle Steele, répond-il de façon très neutre.

— Je trouvais aussi.

Christian resserre sa main sur la mienne.

— Quand vous aurez fini tous les deux, j'aimerais avoir un point sur la situation, intervient-il agacé.

Il lance un regard noir à Taylor. Ce dernier a l'air maintenant mal à l'aise et je regrette aussitôt. J'ai dépassé les limites.

— Pardon, dis-je discrètement à Taylor.

Il hausse les épaules et me sourit gentiment avant que je ne suive Christian.

— Je vous retrouve tout de suite, j'aimerais d'abord avoir une petite discussion avec mademoiselle Steele, déclare Christian.

Je sens que je vais avoir des ennuis. Christian me conduit dans sa chambre et ferme la porte.

— Ne flirte pas avec le personnel, Anastasia ! me réprimande-t-il.

J'ouvre la bouche pour me défendre, puis la referme avant de l'ouvrir de nouveau.

— Je ne flirtais pas. J'étais amicale, il y a une différence.

— Ne sois pas amicale avec le personnel et ne flirte pas non plus. Je n'aime pas ça.

Oh, adieu, Christian l'insouciant.

— Je suis désolée.

Je marmonne en regardant mes doigts. Il ne m'a pas infantilisée de toute la journée. Prenant mon menton dans sa main, il me relève la tête.

— Tu sais combien je suis jaloux, murmure-t-il.

— Tu n'as aucune raison d'être jaloux, Christian. Je t'appartiens corps et âme.

Il cligne des paupières comme si cette information était difficile à assimiler. Il se penche et m'embrasse rapidement. La passion dont nous avons fait l'expérience quelques minutes plus tôt dans l'ascenseur a disparu.

— Ce ne sera pas long. Installe-toi, suggère-t-il d'un ton bougon.

Il se tourne et me laisse en plan dans la chambre, abasourdie et troublée.

Mais pourquoi donc serait-il jaloux de Taylor ? Je secoue la tête sans comprendre.

Je jette un coup d'œil vers le réveil et remarque qu'il est 20 heures passées. Je décide de préparer mes affaires pour le bureau demain. Je monte dans ma chambre et j'ouvre le dressing. Il est vide. Tous les vêtements ont disparu. *Oh non !* Christian m'a prise au mot et a disposé des affaires. *Merde*. Ma conscience me foudroie du regard. *Tu as encore perdu une occasion de te taire*.

Pourquoi m'a-t-il prise au mot ? La remarque de ma mère me revient : « Les hommes sont si basiques, ma chérie. » Je grimace en contemplant l'espace vide. Il y avait de si jolis vêtements, comme la robe argentée que j'ai portée au bal.

J'erre, désespérée, dans la chambre. *Attends une seconde*. Qu'est-ce qui se passe ? L'iPad a disparu. Où est mon Mac ? *Oh non*. La première pensée peu charitable que j'ai est que Leila les a peut-être volés.

Je descends à toute allure dans la chambre de Christian. Sur la table de chevet sont posés mon Mac, mon iPad et mon sac à dos. Tout est là. J'ouvre le dressing. Mes vêtements sont également là – tous mes vêtements – et côtoient ceux de Christian. Quand cela est-il arrivé ? Pourquoi ne me prévient-il jamais quand il fait des choses de ce genre ?

Je me tourne et il se tient sur le seuil.

— Oh, ils ont réussi à tout déménager, marmonne-t-il, distrait.

— Qu'est-ce qui ne va pas ?

Son expression est sinistre.

— Taylor pense que Leila est passée par l'escalier de secours. Elle devait avoir une clé. Toutes les serrures ont été changées. L'équipe de Taylor a fouillé toutes les pièces de l'appartement. Elle n'est pas là.

Il marque une pause et passe une main dans ses cheveux.

— J'aimerais savoir où elle se trouve. Elle échappe à toutes nos tentatives de la localiser alors qu'elle a besoin d'aide.

Il fronce les sourcils. Mon dépit a disparu. Je le prends dans mes bras. Je me pelotonne aussi dans les siens, il m'embrasse les cheveux.

— Que feras-tu quand tu l'auras trouvée ?

— Le Dr Flynn a un endroit pour elle.

— Et son mari ?

— Il se lave les mains de ce qui lui arrive, lance-t-il avec amertume. Sa famille habite dans le Connecticut. Je crois qu'elle est vraiment toute seule ici.

— C'est triste.

— Ça te va si toutes tes affaires sont ici ? Je voudrais que tu partages ma chambre, me murmure-t-il.

Waouh, rapide changement de sujet.

— Oui.

— Je veux que tu dormes avec moi. Je ne fais pas de cauchemars quand tu es avec moi.

— Tu fais des cauchemars ?

— Oui.

Je resserre mon étreinte. Encore une casserole. Mon cœur se serre pour cet homme.

— J'allais préparer mes affaires pour le travail demain.

— Le travail ! s'écrie Christian comme s'il s'agissait d'un gros mot.

Il me relâche en me toisant d'un regard noir.

— Oui, le travail, dis-je, troublée par sa réaction.

Il m'observe avec une expression d'incompréhension totale.

— Mais Leila est dehors, quelque part. Je ne veux pas que tu ailles travailler.

Quoi ?

— C'est ridicule, Christian. Je dois aller travailler.

— Non.

— J'ai un tout nouvel emploi, qui me plaît. Bien sûr qu'il faut que j'y aille.

Mais qu'est-ce qu'il veut dire ?

— Non, répète-t-il en haussant le ton.

— Tu crois que je vais rester ici à me tourner les pouces pendant que tu joues les maîtres de l'univers ?

— Franchement… oui.

Oh, M. Cinquante Nuances. Mon Cinquante Nuances… Donnez-moi la force.

— Christian, je dois travailler.

— Non.

— Si, j'en ai besoin, dis-je lentement comme si je m'adressais à un enfant.

Il prend un air menaçant.

— Ce n'est pas sûr.

— Christian, j'ai besoin de travailler pour gagner ma vie et tout va bien se passer.

— Non, tu n'as pas besoin de travailler pour gagner ta vie et comment sais-tu que tout va bien se passer ?

Il crie presque.

Mais qu'est-ce qu'il entend par là ? Il veut m'entretenir ? Tout cela devient ridicule, cela fait quoi, cinq semaines que je le connais ?

Il est en colère maintenant, son regard jette des éclairs, mais je n'en ai rien à foutre.

— Pour l'amour de Dieu, Christian, Leila se tenait au bout de ton lit et elle ne m'a fait aucun mal, et oui, j'ai besoin de travailler. Je ne veux pas t'être redevable. J'ai mon emprunt d'études à rembourser.

Il pince les lèvres quand je pose mes mains sur ses hanches. Je serai inflexible sur ce sujet. Bordel mais pour qui se prend-il ?

— Je refuse que tu ailles travailler.

— Ça ne te regarde pas, Christian. Ce n'est pas à toi de décider.

Il passe une main dans ses cheveux en me dévisageant. Des secondes, des minutes défilent et nous échangeons un regard noir.

— Sawyer viendra avec toi.

— Christian, c'est inutile. Tu deviens irrationnel.

— Irrationnel ? gronde-t-il. Soit il t'accompagne soit je te garde ici, et là je serai vraiment irrationnel.

Il ne ferait pas ça, non ?

— Et comment comptes-tu t'y prendre exactement ?

— Oh, je trouverai bien un moyen, Anastasia. Ne m'y oblige pas.

— D'accord !

Je cède en levant les main pour le calmer.

Bordel ! La revanche de M. Cinquante Nuances !

Nous restons face à face à nous toiser méchamment.

— D'accord, Sawyer peut m'accompagner si ça peut te rassurer, je concède en levant les yeux au ciel.

Christian plisse les siens et avance d'un pas menaçant dans ma direction. Je recule aussitôt. Il s'arrête et inspire profondément, ferme les yeux et, cette fois-ci, se passe les deux mains dans les cheveux. Oh non. M. Cinquante Nuances est bel et bien en boule.

— Tu veux que je te fasse visiter ?

Me faire visiter ? Il plaisante ?

— D'accord.

Je marmonne, sur mes gardes. Un autre virement de bord, M. Lunatique est de retour. Il me tend la main et, quand je la prends, il la presse doucement.

— Je ne voulais pas te faire peur.

— Tu ne m'as pas fait peur. Je m'apprêtais juste à prendre mes jambes à mon cou.

— À prendre tes jambes à ton cou ? me demande-t-il en écarquillant les yeux.

— Je plaisante !

Oh Seigneur !

Nous sortons du dressing et je m'accorde un moment pour me calmer. L'adrénaline pulse encore dans mon corps. Il ne faut pas prendre à la légère une dispute avec M. Cinquante Nuances.

Il me fait visiter l'appartement en m'en montrant les différentes pièces. En plus de la salle de jeux et de trois chambres d'amis à l'étage, je découvre, étonnée, que Taylor et Mme Jones ont également une aile pour eux : une cuisine, un salon spacieux et une chambre chacun. Mme Jones n'est pas encore revenue de sa visite chez sa sœur qui vit à Portland.

En bas, la pièce qui attire mon attention se trouve en face du bureau : une salle de télévision avec un écran plasma bien trop grand et des consoles de jeux. C'est confortable.

— Tu n'as pas de Xbox ? dis-je avec un petit sourire.

— Si, mais je suis une vraie bille. Elliot me bat toujours. C'était amusant quand tu as cru que cette pièce était ma salle de jeux.

La petite crise est oubliée. Dieu merci, il a retrouvé sa bonne humeur.

— Je suis ravie de vous distraire, monsieur Grey, dis-je d'un air hautain.

— Ça, c'est sûr, mademoiselle Steele, quand vous ne m'exaspérez pas, bien entendu.

— En général, je ne suis exaspérante que lorsque vous êtes déraisonnable.

— Moi ? Déraisonnable ?

— Oui, monsieur Grey. Déraisonnable pourrait être votre deuxième prénom.

— Je n'ai pas de deuxième prénom.

— Eh bien, dans ce cas, déraisonnable vous irait tout à fait.

— Je pense que c'est une question de point de vue, mademoiselle Steele.

— Je serais curieuse d'avoir l'avis d'un professionnel, comme le Dr Flynn.

Christian a un petit sourire en coin.

— Je pensais que Trevelyan était ton deuxième prénom.

— Non. C'est mon nom de famille. Trevelyan-Grey.

— Mais tu ne l'utilises pas.

— C'est trop long. Viens ! m'ordonne-t-il.

Je le suis hors de la salle de télévision et nous traversons la pièce principale jusqu'au grand couloir, puis dépassons la buanderie ainsi qu'une impressionnante cave à vins jusqu'au bureau bien équipé de Taylor. Ce dernier se lève quand nous entrons. Dans cette pièce, il y a de la place pour une table de réunion accueillant six personnes. Au-dessus du bureau sont installés plusieurs écrans vidéo. Je ne savais pas que l'appartement était équipé d'une vidéo-surveillance. Visiblement, les caméras filment le balcon, l'escalier, l'ascenseur de service et l'entrée.

— Bonjour, Taylor. Je fais juste visiter l'appartement à Anastasia.

Taylor hoche la tête sans sourire. Je me demande s'il s'est fait engueuler, lui aussi, et pourquoi il est encore au travail. Quand je lui souris, il hoche à nouveau poliment la tête. Christian me reprend la main et me conduit à la bibliothèque.

— Et bien sûr, tu es déjà venue ici.

Il ouvre la porte et je jette un coup d'œil à la feutrine verte de la table de billard.

— On joue ?

Christian sourit, amusé.

— D'accord. Tu y as déjà joué ?

— Quelques fois.

Je mens et il plisse les yeux en penchant la tête de côté.

— Tu ne sais vraiment pas mentir, Anastasia. Soit tu n'as jamais joué, soit…

Je passe ma langue sur mes lèvres.

— Tu as peur d'avoir de la concurrence ?

— Peur d'une petite fille comme toi ?

— On parie, monsieur Grey ?

— Vous êtes bien confiante, mademoiselle Steele.

Son expression est à la fois amusée et incrédule.

— Si je gagne, vous me ramenez dans la salle de jeux.

Il me regarde fixement comme s'il n'avait pas bien compris ce que je venais de dire.

— Et si je gagne ? demande-t-il après quelques palpitations.

— Alors tu choisis.

Il tord la bouche en réfléchissant à sa réponse.

— D'accord. Tu veux jouer au billard américain, anglais ou français ?

— Au billard américain, s'il te plaît. Je ne connais pas les autres.

D'un placard sous l'une des étagères, Christian sort une grande valise en cuir. Les billes sont nichées dans le velours. Rapide et efficace, il les dispose sur le tapis. Je ne crois pas avoir jamais joué sur une table aussi grande. Christian me tend une queue et de la craie.

— Tu veux casser ?

Il feint la politesse. Il s'amuse, il pense qu'il va gagner.

— D'accord.

Je frotte le bout de ma queue sur la craie et je souffle sur l'excédent en observant Christian par en dessous. Ses yeux s'assombrissent lorsqu'il s'en aperçoit.

Je m'aligne sur la bille blanche et, d'un coup rapide et net, je frappe la bille centrale du triangle avec une telle force qu'une bille rayée tourne sur elle-même avant de plonger dans la poche d'angle de droite. J'ai éparpillé le reste.

— Je choisis les rayées, dis-je d'un ton innocent et en souriant avec coquetterie.

Il a une moue amusée.

— Je t'en prie, dit-il poliment.

Je m'applique ensuite à envoyer rapidement dans les poches trois billes de suite. Je danse au fond de moi. En cet instant, je remercie vraiment José de m'avoir appris à jouer au billard. Et à bien y jouer. Christian m'observe d'un air impassible, sans rien laisser paraître, mais son amusement commence à décliner. Je manque la bille rayée verte d'un cheveu.

— Tu sais, Anastasia, je pourrais rester toute la journée à te regarder te pencher ainsi et t'étirer sur cette table.

Je rougis. Dieu merci, je suis en jean. Il a une petite mimique ironique. Il essaie de me déstabiliser, le salaud. Il enlève son pull beige, le jette sur le dossier d'un fauteuil et me sourit tout en ajustant nonchalamment son premier coup.

Il se penche bas sur la table. Ma bouche s'assèche. *Oh, je vois ce qu'il veut dire.* Christian en jean moulant et en tee-shirt blanc, penché de cette façon… c'est quelque chose. J'en perds presque le cours de mes pensées. Il envoie quatre billes rapidement dans les poches puis commet une faute en faisant disparaître la blanche.

— Une faute élémentaire, monsieur Grey, je lance pour le taquiner.

— Ah, mademoiselle Steele, je ne suis qu'un simple mortel. C'est à vous, je crois.

Il désigne la table.

— Vous n'essaieriez pas de perdre, monsieur Grey ?

— Oh non. Avec ce que j'ai en tête comme prix, je veux gagner, Anastasia.

Il hausse les épaules avec désinvolture.

— Mais il est vrai que je veux toujours gagner.

Je plisse les yeux. *Bien…* Je suis ravie de porter ma chemise bleue dont le décolleté est si profond. Je rôde autour de la table et me penche bien bas à chaque occasion – en offrant à Christian un bel aperçu sur mes fesses et sur ma poitrine. Moi aussi je peux jouer à ce petit jeu.

— Je sais ce que tu fais, chuchote-t-il, les yeux sombres.

J'incline la tête et je le provoque en caressant doucement la queue, faisant courir ma main tout le long, de haut en bas.

— Oh, je suis juste en train de décider depuis quel endroit je vais tirer mon prochain coup, dis-je d'un air absent.

Toujours courbée sur la table, je frappe la bille rayée orange pour la placer en meilleure position. Je me tiens ensuite en face de Christian et j'aligne mon prochain tir en basculant au-dessus de la table. Je l'entends inspirer brutalement et, bien sûr, je manque mon coup. *Merde.*

Il vient se placer derrière moi alors que je suis encore penchée sur le billard et pose une main sur mes fesses. *Mmm…*

— Est-ce pour m'aguicher, mademoiselle Steele, que vous remuez tout ça autour de la table ?

Il me gifle le cul, fort. J'en ai le souffle coupé.

— Oui.

C'est vrai.

— Fais bien attention à ce que tu souhaites, bébé.

Je me frotte les fesses alors qu'il se dirige tranquillement vers l'autre bout de la table, qu'il se penche et tire. Il frappe la bille rouge qui disparaît dans la poche gauche. Il vise la jaune, en haut à droite, et manque son coup. Je souris.

— Chambre rouge, nous voici, dis-je pour le provoquer.

Il hausse à peine un sourcil et me fait signe de continuer. Je me débarrasse rapidement de la verte rayée et, par hasard, je finis par faire disparaître la dernière bille orange rayée.

— Annonce ta poche, murmure Christian.

Et c'est comme s'il parlait d'autre chose, de quelque chose de sombre et de coquin.

— En haut, à gauche.

Je vise la noire, la touche mais manque mon coup. Elle passe au large. *Merde.*

Christian se courbe à son tour sur la table avec un sourire lubrique et se débarrasse vite des deux dernières billes pleines. Je reste sans voix lorsque je le regarde, son corps mince étiré au-dessus de la table. Il se redresse et frotte sa queue à la craie, tout en me perçant de son regard brûlant.

— Si je gagne…

Oh oui ?

— Je vais te donner la fessée, puis te baiser sur cette table de billard.

Bordel ! Tous les muscles au sud de mon nombril se contractent.

— En haut, à droite, murmure-t-il.

Il vise la noire et se penche pour tirer.

11.

Avec une grâce naturelle, Christian frappe la boule blanche qui traverse la table, embrasse la noire et, très lentement, la bille noire roule, oscille au bord du trou et tombe enfin dans la poche d'angle, en haut à droite du billard.

Bon sang.

Christian se redresse et sa bouche s'épanouit en un sourire triomphal qui signifie « Tu es à moi, Steele ». Reposant sa queue, il s'approche nonchalamment de moi, les cheveux en bataille, en jean et tee-shirt blanc. Il ne ressemble pas à un P-DG, il ressemble à un voyou des bas quartiers. Merde alors, il est sacrément sexy.

— Tu ne vas pas faire ta mauvaise perdante, n'est-ce pas ? me murmure-t-il en s'efforçant de ne pas sourire.

— Ça dépend de la force de la fessée.

Je chuchote en m'agrippant à ma queue pour me soutenir. Il me la prend des mains et la pose à l'écart, puis il saisit le haut de ma chemise et m'attire à lui.

— Eh bien, faisons la liste de vos délits, mademoiselle Steele.

Il compte sur ses longs doigts.

— Un, me rendre jaloux de mon propre personnel. Deux, vous disputer avec moi au sujet de votre travail. Et trois, agiter votre délicieux postérieur sous mon nez pendant ces vingt dernières minutes.

Ses yeux brillent d'excitation.

— Je veux que tu enlèves ton jean et cette ravissante chemise. Maintenant.

Il plante un baiser léger comme une plume sur mes lèvres et se dirige calmement vers la porte pour la verrouiller.

Lorsqu'il se retourne pour me regarder de ses yeux brûlants, je suis paralysée. Je ne suis plus qu'un zombie, le cœur battant à tout rompre, le sang pulsant dans mes veines, incapable d'actionner le moindre muscle. Je ne parviens à penser qu'à une seule chose – *c'est pour lui* –, et je me répète ces mots comme un mantra encore et encore.

— Tes vêtements, Anastasia. Il semblerait que tu les aies encore sur toi. Enlève-les ou c'est moi qui vais m'en charger.

— Fais-le.

Je retrouve enfin ma voix. Elle est basse et chaude. Christian sourit.

— Oh, mademoiselle Steele. C'est un sale boulot, mais je crois que je peux relever le défi.

— En général, vous relevez tous les défis, monsieur Grey.

Je hausse un sourcil dans sa direction et il a une petite moue en coin.

— Bien, mademoiselle Steele, quoi que vous disiez.

Tout en avançant vers moi, il s'arrête près d'un petit bureau intégré dans une des bibliothèques. Il y prend une règle de trente centimètres en plexiglas. Il la saisit aux deux extrémités et la tord, sans me quitter des yeux.

La vache, c'est l'arme qu'il choisit. Ma bouche s'assèche.

Soudain je suis toute chose et humide aux endroits qu'il faut. Il n'y a que Christian qui soit capable de me mettre dans cet état. Juste en me regardant et en tordant une règle. Il la glisse dans la poche arrière de son jean et s'approche tranquillement de moi, ses yeux sombres pleins de promesses. Sans un mot, il se laisse tomber à genoux et commence à défaire les lacets de mes chaussures, vite et avec efficacité, en enlevant en même temps mes Converse et mes chaussettes. Je me retiens au billard pour ne pas tomber. Baissant les yeux sur lui, je suis émerveillée par mes sentiments profonds pour cet homme. Je l'aime.

Il m'attrape par les hanches, glisse ses doigts dans les passants de mon jean et le déboutonne avant de descendre la fermeture. Il me regarde intensément et m'adresse son sourire le plus salace en faisant descendre mon pantalon. Je m'en extirpe, heureuse de porter cette jolie culotte en dentelle blanche. Puis, me saisissant par l'arrière des jambes, il fait courir son nez jusqu'au delta de mes cuisses. Je manque de fondre.

— J'ai envie d'être brutal avec toi, Ana. Tu devras me dire d'arrêter si c'est trop, souffle-t-il.

Oh mon Dieu. Il m'embrasse… là. Je gémis doucement.

— Le mot d'alerte ?

Je murmure.

— Non, pas de mot d'alerte, tu me dis juste d'arrêter et j'arrêterai. Compris ?

Il m'embrasse de nouveau, en frottant son nez contre moi. *Oh, comme c'est bon.* Il se relève, son regard est intense.

— Réponds-moi, m'ordonne-t-il d'une voix douce comme du velours.

— Oui, oui, j'ai compris.

Je suis intriguée. Pourquoi insiste-t-il ?

— Tu m'as envoyé des signaux contradictoires toute la journée, Anastasia. Tu as peur que je perde mon ardeur ? Je ne suis pas certain de comprendre et je ne sais pas si tu étais tout à fait sérieuse, mais c'est ce que nous allons voir. Je ne veux pas retourner tout de suite dans la salle de jeux, alors on peut essayer ça maintenant, mais si tu n'aimes pas, tu dois me promettre de me le dire.

Une intensité brûlante née de son angoisse remplace sa récente impudence.

Waouh, je t'en prie, ne sois pas inquiet, Christian.

— Je te le dirai. Pas de mot d'alerte.

Je le rassure de nouveau.

— Nous sommes amoureux, Anastasia. Les amoureux n'ont pas besoin de codes.

Il fronce les sourcils.

— N'est-ce pas ?

— Je suppose que non.

Comment veut-il que je le sache ?

— Je te le promets.

Il scrute mon visage en quête du moindre signe qui viendrait à l'encontre de ce que je viens de dire. Je suis nerveuse, mais excitée aussi. Je suis bien plus heureuse de faire ça en sachant qu'il m'aime. C'est très simple pour moi et, là, je n'ai pas envie de trop y réfléchir.

Un sourire s'épanouit lentement sur ses lèvres et il commence à déboutonner ma chemise. Ses doigts agiles en viennent à bout rapidement, mais il ne me l'enlève pas. Il se penche et prend la queue de billard.

Oh merde, que va-t-il faire avec ? Un frisson de peur me parcourt.

— Vous jouez bien, mademoiselle Steele. Je dois dire que je suis surpris. Pourquoi n'enverriez-vous pas la noire dans la poche ?

Ma peur oubliée, je fais la moue en me demandant pourquoi diable devrait-il être surpris – quel salaud sexy et arrogant ! En arrière-plan, ma déesse intérieure s'adonne à quelques échauffements et quelques étirements au sol.

Je positionne la bille blanche. Christian contourne tranquillement le billard pour se placer juste derrière moi pendant que je me penche pour tirer. Il pose une main sur ma cuisse droite et fait courir ses doigts le long de ma jambe, de haut en bas, remonte jusqu'à mes fesses avant de reprendre son cheminement, en une caresse légère.

— Je vais manquer mon coup si tu continues à faire ça.

Je murmure en fermant les yeux et savoure le contact de ses mains sur moi.

— Je me fiche que tu réussisses ou manques ton coup, bébé. Je voulais juste te voir comme ça, à moitié dévêtue, allongée sur ma table de billard. Tu sais à quel point tu es sexy, là ?

Je rougis. Ma déesse intérieure se met à danser le tango, une rose entre les dents. Inspirant profondément, j'essaie d'ignorer sa présence et j'aligne mon tir. C'est impossible. Il me caresse les fesses, il n'arrête pas.

— En haut, à gauche, dis-je avant de frapper la bille blanche.

Il me gifle fort en plein sur le derrière.

C'est tellement inattendu que j'émets un petit jappement. La bille blanche percute la noire qui rebondit sur la bande, loin de la poche. Christian caresse de nouveau mes fesses.

— Oh, je crois que tu dois recommencer, susurre-t-il. Tu devrais te concentrer, Anastasia.

Je suis haletante à présent, excitée par son jeu. Il se déplace lentement jusqu'au bout de la table, remet la bille noire en place, puis fait rouler la blanche vers moi. Il est tellement sensuel avec ses yeux sombres et son sourire lascif. Comment pourrais-je lui résister ? J'attrape la bille et la vise en ajustant mon second tir.

— Hum hum, fait-il pour m'admonester. Attends.

Oh, il prend plaisir à prolonger l'agonie. Il revient se placer derrière moi. Je ferme de nouveau les yeux pendant qu'il frôle ma cuisse gauche cette fois, avant de caresser encore une fois mes fesses.

— Vise, souffle-t-il.

Je ne peux réprimer un gémissement alors que le désir se tord et se retourne en moi. Et j'essaie, j'essaie vraiment de me concentrer sur l'endroit où je devrais frapper la bille noire avec la blanche. Je me déplace légèrement sur la droite et il me suit. Je me penche de nouveau au-dessus de la table. Rassemblant le reste de mes forces – qui ont considérablement diminué depuis que je sais ce qui va suivre –, je vise et tape la bille pour la seconde fois. Nouvelle claque. Violente.

Oh ! J'ai encore manqué mon coup. Je grogne.

— Oh non !

— Encore une fois, bébé. Et si tu la manques, je vais vraiment te donner ce que tu mérites.

Quoi ? Qu'est-ce que je mérite ?

Il positionne de nouveau la bille noire et revient avec une lenteur douloureuse se poster derrière moi pour me caresser les fesses.

— Tu peux y arriver, lance-t-il, enjôleur.

Oh non, pas si tu me distrais de la sorte. Je pousse mes fesses contre sa main et il les gifle légèrement.

— Pressée, mademoiselle Steele ? me murmure-t-il.

Oui, j'ai envie de toi.

— Bon, débarrassons-nous de ça.

Il fait doucement glisser ma culotte sur mes cuisses avant de me l'enlever complètement. Je ne vois pas ce qu'il en fait, mais je me sens exposée lorsqu'il dépose un doux baiser sur chacune de mes fesses.

— Tire, bébé.

J'ai envie de gémir ; je ne vais jamais y arriver. Je sais que je vais manquer mon coup. J'aligne la blanche, la frappe et, dans mon impatience, manque complètement la noire. J'attends la gifle – mais elle ne vient pas. Au lieu de quoi, il se penche sur moi en m'aplatissant contre la table, me prend la queue des mains et la fait rouler contre la bande de la table. Je le sens, dur, contre moi.

— Tu as raté, me dit-il doucement à l'oreille alors que j'ai la joue collée contre la feutrine. Pose tes mains à plat sur la table.

Je m'exécute.

— Bien. Je vais te donner une fessée maintenant et, la prochaine fois, tu ne manqueras pas ton coup.

Il se déplace pour se tenir sur ma gauche, son érection contre ma hanche.

Je gémis, le cœur au bord de l'explosion. Je respire par à-coups tandis qu'une excitation chaude et dense court dans mes veines. Il me caresse doucement les fesses et pose son autre main sur ma nuque, ses doigts se resserrant sur la naissance de mes cheveux, son coude pesant sur mon dos, pour me maintenir en place. Je suis complètement à sa merci.

— Écarte les cuisses, me murmure-t-il.

Un moment, j'hésite. Et il me gifle fort – avec la règle ! Le bruit est plus vif que la douleur en elle-même, cela me surprend. Je suffoque et il me frappe de nouveau.

— Les cuisses, ordonne-t-il.

Je les écarte en haletant. La règle s'abat encore. Oh, ça pique mais le craquement sur ma peau est plus impressionnant que la morsure du coup.

Je ferme les yeux et absorbe la douleur. Ça ne fait pas si mal que ça. La respiration de Christian se fait plus rocailleuse. Il me frappe encore et encore et je gémis. Je ne sais combien de coups je suis encore capable de supporter, mais l'entendre, savoir combien cela l'excite nourrit mon plaisir et mon envie de continuer. Je franchis la frontière vers ma part d'ombre, un endroit de ma psyché que je ne connais pas bien mais que j'ai déjà visité dans la salle de jeux – avec Tallis. La règle continue de me cingler. Je gémis et Christian me répond par un grognement. Il me frappe encore – et encore… et encore une fois… plus fort ce coup-là – et je grimace.

— Stop.

Le mot s'échappe de ma bouche avant que je ne prenne conscience de l'avoir prononcé. Christian laisse aussitôt tomber la règle et me relâche.

— Assez ? me chuchote-t-il.

— Oui.

— J'ai envie de te baiser maintenant, dit-il d'une voix tendue.

— Oui.

C'est un murmure de désir.

Il descend sa braguette tandis que je reste étendue, haletante, sur le billard. Je sais qu'il va être brutal.

Je m'émerveille encore une fois de la manière dont j'ai géré – et apprécié, oui – ce qu'il m'a fait jusque-là. C'est tellement sombre, mais c'est tellement lui.

Il glisse deux doigts en moi et les fait tourner dans mon sexe. La sensation est exquise. Je ferme les yeux et je savoure. Je perçois le bruit familier de l'étui qu'il déchire, puis il se tient derrière moi, entre mes jambes, et les écarte davantage.

Lentement il s'introduit en moi et me remplit. J'entends son grognement de pur plaisir et cela stimule mon âme. Attrapant fermement mes hanches, il se retire et cette fois s'enfonce brutalement. Je crie. Il s'immobilise un moment.

— Encore ? demande-t-il doucement.

— Oui… ça va. Abandonne-toi… Emporte-moi avec toi, dis-je à bout de souffle.

Un gémissement rauque s'échappe de sa gorge, il se retire encore une fois, puis s'enfonce à nouveau et il répète ce mouvement encore et encore lentement, volontairement – un rythme éprouvant, brutal, divin.

Oh bordel de… Mon ventre s'emballe. Il le sent, lui aussi, et il accélère le rythme, me poussant, plus haut, plus fort, plus vite… Et je capitule, explosant autour de son sexe – un orgasme épuisant, à vous emporter l'âme, qui me laisse vidée et à bout de force.

Je suis vaguement consciente que Christian jouit lui aussi, en appelant mon nom, ses doigts s'enfonçant dans mes hanches, puis il s'immobilise et s'avachit sur moi. Nous nous laissons glisser par terre et il me prend dans ses bras.

— Merci, bébé, souffle-t-il.

Il couvre mon visage levé vers lui de baisers légers comme des plumes.

J'ouvre les yeux pour le regarder et il me serre davantage contre lui.

— Ta joue est rouge d'avoir frotté contre la feutrine, murmure-t-il en m'effleurant tendrement le visage. Comment c'était ?

Il me dévisage, les yeux écarquillés, avec prudence.

— Douloureusement bon. J'aime quand c'est brutal, Christian, et j'aime aussi quand c'est doux. J'aime que ce soit avec toi.

Il ferme les yeux et me serre encore plus fort.

Seigneur, je suis fatiguée.

— Tu ne fais jamais d'erreur, Ana. Tu es belle, intelligente, stimulante, amusante, sexy et je remercie la divine providence chaque jour que ce soit toi qui sois venue m'interviewer et non Katherine Kavanagh.

Il m'embrasse les cheveux. Je souris et je bâille contre son torse.

— Je t'épuise, poursuit-il. Viens, un bain et au lit.

Nous sommes tous les deux dans la baignoire de Christian, face à face, enfouis dans la mousse jusqu'au menton. Le parfum doux du jasmin nous enveloppe. Christian me masse les pieds, l'un après l'autre. C'est tellement bon que ce devrait être interdit.

— Je peux te demander quelque chose ?

— Bien sûr. Tout ce que tu veux, Ana, tu le sais.

J'inspire profondément et je me redresse, après une brève hésitation.

— Demain, quand j'irai au travail, est-ce que Sawyer peut me déposer devant la porte du bureau, puis revenir me chercher en fin de journée ? Je t'en prie, Christian. S'il te plaît.

Je l'implore. Ses mains s'immobilisent et il plisse le front.

— Je pensais que nous étions tombés d'accord, grommelle-t-il.

— S'il te plaît, dis-je d'une voix suppliante.

— Et pour le déjeuner ?

— Je me préparerai quelque chose ici pour ne pas avoir à sortir. S'il te plaît.

Il m'embrasse le cou-de-pied.

— C'est très difficile de te dire non, marmonne-t-il comme s'il considérait que c'était ma faute. Tu ne sortiras pas ?

— Non.

— D'accord.

Je lui adresse un sourire radieux.

— Merci.

Je me mets à genoux en éclaboussant partout et je l'embrasse.

— Tout le plaisir est pour moi, mademoiselle Steele. Comment se portent vos fesses ?

— Elles sont irritées mais ça va. L'eau apaise la douleur.

— Je suis content que tu m'aies demandé d'arrêter, dit-il en me regardant intensément.

— Mes fesses aussi.

Il sourit.

Je m'étire dans le lit. Je suis épuisée. Il n'est que 22 h 30 mais j'ai l'impression qu'il est 3 heures du matin. Ce doit être un des week-ends les plus épuisants de ma vie.

— Caroline Acton ne t'a pas choisi de vêtements de nuit ? me demande Christian, d'une voix teintée de reproche.

— Je n'en sais rien. J'aime porter tes tee-shirts.

Je marmonne, d'un ton endormi. Son visage s'adoucit et il se penche pour m'embrasser sur le front.

— Il faut que je travaille. Mais je ne veux pas te laisser toute seule. Je peux utiliser ton ordinateur portable pour me connecter au réseau du bureau ? Ça te dérange si je travaille d'ici ?

— Ce n'est pas mon ordinateur.

Et je sombre dans le sommeil.

Je sursaute quand le radio-réveil s'enclenche au moment des infos trafic. Christian dort toujours à côté de moi. Je me frotte les yeux et jette un coup d'œil au réveil. 6 h 30, c'est trop tôt.

Il pleut dehors pour la première fois depuis des semaines et la lumière est douce et voilée. Je me sens très à l'aise dans ce vaste monolithe moderne avec Christian à mon côté. Je m'étire et me tourne vers l'homme délicieux qui dort près de moi. Il ouvre les yeux d'un coup et cligne des paupières encore ensommeillées.

— Bonjour, dis-je en souriant.

Je caresse son visage avant de me pencher pour l'embrasser.

— Bonjour, bébé. D'habitude je me réveille avant la radio, murmure-t-il, émerveillé.

— Il est programmé si tôt.

— C'est vrai, mademoiselle Steele. Je dois me lever.

Il m'embrasse puis sort aussitôt du lit. Je me laisse retomber contre les oreillers. *Waouh*, me réveiller un jour de semaine à côté de Christian Grey. Comment tout cela est-il arrivé ? Je ferme les yeux et somnole.

— Viens, marmotte, lève-toi.

Christian se penche sur moi. Il est rasé, fraîchement lavé – *mmmm, il sent si bon* –, vêtu d'une chemise blanche empesée et d'un costume noir, sans cravate : le P-DG est de retour.

— Quoi ? demande-t-il.

— J'aimerais que tu reviennes te coucher.

Il entrouvre les lèvres, surpris par mon rentre-dedans, et sourit presque timidement.

— Vous êtes insatiable, mademoiselle Steele. Si attrayante cette idée soit-elle, j'ai une réunion à 8 h 30 et je dois partir dans peu de temps.

Oh, je me suis rendormie pendant environ une heure. *Merde*. Je bondis hors du lit au grand amusement de Christian.

Je me douche et m'habille à toute vitesse avec les vêtements que j'ai préparés la veille : une jupe crayon grise ajustée, une chemise en soie gris pâle et des escarpins noirs à talons, le tout venant de ma nouvelle garde-robe. Je me brosse les cheveux et les remonte avec soin, puis je rejoins Christian dans la pièce principale, ne sachant trop à quoi m'attendre. Comment vais-je me rendre au travail ?

Il sirote son café au comptoir. Mme Jones est dans la cuisine et prépare des pancakes et du bacon.

— Tu es ravissante, me complimente Christian.

M'entourant d'un bras, il m'embrasse sous l'oreille. Du coin de l'œil, je surprends le sourire de Mme Jones. Je rougis.

— Bonjour, mademoiselle Steele.

Elle m'accueille en déposant une assiette devant moi.

— Oh merci. Bonjour.

Seigneur, je pourrais m'habituer à ce genre de vie…

— M. Grey m'a dit que vous souhaiteriez emporter de quoi déjeuner au bureau. Qu'aimeriez-vous manger ?

Je jette un coup d'œil à Christian qui s'efforce de contenir un petit sourire satisfait. Je plisse des yeux.

— Un sandwich… Une salade. Peu importe, réponds-je à Mme Jones avec chaleur.

— Je vais vous préparer en vitesse un repas à emporter, mademoiselle.

— Je vous en prie, madame Jones. Appelez-moi, Ana.

— Ana.

Elle se retourne en souriant pour préparer le thé.

Waouh… c'est trop cool.

Je penche la tête de côté pour défier Christian du regard : vas-y, accuse-moi de draguer Mme Jones.

— Il faut que j'y aille, bébé. Taylor va revenir et te déposer au travail avec Sawyer.

— Jusqu'à la porte seulement.

— Oui, seulement à la porte.

Christian lève les yeux au ciel.

— Fais attention quand même.

Je jette un coup d'œil alentour et remarque Taylor qui attend à l'entrée. Christian se lève et m'embrasse en m'attrapant par le menton.

— À plus tard, bébé.

— Passe une bonne journée au bureau, mon chéri, je lui lance quand il s'éloigne.

Il se tourne pour m'adresser un sourire avant de disparaître. Mme Jones me tend une tasse de thé et je me sens soudain gênée de rester seule avec elle.

— Depuis combien de temps travaillez-vous pour Christian ?

Peut-être faut-il que je trouve le moyen de faire la conversation.

— Environ quatre ans, répond-elle sur un ton agréable pendant qu'elle me prépare mon déjeuner à emporter.

— Vous savez, je peux le faire.

Je suis embarrassée qu'elle s'en charge pour moi.

— Mangez votre petit déjeuner, Ana. C'est mon travail. Je l'aime. Ça fait du bien de s'occuper de quelqu'un d'autre que de M. Taylor ou M. Grey.

Elle me sourit gentiment. Mes joues rosissent de plaisir et j'ai envie de bombarder cette femme de questions. Elle doit tellement en savoir au sujet de mon Cinquante Nuances. Même si son attitude est chaleureuse et amicale, elle n'en demeure pas moins très professionnelle. Mais, sachant que je risque de nous mettre toutes les deux mal à l'aise si je commence à l'interroger, je finis mon petit déjeuner dans un silence détendu, uniquement ponctué par ses questions sur mes préférences alimentaires.

Vingt-cinq minutes plus tard, Sawyer se présente sur le seuil de la grande pièce. Je me suis brossé les dents et suis prête à partir. Tenant fermement mon sac en papier marron contenant mon déjeuner – je crois que même ma mère n'a jamais fait ça pour moi –, je descends avec Sawyer au rez-de-chaussée par l'ascenseur. Il est très taciturne et ne laisse rien paraître. Taylor nous attend dans l'Audi et je monte sur la banquette arrière lorsque Sawyer m'ouvre la portière.

— Bonjour, Taylor, dis-je joyeusement.

— Mademoiselle Steele, répond-il en souriant.

— Taylor, je suis désolée pour hier et je vous prie d'excuser mes commentaires déplacés. J'espère que je ne vous ai pas causé de problèmes.

Taylor fronce les sourcils l'air amusé en me regardant dans le rétroviseur tandis qu'il engage l'Audi dans la circulation de Seattle.

— Mademoiselle Steele, j'ai rarement des problèmes.

Oh, bien. Christian ne l'a peut-être pas engueulé alors. Seulement moi, me dis-je avec amertume.

— Je suis ravie de l'apprendre, Taylor.

Jack me reluque de haut en bas tandis que je gagne mon bureau.

— Bonjour, Ana. Vous avez passé un bon week-end ?

— Oui, merci. Et vous ?

— C'était bien. Installez-vous, j'ai du travail pour vous.

Je hoche la tête et m'assois à mon bureau. Il me semble que cela fait des années que je ne suis pas venue travailler. J'allume mon ordinateur et j'ouvre ma messagerie électronique – et, bien sûr, il y a un mail de Christian.

De : Christian Grey
Objet : Patron
Date : 13 juin 2011 08:24
À : Anastasia Steele

Bonjour, mademoiselle Steele,
Je voulais juste vous remercier pour ce merveilleux week-end en dépit de tous les incidents.
J'espère que tu ne me quitteras jamais.
Et juste pour te rappeler que les informations concernant le rachat de SIP doivent rester secrètes pendant quatre semaines.
Efface ce message dès que tu l'auras lu.
Cordialement,

Christian Grey
P-DG, Grey Enterprises Holdings, Inc. & le patron du patron de ton patron

Il espère que je ne le quitterai jamais ? Est-ce qu'il me demande d'emménager chez lui ? Mon Dieu… Je connais à peine cet homme. J'efface le message.

De : Anastasia Steele
Objet : Autoritaire comme un patron
Date : 13 juin 2011 09:03
À : Christian Grey

Cher monsieur Grey,
Me demandez-vous de m'installer chez vous ? Et, bien sûr, je me rappelle que l'étendue de votre surveillance sans limite doit rester secrète pendant encore quatre semaines. Dois-je faire un chèque à l'ordre de « Faire face ensemble » et l'envoyer à votre père ? Je vous en prie, n'effacez pas ce message. Je vous en prie, répondez-y.
JTM

Anastasia Steele
Assistante de Jack Hyde, Éditeur, SIP

— Ana !

La voix de Jack me fait sursauter.

— Oui, dis-je en rougissant.

Jack fronce les sourcils dans ma direction.

— Tout va bien ?

— Bien sûr.

Je me lève maladroitement et me rends dans son bureau avec mon bloc-notes.

— Bien. Comme vous le savez sûrement, je me rends jeudi à New York pour ce Salon de la fiction. J'ai les billets et les réservations, mais je souhaiterais que vous m'accompagniez.

— À New York ?

— Oui. Nous devrons partir mercredi et passer la nuit là-bas. Je pense que cette expérience pourrait être enrichissante pour vous.

Ses yeux s'assombrissent en prononçant ces paroles, mais son sourire reste poli.

— Pourriez-vous vous occuper d'organiser ce déplacement ? Et réserver une chambre de plus à l'hôtel où je séjourne ? Je pense que Sabrina, mon assistante précédente, a dû laisser toutes les informations nécessaires quelque part.

— D'accord.

Je souris à Jack d'un air las.

Merde. Je retourne lentement à mon bureau. M. Cinquante Nuances risque de ne pas bien le prendre – mais la vérité, c'est que j'ai envie d'y aller. C'est une véritable occasion et je suis certaine de pouvoir garder Jack à distance s'il a des arrière-pensées. De retour devant mon ordinateur, je trouve une réponse de Christian.

De : Christian Grey
Objet : moi, autoritaire comme un patron ?
Date : 13 juin 2011 09:07
À : Anastasia Steele

Oui. S'il te plaît.

Christian Grey
P-DG, Grey Enterprises Holdings, Inc.

Il veut que je m'installe chez lui. Oh, Christian, c'est trop tôt. Je me prends la tête à deux mains pour essayer de retrouver mes esprits. Voilà tout ce dont j'ai besoin après ce week-end extraordinaire. Je n'ai pas eu un moment à moi pour réfléchir à tout ce que je viens de vivre et découvrir ces deux derniers jours.

De : Anastasia Steele
Objet : Flynnismes
Date : 13 juin 2011 09:20
À : Christian Grey

Christian,
Ne serais-tu pas en train de vouloir courir avant de marcher ?
Peut-on attendre ce soir pour en parler, s'il te plaît ?
On m'a demandé de me rendre à un congrès à New York jeudi.
Ce qui veut dire que je dormirai là-bas mercredi soir.
J'ai pensé que je devais te tenir au courant.

Anastasia Steele
Assistante de Jack Hyde, Éditeur, SIP

De : Christian Grey
Objet : QUOI ?
Date : 13 juin 2011 09:21
À : Anastasia Steele

Oui. On en discutera ce soir.
Vas-tu à New York toute seule ?

Christian Grey
P-DG, Grey Enterprises Holdings, Inc.

De : Anastasia Steele
Objet : Pas de majuscules criardes en caractères gras, dès le lundi matin !
Date : 13 juin 2011 09:30
À : Christian Grey

Pourrons-nous en parler également ce soir ?
Bises

Anastasia Steele
Assistante de Jack Hyde, Éditeur, SIP

De : Christian Grey
Objet : Tu ne m'as pas encore entendu crier
Date : 13 juin 2011 09:35
À : Anastasia Steele

Dis-moi.
Si c'est avec ce vicelard avec lequel tu travailles, alors la réponse est non, il faudra me passer sur le corps.

Christian Grey
P-DG, Grey Enterprises Holdings, Inc.

Mon cœur se serre. Merde, il se comporte comme s'il était mon père.

De : Anastasia Steele
Objet : C'est TOI qui ne m'as pas encore entendue crier
Date : 13 juin 2011 09:46
À : Christian Grey

Oui. C'est avec Jack.
Je veux y aller. C'est une occasion en or pour moi.
Et je ne suis jamais allée à New York.
Cool, Raoul !

Anastasia Steele
Assistante de Jack Hyde, Éditeur, SIP

De : Christian Grey
Objet : C'est TOI qui ne m'as pas encore entendue crier
Date : 13 juin 2011 09:35
À : Anastasia Steele

Anastasia,
Ce n'est pas Raoul qui m'inquiète dans cette histoire. Merde !
La réponse est NON.

Christian Grey
P-DG, Grey Enterprises Holdings, Inc.

— Non !

Je crie devant mon ordinateur et tous les employés se retournent et me dévisagent. Jack passe la tête à la porte de son bureau.

— Tout va bien, Ana ?

— Oui. Désolée. Je… n'ai pas sauvegardé un document.

Je suis rouge écarlate. Il me sourit, mais avec une expression intriguée. Je prends plusieurs profondes inspirations et je tape rapidement une réponse. Je suis tellement en colère.

De : Anastasia Steele
Objet : Cinquante Nuances
Date : 13 juin 2011 09:55
À : Christian Grey

Christian,
Il faut que tu te reprennes.
Je ne vais PAS coucher avec Jack – pas pour tout l'or du monde.
C'est toi que j'aime. C'est ce qui se passe quand deux personnes s'aiment.
Elles se font confiance.
Je ne pense pas que tu vas COUCHER AVEC, FESSER, BAISER ou FOUETTER quelqu'un d'autre. J'ai FOI en toi et je te fais CONFIANCE.
Je te prie de me rendre la même POLITESSE.
Ana

Anastasia Steele
Assistante de Jack Hyde, Éditeur, SIP

Je reste assise à attendre sa réponse. Rien ne vient. J'appelle la compagnie aérienne et réserve un billet à mon nom en m'assurant que je suis bien sur le même vol que Jack. Un *ping* m'annonce un nouveau message.

De : Lincoln, Elena
Objet : Déjeuner
Date : 13 juin 2011 10:15
À : Anastasia Steele

Chère Anastasia,
J'aimerais vraiment déjeuner avec vous. Je crois que nous sommes parties sur de mauvaises bases et je voudrais rattraper ça. Êtes-vous libre un midi de cette semaine ?

Elena Lincoln

Bordel de merde – pas Mrs Robinson ! Comment diable a-t-elle dégoté mon adresse électronique ? Je me prends la tête dans les mains. Est-ce que cette journée peut plus mal tourner ?

Mon téléphone sonne et je relève la tête d'un air las pour répondre tout en jetant un coup d'œil à l'heure. Il n'est que 10 h 20 et je regrette déjà d'avoir quitté le lit de Christian.

— Bureau de Jack Hyde, Ana Steele.

Une voix douloureusement familière s'adresse à moi avec hargne :

— Peux-tu, s'il te plaît, effacer le dernier message que tu m'as envoyé et t'efforcer d'être un peu plus discrète dans le langage que tu utilises dans ta messagerie professionnelle ? Je t'ai dit que le système était surveillé. Je vais essayer de limiter les dégâts qui ont pu être causés.

Il raccroche.

Putain de merde… Je reste assise à contempler le téléphone. Christian m'a raccroché au nez. Ce type est en train de piétiner ma carrière naissante et il me raccroche au nez ? Je lance un regard noir au combiné et, s'il n'était pas complètement inanimé, je crois qu'il se ratatinerait d'horreur sous mon mépris.

J'ouvre mes messages et efface le dernier que je lui ai envoyé. Ça n'est pas aussi grave que ça. Je mentionne juste la fessée et, bon d'accord, le fouet. S'il en a tellement honte, bon sang, il n'a qu'à pas le faire. Je prends mon BlackBerry et je l'appelle sur son portable.

— Quoi ? me balance-t-il.

— Je vais à New York que ça te plaise ou non.

— Ne compte pas…

Je raccroche au milieu de sa phrase. L'adrénaline pulse dans tout mon corps. Voilà, je le lui ai dit. Je suis vraiment furieuse.

J'inspire profondément en essayant de me ressaisir. Je ferme les yeux et je m'imagine dans un endroit paradisiaque. *Mmm… une cabine de bateau avec Christian.* Je chasse cette image parce que je suis trop en colère contre M. Cinquante Nuances pour l'inclure dans mon coin de paradis.

J'ouvre les yeux, je prends mon bloc-notes et parcours consciencieusement la liste des tâches de la journée. J'inspire longuement une fois que j'ai retrouvé mon calme.

— Ana ! crie Jack en me faisant sursauter. Ne réservez pas le billet d'avion !

— Oh, c'est trop tard. C'est déjà fait.

Jack sort à grands pas de son bureau. Il a l'air furieux.

— Écoutez, il se passe quelque chose. Pour une raison inexplicable, à partir de maintenant, toutes les dépenses concernant les déplacements du personnel doivent être approuvées par la direction. Ça vient directement d'en haut. Je monte voir le vieux Roach. Apparemment, une suspension de toutes les dépenses vient juste d'être décidée. Je ne comprends pas.

Jack se pince l'arête du nez en fermant les yeux.

Mon visage se vide de presque tout son sang et des nœuds se forment dans mon ventre. *M. Cinquante Nuances !*

— Prenez mes appels. Je vais voir ce que Roach a à me dire.

Il m'adresse un clin d'œil et s'éloigne rapidement pour aller voir son patron – pas le patron du patron.

Bon sang. Christian Grey… Mon sang se remet à bouillir.

De : Anastasia Steele
Objet : Qu'as-tu fait ?
Date : 13 juin 2011 10:43
À : Christian Grey

Je t'en prie, dis-moi que tu n'interviendras pas dans mon travail.
J'aimerais vraiment aller à ce congrès.
Je n'aurais jamais dû te demander.
J'ai effacé le message offensant.

Anastasia Steele
Assistante de Jack Hyde, Éditeur, SIP

De : Christian Grey
Objet : Qu'as-tu fait ?
Date : 13 juin 2011 10:46
À : Anastasia Steele

Je protège juste ce qui est à moi.
Le message que tu as envoyé si imprudemment a été effacé du serveur de SIP, ainsi que tous mes messages à ton intention.

Au fait, j'ai pour toi une confiance sans réserve. C'est en lui que je n'ai pas confiance.

Christian Grey
P-DG, Grey Enterprises Holdings, Inc.

Je vérifie pour voir si j'ai toujours ses messages et ils ont tous disparu. L'influence de cet homme n'a aucune limite. Comment peut-il faire tout ça ? Qui connaît-il qui puisse pénétrer dans les profondeurs du serveur de SIP et faire disparaître des messages ? C'est hors de mes compétences.

De : Anastasia Steele
Objet : Adulte
Date : 13 juin 2011 10:48
À : Christian Grey

Christian,
Je n'ai pas besoin qu'on me protège de mon patron.
Il peut bien tenter sa chance avec moi mais je refuserai.
Tu ne peux pas intervenir de la sorte. C'est mal, cette volonté de tout contrôler à tant de niveaux.

Anastasia Steele
Assistante de Jack Hyde, Éditeur, SIP

De : Christian Grey
Objet : La réponse est NON
Date : 13 juin 2011 10:50
À : Anastasia Steele

Ana,
J'ai pu mesurer ton efficacité quand il s'agit de repousser une attention indésirable. Je me rappelle que c'est ainsi que j'ai eu le plaisir de passer ma première nuit avec toi. Au moins, le photographe a des sentiments pour toi. L'autre vicelard, lui, n'en a pas. C'est un coureur de jupons en série et il va essayer de te séduire. Demande-lui ce qui est arrivé à son assistante précédente et celle d'avant encore.
Je ne veux pas qu'on se dispute à ce sujet.

Si tu veux aller à New York, je t'y emmènerai. Nous pouvons y aller ce week-end. J'y ai un appartement.

Christian Grey
P-DG, Grey Enterprises Holdings, Inc.

Oh, Christian ! Ça n'est pas le propos. Il est tellement frustrant. Et bien sûr, il a un appartement à New York. Où a-t-il encore des pied-à-terre ? J'étais sûre qu'il allait reparler de José. Va-t-il pouvoir oublier un jour cette histoire ? J'étais soûle, pour l'amour de Dieu. Je ne me soûlerais jamais avec Jack.

Je secoue la tête devant l'écran, mais je ne peux pas continuer à me disputer avec lui par messages interposés. Il va falloir que j'attende le bon moment ce soir. Je regarde l'heure. Jack n'est toujours pas revenu de sa réunion avec Jerry et il faut que je m'occupe du cas Elena. Je relis son e-mail et décide que le meilleur moyen de gérer cette affaire est de transférer le message à Christian. Qu'il se concentre sur elle plutôt que sur moi.

De : Anastasia Steele
Objet : Transfert Déjeuner ou Des valises encombrantes
Date : 13 juin 2011 11:15
À : Christian Grey

Christian,
Alors que tu étais occupé à intervenir dans ma carrière et à sauver tes fesses de mes missives imprudentes, j'ai reçu le message suivant de Mme Lincoln. Je ne tiens vraiment pas à la rencontrer – et même si je le voulais, je n'ai pas l'autorisation de quitter cet immeuble. Je ne sais absolument pas comment elle s'est procuré mon adresse de messagerie. Que me suggères-tu ? Voici son message :

Chère Anastasia,
J'aimerais vraiment déjeuner avec vous. Je crois que nous sommes parties sur de mauvaises bases et je voudrais rattraper ça. Êtes-vous libre un midi de cette semaine ?

Elena Lincoln

Anastasia Steele
Assistante de Jack Hyde, Éditeur, SIP

De : Christian Grey
Objet : Valises encombrantes
Date : 13 juin 2011 11:23
À : Anastasia Steele

Ne sois pas en colère après moi. Je ne pense qu'à ton bien. Si quelque chose t'arrivait, je ne me le pardonnerais pas. Je vais m'occuper de Mme Lincoln.

Christian Grey
P-DG, Grey Enterprises Holdings, Inc.

De : Anastasia Steele
Objet : Plus tard
Date : 13 juin 2011 11:32
À : Christian Grey

S'il te plaît, pourrons-nous en discuter ce soir ?
J'essaie de travailler et tes interférences continuelles me déconcentrent.

Anastasia Steele
Assistante de Jack Hyde, Éditeur, SIP

Jack revient passé midi et m'apprend que New York est annulé pour moi, même si lui s'y rend malgré tout, et qu'il ne peut rien faire pour changer la décision de la direction. Il retourne à grands pas dans son bureau et claque la porte, apparemment en colère. Pourquoi se met-il dans cet état ?

Au fond de moi, je sais que ses intentions sont loin d'être honorables, mais je suis certaine de pouvoir le gérer et je me demande ce que Christian sait au sujet des précédentes assistantes de Jack. Je range ces pensées dans un coin de ma tête et poursuis mon travail, mais je suis déterminée à convaincre Christian de changer d'avis, même si ça n'est pas gagné d'avance.

À 13 heures, Jack passe la tête à la porte de son bureau.

— Ana, pourriez-vous aller me chercher à déjeuner ?

— Bien sûr, que voulez-vous ?

— Un sandwich au pastrami et pain de seigle, sans moutarde. Je vous rembourserai plus tard.

— Une boisson ?

— Un Coca, s'il vous plaît. Merci, Ana.

Il retourne dans son bureau et je m'apprête à prendre mon sac à main.

Merde. J'ai promis à Christian que je ne sortirais pas. Je soupire. Il n'en saura rien, je ferai vite.

À l'accueil, Claire me propose son parapluie puisqu'il pleut à verse. Je serre ma veste autour de moi en me dirigeant vers les portes extérieures et jette un regard furtif à droite et à gauche sous le très grand parapluie de golf. Tout semble normal. Aucune trace de la Fille fantôme.

Je marche d'un pas vif, et j'espère aussi discret, jusqu'à la sandwicherie au coin de la rue. Cependant, plus je m'en approche, plus j'ai le déplaisant sentiment d'être observée, et je ne sais si c'est le fait d'une paranoïa exagérée ou s'il s'agit de la réalité. Merde. J'espère que Leila n'est pas là avec son arme.

Ce n'est que ton imagination, me reproche ma conscience. *Qui voudrait te tirer dessus, bon sang ?*

Je suis de retour au bout de quinze minutes – saine et sauve, et soulagée. La paranoïa extrême de Christian et sa vigilance surprotectrice doivent commencer à déteindre sur moi.

Lorsque j'apporte son déjeuner à Jack, il lève les yeux du téléphone.

— Merci, Ana. Puisque vous ne venez pas avec moi, je vais avoir besoin de travailler tard. Nous devons préparer ces dossiers. J'espère que vous n'avez rien de prévu.

Il me sourit chaleureusement et je rougis.

— Non, c'est bon, dis-je, le cœur serré, en lui rendant son sourire.

Ça ne va pas bien passer. Christian va piquer une crise, j'en suis sûre.

De retour à mon bureau, je décide de ne pas l'avertir tout de suite ; autrement, il va trouver le moyen d'intervenir d'une manière ou d'une autre. Je m'assieds pour manger le sandwich au poulet et aux crudités que Mme Jones m'a préparé. Il est délicieux. Ce n'est pas un sandwich ordinaire.

Bien sûr, si j'emménageais chez Christian, elle me préparerait mon déjeuner tous les jours de la semaine. Cette idée me dérange. Je n'ai jamais rêvé d'une richesse indécente ni de ses privilèges. Je rêvais seulement d'amour. Trouver quelqu'un qui m'aime et qui n'essaie pas de contrôler le moindre de mes gestes. Le téléphone sonne.

— Bureau de Jack Hyde…

— Tu m'as assuré que tu ne sortirais pas, m'interrompt Christian d'une voix glaciale.

Mon cœur se serre pour la millionième fois de la journée. *Merde*. Comment l'a-t-il su ?

— Jack m'a envoyée lui chercher à déjeuner. Je ne pouvais pas refuser. Tu me fais surveiller ?

À cette hypothèse, mon cuir chevelu est parcouru de picotements. Pas surprenant que je sois parano – j'étais bel et bien surveillée. Cette pensée m'emplit de colère.

— C'est pour cette raison que je ne voulais pas que tu retournes travailler, rétorque Christian d'un ton sec.

— Christian, je t'en prie, tu es…

M. Cinquante Nuances.

— … Tu es tellement étouffant.

— Étouffant ? murmure-t-il, surpris.

— Oui. Il faut que tu cesses. Nous en discuterons ce soir. Malheureusement je dois travailler tard puisque je ne vais pas à New York.

— Anastasia, je ne veux pas t'étouffer, reprend-il calmement quoique horrifié.

— Eh bien, c'est précisément ce que tu fais. J'ai du travail. On se parle plus tard.

Je raccroche, vidée et vaguement déprimée.

Après notre merveilleux week-end, la réalité reprend ses droits. Je n'ai jamais autant ressenti le besoin de m'enfuir. M'enfuir vers une retraite tranquille afin que je puisse penser à cet homme, à ce qu'il est et à la manière de me comporter avec lui. À un certain niveau, je sais qu'il est brisé – je le vois clairement maintenant – et ça me fend autant le cœur que cela m'épuise. D'après les petites informations qu'il m'a livrées au sujet de sa vie, je comprends pourquoi. Un enfant mal aimé ; un environnement atroce et abusif ; une mère qui ne pouvait le protéger, qu'il ne pouvait protéger et qui est morte sous ses yeux.

Je frissonne. Mon pauvre M. Cinquante Nuances. Je suis à lui mais je ne tiens pas à être enfermée dans une cage dorée. Comment vais-je pouvoir le lui faire comprendre ?

Le cœur lourd, je prends sur mes genoux un des manuscrits que Jack veut que je résume et j'en poursuis la lecture. Je ne vois aucune solution simple aux problèmes de contrôle de Christian. Je vais devoir lui en parler tout à l'heure, en face-à-face.

Une demi-heure plus tard, Jack m'envoie un document qu'il faut que je remette en forme, que j'affine et que j'imprime à temps pour sa réunion. Cela ne va pas seulement me prendre le reste de l'après-midi mais une partie de la soirée aussi. Je me mets aussitôt au travail.

Quand je relève la tête, il est 19 heures passées et le bureau est désert, bien que la lumière dans le bureau de Jack soit encore allumée. Je n'ai pas remarqué que les autres étaient partis mais j'ai presque fini. J'adresse le document à Jack pour accord et je vérifie ma boîte de réception. Rien de neuf de la part de Christian et je jette aussitôt un œil vers mon BlackBerry. Je sursaute quand l'appareil se met à sonner : c'est Christian.

— Salut, dis-je dans un murmure.

— Salut, quand penses-tu avoir fini ?

— Vers 19 h 30, je pense.

— Je te retrouverai devant le bureau.

— D'accord.

Il semble calme, nerveux même. Pourquoi ? Il se méfie de ma réaction ?

— Je suis toujours en colère contre toi, mais c'est tout, dis-je. Nous avons pas mal de choses à nous dire.

— Je sais. À 19 h 30 alors.

Jack sort de son bureau.

— Je dois te laisser. À tout à l'heure.

Je raccroche et lève les yeux vers mon patron qui s'approche nonchalamment de moi.

— J'ai juste besoin de deux ou trois petites modifications. Je vous ai renvoyé le document.

Il se penche sur mon bureau pendant que je réceptionne le document, il est plutôt proche de moi – proche à me mettre mal à l'aise. Son bras effleure le mien. Accidentellement ? Je tressaille mais il fait comme s'il n'avait pas remarqué. Il s'appuie de son autre main au dossier de mon fauteuil et touche mon dos. Je me redresse.

— Pages 16 et 23, et ça devrait suffire, murmure-t-il, la bouche collée à mon oreille.

Sa proximité me donne la chair de poule, mais je décide de ne pas en tenir compte. J'ouvre le document et je procède aux modifications en tremblant. Il est toujours penché au-dessus de moi et tous mes sens sont en alerte. Cela me déconcentre et m'embarrasse. Au fond de moi, une voix hurle : *Recule !*

— Une fois que ce sera fait, vous pourrez l'imprimer. Ça pourra attendre demain. Merci d'être restée tard pour vous en charger, Ana.

Sa voix est douce, modérée, comme s'il s'adressait à un animal blessé. J'en ai des nœuds à l'estomac.

— Je crois que le moins que je puisse faire est de vous remercier en vous offrant un petit verre. Vous le méritez.

Il repousse derrière mon oreille une mèche de cheveux qui s'est échappée de mon élastique et me caresse doucement le lobe.

J'ai un mouvement de recul, les dents serrées, et je m'écarte de lui en détournant la tête. *Merde !* Christian avait raison. *Ne me touche pas.*

— À vrai dire, je ne peux pas ce soir.

Ni n'importe quel autre soir, Jack.

— Un petit verre vite fait ? insiste-t-il.

— Non, je ne peux pas. Mais merci quand même.

Jack s'assied au bout de mon bureau en fronçant les sourcils. Des signaux d'alarme s'enclenchent avec frénésie dans ma tête. Je suis toute seule dans le bureau. Je ne peux pas partir. Je jette un coup d'œil nerveux à l'heure. Encore cinq minutes avant que Christian n'arrive.

— Ana, je pense que nous formons une équipe géniale. Je suis désolé de n'avoir pu résoudre cette histoire de déplacement à New York. Ce ne sera pas la même chose sans vous.

Ça, j'en suis sûre. Je lui adresse un vague sourire faute de savoir quoi dire. Et pour la première fois de toute cette journée, je suis soulagée de ne pas être du voyage.

— Alors, vous avez passé un bon week-end ? me demande-t-il doucement.

— Oui, merci.

Où veut-il en venir maintenant ?

— Vous avez vu votre petit ami ?

— Oui.

— Que fait-il dans la vie ?

Il possède ton cul…

— Il est dans les affaires.

— Intéressant. Quel genre d'affaires ?

— Oh, c'est un touche-à-tout.

Jack se penche encore plus vers moi. Il envahit mon espace personnel, encore une fois.

— Vous êtes très réservée, Ana.

— Eh bien, il est dans les télécommunications, l'industrie et l'agriculture.

Jack hausse les sourcils.

— Tant de choses. Pour qui travaille-t-il ?

— Pour lui-même. Si le document vous convient, j'aimerais y aller si ça ne vous dérange pas.

Il se recule. Mon espace personnel est à nouveau préservé.

— Bien sûr, je suis désolé, je n'avais pas l'intention de vous retarder, lâche-t-il, hypocrite.

— À quelle heure les portes de l'immeuble ferment-elles ?

— Les types de la sécurité sont là jusqu'à 23 heures.

— Bien.

Je souris et ma conscience se laisse choir dans son fauteuil, soulagée de savoir que nous ne sommes pas seuls dans l'immeuble. J'éteins mon ordinateur, je prends mon sac à main et me lève, prête à m'en aller.

— Vous l'aimez bien alors ? Votre petit ami ?

— Je l'aime, dis-je en regardant Jack droit dans les yeux.

— Je vois.

Il prend une mine contrariée et se lève de mon bureau.

— Comment s'appelle-t-il ?

Je rougis.

— Grey. Christian Grey.

Jack en reste bouche bée.

— Le plus riche célibataire de Seattle ? Ce Christian Grey-là ?

— Oui. Celui-là même.

Oui, ce Christian Grey, ton futur patron qui va te bouffer tout cru au petit déjeuner si tu empiètes encore une fois mon espace personnel.

— Il me semblait bien que son visage ne m'était pas étranger, dit Jack d'un air sombre, en plissant une fois encore le front. Eh bien, c'est un homme qui a de la chance.

Je cligne des yeux. Qu'est-ce que je peux répondre à ça ?

— Passez une bonne soirée, Ana.

Jack sourit mais cela ne se reflète pas dans ses yeux. Il retourne d'un pas raide à son bureau sans un regard pour moi.

Je laisse échapper un long soupir de soulagement. Bon, voilà un problème de réglé. La magie de M. Cinquante Nuances a encore fonctionné. Il a suffi de son nom en guise de talisman et cet homme a battu en retraite la queue entre les jambes. Je m'autorise une petite moue victorieuse. *Tu vois, Christian ? Même ton nom me protège – tu n'avais vraiment pas besoin de te donner tout ce mal à renforcer la politique des dépenses.* Je range mon bureau et jette un coup d'œil à ma montre. Il doit m'attendre dehors.

L'Audi est garée contre le trottoir et Taylor bondit pour ouvrir la portière arrière. Je n'ai jamais été aussi contente de le voir et je grimpe dans la voiture pour échapper à la pluie.

Christian est installé sur la banquette arrière, il me dévisage avec méfiance, les yeux écarquillés. Il se prépare à ma fureur, les mâchoires serrées, tendu.

— Salut ! fais-je.

— Salut, répond-il prudemment.

Il me prend la main pour la presser fort et mon cœur se réchauffe un peu. Je suis tellement troublée. Je n'ai pas réfléchi à ce que je dois lui dire.

— Tu es toujours en colère ? me demande-t-il.

— Je ne sais pas.

Je réponds dans un murmure. Il lève ma main et effleure légèrement mes doigts de baisers doux comme des papillons.

— Ça a été une journée de merde, dit-il.

— En effet.

Pour la première fois depuis qu'il est parti travailler ce matin, je commence à me détendre. Sa seule compagnie est un baume apaisant ; toute la merde de Jack, l'échange de messages désobligeants et la nuisance générée par Elena s'effacent au second plan. Il n'y a plus que moi et mon maniaque du contrôle à l'arrière de la voiture.

— C'est mieux maintenant que tu es là, murmure-t-il.

Nous restons assis en silence, tous les deux d'humeur morose et pensive, pendant que Taylor slalome dans la circulation du soir. Mais peu à peu je sens Christian se détendre près de moi tandis qu'il fait courir son pouce sur le dos de ma main avec un rythme doux et apaisant.

Taylor nous dépose devant l'immeuble et nous nous précipitons à l'intérieur pour nous abriter de la pluie. Christian serre ma main alors que nous attendons l'ascenseur, ses yeux balayant le devant de l'immeuble.

— J'en déduis que tu n'as pas encore localisé Leila.

— Non. Welch est toujours à sa recherche, marmonne-t-il d'un air abattu.

L'ascenseur arrive et nous y montons. Christian pose un regard indéchiffrable sur moi. Oh, il est tellement magnifique – ses cheveux en bataille, sa chemise blanche, son costume sombre. Et soudain, c'est là, qui sort de nulle part, cette sensation. *Oh mon Dieu* – l'envie, le désir, l'électricité. Une sensation qui, si elle était perceptible, se matérialiserait en une aura d'un bleu intense entre et autour de nous ; c'est tellement fort. Il entrouvre les lèvres en me regardant.

— Tu sens ça ? souffle-t-il.

— Oui.

— Oh, Ana.

Il m'attrape en grognant, enroulant ses bras autour de moi, une main sur ma nuque, rejetant ma tête en arrière alors que ses lèvres trouvent les miennes. Mes doigts jouent dans ses cheveux et caressent sa joue tandis qu'il me repousse contre la paroi de la cabine.

— Je déteste me disputer avec toi, souffle-t-il tout contre ma bouche.

La passion et le désespoir de son baiser font écho aux miens. Le désir explose dans mon corps, toute la tension de la journée cherchant une sortie, se pressant contre lui, en attendant plus. Nous ne sommes que langues et souffle et mains et caresses et sensations douces, si douces. Sa main est sur ma hanche et, brusquement, il remonte ma jupe, ses doigts effleurent mes cuisses.

— Doux Jésus, tu portes des bas.

Il gémit sous le coup d'une stupeur appréciatrice pendant que ses pouces frôlent la chair au-dessus de la soie.

— Je veux voir ça, souffle-t-il en remontant tout à fait ma jupe pour exposer le haut de mes jambes.

Il recule et appuie sur le bouton « stop », l'ascenseur s'immobilise doucement entre le vingt-deuxième et le vingt-troisième étage. Ses yeux sont sombres, ses lèvres entrouvertes, et il respire aussi fort que moi. Nous nous regardons sans nous toucher. Je suis heureuse d'être adossée à la paroi qui me maintient pendant que je me noie dans le regard scrutateur, sensuel et charnel de cet homme sublime.

— Détache-toi les cheveux ! m'ordonne-t-il d'une voix rauque.

Je lève les mains pour dénouer mes cheveux, les relâchant pour les laisser tomber en cascade sur mes épaules jusqu'à mes seins.

— Défais les deux boutons du haut de ton chemisier, chuchote-t-il, une lueur sauvage dans le regard.

Je me sens si dévergondée avec lui. Je déboutonne mon chemiser avec une lenteur intolérable afin que la naissance de mes seins soit révélée dans toute sa tentation.

Il déglutit.

— Tu ne peux pas savoir à quel point tu es attirante, là.

Très volontairement, je me mords la lèvre en secouant la tête. Il ferme brièvement les yeux et, quand il les rouvre, ils flamboient. Il avance et place ses mains sur la paroi de l'ascenseur de part et d'autre de mon visage. Il ne pourrait être plus près sans me toucher.

Je relève la tête à sa rencontre. Il se penche, frôle mon nez du sien et c'est le seul contact que nous échangeons. Je suis tellement excitée dans cet ascenseur exigu avec lui. J'ai envie de lui, maintenant.

— Je crois, mademoiselle Steele, que vous me rendez fou.

— Je vous rends fou ?

— À tous les niveaux, Anastasia. Tu es une sirène, une déesse.

Et il s'empare de moi. Attrapant ma jambe au-dessus du genou, il la remonte autour de sa taille, si bien que je me tiens sur une jambe, appuyée contre lui. Je le sens, il est dur, empli de désir, au-dessus du delta de mes cuisses. Ses lèvres cheminent sur ma gorge. J'accroche mes bras autour de son cou en gémissant.

— Je vais te prendre maintenant, souffle-t-il.

J'arque mon dos en réponse et me colle à lui, impatiente. Il émet un profond gémissement de fond de gorge et me remonte davantage contre lui tout en descendant sa braguette.

— Tiens-toi bien, bébé, murmure-t-il.

Il sort comme par magie un étui argenté qu'il tient devant ma bouche. Je le prends entre mes dents et il tire de son côté afin qu'à nous deux nous déchirions l'emballage.

— C'est bien, bonne petite.

Il recule une fraction de seconde pour enfiler le préservatif.

— Mon Dieu, je ne vais pas pouvoir attendre six jours, gronde-t-il, les paupières à demi-closes. J'espère que tu ne tiens pas trop à cette petite culotte.

De ses doigts experts, il déchire le sous-vêtement qui se désintègre dans ses mains. Mon sang bat dans mes veines. Je halète de désir.

Ses mots m'enivrent, j'oublie toute l'angoisse de la journée. Il n'y a que lui et moi en train de faire ce que nous faisons le mieux. Sans me quitter du regard, il se glisse lentement en moi. Je me cambre et rejette la tête en arrière, les yeux fermés, me délectant de le sentir en moi.

Il se retire puis s'enfonce de nouveau, si lentement, si doucement. Je grogne.

— Tu es à moi, Anastasia, murmure-t-il contre ma gorge.

— Oui. À toi. Quand l'accepteras-tu ?

Je suis pantelante. Il grogne et se met à bouger en moi, vraiment. Et je m'abandonne à son rythme implacable, savourant chaque poussée et chaque retrait, son souffle irrégulier, son envie faisant écho à la mienne.

Je me sens puissante, forte, désirée et aimée – aimée par cet homme fascinant et compliqué que j'aime en retour de tout mon cœur. Il me pilonne plus fort, encore plus fort, le souffle court, se perdant en moi comme je me perds en lui.

— Oh, bébé, gémit Christian, ses dents effleurant ma mâchoire.

Et je jouis fort autour de lui. Il s'immobilise, me serre intensément et s'abandonne à son tour en chuchotant mon nom.

Épuisé, calme à présent, il m'embrasse doucement et son souffle ralentit. Il me maintient debout contre la paroi de l'ascenseur, son front collé au mien. Mon corps est comme en gelée, faible mais rassasié par mon orgasme.

— Oh, Ana, murmure-t-il. J'ai tellement besoin de toi.

Il m'embrasse.

— Et moi de toi, Christian.

Il me lâche, baisse ma jupe et reboutonne mon chemisier, puis il compose un code sur le clavier de l'ascenseur pour le débloquer. La cabine s'élève dans une secousse et je m'accroche aux bras de Christian.

— Taylor va se demander où nous sommes.

Il m'adresse un sourire lubrique.

Oh, merde. Je passe mes doigts dans mes cheveux en tâchant de dompter ma coiffure d'après-baise, puis je laisse tomber et j'opte pour une queue-de-cheval.

— Ça ira.

Christian a un petit sourire en coin en remontant sa braguette après avoir fourré le préservatif dans la poche de son pantalon.

Le voilà redevenu l'incarnation de l'entrepreneur américain – ses cheveux étant toujours en bataille, comme s'il venait juste de baiser, on ne voit pas grande différence. Sauf que, maintenant, il est souriant, détendu, et ses yeux plissés lui donnent un charme puéril. Tous les hommes sont-ils si faciles à apaiser ?

Taylor nous attend lorsque les portes s'ouvrent.

— Un problème avec l'ascenseur, murmure Christian quand nous sortons tous les deux de la cabine.

Je n'ose regarder aucun des deux hommes en face. Je passe la double porte de la chambre de Christian au pas de course pour aller enfiler une culotte.

À mon retour, Christian a retiré sa veste. Il est installé au comptoir de la cuisine et bavarde avec Mme Jones. Elle me sourit gentiment et nous apporte deux assiettes fumantes. Mmmm, ça sent bon, du coq au vin, si je ne m'abuse.

— Bon appétit, monsieur Grey, Ana, dit-elle avant de nous laisser.

Christian va chercher une bouteille de vin blanc dans le réfrigérateur et, pendant que nous mangeons, m'explique qu'il est sur le point de perfectionner un téléphone mobile à l'énergie solaire. Il est visiblement tout excité par ce projet. La journée n'a pas été complètement merdique.

Je l'interroge sur ses propriétés. Avec un petit sourire en coin, il me répond qu'il a des appartements à New York, Aspen et l'Escala. Rien d'autre. Quand nous avons fini de dîner, je prends nos assiettes et les emporte dans l'évier.

— Laisse ça, Gail va s'en charger, dit-il.

Je me tourne vers lui et il me regarde avec intensité. Vais-je un jour m'habituer au fait que quelqu'un fasse tout pour moi ?

— Eh bien, à présent que vous êtes plus docile, mademoiselle Steele, nous pouvons peut-être parler de cette journée ?

— Je pense que c'est toi qui es plus docile. Je crois que je m'en sors bien pour te dompter.

— Me dompter ? ricane-t-il, amusé.

Je hoche la tête et il se renfrogne comme s'il réfléchissait.

— Oui. Peut-être bien, Anastasia.

— Tu avais raison concernant Jack.

Je murmure cet aveu d'un ton grave en m'appuyant sur le comptoir de la cuisine pour observer sa réaction.

Christian se décompose et son regard se durcit.

— Il a tenté quelque chose ? chuchote-t-il, sa voix d'une froideur fatale.

Je secoue la tête pour le rassurer.

— Non, il ne le fera pas, Christian. Aujourd'hui, je lui ai dit que j'étais avec toi et il a aussitôt battu en retraite.

— Tu en es certaine ? Je pourrais virer ce fumier.

Il est menaçant. Je soupire, le vin m'a donné du courage.

— Il faut vraiment que tu me laisses mener mes propres batailles. Tu ne peux pas toujours tout anticiper pour moi et essayer de me protéger. C'est étouffant, Christian. Je ne vais jamais m'épanouir si tu ne cesses d'intervenir dans ma vie. J'ai besoin d'un peu de liberté. Je n'envisagerais pas de me mêler de tes affaires.

Il cligne des paupières.

— Je veux seulement que tu sois en sécurité, Anastasia. S'il t'arrivait quelque chose, je…

— Je sais et je comprends ta détermination à me protéger. Et une partie de moi aime ça. Je sais que si j'ai besoin de toi, tu seras là, comme je le suis pour toi. Mais si nous aspirons à un quelconque avenir ensemble, il faut que tu me fasses confiance et que tu aies confiance en mon jugement. Oui, parfois, ça m'arrive de me tromper, je fais des erreurs, mais il faut que j'apprenne par moi-même.

Il me regarde fixement, l'air inquiet. Je contourne le comptoir et viens me poster entre ses jambes alors qu'il est assis sur le tabouret de bar. Le prenant par les poignets, je passe ses bras autour de moi et pose mes mains sur lui.

— Tu ne peux pas intervenir dans mon travail. Ça n'est pas bien. Je n'ai pas besoin que tu déboules tel un chevalier blanc à ma rescousse. Je sais que tu veux tout contrôler et je comprends pourquoi, mais tu ne peux pas le faire. C'est un objectif impossible… Tu dois apprendre à lâcher prise.

Je caresse son visage alors qu'il m'observe toujours, les yeux écarquillés.

— Et si tu y arrives – s'il te plaît, essaie au moins –, alors j'emménagerai avec toi, dis-je doucement.

Il inspire profondément, surpris.

— Tu ferais ça ? chuchote-t-il.

— Oui.

— Mais tu ne me connais pas.

Il semble choqué et paniqué tout d'un coup – pas du tout Cinquante Nuances.

— Je te connais bien assez, Christian. Tu ne pourras rien me dire sur toi qui puisse m'effrayer au point de me faire fuir.

Je fais doucement courir mes doigts sur sa joue ; d'anxieux, il devient dubitatif.

— Mais laisse-moi un peu d'air, je t'en supplie.

— J'essaie, Anastasia. Je ne pouvais tout simplement pas rester en retrait et te laisser aller à New York avec ce… vicelard. Il a une réputation vraiment épouvantable. Aucune de ses assistantes n'a tenu plus de trois mois, et la société ne les retient jamais. Je ne veux pas que ça t'arrive, bébé. Je ne veux pas qu'il t'arrive quoi que ce soit. Que tu sois blessée, par exemple… Cette pensée me remplit d'effroi. Je ne peux pas te promettre de ne pas intervenir, pas si je pense qu'il peut t'arriver quelque chose.

Il marque une pause pour inspirer profondément.

— Je t'aime, Anastasia. Je ferai tout ce qui est en mon pouvoir pour te protéger. Je ne peux pas imaginer ma vie sans toi.

Bordel de merde. Ma déesse intérieure, ma conscience et moi considérons toutes Cinquante Nuances, interdites.

Trois petits mots. Mon monde se fige, s'incline puis se met à tourner sur un nouvel axe. Je savoure ce moment, plongeant mon regard dans ses yeux gris sincères.

— Je t'aime aussi, Christian.

Je me penche pour l'embrasser et le baiser devient plus profond.

Taylor, qui est entré sans qu'on le remarque, se racle la gorge. Christian s'écarte en me regardant intensément. Il se lève, un bras passé autour de ma taille.

— Oui ? demande-t-il sèchement à Taylor.

— Mme Lincoln est dans l'ascenseur, monsieur.

— Quoi ?

Taylor hausse les épaules pour s'excuser. Christian soupire en secouant la tête.

— Eh bien, ce devrait être intéressant, marmonne-t-il en m'adressant un sourire en coin résigné.

Merde ! Pourquoi cette satanée bonne femme ne peut-elle pas nous ficher la paix ?

12.

— Tu lui as parlé aujourd'hui ?

Je pose la question à Christian en attendant l'arrivée de Mrs Robinson.

— Oui.

— Qu'est-ce que tu lui as dit ?

— Que tu ne voulais pas la voir et que je comprenais tes raisons. Et je lui ai répété que je n'aimais pas qu'elle agisse dans mon dos.

Son regard est impassible.

Oh, très bien.

— Qu'a-t-elle répondu ?

— Elle ne m'a pas pris au sérieux, comme d'habitude.

Il grimace.

— Pourquoi crois-tu qu'elle vient ?

— Je n'en ai aucune idée, répond-il en haussant les épaules.

Taylor réapparaît dans la grande salle.

— Mme Lincoln, annonce-t-il.

Et la voilà… Pourquoi faut-il qu'elle soit si attirante ? Sous un halo de cheveux dorés, elle est habillée tout en noir : un jean serré, un chemisier qui souligne sa silhouette parfaite.

Christian m'attire près de lui.

— Elena, la salue-t-il d'un ton intrigué.

Elle me regarde fixement, surprise, figée sur place, et cligne des paupières avant de prendre sa voix douce :

— Je suis désolée. Je n'ai pas compris que tu avais de la compagnie, Christian. On est lundi, ajoute-t-elle comme si cela expliquait la raison de sa venue.

— C'est ma petite amie, précise-t-il en inclinant la tête vers moi avec un sourire froid.

Un autre sourire radieux, uniquement destiné à Christian, se dessine lentement sur le visage d'Elena. C'est déstabilisant.

— Bien sûr. Bonjour, Anastasia. Je ne savais pas que vous seriez ici. Je sais que vous ne souhaitez pas me parler. Je l'accepte.

— C'est vrai ? je réplique tranquillement en la fixant des yeux, ce qui nous surprend tous les trois.

Avec un léger froncement de sourcils, elle avance dans la pièce.

— Oui, j'ai compris le message. Je ne suis pas venue vous voir. Je suis juste étonnée, Christian a rarement de la compagnie en semaine.

Elle marque une pause.

— J'ai un problème que je souhaiterais soumettre à Christian.

— Oh ? fait-il en se redressant. Tu veux un verre ?

— Oui, s'il te plaît, murmure-t-elle, reconnaissante.

Christian va la servir pendant qu'Elena et moi restons là, debout, à nous dévisager avec embarras. Elle triture une grosse bague en argent sur son index tandis que je ne sais où regarder. Finalement elle m'adresse un petit sourire crispé, s'approche du comptoir de la cuisine et s'assoit sur un tabouret à son extrémité. Elle connaît de toute évidence très bien l'endroit et s'y sent plutôt à l'aise.

Dois-je rester ? Dois-je partir ? *Oh, quelle situation compliquée.* Ma conscience, arborant son visage de harpie, fusille Elena du regard.

J'ai tellement de choses à dire à cette femme, et rien de flatteur. Mais c'est l'amie de Christian – sa seule amie – et, malgré ma répugnance, je reste naturellement polie. Je décide de rester et m'assois aussi gracieusement que possible sur le tabouret laissé libre par Christian. Il nous sert à chacune un verre de vin et s'installe entre nous au comptoir. Ne sent-il pas à quel point tout cela est bizarre ?

— Que se passe-t-il ? demande-t-il.

Elena me jette un regard nerveux et Christian me prend la main.

— Anastasia est avec moi maintenant, dit-il pour répondre à sa question silencieuse.

Il me presse les doigts. Je rougis et ma conscience adresse un sourire radieux à Christian. Oublié, le visage de harpie.

L'expression d'Elena s'adoucit comme si elle était contente pour lui. Vraiment contente. Oh, je ne comprends décidément pas cette femme. Et je me sens tellement mal à l'aise et nerveuse en sa présence.

Elle inspire profondément et se tortille sur son tabouret, nerveuse. Elle baisse les yeux sur ses mains et recommence à triturer machinalement le gros anneau en argent sur son index.

Qu'est-ce qu'elle a ? C'est ma présence qui la gêne ? Parce que je ressens la même chose : je n'ai pas envie qu'elle soit là. Elle lève la tête et regarde Christian droit dans les yeux.

— On me fait chanter.

Bordel de merde. Pas du tout ce à quoi je m'attendais. Christian se raidit. Quelqu'un a peut-être découvert qu'elle aimait battre et se taper des mineurs ? Je réprime ma répulsion et pense aussitôt : on récolte ce que l'on sème. Ma conscience se frotte les mains avec une joie non dissimulée. *Bien.*

— Comment ? demande Christian, horrifié.

Elle plonge la main dans un grand sac haute couture en cuir verni et en sort un mot qu'elle lui tend.

— Pose-le et déplie-le.

Christian désigne le comptoir du menton.

— Tu ne veux pas le toucher ?

— Non. Pas d'empreintes.

— Christian, tu sais que je ne peux pas me rendre à la police avec ça.

Pourquoi suis-je en train d'écouter ça ? Est-ce qu'elle baise avec un autre pauvre garçon ?

Elle étale la note devant lui et il se penche pour la lire.

— On ne te réclame que cinq mille dollars, dit-il d'un ton presque détaché. Tu as une idée de qui il peut s'agir ? Quelqu'un du coin ?

— Non, répond-elle d'une voix douce.

— Linc ?

Linc ? Qui c'est, ça ?

— Quoi, après toutes ces années ? Je ne crois pas, marmonne-t-elle.

— Est-ce qu'Isaac est au courant ?

— Je ne lui en ai pas parlé.

Qui est Isaac ?

— Je crois qu'il doit être mis au courant, dit Christian.

Elle secoue la tête, et maintenant j'ai l'impression d'être de trop. Je ne tiens absolument pas à être mêlée à ça. J'essaie de libérer ma main de celle de Christian mais il resserre son emprise et se tourne pour me regarder.

— Quoi ? demande-t-il.

— Je suis fatiguée. Je crois que je vais aller me coucher.

Ses yeux sondent les miens, pour y lire quoi ? La censure ? L'acceptation ? L'hostilité ? J'essaie de garder une expression aussi neutre que possible.

— D'accord, dit-il. Je n'en ai pas pour longtemps.

Il me lâche la main et je me lève. Elena me dévisage avec prudence. Je ne desserre pas les lèvres et lui rends son regard sans rien laisser paraître.

— Bonne nuit, Anastasia.

Elle m'adresse un petit sourire.

— Bonne nuit, dis-je avec froideur.

Je tourne les talons et m'éloigne. La tension est trop insupportable. Ils poursuivent leur discussion tandis que je quitte la pièce.

— Je ne pense pas pouvoir faire grand-chose, Elena, reprend Christian. Si c'est une question d'argent…

Il ne finit pas sa phrase.

— Je pourrais demander à Welch d'enquêter, suggère-t-il.

— Non, Christian, je voulais juste partager cette histoire avec toi.

Une fois sortie de la pièce, je l'entends dire :

— Tu as l'air très heureux.

— Je le suis, répond Christian.

— Tu le mérites.

— J'aimerais que ce soit vrai.

— Christian ! proteste-t-elle.

Pétrifiée, j'écoute attentivement. Je ne peux m'en empêcher.

— Sait-elle quelle mauvaise image tu as de toi ? Est-elle au courant de tous tes problèmes ?

— Elle me connaît mieux que personne.

— Aïe ! C'est blessant.

— C'est la vérité, Elena. Je n'ai pas à jouer avec elle. Et je le pense vraiment, laisse-la tranquille.

— C'est quoi, son problème ?

— Toi... Ce que nous avons été. Ce que nous avons fait. Elle ne comprend pas.

— Aide-la à comprendre.

— C'est du passé, Elena. Pourquoi aurais-je envie de la souiller avec notre relation perverse ? Elle est bonne, douce et innocente et, par miracle, elle m'aime.

— Ce n'est pas un miracle, Christian, le raille-t-elle gentiment. Aie un peu foi en toi. Tu es un sacré parti. Je te l'ai souvent dit. Et elle a l'air adorable, elle aussi. Forte. Une femme capable de te tenir tête.

Je n'arrive pas à entendre la réponse de Christian. Alors je suis forte, c'est ça ? Je n'en ai pas l'impression.

— Ça ne te manque pas ? demande Elena.

— Quoi donc ?

— Ta salle de jeux.

Je cesse de respirer.

— Bordel, ça ne te regarde vraiment pas ! rétorque Christian.

Oh.

— Je suis désolée.

Elle se force à pouffer de rire.

— Je crois que tu ferais mieux de partir. Et s'il te plaît, si tu reviens, appelle avant.

— Christian, je te demande pardon.

Cette fois, au ton de sa voix, je sens qu'elle le pense.

— Depuis quand es-tu si susceptible ?

La voilà qui le sermonne de nouveau.

— Elena, nous avons une relation d'affaires qui nous a énormément profité à tous les deux. Contentons-nous de ça. Ce qui s'est passé entre nous, c'est de l'histoire ancienne. Anastasia est mon avenir et en aucun cas je ne le mettrai en danger, alors arrête tes conneries.

Son avenir !

— Je vois.

— Écoute, je suis désolé que tu aies des ennuis. Peut-être devrais-tu affronter tout ça et prendre ces gens au mot.

Sa voix se fait plus douce.

— Je ne veux pas te perdre, Christian.

— Je ne suis plus à toi, Elena, tu ne peux donc pas me perdre, réplique-t-il.

— Ce n'est pas ce que je voulais dire.

— Alors que voulais-tu dire ?

Le ton de Christian est devenu brutal.

— Bon, je ne veux pas me disputer avec toi. Notre amitié est très importante pour moi. Je vais laisser Anastasia en paix. Mais je suis là, si tu as besoin de moi. Je serai toujours là.

— Anastasia pense que nous nous sommes vus samedi dernier. Tu as appelé, c'est tout. Pourquoi lui as-tu raconté autre chose ?

— Je voulais qu'elle sache combien tu étais bouleversé quand elle est partie. Je ne veux pas qu'elle te fasse du mal.

— Elle le sait, je le lui ai dit. Cesse d'intervenir dans notre histoire. Franchement, tu te comportes comme une mère poule.

Christian paraît se résigner. Elena éclate de rire, mais j'y décèle un certaine tristesse.

— Je sais, j'en suis désolée. Tu sais que je tiens à toi. Je n'ai jamais cru que tu finirais par tomber amoureux, Christian. C'est très gratifiant de voir que cela arrive. Mais je ne supporterais pas qu'elle te fasse souffrir.

— Je prends le risque, répond-il sèchement. Bon, tu es sûre que tu ne veux pas que Welch aille fourrer son nez dans ton histoire ?

Je l'entends soupirer.

— Je suppose que ça ne peut pas faire de mal.

— D'accord. Je l'appellerai demain matin.

Je les écoute se chamailler en cherchant à comprendre l'affaire d'Elena. On dirait de vieux amis, comme le dit

Christian. Juste des amis. Et elle tient à lui – peut-être un peu trop. Mais qui, le connaissant, ne tiendrait pas à lui ?

— Merci, Christian. Et encore pardon de vous avoir dérangés. Je m'en vais. La prochaine fois, j'appellerai avant.

— Bien.

Elle s'en va ! Merde ! Je détale dans le couloir jusqu'à la chambre de Christian et je m'assois sur le lit. Christian entre quelques secondes plus tard.

— Elle est partie, dit-il avec prudence.

Il observe ma réaction. Je lève les yeux vers lui en essayant de formuler ma question.

— Est-ce que tu vas enfin me parler d'elle ? J'essaie de comprendre pourquoi tu penses qu'elle t'a aidé.

Je marque une pause en réfléchissant soigneusement à ma phrase suivante.

— Je la déteste, Christian. Je pense qu'elle a causé d'énormes dégâts. Tu n'as aucun ami. Est-ce qu'elle les a tenus éloignés de toi ?

Il passe la main dans ses cheveux en soupirant.

— Mais bon sang pourquoi veux-tu en savoir davantage sur elle ? Nous avons eu une liaison qui a duré longtemps, elle m'a roué de coups très souvent et je l'ai baisée de bien des manières que tu ne peux imaginer, fin de l'histoire.

Je pâlis. Merde, il est furieux – après moi. Je cligne des yeux.

— Pourquoi es-tu tellement en colère ?

— Parce que tout ça, c'est terminé ! s'écrie-t-il en me fusillant du regard.

Il soupire, exaspéré, et secoue la tête.

Je blêmis. *Merde.* Je regarde fixement mes mains croisées sur mes cuisses. *Je veux juste comprendre.* Il s'assoit près de moi.

— Qu'est-ce que tu veux savoir ? me demande-t-il d'un ton las.

— Tu n'es pas obligé de me raconter. Je ne voulais pas m'immiscer dans ta vie.

— Anastasia, ça n'est pas ça. Je n'aime pas parler de cette merde. J'ai vécu dans une bulle pendant des années sans que rien m'affecte et sans avoir à me justifier devant qui que ce soit. Elle a toujours été là pour jouer le rôle de confidente. Et maintenant mon passé et mon avenir se télescopent d'une manière que je n'aurais jamais crue possible.

Il m'observe, les yeux écarquillés.

— Je n'ai jamais imaginé un avenir avec qui que ce soit, Anastasia. Tu me redonnes de l'espoir et tu me fais réfléchir à toutes sortes de possibilités.

Il s'écarte du sujet.

— J'ai écouté.

Je baisse de nouveau les yeux sur mes mains.

— Quoi ? Notre conversation ?

— Oui.

— Eh bien ? demande-t-il avec résignation.

— Elle tient à toi.

— Oui, en effet. Et moi à elle, à ma façon. Mais cela ne ressemble en rien à ce que je ressens pour toi. C'est tout ce qui compte.

— Je ne suis pas jalouse.

Je suis blessée – le suis-je vraiment ? – qu'il puisse penser ça. Merde. C'est peut-être ça, le problème.

— Tu ne l'aimes pas, dis-je dans un murmure.

Il soupire de nouveau. Il est vraiment énervé.

— Il y a longtemps, j'ai cru que je l'aimais, avoue-t-il, les dents serrées.

Oh.

— Quand nous étions en Géorgie… tu m'as dit que tu ne l'aimais pas.

— C'est vrai.

Je fronce les sourcils.

— C'est toi que j'aimais, Anastasia, chuchote-t-il. Tu es la seule personne pour laquelle j'aie jamais parcouru cinq mille kilomètres en avion.

Oh mon Dieu. Je ne comprends pas. Il me voulait comme soumise alors. Mon froncement de sourcils s'accentue.

— Ce que j'éprouve pour toi est différent de tout ce que j'ai pu éprouver pour Elena, explique-t-il.

— Quand est-ce que tu l'as compris ?

Il hausse les épaules.

— Curieusement, c'est Elena qui me l'a fait remarquer. C'est elle qui m'a poussé à aller en Géorgie.

Je le savais ! Je le savais quand nous étions à Savannah. Je le dévisage, stupéfaite.

Que dois-je penser de ça ? Peut-être qu'elle est de mon côté et qu'elle craint tout simplement que je ne lui fasse du mal ? Cette pensée m'est douloureuse. Jamais je ne lui ferais de la peine. Elle a raison – il a assez souffert.

Peut-être qu'elle n'est pas si mauvaise. Je secoue la tête. Je refuse d'être en contact avec elle. Je suis contre. Voilà tout. C'est une personne répugnante qui s'en est pris à un adolescent vulnérable, qui lui a volé sa jeunesse, malgré ce qu'il prétend.

— Alors tu l'as désirée ? Quand tu étais plus jeune ?

— Oui.

Oh.

— Elle m'a beaucoup appris. Notamment à avoir confiance en moi.

Oh.

— Mais elle t'a également roué de coups.

— Oui, c'est vrai, dit-il avec un sourire tendre.

— Et tu aimais ça ?

— À l'époque, oui.

— Tu aimais tellement ça que tu as voulu le reproduire avec d'autres ?

Ses yeux redeviennent graves.

— Oui.

— Elle t'a aidé pour ça ?

— Oui.

— A-t-elle été une de tes soumises ?

— Oui.

Bordel de merde.

— Est-ce que tu attends de moi que je l'apprécie ?

Ma voix résonne de façon cassante à mes oreilles.

— Non. Et pourtant, ça me faciliterait la vie, admet-il d'une voix lasse. Mais je comprends ta réticence.

— Ma réticence ! Seigneur, Christian, s'il s'agissait de ton fils, comment réagirais-tu ?

Il cligne des yeux comme s'il ne comprenait pas ma question. Il fronce les sourcils.

— Je n'étais pas obligé de rester avec elle. C'était mon choix aussi, Anastasia, murmure-t-il.

Cela ne nous mène nulle part.

— Qui est Linc ?

— Son ex-mari.

— Lincoln Timber ?

— Celui-là même, répond-il avec un sourire en coin.

— Et Isaac ?

— Son soumis actuel.

Oh non.

— Il a plus de vingt ans, Anastasia. Tu sais, c'est un adulte consentant, ajoute-t-il rapidement en remarquant mon expression dégoûtée.

— Ton âge, dis-je.

— Écoute, Anastasia, elle fait partie du passé. Tu es mon avenir. Ne la laisse pas s'immiscer entre nous, je t'en prie. Et, pour être tout à fait franc, cette discussion commence à m'ennuyer. Je vais aller travailler un peu.

Il se lève et baisse les yeux sur moi.

— Laisse tomber. Je t'en prie.

Je le regarde d'un air buté.

— Oh, j'ai failli oublier, ajoute-t-il. Ta voiture a été livrée plus tôt dans la journée. Elle est au garage. Taylor a la clé.

Waouh… la Saab ?

— Je pourrai la prendre demain ?

— Non.

— Pourquoi ?

— Tu sais pourquoi. Et maintenant que tu m'y fais penser, si tu dois quitter le bureau, j'aimerais que tu m'en informes. Sawyer était là, il te surveillait. De toute évidence, je ne peux pas te faire confiance quand il s'agit de prendre soin de toi.

Ses remontrances me donnent l'impression d'être une enfant désobéissante – encore une fois. Et je pourrais me disputer avec lui mais le sujet d'Elena l'a suffisamment énervé et je ne veux pas pousser le bouchon trop loin. Malgré tout, je ne peux m'empêcher de faire un commentaire.

— De toute évidence, je ne peux pas non plus te faire confiance, dis-je. Tu aurais pu m'avertir que Sawyer me surveillait.

— Tu veux qu'on se dispute aussi à ce sujet ?

— Je ne savais pas que nous étions déjà en train de nous disputer. Je pensais que nous communiquions.

Moi aussi, je peux être de mauvais poil. Il ferme brièvement les yeux en essayant de contenir sa colère. Je déglutis et le dévisage avec angoisse. Ça peut partir dans tous les sens.

— Il faut que je travaille, dit-il calmement.

Sur ce, il sort de la chambre. J'expire. Je ne m'étais pas rendu compte que je retenais mon souffle. Je me laisse tomber en arrière sur le lit en fixant le plafond.

Sommes-nous capables d'avoir une conversation normale sans qu'elle vire à la dispute ? C'est épuisant.

Nous ne nous connaissons pas si bien que ça. Ai-je vraiment envie d'emménager chez lui ? Je ne sais même pas s'il préférerait une tasse de café ou de thé pendant qu'il travaille. Devrais-je même le déranger ? Je n'ai aucune idée de ce qu'il aime et de ce qu'il déteste.

De toute évidence, il en a marre du sujet Elena. Il a raison, il faut que j'avance. Que je laisse tomber. Au moins, il ne s'attend pas à ce que nous devenions amies. Et j'espère qu'elle va maintenant cesser de me harceler pour que nous nous rencontrions.

Je descends du lit et me dirige vers la fenêtre. J'ouvre la porte du balcon et m'avance tranquillement vers la rambarde en verre. Sa transparence est déstabilisante. L'air est frisquet à cette altitude.

Je contemple les lumières scintillantes de Seattle. Christian est tellement loin de tout, là-haut dans sa forteresse. Il n'a de comptes à rendre à personne. *Il venait juste de me dire qu'il m'aimait et toute cette merde refait surface à cause de cette horrible femme.* Je lève les yeux au ciel. Sa vie est si complexe. Il est si complexe.

Avec un profond soupir et un dernier regard vers Seattle qui s'étale tel un tissu étincelant à mes pieds, je décide d'appeler Ray. Cela fait un moment que nous n'avons pas parlé. Comme d'habitude, la conversation est brève – j'interromps un important match de foot – mais je m'assure qu'il va bien.

— J'espère que tout se passe bien avec Christian, dit-il d'un ton détaché.

Et je sais qu'il part à la pêche aux informations sans vraiment avoir envie de savoir.

— Oui. Tout va bien.

Enfin, plus ou moins. Et j'emménage chez lui. Même si la date n'est pas encore arrêtée.

— Je t'aime, papa.

— Je t'aime aussi, Annie.

Je raccroche et consulte ma montre. Il n'est que 22 heures. Je me sens bizarrement à bout de nerfs et agitée à cause de notre discussion.

Je prends une douche rapide et, de retour dans la chambre, je décide d'enfiler une des nuisettes que Caroline Acton a choisies pour moi chez Neiman Marcus. Christian se plaint toujours de mes tee-shirts. J'ai le choix entre trois chemises de nuit. J'opte pour la rose pâle. Le tissu frôle ma peau, la caresse et dévale tout le long de mon corps. Le vêtement est somptueux – le satin le plus pur et le plus fin. *Waouh !* Dans le miroir, j'ai l'air d'une vedette de cinéma des années trente. Elle est longue, élégante – et me ressemble très peu.

J'enfile le peignoir assorti et je décide d'aller chercher un livre dans la bibliothèque. Je pourrais lire sur mon iPad, mais j'ai besoin du confort et du réconfort d'un vrai livre. Je vais laisser Christian tranquille. Il retrouvera peut-être sa bonne humeur une fois qu'il aura fini de travailler.

Il y a tellement d'ouvrages dans la bibliothèque de Christian. Parcourir tous les titres va me prendre une éternité. Je jette de temps à autre un regard vers la table de billard et rougis en me rappelant notre soirée de la veille. Je souris en découvrant que la règle est toujours par terre. Je la ramasse et m'en assène un coup sur la main. Oh ! Ça cingle.

Pourquoi ne suis-je pas capable d'endurer davantage de douleur pour mon homme ? Désespérée, je repose la règle sur le bureau et poursuis ma pêche au bon livre.

La plupart des ouvrages sont des éditions originales. Comment a-t-il pu amasser une telle collection en si peu de temps ? Les fonctions de Taylor incluent peut-être l'achat de livres. J'arrête mon choix sur *Rebecca* de Daphné Du Maurier. Cela fait longtemps que je ne l'ai pas lu. Je souris en me blottissant dans un des fauteuils hyper rembourrés et je lis la première ligne :

La nuit dernière, j'ai rêvé que je retournais à Manderley…

Je me réveille en sursaut quand Christian me soulève dans ses bras.

— Salut, murmure-t-il. Tu t'es endormie. Je t'ai cherchée.

Il enfouit son nez dans mes cheveux. Encore endormie, je passe mes bras autour de son cou et j'inhale son odeur – il sent si bon – pendant qu'il me ramène dans la chambre. Il me dépose sur le lit et me couvre.

— Dors, bébé, me susurre-t-il en posant ses lèvres sur mon front.

Je me réveille brusquement d'un rêve troublant et, un instant, je ne sais plus où je suis. Je me surprends à vérifier avec angoisse le bout du lit pour voir si personne ne s'y tient. Je perçois vaguement les notes d'une mélodie complexe au piano qui me parviennent depuis la pièce principale.

Quelle heure est-il ? Je vérifie le réveil – 2 heures. Est-ce que Christian est venu se coucher ? Je désemmêle mes jambes du peignoir que je porte toujours et descends du lit.

Dans la grande pièce, je reste dans l'ombre à écouter Christian qui s'oublie dans la musique. Il a l'air à l'aise et en sécurité dans cette bulle de lumière. Et il me semble reconnaître en partie le morceau compliqué qu'il interprète. *Il joue si bien*. Pourquoi cela me surprend-il toujours ?

La pièce me paraît différente mais je comprends que c'est parce que le couvercle du piano est baissé, m'offrant ainsi une vue dégagée. Christian lève la tête et nos regards s'accrochent. Ses yeux gris brillent doucement dans la lueur diffuse de la lampe. Il continue de jouer, sans faillir, tandis que je m'approche de lui. Ses yeux continuent de me suivre, me boivent, s'embrasent davantage. Il cesse de jouer quand je suis près de lui.

— Pourquoi t'arrêtes-tu ? C'était magnifique.

— As-tu idée à quel point tu es désirable en cet instant ? demande-t-il d'une voix douce.

Oh.

— Viens te coucher, dis-je dans un chuchotement.

Son regard s'enflamme quand il me tend la main. Je la prends. Il m'attire alors à lui de manière inattendue et je tombe sur ses genoux. Il m'entoure de ses bras et enfouit son nez dans mon cou derrière mon oreille, déclenchant des vagues de frissons le long de mon échine.

— Pourquoi nous disputons-nous ? susurre-t-il en effleurant mon lobe avec ses dents.

Mon cœur a un raté puis se met à battre la chamade en faisant pulser du sang brûlant dans tout mon corps.

— Parce que nous apprenons à nous connaître et que tu es obtus, acariâtre, lunatique et difficile, je murmure.

À bout de souffle, je rejette ma tête en arrière afin qu'il accède plus facilement à ma gorge. Il fait courir son nez le long de mon cou et je sens son sourire contre ma peau.

— Je suis tout ce que vous dites, mademoiselle Steele. C'est d'ailleurs surprenant que vous me supportiez.

Il me mordille le lobe et je gémis.

— C'est toujours comme ça ? soupire-t-il.

— Je n'en sais rien.

— Moi non plus.

Il tire sur la ceinture de mon peignoir pour l'ouvrir et ses mains remontent le long de mon corps, sur ma poitrine. Mes tétons durcissent sous sa tendre caresse et forcent contre le satin. Il poursuit sa course en redescendant jusqu'à ma taille, plus bas sur ma hanche.

— Tu es si douce sous ce tissu et je peux tout voir, même ça.

Il tire légèrement sur les poils de mon pubis à travers le tissu et je suffoque. De son autre main, il empoigne mes cheveux au niveau de ma nuque, me tire la tête en arrière et m'embrasse, sa langue est pressante, implacable, avide. Je gémis en retour et caresse son visage adoré. Sa main fait doucement remonter ma chemise de nuit, avec une lenteur d'une cruauté plaisante, puis il pelote mes fesses nues avant de faire courir l'ongle de son pouce sur l'intérieur de ma cuisse.

Soudain, me prenant au dépourvu, il se lève et me hisse sur le piano. Mes pieds posés sur les touches font naître des notes discordantes et décousues, tandis que ses doigts remontent doucement le long de mes jambes et écartent mes genoux.

— Allonge-toi, m'ordonne-t-il.

Il me tient les mains pendant que je me laisse tomber en arrière sur le piano.

Le couvercle est dur et froid sous mon dos. Christian me lâche et m'écarte les jambes. Mes pieds dansent sur le clavier, des notes les plus basses aux plus aiguës.

Oh mon Dieu. Je sais ce qu'il va faire et l'anticipation m'arrache un grognement bruyant quand il embrasse, suçote et mordille l'intérieur de mes genoux, jusqu'à ma cuisse. Le satin doux de ma nuisette effleure ma peau sensible quand il repousse le tissu. Je replie les pieds et les cordes du piano sonnent de nouveau. Les yeux fermés, je m'abandonne à lui dès que sa bouche parvient… *là.*

Il m'embrasse… *là… Oh mon Dieu…* puis souffle doucement avant d'encercler mon clitoris de sa langue. Il m'ouvre davantage les cuisses. Je me sens si offerte, si exposée. Il me maintient en place, les mains posées juste au-dessus de mes genoux, pendant que sa langue me torture, sans faire de quartier, ne me laissant pas de répit… aucun sursis. Je rehausse mes hanches pour aller à sa rencontre et m'accorder à son rythme. Je me consume.

— Oh, Christian, je t'en prie !

— Non, bébé, pas encore, me taquine-t-il.

Mais je sens mon rythme s'accélérer en même temps que le sien et soudain il s'arrête.

— Non.

Je gémis.

— C'est ma revanche, Ana, gronde-t-il doucement. Chaque fois que nous nous disputerons, je finirai par m'en prendre à ton corps d'une manière ou d'une autre.

Il dessine un chemin de baisers sur mon ventre, ses mains remontent le long de mes cuisses. Elles me caressent, me pétrissent, me tentent. Sa langue encercle mon nombril tandis que ses mains – *et ses pouces… oh, ses pouces* – atteignent le sommet de mes cuisses.

— Ah !

Je crie lorsqu'il enfonce un doigt en moi. L'autre pouce me persécute, lentement, atrocement, décrivant des cercles encore et encore. Je cambre le dos sur le piano en me tortillant sous ce contact. C'est presque insupportable.

— Christian !

Je hurle en perdant pied dans la spirale du désir.

Il prend pitié de moi et cesse. Il soulève mes pieds du clavier et me repousse ; soudain, je glisse sans le moindre effort sur le piano, sur le satin, et il me rejoint sur le couvercle, s'agenouillant brièvement entre mes jambes pour dérouler un préservatif. Il plane au-dessus de moi. Haletante, je lève les yeux vers lui, tourmentée par l'excitation, et je constate qu'il est nu. Quand a-t-il enlevé ses vêtements ?

Il me regarde et je lis l'émerveillement dans ses yeux, et de l'amour et de la passion. J'en ai le souffle coupé.

— J'ai tellement envie de toi, dit-il.

Et très lentement, de manière exquise, il s'enfonce en moi.

Je suis affalée sur lui, vidée, mes membres lourds et alanguis, tandis que nous sommes étendus sur le piano à queue. *Oh, mon Dieu.* C'est bien plus confortable d'être allongée sur lui que sur le couvercle du piano. Prenant garde de ne pas toucher son torse, j'appuie ma joue contre lui et je ne bronche plus. Il n'émet aucune objection et j'écoute sa respiration qui ralentit comme la mienne. Il me caresse doucement les cheveux.

— Tu bois du thé ou du café le soir ? dis-je d'une voix endormie.

— Quelle drôle de question, répond-il d'un air rêveur.

— Je me disais que j'aurais pu t'apporter du thé dans ton bureau, avant de me rendre compte que je ne savais pas ce que tu aimais.

— Oh, je vois. De l'eau ou du vin le soir, Ana. Mais je devrais peut-être essayer le thé.

Ses mains se déplacent doucement sur mon dos en une caresse légère et tendre.

— Nous savons vraiment très peu de choses l'un de l'autre.

— Je sais.

Sa voix est triste. Je m'assieds pour le regarder.

— Que se passe-t-il ?

Il secoue la tête comme pour se débarrasser d'une pensée désagréable puis lève la main et me caresse la joue, les yeux brillants et graves.

— Je t'aime, Ana Steele.

Le radio-réveil s'enclenche avec les infos trafic de 6 heures et me tire brutalement d'un rêve troublant dans lequel évoluent des femmes trop blondes ou trop brunes. Je ne comprends pas de quoi il retourne mais je suis aussitôt distraite de ma réflexion car Christian Grey m'enveloppe comme de la soie, ses cheveux en bataille sur mon torse, une main sur ma poitrine, une jambe passée sur les miennes, me clouant dans le lit. Il dort encore et j'ai trop chaud. Mais je m'en fiche et passe une main hésitante dans ses cheveux. Il s'étire et lève ses yeux gris lumineux vers moi en m'adressant un sourire endormi. *Oh mon Dieu… Il est adorable.*

— Bonjour, beauté, dit-il.

— Bonjour, beauté toi-même.

Je lui souris à mon tour. Il m'embrasse, se désempêtre de moi et s'appuie sur son coude pour me regarder.

— Tu as bien dormi ? demande-t-il.

— Oui, en dépit de mon sommeil interrompu.

Son sourire s'élargit.

— Mmm. Tu peux m'interrompre de cette manière quand ça te chante.

— Et toi ? Tu as bien dormi ?

— Je dors toujours bien avec toi, Anastasia.

— Plus de cauchemars ?

— Non.

Je fronce les sourcils et tente une autre question.

— Et tes cauchemars, ils parlent de quoi ?

Son front se plisse et son sourire s'efface. *Merde, moi et ma stupide curiosité.*

— Ce sont des flashbacks de ma petite enfance, enfin c'est ce que dit le Dr Flynn. Certains très clairs, d'autres moins.

Sa voix s'éteint et son visage se ferme telle une herse. L'air de rien, il commence à suivre ma clavicule du bout du doigt, pour me distraire.

— Tu te réveilles en pleurant et en criant ?

J'essaie en vain de plaisanter. Il me dévisage, intrigué.

— Non, Anastasia. Je n'ai jamais pleuré. D'aussi loin que je m'en souvienne.

Il se rembrunit comme s'il accédait à ses souvenirs les plus profonds. Oh non, c'est sûrement un endroit trop sombre à visiter à cette heure.

— As-tu des souvenirs heureux de ton enfance ?

Je poursuis aussitôt, principalement pour détourner son attention. Il réfléchit un moment en laissant courir son doigt sur ma peau.

— Je me rappelle la pute défoncée au crack en train de faire la cuisine. Je me souviens de l'odeur. Ce devait être un gâteau d'anniversaire. Pour moi. Et puis il y a l'arrivée de Mia avec mes parents. Ma mère s'inquiétait de ma réaction mais j'ai tout de suite adoré le bébé qu'était Mia. Le premier mot que j'ai dit a été *Mia*. Je me rappelle ma première leçon de piano. Miss Kathie, mon professeur, était très belle. Elle avait aussi des chevaux.

Il sourit d'un air rêveur.

— Tu as dit que ta mère t'avait sauvé. Comment ?

Je brise sa rêverie et il baisse les yeux sur moi comme si je ne comprenais pas que deux et deux font quatre.

— Elle m'a adopté, dit-il simplement. La première fois que je l'ai vue, j'ai cru que c'était un ange. Elle était habillée en blanc et elle était douce et si calme lorsqu'elle m'a examiné. Je ne l'oublierai jamais. Si elle avait dit non ou si Carrick avait dit non…

Il hausse les épaules et jette un œil vers le réveil.

— Tout ça est un peu trop intense pour une heure aussi matinale, marmonne-t-il.

— Je me suis promis de te connaître mieux.

— C'est vrai, mademoiselle Steele ? Je pensais que vous vouliez juste savoir si je préférais le thé ou le café, dit-il avec un petit sourire en coin. Peu importe, je pense bien à un moyen qui te permettrait de me connaître mieux.

Il pousse ses hanches de manière suggestive contre moi.

— Je crois que je te connais assez bien de ce point de vue-là, je proteste d'un ton plein d'orgueil.

— Je crois que je ne te connaîtrai jamais assez de ce point de vue-là, murmure-t-il. Il y a des avantages évidents à se réveiller près de toi.

Ses mots sont doux à me faire fondre les os.

— Tu ne dois pas te lever ? je demande d'une voix basse et rauque.

Oh… mais quel effet…

— Pas ce matin. Il n'y a qu'un endroit où j'ai envie de me lever en cet instant, mademoiselle Steele.

Une lueur lubrique passe dans ses yeux.

— Christian !

Je suffoque, je suis choquée. Il se déplace vite afin de me clouer au lit. Il m'attrape les mains et les remonte au-dessus de ma tête avant de m'embrasser la gorge.

— Oh, mademoiselle Steele.

Il sourit tout contre ma peau, ce qui déclenche de délicieuses vagues de frissons dans tout mon corps, avant de remonter doucement ma nuisette.

— Oh, ce que j'aimerais te faire, murmure-t-il.

Et je suis foutue : fin de l'interrogatoire.

Mme Jones nous sert notre petit déjeuner : pancakes et bacon pour moi et omelette et bacon pour Christian. Assis côte à côte au comptoir, nous mangeons dans un silence agréable.

— Quand vais-je rencontrer ton coach, Claude, pour le mettre à l'épreuve ?

Christian baisse les yeux sur moi en souriant.

— Ça dépend si tu veux aller à New York ce week-end. À moins que tu n'aies envie de le rencontrer tôt un matin de cette semaine. Je vais demander à Andréa de consulter son planning et de te rappeler.

— Andréa ?

— Mon assistante personnelle.

Ah oui.

— Une de tes nombreuses blondes, dis-je pour le taquiner.

— Elle n'est pas à moi. Elle travaille pour moi. Toi, tu es à moi.

— Je travaille pour toi aussi, dis-je avec amertume.

Il sourit comme s'il l'avait oublié.

— Oui, toi aussi.

Sa mine radieuse est contagieuse.

— Peut-être que Claude pourra m'apprendre le kick-boxing ? je suggère en guise d'avertissement.

— Pour augmenter tes chances face à moi ? (Il hausse un sourcil amusé.) Je vous attends, mademoiselle Steele.

Il est tellement plus gai comparé à sa mauvaise humeur qui a suivi le départ d'Elena. Il est absolument désarmant. La solution réside peut-être dans le sexe… C'est sans doute cela qui le rend si enjoué.

Je jette un coup d'œil derrière moi vers le piano, savourant le souvenir de la nuit dernière.

— Tu as relevé le couvercle du piano ?

— Je l'avais fermé cette nuit pour ne pas te réveiller. Apparemment ça n'a pas marché, mais j'en suis ravi.

Ses lèvres se tordent en une moue lascive alors qu'il prend une bouchée d'omelette. Je deviens écarlate.

Oh oui… On a pris du bon temps sur ce piano.

Mme Jones se penche sur le comptoir et dépose devant moi un sachet en papier contenant mon déjeuner. Une rougeur coupable m'enflamme les joues.

— Pour plus tard, Ana. Au thon, ça va ?

— Oh oui. Merci, madame Jones.

Je lui adresse un sourire timide auquel elle répond chaleureusement avant de quitter la pièce. Je soupçonne que c'est pour nous laisser un peu d'intimité.

— Je peux te demander quelque chose ? dis-je en me tournant vers Christian.

Son expression amusée se décompose.

— Bien sûr.

— Et tu ne vas pas te mettre en colère ?

— C'est au sujet d'Elena ?

— Non.

— Alors je ne me mettrai pas en colère.

— Mais maintenant j'ai une question supplémentaire.

— Oh ?

— Qui la concerne.

Il lève les yeux au ciel.

— Quoi ? fait-il d'un ton exaspéré.

— Pourquoi tu t'énerves comme ça quand je te pose des questions sur elle ?

— Franchement ?

Je fais mine de le réprimander.

— Je pensais que tu étais toujours honnête avec moi.

— Je fais tout mon possible.

Je plisse les yeux.

— Voilà une réponse très évasive.

— Je suis toujours honnête avec toi, Ana. Je ne veux pas jouer avec toi. Pas de cette manière, en tout cas, rectifie-t-il alors que son regard s'embrase.

— À quels jeux veux-tu jouer alors ?

Il incline la tête de côté avec un petit sourire en coin.

— Mademoiselle Steele, c'est si simple de détourner votre attention.

Je glousse. Il a raison.

— Monsieur Grey, vous détournez mon attention de bien des façons.

J'observe ses yeux gris qui pétillent de bonne humeur.

— Je crois que t'entendre rire est ce que je préfère au monde, Anastasia. Bon, quelle était ta première question ? demande-t-il doucement.

Je crois qu'il se moque de moi. Je m'efforce de faire une grimace pour lui montrer mon mécontentement, mais j'adore mon Cinquante Nuances quand il est joueur, c'est amusant. Et j'adore les badinages matinaux. Je fronce les sourcils en essayant de me rappeler ma question.

— Ah oui. Tu ne voyais tes soumises que le week-end ?

— Oui, c'est exact, répond-il en me regardant avec nervosité.

Je lui souris.

— Alors pas de sexe la semaine.

Il éclate de rire.

— Voilà où tu veux en venir.

Il semble vaguement soulagé.

— Pourquoi crois-tu que je fais du sport tous les jours ?

Il se paie vraiment ma tête, mais je m'en fiche. J'ai envie de savourer ma joie. Une autre première fois – bon, plusieurs premières fois.

— Vous avez l'air très fière de vous, mademoiselle Steele.

— Je le suis, monsieur Grey.

— Tu peux. Maintenant mange ton petit déjeuner.

Oh. M. Cinquante Nuances autoritaire… n'est jamais loin.

Nous nous trouvons sur la banquette arrière de l'Audi. Taylor va me déposer à mon travail puis il conduira Christian à son bureau. Sawyer est installé sur le siège passager.

— Tu ne m'as pas dit que le frère de ta colocataire arrivait aujourd'hui ? me demande Christian d'un air détaché.

— Oh, Ethan ! J'avais oublié. Merci, Christian, de me le rappeler. Il va falloir que je retourne à l'appartement.

Son visage se décompose.

— À quelle heure ?

— Je ne suis pas certaine de l'heure à laquelle il arrive.

— Je refuse que tu ailles où que ce soit toute seule, dit-il d'une voix sèche.

— Je sais.

Je marmonne en me retenant de lever les yeux au ciel devant M. Réaction excessive.

— Est-ce que Sawyer va m'espionner… euh… patrouiller aujourd'hui ?

Je lance un regard entendu vers Sawyer et remarque que ses oreilles ont viré au rouge.

— Oui, réplique sèchement Christian.

— Si je pouvais prendre la Saab, ce serait plus simple, fais-je remarquer avec mauvaise humeur.

— Sawyer pourra te conduire à ton appartement à l'heure à laquelle tu dois y être.

— D'accord. Je pense qu'Ethan va probablement m'appeler dans la journée. Je te ferai savoir alors ce qui est prévu.

Il m'observe sans dire un mot. *Mais que pense-t-il donc ?*

— Bien. Mais tu ne vas nulle part toute seule. C'est compris ? dit-il en agitant un doigt vers moi.

— Oui, mon chéri.

Il esquisse un sourire.

— Et tu devrais peut-être utiliser uniquement ton BlackBerry. Je t'enverrai des messages sur cette adresse. Ce qui épargnera à mes informaticiens une matinée passionnante, d'accord ?

Son ton est sardonique.

— Oui, Christian.

Et je ne peux me retenir : je lève les yeux au ciel. Il a un petit sourire satisfait.

— Eh bien, mademoiselle Steele, je crois bien que ma main me démange.

— Ah, monsieur Grey, votre main vous démange constamment. Qu'allons-nous faire pour résoudre ce problème ?

Il éclate de rire avant d'être distrait par son BlackBerry qui doit être sur mode vibreur puisque je ne l'entends pas sonner. Il fronce les sourcils en voyant le nom qui s'affiche.

— Qu'est-ce qui se passe ? demande-t-il d'un ton sec avant d'écouter attentivement.

Je profite de l'occasion pour l'observer discrètement – son nez droit, ses cheveux qui retombent négligemment sur son front. Mais je suis tirée de mon reluquage par son changement d'expression qui passe de l'incrédulité à l'amusement. Je tends l'oreille.

— Tu plaisantes… Pour une dispute… Quand t'a-t-il dit ça ?

Christian glousse, presque à contrecœur.

— Non, ne t'inquiète pas. Pas besoin de t'excuser. Je suis content qu'il y ait une explication logique. Cela semblait être en effet un montant ridiculement petit… Je suis sûr que tu as déjà en tête une vengeance diabolique et originale. Pauvre Isaac. Bien… Au revoir.

Il raccroche et me jette un regard. Il est soudain prudent mais, bizarrement, il semble également soulagé.

— Qui était-ce ?

— Tu veux vraiment le savoir ? demande-t-il tranquillement.

Avec une telle réponse, je devine toute seule. Je secoue la tête en contemplant le jour gris par la vitre, et je me sens triste. Pourquoi ne lui fiche-t-elle pas la paix ?

— Hé, fait-il en me prenant la main et en en embrassant chaque doigt.

Soudain, il se met à suçoter mon auriculaire, fort. Puis il le mordille doucement.

Waouh ! Il est branché directement sur mon ventre, j'en ai le souffle coupé. Je jette un regard nerveux vers Taylor et Sawyer, puis vers Christian. Ses yeux se sont assombris et il m'adresse un sourire sensuel.

— Ne t'en fais pas, Anastasia, murmure-t-il. Elle appartient au passé.

Et il plante un baiser au centre de ma paume, provoquant une onde de frissons dans tout mon corps. Mon dépit est aussitôt oublié.

— Bonjour, Ana, marmonne Jack alors que je me dirige vers mon bureau. Jolie robe.

Je rougis. La robe fait partie de mes nouveaux vêtements, offerts par mon petit ami incroyablement riche. C'est une robe chasuble sans manches en lin bleu pâle, assez ajustée, que je porte avec des sandales crème à talons. Christian aime les talons, je crois. Je souris secrètement à cette pensée mais retrouve très vite mon expression professionnelle et neutre pour mon patron.

— Bonjour, Jack.

Je m'occupe d'appeler un coursier pour emporter sa brochure à l'imprimerie. Il passe la tête à la porte de son bureau.

— Je pourrais avoir un café, Ana, s'il vous plaît ?

— Bien sûr.

Dans la cuisine, je tombe sur Claire, de l'accueil, qui prépare également un café.

— Salut, Ana ! lance-t-elle joyeusement.

— Salut, Claire.

Nous bavardons un peu de sa réunion de famille recomposée qui s'est déroulée ce week-end et à laquelle

elle s'est beaucoup amusée, et je lui raconte que j'ai fait du voilier avec Christian.

— Ton petit ami est tellement séduisant, Ana, s'extasie-t-elle.

Je suis tentée de lever les yeux au ciel.

— Il est pas mal en effet.

Je souris et nous éclatons toutes les deux de rire.

— Vous avez pris votre temps ! me balance Jack quand je lui apporte son café.

Oh !

— Je suis désolée.

Je rougis puis fronce les sourcils. J'ai pris le même temps que d'habitude. C'est quoi, son problème ? Quelque chose le tracasse peut-être. Il secoue la tête.

— C'est moi qui suis désolé, Ana. Je n'avais pas l'intention de vous aboyer dessus, chérie.

Chérie ?

— Il y a des choses qui se passent au niveau de la direction et je ne suis pas au courant. Gardez les oreilles grandes ouvertes, d'accord ? Au cas où vous apprendriez quoi que ce soit, je sais que vous papotez entre filles.

Lorsqu'il me sourit, j'ai légèrement la nausée. Il n'a aucune idée de quoi, nous les filles, nous papotons. De plus, je sais ce qui se passe.

— Vous me le ferez savoir, hein ?

— Bien sûr. J'ai envoyé la brochure à l'impression. Elle sera livrée à 14 heures.

— Super. Tenez.

Il me tend une pile de manuscrits.

— J'ai besoin d'un résumé des premiers chapitres de ceux-là, puis on classe.

— Je m'y mets.

Je suis soulagée de quitter son bureau et de retrouver le mien. Oh, ça n'est pas simple d'être dans le secret. Comment réagira-t-il quand il l'apprendra ? Mon sang se glace. Quelque chose me dit que Jack va être agacé. Je jette un coup d'œil à mon BlackBerry et je souris. Il y a un message de Christian.

De : Christian Grey
Objet : Lever du soleil
Date : 14 juin 2011 09:23
À : Anastasia Steele

J'aime me réveiller avec toi le matin.

Christian Grey
P-DG Complètement et Absolument Fou d'Amour, Grey Enterprises Holdings, Inc.

Je crois que mon sourire fend littéralement mon visage en deux.

De : Anastasia Steele
Objet : Coucher de soleil
Date : 14 juin 2011 09:35
À : Christian Grey

Mon cher Complètement et Absolument Fou d'Amour,
J'aime me réveiller avec toi, moi aussi. Et j'aime être au lit avec toi, et dans les ascenseurs, et sur les pianos et les tables de billard, et sur les bateaux et les bureaux et dans les douches et les baignoires et sur des croix étranges en bois avec des fers et des lits à baldaquin avec des draps de satin rouge et dans les hangars à bateaux et dans des chambres d'enfants.

Ta Folle et Insatiable de Sexe

De : Christian Grey
Objet : Matériel humide
Date : 14 juin 2011 09:37
À : Anastasia Steele

Chère Folle et Insatiable de Sexe,
Je viens juste de recracher mon café sur mon clavier.
Je ne pense pas que cela me soit déjà arrivé.
J'admire les femmes attentives à la géographie.
Dois-je en déduire que tu ne m'aimes que pour mon corps ?

Christian Grey
P-DG Complètement et Absolument Choqué, Grey Enterprises Holdings, Inc.

De : Anastasia Steele
Objet : Gloussante – et humide elle aussi
Date : 14 juin 2011 09:42
À : Christian Grey

Mon cher Complètement et Absolument Choqué,
Continuellement.
J'ai du travail.
Cesse de m'importuner.

Ta Folle et Insatiable de Sexe (qui t'aime)

De : Christian Grey
Objet : Je suis obligé ?
Date : 14 juin 2011 09:50
À : Anastasia Steele

Chère Folle et Insatiable de Sexe,
Comme toujours, tes désirs sont des ordres.
J'aime que tu glousses et que tu sois humide.
À plus tard, bébé.

Christian Grey
P-DG Complètement et Absolument Fou d'Amour, Choqué et Charmé, Grey Enterprises Holdings, Inc.

Je repose mon BlackBerry et me mets au travail.

À l'heure du déjeuner, Jack me demande de descendre lui acheter un sandwich. J'appelle Christian dès que je sors de son bureau.

— Anastasia, me répond-il aussitôt d'une voix chaude et caressante.

Comment cet homme peut-il me faire fondre au téléphone ?

— Christian, Jack m'a demandé de sortir lui chercher à déjeuner.

— Quelle feignasse, râle-t-il.

J'ignore son commentaire et je poursuis :

— Alors j'y vais. Ce serait plus pratique si tu me donnais le numéro de Sawyer afin que je n'aie pas à te déranger.

— Mais tu ne me déranges pas, bébé.

— Tu es tout seul ?

— Non. J'ai six personnes qui me regardent en ce moment même en se demandant à qui je suis en train de parler.

Merde.

— C'est vrai ? dis-je, paniquée.

— Oui, c'est vrai. C'est ma petite amie, annonce-t-il en s'écartant du téléphone.

Nom de Dieu !

— Ils croyaient probablement tous que tu étais gay, tu sais.

Il éclate de rire.

— Oui, probablement.

Je sens qu'il sourit.

— Euh, je ferais mieux d'y aller.

Je suis certaine qu'il devine à quel point je suis gênée de le déranger.

— Je vais avertir Sawyer. Tu as des nouvelles de ton ami ?

— Pas encore. Vous serez le premier informé, monsieur Grey.

— Bien. À plus tard, bébé.

— Au revoir, Christian.

Je souris. Ça me fait le même effet chaque fois qu'il dit ça... Ça ne ressemble tellement pas à M. Cinquante Nuances. Mais, d'une certaine manière, c'est tellement lui aussi.

Quand je sors, quelques secondes plus tard, Sawyer attend sur le seuil de l'immeuble.

— Mademoiselle Steele, me dit-il très formellement.

— Sawyer.

Je hoche la tête en guise de réponse et nous nous rendons ensemble à la sandwicherie.

Je ne me sens pas aussi à l'aise avec Sawyer qu'avec Taylor. Il ne cesse de surveiller la rue pendant que nous marchons sur le trottoir. Ça me rend plus nerveuse encore et je me surprends à l'imiter.

Est-ce que Leila se trouve dans le coin ? Ou bien sommes-nous tous contaminés par la paranoïa de Christian ? Est-ce que ça fait partie de ses cinquante nuances ?

Je donnerais cher pour une heure de franche discussion avec le Dr Flynn pour le découvrir.

Il n'y a rien qui cloche, c'est juste Seattle à l'heure du déjeuner – des gens qui se pressent pour aller manger, qui font des courses, qui retrouvent des amis. Je regarde deux jeunes femmes s'étreindre joyeusement en se rejoignant.

Kate me manque. Elle n'est partie que depuis deux semaines en vacances, mais il me semble que ce sont les deux semaines les plus longues de ma vie. Il s'est passé tellement de choses – elle ne me croira jamais quand je lui raconterai. Bon, quand je lui raconterai la version remaniée s'accommodant avec l'accord de confidentialité que j'ai signé. Je fronce les sourcils. Il faudra que j'en parle à Christian. Qu'est-ce que Kate va en penser ? Je blêmis à cette idée. Peut-être va-t-elle revenir avec Ethan. Je suis tout d'un coup excitée à cette perspective, mais je crois que c'est peu probable. Elle va certainement prolonger son séjour avec Elliot.

— Où êtes-vous quand vous attendez et que vous faites le guet ? je demande à Sawyer alors que nous faisons la queue.

Il se tient devant moi, face à la porte, et surveille continuellement la rue et chaque client qui entre. C'est déroutant.

— Je suis installé dans le café juste en face de l'immeuble, mademoiselle Steele.

— Ça n'est pas trop ennuyeux ?

— Pas pour moi, madame. C'est mon travail, rétorque-t-il froidement.

Je rougis.

— Désolée, je ne voulais pas sous-entendre…

Je m'interromps devant son expression gentille et compréhensive.

— Je vous en prie, mademoiselle Steele. Mon boulot est de vous protéger. Et c'est ce que je fais.

— Alors aucun signe de Leila ?

— Non, madame.

Je fronce les sourcils.

— Vous savez à quoi elle ressemble ?

— J'ai vu sa photo.

— Oh, vous l'avez sur vous ?

— Non, madame.

Il se tapote le crâne.

— Elle est là-dedans.

Bien sûr. J'aurais bien aimé examiner la photo de Leila pour voir à quoi elle ressemblait avant de se transformer en Fille fantôme. Je me demande si Christian m'autoriserait à en voir une ? Oui, probablement, pour ma sécurité. Tandis que je manigance un plan, ma conscience jubile en approuvant.

Les brochures sont livrées et, à mon grand soulagement, elles sont superbes. J'en emporte une dans le bureau de Jack. Ses yeux s'illuminent ; je ne sais si c'est en me voyant moi ou les brochures. J'opte pour la seconde option.

— Elles sont chouettes, Ana, dit-il en les feuilletant paresseusement. Ouais, beau boulot. Vous voyez votre petit ami ce soir ?

Il retrousse les lèvres en prononçant « petit ami ».

— Oui, nous vivons ensemble.

C'est vrai, en quelque sorte. Enfin, nous vivons ensemble en ce moment. Et j'ai officiellement accepté d'emménager chez lui, alors ce n'est pas vraiment un mensonge. J'espère que cela suffit pour brouiller les pistes.

— Serait-il contre le fait que vous preniez un petit verre ce soir ? Pour fêter tout ce dur labeur ?

— J'ai un ami qui revient en ville aujourd'hui et nous sortons pour dîner.

Et je vais être prise tous les soirs, Jack.

— Je vois, soupire-t-il, exaspéré. Peut-être à mon retour de New York, alors ?

Il hausse les sourcils en attendant ma réponse et son regard s'assombrit de manière suggestive.

Oh non. Je souris, évasive, en réprimant un frisson.

— Vous voulez un café ? Ou un thé ? dis-je.

— Café, s'il vous plaît.

Il parle d'une voix basse et rauque comme s'il me demandait autre chose. Putain. Il n'est pas près de battre en retraite, à ce que je vois. *Que faire ?*

Je soupire de soulagement en sortant de son bureau. Il me rend nerveuse. Christian a vraiment raison à son sujet et une part de moi s'en agace.

Je m'assieds à mon bureau et mon BlackBerry sonne – un numéro que je ne connais pas.

— Ana Steele.

— Salut, Steele !

La voix traînante d'Ethan me prend pas surprise.

— Ethan ! Comment vas-tu ?

Je pousse presque des petits cris de plaisir.

— Heureux de rentrer. J'en ai vraiment marre du soleil, des punchs au rhum et de ma petite sœur désespérément amourachée de ce grand type. Ça a été un enfer, Ana.

— Tu parles ! La mer, le sable, le soleil et les punchs au rhum, on dirait *L'Enfer* de Dante, dis-je en gloussant. Où es-tu ?

— Je suis à Sea-Tac, j'attends mes bagages. Qu'est-ce que tu fais ?

— Je suis au travail. Ouais, et on me paie pour ça.

Il reste sans voix.

— Tu veux passer ici récupérer les clés ? Je peux te retrouver plus tard à l'appartement.

— Parfait. Je serai là d'ici trois quarts d'heure. Peut-être une heure. Quelle est l'adresse ?

Je lui donne l'adresse de SIP.

— À tout à l'heure, Ethan.

— À plus, dit-il avant de raccrocher.

Quoi ? Pas Ethan aussi ? Et je songe aussitôt qu'il vient de passer une semaine avec Elliot. Je tape vite fait un message à Christian.

De : Anastasia Steele
Objet : Un visiteur des climats ensoleillés
Date : 14 juin 2011 14:55
À : Christian Grey

Mon très cher Complètement & Absolument FdA et CC,

Ethan est arrivé et il passe au bureau pour prendre les clés.

J'aimerais vraiment m'assurer qu'il est bien installé.

Pourquoi ne viendrais-tu pas me chercher après le travail ? On pourrait passer à l'appartement puis aller TOUS ensemble dîner peut-être ?
C'est moi qui invite ?
Ton Ana qui…
Toujours Folle et Insatiable de Sexe

Anastasia Steele
Assistante de Jack Hyde, Éditeur, SIP

De : Christian Grey
Objet : Dîner en ville
Date : 14 juin 2011 15:05
À : Anastasia Steele

Je suis d'accord. Sauf la partie concernant l'addition !
C'est moi qui invite.
Je passe te prendre à 18 heures.
P.-S. : Pourquoi n'utilises-tu pas ton BlackBerry ???

Christian Grey
P-DG Complètement et Absolument Agacé, Grey Enterprises Holdings, Inc.

De : Anastasia Steele
Objet : Si « patron » !
Date : 14 juin 2011 15:11
À : Christian Grey

Oh, ne sois pas si grincheux et fâché.
Tout est codé.
On se voit à 18 heures.
Ana

Anastasia Steele
Assistante de Jack Hyde, Éditeur, SIP

De : Christian Grey
Objet : Femme qui me rend fou
Date : 14 juin 2011 15:18
À : Anastasia Steele

Grincheux et fâché !

Je vais t'en donner du « grincheux et fâché ».
Et j'ai hâte.

Christian Grey
P-DG Encore plus Complètement et Absolument Agacé mais Souriant pour une Raison inconnue, Grey Enterprises Holdings, Inc.

De : Anastasia Steele
Objet : Paroles, paroles
Date : 14 juin 2011 15:23
À : Christian Grey

Je n'attends que ça, monsieur Grey.
Moi aussi j'ai hâte ; D
Ana

Anastasia Steele
Assistante de Jack Hyde, Éditeur, SIP

Il ne répond pas mais je n'attendais pas qu'il le fasse. Je l'imagine en train de râler devant mes signes contradictoires et cette pensée me fait sourire. Je rêvasse brièvement à ce qu'il pourrait me faire quand je me surprends à me tortiller sur ma chaise. Ma conscience me lance un regard désapprobateur par-dessus ses verres en demi-lune – au travail !

Un peu plus tard, mon téléphone sonne. C'est Claire de la réception.

— Il y a un mec vraiment mignon à l'accueil pour toi. On devrait aller boire un verre un de ces quatre, Ana. Tu connais des types sacrément bien foutus, me souffle-t-elle avec un ton de conspiratrice.

Ethan ! Je prends les clés dans mon sac et me précipite vers l'entrée.

Putain ! Des cheveux blonds éclaircis par le soleil, un bronzage à mourir et des yeux clairs noisette se lèvent du canapé en cuir vert à mon arrivée. Quand Ethan me voit, il reste un instant silencieux avant de bondir à ma rencontre.

— Waouh, Ana.

Il fronce les sourcils en se baissant pour me serrer dans ses bras.

— Tu as l'air en pleine forme, je remarque en lui souriant.

— Tu as l'air… waouh, différente. Plus sûre de toi, plus sophistiquée. Que s'est-il passé ? Tu as changé de coiffure ? De vêtements ? Je ne sais comment dire, Steele, mais tu es vraiment sexy !

Je rougis monstrueusement.

— Oh, Ethan. C'est juste parce que je suis en tenue de travail.

Claire nous observe en arquant un sourcil, avec un sourire narquois.

— Comment c'était la Barbade ?

— Amusant.

— Quand est-ce que Kate rentre ?

— Elliot et elle prennent l'avion vendredi. Eux deux, c'est du sérieux.

Ethan lève les yeux au ciel.

— Elle me manque.

— Ouais ? Et comment ça se passe avec M. le Magnat ?

— M. le Magnat ? (Je ricane.) Eh bien, ça a été intéressant. Il nous emmène dîner ce soir.

— Cool.

Ethan semble sincèrement ravi. Ouf ! Je lui donne les clés.

— Tiens. Tu as l'adresse ?

— Ouais. À plus.

Il se penche pour m'embrasser sur la joue.

— N'est-ce pas une expression d'Elliot ?

— Ouais, ça déteint, en quelque sorte.

— En effet. À plus.

Je lui souris pendant qu'il ramasse son gros sac de voyage près du canapé avant de sortir de l'immeuble.

Quand je me retourne, Jack m'observe depuis l'autre bout du hall avec une expression indéchiffrable. Je lui adresse un grand sourire et me dirige vers mon bureau en sentant son regard scotché sur moi. Ça commence à me taper sur les nerfs. Mais que faire ? Je n'en ai aucune idée. Je vais devoir attendre que Kate rentre. Elle finira bien par trouver une stratégie. Cette pensée dissipe mon irritation et je prends le manuscrit suivant.

À 17 h 55, mon téléphone sonne. C'est Christian.

— Grincheux et Fâché est là !

Je souris. M. Cinquante Nuances joueur est de retour. Ma déesse intérieure applaudit de joie comme une gamine.

— Eh bien, ici la Folle et Insatiable de Sexe. Dois-je comprendre que tu m'attends dehors ?

— En effet, mademoiselle Steele. Je suis pressé de vous voir.

Sa voix est chaude et séductrice et mon cœur bat à tout rompre.

— Moi de même, monsieur Grey. J'arrive tout de suite.

Je raccroche. J'éteins mon ordinateur et j'attrape mon sac à main et mon gilet crème.

— Je m'en vais, Jack ! je lance depuis mon bureau.

— D'accord, Ana. Merci pour aujourd'hui ! Passez une bonne soirée.

— Vous aussi.

Pourquoi ne peut-il pas être comme ça tout le temps ? Je ne le comprends vraiment pas.

L'Audi est garée le long du trottoir et Christian en descend à mon approche. Il a enlevé sa veste et il porte son pantalon gris, celui qui lui tombe sur les hanches – de la manière que j'aime. Comment se peut-il que cet Apollon me soit destiné ? Je me surprends à sourire comme une dingue pour répondre à son sourire idiot.

Il a passé toute la journée à jouer au petit ami amoureux – amoureux de moi. Cet homme adorable, complexe et avec quelques défauts est amoureux de moi. Et moi de lui. La joie explose sans prévenir en moi et je savoure ce moment où j'ai fugacement l'impression que je pourrais conquérir le monde entier.

— Mademoiselle Steele, vous êtes aussi fascinante que ce matin.

Christian m'attire dans ses bras et m'embrasse ardemment.

— Monsieur Grey, vous aussi.

— Allons chercher ton ami.

Il m'ouvre la portière en souriant.

Tandis que Taylor nous conduit à l'appartement, Christian me raconte sa journée – meilleure que la veille, semble-t-il. Je le regarde avec adoration tandis qu'il essaie de m'expliquer une découverte du département des sciences environnementales du WSU de Vancouver. Je ne comprends pas tout ce qu'il me dit mais je suis impressionnée par la passion qui l'anime et son intérêt pour ce sujet. Peut-être cela va-t-il ressembler à ça, de bons et de mauvais jours, et si les bons sont comme aujourd'hui, je n'aurai pas à me plaindre. Il me tend une feuille de papier.

— Ce sont les plages horaires de disponibilité de Claude cette semaine, dit-il.

Oh ! Le coach.

Alors que la voiture se gare devant mon immeuble, il plonge la main dans sa poche et en sort son BlackBerry.

— Grey, dit-il. Ros, qu'y a-t-il ?

Il écoute attentivement et je comprends qu'il s'agit d'une conversation compliquée.

— Je vais aller chercher Ethan. J'en ai pour deux minutes, dis-je à Christian en levant deux doigts.

Il hoche la tête, apparemment absorbé par sa discussion. Taylor m'ouvre la portière avec un sourire que je lui rends.

J'appuie sur le bouton de l'interphone et je crie joyeusement :

— Salut, Ethan, c'est moi. Tu m'ouvres ?

La porte s'ouvre en sonnant et je monte l'escalier. Il me vient soudain à l'esprit que je ne suis pas revenue ici depuis samedi matin. Ça semble si loin. Ethan a gentiment laissé la porte entrouverte. J'entre dans l'appartement et, sans savoir pourquoi, je me fige aussitôt. Il me faut un moment pour comprendre que la silhouette pâle et blafarde qui se tient près de l'îlot central dc la cuisine, un petit revolver à la main, n'est autre que Leila, et qu'elle me considère d'un air absent.

13.

Bordel de merde.

Elle est là qui me fixe d'un regard vide, une arme à la main. Ma conscience s'évanouit brutalement et je doute que les sels puissent la réveiller.

Je cligne plusieurs fois des yeux tandis que mon cerveau se met à turbiner. Comment est-elle entrée ? Où est Ethan ? Bordel ! Où est Ethan ?

Un froid glacial et insidieux m'enserre le cœur, mon crâne est parcouru de picotements, et tous mes cheveux se dressent de terreur. Et si elle lui avait fait du mal ? Ma respiration s'accélère tandis l'adrénaline et l'angoisse me paralysent à mesure qu'elles envahissent mon corps. *Reste calme, reste calme,* je me répète à la manière d'un mantra.

Elle incline la tête sur le côté, m'examinant comme si je participais à une foire aux monstres. Seigneur, là, ce n'est pas moi le monstre.

J'ai l'impression que toutes ces réflexions ont pris une éternité mais, en réalité, il ne s'est passé qu'une fraction de seconde. L'expression de Leila reste indifférente et son apparence est plus minable et négligée que jamais. Elle porte toujours le même imperméable crasseux et semble avoir besoin d'une bonne douche. Ses cheveux sont graisseux et plats, collés sur son crâne, et ses yeux, d'un marron terne, sont voilés et vaguement confus.

En dépit de ma bouche sèche, j'essaie de parler.

— Salut. Leila, c'est ça ? dis-je d'une voix éraillée.

Elle sourit et la manière dont elle retrousse les lèvres est vraiment inquiétante.

— Elle parle, murmure-t-elle d'une voix à la fois douce et rauque, plutôt étrange.

— Oui, je parle, dis-je gentiment comme si je m'adressais à une enfant. Tu es toute seule ?

Où est Ethan ? Mon cœur s'emballe à l'idée qu'il pourrait lui être arrivé quelque chose.

Son visage se décompose, au point que je crois qu'elle va pleurer – elle a l'air si malheureuse.

— Seule, chuchote-t-elle. Seule.

Et la profonde tristesse contenue dans ce mot me déchire le cœur. Que veut-elle dire ? Je suis seule ? Elle est seule ? Elle est seule parce qu'elle a blessé Ethan ? Oh… non… Je dois lutter contre la peur qui me serre la gorge et les larmes qui menacent de couler.

— Que fais-tu ici ? Je peux t'aider ?

Je m'exprime calmement en dépit de mon angoisse. Elle fronce les sourcils, visiblement déstabilisée par mes questions. Mais elle n'a aucun élan de violence envers moi. Sa main est toujours détendue sur l'arme. Je change de sujet en tâchant d'oublier que tous mes cheveux sont dressés sur ma tête.

— Tu veux un thé ?

Pourquoi est-ce que je lui propose un thé ? C'est la réponse de Ray à toute situation émotionnelle qui refait surface de manière inappropriée. Seigneur, il aurait une attaque s'il me voyait là. Son entraînement militaire aurait pris le dessus et il l'aurait déjà désarmée. Mais elle ne me vise pas vraiment. Peut-être que je peux bouger… Elle secoue la tête et la penche d'un côté puis de l'autre comme si elle s'étirait le cou.

Je prends une longue inspiration qui m'emplit les poumons pour essayer d'apaiser ma panique et je me dirige vers l'îlot de la cuisine. Elle hausse les sourcils comme si elle ne comprenait pas très bien ce que je fais et se déplace un peu pour me faire face. Je prends la bouilloire et, les mains tremblantes, je la remplis au robinet. Je respire plus calmement en m'affairant. Oui, si elle voulait me tuer, elle aurait déjà tiré. Elle m'observe avec une curiosité détachée et amusée. Alors que j'allume le gaz sous la bouilloire, je suis assaillie par l'image d'Ethan. Est-ce qu'il est blessé ? Ligoté ?

— Il y a quelqu'un d'autre dans l'appartement ? dis-je d'une voix hésitante.

Elle incline sa tête de l'autre côté et, de sa main droite, celle qui ne tient pas le revolver, elle saisit une mèche de ses longs cheveux gras et se met à la tortiller et à la triturer. C'est de toute évidence un tic nerveux et, même si ce geste détourne mon attention, je suis une nouvelle fois frappée par notre ressemblance. Retenant mon souffle, j'attends sa réponse, au paroxysme de l'angoisse.

— Seule. Toute seule, répète-t-elle.

Voilà qui est rassurant. Ethan n'est peut-être pas là. Le soulagement me redonne du courage.

— Tu es sûre de ne pas vouloir un thé ou un café ?

— Je n'ai pas soif, répond-elle doucement en avançant d'un pas prudent vers moi.

Le courage qui m'était revenu m'abandonne de nouveau. Bordel ! Je me mets à trembler. Je sens courir la peur, épaisse et crue, dans mes veines. Malgré tout cela, je me tourne pour prendre deux tasses dans le placard.

— Qu'as-tu que je n'ai pas ? demande-t-elle d'un ton enfantin.

— Qu'entends-tu par là, Leila ? dis-je aussi doucement que possible.

— Le Maître, M. Grey, il te laisse l'appeler par son nom.

— Je ne suis pas sa soumise, Leila. Euh… le Maître a compris que je suis incapable et inapte à tenir ce rôle.

Elle penche la tête de l'autre côté. C'est un geste tout à fait déroutant qui n'a rien de naturel.

— In-a-pte.

Elle s'essaie à prononcer ce mot, comme si elle voulait voir ce qu'il donne dans sa bouche.

— Mais le Maître est heureux. Je l'ai vu. Il rit et sourit. Ces réactions sont rares… très rares chez lui.

Oh.

— Tu me ressembles.

Leila me prend par surprise en changeant de cap, ses yeux semblent véritablement se concentrer sur moi pour la première fois.

— Le Maître aime les femmes obéissantes qui nous ressemblent. Les autres, toutes les mêmes… toutes les mêmes… Et pourtant toi, tu dors dans son lit. Je t'ai vue.

Merde ! Elle était dans la chambre. Je ne l'ai donc pas rêvé.

— Tu m'as vue dans son lit ?

— Je n'ai jamais dormi dans le lit du Maître, murmure-t-elle.

Elle est comme une apparition irréelle et misérable. Une moitié de personne. Elle a l'air si faible que, malgré l'arme qu'elle tient, je suis soudain submergée de compassion. Sa main se crispe autour du revolver et j'écarquille les yeux au point qu'ils menacent de me sortir de la tête.

— Pourquoi le Maître nous aime-t-il ainsi ? Cela me fait penser à quelque chose… quelque chose… Le Maître est sombre… Le Maître est un homme sombre, mais je l'aime.

Non, non, il n'est pas ce qu'elle dit. Je me hérisse à l'intérieur. Il n'est pas sombre. C'est un homme bon, il n'est pas dans l'obscurité. Il m'a rejointe dans la lumière. Et maintenant la voilà, elle, qui essaie de l'attirer de nouveau avec cette idée tordue qu'elle l'aime.

— Leila, tu veux bien me donner cette arme ? dis-je doucement.

Sa main agrippe le revolver et le presse contre sa poitrine.

— Elle est à moi. C'est tout ce qui me reste.

Elle caresse affectueusement l'arme.

— Afin qu'elle puisse être avec son amour.

Merde ! Quel amour – Christian ? J'ai l'impression d'avoir reçu un coup de poing dans le ventre. Je sais qu'il va débarquer d'ici peu de temps pour savoir ce qui me retarde. Est-ce qu'elle a en tête de lui tirer dessus ? Cette perspective est tellement horrible que je sens des nœuds se former douloureusement dans ma gorge m'étouffant presque, s'accordant à la boule de terreur tapie dans mon estomac.

À point nommé, la porte s'ouvre en grand et Christian apparaît sur le seuil, Taylor sur ses talons.

Après un coup d'œil rapide à la scène, Christian me détaille de la tête aux pieds et je remarque une petite étincelle de soulagement passer sur son visage. Un soulagement de courte durée quand ses yeux se posent sur Leila. Il la fusille du regard, sans ciller, avec une intensité que je ne lui ai jamais vue. Un regard de fou, à la fois furieux et effrayé.

Oh non… oh non.

Leila écarquille les yeux et, un moment, il semble que la raison lui revient. Elle cligne rapidement des paupières tandis que sa main se resserre une fois de plus sur l'arme. Mon souffle se coince dans ma gorge et mon cœur se met à battre si fort que j'entends le sang battre dans mes oreilles. *Non non non !*

Mon univers vacille, en équilibre précaire entre les mains de cette pauvre femme malade. Va-t-elle tirer ? Sur nous deux ? Juste sur Christian ? Cette pensée me paralyse.

Mais au bout d'une éternité, alors que le temps s'est arrêté autour de nous, Leila penche légèrement la tête et observe Christian à travers ses longs cils avec une mine contrite.

Christian lève une main, indiquant à Taylor de ne pas bouger. La pâleur de Taylor trahit sa fureur. Je ne l'ai jamais vu comme ça. Mais il ne bronche pas pendant que Christian et Leila se font face.

Je retiens mon souffle. Que va-t-elle faire ? Et lui ? Mais ils se contentent de se regarder. Le visage de Christian est empreint d'une émotion inconnue, primitive. Ce pourrait être de la pitié, de la peur, de l'affection ou… de l'amour ? *Non, je vous en prie, pas de l'amour !*

Christian transperce Leila du regard et, avec une lenteur insupportable, l'atmosphère de l'appartement change. La tension s'accroît. Je peux sentir leur connexion, leur fébrilité à tous les deux.

Non ! Soudain, j'ai l'impression d'être l'intruse, de m'immiscer dans leur échange. Je suis une étrangère – une voyeuse qui espionne une scène intime et interdite derrière des rideaux clos.

Les yeux intenses de Christian s'embrasent davantage et sa posture se modifie légèrement. Il semble plus grand, plus anguleux d'une certaine manière, plus froid et plus lointain. Je reconnais cette attitude. Je l'ai déjà vu ainsi – dans la salle de jeux.

Mon crâne est de nouveau parcouru de picotements. C'est le Christian Dominant et il a l'air tellement à l'aise dans ce rôle… Je ne sais si cela lui est venu naturellement ou s'il s'agit d'un rôle de composition, mais c'est le cœur serré et l'estomac en vrac que j'observe Leila : ses lèvres s'entrouvrent, sa respiration s'emballe alors que ses joues rougissent. *Non !* C'est un aperçu tellement gênant de son passé, un pan de sa vie insupportable à regarder.

Il finit par articuler silencieusement un mot que je ne comprends pas. Mais l'effet est immédiat. Leila se laisse tomber à genoux, la tête baissée, et l'arme lui échappe et va échouer, inutile, sur le parquet. *Bordel de merde.*

Christian avance calmement vers l'endroit où gît le revolver et se penche avec souplesse pour le ramasser. Il l'examine avec un dégoût non dissimulé avant de le glisser dans sa poche. Puis il jette un autre regard à Leila alors qu'elle est agenouillée docilement près de l'îlot de la cuisine.

— Anastasia, sors avec Taylor ! m'ordonne-t-il.

Taylor passe le seuil et me regarde.

— Ethan, je murmure.

— En bas.

Il me répond sur un ton détaché sans quitter Leila des yeux.

En bas. Pas ici. Ethan va bien. Le soulagement déboule avec fulgurance dans mon sang et, un instant, je manque de m'évanouir.

— Anastasia, répète Christian d'un ton sévère.

Je cligne des yeux et suis soudain incapable du moindre geste. Je ne veux pas le laisser là – le laisser avec elle. Il se place à côté de Leila agenouillée à ses pieds. Il la domine de manière protectrice. Elle est si immobile, c'est irréel. Je ne peux les quitter des yeux – ensemble…

— Pour l'amour de Dieu, Anastasia, peux-tu faire ce qu'on te demande pour une fois dans ta vie et sortir d'ici !

Les yeux de Christian se rivent aux miens, son regard est noir, sa voix un pic de glace. Sous le calme apparent de ses paroles, sa colère est palpable.

En colère contre moi ? Impossible. Je vous en prie, non ! J'ai l'impression qu'il vient de me gifler. Pourquoi veut-il rester avec elle ?

— Taylor. Emmenez Mlle Steele en bas. Maintenant.

Taylor hoche la tête pendant que je scrute Christian.

— Pourquoi ? je demande dans un murmure.

— Vas-y. Retourne à l'appartement.

Son regard est glacial.

— J'ai besoin d'être seul avec Leila.

Il parle de manière pressante.

Je pense qu'il essaie de me faire passer un message mais je suis tellement bouleversée par tout ce qui vient de se produire que je n'en suis pas certaine. Je baisse les yeux sur Leila et remarque qu'un très léger sourire se dessine sur ses lèvres mais, à part ça, elle demeure impassible. Une parfaite soumise. *Bordel !* Mon cœur se glace.

Voilà ce dont il a besoin. Voilà ce qu'il aime. *Non !* J'ai envie de hurler.

— Mademoiselle Steele. Ana.

Taylor me tend la main en m'implorant de le suivre. Je suis pétrifiée par l'horrible spectacle sous mes yeux. Il confirme mes pires craintes et accentue mon sentiment d'insécurité : Christian et Leila ensemble – le Dominant et sa Soumise.

— Taylor ! le presse Christian.

Taylor se baisse et me soulève dans ses bras. La dernière chose que je vois, c'est Christian caressant gentiment la tête de Leila en lui parlant doucement.

Non !

Taylor me transporte au bas de l'escalier tandis que je repose toute molle dans ses bras en essayant de comprendre ce qui vient de se passer au cours des dix dernières minutes – ou cela a-t-il duré plus longtemps ? Moins longtemps ? J'ai perdu toute notion du temps.

Christian et Leila, Leila et Christian… ensemble ? Qu'est-il en train de faire avec elle en ce moment ?

— Seigneur, Ana ! Bordel mais qu'est-ce qui se passe ?

Je suis soulagée de voir Ethan tourner en rond dans le petit hall, son gros sac sur l'épaule. *Merci mon Dieu, il va bien !* Quand Taylor me pose à terre, je me jette directement dans les bras d'Ethan, entourant son cou de mes bras.

— Ethan ! Oh, Dieu merci !

Je le serre fort contre moi. J'étais si inquiète. Pendant un bref moment, je profite de ce répit que m'accorde ma panique grandissante à l'idée de ce qui se déroule dans mon appartement.

— Bordel mais qu'est-ce qui se passe, Ana ? Qui est ce type ?

— Oh, désolée, Ethan, je te présente Taylor. Il travaille pour Christian. Taylor, voici Ethan, le frère de ma colocataire.

Ils se saluent d'un signe de tête.

— Ana, mais, qu'est-ce qui se passe là-haut ? J'étais en train de chercher les clés de l'appartement quand ces deux types sont sortis de nulle part et me les ont piquées.

L'un d'eux était Christian…

— Tu étais en retard… Dieu merci.

— Ouais. J'ai rencontré un ami de Pullman et on a bu un petit verre. Mais vas-tu m'expliquer ce qui se passe ?

— Il y a une fille, une ex de Christian. Dans notre appartement. Elle a pété un plomb et Christian est…

Ma voix craque et les larmes me brouillent la vue.

— Hé, me chuchote Ethan en m'attirant contre lui. Quelqu'un a appelé les flics ?

— Non, ce n'est pas ça.

Je sanglote contre son torse. C'est parti, je n'arrive pas à m'arrêter de pleurer. Toute la tension de ce dernier épisode se libère dans les larmes. Ethan resserre son étreinte, mais je sens qu'il est amusé.

— Hé, Ana, allons boire un verre.

Il me tapote maladroitement le dos. Soudain, je me sens embarrassée. Et, en toute honnêteté, j'ai envie d'être toute seule. Mais j'accepte son offre en hochant la tête. J'ai besoin de m'éloigner d'ici, de ce qui peut se passer à l'étage.

Je me tourne vers Taylor.

— Est-ce que l'appartement a été fouillé ?

Je m'essuie le nez du revers de la main.

— Cet après-midi.

Taylor hausse les épaules en guise d'excuse et me tend un mouchoir. Il semble anéanti.

— Je suis désolé, Ana, murmure-t-il.

Je fronce les sourcils. Seigneur, il a un air tellement coupable. Je n'ai pas envie d'aggraver ce sentiment.

— Elle semble avoir le don étrange de nous échapper, ajoute-t-il en se renfrognant de nouveau.

— Ethan et moi allons prendre un verre avant de retourner à l'Escala, dis-je en me séchant les yeux.

Taylor s'agite d'un pied sur l'autre, mal à l'aise.

— Monsieur Grey souhaitait que vous retourniez à l'appartement, dit-il calmement.

— Eh bien, nous savons où se trouve Leila maintenant.

Je ne peux m'empêcher de répondre avec amertume.

— Alors plus besoin de toutes ces mesures de sécurité. Dites à Christian que nous le retrouverons plus tard.

Taylor ouvre la bouche avant de la refermer docilement.

— Veux-tu laisser ton sac à Taylor ? dis-je à Ethan.

— Non, je le garde avec moi, merci.

Ethan adresse un signe de tête à Taylor puis me pousse vers la porte d'entrée. Trop tard, je me rappelle avoir laissé mon sac à main à l'arrière de l'Audi. Je n'ai rien sur moi.

— Mon sac à main…

— Ne t'en fais pas, me murmure Ethan avec une expression inquiète. C'est bon, c'est moi qui invite.

Nous optons pour le bar d'en face et nous installons sur des tabourets en bois près de la vitrine. Je veux voir ce qui se trame : qui entre, et surtout qui sort. Ethan me tend une bouteille de bière.

— Des ennuis avec une ex ? me demande-t-il gentiment.

— C'est un peu plus compliqué que ça.

Je marmonne, brusquement sur la défensive. Je ne peux pas parler de tout cela – j'ai signé un accord de confidentialité. Et, pour la première fois, je supporte mal cette situation, et plus encore le fait que Christian n'ait pas parlé de l'annuler.

— J'ai tout mon temps, me dit affectueusement Ethan avant de boire une longue gorgée de bière.

— C'est une ex, leur histoire remonte à plusieurs années. Elle a quitté son mari pour un autre type. Puis il y a une ou deux semaines, ce type est mort dans un accident de voiture et maintenant elle s'en prend à Christian.

Je hausse les épaules. Voilà, je n'en ai pas trop dit.

— Elle s'en prend à lui ?

— Elle était armée.

— Bordel !

— Elle n'a pas vraiment menacé qui que ce soit avec. Je pense qu'elle avait plutôt dans l'idée de se faire du mal à elle. C'est pour cette raison que je m'inquiétais tellement à ton sujet. Je ne savais pas si tu te trouvais dans l'appartement.

— Je vois. Elle me paraît plutôt instable.

— En effet.

— Et qu'est-ce que Christian fabrique avec elle dans l'appartement ?

Mon visage se vide de tout son sang et la bile me monte à la gorge.

— Je ne sais pas.

Ethan écarquille les yeux – enfin il a compris.

C'est bien ça le nœud du problème. Qu'est-ce qu'ils foutent dans l'appartement ? Ils parlent, j'espère. Ils ne font que parler. Et pourtant, je ne vois que la main de Christian qui caresse tendrement les cheveux de Leila.

J'essaie de rationnaliser : *Elle est malade et Christian s'occupe d'elle ; voilà ce qui se passe*. Mais, au fond de moi, ma conscience secoue tristement la tête. C'est bien plus que ça. Leila était capable de satisfaire ses besoins d'une manière dont je suis incapable. Cette pensée me déprime. J'essaie de me concentrer sur tout ce que nous avons fait ces derniers jours : sa déclaration d'amour, son humeur passionnée, son esprit joueur. Mais les paroles d'Elena ne cessent de me hanter. C'est vrai ce qu'on dit des gens qui écoutent aux portes.

Et ça ne te manque pas… ta salle de jeux ?

Je finis ma bière en un temps record et Ethan en commande une autre. Je ne suis pas de très bonne compagnie mais, tout à son honneur, il reste avec moi pour bavarder et essayer de me changer les idées. Il me raconte la Barbade, les pitreries de Kate et Elliot, ce qui parvient à détourner mon attention. Mais ce n'est qu'une distraction. Mon esprit, mon cœur, mon âme se trouvent encore dans cet appartement avec M. Cinquante Nuances et celle qui a été sa soumise. Une femme qui pense qu'elle l'aime encore. Une femme qui me ressemble.

Alors que nous en sommes à notre troisième bière, un gros monospace aux vitres teintées se gare près de l'Audi en face de l'immeuble. Je reconnais le Dr Flynn quand il descend du véhicule. Il est accompagné d'une femme habillée en tenue d'hôpital bleu pâle, semble-t-il. J'aperçois Taylor qui leur tient la porte d'entrée.

— Qui c'est ? demande Ethan.

— Le Dr Flynn. Christian le connaît.

— C'est quel genre de docteur ?

— Un psy.

— Oh.

Quelques minutes plus tard, le Dr Flynn et Christian sont de retour. Ce dernier porte Leila, enveloppée d'une couverture. *Quoi ?* Horrifiée, je les regarde tous monter dans le monospace puis s'éloigner à toute vitesse.

Ethan m'observe avec compassion et je me sens abandonnée. Complètement abandonnée.

— Je peux avoir quelque chose de plus fort ? dis-je à Ethan d'une petite voix.

— Bien sûr. Tu veux quoi ?

— Un cognac. S'il te plaît.

Ethan hoche la tête et repart vers le comptoir. Je garde les yeux rivés sur la porte d'entrée de mon immeuble. Quelques minutes plus tard, Taylor en sort, monte dans l'Audi et prend la direction de l'Escala… Est-ce qu'il suit Christian ? Je ne sais pas.

Ethan pose un grand verre de cognac devant moi.

— Allez, Steele. Soûlons-nous.

Ça me paraît être la meilleure proposition qu'on m'ait faite depuis un moment. Nous trinquons et je bois une gorgée du liquide fort et ambré. Sa brûlure atténue l'horrible douleur qui se répand dans mon cœur.

Il est tard et je me sens confuse. Ethan et moi sommes enfermés dehors. Ethan insiste pour me raccompagner à pied à l'Escala, mais il ne restera pas. Il a appelé l'ami qu'il a rencontré plus tôt, et avec lequel il a bu un verre, et s'est arrangé pour dormir chez lui.

— Alors c'est là que vit le magnat.

Ethan siffle au travers de ses dents, impressionné. J'acquiesce.

— Tu es sûre de ne pas vouloir venir avec moi ? me demande-t-il.

— Non, je dois affronter la situation – ou simplement aller me coucher.

— On se voit demain ?

— Oui. Merci, Ethan.

Je le serre dans mes bras.

— Tu vas t'en sortir, Steele, me murmure-t-il à l'oreille.

Il me lâche et me regarde me diriger vers l'immeuble.

— À plus ! me crie-t-il.

Je lui adresse un faible sourire et un signe de la main puis j'appuie sur le bouton pour appeler l'ascenseur.

Je sors de la cabine et j'entre dans l'appartement de Christian. Taylor n'est pas là à attendre, ce qui est inhabituel. Je passe la double porte et me dirige vers la grande pièce. Christian, au téléphone, fait des allers et retours près du piano.

— Elle est là ! dit-il d'un ton sec.

Il se tourne vers moi avec un regard noir en éteignant son téléphone.

— Putain mais où étais-tu ? gronde-t-il sans bouger.

Il est en colère contre moi ? C'est lui qui vient de passer je ne sais combien de temps avec une ancienne petite amie cinglée et il est en colère contre moi ?

— Tu as bu ? me demande-t-il, choqué.

— Un peu.

Je ne pensais pas que c'était aussi évident. Le souffle coupé, il se passe une main dans les cheveux.

— Je t'ai demandé de revenir ici, dit-il d'une voix d'un calme menaçant. Il est 22 h 15. Je m'inquiétais pour toi.

— Je suis allée prendre un verre ou trois avec Ethan pendant que tu t'occupais de ton ex. Je ne savais pas combien de temps tu resterais… avec elle.

Il plisse les yeux en s'approchant de quelques pas.

— Pourquoi le dis-tu comme ça ?

Je hausse les épaules en baissant la tête.

— Ana, qu'est-ce qui ne va pas ?

Et, pour la première fois, je perçois autre chose que de la colère dans sa voix. Quoi ? De la peur ?

Je déglutis en essayant de réfléchir à ce que je veux lui dire.

— Où est Leila ? dis-je en levant les yeux vers lui.

— Dans un hôpital psychiatrique à Fremont, répond-il en me dévisageant. Ana, qu'est-ce qu'il y a ?

Il avance jusqu'à se trouver face à moi.

— Qu'y a-t-il ? souffle-t-il.

Je secoue la tête.

— Je ne suis pas pour toi.

— Quoi ? fait-il, les yeux agrandis par l'inquiétude. Pourquoi dis-tu cela ? Comment peux-tu penser une telle chose ?

— Je ne peux être ce dont tu as besoin.

— Tu es tout ce dont j'ai besoin.

— Le simple fait de te voir avec elle…

Mais je ne parviens pas à finir ma phrase.

— Pourquoi tu me fais ça ? Ça n'a rien à voir avec toi, Ana. C'est elle.

Il inspire brusquement en passant encore une fois la main dans ses cheveux.

— Elle est très malade.

— Mais je l'ai senti… ce que vous aviez en commun.

— Quoi ? Non.

Il tend la main vers moi et je recule instinctivement. Il laisse retomber sa main en clignant des yeux. Il semble être en pleine crise de panique.

— Tu fuis ? chuchote-t-il, les yeux agrandis par la peur.

Je me tais et m'efforce de rassembler mes pensées éparpillées.

— Tu ne peux pas, m'implore-t-il.

— Christian… je… je…

Je lutte pour me ressaisir. Qu'est-ce que j'essaie de lui dire ? J'ai besoin de temps. De temps pour réfléchir à tout ça. *Donne-moi du temps.*

— Non. Non !

— Je…

Il jette des regards fous autour de lui. En quête d'inspiration ? Il espère une intervention divine ? Je n'en sais rien.

— Tu ne peux pas partir. Ana, je t'aime !

— Je t'aime aussi, Christian, c'est juste que…

— Non… non ! répète-t-il, désespéré, en portant les deux mains à sa tête.

— Christian…

— Non, souffle-t-il, les pupilles dilatées par la panique.

Et soudain il se laisse tomber à genoux devant moi, la tête baissée, les mains étalées sur ses cuisses. Il inspire profondément et ne bouge plus.

Quoi ?

— Christian, que fais-tu ?

Il garde les yeux baissés, il ne me regarde pas.

— Christian, qu'est-ce que tu fais ? dis-je d'une voix suraiguë.

Il ne bronche pas.

— Christian, regarde-moi !

C'est à mon tour de paniquer.

Il relève la tête sans hésiter et, avec un air totalement passif, me contemple de son regard froid et gris – il est presque serein… Il attend.

Bordel de merde… Christian. Le soumis.

14.

Christian, agenouillé à mes pieds, me fixant de ses yeux calmes et gris, est le spectacle le plus effrayant et le plus déstabilisant que j'aie jamais vu – pire encore que Leila armée. Ma brume alcoolisée s'évapore brusquement, remplacée aussitôt par des picotements sur le crâne et la conscience aiguë de l'imminence d'une catastrophe. Mon visage se vide de son sang.

J'inspire brutalement, je suis bouleversée. *Non, non, c'est tellement anormal et déroutant.*

— Christian, je t'en prie, ne fais pas ça. Je ne veux pas de ça.

Il continue de me regarder avec passivité, sans bouger, sans rien dire.

Oh, putain. Mon pauvre Cinquante Nuances. Mon cœur se serre et se vrille. Bon sang mais que lui ai-je fait ? Les larmes me montent aux yeux.

— Pourquoi fais-tu ça ? Parle-moi, dis-je dans un chuchotement.

Il cligne une fois des yeux.

— Que voudrais-tu que je te dise ? répond-il doucement, d'une voix neutre.

Un instant, je suis soulagée de l'entendre parler, mais pas comme ça, non. *Non.*

Les larmes commencent à rouler sur mes joues. C'est insoutenable de le voir ainsi dans la même position que cette pathétique Leila. L'image de cet homme puissant qui reste ce petit garçon, horriblement abusé et négligé, qui se croit indigne de l'amour de sa famille parfaite et de celui de sa petite amie bien moins parfaite… Mon garçon perdu… J'ai le cœur en morceaux.

La compassion, la perte et le désespoir. Toutes ces émotions gonflent en même temps dans mon cœur et je suffoque de détresse. Je vais devoir me battre pour le ramener, pour retrouver *mon* Cinquante Nuances.

L'idée de dominer quelqu'un me révulse. L'idée de dominer Christian me donne la nausée. J'aurais l'impression de lui ressembler, à elle, à cette femme qui lui a fait tout ça.

Cette perspective me donne le frisson et je lutte contre la bile qui monte dans ma gorge. Je suis incapable de faire ça. Je suis incapable d'en avoir envie. Mes pensées s'éclaircissent et j'entrevois une solution. Sans le quitter des yeux, je me laisse tomber à genoux devant lui. Le parquet est dur contre mes tibias et j'essuie maladroitement mes larmes du revers de la main.

Comme ça, nous sommes à égalité. Nous sommes au même niveau. C'est le seul moyen de le récupérer.

Ses yeux s'élargissent légèrement quand je lève le visage vers lui. Mais son expression et sa posture demeurent inchangées.

— Christian, tu n'as pas à faire ça, dis-je en l'implorant. Je ne vais pas m'enfuir. Je te l'ai dit et te le répète encore : je ne m'enfuirai pas. Tout ce qui s'est passé… Je ne sais plus où j'en suis. Il me faut juste un peu de temps pour réfléchir… Un peu de temps pour moi. Pourquoi envisages-tu toujours le pire ?

Mon cœur se serre de nouveau parce que je sais… Il doute tellement, se déteste tant. Les paroles d'Elena reviennent me hanter. *Elle sait à quel point tu as une mauvaise image de toi ? Elle connaît tous tes problèmes ?*

Oh, Christian. La peur s'empare une fois de plus de mon cœur et je me mets à bafouiller.

— J'allais te suggérer de retourner à mon appartement ce soir. Tu ne me laisses jamais de temps… J'ai juste besoin de réfléchir à ce qui se passe.

Je sanglote et un vague froncement de sourcils contracte son visage.

— Juste le temps de réfléchir. Nous nous connaissons à peine, et tout ce passé que tu traînes derrière toi… J'ai besoin… j'ai besoin d'y réfléchir. Et maintenant que Leila est… Eh bien, peu importe ce qu'elle est… Elle ne se promène plus dans les rues, elle n'est donc plus une menace… J'ai pensé… j'ai pensé…

Mais je n'arrive pas à finir et je le dévisage. Il me regarde intensément et je crois qu'il m'écoute.

— Te voir avec Leila…

Je ferme les yeux lorsque le souvenir douloureux de son face-à-face avec son ex-soumise vient me tourmenter de nouveau.

— Ça a été un tel choc. J'ai entrevu ce qu'a été ta vie… et…

Je baisse les yeux, les joues toujours humides de larmes.

— Il s'agit de moi. Je ne me sens pas digne de toi. C'était un aperçu de ta vie d'avant et j'ai tellement peur que tu te lasses de moi, que tu t'en ailles… Alors je finirai comme Leila… une ombre. Parce que je t'aime, Christian. Et, si tu me quittes, le monde perdra sa lumière pour moi. Et cela me terrifie…

En disant cela – en espérant qu'il m'écoute –, je prends conscience de la véritable nature de mon problème : je ne comprends tout simplement pas pourquoi il m'aime. Je ne l'ai jamais compris.

— Je ne m'explique pas comment tu peux me trouver attirante, dis-je dans un murmure. Tu es…, eh bien, tu es toi… et je suis…

Je hausse les épaules et lève les yeux vers lui.

— Je ne comprends pas pourquoi. Tu es beau et sexy, tu réussis tout ce que tu entreprends, tu es bon, gentil et attentionné – tout ce que je ne suis pas. Et je suis incapable de faire ce que tu attends de moi. Je ne peux pas te donner ce dont tu as besoin. Comment pourrais-tu être heureux avec moi ? Comment pourrais-je te retenir ?

Alors que je lui confie mes peurs les plus profondes, ma voix n'est plus qu'un chuchotement.

— Je n'ai jamais compris ce que tu me trouvais. Lorsque je t'ai vu avec elle, ça a tout fait remonter.

J'observe son expression toujours impassible, tout en reniflant.

Oh, qu'il est exaspérant. *Parle-moi, bon sang !*

— Tu vas rester agenouillé là toute la nuit ? Parce que moi aussi, je vais rester là.

Je crois voir son expression s'adoucir – peut-être même semble-t-il vaguement amusé. Mais c'est tellement difficile à dire.

Je pourrais tendre la main et le toucher, mais ce serait abuser grossièrement de la situation. Je ne veux pas de ça, mais je ne sais pas ce qu'il veut, ou alors ce qu'il essaie de me dire. Je ne comprends tout simplement pas.

— Christian, je t'en prie, je t'en prie… parle-moi.

Je l'implore en tordant mes mains sur mes cuisses. Je ne suis pas à l'aise à genoux, mais je reste dans cette posture, plongeant mon regard dans ses superbes yeux gris, et j'attends.

J'attends.

Et j'attends.

— Je t'en prie ! je répète encore.

Soudain, son regard intense s'assombrit et il cligne des yeux.

— J'ai eu tellement peur, murmure-t-il.

Oh, merci Seigneur ! Ma conscience recule en titubant vers son fauteuil et s'y écroule, soulagée, avant de s'envoyer une bonne rasade de gin.

Il parle ! Submergée de gratitude, je déglutis en essayant de contenir mon émotion et la nouvelle crise de larmes qui menace.

Il parle d'une voix douce et basse :

— Quand j'ai vu Ethan arriver devant l'immeuble, j'ai su que quelqu'un t'avait fait entrer dans l'appartement. Taylor et moi avons bondi hors de la voiture. Nous savions, et la voir ainsi avec toi, et armée… Je crois que je suis mort mille fois, Ana. J'étais tellement en colère, contre elle, contre toi, contre Taylor, contre moi-même.

Il secoue la tête en laissant éclater sa souffrance.

— Je ne mesurais pas combien la situation risquait de déraper. Je ne savais pas quoi faire. Je n'avais aucune idée de sa réaction.

Il marque une pause.

— Et puis elle m'a donné une piste : elle semblait si coupable. Et j'ai compris ce que je devais faire.

Il s'arrête, en s'efforçant de jauger ma réaction.

— Continue, dis-je.

Il déglutit.

— En la voyant dans cet état, tout en sachant que j'étais en partie responsable de sa crise…, poursuit-il avant de fermer de nouveau les paupières. Elle a toujours été si vive et espiègle.

Il frissonne et inspire bruyamment, c'est presque un sanglot. Quelle torture que de l'écouter. Mais je reste à genoux, attentive, buvant ses explications.

— Elle aurait pu te faire du mal. Et ça aurait été ma faute.

Ses yeux s'égarent, perplexes et horrifiés, et de nouveau il se tait.

— Mais elle ne m'a rien fait, dis-je. Et tu n'étais pas responsable de son état mental, Christian.

Je cille pour l'encourager à poursuivre.

Soudain je comprends ce qu'il a fait : il m'a mise à l'abri, et peut-être Leila également, parce qu'il tient aussi à elle. À quel point ? Cette question ne me quitte pas. Il me dit qu'il m'aime, mais il était tellement sévère quand il m'a ordonné de quitter mon propre appartement.

— Je voulais juste que tu t'en ailles de cet endroit, murmure-t-il avec son étrange faculté de lire dans mes pensées. Je voulais t'éloigner du danger et… toi, tu ne voulais pas partir, siffle-t-il à travers ses dents en secouant la tête.

Son exaspération est palpable. Il me regarde intensément.

— Anastasia Steele, vous êtes la femme la plus têtue que je connaisse.

Il ferme les yeux et secoue une nouvelle fois la tête d'un air incrédule.

Oh, le voilà de retour. J'émets un long soupir de soulagement qui chasse toute mon angoisse.

Il rouvre les yeux. Son expression est celle de la tristesse – une tristesse sincère.

— Tu n'allais pas t'en aller ? me demande-t-il.

— Non !

Il referme les yeux et tout son corps se détend. Quand il les rouvre à nouveau, j'y lis de la douleur et de l'angoisse.

— J'ai pensé…

Il s'interrompt.

— C'est moi, Ana. Moi tout entier… et je suis tout à toi. Que dois-je faire pour t'en convaincre ? Pour te montrer que je te veux de n'importe quelle manière. Que je t'aime.

— Je t'aime aussi, Christian, et te voir comme ça…

Je m'étouffe et les larmes reprennent de plus belle.

— Je pensais t'avoir brisé.

— Brisé ? Moi ? Oh non, Ana. C'est tout le contraire, dit-il en me prenant la main. Tu es ma bouée de sauvetage, chuchote-t-il.

Il embrasse la naissance de mes doigts avant de presser ma paume contre la sienne. Les yeux toujours agrandis par la peur, il tire doucement ma main et la pose sur son torse, au niveau de son cœur – dans la zone interdite. Sa respiration s'accélère. Son cœur bat à un rythme fou sous mes doigts. Ses yeux ne quittent pas les miens ; sa mâchoire est tendue, ses dents serrées.

J'en ai le souffle coupé. *Oh, mon Cinquante Nuances !* Il me laisse le toucher. Et c'est comme si tout l'air de mes poumons s'évaporait – plus rien. Le sang pulse dans mes oreilles tandis que mon rythme cardiaque se déchaîne pour s'accorder au sien.

Il me lâche la main que je laisse posée sur son cœur. Repliant légèrement les doigts, je sens la chaleur de sa peau sous le tissu fin de sa chemise. Il retient sa respiration. Je ne peux pas le supporter. Je m'apprête à retirer ma main.

— Non, dit-il aussitôt.

Il pose de nouveau sa main sur la mienne en pressant mes doigts contre lui.

— Ne fais pas ça.

Encouragée par ses paroles, je me rapproche afin que nos genoux se touchent et je lève précautionneusement mon autre main afin qu'il sache exactement ce que j'ai l'intention de faire. Ses pupilles se dilatent davantage, mais il ne m'empêche pas. Doucement, je commence à déboutonner sa chemise. C'est difficile de le faire d'une main. Je replie mes doigts sur son torse et il me lâche, me permettant d'utiliser mes deux mains. Nos yeux ne se quittent pas quand j'ouvre le vêtement pour découvrir son torse.

Il déglutit, ses lèvres s'entrouvrent, son souffle s'accélère et je sens la panique s'emparer de lui. Mais il ne recule pas. Est-il toujours en mode soumis ? Je n'en sais rien.

Est-ce que je dois faire ça ? Je ne veux pas lui faire de mal, que ce soit physiquement ou psychologiquement. Le voir ainsi, s'offrant à moi, a été comme un déclic.

Je tends le bras et ma main plane au-dessus de sa poitrine sans que je le quitte des yeux… Je lui demande silencieusement la permission. Très délicatement, il incline la tête d'un côté, s'armant de courage en anticipant mon contact. Sa tension est palpable, mais, cette fois, il ne s'agit pas de colère, mais de peur.

J'hésite. Je peux vraiment lui faire ça ?

— Oui, souffle-t-il, avec encore une fois ce don pour lire dans mes pensées.

Je tends le bout de mes doigts dans les poils de son torse et je leur fais légèrement effleurer son sternum. Il ferme les yeux et son visage se creuse comme s'il endurait une douleur intolérable. C'est insupportable à voir et je retire aussitôt mes doigts, mais il m'attrape très vite la main et la replace fermement, à plat sur son torse nu, si bien que les poils me chatouillent la paume.

— Non, dit-il, d'une voix sourde. J'en ai besoin.

Il plisse les yeux tellement fort… La douleur doit être atroce. C'est une vraie torture de le voir ainsi. Avec précaution, je caresse son torse jusqu'à son cœur, à la fois émerveillée de ce contact et terrifiée à l'idée d'être allée trop loin.

Il ouvre les yeux : deux éclairs gris qui me foudroient.

Bordel de merde. Son regard est sauvage, intense, et son souffle est rapide. Je suis bouleversée. Je me tortille sous ce regard.

Il me laisse continuer. Je fais courir une nouvelle fois le bout de mes doigts sur sa poitrine et sa bouche se détend. Il halète et je ne sais si c'est de peur ou d'autre chose.

Cela fait si longtemps que j'ai envie de l'embrasser là que je me penche sur mes genoux et soutiens son regard un moment pour lui exprimer clairement mon intention.

Puis je me baisse et plante un doux baiser au-dessus de son cœur. Je sens sa peau chaude et son odeur délicate sous mes lèvres.

Son gémissement étranglé me remue tellement que je me rassois aussitôt sur mes talons, craignant de découvrir l'expression de son visage. Ses paupières sont toujours crispées, mais il n'a pas bougé.

— Encore, chuchote-t-il.

Je m'appuie une nouvelle fois sur son torse, cette fois pour embrasser une de ses cicatrices. Il retient son souffle. J'en embrasse une autre, puis encore une autre. Il grogne bruyamment. Soudain, ses bras m'enveloppent, et une de ses mains fourrage dans mes cheveux, me relevant brusquement la tête afin que mes lèvres rencontrent sa bouche pressante. Et nous nous embrassons, mes doigts accrochés à sa chevelure.

— Oh, Ana, souffle-t-il.

Il m'allonge au sol sous lui. Lorsque je lève les mains vers son beau visage, je sens ses larmes.

Il pleure… Oh non !

— Christian, je t'en prie, ne pleure pas. Je disais la vérité quand j'affirmais que je ne te quitterais pas. Je t'assure. Si je t'ai donné une autre impression, je suis désolée… Je t'en prie, je t'en prie, pardonne-moi. Je t'aime. Je t'aimerai toujours.

Il se tient au-dessus de moi et me regarde. Son expression est affreusement douloureuse.

— Qu'y a-t-il ?

Ses yeux s'agrandissent.

— Quel est ce secret qui, selon toi, me ferait m'enfuir à toutes jambes ? Qu'est-ce qui te fait croire que je partirais ? (Je le supplie d'une voix tremblante :) Dis-moi, Christian, je t'en prie…

Il se redresse, pour s'asseoir en tailleur. Je l'imite mais garde les jambes allongées. Je songe vaguement qu'on devrait s'installer ailleurs, mais je ne veux pas l'interrompre. Il va enfin se confier.

Il baisse les yeux sur moi, il semble totalement désespéré. *Oh merde, ça craint.*

— Ana…

Il se tait, cherche ses mots, le visage torturé… *Bon sang, où va-t-on, là ?* Il inspire profondément et déglutit.

— Je suis un sadique, Ana. J'aime fouetter des petites brunes comme toi parce que vous ressemblez toutes à la pute camée, ma mère naturelle. Je suis sûr que tu peux deviner pourquoi.

Il débite tout ça d'un trait, comme s'il gardait cette phrase en tête depuis des jours et des jours et avait hâte de s'en débarrasser.

Mon monde cesse de tourner. *Oh non.*

Je ne m'attendais pas à ça. C'est grave. Vraiment grave. Je le dévisage en essayant de comprendre ce que ses paroles impliquent. Cela explique en tout cas notre ressemblance à toutes. Leila avait raison : « Le Maître est sombre. »

Puis je me rappelle la première conversation que j'ai eue avec Christian au sujet de ses goûts quand nous nous trouvions dans la Chambre rouge de la Douleur.

— Tu m'as dit que tu n'étais pas un sadique, dis-je en essayant désespérément de comprendre… et de lui trouver une excuse.

— Non, j'ai dit que j'étais un Dominant. Si je t'ai menti, c'était un mensonge par omission. Je suis désolé.

Il baisse brièvement les yeux sur ses ongles manucurés. Je pense qu'il est mortifié. *Mortifié de m'avoir menti ? Ou d'être ce qu'il est ?*

— Quand tu m'as posé cette question, j'avais envisagé une relation complètement différente entre nous, chuchote-t-il.

À son regard, je vois qu'il est terrifié.

Soudain, cela me frappe tel un coup de boutoir. S'il est sadique, il a véritablement besoin de toutes ces merdes de fouets et de badines. *Oh, putain.* Je me prends la tête à deux mains.

— Alors c'est un fait, dis-je en levant les yeux vers lui. Je ne peux pas t'apporter ce dont tu as besoin.

Ça y est. Ça signifie que nous sommes réellement incompatibles.

Le monde commence à s'effondrer sous mes pieds, alors que la panique me submerge. Ça y est. On n'y arrivera pas. Christian se rembrunit.

— Non, non, non. Ana. Tu le peux. Tu me donnes déjà ce dont j'ai besoin, m'assure-t-il en crispant les poings. Je t'en prie, crois-moi.

Ses paroles sonnent comme un plaidoyer passionné.

— Je ne sais vraiment que penser, Christian. C'est tellement malsain.

Je suis enrouée, ma gorge est douloureuse tant elle est serrée et mes larmes m'étouffent à force d'être retenues. Il me regarde de nouveau, les yeux brillants.

— Ana, crois-moi. Après que je t'ai punie et que tu m'as quitté, ma vision du monde a changé. Je ne plaisantais pas quand je disais que je ferais tout pour ne plus connaître ça, dit-il avec un regard suppliant. Quand tu m'as dit que tu m'aimais, ça a été une révélation pour moi. Personne ne me l'avait jamais dit. Ça a été comme si j'avais déterré quelque chose – ou peut-être est-ce toi qui l'as déterré, je ne sais pas. Nous en discutons encore beaucoup avec le Dr Flynn.

Oh. L'espoir ravive brièvement une flamme dans mon cœur. On va peut-être s'en sortir. J'ai envie qu'on s'en sorte. *N'est-ce pas ?*

— Ça veut dire quoi ?

— Que je n'en ai pas besoin. Pas maintenant.

Quoi ?

— Comment le sais-tu ? Comment peux-tu en être sûr ?

— Je le sais, c'est comme ça. L'idée de te faire du mal… de n'importe quelle manière… me répugne.

— Je ne comprends pas. Et qu'en est-il des règles et des fessées et de toute cette baise perverse ?

Il se passe une main dans les cheveux, il est sur le point de sourire, mais il se contente de soupirer tristement.

— Je parle du lourd, Anastasia. Tu devrais voir ce dont je suis capable avec une canne ou un fouet.

Je reste sans voix.

— Je ne préfère pas.

— Je sais. Si tu voulais faire ça, alors très bien… mais tu ne le souhaites pas, et je l'accepte. Je ne peux pas faire toutes ces conneries avec toi si tu ne le veux pas. Je te l'ai déjà dit, c'est toi qui détiens le pouvoir. Et, depuis que tu es revenue, je n'éprouve plus du tout cette envie.

Je le regarde, hébétée, en m'efforçant de comprendre.

— Mais quand nous nous sommes rencontrés, c'était bien ce que tu désirais pourtant ?

— Oui, sans aucun doute.

— Comment cette compulsion peut-elle tout simplement disparaître, Christian ? Comme si j'étais une sorte de panacée et que tu étais, à défaut d'un meilleur mot, guéri ? Je ne saisis pas.

Il soupire encore.

— Je ne dirais pas « guéri »... Tu ne me crois pas ?

— Je trouve ça difficile à croire. Ce qui est différent.

— Si tu ne m'avais jamais quitté, je ne ressentirais probablement pas ça. T'en aller a été la meilleure chose que tu aies jamais faite... pour nous. J'ai compris alors combien je te veux, et je le pense quand je dis que je te veux de quelque manière que ce soit.

Je le dévisage. Est-ce possible ? Ma tête me fait mal rien que de réfléchir et, au fond de moi, je me sens comme... engourdie.

— Tu es encore là. J'aurais cru que tu serais déjà partie, murmure-t-il.

— Pourquoi ? Parce que je pourrais croire que tu es juste timbré d'aimer fouetter et baiser des femmes qui ressemblent à ta mère ? Qu'est-ce qui pourrait te donner cette impression ? j'aboie, déchaînée.

Il pâlit sous la violence de ces paroles.

— Eh bien, je ne l'aurais pas formulé ainsi, mais oui, répond-il, blessé.

Son expression me donne aussitôt à réfléchir et je regrette mon accès de colère. Je fronce les sourcils sous le coup de la culpabilité.

Oh, mais qu'est-ce que je vais faire ? Je remarque son air contrit et sincère... l'air de mon Cinquante Nuances.

Spontanément, je me rappelle la photo dans sa chambre d'enfant. Au même instant, je comprends pourquoi la femme m'était familière. Elle lui ressemblait. Ce devait être sa mère biologique. La facilité avec laquelle il s'était débarrassé du sujet me revient à l'esprit : *Une personne sans importance*... Elle est responsable de tout ça... et je lui ressemble... *Bordel !*

Il me regarde avec insistance, et je sens qu'il attend ma réaction. Il paraît sincère. Il dit qu'il m'aime, mais je suis vraiment troublée. Tout cela est tellement malsain. Il m'a rassurée au sujet de Leila, mais à présent je sais plus que jamais comment elle lui donnait du plaisir. Cette idée est dure à avaler.

— Christian, je suis épuisée. Pouvons-nous en parler demain ? Je voudrais aller me coucher.

Il cligne des yeux de surprise.

— Tu ne t'en vas pas ?

— Tu veux que je m'en aille ?

— Non ! Mais je pensais que tu partirais maintenant que tu sais.

Toutes les fois où il a fait allusion au fait que je partirais lorsque que je connaîtrais ses secrets les plus sombres me reviennent fugacement à l'esprit… et maintenant je sais. Merde. Le Maître *est* vraiment sombre.

Dois-je partir ? Je le contemple, cet homme fou que j'aime – oui, que j'aime. Suis-je capable de le quitter ? Je l'ai déjà fait et cela a failli me briser… et lui aussi. Je l'aime. Je le sais en dépit de ces révélations.

— Ne me quitte pas, chuchote-t-il.

— Oh, bon sang, non ! Je ne m'en vais pas !

Je crie et ce cri me libère. Voilà, je l'ai dit. Je ne pars pas.

— Vraiment ?

— Que dois-je faire pour te faire comprendre que je ne vais pas m'enfuir ? Qu'est-ce qu'il faut que je te dise ?

Il me dévisage, à nouveau gagné par l'angoisse et la peur. Il déglutit.

— Il y a une chose que tu peux faire.

— Quoi ? dis-je d'un ton sec.

— Épouse-moi, chuchote-t-il.

Quoi ? Est-ce qu'il a vraiment…

Pour la seconde fois en moins d'une heure, le monde s'arrête autour moi.

Je regarde cet homme profondément abîmé que j'aime. Je n'arrive pas à croire ce qu'il vient de me demander.

Le mariage ? Il me demande en mariage ? Il plaisante ? Sans pouvoir le réprimer, je sens monter un petit gloussement nerveux d'incrédulité. Je me mords la lèvre pour éviter qu'il ne se transforme en un éclat de rire hystérique de grande envergure et j'échoue lamentablement. Je me laisse tomber à plat, dos au sol et m'abandonne à cette crise, riant comme je ne l'ai jamais fait, secouée par d'énormes hurlements de rire, libérateurs et thérapeutiques.

Un instant, je suis comme seule au monde, face à cette situation absurde : une fille prise d'un fou rire nerveux, complètement déboussolée, près d'un type aussi sublime que perturbé. Quand des larmes brûlantes me montent aux yeux, j'enfouis mon visage dans mon coude. *Non, non… c'est trop, là.*

Une fois l'hystérie retombée, Christian soulève doucement mon bras. Je me tourne vers lui.

Penché au-dessus de moi, il a une moue ironique, mais ses yeux me foudroient. Il l'a peut-être mal pris. *Oh non.*

Il essuie tendrement une larme de ses doigts.

— Vous trouvez ma demande en mariage amusante, mademoiselle Steele ?

Oh, mon Cinquante Nuances ! Je lui caresse doucement la joue en savourant le contact de sa barbe naissante sous mes doigts. Seigneur, que j'aime cet homme.

— Monsieur Grey… Christian. Ton sens du timing est sans aucun doute…

Je le regarde sans trouver les mots. Il a un petit sourire en coin, mais les plis autour de ses yeux me prouvent qu'il est vexé. Ça calme.

— Je suis piqué au vif, Ana. Veux-tu m'épouser ?

Je me rassois et me penche vers lui en posant mes mains sur ses genoux. Je scrute son magnifique visage.

— Christian, j'ai rencontré ton ex complètement cinglée et armée, on m'a jetée hors de mon appartement, j'ai eu droit au Cinquante Nuances version thermonucléaire…

Il ouvre la bouche pour parler, mais je lève la main. Il la referme docilement.

— Tu viens juste de me faire des révélations plutôt choquantes à ton sujet et maintenant tu me demandes en mariage.

Il penche la tête d'un côté puis de l'autre, comme s'il examinait les faits. Il est amusé. Dieu merci.

— Oui, je crois que c'est un résumé juste et précis de la situation, déclare-t-il d'un ton sec.

Je secoue la tête.

— Qu'en est-il de la satisfaction différée ?

— J'ai tourné la page et je suis dorénavant un ardent défenseur de la satisfaction immédiate. *Carpe diem*, Ana, chuchote-t-il.

— Écoute, Christian, je ne te connais vraiment que depuis trois minutes et il y a tellement de choses encore que j'ai besoin de savoir. J'ai trop bu, j'ai faim, je suis fatiguée et je voudrais aller me coucher. Il faut que je réfléchisse à ta demande en mariage tout comme au contrat que tu m'as donné. Et...

Je crispe les lèvres pour lui exprimer mon mécontentement, mais également pour détendre l'atmosphère.

— Ça n'était pas une demande en mariage des plus romantiques.

Il incline de nouveau la tête et ses lèvres se retroussent en un sourire.

— Bon point, bien joué, comme toujours, mademoiselle Steele, souffle-t-il, avec soulagement. Alors, ça n'est pas un « non » ?

Je soupire.

— Non, monsieur Grey, ça n'est pas un « non », mais ça n'est pas un « oui » non plus. Tu fais ça uniquement parce que tu as peur et parce que tu ne me fais pas confiance.

— Non, je le fais parce que j'ai enfin rencontré la personne avec laquelle j'ai envie de passer le reste de ma vie.

Oh. Mon cœur manque une mesure et je fonds. Comment est-il capable, au beau milieu de la situation la plus bizarre qui soit, de prononcer des paroles aussi émouvantes ?

J'en reste bouche bée.

— Je n'aurais jamais cru que cela m'arriverait, poursuit-il, avec un profond accent de sincérité.

Toujours hébétée, je cherche mes mots.

— Je peux y réfléchir... s'il te plaît ? Et réfléchir à tout ce qui s'est passé aujourd'hui ? À ce que tu viens de me confier ? Tu m'as demandé d'être patiente et d'avoir foi en toi. Eh bien, je te réclame la même chose, Grey. J'en ai besoin maintenant.

Ses yeux sondent les miens et, après quelques secondes, il se penche et repousse mes cheveux derrière mon oreille.

— Je peux faire ça.

Il dépose un rapide baiser sur mes lèvres.

— Ça n'est pas très romantique, hein ?

Il hausse les sourcils et je secoue la tête en guise de remontrance.

— Des cœurs et des fleurs ? demande-t-il doucement.

Je hoche la tête et il m'adresse un léger sourire.

— Tu as faim ?

— Oui.

— Tu n'as pas mangé ?

Son regard se glace et sa mâchoire se crispe.

— Non, je n'ai pas mangé, dis-je en m'asseyant sur les talons et en le considérant d'un air impassible. Je te rappelle que je me suis fait virer de chez moi après avoir vu mon petit ami se comporter très intimement avec une de ses anciennes soumises. Ça m'a considérablement coupé l'appétit.

Je le fusille du regard, les poings serrés sur les hanches.

Christian secoue la tête et se lève avec grâce. *Oh, enfin on quitte ce parquet*. Il me tend la main.

— Laisse-moi te préparer à manger.

— Je ne pourrais pas juste aller me coucher ? dis-je, épuisée, en lui donnant la main.

Il me met debout. Je me sens raide. Il baisse les yeux sur moi avec douceur.

— Non, il faut que tu manges. Viens.

Le Christian autoritaire est de retour et c'est un soulagement. Il me conduit vers la cuisine et m'aide à grimper sur un tabouret au comptoir avant de se diriger vers le réfrigérateur. Je jette un coup d'œil à ma montre : il est presque 23 h 30 et je dois me lever tôt demain pour travailler.

— Christian, je n'ai vraiment pas faim.

Il m'ignore consciencieusement en furetant dans l'énorme réfrigérateur.

— Du fromage ? demande-t-il.

— Pas à cette heure.

— Des bretzels ?

— Au réfrigérateur ? Non.

Il se tourne vers moi en souriant.

— Tu n'aimes pas les bretzels ?

— Pas à 23 h 30. Christian, je vais me coucher. Tu peux farfouiller dans ton réfrigérateur toute la nuit si ça te chante. Je suis fatiguée et j'ai eu une journée un peu trop remplie. Une journée que j'aimerais oublier.

Je me laisse glisser du tabouret et il me jette un regard noir mais je m'en fiche. Je veux juste aller me coucher, je suis morte de fatigue.

— Macaronis au fromage ?

Il me montre un saladier recouvert de papier aluminium avec une expression si optimiste et tellement touchante.

— Tu aimes les macaronis au fromage ? je lui demande.

Il acquiesce avec enthousiasme et mon cœur fond. Il paraît si jeune tout d'un coup. Qui l'aurait cru ? Christian Grey aime la bouffe pour gosses.

— Tu en veux ? me propose-t-il, plein d'espoir.

Je ne peux pas résister. Finalement, j'ai faim. Je hoche la tête faiblement. Le sourire qu'il m'adresse est à tomber. Il ôte le papier aluminium du saladier qu'il glisse au four à micro-ondes. Je me perche de nouveau sur le tabouret pour observer le sublimissime M. Christian Grey – l'homme qui veut m'épouser – se déplacer avec aisance dans sa cuisine.

— Alors tu sais te servir d'un micro-ondes ? dis-je pour le taquiner.

— Si c'est un plat tout préparé, je peux m'en sortir. C'est avec la vraie nourriture que j'ai du mal.

Je n'arrive pas à croire qu'il s'agit du même homme qui était agenouillé devant moi une demi-heure plus tôt. Il a retrouvé son caractère lunatique. Il dispose des sets de table, des assiettes et des couverts sur le comptoir.

— Il est très tard, fais-je remarquer.

— Ne va pas au bureau demain.

— Il faut que j'y aille. Mon patron part pour New York.

Christian fronce les sourcils.

— Tu veux y aller ce week-end ?

— J'ai consulté la météo et il semblerait qu'il pleuve, dis-je en secouant la tête.

— Oh, alors que veux-tu faire ?

La sonnerie du micro-ondes annonce que notre dîner est prêt.

— Pour le moment, je préférerais envisager un jour après l'autre. Toute cette agitation est… fatigante.

Je hausse un sourcil et il fait mine de ne pas le remarquer. Il dépose le saladier entre nos assiettes et s'assoit à côté de moi. Il semble perdu dans ses pensées, distrait. Je nous sers les macaronis. Ça sent divinement bon et l'eau me vient à la bouche. En fait, je suis affamée.

— Pardon pour Leila, murmure-t-il.

— Pourquoi me dis-tu ça ?

Mmm, les macaronis sont délicieux. Mon estomac gargouille en signe de reconnaissance.

— Ça a dû être un choc terrible pour toi de la trouver dans ton appartement. Taylor l'avait lui-même fouillé un peu plus tôt dans la journée. Il est très contrarié.

— Je ne lui en veux pas.

— Moi non plus. Il est sorti te chercher.

— Vraiment ? Pourquoi ?

— Je ne savais pas où tu étais. Tu avais laissé ton sac à main, ton téléphone. Je ne pouvais même pas te pister. Où es-tu allée ? demande-t-il.

Sa voix est douce mais je sens la menace qui couve sous ses paroles.

— Ethan et moi sommes simplement allés dans le bar en face de l'immeuble. Pour que je puisse voir ce qui se passait.

— D'accord.

L'atmosphère s'est imperceptiblement modifiée. Elle n'est plus légère.

D'accord, bon… on peut jouer à ça tous les deux. Je vais te le rappeler, M. Cinquante Nuances. M'efforçant de paraître désinvolte, et désireuse de satisfaire ma curiosité tout en redoutant la réponse, je demande :

— Alors, qu'as-tu fait avec Leila dans l'appartement ?

Je lève les yeux vers lui et il se fige, la fourchette en l'air. *Oh non, ça n'est pas bon.*

— Tu veux vraiment le savoir ?

Un nœud se resserre dans mon ventre, je n'ai soudain plus aucun appétit.

— Oui.

Tu veux ? Tu veux vraiment le savoir ? Ma conscience a balancé la bouteille vide de gin par terre et se redresse dans son fauteuil en me lançant un regard horrifié.

Les lèvres de Christian se crispent en une mince ligne, il hésite.

— Nous avons parlé et je lui ai donné un bain.

Sa voix est rauque et, voyant que je ne réagis pas, il poursuit :

— Et je lui ai passé des vêtements à toi. J'espère que ça ne te dérange pas. Mais elle était très sale.

Bordel. Il lui a donné un bain ?

C'est vraiment déplacé. Je suis sous le choc, je baisse les yeux sur mes macaronis. Leur vue me donne la nausée.

Essaie de rationaliser, me conseille ma conscience. Cette partie cool et raisonnable de mon cerveau sait qu'il a seulement agi comme ça parce qu'elle était sale. Mais c'est trop dur. Mon moi fragile et jaloux ne supporte pas cette idée.

Soudain, j'ai envie de pleurer – pas de succomber à des larmes d'honnête femme, non, j'ai envie de hurler à la lune. J'inspire profondément pour me maîtriser, mais ma gorge reste sèche et nouée.

— C'était tout ce que je pouvais faire, Ana, dit-il doucement.

— Tu as encore des sentiments pour elle ?

— Non ! s'écrie-t-il, horrifié.

Il ferme les yeux, angoissé. Je me détourne pour fixer encore une fois la nourriture qui me soulève le cœur.

— La voir ainsi, si différente, si brisée… Je tiens à elle, comme un être humain tient à un autre.

Il hausse les épaules comme pour se débarrasser d'un souvenir déplaisant. Seigneur, s'attend-il à ce que je compatisse ?

— Ana, regarde-moi.

Je ne peux pas. Si j'obéis, je vais éclater en sanglots. C'est trop à avaler. Je suis comme un réservoir d'essence prêt à déborder. Il n'y a plus de place pour rien. Je suis tout simplement incapable de gérer davantage de merde. Je vais me consumer et exploser, et ça va être horrible si j'essaie. Seigneur !

Christian qui s'occupe si intimement de son ex-soumise – les images défilent dans ma tête. *Il lui a donné un bain, bordel, elle était nue*. Un frisson brutal et douloureux me traverse le corps.

— Ana.

— Quoi ?

— Ne fais pas ça. Ça n'a pas d'importance. C'était comme m'occuper d'une enfant, une enfant brisée en mille morceaux, marmonne-t-il.

Qu'est-ce qu'il y connaît, lui, du fait de s'occuper d'un enfant ? Il s'agissait d'une femme avec laquelle il a eu une liaison très intense et perverse.

Oh, comme ça fait mal. Je prends une nouvelle inspiration pour me calmer. Ou peut-être fait-il référence à lui ? C'est lui, l'enfant brisé. Ce qui ferait plus sens... ou tout cela n'a peut-être aucun sens. C'est tellement malsain. Je suis complètement vidée. J'ai besoin de dormir.

— Ana ?

Je me lève, j'emporte mon assiette dans l'évier et je jette les restes dans la poubelle.

— Ana, je t'en prie.

Je fais volte-face.

— Arrête, Christian ! Arrête de répéter « Ana, je t'en prie » !

Je lui crie dessus et les larmes dégoulinent sur mon visage.

— J'en ai ma claque de toute cette merde. Je vais me coucher. Je suis fatiguée et à bout de nerfs. Maintenant fiche-moi la paix !

Je tourne les talons et me précipite presque en courant dans la chambre, emportant avec moi le souvenir de son visage ébahi. C'est bon à savoir, moi aussi je peux le choquer. Je me déshabille en quatrième vitesse et, après avoir fouillé dans sa commode, je passe un de ses tee-shirts et vais dans la salle de bains.

Je m'observe dans le miroir sans vraiment reconnaître la mégère décharnée, aux yeux rouges et aux joues marbrées, qui me regarde, et c'en est trop. Je me laisse tomber par terre et m'abandonne à l'émotion qui me submerge. Les sanglots me meurtrissent la poitrine. Je laisse enfin mes larmes se déverser librement.

15.

— Hé, fait gentiment Christian en me prenant dans ses bras. Je t'en prie, ne pleure pas, Ana, je t'en prie.

Il est par terre dans la salle de bains et je suis sur ses genoux. Mes bras autour de lui, je sanglote dans son cou. Il me caresse tendrement le dos, la tête, et murmure dans mes cheveux :

— Je suis désolé, bébé.

Et je pleure de plus belle en l'étreignant davantage.

Nous restons assis ainsi pendant une éternité. Finalement mes larmes se tarissent. Christian se lève en titubant et me porte dans sa chambre où il m'étend sur le lit. En quelques secondes, il est allongé près de moi. Toutes les lumières sont éteintes. Il m'attire dans ses bras, me serre fort, et je finis par sombrer dans un sommeil agité.

Je me réveille en sursaut. J'ai la tête en vrac et j'ai trop chaud. Christian est enroulé autour de moi comme une plante grimpante. Il grommelle dans son sommeil lorsque je me libère de son étreinte mais ne se réveille pas. Je m'assois et jette un coup d'œil vers le réveil. Il est 3 heures du matin. J'ai besoin de prendre un Advil et de boire. Je me lève et me dirige vers la cuisine.

Dans le réfrigérateur, je trouve une brique de jus d'orange et m'en sers un verre. Mmm… c'est frais et ça m'apaise aussitôt. Je fouille les placards à la recherche d'analgésiques et tombe enfin sur une boîte remplie de médicaments. Je gobe deux Advil et me verse un autre verre de jus.

Je déambule vers la grande baie vitrée pour contempler Seattle endormie. Les lumières scintillent et clignotent en contrebas du château de Christian, ou bien devrais-je dire la forteresse ? Je colle mon front contre la vitre fraîche – quel soulagement. J'ai tellement matière à réfléchir après toutes les révélations de la veille. J'appuie mon dos contre la fenêtre et me laisse glisser au sol. La grande pièce ressemble à une caverne plongée dans le noir, la seule lumière émanant des trois lampes au-dessus du comptoir de la cuisine.

Pourrais-je vivre ici, mariée à Christian ? Après tout ce qu'il a fait ? Avec tous les souvenirs que cet endroit renferme ?

Le mariage. C'est presque incroyable tant c'est inattendu. Cela dit, tout chez Christian est surprenant. Mes lèvres esquissent un petit sourire en songeant à l'ironie de la chose. Christian Grey, attendez-vous à l'inattendu – Cinquante Nuances de perversité.

Mon sourire s'efface. Je ressemble à sa mère. Cela m'affecte profondément, et mes poumons se vident d'un coup. Nous ressemblons toutes à sa mère.

Bon sang, mais comment veut-il que je fasse comme si de rien n'était après la découverte de ce petit secret ? Pas étonnant qu'il ne veuille pas m'en parler. Mais sans doute ne se souvient-il pas de grand-chose sur sa mère. Une fois de plus, je me demande si je ne devrais pas en parler avec le Dr Flynn. Est-ce que Christian m'y autoriserait ? Cela pourrait peut-être m'aider à remplir les cases vides.

Je secoue la tête. Je me sens complètement lessivée, mais j'apprécie la sérénité de la pièce et ses superbes œuvres d'art dans la pénombre – froides et austères, mais néanmoins superbes. Elles doivent valoir une fortune. Pourrais-je vivre ici ? Pour le meilleur et pour le pire ? Dans la santé comme dans la maladie ? Je ferme les yeux, j'appuie ma tête contre la vitre et prends une profonde inspiration.

Cette tranquillité est brisée par un cri quasi primitif qui me donne la chair de poule. *Christian ! Bordel, que se passe-t-il ?* Le cœur battant, je bondis sur mes pieds et me précipite dans la chambre avant même que les échos de cet horrible cri ne meurent.

J'appuie sur un interrupteur et la lampe de chevet s'allume. Christian s'agite et se tourne en se tordant de douleur. *Non !* Il hurle à nouveau, et ce cri étrange et inquiétant me bouleverse.

Merde, un cauchemar !

— Christian !

Je me penche sur lui et le secoue pour le réveiller. Il ouvre des yeux absents et fous qui embrassent rapidement la chambre avant de se poser sur moi.

— Tu es partie, tu es partie, tu as dû partir, marmonne-t-il, accusateur, les yeux exorbités.

Il paraît si perdu que mon cœur se serre. Pauvre M. Cinquante Nuances.

— Je suis là, je murmure doucement en m'asseyant près de lui. Je suis là.

Je m'efforce de l'apaiser en posant la paume de ma main sur sa joue.

— Tu étais partie, chuchote-t-il rapidement.

La panique n'a pas quitté son regard, mais il semble se calmer.

— Je suis allée boire à la cuisine, j'avais soif.

Il ferme les yeux et se frotte le visage. Quand il les rouvre, il a l'air si triste.

— Tu es là. Oh, Dieu merci.

Il tend la main et, me serrant fort, m'attire sur le lit.

— Je suis juste allée boire.

Oh, sa terreur est si intense… je peux la sentir. Son tee-shirt est trempé de sueur et son cœur bat la chamade tandis qu'il me serre contre lui. Il me scrute comme pour s'assurer de ma présence. Je caresse doucement ses cheveux puis sa joue.

— Christian, je t'en prie. Je suis là. Je ne vais nulle part.

— Oh, Ana, souffle-t-il.

Il me prend par le menton pour me garder en place, puis sa bouche est sur la mienne. Le désir l'emporte et mon corps répond spontanément – il s'accorde tellement bien au sien. Ses lèvres suivent mon oreille, ma gorge, puis reviennent à ma bouche, ses dents tirant doucement sur ma lèvre inférieure, sa main remontant le long de ma hanche jusqu'à ma poitrine, soulevant mon tee-shirt. Il me caresse, tâtonnant dans les déclivités et les creux de ma peau. Il provoque toujours la même réaction, son contact déclenche une vague de frissons dans tout mon corps. Je gémis lorsque sa main s'empare de mon sein et que ses doigts se resserrent sur mon téton.

— J'ai envie de toi, murmure-t-il.

— Je suis là pour toi. Seulement pour toi, Christian.

Il grogne en m'embrassant une fois encore, passionnément, avec une ferveur et un désespoir que je ne lui ai jamais connus. Je tire sur le bas de son tee-shirt et il m'aide à le lui enlever. Il s'agenouille entre mes jambes, me relève en hâte et me débarrasse également de mon tee-shirt.

Ses yeux sont graves, emplis de désir, de profonds secrets soudain dévoilés. Il prend mon visage dans ses mains pour m'embrasser et nous nous laissons de nouveau tomber sur le lit, sa cuisse entre mes jambes si bien qu'il est à moitié allongé sur moi. Son érection est dure contre ma hanche, à travers son boxer. Il a envie de moi, mais ses dernières confidences – au sujet de sa mère – choisissent leur moment pour me revenir à l'esprit et me hanter. Et c'est comme si on jetait un seau d'eau froide sur ma libido. *Bordel. Je ne peux pas. Pas maintenant.*

— Christian… Attends. Je ne peux pas.

Je murmure désespérément contre sa bouche, mes mains le repoussent.

— Quoi ? Qu'est-ce qui ne va pas ? chuchote-t-il.

Il commence à m'embrasser dans le cou en faisant légèrement courir le bout de sa langue le long de ma gorge. *Oh…*

— Non, s'il te plaît. Je ne peux pas, pas maintenant. J'ai besoin de temps, s'il te plaît.

— Oh, Ana, ne réfléchis pas trop.

Il me mordille le lobe de l'oreille.

— Ah !

Je suffoque, je le sens jusque dans mon entrecuisses et mon corps me trahit en se cambrant. C'est tellement troublant.

— Je suis le même, Ana. Je t'aime et j'ai besoin de toi. Touche-moi. Je t'en prie.

Il frotte son nez contre le mien. Sa prière tranquille et sincère m'émeut et je fonds.

Le toucher. Le toucher pendant que nous faisons l'amour. Oh mon Dieu.

Il se recule pour me contempler et, dans la lumière feutrée émanant de la lampe de chevet, je peux voir qu'il attend que je me décide. Il est sous mon charme.

Je tends la main et la pose avec hésitation sur la parcelle douce de poils au-dessus de son sternum. Il suffoque et crispe les paupières comme sous l'effet de la douleur, mais cette fois je n'enlève pas ma main. Je la fais courir jusqu'à ses épaules en sentant le frisson qui le parcourt. Il grogne et je l'attire vers moi, posant mes deux mains sur son dos, là où je ne l'ai jamais touché, sur ses omoplates, pour le maintenir contre moi. Son gémissement étranglé m'excite comme jamais.

Il enfouit son visage dans mon cou, m'embrasse, me suçote et me mordille avant de faire courir son nez jusqu'à mon menton et de s'emparer de mes lèvres, sa langue possédant ma bouche, ses mains parcourant de nouveau mon corps. Ses lèvres descendent… encore… encore jusqu'à mes seins, leur rendent hommage en chemin, et mes mains demeurent sur ses épaules et son dos, savourant le jeu et les ondulations de ses muscles finement dessinés, la peau encore humide de son cauchemar. Ses lèvres se referment sur un téton et le tiraillent jusqu'à ce qu'il s'élance à la rencontre de sa merveilleuse bouche experte.

Je promène mes ongles sur son dos. Il suffoque, encore ce gémissement étranglé.

— Oh, putain, Ana, halète-t-il.

C'est à moitié un cri, à moitié un grognement. Cela me déchire le cœur, mais tous les muscles en dessous de ma taille se contractent. *Oh, l'effet que j'ai sur lui !* Je suis haletante. Et mon souffle s'accorde à son souffle tourmenté.

Ses mains descendent vers le sud, vers mon ventre, jusqu'à mon sexe – et ses doigts sont sur moi, puis en moi. Je gémis lorsqu'ils décrivent des cercles et je rehausse mon bassin pour l'accueillir.

— Ana, souffle-t-il.

Il me libère soudain et se redresse. Il enlève son boxer et se penche sur la table de chevet pour prendre un préservatif qu'il me tend.

— Tu veux le faire ? Tu peux encore refuser. Tu peux toujours refuser, murmure-t-il.

— Ne me donne pas la possibilité de réfléchir, Christian. J'ai envie de toi, moi aussi.

Je déchire l'étui avec mes dents pendant qu'il s'agenouille entre mes jambes et, de mes doigts tremblants, je lui enfile la capote.

— Doucement, dit-il. Tu vas me castrer, Ana.

Je m'émerveille de ce que je suis capable de faire à cet homme simplement en le touchant. Il s'étire au-dessus de moi. Pour le moment, mes doutes sont refoulés et enfermés dans les sombres tréfonds de mon esprit. Je suis ivre de cet homme, de mon homme, mon Cinquante Nuances. Soudain, il m'attrape complètement par surprise, et je me retrouve sur lui. *Waouh.*

— C'est toi qui me prends, murmure-t-il, les yeux brillant d'une intensité sauvage.

Oh, mon Dieu. Lentement, si lentement, je m'empale sur lui. Il rejette la tête en arrière et geint, les yeux fermés. J'attrape ses mains et je commence à remuer, me délectant de le posséder entièrement, savourant sa réaction, l'observant se défaire sous moi. J'ai l'impression d'être une déesse. Je me penche et j'embrasse son menton en faisant courir mes dents sur la légère barbe qui couvre sa mâchoire. Il a un goût délicieux. Il agrippe mes hanches et ralentit mon rythme, lentement et aisément.

— Ana, touche-moi… s'il te plaît.

Oh. En équilibre au-dessus de lui, je pose mes deux mains sur son torse. Et il crie, c'est presque un sanglot, avant de s'enfoncer profondément en moi.

— Ahh.

Je gémis en faisant doucement courir mes doigts sur sa poitrine, sur ses poils. Il grogne fort et se tord si brutalement que je me retrouve une nouvelle fois sous lui.

— Assez, gémit-il. Arrête, s'il te plaît.

Une supplication qui vient du fond du cœur.

Lorsque je serre son visage entre mes mains, ses joues sont mouillées et je l'attire vers moi pour l'embrasser en plaquant mes mains dans son dos.

Il émet un grognement guttural en remuant en moi. Il m'emporte plus loin et plus haut, mais je n'arrive pas à jouir. Ma tête est trop parasitée par les problèmes. Je suis trop concentrée sur lui.

— Abandonne-toi, Ana, me presse-t-il.

— Non.

— Si, gronde-t-il.

Il remue légèrement en faisant onduler ses hanches, encore et encore.

Seigneur… Argh !

— Allez, bébé, j'en ai besoin. Donne-moi tout.

J'explose, mon corps esclave du sien, et je m'enroule autour de lui, l'agrippant telle une plante grimpante tandis qu'il crie mon nom et jouit en même temps que moi, avant de s'effondrer, tout son poids m'enfonçant dans le matelas.

Je prends Christian dans mes bras, sa tête sur ma poitrine, alors que nous sommes étendus à savourer la volupté qui suit la jouissance. Je passe mes doigts dans ses cheveux en écoutant sa respiration reprendre un rythme normal.

— Ne me quitte jamais, susurre-t-il.

Je lève les yeux au ciel en songeant qu'il ne peut pas me voir.

— Je sais que tu lèves les yeux au ciel, murmure-t-il.

Je perçois une touche d'humour dans sa voix.

— Tu me connais si bien.

— J'aimerais te connaître encore mieux.

— Pareil pour moi, Grey. Que se passait-il dans ton cauchemar ?

— Comme d'habitude.

— Dis-moi.

Il déglutit et se raidit avant d'émettre un soupir interminable.

— Je dois avoir environ trois ans et le mac de la pute camée est encore fou de rage. Il fume et refume, cigarette sur cigarette, et il ne trouve pas de cendrier.

Il s'arrête et je me fige lorsqu'un frisson insidieux me parcourt.

— Ça faisait mal, dit-il. Je me rappelle la douleur. C'est ce qui me donne des cauchemars. Ça et le fait qu'elle n'a rien fait pour l'en empêcher.

Oh non. C'est trop insupportable. Je resserre mon étreinte, le maintenant contre moi de mes bras et de mes jambes, en tâchant de ne pas laisser le désespoir m'étouffer. Comment peut-on traiter un enfant de la sorte ? Il soulève la tête et rive son intense regard gris sur moi.

— Tu n'es pas comme elle. Ne pense jamais ça. Je t'en prie.

Je cligne des yeux. Voilà qui est très rassurant. Il repose la tête sur ma poitrine et je pense qu'il va s'arrêter là, mais il me surprend en poursuivant.

— Parfois, dans les rêves, elle est juste allongée par terre. Et je crois qu'elle dort. Mais elle ne bouge pas. Elle ne bouge jamais. Et j'ai faim. Vraiment faim.

Oh, putain.

— Il y a un grand bruit et il est de retour. Et il me frappe violemment en insultant la pute camée. Il commençait toujours par frapper avec ses poings ou son ceinturon.

— C'est pour cela que tu n'aimes pas qu'on te touche ?

Il ferme les yeux et me serre plus fort.

— C'est compliqué, murmure-t-il.

Il frotte son nez entre mes seins en inspirant profondément pour essayer de détourner mon attention. J'insiste.

— Dis-moi.

Il soupire.

— Elle ne m'aimait pas. Je ne l'aimais pas. Les seuls contacts que j'avais étaient… violents. Tout vient de là. Flynn l'explique mieux que moi.

— Je peux voir Flynn ?

Il soulève la tête pour me regarder.

— Les cinquante nuances déteignent sur toi ?

— Et pour cause. J'aime comme elles déteignent sur moi en ce moment.

Je le provoque en me tortillant contre lui et il sourit.

— Oui, mademoiselle Steele, moi aussi j'aime ça.

Il se penche et m'embrasse. Puis il m'observe un moment.

— Tu m'es tellement précieuse, Ana. J'étais sérieux quand je t'ai demandé de devenir ma femme. Nous pourrions apprendre à nous connaître. Je peux prendre soin de toi. Tu peux prendre soin de moi. Nous pourrons avoir des enfants, si tu le désires. Je déposerai mon monde à tes pieds, Anastasia. Je te veux, corps et âme, pour toujours. Je t'en prie, penses-y.

— J'y penserai, Christian. Vraiment.

Je le rassure, une nouvelle fois sous le choc. Des enfants ? *Seigneur.*

— J'aimerais parler au Dr Flynn quand même, si tu es d'accord.

— Tout ce que tu veux, bébé. Tout. Quand souhaiterais-tu le voir ?

— Le plus tôt possible.

— D'accord. Je m'en occuperai dans la matinée, dit-il en jetant un coup d'œil au réveil. Il est tard. Nous devrions dormir.

Il se déplace pour éteindre la lampe de chevet et m'attire contre lui. Je consulte le réveil. Merde, il est 3 h 45.

Il m'entoure de ses bras, son torse contre mon dos, et enfouit son nez dans mon cou.

— Je t'aime, Ana Steele, et je te veux près de moi pour toujours, murmure-t-il avant de m'embrasser dans le cou. Maintenant, dors.

Je ferme les yeux.

À contrecœur, je soulève mes paupières lourdes et la lumière vive emplit la pièce. Je grogne. Je suis embrumée, complètement déconnectée de mes membres de plomb, et Christian est enroulé autour de moi comme du lierre. Comme d'habitude, j'ai trop chaud. Il ne peut pas être plus de 5 heures ; le réveil n'a pas encore sonné. Je m'étire pour me libérer de sa chaleur, me retournant dans ses bras, et il grommelle quelque chose d'inintelligible dans son sommeil. Je jette un coup d'œil à l'heure. 8 h 45.

Merde, je vais être en retard ! Je sors du lit et me précipite dans la salle de bains. Je me douche et ressors en quatre minutes.

Assis dans le lit, pendant que je finis de me sécher en rassemblant mes habits, Christian m'observe avec un amusement non dissimulé doublé d'une certaine prudence. Il attend peut-être que je réagisse à ses révélations de la veille. Là, tout de suite, je n'ai pas le temps.

Je vérifie mes vêtements – pantalon noir, chemiser noir –, très Mrs R., mais je n'ai pas une seconde pour changer de tenue. J'enfile à la va-vite une culotte et un soutien-gorge noirs, consciente qu'il observe chacun de mes mouvements. C'est... déstabilisant. Les sous-vêtements feront l'affaire.

— Tu es belle, ronronne-t-il depuis le lit. Tu peux toujours appeler pour dire que tu es malade, tu sais.

Il m'adresse un sourire dévastateur, en coin, un truc à vous embraser la culotte. Oh, il est tellement attirant. Ma déesse intérieure m'adresse une moue provocatrice.

— Non, Christian, je ne peux pas. Je ne suis pas un P.-DG mégalo avec un superbe sourire qui peut aller et venir comme ça lui chante.

— J'aime aller et venir comme ça me chante.

Il réassure d'un cran son merveilleux sourire. Ce dernier est à présent sur grand écran et en haute définition.

— Christian !

Je lui lance ma serviette et il éclate de rire.

— Superbe sourire, hein ?

— Oui. Tu sais l'effet que tu me fais.

J'attache ma montre.

— C'est vrai ?

Il cligne des yeux avec un air innocent.

— Oui, c'est vrai. Le même effet que tu produis sur toutes les femmes. Ça devient fatigant qu'elles se pâment toutes.

— Ah bon ?

Il hausse un sourcil, encore plus amusé.

— Ne faites pas l'innocent, monsieur Grey, ça ne vous va vraiment pas.

Je rassemble mes cheveux en une queue-de-cheval et j'enfile mes escarpins noirs à talons. Voilà, c'est bon.

Lorsque je l'embrasse, il m'attrape et m'attire sur le lit. *Oh mon Dieu.* Il est si beau – ces yeux pétillants de malice, ces cheveux tombants style « je viens juste de baiser », ce sourire éblouissant. Et maintenant, il a envie de jouer.

Je suis fatiguée et toujours préoccupée par les révélations de la veille. Lui, en revanche, est frais comme un gardon et sexy en diable. Il est vraiment exaspérant, ce Cinquante Nuances.

— Que puis-je faire pour te donner envie de rester ? sussure-t-il.

Mon cœur manque une mesure avant de s'emballer. Cet homme est la tentation incarnée.

— Tu ne peux rien faire, dis-je en luttant pour me redresser. Laisse-moi y aller.

Il cède avec une grimace. Je suis les contours de ses lèvres pleines du bout des doigts – mon Cinquante Nuances. Je l'aime tellement, dans toute sa folie – si extrême et malsaine soit-elle. Je n'ai même pas commencé à réfléchir aux événements de la veille ni à ce que je dois en penser.

Je me redresse pour l'embrasser, bien contente de m'être brossé les dents. Il me donne un long et ardent baiser avant de me remettre sur mes pieds. Surprise, j'ai le souffle court et je tremble légèrement.

— Taylor va te conduire. Ça ira plus vite que de te chercher une place pour te garer. Il attend devant l'immeuble, m'annonce gentiment Christian, l'air soulagé.

Est-il inquiet de ma réaction ce matin ? Il a sans doute compris la nuit dernière – et ce matin – que je n'étais pas près de m'enfuir.

— D'accord. Merci.

Je marmonne, presque déçue de me retrouver debout, troublée par son expression et vaguement agacée de ne pouvoir, une fois de plus, conduire ma nouvelle Saab.

Mais il a raison, bien sûr : ça ira plus vite avec Taylor.

— Profitez bien de votre matinée à paresser, monsieur Grey. J'aimerais bien rester avec vous, mais le type qui possède la société dans laquelle je travaille ne serait pas content d'apprendre que son personnel s'absente juste pour baiser.

J'attrape mon sac à main.

— Personnellement, mademoiselle Steele, je suis sûr qu'il approuverait. En fait, il se pourrait même qu'il insiste pour que ce soit le cas.

— Pourquoi tu restes au lit ? Ça ne te ressemble pas.

Il croise les mains derrière la tête en souriant.

— Parce que je peux le faire, mademoiselle Steele.

Je secoue la tête.

— À plus, bébé.

Je lui envoie un baiser et je file.

Taylor m'attend et il semble comprendre que je suis en retard, car il conduit comme s'il avait le diable à ses trousses. Nous arrivons à 9 h 15. Je soupire de soulagement quand il se gare – de reconnaissance aussi, car je suis toujours en vie. Et je lui sais gré de ne pas être atrocement en retard – juste un quart d'heure.

— Merci, Taylor, dis-je, le visage livide.

Christian m'a précisé qu'il conduisait des tanks ; peut-être conduit-il aussi des stock-cars.

— Ana.

Il hoche la tête pour me saluer et je me précipite vers l'immeuble, prenant conscience au moment de pousser la porte de l'accueil que Taylor avait laissé de côté le formel « Mademoiselle Steele ». Cela me fait sourire.

Claire m'adresse un salut chaleureux et je traverse vite le hall pour rejoindre mon bureau.

— Ana ! m'appelle Jack. Venez.

Oh, merde.

— Quelle heure est-il à votre avis ? me balance-t-il.

— Je suis désolée, je ne me suis pas réveillée.

Je suis rouge écarlate.

— Que cela ne se reproduise pas. Préparez-moi un café, ensuite j'ai besoin que vous me rédigiez quelques lettres. Mettez-vous au travail ! crie-t-il en me faisant sursauter.

Pourquoi est-il à ce point en colère ? Qu'est-ce que j'ai fait ? Je me précipite à la cuisine pour préparer son café. J'aurais peut-être dû faire l'école buissonnière. Je pourrais être… eh bien, en train de faire quelque chose d'excitant avec Christian, ou de prendre le petit déjeuner avec lui, ou de discuter – ce qui serait original.

Jack fait à peine attention à moi lorsque je reviens m'aventurer dans son bureau pour lui apporter son café. Il me balance une feuille de papier sur laquelle figure un gribouillage presque illisible.

— Tapez-moi ça, faites-la-moi signer puis photocopiez-la pour l'envoyer à tous les auteurs.

— Oui, Jack.

Il ne relève pas la tête quand je sors. Bon sang, il est vraiment furieux.

C'est avec soulagement que je m'assois enfin à mon bureau. Je bois une gorgée de thé en attendant que mon ordinateur démarre. Je consulte mes messages.

De : Christian Grey
Objet : Tu me manques
Date : 15 juin 2011 09:05
À : Anastasia Steele

Utilise ton BlackBerry s'il te plaît.
JTM

Christian Grey
P-DG, Grey Entreprises Holdings, Inc.

De : Anastasia Steele
Objet : Ça va pour le moment
Date : 15 juin 2011 09:27
À : Christian Grey

Mon patron est furieux.
Je t'en veux de m'avoir fait veiller tard avec tes… manies.
Tu devrais avoir honte.

Anastasia Steele
Assistante de Jack Hyde, Éditeur, SIP

De : Christian Grey
Objet : Manies ?
Date : 15 juin 2011 09:32
À : Anastasia Steele

Tu n'as pas besoin de travailler, Anastasia.
Tu n'imagines pas à quel point mes manies me dégoûtent.
Mais j'aime te faire veiller tard ;)
S'il te plaît, sers-toi de ton BlackBerry.
Et épouse-moi, je t'en prie.

Christian Grey
P-DG, Grey Entreprises Holdings, Inc.

De : Anastasia Steele
Objet : Gagner ma vie
Date : 15 juin 2011 09:35
À : Christian Grey

Je sais que tu as une tendance naturelle au harcèlement, mais arrête.
Il faut que je parle à ton psy.
Et alors seulement je te donnerai ma réponse.
Je ne suis pas opposée au fait de vivre dans le péché.

Anastasia Steele
Assistante de Jack Hyde, Éditeur, SIP

De : Christian Grey
Objet : BLACKBERRY
Date : 15 juin 2011 09:40
À : Anastasia Steele

Anastasia, si tu commences à parler du Dr Flynn, alors SERS-TOI DE TON BLACKBERRY.
Ce n'est pas une requête.

Christian Grey,
P-DG Maintenant Agacé de Grey Entreprises Holdings, Inc.

Oh, merde. Maintenant lui aussi est en colère contre moi. Eh bien, il peut mijoter dans son jus, je m'en fiche. Je sors mon BlackBerry de mon sac à main et le considère d'un œil sceptique. Et il se met à sonner. Il ne peut donc pas me laisser en paix ?

— Oui, fais-je sèchement.

— Ana, salut…

— José ! Comment vas-tu ?

Que c'est bon d'entendre sa voix.

— Je vais bien, Ana. Écoute, est-ce que tu vois toujours ce Grey ?

— Euh, oui… pourquoi ?

Où veut-il en venir ?

— Eh bien, il a acheté tous tes portraits et je pensais que je pourrais peut-être les livrer à Seattle. L'exposition se termine jeudi, je peux donc les apporter vendredi soir et les déposer, tu vois. Et nous pourrions peut-être boire un verre ou autre chose. En fait, je cherchais un endroit où dormir aussi.

— José, c'est super. Oui, je suis sûre qu'on peut organiser quelque chose. Je vais en parler à Christian et je te rappelle, d'accord ?

— Super. J'attends de tes nouvelles. Au revoir, Ana.

Et il raccroche.

Bordel. Je n'ai pas vu ni parlé à José depuis son vernissage. Et je ne lui ai même pas demandé comment l'expo s'était passée et s'il avait vendu beaucoup de photos. Quelle amie je suis…

Bon, je pourrais passer la soirée avec lui vendredi. Comment Christian va-t-il le prendre ? Je me rends compte que je me mordille la lèvre au point de me faire mal. Oh, cet homme fait deux poids deux mesures. Il peut – je frémis à cette pensée – donner le bain à son ex-petite amie tarée, mais je vais certainement en prendre pour mon grade pour vouloir sortir avec José. Comment vais-je gérer cette situation ?

— Ana !

Jack me tire brutalement de ma rêverie. Il est toujours en colère.

— Où en est cette lettre ?

— Euh… elle arrive.

Merde. C'est quoi son problème ?

Je tape sa lettre en quatrième vitesse, l'imprime et me dirige nerveusement vers son bureau.

— La voilà, dis-je en la déposant sur son bureau avant de tourner les talons pour sortir.

Jack la parcourt avec agacement.

— Je ne sais pas ce que vous fabriquez aujourd'hui, mais je vous paie pour travailler, aboie-t-il.

— Je le sais, Jack, dis-je sur le ton de l'excuse.

Je sens un lent rougissement s'insinuer sous ma peau.

— C'est rempli de fautes, déclare-t-il sèchement. Reprenez-la.

Bordel. Il commence à ressembler à quelqu'un que je connais. Mais si je peux tolérer la brusquerie de Christian, Jack commence à me taper sur les nerfs.

— Et allez me chercher un autre café pendant que vous y êtes.

— Désolée.

Je sors de son bureau aussi vite que possible. Bordel de merde. Il devient insupportable. Je me rassois à mon poste, retape à la hâte la lettre, qui ne contient que deux fautes, et la relis consciencieusement avant de l'imprimer. Maintenant, elle est parfaite. Je vais lui chercher un autre café en faisant comprendre à Claire que je suis dans la merde en levant les yeux au ciel. J'inspire profondément puis je retourne dans son bureau.

— C'est mieux, marmonne-t-il à contrecœur en signant la lettre. Photocopiez-la, classez l'originale et envoyez-la à tous les auteurs. Compris ?

— Oui.

Je ne suis pas une imbécile

— Jack, y a-t-il quelque chose qui ne va pas ?

Il lève la tête et ses yeux bleus s'assombrissent pendant qu'il m'examine de haut en bas. Mon sang se glace.

— Non.

Sa réponse est concise, dure et me signifie que je peux m'en aller. Je reste là comme une abrutie que je prétendais ne pas être, puis je sors en traînant les pieds de son bureau. Lui aussi souffre peut-être d'un trouble de la personnalité. Pfff, me voilà bien entourée. Je me dirige vers la photocopieuse – qui, bien entendu, est coincée par un bourrage papier. Une fois le problème réglé, je découvre qu'il n'y a plus de papier. Pas mon jour.

Quand je retourne enfin à mon bureau pour mettre les lettres sous pli, mon BlackBerry sonne. À travers la paroi vitrée, je vois que Jack est au téléphone. Je réponds, c'est Ethan.

— Salut, Ana. Comment ça s'est passé hier soir ?

Hier soir. Une succession d'images traverse mon esprit : Christian à genoux, sa confession, sa demande en mariage, les macaronis au fromage, mes larmes, son cauchemar, le sexe, pouvoir le toucher…

— Euh… bien, dis-je sans conviction.

Ethan marque une pause et choisit d'être complice de mon déni.

— Super. Est-ce que je peux récupérer les clés ?

— Bien sûr.

— Je serai là dans une demi-heure environ. Tu auras le temps de prendre un café ?

— Pas aujourd'hui. Je suis arrivée en retard et mon patron est d'une humeur massacrante, comme s'il était tombé le cul dans les orties.

— Quelle horreur.

— Oui, ça fait peur et c'est moche, dis-je en gloussant.

Ethan éclate de rire. Je suis d'humeur plus légère.

— D'accord. On se voit dans une demi-heure.

Il raccroche. Je lève les yeux et Jack est en train de me regarder. Oh, merde. Je l'ignore consciencieusement et continue de remplir des enveloppes.

Une demi-heure plus tard, mon téléphone sonne. C'est Claire.

— Il est de nouveau là, à l'accueil. Le dieu blond.

C'est un vrai bonheur de voir Ethan après toute l'angoisse de la veille et la mauvaise humeur de Jack ce matin, mais nous devons nous quitter trop vite.

— Je te vois ce soir ?

— Je vais probablement rester avec Christian.

Je rougis.

— Tu l'as dans la peau, me fait remarquer Ethan avec un ton enjoué.

Je hausse les épaules. Il est loin du compte. Au même moment, je prends conscience que c'est bien pire. Je l'ai dans la peau pour la vie. Et, bizarrement, Christian semble ressentir la même chose. Ethan me serre rapidement dans ses bras.

— À plus, Ana.

Je retourne à mon bureau en bataillant avec ce dont je viens de prendre conscience. Oh, qu'est-ce que je donnerais pour une journée toute seule, juste pour réfléchir à tout ça.

— Où étiez-vous ? me demande soudain Jack, debout près de moi.

— J'avais quelque chose à faire à l'accueil.

Il me tape vraiment sur les nerfs.

— Je veux mon déjeuner. La même chose que d'habitude, lâche-t-il brutalement avant de retourner dans son bureau en tapant des pieds.

Pourquoi ne suis-je pas restée à la maison avec Christian ? Ma déesse intérieure croise les bras en pinçant les lèvres ; elle aussi aimerait bien avoir une réponse. Je prends mon sac à main et mon BlackBerry et me dirige vers la porte en vérifiant mes messages.

De : Christian Grey
Objet : Tu me manques
Date : 15 juin 2011 09:06
À : Anastasia Steele

Mon lit est trop grand sans toi.
Finalement, je vais devoir aller travailler.
Même les P-DG mégalos doivent s'occuper.

Christian Grey
P-DG qui se tourne les pouces, Grey Entreprises Holdings, Inc.

Et il y en a un autre de lui, plus tard ce matin.

De : Christian Grey
Objet : Prudence
Date : 15 juin 2011 09:50
À : Anastasia Steele

Est mère de sûreté.

Je t'en prie, sois prudente… Tes messages professionnels sont surveillés.
COMBIEN DE FOIS DOIS-JE TE LE DIRE ?
Oui. Ce sont des capitales qui crient comme tu dis. SERS-TOI DE TON BLACKBERRY.
Le Dr Flynn peut nous recevoir demain soir.

Christian Grey
P-DG Toujours Agacé, Grey Entreprises Holdings, Inc.

Et encore un autre, plus tard… Oh non.

De : Christian Grey
Objet : Pas du jeu
Date : 15 juin 2011 12:15
À : Anastasia Steele

Je n'ai pas de nouvelles.
Je t'en prie, dis-moi que tout va bien.
Tu sais comme je m'inquiète.
Je vais envoyer Taylor pour vérifier !

Christian Grey
P-DG, Grey Entreprises Holdings, Inc.

Je lève les yeux au ciel et je l'appelle. Je ne veux pas qu'il s'inquiète.

— Poste de Christian Grey. Andréa Parker.

Oh. Je suis tellement décontenancée que ce ne soit pas Christian qui réponde que je m'immobilise au milieu de la rue, et le jeune homme derrière moi râle en faisant un écart pour m'éviter. Je me tiens sous l'auvent vert de la sandwicherie.

— Bonjour ? Je peux vous aider ?

Andréa rompt le silence.

— Désolée… Euh… J'aurais voulu parler à Christian.

— M. Grey est en réunion en ce moment, dit-elle d'un ton efficace et sans appel. Je peux prendre un message ?

— Vous pouvez lui dire qu'Ana a appelé ?

— Ana ? Comme Anastasia Steele ?

— Euh… oui.

Sa question me trouble.

— Ne quittez pas, s'il vous plaît, mademoiselle Steele.

J'écoute attentivement quand elle pose le combiné, mais je n'arrive pas à savoir ce qui se passe. Quelques secondes plus tard, Christian est au bout du fil.

— Ça va ?

— Oui, je vais bien.

Il respire, soulagé.

— Christian, pourquoi n'irais-je pas bien ? je lui demande pour le rassurer.

— D'habitude, tu réponds tellement vite à mes messages. Après ce que je t'ai dit hier, j'étais inquiet, répond-il calmement avant de parler d'un ton cassant à quelqu'un autour de lui : Non, Andréa. Dites-leur de patienter.

Oh, je connais ce ton. Je n'entends pas la réponse d'Andréa.

— Non. J'ai dit de patienter, répète-t-il sèchement.

— Christian, tu as l'air occupé. J'appelais juste pour te dire que tout allait bien et je le pense vraiment, je suis simplement très occupée aujourd'hui. Jack fait claquer le fouet. Euh… je veux dire…

Je rougis et me tais. Christian reste silencieux lui aussi pendant une minute.

— Claquer le fouet, hein ? Eh bien, fût un temps, j'aurais dit que c'était un veinard.

Son ton est caustique.

— Ne te laisse pas démonter, bébé.

— Christian ! dis-je sur le ton de la réprimande.

Je sais qu'il sourit.

— Surveille-le, c'est tout. Écoute, je suis content que tu ailles bien. À quelle heure veux-tu que je passe te chercher ?

— Je t'enverrai un message.

— De ton BlackBerry, dit-il sévèrement.

— Oui, monsieur.

— À plus, bébé.

— Au revoir…

Il est toujours en ligne.

— Raccroche, lui dis-je en souriant.

Il soupire profondément dans le combiné.

— J'aurais aimé que tu n'ailles pas travailler ce matin.

— Moi aussi. Mais j'ai du travail. Raccroche.

— Toi, raccroche.

J'entends son sourire. Oh, Christian le joueur. J'aime Christian le joueur. Mmm... J'aime Christian, point final.

— Ça recommence.

— Tu te mords la lèvre.

Merde, il a raison. Comment le sait-il ?

— Tu vois, tu crois que je ne te connais pas, Anastasia. Mais je te connais mieux que tu ne le penses, me murmure-t-il de sa voix de séducteur qui m'alanguit et me fait mouiller.

— Christian, on se reparle plus tard. Pour le moment, moi aussi je regrette d'être allée travailler ce matin.

— J'attends votre message, mademoiselle Steele.

— Bonne journée, monsieur Grey.

Je raccroche et m'adosse contre la vitre froide de la sandwicherie. Oh mon Dieu, même au téléphone il me possède. Secouant la tête pour me débarrasser de toutes mes pensées pour Grey, je rentre dans la boutique, déprimée par toutes celles pour Jack.

Quand je reviens, ce dernier fait toujours la tête.

— Ça va si je vais déjeuner maintenant ? je demande d'un ton hésitant.

Il lève les yeux vers moi et sa mine se renfrogne davantage.

— S'il le faut. Quarante-cinq minutes. Pour rattraper le temps que vous avez perdu ce matin.

— Jack, je peux vous poser une question ?

— Quoi ?

— Vous me paraissez être dans tous vos états ce matin. Ai-je fait quelque chose qui vous aurait offensé ?

Il cligne des yeux.

— Je ne suis pas d'humeur à faire la liste de vos erreurs maintenant. Je suis occupé.

Il continue de scruter l'écran de son ordinateur – une manière efficace de me congédier.

Qu'est-ce que j'ai fait ?

Je tourne les talons et quitte son bureau. Je suis à deux doigts de pleurer. Pourquoi m'a-t-il prise en grippe de façon aussi soudaine ? Une idée très inopportune me vient à l'esprit, mais je n'en tiens pas compte. Je n'ai pas besoin de ces conneries, les miennes me suffisent.

Je sors de l'immeuble et j'entre dans le Starbucks voisin. J'y commande un *latte* et je m'assieds près de la vitrine. Je sors l'iPod de mon sac à main, mets mes écouteurs et choisis un morceau au hasard. J'appuie sur le bouton « repeat » afin de le repasser en boucle. J'ai besoin de musique pour réfléchir.

Mon esprit divague. Christian le sadique. Christian le soumis. Christian l'intouchable. Les pulsions œdipiennes de Christian. Christian qui donne le bain à Leila. Je ferme les yeux en pestant lorsque cette dernière image revient me hanter.

Puis-je vraiment épouser cet homme ? J'ai trop de choses à digérer. Il est compliqué et difficile, oui. Mais, au fond de moi, je sais que je ne veux pas le quitter malgré tous ses problèmes. Je ne pourrais jamais le quitter. Je l'aime. Ce serait comme me couper un bras.

Je ne me suis jamais sentie aussi vivante et importante qu'en cet instant. Depuis que je l'ai rencontré, j'ai connu et vécu toutes sortes d'émotions et d'expériences. On ne s'ennuie jamais avec M. Cinquante Nuances.

Quand je repense à ma vie avant Christian, c'est comme si tout était en noir et blanc – comme les photos de José. Aujourd'hui, mon monde est en couleurs, riches, lumineuses et intenses. Je suis emportée dans tourbillon de lumière éblouissante, la lumière de Christian. Je suis toujours Icare volant trop près de son soleil. Je râle toute seule. Voler avec Christian – qui peut résister à un homme qui sait voler ?

Est-ce que je peux le laisser tomber ? Ai-je envie de le laisser tomber ? C'est comme s'il avait appuyé sur un interrupteur. J'ai beaucoup appris avec lui. Je n'ai jamais autant appris sur moi qu'au cours des dernières semaines : sur mon corps, mes limites à ne pas franchir, celles à négocier, ce que je suis capable de supporter, ma patience, ma compassion et ma capacité d'aimer.

Et cela me frappe comme un éclair. Voilà ce dont il a besoin avec moi, ce à quoi il a droit : un amour inconditionnel. Ce qu'il n'a jamais reçu de la pute camée. Voilà ce dont il a besoin. Suis-je capable d'un amour inconditionnel pour lui ? Puis-je l'accepter tel qu'il est sans tenir compte des révélations de la nuit dernière ?

Je sais qu'il est abîmé mais je ne crois pas que son état soit irréversible. Je soupire en me rappelant les paroles de Taylor. *C'est un homme bon, mademoiselle Steele.* J'ai eu des preuves substantielles de sa bonté – ses œuvres de charité, son éthique d'homme d'affaires, sa générosité –, et pourtant lui-même n'en est pas conscient. Il pense qu'il ne mérite pas l'amour. Étant donné son histoire et ses goûts, je peux comprendre pourquoi il se déteste. C'est sans doute pour cette raison qu'il n'a jamais laissé entrer qui que ce soit dans sa vie. *Suis-je capable de surmonter ça ?*

Il prétendait que je ne pouvais pas comprendre les profondeurs de sa dépravation. Eh bien, je sais maintenant et, vu ses premières années, je ne suis pas surprise... même si ça a été un choc de l'entendre de vive voix. Au moins, il m'en a parlé et, à présent, il semble plus heureux de l'avoir fait. Je sais tout. Est-ce que cela enlève de la valeur à l'amour qu'il me porte ? Non, je le ne pense pas. Il n'a jamais ressenti ça auparavant, et moi non plus. Nous en sommes tous les deux là.

Les larmes me picotent les yeux au souvenir de l'instant où ses dernières barrières sont tombées la nuit passée, lorsqu'il m'a laissée le toucher.

Il aura fallu Leila et toute sa folie pour qu'on en arrive là. Je devrais peut-être lui être reconnaissante. Le bain qu'il lui a donné ne suscite plus autant d'amertume. Je me demande même avec quels vêtements il l'a habillée. J'espère que ce n'était pas la robe prune. Je l'aimais bien.

Alors puis-je aimer cet homme sans condition, en dépit de tous ses problèmes ? Parce qu'il ne mérite rien de moins. Il lui reste encore à apprendre à respecter certaines frontières et quelques petites choses comme l'empathie, ainsi qu'à ne plus être dans le contrôle de l'autre. Il dit qu'il n'éprouve plus le besoin compulsif de me faire du mal. Le Dr Flynn sera peut-être capable de faire la lumière sur ce point.

Fondamentalement, c'est ce qui m'inquiète le plus : qu'il ait besoin de ça, car jusqu'à présent il a toujours trouvé des femmes du même genre qui en avaient également besoin. Je fronce les sourcils. Oui, c'est à propos de ça que j'ai besoin d'être rassurée. Je veux être tout pour cet homme, son alpha et son oméga et tout ce qu'il y a entre les deux, parce qu'il est tout pour moi.

J'espère que Flynn saura répondre à mes questions. Alors je pourrai peut-être accepter sa demande en mariage. Christian et moi pourrons avoir droit à notre part de bonheur.

Je regarde au-dehors, la Seattle animée à l'heure du déjeuner. Mme Christian Grey – qui l'aurait cru ? Je consulte ma montre. *Merde !* Je bondis de ma chaise et me précipite vers la sortie – une heure entière assise là –, comme le temps file ! Jack va être furieux.

Je me glisse furtivement dans mon bureau. Heureusement Jack n'est pas dans le sien. Il semblerait que je m'en sorte bien. Je scrute intensément l'écran de mon ordinateur, sans le voir vraiment, en m'efforçant de rassembler mes pensées et de me remettre au travail.

— Où étiez-vous ?

Je sursaute. Jack se tient derrière moi, les bras croisés.

— J'étais au sous-sol en train de faire des photocopies.

Je mens. Les lèvres de Jack se crispent en une mince ligne intransigeante.

— Je pars prendre l'avion à 18 h 30. J'ai besoin que vous restiez là jusqu'à cette heure.

— D'accord.

Je lui adresse un sourire aussi aimable que possible.

— J'aimerais que vous m'imprimiez mon itinéraire pour New York et que vous le photocopiiez en dix exemplaires. Et faites emballer les brochures. Et apportez-moi du café ! gronde-t-il avant de repartir à grands pas dans son bureau.

J'émets un soupir de soulagement et je lui tire la langue quand il ferme la porte. Connard.

À 16 heures, Claire m'appelle de l'accueil.

— J'ai Mia Grey en ligne pour toi.

Mia ? J'espère qu'elle ne veut pas aller faire du shopping au centre commercial.

— Salut, Mia !

— Salut, Ana. Comment vas-tu ?

Elle réprime son excitation.

— Bien. Pas mal de travail aujourd'hui. Et toi ?

— Je m'ennuie tellement ! J'ai besoin de m'occuper alors j'organise une fête d'anniversaire pour Christian.

L'anniversaire de Christian ? Seigneur, je n'en savais rien.

— C'est quand ?

— J'en étais sûre. Je savais qu'il ne t'en parlerait pas. C'est samedi. Maman et papa veulent que tout le monde vienne manger à la maison. Je t'invite officiellement.

— Oh, c'est charmant. Merci, Mia.

— J'ai déjà appelé Christian pour le lui dire, c'est lui qui m'a donné ton numéro.

— Super.

Mon esprit s'emballe – que vais-je offrir à Christian pour son anniversaire ? Qu'achète-t-on à un homme qui a déjà tout ?

— Et peut-être qu'on pourrait déjeuner ensemble un jour de la semaine prochaine ?

— Bien sûr. Mais pourquoi pas demain ? Mon patron est en déplacement à New York.

— Oh, ce serait super, Ana. À quelle heure ?

— 12 h 45 ?

— Je serai là. Au revoir, Ana.

— Au revoir.

Je raccroche.

L'anniversaire de Christian. Bon sang mais qu'est-ce que je vais lui offrir ?

De : Anastasia Steele
Objet : Antédiluvien
Date : 15 juin 2011 16:11
À : Christian Grey

Cher monsieur Grey,
Quand exactement comptiez-vous m'en parler ?
Que dois-je offrir à mon vieil homme pour son anniversaire ?
Peut-être de nouvelles piles pour son sonotone ?
A.

Anastasia Steele
Assistante de Jack Hyde, Éditeur, SIP

De : Christian Grey
Objet : Préhistorique
Date : 15 juin 2011 16:20
À : Anastasia Steele

On ne se moque pas des personnes âgées.
Content que tu sois en pleine forme.
Et que Mia t'ait contactée.
Les piles, ça peut toujours servir.
Je n'aime pas fêter mon anniversaire.

Christian Grey
P-DG Sourd comme un pot, Grey Entreprises Holdings, Inc.

De : Anastasia Steele
Objet : Mmmm
Date : 15 juin 2011 16:24
À : Christian Grey

Cher monsieur Grey,
J'imagine votre moue en écrivant cette dernière phrase.
Ça me fait des choses.
Bisous
A.

Anastasia Steele
Assistante de Jack Hyde, Éditeur, SIP

De : Christian Grey
Objet : Lever les yeux au ciel
Date : 15 juin 2011 16:29
À : Anastasia Steele

Mademoiselle Steele,
ALLEZ-VOUS ENFIN VOUS SERVIR DE VOTRE BLACKBERRY ???

Christian Grey
P-DG aux mains qui le démangent, Grey Entreprises Holdings, Inc.

Je lève les yeux au ciel. Pourquoi est-il si susceptible au sujet des messages ?

De : Anastasia Steele
Objet : Inspiration
Date : 15 juin 2011 16:33
À : Christian Grey

Cher monsieur Grey,
Ah… vos mains qui vous démangent ne peuvent pas rester tranquilles longtemps, n'est-ce pas ?
Je me demande ce que le Dr Flynn dirait de ça.
Mais maintenant je sais quoi vous offrir pour votre anniversaire – et j'espère que j'en resterai endolorie…
;)
A.

De : Christian Grey
Objet : Attaque
Date : 15 juin 2011 16:38
À : Anastasia Steele
Mademoiselle Steele,
Je ne pense pas que mon cœur pourra supporter un autre message de cette teneur, encore moins mon pantalon.
Tiens-toi bien.

Christian Grey
P-DG, Grey Entreprises Holdings, Inc.

De : Anastasia Steele
Objet : J'essaie
Date : 15 juin 2011 16:42
À : Christian Grey

Christian,
J'essaie de travailler pour un patron très pénible.
Je te prie de cesser de me déranger et d'être pénible toi aussi.
Ton dernier message m'a presque embrasée.
Bisous
P.-S. : Tu peux venir me chercher à 18 h 30 ?

De : Christian Grey
Objet : Je serai là
Date : 15 juin 2011 16:47
À : Anastasia Steele

Rien ne me ferait plus plaisir.
En fait, je pense à un certain nombre de choses qui me feraient encore plus plaisir et elles t'impliquent toutes.

Christian Grey
P-DG, Grey Entreprises Holdings, Inc.

Je rougis et secoue la tête en lisant sa réponse. Le badinage par messages interposés, c'est très bien, mais il faut vraiment qu'on parle. Peut-être une fois que nous aurons vu Flynn. Je repose mon BlackBerry et finis les comptes de la cagnote du bureau.

À 18 h 15, le bureau est désert. Tout est prêt pour Jack. J'ai réservé son taxi pour l'aéroport et je n'ai plus qu'à lui donner ses documents. Je jette un regard nerveux vers la cloison vitrée, mais il est toujours au téléphone et je ne veux pas l'interrompre – pas avec son humeur du jour.

En attendant qu'il finisse sa discussion, il me vient à l'esprit que je n'ai pas mangé de la journée. Oh merde, ça ne va pas plaire à M. Cinquante Nuances. Je me glisse rapidement dans la cuisine pour voir s'il reste des cookies.

Alors que j'ouvre le pot commun de gâteaux, Jack me fait sursauter en apparaissant subitement sur le seuil de la cuisine.

Oh. Mais que fait-il ici ?

Il me regarde fixement.

— Eh bien, Ana, je crois que c'est le bon moment pour discuter de vos erreurs.

Il entre, ferme la porte derrière lui et ma bouche s'assèche aussitôt tandis que des sonnettes d'alarme se mettent à hurler dans ma tête.

Oh, merde.

Ses lèvres se tordent en un sourire grotesque. Ses yeux luisent d'un bleu cobalt profond et sombre.

— Enfin, je vous coince toute seule, fait-il en se léchant lentement la lèvre inférieure.

Quoi ?

— Bon… tu vas être une gentille fille et tu vas bien écouter ce que j'ai à te dire.

16.

Les yeux de Jack lancent des éclairs bleu sombre et il ricane, étudiant mon corps d'un regard libidineux.

Je m'étrangle de peur. Qu'est-ce qui se passe ? Que veut-il ? Du plus profond de moi, et malgré ma bouche sèche, je trouve la détermination et le courage de dire quelques mots. Le mantra de mon cours d'autodéfense, « laissez-les parler », ne cesse de tourner dans mon cerveau telle une sentinelle.

— Jack, ce n'est peut-être pas le bon moment. Votre taxi va arriver dans dix minutes et je dois vous donner tous vos documents.

Ma voix calme, mais trop rauque, me trahit.

Il sourit et c'est un sourire de despote qui signifie « va te faire foutre ». Ses yeux brillent sous la lueur dure et fluorescente du néon au-dessus de nous, dans la triste pièce aveugle. Il avance d'un pas, l'œil noir, en me fixant toujours. Ses pupilles se dilatent – le noir éclipse le bleu. Oh non. Ma peur monte d'un cran.

— Tu sais que j'ai dû me battre avec Elizabeth pour te donner ce job…

Sa voix s'estompe lorsqu'il avance encore d'un pas et je recule contre les placards muraux défraîchis. *Fais-le parler, fais-le parler, fais-le parler.*

— Jack, quel est exactement le problème ? Si vous voulez exposer vos griefs, alors peut-être devrions-nous demander que le service du personnel soit impliqué. Nous pourrions organiser ça avec Elizabeth dans un cadre plus officiel.

Où sont les types de la sécurité ? Est-ce qu'ils sont encore dans l'immeuble ?

— Nous n'avons pas besoin du service du personnel pour régler cette situation, Ana, ricane-t-il. Quand je t'ai embauchée, je croyais que tu allais bosser dur. Je pensais que tu avais du potentiel. Mais, aujourd'hui, je ne sais pas trop. Tu es devenue distraite et laxiste. Et je me demandais... est-ce que c'est ton petit ami qui te détourne du droit chemin ?

Il prononce les mots « petit ami » sur un ton sec et glacial.

— J'ai vérifié ta messagerie pour voir si je pouvais trouver une explication. Et tu sais ce que j'ai trouvé, Ana ? Ce qui n'allait pas ? Les seuls messages personnels de ton compte étaient destinés à ton formidable petit ami.

Il marque une pause pour jauger ma réaction.

— Et je me suis alors demandé... où sont ses messages à lui ? Il n'y en a pas. *Nada*. Rien. Alors que se passe-t-il, Ana ? Pourquoi les messages qu'il t'envoie ont disparu de notre système ? Es-tu une sorte d'espionne, envoyée ici par la société de Grey ? C'est ce qui se passe ?

Bordel de merde, les messages. *Oh non*. Qu'ai-je écrit ?

— Jack, de quoi parlez-vous ?

J'essaie de jouer la fille déconcertée et je suis plutôt convaincante. Cette conversation ne prend pas le tour auquel je m'étais attendue. Je n'ai aucune confiance en Jack. Les quelques phéromones subliminales qu'il exsude me mettent en état d'alerte. Cet homme est en colère, explosif et complètement imprévisible. J'essaie de le raisonner :

— Vous venez de dire que vous avez dû convaincre Elizabeth de m'embaucher. Alors comment aurais-je pu être envoyée pour espionner ? Réfléchissez un peu, Jack.

— Mais Grey a foutu en l'air le déplacement à New York, n'est-ce pas ?

Oh merde.

— Comment y est-il arrivé, Ana ? Qu'est-ce que ton riche petit ami a bien pu faire ?

Mon visage se vide du peu de sang qui lui restait et je crois que je vais m'évanouir.

— Je ne sais pas de quoi vous parlez, Jack, dis-je dans un murmure. Votre taxi ne va pas tarder. Voulez-vous que j'aille chercher vos affaires ?

Oh, je t'en prie. Laisse-moi partir. Arrête ça.

Jack poursuit en savourant mon embarras :

— Et il pense que je t'aurais fait des avances ? (Il a un petit sourire satisfait et ses yeux s'embrasent.) Eh bien, j'aimerais que tu réfléchisses à quelque chose pendant que je suis à New York. Je t'ai donné ce boulot et j'attends de toi que tu me montres un peu de reconnaissance. De fait, j'y ai droit. J'ai dû me battre pour t'avoir. Elizabeth voulait quelqu'un de plus qualifié, mais j'ai vu quelque chose en toi. Alors il va falloir qu'on arrive à un accord. Un accord qui implique que tu me satisfasses. Tu comprends ce que je dis, Ana ?

Bordel !

— Considère ça comme un ajustement de ta description de poste, si tu veux. Et si tu fais au mieux pour que je sois content, je ne chercherai pas à en savoir davantage sur le fait que ton petit ami tire des ficelles, a des contacts ou s'il bénéficie de services d'un de ses flagorneurs de fraternité étudiante.

J'en reste bouche bée. *Il est en train de me faire du chantage. Pour coucher avec moi !* Et que puis-je dire ? Les nouvelles de la reprise de la boîte par Christian sont tenues au secret pendant trois semaines encore. J'ai du mal à croire à tout ça. Coucher… avec moi !

Jack se rapproche jusqu'à se tenir face à moi et plonge ses yeux dans les miens. Son eau de toilette sucrée et doucereuse envahit mes narines – cela me donne la nausée – et, si je ne me trompe pas, je perçois les relents âcres de l'alcool dans son haleine. *Bordel, il a bu… mais quand ?*

— Tu es une telle cul serré, une repousse-bite, une allumeuse, tu le sais, Ana, murmure-t-il entre ses dents.

Quoi ? Une allumeuse… moi ?

— Jack, je ne comprends absolument pas de quoi vous parlez.

L'adrénaline déferle dans mon corps. Il est encore plus près. J'attends pour agir. Ray serait fier de moi. Il m'a enseigné ce qu'il faut faire. Ray connaît les techniques d'autodéfense. Si Jack me touche – s'il se permet même de respirer trop près de moi –, je le mets à terre. Je respire à peine. *Il ne faut pas que je tombe dans les pommes, il ne faut pas que je tombe dans les pommes.*

— Regarde-toi, me lance-t-il d'un d'air vicieux. Ça t'excite, je le sais. Tu m'y as vraiment encouragé. Au fond de toi, tu en as envie. Je le sais.

Bordel de merde. Ce type délire complètement. Ma peur atteint le niveau d'alerte maximal et menace de me submerger.

— Non, Jack, je n'ai rien fait pour vous encourager.

— Si, espèce d'allumeuse. Je sais reconnaître les signes.

Il caresse doucement mon visage du dos de la main, jusqu'à mon menton. Son index effleure ma gorge et j'ai le cœur au bord des lèvres mais je me retiens de vomir. Il atteint le creux à la base de mon cou, là où le bouton du haut de mon chemisier est ouvert, et il appuie sa main contre ma poitrine.

— Tu as envie de moi. Admets-le, Ana.

Mon regard fermement rivé au sien et me concentrant sur ce que j'ai à faire – plutôt que sur la répugnance et la terreur qui m'envahissent –, je pose doucement ma main sur la sienne comme si je la caressais. Il a un sourire triomphal. J'attrape son auriculaire et je le tire en arrière d'un coup sec vers sa hanche.

— Aargh ! crie-t-il de douleur et de surprise.

Et, lorsqu'il se penche, déséquilibré, je lui assène un coup de genou, rapide et fort, dans l'entrejambe en percutant parfaitement ma cible. J'esquive adroitement sur ma gauche lorsque ses genoux se dérobent sous lui et qu'il s'effondre en grognant sur le sol de la cuisine, les mains agrippées à sa braguette.

— Ne vous avisez pas de me toucher encore une fois, lui dis-je avec colère. Votre itinéraire et les brochures sont emballés sur mon bureau. Je rentre chez moi maintenant. Faites bon voyage. Et, à l'avenir, allez vous chercher votre café vous-même.

— Espèce de petite pute ! lance-t-il.

Mais j'ai déjà passé la porte. Je cours à toute vitesse jusqu'à mon bureau où je récupère ma veste et mon sac à main, puis je me précipite à l'accueil en ignorant les gémissements et les insultes qui s'échappent du salopard toujours prostré sur le sol de la cuisine. Je sors en trombe de l'immeuble et m'immobilise dès que je sens l'air frais sur mon visage. Je prends une profonde inspiration et me ressaisis. Mais je n'ai pas mangé de toute la journée et, quand l'adrénaline se retire, mes jambes se dérobent sous moi et je m'écroule.

Je regarde avec un léger détachement le film au ralenti qui se joue devant mes yeux : Christian et Taylor en costumes sombres et chemises blanches bondissent hors de la voiture et accourent dans ma direction. Christian tombe à genoux à côté de moi et la seule chose que je suis capable de penser, c'est : *Il est là. Mon amour est ici.*

— Ana, Ana ! Que se passe-t-il ?

Il me hisse sur ses genoux et sa main me palpe à la recherche d'une blessure. Il prend ma tête dans ses mains et me fixe de ses yeux gris écarquillés et terrifiés. Je m'affaisse contre lui, soudain submergée par la fatigue et le soulagement. Oh, les bras de Christian. Il n'y a nulle part ailleurs où j'ai envie d'être.

— Ana, répète-t-il en me remuant doucement. Que se passe-t-il ? Tu es malade ?

Je secoue la tête en comprenant qu'il faut que je parle.

— Jack, dis-je dans un murmure.

Et je sens, plutôt que je ne vois, le coup d'œil que Christian adresse à Taylor. Ce dernier disparaît brusquement dans l'immeuble.

— Bordel !

Christian me serre dans ses bras.

— Qu'est-ce que ce vicelard t'a fait ?

Et d'un endroit proche de la folie, un gloussement bouillonne dans ma gorge. Je me rappelle l'expression sidérée de Jack quand je lui ai attrapé l'auriculaire.

— C'est plutôt moi qui lui ai fait quelque chose.

Je me mets à glousser sans parvenir à m'arrêter.

— Ana !

Christian me secoue et ma crise de rire cesse.

— Il t'a touchée ?

— Juste une fois.

Les muscles de Christian se nouent puis se tordent de rage. Il se lève et, puissamment – tel un roc –, me porte dans ses bras. Il est furieux. *Non !*

— Où est cet enfoiré ?

Des bruits étouffés nous parviennent de l'intérieur de l'immeuble. Christian me remet sur pied.

— Tu peux tenir debout ?

J'acquiesce.

— N'y va pas, Christian. Je t'en prie.

Soudain la peur est de retour, la peur de ce que Christian peut faire à Jack.

— Monte dans la voiture ! aboie-t-il.

— Christian, non !

Je le saisis par le bras.

— Bon sang, monte dans la voiture, Ana.

Il se dégage de ma prise.

— Non ! Je t'en prie ! Reste. Ne me laisse pas toute seule.

Je déploie mon arme ultime. Fulminant, Christian se passe une main dans les cheveux et me fusille du regard. Il est de toute évidence rongé par l'indécision. À l'intérieur de l'immeuble, les cris montent en puissance puis cessent brutalement.

Oh non. Qu'a fait Taylor ?

Christian sort son BlackBerry.

— Christian, il a mes messages.

— Quoi ?

— Les messages que je t'ai envoyés. Il voulait savoir où étaient tes réponses. Il essayait de me faire chanter.

Son regard est assassin.

Oh, merde.

— Bordel ! bredouille-t-il en plissant les yeux vers moi.

Il compose un numéro sur son téléphone.

Oh non. Je suis dans la merde. Qui appelle-t-il ?

— Barney. Grey. J'ai besoin que vous accédiez au serveur principal de SIP et que vous effaciez tous les messages qu'Anastasia Steele m'a envoyés. Puis accédez aux données personnelles de Jack Hyde et vérifiez que les messages n'y sont pas stockés. Si c'est le cas, effacez-les… Oui, tous. Maintenant. Faites-moi savoir quand c'est fait.

Il appuie fort sur le bouton pour raccrocher, puis compose aussitôt un autre numéro.

— Roach. Grey. Hyde, je veux qu'il soit viré. Maintenant. Tout de suite. Appelez la sécurité. Faites-lui immédiatement vider son bureau ou je liquide cette boîte à la première heure demain. Vous avez déjà toutes les bonnes raisons de le foutre à la porte. Vous avez compris ?

Il écoute brièvement puis raccroche, apparemment satisfait.

— Le BlackBerry, siffle-t-il, les dents serrées.

— Je t'en prie, ne te mets pas en colère contre moi.

Je cligne des yeux.

— Je suis vraiment fâché contre toi là, dit-il avec animosité en se passant une nouvelle fois la main dans les cheveux. Monte dans la voiture !

— Christian, s'il te plaît…

— Putain, tu vas monter dans cette foutue voiture, Anastasia, ou je peux t'assurer que je vais t'y fourrer moi-même, fulmine-t-il.

Oh merde.

— Ne fais rien de stupide, je t'en supplie.

— C'EST TOI QUI ES STUPIDE ! explose-t-il. Je t'ai dit de te servir de ton putain de BlackBerry. Ne me parle pas de stupidité. Monte dans cette putain de voiture, MAINTENANT !

Un frisson de peur me traverse. C'est le Christian Très En Colère. Je ne l'ai jamais vu dans cet état. Il se contrôle à peine.

— D'accord, dis-je pour le calmer. Mais, s'il te plaît, fais attention.

Les lèvres pincées, le regard noir, il désigne la voiture d'un geste furieux.

Seigneur, d'accord, j'ai compris.

— Je t'en prie, sois prudent, je ne veux pas qu'il t'arrive quoi que ce soit. J'en mourrais, dis-je.

Il cligne rapidement des yeux et s'immobilise, baissant les bras en inspirant profondément.

— Je serai prudent, répond-il avec un regard plus doux.

Oh, merci mon Dieu. Je sens qu'il ne me quitte pas des yeux alors que je me dirige vers la voiture, que j'ouvre la portière avant côté passager et que je monte. Une fois que je suis en sécurité dans le confort de l'Audi, il disparaît dans l'immeuble. Mon cœur est au bord de l'explosion. Que va faire Christian ?

Je patiente sans bouger. Et je patiente. Je patiente. Cinq minutes interminables. Le taxi de Jack se gare devant l'Audi. Dix minutes. Quinze. Seigneur, que font-ils là-dedans ? Comment va Taylor ? Cette attente est abominable.

Vingt-cinq minutes plus tard, Jack émerge de l'immeuble en serrant contre lui un carton. Le vigile de la sécurité le suit de près. Où était-il plus tôt ? Puis c'est au tour de Christian et de Taylor de sortir. Jack a l'air malade. Il file tout droit vers le taxi et je remercie le ciel que l'Audi soit équipée de vitres teintées. Le taxi s'éloigne – certainement pas en direction de l'aéroport – quand Christian et Taylor atteignent la voiture.

Christian ouvre la portière côté conducteur et se laisse doucement tomber sur le siège, probablement parce que je suis à l'avant. Taylor s'installe derrière moi. Aucun d'eux ne dit mot lorsque Christian démarre la voiture pour s'engager dans la circulation. Je risque un coup d'œil vers M. Cinquante Nuances. Il pince les lèvres mais il est manifestement ailleurs. Le téléphone de la voiture sonne.

— Grey, répond-il d'un ton sec.

— Monsieur Grey, ici Barney.

— Barney, je suis sur haut-parleur et je ne suis pas seul dans la voiture, l'avertit Christian.

— Monsieur, j'ai fait ce que vous m'avez demandé. Mais il faut que je vous parle de quelque chose que j'ai trouvé dans l'ordinateur de M. Hyde.

— Je vous rappelle quand je suis chez moi. Merci, Barney.

— Pas de problème, monsieur Grey.

Barney raccroche. Il semble beaucoup plus jeune que ce que je pensais.

Quoi d'autre dans l'ordinateur de Jack ?

— Tu me parles ou non ? je demande calmement.

Christian me jette un coup d'œil avant de se concentrer sur la route. Je vois bien qu'il est en colère.

— Non, marmonne-t-il, la mine sombre.

Oh, c'est reparti… Que c'est puéril. Je me recroqueville et regarde sans voir par la fenêtre. Je devrais peut-être juste lui demander de me déposer à mon appartement ; il pourrait alors « ne pas me parler » en toute tranquillité à l'Escala et nous épargner une inévitable dispute. Mais, malgré tout, je sais que je ne dois pas le laisser ruminer, pas après ce qui s'est passé hier.

Nous nous arrêtons enfin devant son immeuble et Christian sort de la voiture. Se déplaçant avec une aisance gracieuse, il vient ouvrir ma portière.

— Viens, m'ordonne-t-il pendant que Taylor se glisse sur le siège conducteur.

Je prends la main qu'il me tend et je le suis dans le grand hall jusqu'à l'ascenseur. Il ne me lâche pas.

— Christian, pourquoi es-tu si en colère contre moi ? lui dis-je pendant que nous patientons.

— Tu sais pourquoi, grommelle-t-il.

Nous montons dans l'ascenseur et il compose le code pour accéder à son étage.

— Mon Dieu, s'il t'était arrivé quelque chose, cet homme serait mort à l'heure qu'il est.

Sa voix me glace jusqu'aux os. Les portes se referment.

— Cela étant, je vais foutre sa carrière en l'air pour qu'il ne puisse plus profiter d'aucune jeune femme. Quel type minable, s'exclame-t-il en secouant la tête. Seigneur, Ana !

Il m'attrape soudain et m'emprisonne dans un coin de la cabine. Il m'empoigne les cheveux pour lever ma tête vers lui et sa bouche est sur la mienne, son baiser plein d'un désespoir passionné. Je ne sais pas pourquoi cela me prend par surprise, mais c'est le cas. Je goûte son soulagement, son désir et ce qu'il reste de sa colère pendant que sa langue prend possession de ma bouche. Il s'arrête et me regarde, appuyé de tout son poids contre moi pour m'empêcher de bouger. Il me laisse à bout de souffle, je m'accroche à lui, les yeux levés vers ce beau visage sérieux et déterminé.

— S'il t'était arrivé quoi que ce soit… s'il t'avait fait du mal…

Je sens le frisson qui le parcourt.

— Le BlackBerry, m'ordonne-t-il calmement. À partir d'aujourd'hui. Compris ?

J'acquiesce en déglutissant, incapable de m'arracher à ce regard grave et hypnotique. Il se redresse et me libère lorsque l'ascenseur s'immobilise.

— Il a dit que tu l'avais frappé dans les couilles.

Le ton de Christian est plus léger et j'y décèle une pointe d'admiration. Je crois que je suis pardonnée.

— Oui, fais-je dans un murmure.

Je suis toujours sous l'effet de l'intensité de son baiser.

— Bien.

— Ray est un ancien militaire. Il m'a appris certaines choses.

— Tu m'en vois ravi, souffle-t-il avant d'ajouter, en haussant un sourcil : Il faut que je m'en souvienne.

Il me prend la main et me conduit hors de l'ascenseur. Je le suis, soulagée. Je ne pense pas que son humeur puisse empirer.

— Il faut que j'appelle Barney. Je n'en ai pas pour longtemps.

Il disparaît dans son bureau en m'abandonnant au milieu du vaste salon. Mme Jones apporte la dernière touche à notre dîner. Je prends conscience que je suis affamée, mais j'ai besoin de m'occuper.

— Je peux vous aider ? je lui propose.

Elle éclate de rire.

— Non, Ana. Je peux vous servir quelque chose à boire ? Vous avez l'air épuisée.

— Je veux bien un verre de vin.

— Blanc ?

— S'il vous plaît.

Je me perche sur un des tabourets et elle me tend un verre de vin frais. Je ne sais pas ce que c'est, mais il est délicieux et coule facilement dans ma gorge en apaisant mes nerfs en pelote. Qu'est-ce que je me disais plus tôt dans la journée ? Que je ne m'étais jamais sentie aussi vivante que depuis ma rencontre avec Christian ? Combien ma vie était devenue excitante ? Seigneur, je ne serais pas contre quelques jours d'ennui.

Et si je n'avais pas connu Christian ? Je me serais réfugiée dans mon appartement et serais en train de parler de tout ça avec Ethan, complètement paniquée par cette confrontation avec Jack, sachant que je devrais affronter ce salopard vendredi. Les choses étant, il y a très peu de chances que je le recroise un jour. Mais pour qui vais-je travailler dorénavant ? Je fronce les sourcils. Je n'y avais pas pensé. Merde, ai-je encore un boulot ?

— Bonsoir, Gail, lance Christian en m'arrachant à mes pensées.

De retour dans la grande pièce, il va droit au réfrigérateur et se sert un verre de vin.

— Bonsoir, monsieur Grey. Le dîner sera servi dans dix minutes.

— Parfait.

Christian lève son verre.

— Aux anciens militaires qui forment bien leurs filles, lance-t-il, les yeux plus doux.

— Santé.

— Qu'est-ce qui ne va pas ?

— Je ne sais pas si j'ai encore un travail.

Il incline la tête sur le côté.

— Tu en veux toujours un ?

— Bien sûr.

— Alors tu en as un.

Simple. Tu vois ? C'est le maître de mon univers. Je lève les yeux au ciel et il sourit.

Mme Jones ne rigole pas question tourte au poulet. Elle nous a laissés savourer le fruit de son labeur et je me sens mieux maintenant que j'ai quelque chose dans le ventre. Nous sommes assis au comptoir et, malgré mes habiles tentatives de corruption, Christian refuse de me dire ce que Barney a trouvé dans l'ordinateur de Jack. Je laisse tomber et décide de m'attaquer plutôt à l'épineux sujet de José et de sa prochaine visite.

— José a appelé, dis-je d'un ton désinvolte.

— Oh ?

Christian se tourne vers moi.

— Il veut te livrer les photos vendredi.

— Une livraison personnelle. Comme c'est gentil de sa part, marmonne-t-il.

— Il veut sortir. Prendre un verre. Avec moi.

— Je vois.

— Et Kate et Elliot devraient être de retour, j'ajoute aussitôt.

Christian pose sa fourchette.

— Que me demandes-tu exactement ?

Je me hérisse.

— Je ne te demande rien. Je t'informe de mes plans pour vendredi. Écoute, j'ai envie de voir José et il voudrait passer la nuit à Seattle. Il peut dormir ici ou bien chez moi mais, si c'est le cas, il faudrait que j'y sois aussi.

Ses yeux s'agrandissent. Il a l'air abasourdi.

— Il t'a fait des avances.

— Christian, c'était il y a des semaines. Il était soûl, j'étais soûle, tu as sauvé la situation, cela ne se reproduira plus. Ce n'est pas Jack, pour l'amour de Dieu.

— Ethan est là-bas. Il peut lui tenir compagnie.

— Il a envie de me voir, pas de voir Ethan.

Christian fait la grimace.

— C'est juste un ami.

Mon ton est catégorique.

— Je n'aime pas ça.

Alors quoi ? Seigneur, qu'il est agaçant parfois. J'inspire profondément.

— C'est mon ami, Christian. Je ne l'ai pas vu depuis le vernissage. Et c'était trop court. Je sais que tu n'as pas d'amis, excepté cette horrible femme, mais je ne râle pas quand tu la vois.

Christian cligne des yeux, choqué.

— Je veux le voir. Je n'ai pas été une bonne amie ces derniers temps.

Ma conscience panique. *Tu tapes de ton petit pied ? Calme-toi.*

Ses yeux gris s'embrasent.

— C'est ce que tu penses ? souffle-t-il.

— Ce que je pense de quoi ?

— Elena. Tu préférerais que je ne la voie pas ?

— Exactement. Je préférerais que tu ne la voies pas.

— Pourquoi tu ne me l'as pas dit ?

— Parce que je n'ai pas à te le dire. Tu penses que c'est ta seule amie.

Je hausse les épaules, exaspérée. Il ne comprend vraiment rien. Comment en sommes-nous arrivés à parler d'elle ? Je ne veux même pas penser à elle. J'essaie de revenir au sujet José.

— Tout comme ce n'est pas à toi de me dire si je peux ou ne peux pas voir José. Tu ne comprends pas ça ?

Christian me regarde, perplexe, je crois. *Bon sang, mais à quoi pense-t-il ?*

— Il peut dormir ici, je suppose, marmonne-t-il. Je pourrai l'avoir à l'œil.

Il a l'air de mauvaise humeur. *Alléluia !*

— Merci ! Tu sais, si je dois vivre ici, aussi…

Mais je ne finis pas ma phrase. Christian acquiesce. Il comprend ce que j'essaie de lui dire.

— Ce n'est pas comme s'il n'y avait pas assez d'espace.

J'ai un petit sourire en coin. Ses lèvres se retroussent lentement.

— Est-ce que c'est un petit sourire en coin que je vois là, mademoiselle Steele ?

— Tout à fait, monsieur Grey.

Je me lève juste au cas où ses paumes commenceraient à le démanger, je débarrasse nos assiettes et les mets dans le lave-vaisselle.

— Gail s'en occupera.

— C'est fait.

Je me lève et le regarde. Il me fixe intensément.

— Il faut que je travaille un peu, dit-il pour s'excuser.

— Super. Je vais bien trouver de quoi m'occuper.

— Viens ici, m'ordonne-t-il.

Mais sa voix est douce et chaude, son regard brûlant. Je n'hésite pas une seconde et cours me blottir dans ses bras, m'agrippant à son cou alors qu'il reste assis sur le tabouret. Il m'enlace, me serre fort contre lui et se contente de me tenir.

— Tu vas bien ? chuchote-t-il dans mes cheveux.

— Bien.

— Après ce qui s'est passé avec cet enfoiré ? Après ce qui s'est passé hier ? ajoute-t-il.

Je plonge dans ses yeux sombres et graves. *Est-ce que je vais bien ?*

— Oui, je murmure.

Il resserre son étreinte et je me sens en sécurité, chérie et aimée tout à la fois. C'est délicieux. Les yeux clos, je savoure le fait d'être dans ses bras. J'aime cet homme. J'aime son odeur enivrante, sa force, son comportement lunatique – mon Cinquante Nuances.

— Ne nous disputons pas, souffle-t-il.

Il m'embrasse les cheveux et inspire profondément.

— Tu sens divinement bon, comme d'habitude, Ana.

— Toi aussi, dis-je en l'embrassant dans le cou.

Et trop vite il me relâche.

— Je n'en ai que pour deux heures.

J'erre mollement dans l'appartement. Christian travaille toujours. Je me suis douchée, j'ai passé un pantalon de survêtement et un tee-shirt à moi, et je m'ennuie. Je n'ai pas envie de lire. Si je ne fais rien, je vais repenser à Jack et à ses doigts sur moi.

Je me rends dans mon ancienne chambre, la chambre des soumises. José pourra dormir là – il appréciera la vue. Il est environ 20 h 15 et le soleil commence à disparaître à l'ouest. Les lumières de la ville scintillent en contrebas. C'est magnifique. Oui, José aimera la vue. Je me demande vaguement où Christian va accrocher les portraits de moi. Je préférerais qu'il ne les accroche pas. Je n'aime pas trop me regarder.

De retour dans le couloir, je me retrouve devant la porte de la salle de jeux et, sans réfléchir, j'appuie sur la poignée. Christian la verrouille habituellement mais, à ma grande surprise, la porte s'ouvre. Comme c'est étrange. Me sentant telle une enfant désobéissante qui s'aventure dans la forêt interdite, j'entre. Il y fait noir. J'appuie sur l'interrupteur et les lumières sous la corniche diffusent aussitôt une lumière douce. C'est fidèle à mon souvenir. Une pièce comme un utérus.

Des images de ma dernière visite dans cette pièce me reviennent l'esprit. La ceinture… Je grimace. À présent, elle est suspendue innocemment au milieu d'autres, sur le présentoir près de la porte. Timidement, je fais courir mes doigts sur les martinets, les battoirs et les fouets. Pffiou. Voilà ce que je vais devoir régler avec le Dr Flynn. Est-ce qu'une personne qui a ce style de vie peut s'arrêter ? Cela me semble tellement improbable. Je déambule jusqu'au lit et m'assois sur les draps soyeux de satin rouge en examinant tous les accessoires qui m'entourent.

Au-dessus du banc, près de moi, la collection de cannes. *Il y en a tellement ! Une suffirait certainement ?* Eh bien, moins on en parle, mieux ce sera. Et la grande table. On n'a jamais essayé ça, quoi qu'il y fasse. Mes yeux se posent sur le Chesterfield et je m'y installe. Ce n'est qu'un canapé, rien d'extraordinaire – rien pour y attacher quoi que ce soit, rien que je puisse voir en tout cas. Je jette un œil derrière moi et j'avise la commode. Le meuble pique ma curiosité. Qu'est-ce qu'il range là-dedans ?

En ouvrant le tiroir supérieur, je me rends compte que mon sang bat dans mes veines. Pourquoi suis-je si nerveuse ? J'ai l'impression d'être clandestine, comme si je pénétrais illégalement chez quelqu'un. Ce que je fais, en réalité. Il veut que je l'épouse, eh bien…

Bordel, mais qu'est-ce que c'est que tout ça ? Toute une gamme d'instruments et d'outils bizarres – je n'ai aucune idée de leur nom ni de leur utilité – sont soigneusement disposés sur le présentoir. J'en prends un. Il a la forme d'une balle avec une sorte de poignée. *Hmm… Bon sang mais qu'est-ce qu'on peut bien faire avec ça ?* Mon esprit hésite, bien que je pense avoir une idée. Il y en a de quatre tailles différentes ! Mon cuir chevelu est parcouru de picotements et je lève les yeux.

Sur le seuil, Christian m'observe avec une expression indéchiffrable. Depuis combien de temps est-il là ? J'ai l'impression d'avoir été surprise les doigts dans le pot de confiture.

— Salut.

Je souris nerveusement. Je sais que j'ai les yeux écarquillés et que mon visage est pâle comme la mort.

— Qu'est-ce que tu fais ? me demande-t-il doucement mais je sens bien autre chose dans le ton de sa voix.

Oh merde. Il est en colère ? Je rougis.

— Euh… je m'ennuyais et j'étais curieuse, dis-je, gênée.

Il avait dit qu'il en avait pour deux heures.

— Voilà une association très dangereuse.

Il passe son index sur sa lèvre inférieure avec un air pensif et calme, sans me quitter des yeux. Je déglutis et ma bouche s'assèche brusquement.

Il entre lentement dans la pièce et ferme tranquillement la porte derrière lui. L'éclat de ses yeux gris est comme liquide. *Oh mon Dieu.* Il s'appuie avec désinvolture sur la commode, mais je crois que sa posture est trompeuse. Ma déesse intérieure ne sait trop si c'est le moment de se battre ou de battre en retraite.

— Alors sur quoi se porte exactement votre curiosité, mademoiselle Steele ? Peut-être pourrais-je vous aider.

— La porte était ouverte… Je…

Je retiens ma respiration et je cligne des yeux, ne sachant ni interpréter la réaction de Christian ni ce que je dois dire. Ses yeux se sont assombris. Je pense qu'il est amusé mais c'est difficile à savoir. Il appuie ses coudes sur la commode et pose son menton sur ses mains jointes.

— Je suis venu plus tôt ici dans la journée en me demandant ce que j'allais faire de tout ça. J'ai dû oublier de verrouiller la porte.

Il prend momentanément une mine contrariée comme si le fait d'oublier de fermer la porte était une erreur de jugement. Je fronce les sourcils, ce n'est pas son genre d'oublier quelque chose.

— Oh ?

— Mais te voilà ici. Toujours aussi curieuse.

Sa voix est douce mais intriguée.

— Tu n'es pas en colère ? dis-je en utilisant ce qui me reste de souffle.

Il penche la tête de côté et ses lèvres se tordent en un sourire amusé.

— Pourquoi serais-je en colère ?

— J'ai l'impression de pénétrer dans un endroit interdit… et tu es toujours en colère contre moi.

Je parle calmement, quoique soulagée. Christian plisse une nouvelle fois le front.

— Oui, tu entres dans un endroit interdit mais je ne suis pas en colère. J'espère qu'un jour tu vivras ici et tout ça… (Il désigne la pièce d'un vague geste de la main.) Tout ça sera à toi, aussi.

Ma salle de jeux… ? J'en reste bouche bée. Ça fait beaucoup de choses à assimiler.

— C'est pour cette raison que je suis venu ici aujourd'hui. J'essayais de savoir ce que j'allais en faire.

Il se tapote les lèvres de l'index.

— Je suis en colère contre toi tout le temps ? Pourtant je ne l'étais pas ce matin.

Oh, c'est vrai. Je souris au souvenir de mon réveil avec Christian et cela me distrait un instant de la pensée de ce qui va advenir de la salle de jeux. C'était un Cinquante Nuances tellement plaisant ce matin.

— Tu étais joueur. J'aime le Christian joueur.

— Vraiment ?

Il arque un sourcil et son adorable bouche se courbe en un sourire timide. *Waouh !*

— Qu'est-ce que c'est ?

Je lève le truc en forme de balle argentée.

— Vous êtes toujours avide d'informations, mademoiselle Steele. C'est un plug anal, dit-il doucement.

— Oh…

— Acheté pour toi.

Quoi ?

— Pour moi ?

Il acquiesce lentement avec une expression grave et prudente.

— Tu achètes de nouveaux… jouets… pour chaque soumise ?

— Certains accessoires. Oui.

— Des plugs anaux ?

— Oui.

D'accord… Je déglutis. Un plug anal. C'est du métal – certainement pas très confortable ? Je me rappelle notre discussion après ma remise de diplôme concernant les sex toys et les limites à ne pas franchir. Je crois qu'à l'époque j'avais dit que j'essaierais. À présent, en voyant de quoi il s'agit, je ne sais plus si j'en ai vraiment envie. J'examine l'instrument encore une fois avant de le reposer dans le tiroir.

— Et ça ?

Je sors un objet long et noir en caoutchouc, constitué de bulles rondes de plus en plus petites attachées ensemble, la première plus grosse et la dernière beaucoup plus petite. Huit bulles au total.

— Des perles anales, explique Christian en m'observant attentivement.

Oh ! Je les scrute, à la fois fascinée et horrifiée. Tout ça, à l'intérieur de moi… *là !* Je n'aurais jamais imaginé.

— Ça fait un sacré effet si tu tires dessus au moment de l'orgasme, précise-t-il d'un ton détaché.

— C'est pour moi ?

— Pour toi.

Il hoche lentement la tête.

— C'est le tiroir dédié au cul ?

Il a un petit sourire en coin.

— Si tu veux.

Je le referme rapidement en me sentant devenir aussi cramoisie qu'un feu rouge.

— Tu n'aimes pas le tiroir du cul ? me demande-t-il, amusé.

Je le regarde en haussant les épaules et en m'efforçant de dissimuler ma honte.

— Tout ça ne figure pas en haut de ma liste de cadeaux de Noël, dis-je avec détachement.

J'ouvre en tremblant le deuxième tiroir. Il sourit.

— Le deuxième tiroir contient une sélection de vibromasseurs.

Je le referme rapidement.

— Et le suivant ?

Je blêmis encore, mais cette fois d'embarras.

— C'est plus intéressant.

Oh ! D'une main hésitante, j'ouvre le tiroir sans quitter des yeux son visage, aussi beau que sarcastique. À l'intérieur, il y a un assortiment d'instruments en métal et quelques pinces à linge. Des pinces à linge ! Je prends un gros accessoire métallique.

— Une pince génitale, dit Christian.

Il se redresse et se rapproche avec désinvolture de manière à se placer derrière moi. Je repose aussitôt l'instrument et choisis quelque chose de plus délicat – deux petites pinces sur une chaîne.

— Certains de ces accessoires ont pour but de provoquer la douleur, mais la plupart sont destinés à donner du plaisir, murmure-t-il.

— Qu'est-ce que c'est ?

— Des pinces à seins, elles sont pour les deux.

— Pour les deux ? Tétons ?

Christian m'adresse un petit sourire en coin.

— Eh bien, il y a deux pinces, bébé. Oui, les deux tétons, mais ce n'est pas ce que j'entendais par là. Elles sont destinées à faire mal et à donner du plaisir.

Oh. Il me les prend des mains.

— Tends ton petit doigt.

Je m'exécute et il referme une pince sur l'extrémité de mon doigt. Ce n'est pas trop douloureux.

— La sensation est très intense, mais c'est quand on les enlève que ça fait le plus de mal et de bien.

J'enlève la pince. Mmm, ce pourrait être bon. Je me tortille à cette pensée.

— J'aime bien leur apparence.

Christian sourit.

— C'est vrai, mademoiselle Steele ? Je crois le deviner.

Je hoche la tête timidement et remets les pinces dans le tiroir. Christian se penche pour en sortir deux autres.

— Celles-ci sont ajustables.

Il les lève pour que je puisse les inspecter.

— Ajustables ?

— Tu peux les porter très serrées… ou pas. Selon ton humeur.

Comment peut-il rendre ça si érotique ? Je déglutis et, pour détourner son attention, je sors un accessoire qui ressemble à un découpe-pâte.

— Et ça ?

Je fronce les sourcils. Je suppose qu'on ne fait pas de pâtisserie dans la salle de jeux.

— C'est une roulette de Wartenberg.

— Pour quoi faire ?

Il me la reprend.

— Donne-moi ta main.

Je lui tends ma main gauche et il la saisit doucement en effleurant mes doigts avec son pouce. Un frisson me traverse. Sa peau contre la mienne, cela ne manque jamais de m'exciter. Il fait courir la roulette sur ma paume.

— Ah !

Les dents mordent dans ma chair, c'est autre chose qu'une simple douleur. En fait, cela picote.

— Imagine ça sur tes seins, murmure Christian.

Oh ! Je rougis et retire aussitôt ma main. Ma respiration et les battements de mon cœur s'accélèrent.

— La frontière entre le plaisir et la douleur est infime, Anastasia, ajoute-t-il doucement en se penchant pour ranger l'accessoire dans le tiroir.

— Les pinces à linge ?

— Tu peux faire beaucoup de choses avec une pince à linge.

Son regard s'embrase. Je m'appuie sur le tiroir pour le refermer.

— C'est tout ?

Il est visiblement amusé.

— Non…

Lorsque j'ouvre le quatrième tiroir, je suis déconcertée par l'amas de cuir et de sangles. Je tire sur une des lanières… qui se révèle être reliée à une boule.

— Un bâillon, pour que tu te tiennes tranquille, explique Christian, toujours amusé.

— Les limites à négocier, dis-je dans un murmure.

— Je me rappelle. Mais tu peux toujours respirer. Tes dents se referment sur la boule.

Il s'en saisit et, avec ses doigts, forme une bouche se refermant sur la boule.

— Tu as déjà porté un de ces trucs ? dis-je.

Il s'immobilise.

— Oui.

— Pour masquer tes cris ?

Il ferme les yeux et je crois que c'est d'exaspération.

— Non, ça ne sert pas à ça.

Oh ?

— C'est lié au contrôle, Anastasia. Te sentirais-tu vulnérable, attachée, sans pouvoir parler ? Il faudrait que tu me fasses confiance en sachant que j'ai tout pouvoir sur toi ? Il faudrait que je sache lire ton corps et ses réactions plutôt que d'entendre tes paroles ? Cela te rend plus dépendante et me donne un contrôle ultime.

Je déglutis.

— Tu en parles comme si cela te manquait.

— C'est ce que je connais, murmure-t-il.

Ses yeux sont devenus graves. L'atmosphère a changé entre nous, comme si nous nous trouvions au confessionnal.

— Tu as tout pouvoir sur moi. Tu le sais, dis-je.

— C'est vrai ? Tu me fais me sentir... vulnérable.

— Non !

Oh, mon M. Cinquante Nuances...

— Pourquoi ?

— Parce que tu es la seule personne que je connais qui puisse vraiment me faire du mal.

Il repousse une mèche de mes cheveux derrière mon oreille.

— Oh, Christian... ça marche dans les deux sens. Si tu ne voulais pas de moi...

Je frissonne en triturant mes doigts. Voilà où se niche mon autre doute nous concernant. S'il n'était pas aussi... brisé, voudrait-il de moi ? Je secoue la tête. Je dois essayer de ne pas penser de cette façon.

— Te faire du mal est bien la dernière chose que je souhaite. Je t'aime.

Je murmure en posant mes deux mains de chaque côté de son visage avant de lui caresser doucement les joues. Il appuie sa tête contre ma caresse, laisse tomber le bâillon dans le tiroir et m'attire à lui.

— A-t-on fini ce petit jeu de « qu'est-ce que c'est ? », me demande-t-il d'une voix douce et sensuelle.

Ses doigts remontent dans mon dos, jusqu'à ma nuque.

— Pourquoi ? Que veux-tu faire ?

Il se penche et m'embrasse doucement. Je fonds contre lui.

— Ana, tu as failli te faire agresser aujourd'hui.

— Et alors ?

Je savoure sa proximité et le contact de sa main sur mon dos. Il rejette la tête en arrière et me considère d'un air contrarié.

— Qu'est-ce que tu entends par « et alors ? », me reproche-t-il.

Je lève les yeux vers son adorable visage grognon.

— Christian, je vais bien.

Il me serre encore plus fort.

— Quand je pense à ce qui aurait pu se passer, souffle-t-il en enfouissant son visage dans mon cou.

— Quand reconnaîtras-tu que je suis plus forte que je n'en ai l'air ?

Je respire son odeur délicieuse. Il n'y a rien de mieux sur terre que les bras de Christian.

— Je sais que tu es forte, dit-il comme s'il pensait à voix haute.

Il m'embrasse les cheveux mais, très vite, à ma grande déception, il me relâche. *Oh ?*

Je me penche pour prendre un autre accessoire dans le tiroir. Plusieurs menottes accrochées à une barre. Je soulève l'instrument.

— Ça, explique Christian, les yeux plus sombres, c'est une barre d'écartement avec des attaches pour les poignets et les chevilles.

— Comment ça fonctionne ? je demande, sincèrement intriguée.

— Tu veux que je te montre ? souffle-t-il, surpris, en fermant brièvement les yeux.

Quand il les rouvre, ils sont pleins de fièvre.

— Oui, je veux une démonstration. J'aime être attachée, dis-je dans un murmure.

Ma déesse intérieure saute à la perche depuis son bunker jusque dans sa chaise longue.

— Oh Ana, murmure-t-il.

Tout d'un coup, il semble peiné.

— Quoi ?

— Pas ici.

— Que veux-tu dire ?

— Je te veux dans mon lit, pas ici. Viens.

Il saisit la barre et ma main, et m'entraîne rapidement hors de la pièce. Pourquoi partons-nous ? Je jette un coup d'œil derrière moi.

— Pourquoi pas ici ?

Christian s'arrête dans l'escalier et pose ses yeux graves sur moi.

— Ana, tu es peut-être prête à retourner dans la salle de jeux mais pas moi. La dernière fois que nous y sommes allés, tu m'as quitté. Je ne cesse de te le répéter. Quand comprendras-tu ?

Il fronce les sourcils, me lâchant afin de pouvoir parler librement.

— Tout en moi en a été transformé. Mon regard sur la vie a radicalement changé. Ce que je ne t'ai pas dit, c'est que...

Il s'arrête et passe une main dans ses cheveux tout en cherchant ses mots.

— Je suis comme un alcoolique en convalescence, tu comprends ? C'est la seule comparaison que je vois. La compulsion a disparu mais je ne veux pas me retrouver en situation de tentation. Je ne veux pas te faire de mal.

Il a l'air tellement pris de remords qu'en cet instant je sens une douleur fulgurante me traverser. Qu'ai-je fait à cet homme ? Ai-je vraiment amélioré son existence ? Il était heureux avant de me rencontrer, non ?

— Je ne peux pas supporter l'idée de te faire du mal parce que je t'aime.

Son expression est d'une sincérité absolue comme celle d'un petit garçon disant la vérité. Il est tellement honnête... Je l'adore plus que tout ou quiconque. J'aime cet homme de manière inconditionnelle.

Je me précipite sur lui avec une telle véhémence qu'il doit lâcher ce qu'il tient pour me rattraper. Je le pousse contre le mur et prends son visage à deux mains. J'attire ses lèvres contre les miennes et goûte à sa surprise lorsque j'enfonce ma langue dans sa bouche. Je me tiens sur la marche supérieure – nous sommes à même hauteur et je me sens euphorique. Je l'embrasse passionnément, mes doigts s'enfouissent dans ses cheveux, j'ai envie de le toucher, partout, mais je me retiens, consciente de sa peur. Malgré tout, mon désir se déploie, chaud et lourd, et grandit tout au fond de moi. Christian grogne et m'attrape les épaules en me repoussant.

— Tu veux que je te baise dans l'escalier ? marmonne-t-il, haletant. Parce que, là, c'est ce que je vais faire.

— Oui.

Je suis certaine que mon regard est le reflet du sien. Celui qu'il me lance est profond et lourd de sens.

— Non. Je te veux dans mon lit.

Brusquement, il me soulève sur son épaule – ce qui me fait pousser un cri aigu – et il me tape fort sur les fesses. Je couine encore. En descendant l'escalier, il s'accroupit pour ramasser la barre d'écartement.

Mme Jones sort de la buanderie lorsque nous passons dans le couloir. Elle nous sourit et je lui adresse un signe d'excuse. Je ne crois pas que Christian l'ait remarquée.

Dans la chambre, il me dépose par terre et laisse tomber la barre sur le lit.

— Je ne pense pas que tu vas me faire du mal, dis-je.

— Je ne le pense pas non plus.

Il prend ma tête entre ses mains et m'embrasse longtemps et fort, faisant bouillir mon sang déjà en surchauffe.

— J'ai tellement envie de toi, murmure-t-il contre ma bouche. Tu es sûre que tu en as envie, après ce qui s'est passé aujourd'hui ?

— Oui. J'ai envie de toi, moi aussi. J'ai envie de te déshabiller.

J'ai hâte de poser les mains sur lui, mes doigts me démangent de le toucher.

Il écarquille les yeux et, une seconde, il hésite – peut-être le temps de considérer ma requête.

— D'accord, accepte-t-il prudemment.

Ma main se rapproche du second bouton de sa chemise et je l'entends retenir son souffle.

— Je ne te toucherai pas si tu ne le veux pas.

— Non, répond-il aussitôt. Fais-le. Ça va. Je suis prêt, marmonne-t-il.

Je défais doucement le bouton et mes doigts glissent sur la chemise jusqu'au prochain. Ses yeux brillants sont grands ouverts et son souffle court cherche un passage entre ses lèvres entrouvertes. Il est si beau, même dans la peur… parce qu'il a peur. Je défais le troisième bouton et ses poils surgissent du grand V de la chemise.

— Je veux t'embrasser là, dis-je dans un murmure.

Il inspire brutalement.

— M'embrasser ?

— Oui.

Il suffoque lorsque je défais le bouton suivant et me penche très lentement sans cacher mon intention. Il retient sa respiration mais ne bronche pas quand je dépose un tendre baiser sur ses boucles douces. Je défais le dernier bouton et lève le visage vers lui. Il me regarde avec une expression de satisfaction, de calme et... d'émerveillement.

— Ça devient plus facile, n'est-ce pas ? je remarque.

Il hoche la tête pendant que je repousse lentement sa chemise de ses épaules et la laisse tomber par terre.

— Qu'est-ce que tu m'as fait, Ana ? murmure-t-il. Peu importe, ne t'arrête pas.

Et il me serre dans ses bras, plongeant ses deux mains dans mes cheveux et rejetant ma tête en arrière afin d'avoir accès à ma gorge.

Il fait courir ses lèvres sur ma mâchoire en me mordillant doucement. Je grogne. Oh, comme j'ai envie de cet homme. Mes doigts tâtonnent à la taille de son pantalon, je défais le bouton et descends sa braguette.

— Oh, bébé, souffle-t-il en m'embrassant derrière l'oreille.

Je sens son érection, ferme et dure, tendue contre moi. Je le veux – dans ma bouche. Je recule brutalement et me laisse tomber à genoux.

— Aaah ! s'étrangle-t-il.

Je tire d'un coup sur son pantalon et son boxer, et son sexe se libère comme un ressort. Avant qu'il ne puisse m'arrêter, je le prends dans ma bouche et le suce fort en savourant son étonnement. Il baisse les yeux sur moi et observe le moindre de mes gestes, ses yeux si sombres emplis d'extase. *Oh mon Dieu.* Je protège mes dents et le suce encore plus fort. Il ferme les yeux et s'abandonne à ce délicieux plaisir sensuel. Je sais ce que je lui fais et c'est hédoniste, libérateur et sexy en diable. Ce sentiment me fait tourner la tête, je ne suis pas seulement puissante, je suis partout.

— Putain, siffle-t-il en prenant doucement ma tête entre ses mains.

Il bascule le bassin pour s'enfoncer plus profondément dans ma bouche. Oh oui, j'ai envie de ça et je fais tourner ma langue autour de son sexe, en le branlant fort… encore et encore.

— Ana.

Il essaie de reculer.

Oh non, n'y compte pas, Grey. J'ai envie de toi. J'agrippe fermement ses hanches en redoublant d'efforts et je sais qu'il est près de jouir.

— Je t'en prie, halète-t-il. Je vais venir, Ana, grogne-t-il.

Bien. Ma déesse intérieure rejette la tête en arrière d'euphorie et il se répand bruyamment dans ma bouche.

Il ouvre ses yeux gris limpides et me regarde. Je lui souris en me léchant les lèvres. Il me sourit à son tour. Un sourire pervers et salace.

— Oh, vous voulez donc jouer à ça, mademoiselle Steele ?

Il se penche, passe ses mains sous mes bras et me relève. Soudain sa bouche s'empare de la mienne. Il grogne.

— Je sens mon goût. Je préfère le tien, murmure-t-il contre mes lèvres.

Il soulève mon tee-shirt pour me l'enlever et le jette par terre, puis il me balance sur le lit. Il attrape le bas de mon survêtement et tire brutalement dessus en un mouvement rapide. Je suis nue en dessous, étalée sur son lit. J'attends. J'attends. Il me boit du regard et lentement il ôte ses derniers vêtements sans me quitter des yeux.

— Tu es une femme superbe, Anastasia, susurre-t-il.

Mmm… Je penche la tête sur le côté avec coquetterie et lui adresse un sourire radieux.

— Tu es un homme superbe, Christian, et tu as très bon goût.

Nouveau sourire pervers et il prend la barre d'écartement. Il saisit ma cheville gauche, l'attache rapidement dans la menotte, en serrant fort la boucle – mais pas trop non plus. Il vérifie l'espace qui me reste en glissant son auriculaire entre la sangle et ma cheville. Il ne me quitte pas des yeux ; il n'a pas besoin de regarder ce qu'il fait. Hmm… *Il l'a déjà fait.*

— J'aimerais bien savoir quel goût vous avez. Si je me souviens bien, vous êtes une friandise, rare et exquise, mademoiselle Steele.

Oh.

Attrapant mon autre cheville, il la menotte rapidement et efficacement de sorte que mes pieds sont écartés d'environ soixante centimètres.

— Ce qu'il y a de bien avec cette barre, c'est qu'elle s'allonge, murmure-t-il.

Il fait cliquer quelque chose sur la barre, puis pousse afin que mes jambes s'écartent davantage. *Waouh, un mètre*. J'en reste bouche bée et j'inspire profondément. Bordel, c'est excitant. Je suis en feu, impatiente et pleine de désir.

Christian se lèche la lèvre inférieure.

— Oh, nous allons nous amuser avec ça, Ana.

Il se baisse et tourne la barre afin que je me retrouve sur le ventre. Cela me prend par surprise.

— Tu vois ce que je peux te faire ? dit-il d'une voix sombre.

Il retourne à nouveau la barre brutalement et je me retrouve une fois de plus sur le dos, le souffle coupé.

— Ces autres menottes sont pour tes poignets. Je vais y réfléchir. Cela dépend si tu te comportes bien ou pas.

— Quand est-ce que je ne me suis pas bien comportée ?

— Je peux trouver quelques infractions, dit-il doucement en faisant courir ses doigts sur la plante de mes pieds.

Cela me chatouille mais, même si je me tortille pour essayer d'échapper à ses doigts, la barre me maintient en place.

— Ton BlackBerry, pour commencer.

— Que vas-tu faire ?

— Oh, je ne dévoile jamais mes plans.

Il a un petit sourire satisfait et ses yeux brillent de malice.

Waouh. Il est sexy à vous faire perdre la tête. Il rampe sur le lit et s'agenouille entre mes jambes, merveilleusement nu. Je me sens vulnérable.

— Mmm. Vous êtes tellement ouverte, mademoiselle Steele.

Il fait courir les doigts de ses deux mains sur l'intérieur de mes jambes, lentement, sûrement, en dessinant des petits motifs circulaires. Sans jamais rompre notre échange de regards.

— Tout est question d'anticipation, Ana. Que vais-je te faire ?

Ses paroles prononcées d'une voix suave pénètrent directement dans ma partie la plus profonde. Je me tortille sur le lit en gémissant. Ses doigts poursuivent leur lent assaut en remontant sur mes jambes puis passent derrière mes genoux. Instinctivement, j'essaie de resserrer mes cuisses. En vain.

— Rappelle-toi, s'il y a quelque chose qui te déplaît, tu me dis juste d'arrêter, murmure-t-il.

Il se baisse vers mon ventre, l'embrasse et le suçote doucement, pendant que ses mains, qui continuent leur voyage lent et tortueux à l'intérieur de mes cuisses, me frôlent et me taquinent.

— Oh, Christian, je t'en prie.

— Oh, mademoiselle Steele, j'ai découvert que vous aussi pouviez être cruelle avec moi dans vos assauts amoureux. Je pense que je devrais vous retourner la faveur.

Mes doigts agrippent la couette alors que je m'abandonne à lui, sa bouche descendant doucement vers le sud, ses doigts remontant vers le nord, jusqu'au sommet ouvert et vulnérable de mes cuisses. Je grogne quand il glisse ses doigts en moi et je rue du bassin pour aller à leur rencontre. Christian gémit en réponse.

— Tu ne cesseras jamais de m'étonner, Ana. Tu es si mouillée, susurre-t-il à la lisière de la toison de mon pubis.

Mon corps se cambre quand sa bouche me trouve. *Oh mon Dieu.*

Commence alors un assaut lent et sensuel, sa langue ne cessant de virevolter tandis que ses doigts se démènent en moi. Parce que je ne peux serrer les jambes, ni bouger, c'est intense, vraiment intense. Mon dos s'arque pendant que j'essaie d'absorber les sensations.

— Oh Christian ! je crie.

— Je sais, bébé, chuchote-t-il.

Et, comme pour me soulager, il souffle doucement sur la partie la plus sensible de mon corps.

— Aaah ! Je t'en prie !

— Dis mon nom, m'ordonne-t-il.

— Christian.

Je reconnais à peine ma voix, elle est tellement aiguë et avide.

— Encore, souffle-t-il.

— Christian, Christian, Christian Grey.

Je crie fort.

— Tu es à moi.

Sa voix est douce et fatale. D'un dernier coup de langue, il me fait chuter – de manière spectaculaire – et j'embrasse mon orgasme. Parce que mes jambes sont tellement écartées, cela dure et dure, et je suis perdue.

Je suis vaguement consciente que Christian m'a retournée sur le ventre.

— On va essayer ça, bébé. Si tu n'aimes pas ou si c'est trop inconfortable, tu me le dis et on arrêtera.

Quoi ? Je suis trop perdue dans ma jouissance pour avoir des pensées conscientes ou cohérentes. Je suis assise sur les genoux de Christian. Comment est-ce arrivé ?

— Penche-toi en avant, me murmure-t-il à l'oreille. Tête et torse sur le lit.

Hébétée, je m'exécute. Il me tire les deux mains en arrière et les menotte à la barre, près de mes chevilles. *Oh*… Mes genoux sont repliés, mon cul en l'air, complètement vulnérable, complètement à lui.

— Ana, tu es tellement belle.

Il parle d'une voix émerveillée et j'entends qu'il déchire un étui de préservatif. Il fait courir ses doigts de la base de ma colonne vertébrale vers mon sexe et marque une pause sur mon cul.

— Quand tu seras prête, je voudrai ça aussi.

Son doigt plane au-dessus de moi. Je suffoque et me tends lorsque je le sens me tester doucement.

— Pas aujourd'hui, douce Ana, mais un jour… Je te veux de toutes les manières. Je veux posséder le moindre centimètre carré de ton corps. Tu es à moi.

Je pense au plug anal et tout se crispe en moi. Ses paroles me font gémir et ses doigts descendent pour revenir en territoire plus familier.

Quelques secondes plus tard, il me pilonne.

— Aaah ! Doucement !

Je crie et il s'immobilise.

— Ça va ?

— Doucement… Laisse-moi m'habituer.

Il se retire lentement puis s'enfonce de nouveau avec précaution. Il m'emplit, m'étire, deux fois, trois, et je m'abandonne.

— Oui, bien. C'est bon maintenant.

Je murmure en me délectant de la sensation. Il grogne et accélère le rythme. Il bouge, il bouge… sans s'arrêter… plus loin, plus loin, il me remplit… et c'est exquis. Il y a de la joie dans ma vulnérabilité, de la joie dans le fait que je m'abandonne à lui, et de savoir qu'il peut se perdre en moi de la manière qu'il veut. Je peux le faire. Il m'emmène dans ces endroits obscurs, ces endroits dont j'ignorais l'existence et qu'ensemble nous remplissons d'une lumière aveuglante. Oh oui… Une lumière éblouissante et aveuglante.

Et je me laisse aller, fière de ce qu'il me fait, trouvant une douce, si douce délivrance lorsque j'ai un nouvel orgasme. C'est fort. Je crie son nom. Et il se fige, déversant son cœur et son âme en moi.

— Ana, bébé, crie-t-il avant de s'effondrer à mon côté.

Ses doigts habiles défont les liens et il me frotte les chevilles et les poignets. Quand il a fini et que je suis enfin libérée, il me prend dans ses bras et je m'endors, épuisée.

Lorsque je fais de nouveau surface, je suis blottie contre lui et il me contemple. Je n'ai aucune idée de l'heure.

— Je pourrais te regarder dormir des heures, Ana, murmure-t-il avant de m'embrasser le front.

Je souris et bouge langoureusement près de lui.

— Je ne te laisserai jamais partir, ajoute-t-il tendrement en m'entourant de ses bras.

Mmm.

— Je ne partirai jamais. Ne me laisse jamais partir, dis-je d'une voix endormie, mes paupières refusant de s'ouvrir.

— J'ai besoin de toi, chuchote-t-il.

Mais sa voix n'est plus qu'une part éthérée et lointaine de mes rêves.

Il a besoin de moi… besoin de moi… et alors que je glisse enfin dans l'obscurité, mes dernières pensées sont pour ce petit garçon, aux yeux gris et aux cheveux cuivrés, sales et en bataille, qui me sourit timidement.

17.

Mmm.

Christian enfouit son nez dans mon cou tandis que je me réveille lentement.

— Bonjour, bébé, murmure-t-il en me mordillant le lobe de l'oreille.

J'ouvre les yeux en battant des paupières et les referme aussitôt. La lumière vive du petit matin inonde la chambre et Christian taquine doucement ma poitrine. Puis sa main se déplace pour agripper ma hanche alors qu'il est étendu contre moi, me serrant contre lui.

Je m'étire et savoure sa caresse. Je sens son érection contre mes fesses. *Oh mon Dieu.* Un réveil à la Christian Grey.

— Tu es content de me voir, fais-je remarquer d'une voix ensommeillée, en me tortillant de manière suggestive contre lui.

Son sourire se dessine contre ma mâchoire.

— Je suis très content de te voir, répond-il en faisant glisser sa main sur mon ventre, et plus bas pour la poser en coupe sur mon sexe et l'explorer de ses doigts. Il y a des avantages certains à se réveiller à votre côté, mademoiselle Steele, déclare-t-il d'un ton badin avant de me tourner pour que je sois allongée sur le dos. Tu as bien dormi ? me demande-t-il alors que ses doigts poursuivent leur torture sensuelle.

Il m'adresse son sourire éblouissant de top-model américain aux dents parfaites, à vous faire tomber raide.

Je commence à me déhancher au rythme de la danse de ses doigts. Il m'embrasse chastement sur les lèvres puis descend le long de mon cou, en me mordillant lentement, m'embrassant et me suçotant en chemin. Je gémis. Il est doux et son contact est léger et divin. Ses doigts intrépides cheminent plus bas et il en glisse un lentement en moi, en soufflant calmement d'admiration.

— Oh, Ana, murmure-t-il contre ma gorge. Tu es toujours prête.

Il bouge son doigt au rythme de ses baisers tandis que ses lèvres voyagent tranquillement sur ma clavicule, puis vers ma poitrine. Il tourmente d'abord un téton, puis l'autre avec ses dents et ses lèvres, mais si doucement qu'ils finissent par durcir et pointer en une douce réponse.

Je gémis encore.

— Mmm, grogne-t-il.

Il lève la tête et m'adresse un regard ardent.

— J'ai envie de toi maintenant.

Il tend la main vers la table de chevet, puis se déplace sur moi en appuyant son poids sur ses coudes, et frotte son nez contre le mien pendant qu'il m'écarte les jambes avec les siennes. Il s'agenouille et déchire l'étui du préservatif.

— J'ai hâte d'être samedi, dit-il, l'œil grivois.

— Ta fête d'anniversaire ?

Je suis pantelante.

— Non. Je n'aurai plus à mettre ces saloperies.

— Judicieusement nommées, dis-je en gloussant.

Il a un petit sourire en coin en enfilant le préservatif.

— Êtes-vous en train de glousser, mademoiselle Steele ?

— Non.

J'essaie en vain de me ressaisir.

— Ça n'est pas le moment de glousser.

Il secoue la tête pour me réprimander et sa voix est basse et sévère, mais son expression – *putain* – est tout à la fois glaciale et volcanique.

Mon souffle se bloque dans ma gorge.

— Je pensais que tu aimais m'entendre glousser.

Je murmure d'une voix rauque en plongeant mon regard dans les sombres profondeurs de ses yeux orageux.

— Pas là. Il y a un moment pour glousser. Ce n'est ni le moment ni le lieu. Il faut que je te fasse taire et je crois savoir comment, dit-il d'un ton menaçant.

Son corps couvre le mien.

— Que prendrez-vous pour le petit déjeuner, Ana ?

— Je prendrai juste du muesli. Merci, madame Jones.

Je rougis en m'installant à ma place au comptoir de la cuisine, à côté de Christian. La dernière fois que j'ai croisé les yeux de la très digne Mme Jones, Christian m'emportait sur ses épaules, et sans cérémonie, dans sa chambre.

— Tu es ravissante, me dit tendrement Christian.

Je porte de nouveau ma jupe crayon et un chemisier de soie gris.

— Toi aussi.

Je lui souris timidement. Il porte une chemise bleu pâle et un jean et il semble détendu, tout frais et parfait, comme toujours.

— Nous devrions t'acheter de nouvelles jupes, dit-il d'un air absent. En fait, j'aimerais t'emmener faire du shopping.

Hum, du shopping. Je déteste ça. Mais avec Christian, peut-être que ça ne sera pas pareil. Je décide de changer de sujet de discussion comme meilleure technique de défense.

— Je me demande ce qui va se passer aujourd'hui au bureau.

— Ils vont devoir remplacer le vicelard.

Christian fronce les sourcils en prenant la mine dégoûtée de quelqu'un qui vient de marcher dans quelque chose d'extraordinairement déplaisant.

— J'espère que mon nouveau boss sera une femme.

— Pourquoi ?

— Eh bien, il sera alors peu probable que tu t'opposes à des déplacements avec elle, dis-je pour le taquiner.

Ses lèvres répriment un sourire et il s'attaque à son omelette.

— Qu'y a-t-il de si amusant ? dis-je.

— Toi. Mange ton muesli, et finis-le, si c'est tout ce que tu prends ce matin.

Autoritaire. Je fais la grimace mais je plonge ma cuillère dans les céréales.

— Alors la clé va là.

Christian désigne le démarreur sous le levier de vitesse.

— Drôle d'endroit, fais-je remarquer.

Mais je m'émerveille du moindre détail, me trémoussant comme une petite fille sur le confortable siège en cuir. Christian me laisse enfin conduire ma voiture !

Il me considère d'un air détendu.

— Tout ça t'excite beaucoup, n'est-ce pas ? demande-t-il, amusé.

J'acquiesce avec un sourire idiot.

— Sens l'odeur de voiture neuve. C'est bien mieux que la Spéciale Soumise… euh, l'A3, je corrige aussitôt en rougissant.

Christian fait la moue.

— La Spéciale Soumise, hein ? Vous avez une drôle de façon de vous exprimer, mademoiselle Steele.

Il s'adosse au siège avec l'air faussement désapprobateur mais je ne me laisse pas avoir. Je sais qu'il s'amuse.

— Eh bien, allons-y.

D'un geste il indique la sortie du garage.

Je frappe des mains, démarre la voiture et le moteur ronronne. Je passe la vitesse, relâche la pédale de frein et la Saab avance doucement. Taylor démarre l'Audi derrière nous et, une fois la barrière du garage levée, il nous suit hors de l'Escala.

— On peut allumer la radio ? dis-je au premier stop.

— Je voudrais que tu te concentres, répond-il sévèrement.

— Christian, je t'en prie, je peux conduire avec de la musique.

Je lève les yeux au ciel. Il soupire avant de tendre la main vers la radio.

— Tu peux mettre ton iPod ou des MP3 ou des CD, murmure-t-il.

Les notes mélodieuses, quoiqu'un peu trop fortes, de Police remplissent soudain l'habitacle. Christian baisse le son. Hum. *King of Pain.*

— Ton hymne.

Je le taquine mais le regrette aussitôt quand il pince les lèvres. *Oh non.*

— J'ai cet album... quelque part dans l'appartement dans lequel j'ai passé si peu de temps.

Je me demande comment va Ethan. Je devrais l'appeler aujourd'hui. Je n'aurai pas grand-chose à faire au bureau.

Soudain, l'angoisse me tord le ventre. Que va-t-il se passer quand je vais arriver au travail ? Tout le monde sera-t-il au courant à propos de Jack ? Les gens connaîtront-ils l'implication de Christian ? Aurai-je encore un travail ? Pffiou, si je n'ai plus de travail, que vais-je faire ?

Tu épouseras le multimillionnaire, Ana ! Ma conscience arbore son expression narquoise. Je l'ignore, salope de rapace.

— Hé, mademoiselle la Petite Maligne. Revenez parmi nous.

Christian me ramène à la réalité lorsque je m'arrête au feu suivant.

— Tu es trop distraite. Concentre-toi, Ana, me reprend-il. On a des accidents quand on ne se concentre pas.

Oh, pour l'amour de Dieu. Et soudain je suis catapultée à l'époque où Ray m'apprenait à conduire. Je n'ai pas besoin d'un autre père. Un époux peut-être, un époux pervers. *Mmm.*

— Je pensais au travail.

— Bébé, ça va bien se passer. Fais-moi confiance.

Christian sourit.

— Je t'en prie, n'interviens pas. Je veux gérer ça toute seule, Christian. S'il te plaît. C'est important pour moi, dis-je aussi gentiment que possible.

Je n'ai pas envie de m'engueuler. Il pince de nouveau les lèvres et j'ai le sentiment qu'il va encore me réprimander.

Oh non.

— Ne nous disputons pas, Christian. C'était tellement bien ce matin. Et cette nuit, c'était... (Les mots me manquent.) Divin.

Il ne dit rien. Je lui jette un regard en coin : il a fermé les yeux.

— Oui. Divin, répète-t-il doucement. Et je pensais ce que je t'ai dit.

— Quoi ?

— Je ne te laisserai pas partir.

— Je ne veux pas partir.

Il a ce nouveau sourire timide qui dissout tout sur son passage. Bon sang, c'est puissant.

— Bien, dit-il simplement, plus détendu.

Je m'engage dans le parking à un pâté de maisons du bâtiment de SIP.

— Je vais t'accompagner jusqu'au bureau. Taylor viendra me chercher devant l'immeuble, me propose Christian.

Je descends un peu gauchement de la voiture, empêtrée dans ma jupe crayon, tandis que Christian sort de son côté, parfaitement à l'aise dans son corps – du moins c'est l'impression qu'il donne. Hmm... Quelqu'un qui ne supporte pas d'être touché ne peut être à ce point à l'aise. Cette drôle d'idée me déconcerte soudain.

— N'oublie pas que nous voyons Flynn à 19 heures, dit-il en me tendant la main.

Je verrouille la voiture avec la télécommande et lui prends la main.

— Je n'oublierai pas. Je vais dresser une liste de questions.

— Des questions ? À mon sujet ?

Je hoche la tête.

— Je peux répondre à toutes les questions que tu te poses sur moi.

Il a l'air blessé. Je lui souris.

— Oui, mais je veux l'avis objectif et hors de prix du charlatan.

Il fronce les sourcils et m'attire soudain dans son étreinte en maintenant mes mains serrées dans mon dos.

— Est-ce une bonne idée ? demande-t-il d'une voix rauque.

Je me penche en arrière pour voir l'angoisse surgir, énorme, dans ses yeux écarquillés. Cela me déchire le cœur.

— Si tu ne veux pas, je ne le ferai pas.

Je l'observe en clignant des paupières. J'ai envie d'effacer son inquiétude. Je libère une de mes mains et lui caresse tendrement la joue – il est rasé de près et sa peau est douce.

— Qu'est-ce qui t'inquiète ? dis-je d'une voix apaisante.

— Que tu t'en ailles.

— Christian, combien de fois dois-je te le répéter, je ne m'en vais nulle part. Tu m'as déjà avoué le pire. Je ne te quitte pas.

— Alors pourquoi tu ne m'as pas répondu ?

— Je ne t'ai pas répondu ? fais-je hypocritement.

— Tu sais de quoi je parle, Ana.

Je soupire.

— Je veux être certaine de pouvoir te suffire, Christian. C'est tout.

— Et tu ne veux pas me croire quand je te l'assure ?

Il me relâche, exaspéré.

— Christian, tout va si vite. Et tu l'as toi-même admis, tu es composé de cinquante nuances de folie. Je ne peux pas te donner ce dont tu as besoin. Ce n'est tout simplement pas mon truc. C'est pour cette raison que je ne me sens pas à la hauteur. C'est ce qui est arrivé quand je t'ai vu avec Leila. Comment être sûre que tu ne vas pas un jour rencontrer une femme qui aime faire ce que tu fais ? Et qui sait si tu ne vas pas, tu sais… tomber amoureux d'elle ? D'une femme qui conviendrait plus à tes besoins…

Imaginer Christian avec une autre me donne la nausée. Je baisse les yeux sur mes doigts crispés.

— J'ai connu plusieurs femmes qui aimaient faire la même chose que moi. Aucune d'elles ne m'a attiré comme toi. Je n'ai jamais eu d'affinité émotionnelle avec aucune d'entre elles. Ça n'est arrivé qu'avec toi, Ana.

— Parce que tu ne leur as jamais donné cette chance. Tu as passé trop de temps enfermé dans ta forteresse, Christian. Écoute, on en discutera plus tard. Il faut que j'aille travailler. Le Dr Flynn pourra peut-être nous donner son point de vue.

La discussion est bien trop grave pour se dérouler sur un parking à 8 heures et, pour une fois, Christian semble être d'accord. Il hoche la tête, mais son regard reste méfiant.

— Viens, m'ordonne-t-il en me tendant la main.

Quand j'arrive à mon bureau, je trouve une note me demandant de me rendre aussitôt dans le bureau d'Elizabeth. J'ai le cœur au bord de l'explosion. *Ça y est. Je vais me faire virer.*

— Anastasia.

Elizabeth me sourit gentiment en me désignant une chaise devant son bureau. Je m'assois et la regarde, dans l'expectative, en espérant qu'elle ne peut pas entendre mon cœur battre à tout rompre. Elle lisse ses épais cheveux noirs et me dévisage avec sérieux de ses yeux bleu clair.

— J'ai des nouvelles plutôt mauvaises à vous annoncer.

Mauvaises ! Oh non.

— Je vous ai demandé de venir pour vous annoncer que Jack a quitté la société de manière plutôt inattendue.

Je rougis. Ce n'est pas triste pour moi. Dois-je lui préciser que je suis au courant ?

— Son départ plutôt hâtif a laissé son poste vacant et nous souhaiterions que vous le remplaciez pour le moment, jusqu'à ce que nous trouvions quelqu'un d'autre.

Quoi ? Ma tête se vide de tout son sang. *Moi ?*

— Mais ça fait à peine plus d'une semaine que je suis ici.

— Oui, Anastasia, je comprends, mais Jack a toujours vanté vos mérites. Il avait placé de grands espoirs en vous.

J'en ai le souffle coupé. Il avait surtout le grand espoir de me grimper dessus, oui.

— Voici la définition précise du poste. Lisez-la soigneusement et nous pourrons en reparler plus tard.

— Mais…

— Je sais que c'est soudain, mais vous avez déjà été en contact avec les auteurs clés de Jack. Vos rapports de lecture ne sont pas passés inaperçus auprès des autres éditeurs. Vous êtes astucieuse, Anastasia. Nous pensons tous que vous en êtes capable.

— D'accord.

C'est surréaliste.

— Écoutez, réfléchissez-y. En attendant, vous pouvez occuper le bureau de Jack.

Elle se lève et me congédie en me tendant la main. Je la lui serre dans un état de stupéfaction absolue.

— Je suis contente qu'il soit parti, murmure-t-elle alors qu'une ombre traverse son visage.

Putain. Que lui a-t-il fait ?

De retour à mon bureau, je prends mon BlackBerry pour appeler Christian. Il répond à la deuxième sonnerie.

— Anastasia, ça va ? demande-t-il, inquiet.

— Ils viennent juste de me donner le boulot de Jack, enfin, temporairement, dis-je d'une traite.

— Tu plaisantes, chuchote-t-il, stupéfait.

— Tu as quelque chose à voir avec ça ?

Ma voix est plus dure que je n'aurais voulu.

— Non. Non, pas du tout. Je veux dire, avec tout le respect que je te dois, Anastasia, cela fait à peine plus d'une semaine que tu es dans cette boîte, et je ne dis pas ça méchamment.

— Je sais.

Je fronce les sourcils.

— Apparemment Jack m'estimait beaucoup.

— Tiens donc ?

Le ton de Christian est glacial. Puis il soupire.

— Eh bien, bébé, s'ils pensent que tu en es capable, je suis certain que tu l'es. Félicitations. Nous devrions peut-être fêter ça après avoir vu Flynn.

— Hum. Tu es certain de ne rien à voir avec cette décision ?

Il se tait une minute avant de répondre d'une voix sourde et menaçante :

— Tu doutes de moi ? Ça m'insupporte.

Je déglutis. Bon sang, il se met si facilement en colère.

— Je suis désolée.

— Si tu as besoin de quoi que ce soit, fais-le-moi savoir. Je serai là. Anastasia ?

— Quoi ?

— Sers-toi de ton BlackBerry, ajoute-t-il, laconique.

— Oui, Christian.

Il ne raccroche pas comme je m'y attends, mais inspire profondément.

— Je veux dire : si tu as besoin de moi, je suis là.

Ses paroles sont plus douces et conciliantes. Il est tellement lunatique… Ses changements d'humeur suivent le rythme d'un métronome réglé sur *presto*.

— D'accord, dis-je. Je ferais mieux d'y aller. Il faut que je change de bureau.

— Si tu as besoin de moi, je suis là, répète-t-il.

— Je sais. Merci, Christian. Je t'aime.

Je sens son sourire au bout du fil. Je l'ai reconquis.

— Je t'aime aussi, bébé.

Vais-je un jour me lasser de ces mots ?

— On se parle plus tard.

— À plus, bébé.

Je raccroche et jette un coup d'œil vers le bureau de Jack. Mon bureau. Bordel, Anastasia Steele, éditrice. Qui l'aurait cru ? Je devrais demander une augmentation.

Qu'en penserait Jack s'il le savait ? Je frémis à cette idée et me demande, mine de rien, de quelle manière il passe sa matinée. De toute évidence, pas à New York comme il s'y attendait. Je me rends tranquillement dans mon nouveau bureau, m'y assois et commence à lire la définition du poste.

À 12 h 30, Elizabeth m'appelle.

— Ana, nous avons besoin de vous à la réunion de 13 heures dans la grande salle. Jerry Roach et Kay Bestie seront présents ; vous savez, le président et la vice-présidente de la société ? Tous les éditeurs assistent à cette réunion.

Merde !

— Je dois préparer quelque chose ?

— Non, c'est juste une séance informelle que nous tenons tous les mois. Nous déjeunerons en salle de réunion.

— J'y serai.

Je raccroche.

Putain ! Je consulte la liste des auteurs actuels de Jack. Oui, je les ai déjà plus ou moins étudiés. J'ai les quatre manuscrits qu'il défendait, plus deux autres, dont on devrait vraiment envisager la publication. Je prends une profonde inspiration, je n'arrive pas à croire que c'est déjà l'heure du déjeuner. La journée a filé et j'adore ça. J'ai eu tellement de choses à intégrer ce matin. Un *ping* provenant de mon calendrier m'annonce un rendez-vous.

Oh non, Mia ! Avec toute cette excitation, j'ai oublié notre déjeuner. Je pêche mon BlackBerry dans mon sac et j'essaie comme une folle de retrouver son numéro.

Mon téléphone sonne.

— C'est lui, à l'accueil.

Claire parle d'une voix étouffée.

— Qui ?

Pendant une seconde, je crois qu'il s'agit de Christian.

— Le dieu blond.

— Ethan ?

Oh, mais que veut-il ? Je me sens aussitôt coupable de ne pas l'avoir appelé.

Ethan, vêtu d'une chemise bleue à carreaux, d'un teeshirt blanc et d'un jean, m'accueille avec un sourire radieux.

— Waouh ! Tu es sexy, Steele ! dit-il en hochant la tête d'un air appréciateur.

Il m'étreint rapidement.

— Tout va bien ? dis-je.

Il fronce les sourcils.

— Tout va bien, Ana. Je voulais juste te voir. Ça faisait un moment que je n'avais pas eu de nouvelles et je voulais m'assurer que M. le Magnat te traitait bien.

Je rougis sans pouvoir retenir un sourire.

— O.K. ! s'exclame Ethan en levant les mains. J'ai ma réponse avec ce sourire secret. Je ne veux pas en savoir davantage. Je passais à tout hasard pour voir si tu étais libre pour déjeuner. Je commence mes cours de psycho à Seattle en septembre. Pour mon master.

— Oh, Ethan. Il s'est passé tellement de choses. J'ai des tonnes de trucs à te raconter, mais pas maintenant. J'ai une réunion.

Une idée me vient d'un coup à l'esprit.

— Et je me demande si tu pourrais me rendre un très très grand service.

Je joins les mains d'un air implorant.

— Bien sûr, répond-il, amusé par ma supplique.

— Je suis censée déjeuner avec la sœur de Christian et d'Elliot, mais je n'arrive pas à la joindre et cette réunion vient juste de me tomber dessus. S'il te plaît, tu ne voudrais pas l'emmener à ma place ? Je t'en prie.

— Hé, Ana ! Je n'ai pas envie de faire du baby-sitting avec une morveuse.

— S'il te plaît, Ethan.

Je lui adresse mon plus joli regard bleu. Il lève les yeux au ciel et je sais que j'ai gagné.

— Tu me feras à dîner ? marmonne-t-il.

— Sûr, ce que tu veux, quand tu veux.

— Alors où est-elle ?

— Elle va arriver.

Et, à point nommé, j'entends sa voix.

— Ana ! crie-t-elle depuis la porte d'entrée.

Nous nous retournons en même temps. La voilà, grande et bien faite avec son carré noir élégant. Elle porte une minirobe vert menthe et des escarpins à talons assortis avec des brides autour de ses chevilles minces. Elle est à tomber.

— La morveuse ? chuchote-t-il, stupéfait.

— Oui, la morveuse qu'il faut baby-sitter. Salut, Mia !

Je la prends rapidement dans mes bras pendant qu'elle fixe Ethan plutôt ouvertement.

— Mia, je te présente Ethan, le frère de Kate.

Il hoche la tête, en haussant les sourcils de surprise. Mia cligne plusieurs fois des yeux en lui tendant la main.

— Ravi de te rencontrer, murmure Ethan.

Mia bat de nouveaux des cils, silencieuse pour une fois. Et elle rougit.

Oh mon Dieu, je crois que je ne l'ai jamais vue rougir.

— Je ne peux pas déjeuner avec toi, dis-je sans conviction. Ethan a accepté de t'accompagner, ça te va ? On peut remettre ça à un autre jour ?

— Bien sûr, répond-elle calmement.

Mia, calme. Une nouveauté.

— Bon, je prends le relais. À plus, Ana, dit Ethan en offrant son bras à Mia.

Elle l'accepte avec un sourire timide.

— Au revoir, Ana. (Mia se tourne vers moi et articule silencieusement :) Oh mon Dieu !

Elle m'adresse un clin d'œil exagéré.

Il lui plaît ! Je leur fais un signe de la main lorsqu'ils quittent l'immeuble. Je me demande ce que penserait Christian du fait que sa sœur flirte. Cette pensée me met mal à l'aise. Elle a mon âge, il ne peut pas vraiment s'y opposer, si ?

Oui, mais on a affaire à Christian. Ma conscience narquoise est de retour, la langue bien pendue, vêtue d'un gilet, le sac à main dans le creux du bras. Je me débarrasse de cette image. Mia est une femme adulte et Christian peut devenir raisonnable, n'est-ce pas ? Je repousse cette pensée et retourne dans le bureau de Jack… mon bureau, pour me préparer pour la réunion.

J'y reviens à 15 h 30. La réunion s'est bien passée. Je me suis assuré l'accord pour les deux manuscrits que je défendais. C'est un sentiment enivrant.

Sur mon bureau est posé un énorme panier en osier rempli de magnifiques roses blanches et rose pâle. *Waouh* – leur parfum est divin. Je prends la carte en souriant. Je sais qui me les a envoyées.

Félicitations, mademoiselle Steele,
Et tout ça toute seule !
Sans aucune aide de votre voisin P-DG
trop amical et mégalo
Je t'aime
Christian

Je prends mon BlackBerry pour lui envoyer un message.

De : Anastasia Steele
Objet : Mégalomaniaque…
Date : 16 juin 2011 15:43
À : Christian Grey

… est mon genre préféré de maniaque. Merci pour les fleurs, elles sont superbes. Elles ont été livrées dans un énorme panier en osier qui me rappelle les pique-niques avec leurs nappes.
Bisous

De : Christian Grey
Objet : Air frais
Date : 16 juin 2011 15:55
À : Anastasia Steele

Maniaque, hein ? Le Dr Flynn pourrait avoir à dire quelque chose à ce sujet.
Tu aimerais aller pique-niquer ?
Nous pourrions nous amuser dans la nature, Anastasia…
Comment se passe ta journée, bébé ?

Christian Grey
P-DG, Grey Enterprises Holdings, Inc.

Oh mon Dieu. Je rougis en lisant sa réponse.

De : Anastasia Steele
Objet : Fiévreuse…
Date : 16 juin 2011 16:00
À : Christian Grey

La journée est passée à toute allure. J'ai à peine eu un moment pour moi pour penser à autre chose qu'au travail. Je crois que je peux m'en sortir ! Je t'en dirai plus à la maison.
La nature semble… intéressante.
Je t'aime
A.

P.-S. : ne t'en fais pas au sujet du Dr Flynn.

Mon téléphone sonne. C'est Claire de l'accueil, qui veut à tout prix savoir qui m'a envoyé les fleurs et ce qui est arrivé à Jack. Je me suis retranchée dans mon bureau toute la journée et les bavardages m'ont manqué. Je lui réponds rapidement que les fleurs viennent de mon petit ami et que je sais pas grand-chose concernant le départ de Jack. Mon BlackBerry vibre et je reçois un autre message de Christian.

De : Christian Grey
Objet : Je vais essayer…
Date : 16 juin 2011 16:09
À : Anastasia Steele

… de ne pas m'en faire.
À plus, bébé

Christian Grey
P-DG, Grey Enterprises Holdings, Inc.

À 17 h 30, je range mon bureau. Je n'arrive pas à croire que cette journée soit passée si vite. Je dois retourner à l'Escala me préparer pour le rendez-vous avec le Dr Flynn. Je n'ai même pas eu le temps de réfléchir aux questions que je veux lui poser. Nous pourrions avoir un premier rendez-vous ce soir et Christian accepterait peut-être que je le revoie par la suite. Je me débarrasse de cette pensée d'un haussement d'épaules en sortant à toute allure de mon bureau et en adressant un rapide signe de la main à Claire.

Il faut aussi que je pense à l'anniversaire de Christian. Je sais ce que je vais lui offrir. J'aimerais qu'il l'ait ce soir avant qu'on ne rencontre Flynn mais comment vais-je y arriver ? À côté du parking se trouve une petite boutique de souvenirs pour touristes. Prise d'une inspiration subite, je me précipite à l'intérieur.

Lorsque j'entre dans le salon une demi-heure plus tard, Christian est au téléphone, debout face à la baie vitrée. Il se tourne avec un sourire radieux et met fin à sa discussion.

— Ros, c'est super. Dites-le à Barney, et on continue comme ça… Au revoir.

Il s'approche de moi à grands pas alors que je me tiens toujours, timide, sur le seuil. Il s'est changé et porte un jean et un tee-shirt blanc, sexy comme un mauvais garçon. *Waouh.*

— Bonsoir, mademoiselle Steele, murmure-t-il en se penchant pour m'embrasser. Félicitations pour votre promotion.

Il m'enlace. Il sent délicieusement bon.

— Tu as pris une douche.

— Je viens de m'entraîner avec Claude.

— Oh.

— J'ai réussi à le mettre deux fois par terre.

Il a une mine éblouissante, l'air enfantin et content de lui. Son sourire est contagieux.

— Ça n'arrive pas souvent ?

— Non. Et ça fait plaisir quand ça arrive. Tu as faim ?

Je secoue la tête.

— Quoi ?

Il prend une mine contrariée.

— Je suis nerveuse. À propos du Dr Flynn.

— Moi aussi. Comment s'est passée ta journée ?

Il me relâche et je lui dresse un bref résumé. Il écoute attentivement.

— Oh, et il y a encore une chose que je dois te dire, j'ajoute. J'étais censée déjeuner avec Mia.

— Tu n'en as jamais parlé, fait-il remarquer, surpris.

— Je sais, j'ai oublié. Je n'ai pas pu à cause de la réunion. C'est Ethan qui l'a emmenée déjeuner à ma place.

Son visage s'assombrit.

— Je vois. Cesse de te mordiller la lèvre.

— Je vais me rafraîchir, dis-je pour changer de sujet.

Je tourne les talons et file avant qu'il n'ait le temps de réagir.

Le bureau du Dr Flynn est situé à une courte distance en voiture de l'Escala. *Très pratique, pour des séances en urgence.*

— J'y vais généralement en courant depuis la maison, me précise Christian en garant la Saab. Chouette voiture, ajoute-t-il.

Il me sourit.

— Je trouve aussi. Christian… Je…

Je lui adresse un regard inquiet.

— Qu'est-ce qu'il y a, Ana ?

— Tiens, dis-je en sortant la petite boîte noire de mon sac à main. C'est pour ton anniversaire. Je voulais te le donner maintenant, mais seulement si tu me promets de ne pas l'ouvrir avant samedi. D'accord ?

Il ouvre de grands yeux étonnés en déglutissant.

— D'accord, murmure-t-il prudemment.

J'inspire profondément et je lui tends mon cadeau en ignorant son air perplexe. Il secoue la boîte qui produit un bruit tout à fait satisfaisant. Il fronce les sourcils. Je sais qu'il a hâte de voir ce qu'elle contient. Puis il sourit, ses yeux s'illuminent de cette excitation insouciante propre aux enfants. *Oh mon Dieu, il est si beau.*

— Tu n'as pas le droit de l'ouvrir avant samedi.

— J'ai compris, dit-il. Pourquoi me le donnes-tu maintenant ?

Il laisse tomber la boîte dans la poche intérieure de sa veste bleue à fines rayures, près de son cœur.

Comme c'est approprié, je pense en lui adressant un petit sourire en coin.

— Parce que je le peux, monsieur Grey.

Il a un petit rictus amusé et moqueur.

— Dites donc, mademoiselle Steele, vous m'avez piqué ma réplique.

Une réceptionniste avenante et pleine d'entrain nous fait entrer dans le bureau immense du Dr Flynn. Elle accueille Christian avec chaleur, un peu trop à mon goût – elle pourrait être sa mère. Il connaît son prénom.

La pièce est raffinée : vert pâle avec deux canapés vert bouteille faisant face à deux fauteuils en cuir à haut dossier et l'atmosphère ressemble à celle d'un club pour gentlemen. Le Dr Flynn est assis à son bureau au bout de la pièce.

Lorsque nous entrons, il se lève et se dirige vers nous. Il porte un pantalon noir et une chemise bleu pâle dont le col est ouvert – pas de cravate. Ses yeux bleus perçants ne semblent rien manquer.

— Christian.

Il lui adresse un sourire amical.

— John, dit Christian en lui serrant la main. Vous vous souvenez d'Anastasia ?

— Comment pourrais-je l'oublier ? Bienvenue, Anastasia.

— Ana, je vous prie, dis-je tandis qu'il me serre fermement la main.

J'aime beaucoup son accent anglais.

— Ana, répète-t-il gentiment en nous conduisant vers les canapés.

Christian me désigne un des divans. Je m'assois en m'efforçant de paraître détendue, la main posée sur l'accoudoir, et il se vautre sur l'autre canapé, près de moi, afin que nous soyons installés en angle droit. Une petite table avec une lampe toute simple est placée entre nous. Je remarque avec intérêt une boîte de mouchoirs en papier à côté de la lampe.

Ce n'est pas du tout ce à quoi je m'attendais. J'avais en tête une pièce austère et blanche avec une chaise longue en cuir noir.

L'air détendu et sûr de lui, le Dr Flynn s'installe dans un des fauteuils et prend un carnet à la couverture de cuir. Christian croise les jambes, sa cheville appuyée sur son genou, et allonge un bras sur le dossier du canapé. Tendant son autre bras, il trouve ma main sur l'accoudoir et la presse pour me rassurer.

— Christian a demandé que vous l'accompagniez à l'une de nos séances, commence doucement le Dr Flynn. Je vous informe que nous traitons ces séances avec une absolue confidentialité…

Je hausse les sourcils, interrompant le Dr Flynn au milieu d'une phrase.

— Oh, euh… j'ai signé un accord de confidentialité, dis-je dans un murmure, embarrassée de l'avoir coupé.

Christian et Flynn me regardent et Christian me lâche la main.

— Un accord de confidentialité ?

Le front du Dr Flynn se plisse et il adresse un coup d'œil interrogateur à Christian. Ce dernier hausse les épaules.

— Vous commencez toutes vos relations avec les femmes en leur faisant signer un accord de confidentialité ?

— Les relations contractuelles, oui.

— Vous avez eu d'autres types de relations avec des femmes ? demande le Dr Flynn d'un air amusé.

— Non, répond Christian au bout d'une seconde, en prenant lui aussi un air amusé.

— C'est ce que je pensais.

Le Dr Flynn reporte son attention vers moi.

— Bon, je suppose que nous n'avons pas à nous soucier de confidentialité, mais puis-je vous suggérer à tous les deux d'en discuter à un moment ou un autre ? D'après ce que je comprends, votre relation ne relève plus d'une situation contractuelle.

— Un autre type de contrat, je l'espère, répond posément Christian.

Je rougis et le Dr Flynn plisse les yeux.

— Ana, vous devez m'excuser, mais j'en sais certainement beaucoup plus que vous ne pensez. Christian a été très honnête.

J'adresse un regard nerveux à Christian. Qu'a-t-il raconté ?

— Un accord de confidentialité ? poursuit-il. Cela a dû vous choquer.

Je cligne des yeux.

— Je pense que le choc provoqué par ce contrat est aujourd'hui bien dérisoire étant donné les révélations que Christian m'a faites récemment, dis-je d'une voix hésitante.

J'ai l'impression de paraître si nerveuse…

— J'en suis certain.

Le Dr Flynn me sourit gentiment.

— Christian, de quoi souhaitez-vous parler ?

Christian hausse les épaules à la manière d'un ado bougon.

— Anastasia voulait vous rencontrer. Vous devriez peut-être lui poser la question.

Le Dr Flynn me considère à nouveau avec pénétration.

Bordel de merde. C'est humiliant. Je baisse les yeux sur mes mains.

— Vous sentiriez-vous plus à l'aise si Christian nous laissait seuls un moment ?

Je regarde Christian qui me scrute intensément.

— Oui, dis-je tout bas.

Christian fronce les sourcils et ouvre la bouche mais la referme aussitôt. Il se lève dans un mouvement rapide et souple.

— Je serai dans la salle d'attente, annonce-t-il, les lèvres pincées en une fine ligne contrariée.

Oh non.

— Merci, Christian, répond le Dr Flynn d'un air impassible.

Christian m'adresse un long regard interrogateur avant de sortir de la pièce avec humeur, mais sans claquer la porte. *Ouf.* Je me détends aussitôt.

— Il vous intimide ?

— Oui. Mais plus autant qu'avant.

J'ai l'impression de le trahir, mais c'est la vérité.

— Cela ne me surprend pas, Ana. En quoi puis-je vous aider ?

Je triture mes doigts crispés. Que puis-je demander ?

— Docteur, je n'ai jamais eu de relation amoureuse avant celle-ci, et Christian est... Eh bien, c'est Christian. Il s'est passé beaucoup de choses cette semaine. Je n'ai pas eu une minute à moi pour y penser.

— À quoi avez-vous besoin de penser ?

Je lève les yeux vers lui. Il incline la tête sur le côté en me considérant avec compassion, je crois.

— Eh bien... Christian me dit qu'il est heureux d'abandonner... euh.

Je bafouille et me tais. C'est bien plus difficile d'en parler que je ne l'aurais cru. Le Dr Flynn soupire.

— Ana, au cours de la période très limitée depuis votre rencontre, vous avez fait davantage de progrès avec mon patient que moi au cours des deux dernières années. Vous avez une très forte influence sur lui. Vous devez le savoir.

— Il a eu lui aussi une profonde influence sur moi. Mais je ne sais pas si je peux lui suffire. Satisfaire ses besoins.

— C'est ce que vous attendez de moi ? Que je vous rassure ?

Je hoche la tête.

— Les besoins changent, explique-t-il simplement. Aujourd'hui, Christian se retrouve dans une situation où ses méthodes pour s'en sortir ne sont plus efficaces. En résumé, vous l'avez obligé à affronter certains de ses démons, et à les reconsidérer.

Je cligne des yeux. Ces paroles font écho à ce que Christian m'a dit.

— Oui, ses démons, je répète dans un murmure.

— Ne nous attardons pas dessus, ils font partie du passé. Christian connaît ses démons, comme moi – et je suis certain que vous les connaissez, vous aussi. Je suis bien plus soucieux de l'avenir et d'emmener Christian là où il aimerait être.

Je fronce les sourcils et il hausse les siens.

— Le terme technique est TBCS – désolé, ajoute-t-il en souriant. Cela signifie Thérapie Brève Centrée sur la Solution. C'est essentiellement une thérapie qui vise à créer une solution. Nous nous concentrons sur l'objectif que Christian veut atteindre et sur les moyens pour l'y conduire. C'est une approche stratégique. Cela ne sert à rien de se frapper la poitrine en pensant au passé – tout ce qui a été établi par tous les médecins, psychologues et psychiatres que Christian a vus. Nous savons pourquoi il est comme ça aujourd'hui, mais c'est l'avenir qui importe. Ce que Christian désire, où il aimerait être. Il a fallu que vous le quittiez pour qu'il envisage sérieusement ce genre de thérapie. Il a pris conscience que son objectif est une relation amoureuse avec vous. C'est aussi simple que ça et c'est sur cela que nous travaillons dorénavant. Bien sûr, il y a des obstacles, son haptophobie, par exemple.

Sa quoi ?

— Je suis désolé. Cela signifie : la peur d'être touché, poursuit le Dr Flynn en secouant la tête comme s'il s'en voulait. Ce que vous savez certainement.

J'acquiesce en souriant. *Oh, ça !*

— Il a une haine maladive de lui-même. Je suis certain que cela ne vous surprend pas. Et, bien sûr, il y a la parasomnie… euh, ses terreurs nocturnes, désolé, pour les non-initiés.

Je m'efforce de digérer tous ces termes compliqués. Je suis au courant de tout ça. Mais Flynn n'a pas mentionné mon angoisse première.

— Mais il est sadique. En tant que sadique, il a sûrement des besoins que je ne peux satisfaire.

Le Dr Flynn lève les yeux au ciel et ses lèvres se crispent légèrement.

— Ce terme n'est plus reconnu par la psychiatrie. Je ne sais combien de fois je le lui ai répété. Ça n'est même plus classifié comme paraphilie, depuis les années quatre-vingt-dix.

Je suis de nouveau perdue. Je cligne des yeux. Le Dr Flynn me sourit chaleureusement.

— C'est une de mes bêtes noires. Christian ne voit toujours que le pire dans toute situation. Ça fait partie du dégoût de soi. Bien sûr, le sadisme sexuel existe, mais ce n'est pas une maladie ; c'est un choix de style de vie. Et si celui-ci est pratiqué dans le cadre d'une relation raisonnable et sans danger, entre deux adultes consentants, alors ce n'est pas un problème. Selon moi, Christian a mené toutes ses relations sado-maso de cette manière. Vous êtes sa première amoureuse à ne pas y avoir consenti. Alors, il n'y tient pas.

Amoureuse !

— Mais ça n'est sans doute pas si simple.

— Pourquoi pas ?

Le Dr Flynn hausse les épaules d'un air bonhomme.

— Eh bien… les raisons pour lesquelles il le fait.

— Ana, c'est justement le problème. En matière de Thérapie Brève Centrée sur la Solution, c'est aussi simple que ça. Christian désire être avec vous. Pour y parvenir, il doit renoncer aux aspects les plus extrêmes de ce genre de relation. Après tout, ce que vous demandez n'est pas déraisonnable… n'est-ce pas ?

Je rougis. Non, ce n'est pas déraisonnable.

— Christian le reconnaît et a agi de manière adéquate. Il n'est pas fou, soupire-t-il. Pour résumer, ce n'est pas un sadique, Ana. C'est un jeune homme en colère, effrayé et intelligent qui a tiré la mauvaise carte à sa naissance. Nous pouvons tous nous lamenter et analyser le pourquoi du comment jusqu'à la fin de nos jours – ou Christian peut tout simplement avancer et décider de la manière dont il veut vivre. Il a trouvé quelque chose qui a plus ou moins fonctionné pendant quelques années, mais, depuis qu'il vous a rencontrée, cela ne fonctionne plus. Et, en conséquence, il change son mode opératoire. Vous et moi devons respecter son choix et le soutenir.

J'en reste bouche bée.

— Et, là, je dois me sentir rassurée ?

— C'est tout ce que je peux vous offrir, Ana. La vie ne nous apporte aucune garantie. (Il sourit.) Et c'est mon avis de professionnel.

Je souris moi aussi, mais faiblement. Le docteur plaisante… bon sang.

— Mais il se sent comme un alcoolique en convalescence.

— Christian pensera toujours le pire de lui-même. Comme je l'ai dit, cela fait partie du dégoût de soi. C'est dans sa manière de fonctionner, peu importe la situation. Naturellement, ce changement dans sa vie l'angoisse. Il s'expose potentiellement à toute une palette d'émotions douloureuses dont il a eu un avant-goût, incidemment, quand vous l'avez quitté. Naturellement, il en éprouve de l'appréhension.

Il marque une pause.

— Je ne veux pas souligner le rôle que vous jouez sur ce chemin de Damas. Mais vous en avez un. Christian n'en serait pas là s'il ne vous avait pas rencontrée. Personnellement, je ne pense pas que l'analogie avec un alcoolique soit appropriée, mais si cela l'aide en ce moment, alors je crois que nous devrions lui accorder le bénéfice du doute.

Accorder le bénéfice du doute à Christian. Je fronce les sourcils à cette idée.

— D'un point de vue émotionnel, Christian est un adolescent, Ana. Il a complètement contourné cette période de sa vie en canalisant toute son énergie dans sa réussite dans le monde des affaires. Et il y est parvenu, au-delà de toute attente. Il a beaucoup de retard à rattraper au niveau émotionnel.

— Alors de quelle manière puis-je l'aider ?

Le Dr Flynn éclate de rire.

— Continuez de faire ce que vous faites. Christian est éperdument amoureux. C'est une joie de le voir ainsi.

Je rougis et ma déesse intérieure trépigne de joie. Mais quelque chose me tracasse.

— Puis-je vous demander encore quelque chose ?

— Bien sûr.

J'inspire profondément.

— Une partie de moi me dit que s'il n'était pas aussi brisé, il ne voudrait pas… de moi.

Le Dr Flynn semble interloqué.

— Voilà une pensée bien négative sur vous-même, Ana. Et, franchement, cela en dit plus long sur vous que sur Christian. Ça n'égale pas vraiment la haine qu'il a de lui-même, mais je reste surpris malgré tout.

— Eh bien, regardez-le… et regardez-moi.

— C'est ce que je fais. Je vois un jeune homme attirant et je vois une jeune femme attirante. Ana, pourquoi pensez-vous que vous n'êtes pas attirante ?

Oh non… Je ne veux pas qu'on parle de moi. Je baisse les yeux sur mes mains. On frappe sèchement à la porte et nous sursautons tous les deux. Christian revient dans la pièce en nous fusillant du regard. Je rougis et jette un rapide coup d'œil à Flynn qui sourit avec bienveillance à son patient.

— Bienvenue, Christian, dit-il.

— Je crois que la séance est finie, John.

— Presque, Christian. Joignez-vous à nous.

Christian s'assoit, près de moi cette fois, et pose sa main d'un air possessif sur mon genou. Ce geste ne passe pas inaperçu aux yeux du Dr Flynn.

— Vous avez d'autres questions, Ana ? s'enquiert le Dr Flynn.

Son inquiétude est évidente. Merde… Je n'aurais jamais dû lui demander ça. Je secoue la tête.

— Christian ?

— Pas aujourd'hui, John.

Flynn acquiesce.

— Il serait bon que vous reveniez tous les deux. Je suis certain qu'Ana trouvera d'autres points à éclaircir.

Christian acquiesce à contrecœur. Je rougis. Merde… Il veut approfondir. Christian me presse la main et me regarde avec intensité.

— D'accord ? demande-t-il doucement.

Je lui souris, en hochant la tête. Oui, nous viendrons pour le bénéfice du doute, grâce au bon docteur d'Angleterre. Christian se tourne vers Flynn.

— Comment va-t-elle ? demande-t-il doucement.

Moi ?

— Elle va s'en sortir, le rassure le Dr Flynn.

— Bien. Tenez-moi au courant de son évolution.

— Je n'y manquerai pas.

Bordel de Dieu. Ils parlent de Leila.

— Alors, on va la fêter, cette promotion ? me demande clairement Christian.

J'acquiesce timidement et Christian se lève. Nous saluons rapidement le Dr Flynn et Christian me presse vers la sortie avec une hâte inconvenante.

Dans la rue, il se tourne vers moi.

— Comment ça s'est passé ? me demande-t-il d'un ton angoissé.

— Bien.

Il me scrute avec méfiance. J'incline la tête sur le côté.

— Monsieur Grey, je vous en prie, ne me regardez pas ainsi. Selon les recommandations du médecin, je dois vous accorder le bénéfice du doute.

— Qu'est-ce que ça veut dire ?

— Tu verras.

Il grimace et plisse les paupières.

— Monte dans la voiture, m'ordonne-t-il en ouvrant la portière passager de la Saab.

Oh, changement de direction. Mon BlackBerry sonne. Je le sors de mon sac à main.

Merde, José !

— Salut !

— Salut, Ana !

Je regarde M. Cinquante Nuances qui me scrute.

« C'est José », j'articule en silence.

Il m'observe d'un air impassible, mais son regard se durcit. Il croit peut-être que je ne l'ai pas remarqué ? Je reviens à ma conversation avec José.

— Désolée de ne pas t'avoir rappelé. C'est à propos de demain ? dis-je en gardant un œil sur Christian.

— Ouais, écoute, j'ai discuté avec un type au domicile de Grey, je sais où je dois livrer les photos. Je devrais y être entre 17 et 18 heures… Après ça, je suis libre.

Oh.

— Eh bien, en fait, j'habite chez Christian en ce moment et, si tu veux bien, il est d'accord pour que tu dormes à la maison.

Christian crispe les lèvres. Hum, quel hôte il fait. José ne dit rien pendant une minute, le temps d'absorber les nouvelles. Je me hérisse. Je n'ai pas eu l'occasion de lui parler de Christian.

— D'accord, finit-il par dire. Cette histoire avec Grey, c'est sérieux ?

Je me détourne de la voiture et me dirige vers l'autre côté du trottoir.

— Oui.

— Sérieux comment ?

Je lève les yeux au ciel et m'immobilise. Pourquoi faut-il que Christian écoute ça ?

— Sérieux.

— Il est avec toi en ce moment ? C'est pour ça que tu réponds par monosyllabes ?

— Oui.

— D'accord. Alors tu es autorisée à sortir demain soir ?

— Bien sûr.

Je l'espère. Je croise machinalement les doigts.

— Alors où est-ce que je te retrouve ?

— Tu peux passer me prendre au bureau.

— D'accord.

— Je t'envoie l'adresse par texto.

— À quelle heure ?

— 18 heures ?

— Parfait. On se voit demain, Ana. J'ai hâte. Tu me manques.

Je souris.

— Super, à demain.

Je mets fin à la communication et me tourne vers Christian qui, appuyé contre la voiture, m'observe avec attention. Son expression est indéchiffrable.

— Comment va ton ami ? demande-t-il d'un air détendu.

— Il va bien. Il passera me chercher au bureau et je crois que nous irons prendre un verre. Tu veux te joindre à nous ?

Christian hésite, ses yeux gris sont froids.

— Tu ne penses pas qu'il va tenter quoi que ce soit ?

— Non !

Je réponds sur un ton exaspéré en me retenant de lever les yeux au ciel.

— D'accord, dit Christian en levant les mains en signe de reddition. Tu sors avec ton pote et je te vois plus tard dans la soirée.

Je m'attendais à une dispute et son accord facile me surprend.

— Tu vois ? Je peux être raisonnable.

Il a un petit sourire en coin. Je fais la moue. *On verra ça.*

— Je peux conduire ?

Christian cligne des yeux, surpris par ma requête.

— Je ne préférerais pas.

— Pourquoi exactement ?

— Parce que je n'aime pas me faire conduire.

— Tu as bien supporté ce matin et tu sembles tolérer que Taylor te conduise.

— J'ai totalement confiance dans la conduite de Taylor.

— Et pas dans la mienne ?

Je mets mes mains sur mes hanches.

— Franchement, ton obsession du contrôle est sans limite. Je conduis depuis l'âge de quinze ans.

Il hausse les épaules en guise de réponse comme si cela n'avait aucune espèce d'importance. Oh, il est tellement exaspérant ! Le bénéfice du doute ? Ouais, eh bien, qu'il aille se faire voir !

— C'est bien ma voiture ? dis-je.

Il fronce les sourcils.

— Bien sûr que c'est ta voiture.

— Alors donne-moi les clés, s'il te plaît. Je ne l'ai conduite que deux fois et c'était seulement pour aller au bureau et en revenir. Et maintenant c'est toi qui en profites !

Je suis en mode furibarde. Christian se retient de sourire.

— Mais tu ne sais pas où on va.

— Je suis certaine que vous saurez éclairer ma lanterne, monsieur Grey. Vous avez fait du bon travail jusqu'à présent.

Il me fixe, abasourdi, puis m'adresse ce nouveau sourire timide qui me désarme complètement.

— Du bon travail, hein ? murmure-t-il.

Je rougis.

— En grande partie, oui.

— Eh bien, dans ce cas.

Il me tend les clés et contourne la voiture pour m'ouvrir la portière côté conducteur.

— À gauche, m'ordonne-t-il pour que nous prenions la direction du nord vers l'I-5. Bon sang, Ana, doucement !

Il s'agrippe au tableau de bord.

Oh, pour l'amour de Dieu. Je lève les yeux au ciel sans me tourner vers lui. Van Morrison susurre de sa voix de crooner en fond sonore.

— Ralentis !

— Je ralentis !

Christian soupire.

— Qu'est-ce que Flynn t'a dit ?

Son angoisse est palpable.

— Je te l'ai dit. Que je devrais t'accorder le bénéfice du doute.

Bordel, je devrais peut-être le laisser conduire. Ainsi je pourrais l'observer. En fait... Je mets mon clignotant pour me garer.

— Tu fais quoi ? me demande-t-il, inquiet.

— Je te laisse le volant.

— Pourquoi ?

— Pour pouvoir t'étudier.

Il éclate de rire.

— Non, non, tu as voulu conduire. Alors tu conduis et c'est moi qui vais t'observer.

Je le fusille du regard.

— Surveille la route ! me crie-t-il.

Mon sang bout. D'accord ! Je me gare le long du trottoir juste avant un feu et sors en trombe de la voiture en claquant la portière avant de m'immobiliser sur le trottoir, les bras croisés. Je suis hors de moi. Il sort de la voiture.

— Qu'est-ce que tu fais ? me demande-t-il, furieux lui aussi.

— Non. Qu'est-ce que tu fais, toi ?

— Tu ne peux pas te garer ici.

— Je sais.

— Alors pourquoi tu le fais ?

— Parce que j'en ai ras le bol que tu m'aboies des ordres. Soit tu conduis, soit tu te la boucles au sujet de ma conduite !

— Anastasia, remonte dans la voiture avant qu'on ne se prenne une amende.

— Non !

Il cligne des yeux, perdu, puis se passe la main dans les cheveux, et sa colère se mue en perplexité. Il semble tellement comique tout d'un coup que je ne peux m'empêcher de lui sourire. Il fronce les sourcils.

— Quoi ?

— Toi.

— Oh, Anastasia ! Tu es la femme la plus frustrante de la planète.

Il lève les mains au ciel.

— Très bien, je vais conduire.

J'attrape les revers de sa veste et l'attire à moi.

— Non, c'est vous l'homme le plus frustrant de la planète, monsieur Grey.

Il baisse sur moi ses yeux sombres et intenses, puis enroule ses bras autour de ma taille pour me serrer contre lui.

— Peut-être sommes-nous faits l'un pour l'autre alors, dit-il doucement.

Il inspire profondément, le nez dans mes cheveux. Je l'enlace en fermant les yeux. Pour la première fois depuis ce matin, je me sens détendue.

— Oh… Ana, Ana, Ana, souffle-t-il.

Je resserre les bras autour de lui en savourant ce moment de paix inattendue, au beau milieu de la rue. Il me relâche et ouvre la portière côté passager. Je m'installe calmement et le regarde contourner la Saab.

Il redémarre puis s'engage dans la circulation, fredonnant d'un air absent avec Van Morrison.

Waouh. Je ne l'ai jamais entendu chanter, pas même sous la douche. Jamais. Il a une jolie voix, bien sûr. Hmm… M'a-t-il déjà entendue chanter ? *Il ne te demanderait pas en mariage si c'était le cas !* Ma conscience, les bras croisés, est en tenue intégrale Burberry. La chanson se termine et Christian sourit.

— Tu sais, si nous avions pris une amende, les papiers de la voiture sont à ton nom.

— Eh bien, comme j'ai eu une promotion, je peux payer l'amende, je rétorque d'un ton suffisant en observant son beau profil.

Ses lèvres tressaillent. Une autre chanson de Van Morrison commence alors qu'il s'engage sur l'I-5 en direction du nord.

— Où allons-nous ?

— C'est une surprise. Qu'est-ce que Flynn t'a dit d'autre ?

Je soupire.

— Il a parlé de TTBBSS ou un truc dans le genre.

— TBCS. La dernière option de thérapie, marmonne-t-il.

— Tu en as essayé d'autres ?

Christian ricane.

— Bébé, je les ai toutes essayées. Cognitive, Freud, fonctionnaliste, Gestalt, comportementale... Dis-en une au hasard, tu peux être certaine que je l'ai essayée.

Son ton trahit son amertume. La rancœur dans sa voix me fait de la peine.

— Penses-tu que cette dernière approche va payer ?

— Qu'est-ce que t'a dit Flynn ?

— Qu'il ne fallait pas s'attarder sur ton passé. Qu'il fallait se concentrer sur ton avenir, sur l'endroit où tu désirais être.

Christian acquiesce et hausse les épaules en même temps avec prudence.

— Quoi d'autre ? insiste-t-il.

— Il a parlé de ta peur d'être touché, bien qu'il l'ait nommée autrement. Et de tes cauchemars et de ton dégoût de toi-même.

Je l'observe. Dans la lumière du soir, il est pensif, et se ronge un ongle tout en conduisant. Il me jette un rapide coup d'œil.

— Regardez la route, monsieur Grey, je le réprimande.

Il a l'air amusé et légèrement exaspéré.

— Vous avez parlé longtemps, Anastasia. Qu'est-ce qu'il t'a dit d'autre ?

Je déglutis.

— Il ne pense pas que tu sois un sadique.

— Vraiment ? dit-il calmement en plissant le front.

L'atmosphère dans la voiture chute d'un coup.

— Il dit que ce terme n'est plus reconnu en psychiatrie. Pas depuis les années quatre-vingt-dix, dis-je en tentant rapidement de sauver l'ambiance.

Le visage de Christian s'assombrit et il expire lentement.

— Flynn et moi avons une opinion différente sur le sujet.

— Il a dit que tu pensais toujours le pire de toi-même. Je sais que c'est vrai. Il a également parlé de sadisme sexuel, mais il considère que c'est un style de vie qu'on choisit, pas un problème psychiatrique. Peut-être est-ce à ça que tu penses.

Ses yeux dardent vers moi et ses lèvres se crispent.

— Il te suffit d'une discussion avec le bon médecin et tu deviens une experte, lance-t-il d'un ton acerbe en reportant son regard sur la route.

Oh mon Dieu… Je soupire.

— Écoute, si tu ne souhaites pas entendre ce qu'il m'a dit, ne me le demande pas.

Je ne veux pas qu'on se dispute. De toute façon, il a raison, qu'est-ce que je sais de toute cette merde ? Ai-je seulement envie de savoir ? Je peux dresser la liste des points essentiels – son obsession du contrôle, sa jalousie, son instinct protecteur exagéré – et je comprends parfaitement d'où il vient. Je peux même comprendre pourquoi il n'aime pas qu'on le touche – j'ai vu les cicatrices sur son corps. Je ne peux qu'imaginer celles psychologiques et je n'ai eu qu'une fois un aperçu de ses cauchemars. Et le Dr Flynn a dit…

— Je veux savoir de quoi vous avez parlé.

Christian m'interrompt dans mes pensées alors qu'il quitte l'I-5 à la sortie 172, prenant la direction de l'ouest vers le soleil qui se couche lentement.

— Il m'a appelée ton amoureuse.

— Ah oui ? fait-il sur un ton plus conciliant. Eh bien, il est plus que pointilleux quand il s'agit de ce terme. Je pense que c'est une description adéquate, non ?

— Considérais-tu tes soumises comme tes amoureuses ?

Il plisse encore le front mais, cette fois, c'est parce qu'il réfléchit. La Saab reprend la direction du nord. *Où allons-nous ?*

— Non, c'étaient des partenaires sexuelles, murmure-t-il, d'une voix de nouveau prudente. Tu es ma seule amoureuse. Et je voudrais que tu sois plus que ça.

Oh... encore ce mot magique, débordant de possibilités. Cela me fait sourire et je m'efforce de contenir ma joie.

— Je sais, dis-je dans un chuchotement en tâchant de dissimuler mon excitation. Il me faut juste du temps, Christian. Pour réfléchir à ces derniers jours.

Il me regarde d'un air bizarre, perplexe, la tête inclinée sur le côté.

Au bout d'une seconde, le feu auquel nous étions arrêtés repasse au vert. Il acquiesce et monte le volume de la musique. Fin de la discussion.

Van Morrison chante toujours – de façon plus optimiste à présent – et parle de cette nuit merveilleuse pour danser au clair de lune. Par la vitre, je regarde les pins et les sapins que le soleil couchant saupoudre d'or, leurs longues ombres qui s'étirent sur l'asphalte. Christian s'est engagé sur une route plus résidentielle et nous roulons vers l'ouest et le détroit.

— Où allons-nous ?

Nous tournons dans une rue. Il y a une pancarte – 9e Avenue NW. Je suis déconcertée.

— Surprise, dit-il avec un sourire mystérieux.

18.

Nous continuons à rouler et dépassons des maisons en bois de plain-pied, parfaitement entretenues. Des gamins jouent au basket dans leurs jardins ou font du vélo dans la rue. Le quartier paraît prospère et propret avec ses maisons nichées au milieu des arbres. Peut-être allons-nous rendre visite à quelqu'un ? Mais qui ?

Quelques minutes plus tard, Christian tourne brutalement à gauche et nous nous trouvons face à un portail en métal ouvragé blanc fermant un mur en grès d'environ deux mètres de haut. Christian abaisse sa vitre et compose un numéro sur un clavier. Le portail s'ouvre en signe de bienvenue.

Il me jette un coup d'œil. Son expression a changé. Il semble peu sûr de lui et même nerveux.

— Qu'est-ce que c'est ? dis-je sans parvenir à dissimuler l'inquiétude dans ma voix.

— Une idée, répond-il tranquillement en passant le portail.

Nous remontons une allée juste assez large pour deux voitures. D'un côté, des arbres bordent une zone boisée tandis que de l'autre s'étale une vaste étendue herbeuse, là où un champ autrefois cultivé a été laissé en jachère. L'herbe et les fleurs sauvages ont repris possession des lieux et créent un décor champêtre idyllique – la brise de fin de soirée fait doucement onduler la végétation que le soleil couchant vient teinter d'or. C'est charmant et tout à fait paisible. Soudain je m'imagine allongée dans l'herbe, en train de regarder un ciel d'été bleu et limpide. C'est tentant. Pourtant, pour une raison étrange, je me sens comme nostalgique. Bizarre.

L'allée dessine une courbe et s'ouvre sur une zone réservée aux voitures devant une impressionnante demeure de style méditerranéen en grès rose pâle. C'est grandiose. Toutes les lumières sont allumées et les fenêtres brillent dans le soir tombant. Une élégante BMW noire est garée devant le garage pour quatre voitures, mais Christian s'arrête juste devant le porche.

Hum… Je me demande qui vit ici. Pourquoi sommes-nous là ?

Christian me lance un regard anxieux en coupant le moteur.

— Peux-tu garder l'esprit ouvert ? me demande-t-il.

Je fronce les sourcils.

— Christian, il me faut avoir l'esprit ouvert depuis le jour où je t'ai rencontré.

Il sourit avec ironie en hochant la tête.

— Bon point, bien joué, mademoiselle Steele. Allons-y.

Les portes de bois sombre s'ouvrent et une femme avenante aux cheveux châtain foncé et en tailleur mauve bien coupé nous accueille. Je ne regrette pas de m'être changée et d'avoir mis ma robe chasuble bleu marine pour impressionner le Dr Flynn. D'accord, je ne porte pas des talons de femme fatale comme elle, mais je ne suis pas en jean.

— Monsieur Grey.

Elle lui adresse un regard chaleureux et ils se serrent la main.

— Mademoiselle Kelly, dit-il poliment.

Elle me sourit et me salue également. Son rougissement signifiant « mon Dieu qu'il est beau, comme je regrette qu'il ne soit pas à moi » ne m'échappe pas.

— Ola Kelly, annonce-t-elle jovialement.

— Ana Steele.

Qui est cette femme ? Elle s'écarte et nous invite à entrer dans la maison. C'est un choc. L'endroit est vide. Complètement vide. Nous nous trouvons dans un vaste vestibule. Les murs d'un jaune primevère fané portent encore les traces des tableaux qui ont dû y être accrochés autrefois. Il ne reste que des luminaires démodés en cristal. Le parquet est en bois terne. Les portes sont closes de part et d'autre du vestibule, mais Christian ne me laisse pas le temps de m'imprégner de tout cela.

— Viens, dit-il en me prenant la main.

Nous passons sous une arcade pour déboucher sur un plus grand hall d'entrée. L'endroit est dominé par un somptueux escalier équipé d'une balustrade en fer forgé, mais Christian ne s'arrête pas là. Il me fait traverser le salon, également vide à l'exception d'un immense tapis doré terni – le plus grand tapis que j'aie jamais vu ! Et il y a quatre lustres en cristal.

Mais l'intention de Christian est claire maintenant : nous passons des portes vitrées qui ouvrent sur une grande terrasse en pierre. Sous nos yeux s'étend un terrain de foot bien entretenu mais, au-delà, il y a la vue. *Waouh.*

Le panorama est à couper le souffle – j'en titube presque. Coucher de soleil sur le détroit. Au loin, on voit Bainbridge Island et même, par cette soirée d'une clarté cristalline, plus loin encore. Le soleil rouge sang et orange feu plonge lentement derrière l'Olympic National Park. Le vermillon se répand dans le bleu azur du ciel, prenant des tons opale et aigue-marine, qui se mêlent aux pourpres sombres des quelques nuages voilés et à la terre au-delà du détroit. La nature a revêtu ses plus beaux atours, orchestrant une symphonie visuelle dans le ciel au-dessus des eaux profondes et calmes du détroit. Je me perds dans ce spectacle. Je m'efforce de me pénétrer d'une telle beauté.

Je me rends compte que je retiens mon souffle et que Christian me tient toujours la main. À contrecœur, je détourne les yeux et découvre qu'il m'observe avec inquiétude.

— Tu m'as amenée ici pour admirer la vue ?

Il hoche la tête, l'air grave.

— C'est renversant, Christian. Merci, dis-je dans un murmure.

Je laisse mes yeux se repaître encore du panorama. Il me lâche la main.

— Aimerais-tu contempler cette vue pour le restant de tes jours ? souffle-t-il.

Quoi ? Je tourne brusquement la tête vers lui et rive mes yeux bleus ébahis aux siens gris et pensifs.

— J'ai toujours voulu vivre sur la côte. Quand je navigue dans le détroit, je lorgne sur ces maisons. Ça ne fait pas longtemps que celle-ci est à vendre. Je voudrais l'acheter, la démolir et en construire une nouvelle. Pour nous, ajoute-t-il.

Ses yeux brillent, remplis d'espoirs et de rêves.

Putain. Je ne sais comment je réussis à tenir encore debout. Je réfléchis à toute allure. *Vivre ici ! Dans ce havre de beauté ! Pour le restant de mes jours...*

— C'est juste une idée, ajoute-t-il avec prudence.

Je regarde derrière moi pour estimer la maison. Combien coûte-t-elle ? Elle doit bien valoir, quoi, dix millions de dollars ? Je n'en ai aucune idée.

— Pourquoi veux-tu la démolir ? dis-je en me tournant de nouveau vers lui.

Son visage se décompose. *Oh non.*

— J'aimerais construire une maison plus écologique, en utilisant les dernières technologies durables. Elliot pourrait la concevoir.

Je regarde de nouveau la pièce derrière nous. Mlle Olga Kelly se tient à l'autre bout, rôdant près de l'entrée. Elle est l'agent immobilier, bien sûr. Je constate que la salle est immense, avec une double hauteur de plafond, un peu comme la pièce principale de l'Escala. Un balcon la domine, qui doit donner sur le premier étage. Il y a aussi une énorme cheminée et toute une série de portes vitrées qui ouvrent sur la terrasse. L'endroit a le charme du Vieux Monde.

— Peut-on voir la maison ?

— Bien sûr.

Il hausse les épaules, intrigué.

Le visage de Mlle Kelly s'illumine comme un arbre de Noël lorsque nous rentrons dans le salon. Elle est ravie de nous faire visiter les lieux et de nous sortir son laïus.

La maison est immense : mille cent mètres carrés sur deux hectares de terrain. En plus de la grande pièce principale, il y a une cuisine où l'on peut manger – ou plutôt organiser des banquets – avec une salle de séjour adjacente – pour une famille ! –, une salle de musique, une bibliothèque, un bureau et, à mon grand étonnement, une piscine couverte et une salle de gym avec sauna et hammam. Le sous-sol héberge une salle de cinéma – *Seigneur* – et une salle de jeux. Mmm… à quelles sortes de jeux pourrions-nous jouer dans cet endroit ?

Mlle Kelly nous montre toutes sortes d'équipements mais, en gros, la maison est superbe et a, de toute évidence, abrité à une époque une famille heureuse. Elle est un peu miteuse maintenant mais rien d'irrécupérable.

Alors que nous suivons l'agent dans le somptueux escalier principal jusqu'au premier étage, j'ai du mal à contenir mon excitation… Cette maison représente tout ce que j'ai jamais désiré.

— Ne pourrais-tu pas laisser la maison telle qu'elle est et la rendre plus écologique, plus « développement durable » ?

Christian cligne des yeux, perplexe.

— Il faudrait que je demande à Elliot. C'est lui, l'expert.

Mlle Kelly nous conduit vers la suite principale où d'immenses portes-fenêtres ouvrent sur un balcon. La vue y est toujours aussi spectaculaire. Je pourrais rester au lit et la contempler toute la journée, à admirer les voiliers et le ciel changeant.

Il y a cinq autres chambres à cet étage. *Des enfants !* J'écarte vite cette pensée. J'ai déjà bien assez à intégrer. Mlle Kelly suggère à Christian que le terrain pourrait accueillir des écuries et un enclos. *Des chevaux !* Des images terrifiantes de mes quelques leçons d'équitation me traversent l'esprit, mais Christian ne paraît pas écouter l'agent immobilier.

— L'enclos se trouverait là où est la prairie pour le moment ? je demande.

— Oui, répond avec enthousiasme Mlle Kelly.

Moi, je vois plutôt la prairie comme un endroit où s'allonger et organiser des pique-niques, pas destiné à y laisser vagabonder des suppôts de Satan à quatre pattes.

De retour dans la salle principale, Mlle Kelly disparaît discrètement et Christian m'emmène une fois de plus sur la terrasse. Le soleil s'est couché et les lumières des villes, sur la péninsule Olympic, de l'autre côté du détroit, scintillent.

Christian me prend dans ses bras et me relève le menton de son index, plongeant son regard intense dans le mien.

— Ça fait beaucoup ? demande-t-il avec une expression indéchiffrable.

Je hoche la tête.

— Je voulais m'assurer que tu aimais l'endroit avant de l'acheter.

— La vue ?

Il acquiesce.

— J'aime la vue et j'aime la maison telle quelle.

— Vraiment ?

Je souris timidement.

— Christian, j'étais déjà conquise en passant devant la prairie.

Ses lèvres s'entrouvrent et il inspire brusquement. Puis un sourire transforme son visage, ses mains s'enfoncent soudain dans mes cheveux et sa bouche se colle à la mienne.

De retour dans la voiture sur le chemin de Seattle, l'humeur de Christian est considérablement plus légère.

— Alors tu vas l'acheter ?

— Oui.

— Tu vas vendre l'Escala ?

Il fronce les sourcils.

— Pourquoi je ferais ça ?

— Pour payer…

Je ne finis pas ma phrase – *bien sûr*. Je rougis.

Il m'adresse un petit sourire en coin.

— Fais-moi confiance, j'ai les moyens.

— Ça te plaît d'être riche ?

— Oui. Trouve-moi quelqu'un qui n'aimerait pas ça, répond-il d'un air sombre.

D'accord. Abandonnons vite ce sujet.

— Anastasia, si tu me dis « oui », tu vas devoir apprendre à être riche toi aussi, dit-il doucement.

— Je n'ai jamais aspiré à être riche, Christian.

— Je sais. J'aime ça chez toi. Mais tu n'as jamais eu faim non plus, dit-il simplement.

Ses paroles donnent à réfléchir.

— Où allons-nous ? je demande joyeusement pour changer de sujet.

— Nous allons faire la fête.

Christian se détend. *Oh !*

— En quel honneur ? La maison ?

— Tu as déjà oublié ? Ton poste d'éditrice.

— Oh oui.

Je souris. C'est à peine croyable, mais j'avais déjà oublié.

— Où ça ?

— En hauteur. À mon club.

— Ton club ?

— Oui, un de mes clubs.

Le Mile High Club se trouve au soixante-cinquième étage de la Columbia Tower, plus haut même que l'appartement de Christian. C'est un endroit très à la mode qui offre une des vues les plus étourdissantes de Seattle.

— Du Cristal, madame ?

Christian me tend une coupe de champagne frais lorsque je m'assois sur un tabouret au bar.

— Eh bien, merci, monsieur.

J'appuie sur le dernier mot avec coquetterie en battant volontairement des cils. Il me regarde et son visage s'assombrit.

— Êtes-vous en train de flirter avec moi, mademoiselle Steele ?

— Oui, monsieur Grey, en effet. Comment allez-vous réagir à ça ?

— Je suis certain que je trouverai comment, dit-il d'une voix basse. Viens, notre table est prête.

Alors que nous approchons, Christian m'arrête, une main posée sur mon coude.

— Va enlever ta culotte, chuchote-t-il.

Oh ? Un frisson délicieux me parcourt l'échine.

— Vas-y, m'ordonne-t-il calmement.

Quoi ? Il est on ne peut plus sérieux. Tous les muscles sous ma taille se crispent. Je lui tends ma coupe de champagne, tourne vivement les talons et me dirige vers les toilettes.

Merde. Qu'est-ce qu'il va faire ? Peut-être que ce club porte bien son nom.

Les toilettes sont du design dernier cri – toutes en bois sombre et granit noir, des mares de lumière se répandant depuis des halogènes stratégiquement placés. Dans l'intimité de la cabine, je me débarrasse de mon sous-vêtement tout en souriant. Une fois encore, je suis contente de porter ma robe chasuble bleu marine. Je pensais que c'était la tenue idéale pour rencontrer le bon Dr Flynn – je ne m'attendais pas à ce que la soirée prenne cette tournure.

Je suis déjà excitée. Pourquoi me fait-il autant d'effet ? Je lui en veux légèrement de cette facilité avec laquelle je tombe sous son charme. Je sais que nous ne passerons pas toute la soirée à discuter de nos problèmes et des événements récents… mais comment puis-je lui résister ?

Dans le reflet du miroir, je remarque que mes yeux brillent et je rougis d'excitation. *Un problème, ma p'tite dame ?* J'inspire profondément et je retourne dans le club. Je veux dire, ce n'est pas comme si c'était la première fois que je me retrouvais sans culotte. Ma déesse intérieure, enveloppée d'un boa en plumes roses et en diamants, pavane sa camelote sur des talons de salope.

Christian se comporte bien poliment lorsque je rejoins notre table, son expression est indéchiffrable. Il semble comme d'habitude, parfait, détendu et calme. Bien sûr, je sais maintenant qu'il en est tout autrement.

— Installe-toi à côté de moi, dit-il.

Je me glisse sur la banquette et il se rassoit.

— J'ai commandé pour toi. J'espère que ça ne te dérange pas.

Il me tend ma coupe de champagne à demi pleine avec un regard intense et, sous son œil scrutateur, mon sang se réchauffe d'un coup. Il pose les mains sur ses cuisses. Je me raidis et j'écarte légèrement les miennes.

Le serveur arrive avec un plateau d'huîtres sur de la glace pilée. *Des huîtres.* Le souvenir de nous deux dans la salle à manger privée du Heathman me revient à l'esprit.

Nous discutions du contrat. Oh, mon Dieu. On a fait du chemin depuis.

— Si je me rappelle bien, tu as aimé les huîtres la dernière fois que tu en as mangé.

Il parle de sa voix basse de séducteur.

— C'est la seule fois que j'en ai mangé.

Je suis essoufflée, ma voix me trahit. Ses lèvres se tordent en un sourire.

— Oh, mademoiselle Steele, quand apprendrez-vous ? dit-il comme s'il pensait à voix haute.

Il saisit une huître sur le plat et lève son autre main. Je tressaille par anticipation. Mais c'est pour prendre un quartier de citron.

— Apprendre quoi ?

Seigneur, mon cœur bat à tout rompre. Ses longs doigts habiles pressent doucement le citron sur le coquillage.

— Mange, m'ordonne-t-il en approchant l'huître de ma bouche.

J'entrouvre les lèvres et il pose doucement le coquillage contre ma lèvre inférieure.

— Rejette légèrement la tête en arrière, murmure-t-il.

Je fais ce qu'il me dit et l'huître glisse dans ma gorge. Il ne me touche pas, seul le coquillage est en contact avec ma bouche.

Christian en prend une autre pour lui, puis m'en fait manger une deuxième. Nous poursuivons ce manège atroce jusqu'à ce que nous soyons venus à bout des douze huîtres. Sa peau ne touche jamais la mienne. Cela me rend folle.

— Tu aimes toujours les huîtres ? me demande-t-il quand j'avale la dernière.

J'acquiesce en rougissant. J'ai une folle envie qu'il me touche.

— Bien.

Je me tortille sur la banquette. Pourquoi est-ce si excitant ?

Il repose sa main de façon désinvolte sur sa cuisse et je fonds. *Maintenant. Je t'en prie. Touche-moi.* Ma déesse intérieure est à genoux, nue à l'exception de sa petite culotte, elle supplie. Il fait courir sa main sur sa cuisse, la soulève, puis la repose là où elle se trouvait.

Le serveur vient remplir de nouveau nos coupes de champagne et dessert nos assiettes. Quelques instants plus tard, il est de retour avec nos entrées. Du bar – *je n'y crois pas* –, servi avec des asperges, des pommes de terre sautées et une sauce hollandaise.

— Un de vos plats préférés, monsieur Grey ?

— Tout à fait, mademoiselle Steele. Même si je pensais jusqu'ici que c'était le cabillaud du Heathman.

Sa main se déplace sur sa cuisse. Le rythme de ma respiration s'accélère, mais il ne me touche toujours pas. C'est tellement frustrant. J'essaie de me concentrer sur notre conversation.

— Il me semble que nous étions dans un salon privé et que nous parlions contrats à cette époque.

— Jours heureux, dit-il avec un petit sourire. Cette fois, je compte bien te baiser.

Il déplace sa main pour prendre son couteau.

Argh !

Il avale une bouchée de son bar. Il fait ça à dessein.

— N'y compte pas trop, je lance avec une moue.

Il me jette un coup d'œil amusé.

— Parler de contrat, je veux dire. La clause de confidentialité.

— Déchire-le.

Waouh.

— Quoi ? Vraiment ?

— Oui.

— Tu es sûr que je ne vais pas me précipiter au *Seattle Times* pour y faire des révélations ? je lui demande pour le taquiner.

Il éclate de rire. C'est un son merveilleux. Il paraît si jeune.

— Non, je te fais confiance. Je vais t'accorder le bénéfice du doute.

Oh. Je souris timidement.

— Idem, j'articule dans un souffle.

Ses yeux s'illuminent.

— Je suis très heureux que tu portes une robe, murmure-t-il.

Et boum, le désir afflue dans mon sang déjà en surchauffe.

— Pourquoi ne m'as-tu pas encore touchée, alors ?

— Ça te manque ? demande-t-il en souriant.

Ça l'amuse… le salaud.

— Oui.

Je bouillonne.

— Mange ! m'ordonne-t-il.

— Tu ne vas pas me toucher, c'est ça ?

— Non.

Il secoue la tête.

Quoi ? Je suffoque bruyamment.

— Imagine dans quel état tu vas être quand nous rentrerons à la maison, murmure-t-il. J'ai hâte de te ramener chez moi.

— Ce sera ta faute si je me consume ici au soixante-cinquième étage, dis-je à travers mes dents serrées.

— Oh, Anastasia. Nous trouverons bien un moyen d'éteindre l'incendie, répond-il avec un sourire lubrique.

Furibonde, je m'attaque à mon bar et ma déesse intérieure plisse les yeux en réfléchissant tranquillement à un plan sournois. D'accord, on va jouer à ce petit jeu. J'en ai appris les bases lors de notre repas au Heathman. Je prends une bouchée de mon poisson. Il est délicieusement fondant. Je ferme les yeux pour en savourer le goût. Quand je les rouvre, je commence mon entreprise de séduction de Christian Grey, en relevant très lentement ma robe pour exposer davantage mes cuisses.

Christian marque une pause, sa fourchette reste en suspens.

Touche-moi.

Au bout d'une seconde, il se remet à manger. Je prends une autre bouchée de bar en l'ignorant. Puis, posant mon couteau, je fais courir mes doigts sur l'intérieur de ma cuisse, en tapotant légèrement ma peau du bout des doigts. C'est troublant, même pour moi, tout particulièrement parce que j'ai follement envie qu'il me touche. Christian marque une nouvelle pause.

— Je sais ce que tu es en train de faire.

Sa voix est basse et rauque.

— Je sais que vous savez, monsieur Grey, dis-je doucement. C'est le but.

Je prends une asperge en jetant un regard en biais à Christian, puis je plonge le légume dans la sauce hollandaise en en faisant tournoyer la tête.

— N'inversez pas les rôles, mademoiselle Steele.

Avec un petit sourire, il me prend l'asperge de la main – de manière surprenante et agaçante, il parvient à le faire sans me toucher. Non, ça ne va pas, ça ne se passe pas comme prévu. *Argh !*

— Ouvre la bouche, m'ordonne-t-il.

Je perds cette bataille. Je lève de nouveau les yeux vers les siens qui brillent d'un gris ardent. J'entrouvre la bouche et je passe la langue sur ma lèvre inférieure. Christian sourit et ses yeux s'assombrissent davantage.

— Plus grand, souffle-t-il, entrouvrant lui aussi les lèvres afin que je puisse voir sa langue.

Je grogne intérieurement et me mordille la lèvre inférieure avant de m'exécuter.

Il laisse échapper un soupir. Il n'est pas si insensible. C'est bien, j'arrive à le toucher. Ne le quittant pas des yeux, je prends l'asperge dans ma bouche et j'en suce doucement… délicatement… la tête. La sauce hollandaise me fait saliver. Je mords dans le légume en gémissant tranquillement de plaisir.

Christian ferme les yeux. *Oui !* Quand il les rouvre, ses pupilles sont dilatées. L'effet sur moi est instantané. Je grogne et lui touche la cuisse. À ma grande surprise, il me saisit le poignet de son autre main.

— Oh, non, pas question, mademoiselle Steele, murmure-t-il.

Levant ma main à sa bouche, il effleure doucement mes doigts avec ses lèvres et je me tortille. Enfin ! Encore, s'il te plaît.

— Ne me touche pas, me réprimande-t-il gentiment.

Et il repose ma main sur mon genou. C'est tellement frustrant, ce contact fugace.

— Tu n'es pas fair-play.

Je fais la moue.

— Je sais.

Il prend sa coupe de champagne et me propose de trinquer. J'imite son geste.

— Félicitations pour votre promotion, mademoiselle Steele.

Nous faisons tinter nos verres et je rougis.

— Oui, c'est un peu inattendu.

Il se rembrunit comme si une pensée désagréable venait de lui traverser l'esprit.

— Mange, m'ordonne-t-il. Je ne te ramène pas à la maison tant que tu n'as pas fini ton repas. Et alors, nous pourrons vraiment fêter l'occasion.

Son expression est tellement intense, si primitive, si autoritaire. Je fonds.

— Je n'ai pas faim. Pas de nourriture, en tous les cas.

Il secoue la tête, se délectant du sous-entendu, mais il plisse tout de même les paupières.

— Mange ou je te mets sur mes genoux, là, et nous allons divertir les autres clients.

Ses paroles me font me tortiller. Il n'oserait pas ! Lui et sa paume qui le démange. Je pince les lèvres et le regarde fixement. Il prend une asperge et la trempe dans la sauce hollandaise.

— Mange ça, murmure-t-il, d'une voix basse et chaude.

Je m'exécute volontiers.

— Tu ne manges vraiment pas assez. Tu as perdu du poids depuis qu'on s'est rencontrés.

Son ton est doux. Je ne veux pas penser à mon poids ; la vérité est que j'aime être aussi mince. J'avale l'asperge.

— Je veux juste rentrer à la maison et faire l'amour, dis-je d'un air désespéré.

Christian sourit.

— Moi aussi, et c'est ce que nous allons faire. Mange.

À contrecœur, je retourne à mon assiette et m'exécute. Pourtant, j'ai enlevé ma culotte tout de même ! Je me sens comme une enfant à qui l'on refuse un bonbon. Il est tellement aguicheur, tellement délicieux, sexy et taquin, et il est tout à moi.

Il m'interroge sur Ethan. Il s'avère que Christian est en affaires avec le père et la mère d'Ethan et de Kate. Hum… le monde est petit. Je suis soulagée qu'il ne parle ni du

Dr Flynn ni de la maison, car j'ai du mal à me concentrer sur la discussion. Je veux rentrer à la maison.

L'anticipation du plaisir se déploie entre nous. Il est tellement bon à ce jeu-là. Me faire attendre. Planter le décor. Entre deux bouchées, il pose sa main sur sa cuisse, si près de la mienne, toujours sans me toucher pour m'exciter davantage.

Salaud ! Je finis mon assiette et repose ma fourchette et mon couteau.

— Tu es une bonne petite, murmure-t-il.

Ces paroles sont tellement lourdes de promesses.

— Et maintenant ? je demande, l'excitation enfonçant ses griffes dans mon ventre.

Oh, comme je désire cet homme.

— Maintenant ? On part. Je crois comprendre que vous avez certaines attentes, mademoiselle Steele. Que j'ai bien l'intention de satisfaire de mon mieux.

Waouh !

— De… ton… mieux ?

Bordel de merde.

Il se lève en souriant.

— Nous ne réglons pas l'addition ? dis-je, à bout de souffle.

Il incline la tête sur le côté.

— Je suis membre de ce club. Ils me factureront le repas. Viens, Anastasia, après toi.

Il s'écarte et je me lève, consciente d'être sans culotte.

Il m'adresse un regard sombre, comme s'il me déshabillait, et je savoure cet instant sensuel. Je me sens tellement sexy, cet homme sublime me désire. Cela me fera-t-il toujours le même effet ? M'arrêtant délibérément devant lui, je lisse ma robe sur mes hanches.

— J'ai hâte de te ramener à la maison, me murmure-t-il à l'oreille.

Mais il ne me touche toujours pas.

En sortant, il chuchote quelque chose à propos de la voiture au maître d'hôtel, mais je n'écoute pas : ma déesse intérieure brûle d'excitation. Seigneur, elle pourrait illuminer tout Seattle.

Pendant que nous attendons l'ascenseur, nous sommes rejoints par deux couples dans la cinquantaine. Quand les portes s'ouvrent, Christian me prend par le coude et me pousse au fond de la cabine. Regardant autour de moi, je remarque que nous sommes entourés de miroirs sombres et fumés. Lorsque les autres couples entrent, un homme, dans un costume marron qui ne le met pas vraiment en valeur, salue Christian.

— Grey.

Il hoche poliment la tête. Christian fait de même, mais ne dit pas un mot.

Les couples se tiennent devant nous, face aux portes de l'ascenseur. Ils sont apparemment amis, les femmes bavardent fort, excitées et animées après leur repas. Je crois qu'elles ont un petit coup dans le nez.

Lorsque les portes se referment, Christian s'agenouille brièvement à côté de moi pour nouer son lacet. Bizarre parce que ses lacets ne sont pas défaits. Discrètement, il place sa main sur ma cheville, ce qui me fait sursauter et, tandis qu'il se relève, sa main remonte rapidement le long de ma jambe, glissant avec délice sur ma peau – *waouh* – jusqu'en haut. Je dois réprimer un halètement de surprise quand sa main se pose sur mes fesses. Christian se déplace derrière moi.

Oh mon Dieu. Je suis bouche bée derrière les autres personnes dans la cabine, les yeux rivés à leur nuque. Ils ne se doutent pas de ce que nous allons faire. Passant son bras libre autour de ma taille, Christian m'attire contre lui, me maintenant en place, tandis que ses doigts partent en exploration. *Bordel de merde… là-dedans ?* L'ascenseur descend en douceur, s'arrête au cinquante-deuxième étage pour laisser monter d'autres personnes. Mais je n'y prête pas attention. Je suis concentrée sur le mouvement de ses doigts. Ils décrivent des cercles… maintenant progressent, en quête, alors que nous reculons vers l'arrière de la cabine.

De nouveau, j'étouffe un grognement lorsque ses doigts atteignent leur cible.

— Toujours prête, mademoiselle Steele, chuchote-t-il en glissant un doigt en moi.

Je me tortille et suffoque. Comment peut-il faire cela avec tout ce monde autour de nous ?

— Ne bouge pas, me conseille-t-il à l'oreille.

Je suis écarlate, j'ai chaud, j'ai envie, coincée dans un ascenseur avec sept autres personnes, dont six n'ont absolument aucune idée de ce qui s'y passe.

Son doigt glisse, va et vient en moi, encore et encore. Ma respiration… Seigneur, c'est gênant. J'ai envie de lui dire d'arrêter… et de continuer… et d'arrêter. Je m'affaisse contre lui, et il resserre son bras autour de moi, son érection collée à ma hanche.

Nous nous arrêtons encore une fois au quarante-troisième étage. *Oh… combien de temps cette torture va-t-elle encore durer ? Il va… et vient… et va… et vient…* Je m'appuie imperceptiblement contre son doigt obstiné. Après tout ce temps passé sans me toucher, il choisit ce moment ! Ici ! Je me sens tellement dévergondée.

— Chut, souffle-t-il.

Deux autres personnes nous rejoignent dans l'ascenseur, ce qui ne paraît pas l'affecter outre mesure. La cabine est bondée. Christian me fait reculer un peu plus vers le fond. Nous sommes à présent collés dans un coin et il me maintient tout en poursuivant sa torture, son nez enfoui dans mes cheveux. Je suis certaine que nous avons l'air d'un jeune couple amoureux en train de se faire des câlins dans un coin, si quelqu'un pouvait se soucier de nous et voir ce que nous faisons… Et il glisse un autre doigt en moi.

La vache ! Je grogne, reconnaissante que les gens devant nous soient en train de bavarder, tout à fait indifférents à notre présence.

Oh, Christian, ce que tu me fais… J'appuie ma tête sur son torse, les yeux fermés, et je m'abandonne à ses doigts implacables.

— Ne jouis pas, me murmure-t-il. Réserve-moi ça pour plus tard.

Il étale et appuie légèrement sa main sur mon ventre, en poursuivant sa douce persécution. La sensation est délicieuse.

L'ascenseur atteint enfin le rez-de-chaussée. Les portes s'ouvrent dans un *ping* sonore, et presque aussitôt les passagers s'apprêtent à sortir. Christian retire lentement ses doigts de mon sexe et m'embrasse l'arrière de la tête. Je me retourne vers lui, il sourit puis adresse un nouveau hochement de tête à M. Costume-Marron-Mal-Taillé qui lui rend son salut en quittant l'ascenseur avec sa femme. J'y prête à peine attention, me concentrant plutôt sur le fait de tenir debout et de reprendre mon souffle. Seigneur, je me sens endolorie et comme privée de quelque chose. Christian me relâche et je lui fais face. Il a l'air détendu et imperturbable, avec son habituelle contenance. Mmm, ce n'est pas juste.

— Tu es prête ? demande-t-il.

Ses yeux brillent d'une lueur vicieuse lorsqu'il glisse son majeur puis son index dans sa bouche et les suce.

— Vachement bon, mademoiselle Steele, murmure-t-il.

Je manque de convulser sur-le-champ.

— Je n'arrive pas à croire que tu aies pu faire ça.

Je suis à deux doigts de craquer.

— Vous seriez surprise de ce dont je suis capable, mademoiselle Steele.

Il tend la main pour repousser une mèche de mes cheveux derrière l'oreille. Un léger rictus trahit son amusement.

— J'aimerais te ramener à la maison, mais nous n'en aurons peut-être pas le temps.

Il me prend par la main et me fait sortir de l'ascenseur.

Quoi ! Du sexe dans la voiture ? On ne pourrait pas tout simplement le faire sur le marbre frais de l'entrée… s'il te plaît ?

— Viens.

— Je ne demande que ça.

— Mademoiselle Steele ! me reprend-il, faussement horrifié.

— Je n'ai jamais fait l'amour dans une voiture.

Christian s'arrête et me soulève le menton de ses deux mêmes doigts. Il plante son regard dans le mien.

— Je suis ravi de l'apprendre. Je dois dire que j'aurais été très surpris, voire furieux, du cas contraire.

Je rougis en clignant des yeux. Bien sûr, il est le seul homme avec lequel j'aie jamais fait l'amour. Je fronce les sourcils.

— Ce n'est pas ce que je voulais dire.

— Et que voulais-tu dire ?

Son ton est étonnamment métallique.

— Christian, c'était juste une expression.

— La fameuse expression « Je n'ai jamais fait l'amour dans une voiture ». En effet, tout à fait le genre d'expression qui vient naturellement.

C'est quoi, son problème ?

— Christian, je ne réfléchissais pas. Pour l'amour de Dieu, songe à ce que tu viens de me faire dans cet ascenseur rempli de gens. J'ai un peu l'esprit en vrac.

Il hausse les sourcils.

— Qu'est-ce que je t'ai fait ? me défie-t-il.

Je le fusille du regard. Il veut que je le dise.

— Tu m'as excitée, carrément. Maintenant ramène-moi à la maison et baise-moi.

Il reste sans voix, puis il éclate de rire, surpris. Il semble si jeune et insouciant en cet instant. Oh, que j'aime l'entendre rire. C'est tellement rare.

— Vous êtes une romantique née, mademoiselle Steele.

Il m'attrape par la main et nous sortons de l'immeuble. Le voiturier attend près de ma Saab.

— Alors tu veux faire l'amour dans une voiture, me murmure Christian en démarrant la Saab.

— Pour être franche, je me serais contentée du sol du hall.

— Crois-moi, Ana, moi aussi. Mais je n'aime pas trop me faire arrêter à cette heure de la nuit et je ne voulais pas te baiser dans les toilettes. Enfin, pas ce soir.

Quoi !

— Tu veux dire que ça aurait été envisageable ?

— Oh, oui.

— On y retourne.

Il éclate de rire. Sa bonne humeur est contagieuse ; bientôt nous sommes tous les deux pliés de rire. C'est merveilleux, libérateur de rire à nous en décrocher la mâchoire. Il pose sa main sur mon genou pour le caresser doucement de ses doigts experts. Je cesse de rire.

— Patience, Anastasia, murmure-t-il en s'engageant dans la circulation de Seattle.

Il gare la Saab dans le garage de l'Escala et coupe le moteur. Soudain, dans l'habitacle de la voiture, l'atmosphère change. Je le dévisage dans une attente impudique en essayant de contenir mon cœur qui palpite. Il est tourné vers moi, appuyé contre la portière, son coude posé sur le volant.

Il tire sur sa lèvre inférieure avec son pouce et son index. Sa bouche est tellement troublante. Je la veux sur moi. Il me regarde avec intensité. J'ai la bouche sèche. Il m'adresse un sourire sensuel.

— Nous baiserons dans la voiture au moment et à l'endroit que je choisirai. Maintenant, je veux juste te prendre sur toutes les surfaces disponibles de l'appartement.

C'est comme s'il s'adressait directement à mon sexe... Ma déesse intérieure exécute quatre arabesques et un pas de basque.

— Oui.

Seigneur, j'ai l'air tellement à bout de souffle, désespérée.

Il se penche un peu en avant. Je ferme les yeux en attendant son baiser. Enfin. Mais il ne se passe rien. Au bout de quelques secondes interminables, j'ouvre les yeux et je découvre qu'il m'observe. Je n'ai aucune idée de ce qu'il pense mais, avant que je ne puisse dire quoi que ce soit, il détourne une fois de plus mon attention.

— Si je t'embrasse maintenant, on n'arrivera pas jusqu'à l'appartement. Viens.

Argh ! Cet homme ne pourrait être plus frustrant. Il descend de voiture.

Une fois encore, nous attendons l'ascenseur et mon corps tout entier pulse d'excitation. Christian me tient la main en faisant régulièrement courir son pouce sur la naissance de mes doigts. Chaque caresse résonne en moi. Oh, je veux ses mains partout sur moi. Il m'a assez torturée.

— Alors qu'en est-il de la gratification immédiate ? je murmure.

— Elle ne convient pas à toutes les situations, Anastasia.

— Depuis quand ?

— Depuis ce soir.

— Pourquoi me tortures-tu de la sorte ?

— Un prêté pour un rendu, mademoiselle Steele.

— Dis-moi de quelle manière je te torture ?

— Je crois que tu le sais.

Je lève les yeux vers lui. Son expression est difficile à déchiffrer. *Il attend ma réponse… c'est ça.*

— Je suis pour la gratification différée, dis-je en souriant timidement.

Il tire sur ma main de manière inattendue, et soudain je suis dans ses bras. Il saisit les cheveux à la base de ma nuque et me bascule doucement la tête en arrière.

— Que dois-je faire pour que tu me dises oui ? demande-t-il avec ferveur en me déséquilibrant une fois de plus.

Je cligne des yeux devant son expression charmante, grave et désespérée.

— Laisse-moi du temps, je t'en prie, dis-je dans un souffle.

Il grogne et m'embrasse enfin, longtemps et fort. Puis nous nous retrouvons dans l'ascenseur et nous ne sommes que mains et bouches et langues et lèvres et doigts et cheveux. Le désir, épais et violent, traverse mon sang, brouillant ma raison. Il me pousse contre la paroi, me clouant avec ses hanches ; une main dans mes cheveux, l'autre sur mon menton, il me maintient en place.

— Je t'appartiens, chuchote-t-il. Mon destin est entre tes mains, Ana.

Ses paroles sont enivrantes et, dans l'état de surchauffe dans lequel je suis, j'ai envie de lui arracher ses vêtements. Je repousse sa veste et, lorsque l'ascenseur arrive dans l'appartement, nous sortons en titubant dans le vestibule.

Christian me cloue contre le mur près de l'ascenseur, sa veste tombe à terre et ses mains remontent le long de mes jambes, ses lèvres ne quittant jamais les miennes. Il soulève ma robe.

— Première surface ici, souffle-t-il en me hissant brutalement. Passe tes jambes autour de ma taille.

Je m'exécute, il se tourne et m'allonge sur la table du vestibule en se positionnant entre mes jambes. Je constate que le vase qui s'y trouve d'habitude n'y est pas. *Hein ?* Il sort un emballage argenté de la poche de son jean et me le tend avant d'ouvrir sa braguette.

— Tu sais à quel point tu m'excites ?

— Quoi ?

Je suis haletante.

— Non… je…

— Eh bien, tu m'excites, marmonne-t-il. Tout le temps.

Il me prend l'emballage des mains. Oh, ça va tellement vite, mais après tous ces petits jeux, j'ai vraiment envie de lui – maintenant. Il baisse les yeux sur moi en enfilant le préservatif, puis pose ses mains sous mes cuisses pour les écarter davantage.

Il se positionne puis marque une pause.

— Garde les yeux ouverts. Je veux te voir, murmure-t-il.

Prenant mes deux mains dans les siennes, il s'enfonce lentement en moi.

J'essaie, vraiment, mais la sensation est tellement délicieuse. Enfin ce que j'attendais après toutes ces taquineries. *Oh, comme il me remplit, cette sensation…* Je grogne et cambre mon dos sur la table.

— Ouvre les yeux ! gronde-t-il, resserrant ses mains sur les miennes.

Il s'enfonce brutalement en moi et je pousse un cri. J'ouvre les yeux en clignant des paupières et il baisse les siens, agrandis, sur moi.

Lentement, il se retire puis s'enfonce de nouveau. Sa bouche se détend lorsqu'il articule un *Ah…* silencieux, mais aucun son n'en sort. Voyant son excitation, ce que je provoque chez lui, je m'embrase de l'intérieur et mon sang, en feu, déferle dans mes veines. Il plante ses yeux gris brûlants dans les miens. Il trouve son rythme et je savoure, me délecte, en le regardant me regarder – sa passion, son amour –, quand nous jouissons tous les deux, ensemble.

Je pousse un cri en explosant autour de lui et Christian me rejoint.

— Oui, Ana ! crie-t-il.

Il s'écroule sur moi, me relâchant les mains et posant sa tête sur ma poitrine. Mes jambes entourent toujours sa taille et, sous les regards patients et maternels de la Madone, je serre son visage contre moi en m'efforçant de retrouver mon souffle.

Il lève la tête pour me regarder.

— Je n'en ai pas encore fini avec toi, murmure-t-il.

Il se redresse pour m'embrasser.

Je suis allongée, nue, dans le lit de Christian, affalée sur son torse, haletante. Bordel – est-ce qu'il connaît des baisses d'énergie ? Christian dessine des chemins de ses doigts le long de mon dos.

— Satisfaite, mademoiselle Steele ?

Je murmure mon assentiment. Je n'ai plus la force de parler. Je lève la tête, tourne des yeux perdus vers lui et plonge dans son regard chaud et affectueux. J'incline ostensiblement ma tête vers le bas pour lui faire comprendre que je vais lui embrasser le torse.

Il se raidit un instant et je plante un doux baiser sur la toison de sa poitrine, respirant le parfum unique de Christian mélangé aux odeurs de sueur et de sexe. C'est entêtant. Il roule sur le flanc pour que je sois allongée près de lui.

— Est-ce que le sexe, c'est comme ça pour tout le monde ? Si c'est le cas, je suis surprise que les gens sortent, dis-je, soudain intimidée.

— Je ne peux pas parler au nom de tous, mais c'est sacrément spécial avec toi, Anastasia.

Il se penche pour m'embrasser.

— C'est parce que vous êtes sacrément spécial, monsieur Grey.

Je souris en lui caressant le visage. Il cligne des paupières, confus.

— Il est tard. Endors-toi, dit-il.

Il m'embrasse puis s'allonge et m'attire vers lui pour que nous nous endormions en chien de fusil.

— Tu n'aimes pas les compliments.

— Dors, Anastasia.

Mmm… Pourtant, il est sacrément spécial. Seigneur… Pourquoi ne veut-il pas l'accepter ?

— J'aime la maison, dis-je tout bas.

Il reste silencieux une minute, mais je devine qu'il sourit.

— Je t'aime. Dors maintenant.

Il enfouit son nez dans mes cheveux et je m'endors, en sécurité entre ses bras, en rêvant de couchers de soleil, de portes-fenêtres, d'un grand escalier… et d'un petit garçon aux cheveux cuivrés courant dans un pré, riant et gloussant pendant que je le poursuis.

— Je dois y aller, bébé.

Christian m'embrasse juste sous l'oreille. J'ouvre les yeux ; c'est le matin. Je me tourne vers lui, mais il est debout, habillé, douché et frais, penché au-dessus de moi.

— Quelle heure est-il ?

Oh non, je ne veux pas être en retard.

— Pas de panique. J'ai un petit déjeuner d'affaires.

Il frotte son nez contre le mien.

— Tu sens bon.

Je m'étire sous lui, mes membres tendus craquent de plaisir après tous nos exploits de la nuit passée. J'enroule mes bras autour de son cou.

— Ne t'en va pas.

Il incline la tête sur le côté et hausse un sourcil.

— Mademoiselle Steele, essaieriez-vous d'empêcher un honnête homme d'aller gagner sa vie ?

Je hoche la tête d'un air endormi.

— Si tentante puissiez-vous être, je dois y aller, ajoute-t-il avec son nouveau sourire timide.

Il m'embrasse et se relève. Il porte un costume bleu marine très bien coupé, une chemise blanche et une cravate bleu marine. Il a tout l'air d'un P-DG… d'un P-DG sexy.

— À plus, bébé, murmure-t-il avant de partir.

Je jette un coup d'œil au réveil et constate qu'il est déjà 7 heures, je n'ai pas dû entendre la sonnerie. Bon, c'est l'heure de se lever.

Sous la douche, je suis prise d'une soudaine inspiration. J'ai l'idée d'un autre cadeau d'anniversaire pour Christian. C'est tellement difficile d'acheter quelque chose à un homme qui possède déjà tout. Je lui ai déjà donné mon cadeau principal et j'ai encore ce que je lui ai pris dans la boutique pour touristes, mais ce cadeau-là sera vraiment pour moi. J'exulte par avance tandis que je coupe l'eau. Il faut juste que je le prépare.

Dans le dressing, je passe une robe noire ajustée assez courte, avec une encolure carrée. Oui, ça ira pour le travail.

Maintenant le cadeau de Christian. Je commence à fouiller dans les tiroirs à la recherche de ses cravates. Dans le tiroir du bas, je trouve son jean délavé et déchiré, celui qu'il porte dans la salle de jeux – celui dans lequel il est si sexy. Je le caresse lentement. Oh mon Dieu, comme le tissu est doux.

Sous le jean, je découvre une grande boîte plate en carton. Cette découverte pique aussitôt ma curiosité. Que contient-elle ? Je l'observe avec, une nouvelle fois, l'impression de pénétrer en territoire interdit. Je la sors du tiroir et la secoue. Elle est lourde comme si elle contenait des papiers ou des manuscrits. Je ne peux résister et je soulève le couvercle pour le refermer aussitôt. Putain – des photos de la Chambre rouge. Sous le choc, je m'assois sur les talons en essayant d'effacer l'image de mon cerveau. *Pourquoi ai-je ouvert cette boîte ? Pourquoi a-t-il gardé ces photos ?*

Je frémis. Ma conscience me foudroie du regard. *C'était avant toi. Oublie-les.*

Elle a raison. Quand je me relève, je remarque que ses cravates sont suspendues au bout de sa penderie. Je choisis ma préférée et m'en vais vite.

Ces photos datent d'AA – Avant Ana. Ma conscience hoche la tête en signe d'approbation, mais c'est le cœur plus lourd que je prends la direction de la pièce principale pour prendre mon petit déjeuner. Mme Jones me sourit chaleureusement avant de froncer les sourcils.

— Tout va bien, Ana ? demande-t-elle gentiment.

— Oui, je bredouille, l'esprit ailleurs. Est-ce que vous avez la clé de la… salle de jeux ?

Elle marque une pause, momentanément surprise.

— Oui, bien sûr.

Elle détache un jeu de clés de sa ceinture.

— Que prendrez-vous pour le petit déjeuner, ma chérie ? demande-t-elle en me tendant les clés.

— Juste du muesli. Je n'en ai pas pour longtemps.

Je me mets à douter au sujet de mon cadeau à présent, mais uniquement à cause de la découverte des photos. *Rien n'a changé !* m'aboie ma conscience en me lançant un regard mauvais par-dessus ses lunettes aux verres en demi-lunes. *Cette photo que tu as vue était plutôt hard,* ajoute ma déesse intérieure pour ajouter son grain de sel, tandis que je me renfrogne intérieurement. Oui, en effet – *trop hard pour moi.*

Y a-t-il d'autres choses cachées ? Rapidement, je farfouille dans les tiroirs de la commode de musée. J'y prends ce dont j'ai besoin et je verrouille la porte de la salle de jeux en sortant. Ça ne plairait pas à José de découvrir un tel endroit !

Je rends les clés à Mme Jones et m'installe pour dévorer mon petit déjeuner en ressentant bizarrement l'absence de Christian. L'image de la photo danse de façon déplaisante dans ma tête. Je me demande qui cela pouvait être ? Leila, peut-être ?

Sur le chemin du bureau, je tergiverse intérieurement pour savoir s'il faut que j'avoue ou non à Christian avoir trouvé ces photos. *Non,* hurle ma conscience avec son visage à la Edvard Munch. Elle a probablement raison.

Quand je m'assois à mon bureau, mon BlackBerry sonne.

De : Christian Grey
Objet : Surfaces
Date : 17 juin 2011 08:59
À : Anastasia Steele

J'ai calculé et il nous reste au moins trente surfaces à explorer. J'ai hâte d'essayer chacune d'elles. Puis il y a les planchers, les murs – sans oublier le balcon.

Ensuite, il y a mon bureau…
Tu me manques.

Christian Grey
P-DG Priapique, Grey Enterprises Holdings, Inc.

Son message me fait sourire et toutes mes récentes réserves s'évaporent. C'est moi qu'il veut maintenant et les souvenirs de nos sexcapades de la nuit passée affluent à mon esprit… *L'ascenseur, le vestibule, le lit*. Priapique lui va bien. Je me demande quel serait l'équivalent pour la femme ?

De : Anastasia Steele
Objet : Romance ?
Date : 17 juin 2011 09:03
À : Christian Grey

Monsieur Grey,
Vous ne pensez vraiment qu'à ça.
Vous m'avez manqué au petit déjeuner.
Mais Mme Jones a été très accommodante.
A.

De : Christian Grey
Objet : Intrigué
Date : 17 juin 2011 09:07
À : Anastasia Steele

En quoi Mme Jones a-t-elle été accommodante ?
Que manigancez-vous, mademoiselle Steele ?

Christian Grey
P-DG Curieux, Grey Enterprises Holdings, Inc.

Comment sait-il ?

De : Anastasia Steele
Objet : Fouineur
Date : 17 juin 2011 09:10
À : Christian Grey

Tu verras bien, c'est une surprise.
Il faut que je travaille... laisse-moi.
Je t'aime
A.

De : Christian Grey
Objet : Frustré
Date : 17 juin 2011 09:12
À : Anastasia Steele

Je déteste quand tu me caches des choses.

Christian Grey
P-DG, Grey Enterprises Holdings, Inc.

Je scrute le petit écran de mon BlackBerry. La véhémence sensible de son message me prend par surprise. Pourquoi ressent-il ça ? Ce n'est pas comme si je cachais des photos érotiques de mes ex.

De : Anastasia Steele
Objet : Te faire plaisir
Date : 17 juin 2011 09:14
À : Christian Grey

C'est pour ton anniversaire.
Une autre surprise.
Ne sois pas si bougon.
A.

Il ne répond pas immédiatement et on me convoque en réunion si bien que je n'ai pas l'occasion d'y penser.

Quand je consulte de nouveau mon BlackBerry, je constate avec horreur qu'il est 16 heures. Comment le temps a-t-il pu filer de la sorte ? Toujours pas de réponse de Christian. Je décide de lui envoyer un nouveau message.

De : Anastasia Steele
Objet : Hello
Date : 17 juin 2011 16:03
À : Christian Grey

Tu ne me parles plus ?
N'oublie pas que je vais boire un verre avec José et qu'il dort à la maison ce soir.
S'il te plaît, réfléchis à la possibilité de nous rejoindre.
A.

Pas de réponse. Je frissonne de malaise. J'espère qu'il va bien. J'appelle son portable et je tombe sur sa messagerie vocale. L'annonce dit simplement. « Grey, laissez un message » de sa voix la plus sèche.

— Salut... euh... c'est moi. Ana. Tu vas bien ? Appelle-moi.

Je bafouille. Je n'ai jamais eu à lui laisser de message. Je raccroche en rougissant. *Évidemment qu'il sait que c'est toi, imbécile !* Ma conscience lève les yeux au ciel. Je suis tentée de joindre son assistante, Andréa, mais c'est peut-être aller un peu trop loin. À contrecœur, je me remets au travail.

Mon téléphone sonne de manière inattendue et mon cœur s'emballe. *Christian !* Mais non, c'est Kate. Ma meilleure amie. Enfin !

— Ana ! crie-t-elle depuis l'endroit où elle se trouve.

— Kate ! Tu es rentrée ? Tu m'as manqué.

— Toi aussi. J'ai tellement de choses à te raconter. Nous sommes à Sea-Tac, mon homme et moi.

Elle glousse d'une manière qui ne lui ressemble pas du tout.

— Super. J'ai tellement de choses à te raconter, moi aussi.

— On se voit à l'appartement ?

— Je bois un verre avec José. Joins-toi à nous.

— José est en ville ? Bien sûr. Envoie-moi un texto pour me dire où vous serez.

— D'accord.

Je suis ravie.

— Tu vas bien, Ana ?

— Oui, je vais bien.

— Toujours avec Christian ?

— Oui.

— Bien. À plus !

Oh non ! Pas elle aussi. L'influence d'Elliot n'a aucune limite.

— Ouais, à plus, bébé.

Je souris et raccroche.

Waouh. Kate est de retour. Comment vais-je lui raconter tout ce qui s'est passé ? Je devrais l'écrire pour ne rien oublier.

Une heure plus tard, le téléphone de mon bureau sonne – *Christian ?* Non, c'est Claire.

— Tu devrais voir le type qui te demande à l'accueil. Comment se fait-il que tu connaisses tous ces gars sexy, Ana ?

José doit être arrivé. Je jette un œil à la pendule. Il est 17 h 55 et un petit frisson d'excitation me parcourt. Ça fait une éternité que je ne l'ai pas vu.

— Ana, waouh ! Tu es superbe. Tu fais tellement adulte.

Il me sourit. Juste parce que je porte une robe élégante… Seigneur !

Il me serre fort dans ses bras.

— Et grande, marmonne-t-il, étonné.

— C'est juste les chaussures, José. Tu me parais pas mal non plus.

Il porte un jean, un tee-shirt noir et une chemise en flanelle à carreaux noirs et blancs.

— Je vais chercher mes affaires et on va pouvoir y aller.

— Super. Je t'attends ici.

Je vais commander deux Rolling Rocks au comptoir bondé avant de revenir vers la table où est installé José.

— Tu n'as pas eu de problème pour trouver l'adresse de Christian ?

— Aucun. Je ne suis pas entré. J'ai juste livré les photos à l'ascenseur de service. Un type du nom de Taylor les a montées. Ça m'a l'air d'être un sacré endroit.

— En effet. Tu verrais l'intérieur.

— J'ai hâte. *Salud,* Ana. Seattle te réussit bien.

Je rougis et nous trinquons avec nos bouteilles. C'est Christian qui me réussit.

— *Salud.* Dis-moi comment s'est passée ton expo.

Il m'adresse un sourire radieux avant de se lancer dans son récit. Il ne lui reste que trois photos qu'il n'a pas vendues. Ce qui lui a permis de rembourser son prêt d'étudiant en lui laissant un peu d'argent.

— On m'a commandé des clichés de paysages pour l'Office de tourisme de Portland. Super, non ? conclut-il fièrement.

— Oh, José, c'est merveilleux. Ça n'interfère pas avec tes études au moins ? je demande, inquiète.

— Nan. Maintenant que vous êtes parties, les filles, ainsi que trois des types avec qui je traînais, j'ai plus de temps.

— Pas de petite copine sexy pour t'occuper ? La dernière fois qu'on s'est vus, tu avais à tes pieds une demi-douzaine de femmes qui buvaient tes paroles.

J'arque un sourcil.

— Nan, Ana. Aucune d'elles n'est assez femme pour moi.

Il est tout bravache.

— Oh bien sûr, José Rodriguez, le tombeur de ces dames, je glousse.

— Hé, j'ai mes moments de gloire, Steele.

Il semble vaguement vexé, ce qui me refroidit.

— Bien sûr, j'ajoute pour l'apaiser.

— Alors comment va Grey ? demande-t-il en adoptant un ton plus détendu.

— Il va bien. Nous allons bien.

— C'est sérieux, tu dis ?

— Oui. Sérieux.

— Il n'est pas un peu trop vieux pour toi ?

— Oh, José. Tu sais ce que dit ma mère, je suis née vieille.

Il a un petit sourire malicieux.

— Comment va ta mère ?

Et ainsi nous quittons un terrain dangereux.

— Ana !

Je me tourne et voilà Kate et Ethan. Elle est superbe : ses cheveux blond vénitien décolorés, son teint bronzé, son sourire d'un blanc étincelant, et si bien faite dans sa tunique et son jean blanc moulant. Tous les yeux convergent sur elle. Je bondis de mon siège pour lui sauter au cou. Mon Dieu, comme cette femme m'a manqué !

Elle me tient à bout de bras pour m'examiner attentivement. Je rougis sous son regard intense.

— Tu as perdu du poids. Beaucoup de poids. Et tu as l'air différente. Plus adulte. Qu'est-ce qui se passe ? dit-elle sur le ton de la mère poule. J'aime bien ta robe. Elle te va bien.

— Il s'est passé beaucoup de choses depuis que tu es partie. Je te raconterai plus tard, quand on sera toutes les deux.

Je ne suis pas encore prête à subir l'Inquisition selon Katherine Kavanagh. Elle me détaille d'un air suspicieux.

— Tu vas bien ? insiste-t-elle gentiment.

— Oui.

Je souris, bien que j'irais bien mieux si je savais où se trouve Christian.

— Super.

— Salut, Ethan.

Il me serre rapidement dans ses bras.

— Salut, Ana, me chuchote-t-il à l'oreille.

José fronce les sourcils vers Ethan.

— Comment était ton déjeuner avec Mia ?

— Intéressant, répond-il d'un air énigmatique.

Oh ?

— Ethan, tu connais José ?

— Nous nous sommes déjà rencontrés, marmonne José en jaugeant Ethan quand ils se serrent la main.

— Ouais, chez Kate à Vancouver, ajoute Ethan en souriant amicalement à José. Bon, qui boit un coup ?

Je me rends aux toilettes. Là-bas, j'envoie un texto à Christian pour lui dire où nous sommes ; peut-être va-t-il nous rejoindre. Je n'ai aucun appel manqué provenant de lui et aucun message. Cela ne lui ressemble pas.

— Qu'est-ce qui se passe, Ana ? me demande José quand je reviens à notre table.

— Je n'arrive pas à joindre Christian. J'espère que tout va bien.

— Il va sûrement bien. Tu veux une autre bière ?

— Bien sûr.

Kate se penche par-dessus la table.

— Ethan m'a dit qu'une ex-petite amie tarée qui te suivait s'est pointée à l'appartement avec une arme ?

— Eh bien… ouais.

Je hausse les épaules en guise d'excuse. Oh mon Dieu, faut-il en parler maintenant ?

— Ana, bon sang mais qu'est-ce qui s'est passé ?

Kate s'arrête brutalement et consulte son téléphone.

— Salut, bébé, dit-elle en prenant un appel.

Bébé ! Elle fronce les sourcils en me regardant.

— Bien sûr, dit-elle en se tournant vers moi. C'est Elliot… il veut te parler.

— Ana.

La voix d'Elliot est sèche et calme. Mon crâne est aussitôt parcouru de picotements menaçants.

— Qu'est-ce qui ne va pas ?

— C'est Christian. Il n'est pas rentré de Portland.

— Quoi ? Comment ça ?

— Son hélicoptère est porté disparu.

— Charlie Tango ? dis-je dans un murmure alors que tout oxygène m'abandonne. Non !

19.

Je regarde fixement les flammes, comme hypnotisée. Elles dansent et ondulent, d'un orange vif avec des pointes bleu cobalt, dans l'âtre de l'appartement de Christian. Malgré la chaleur émise par la cheminée et la couverture passée sur mes épaules, j'ai froid. Je suis glacée jusqu'aux os.

Je perçois des chuchotements, beaucoup de chuchotements. Mais ils sont en arrière-fond, tel un bourdonnement lointain. Je ne saisis pas de mots. Tout ce que j'entends, tout ce sur quoi je parviens à me concentrer, c'est le sifflement doux du gaz s'échappant du feu.

Mes pensées dérivent vers la maison que nous avons vue hier et ses énormes cheminées – de vraies cheminées pour y brûler du bois. J'aimerais faire l'amour avec Christian devant un vrai feu. J'aimerais faire l'amour avec Christian devant ce feu. Oui, ce serait amusant. Aucun doute, il trouverait un moyen de rendre le moment mémorable, comme toutes les fois où nous avons fait l'amour. J'ironise à mes dépens. Même les fois où nous ne faisions que baiser. Oui, ces fois-là étaient vraiment mémorables aussi. *Où est-il ?*

Les flammes se dandinent et vacillent, me captivent et m'engourdissent à la fois. Je me concentre uniquement sur leur beauté brûlante. Elles m'ensorcellent.

Anastasia, tu m'as ensorcelé.

Il a dit ça la première fois qu'il a dormi avec moi dans mon lit. *Oh non…*

Je me recroqueville. Le monde s'écroule autour de moi et la réalité déteint sur ma conscience. Le vide intérieur et insidieux se déploie davantage. Charlie Tango est porté disparu.

— Ana, tenez, me dit Mme Jones avec gentillesse.

Sa voix me ramène dans la pièce, dans le temps présent et dans l'angoisse. Elle me tend une tasse de thé. Je prends la tasse et la soucoupe avec reconnaissance, le cliquetis de la vaisselle trahissant le tremblement de mes mains.

— Merci, je marmonne, la voix rauque de larmes retenues.

Mia est assise en face de moi sur le trop grand canapé en U, elle tient les mains de Grace. Les deux femmes me regardent, la douleur et l'angoisse creusent leurs jolis visages. Grace semble avoir vieilli – une mère s'inquiétant pour son fils. Je cligne des yeux sans passion vers elles. Je ne peux leur offrir de sourire rassurant, ni même une larme – il n'y a rien, juste le blanc et le vide croissant. Je regarde Elliot, José et Ethan qui sont attablés au comptoir de la cuisine, le visage grave, et qui discutent calmement. Ils parlent à voix basse. Derrière eux, Mme Jones s'affaire dans la cuisine.

Kate suit les informations régionales dans la salle de télévision. Je perçois de vagues braillements provenant du grand écran plasma. Je suis incapable d'écouter les titres des journaux – CHRISTIAN GREY PORTÉ DISPARU –, de revoir son beau visage à la télévision.

Bizarrement, il me vient à l'esprit que je n'ai jamais vu autant de monde réuni ici, et pourtant ils paraissent tous minuscules, écrasés par la taille de la pièce. Tels des îlots perdus au beau milieu de la maison de mon Cinquante Nuances. Que penserait-il de leur présence ?

Quelque part, Taylor et Carrick s'entretiennent avec les autorités qui nous fournissent les informations au compte-gouttes, mais tout cela n'a aucun sens. Le fait est qu'il est porté disparu. Il est porté disparu depuis huit heures. Aucun signe, aucun mot de lui. Les recherches ont été ajournées, ça au moins je le sais. Il fait trop sombre. Et on ne sait pas où il se trouve. Il pourrait être blessé, il pourrait avoir faim, ou pire. *Non !*

J'adresse une nouvelle prière silencieuse à Dieu. *Je vous en prie, faites que Christian aille bien.* Et je la répète encore et encore dans ma tête – mon mantra, ma bouée de sauvetage, quelque chose de concret à quoi me raccrocher dans ma détresse. Je refuse d'envisager le pire. Non, ne pas s'aventurer sur ce terrain. Il y a de l'espoir.

Tu es ma bouée de sauvetage.

Les paroles de Christian reviennent me hanter. Oui, il y a toujours de l'espoir. Je ne dois pas désespérer. Ses mots résonnent dans mon esprit.

« Je suis dorénavant un fervent défenseur de la gratification immédiate. *Carpe diem*, Ana. »

Pourquoi n'ai-je pas profité du moment ?

« Je fais ça parce que j'ai enfin rencontré la personne avec laquelle j'ai envie de passer le reste de ma vie. »

Je ferme les yeux et me balance doucement en priant en silence. *Je vous en prie, faites que sa vie ne soit pas aussi courte. Je vous en prie, je vous en prie.* Nous n'avons pas eu assez de temps… Nous avons besoin de davantage de temps. Nous avons fait tellement de choses ces dernières semaines, nous sommes allés si loin. Ça ne peut s'arrêter là. Tous nos moments de tendresse : le rouge à lèvres, quand il m'a fait l'amour pour la première fois à l'hôtel Olympic, à genoux devant moi en train de s'offrir à moi, moi le touchant enfin.

« Je suis juste le même, Ana. Je t'aime et j'ai besoin de toi. Touche-moi. Je t'en prie. »

Oh, je l'aime tellement. Je ne serai rien sans lui, rien d'autre qu'une ombre – toute la lumière éclipsée. *Non, non, non… mon pauvre Christian.*

« C'est moi, Ana. Tout moi… et je suis tout à toi. Que dois-je faire pour que tu le comprennes ? Pour te faire comprendre que je te veux de toutes les manières possibles. Que je t'aime. »

Et moi, je t'aime, mon Cinquante Nuances.

J'ouvre les yeux et je regarde une nouvelle fois les flammes sans les voir. Les souvenirs de moments passés ensemble flottent dans ma tête : sa joie puérile quand nous faisions du bateau ou du planeur ; son allure, sophistiquée et sexy en diable lors du bal masqué ; danser avec lui, oh oui, danser ici dans l'appartement sur Sinatra, tournoyer dans la pièce ; son espoir tranquille et anxieux hier quand nous avons visité la maison – cette vue époustouflante.

« Je déposerai le monde à tes pieds, Anastasia. Je te veux corps et âme, pour toujours. »

Oh, je vous en prie, faites qu'il aille bien. Il ne peut avoir disparu. Il est le centre de mon univers. Un sanglot involontaire s'échappe de ma gorge et je plaque une main sur ma bouche. Non. Je dois être forte.

José est soudain à mon côté, ou bien est-il là depuis un moment déjà ? Je n'en ai aucune idée.

— Tu veux appeler ton père ou ta mère ? me demande-t-il doucement.

Non ! Je secoue la tête et je serre la main de José. Je n'arrive pas à parler, je sais que je vais m'effondrer si je le fais, et sa main chaude et affectueuse sur la mienne ne m'offre aucun réconfort.

Oh, maman. Ma lèvre tremble quand je pense à elle. Dois-je l'appeler ? Non. Je ne pourrai gérer sa réaction. Peut-être Ray ; il serait moins dans l'émotion – il n'est jamais dans l'émotion, même quand les Mariners perdent.

Grace se lève pour rejoindre les garçons, détournant mon attention. Elle n'a jamais dû rester en place aussi longtemps. Mia vient elle aussi s'asseoir à côté de moi et prend mon autre main.

— Il va revenir, dit-elle.

Sa voix, au début déterminée, déraille sur le dernier mot. Ses grands yeux sont cernés de rouge, son visage est pâle et ses traits tirés par le manque de sommeil.

Je lève les yeux vers Ethan qui observe Mia, et Elliot qui serre Grace dans ses bras. Je jette un coup d'œil vers la pendule. Il est 23 heures passées, proche de minuit. *Saloperie de temps !* À chaque seconde qui passe, le vide se déploie, me consume, m'étouffe. Tout au fond de moi, je sais que je me prépare au pire. Je ferme les paupières et j'adresse une nouvelle prière silencieuse, en serrant les mains de José et de Mia.

Je rouvre les yeux pour fixer de nouveau les flammes. Je peux voir son sourire timide – son expression que je préfère, un aperçu du vrai Christian, mon vrai Christian. Il est tellement de personnes à la fois : un obsédé du contrôle, un P-DG, un traqueur, un dieu du sexe, un Dominant et, en même temps, un vrai petit garçon avec tous ses jouets. Je souris. Sa voiture, son bateau, son avion, son hélicoptère Charlie Tango… mon petit garçon perdu, qui est à présent réellement perdu. Mon sourire s'efface et la douleur me transperce. Je me rappelle Christian sous la douche en train d'effacer les traces de rouge à lèvres.

« Je ne suis rien, Anastasia. Je ne suis qu'une enveloppe d'homme. Je n'ai pas de cœur. »

La boule dans ma gorge grossit. Oh, Christian, tu as un cœur, et il est à moi. Je veux le chérir pour toujours. Même s'il est difficile et complexe, je l'aime. Je l'aimerai toujours. Il n'y aura jamais personne d'autre. Jamais.

Je me revois dans le Starbucks à peser le pour et le contre à propos de Christian. Tous ces « contre », même ces photos que j'ai trouvées ce matin, sont à présent tellement insignifiants. Il n'y a que lui et la question de son retour. *Oh, je vous en prie, Seigneur, ramenez-le, je vous en prie, faites qu'il aille bien. J'irai à l'église… je ferai n'importe quoi.* Oh, s'il me revient, je profiterai de chaque jour. Sa voix résonne de nouveau dans ma tête : « *Carpe diem*, Ana. »

Mon regard plonge plus profondément dans le feu, les flammes se lèchent et s'enroulent les unes aux autres dans une lumière aveuglante. Puis Grace hurle et tout se passe au ralenti.

— Christian !

Je tourne la tête pour voir Grace foncer à travers la grande pièce depuis l'endroit où elle allait et venait, quelque part derrière moi. Et là, sur le seuil, se tient un Christian consterné. En bras de chemise et pantalon de survêtement, il porte sa veste de costume bleu marine, ses chaussures et ses chaussettes. Il paraît fatigué, il est sale et absolument magnifique.

Bordel de merde… Christian. Il est en vie. Je le regarde fixement, paralysée, en essayant de savoir si je suis en train d'halluciner ou s'il est vraiment là. Son expression est celle de la parfaite stupéfaction. Il dépose sa veste et ses chaussures sur le sol à temps pour rattraper Grace qui se jette au cou de son fils et l'embrasse.

— Maman ?

Christian baisse les yeux sur elle, complètement perdu.

— J'ai eu peur de ne plus jamais te revoir, murmure Grace, exprimant ainsi notre peur à tous.

— Maman, je suis là.

Je perçois la consternation dans sa voix.

— Je suis morte cent fois aujourd'hui, chuchote-t-elle, d'une voix à peine audible, faisant écho à mes pensées.

Elle suffoque et sanglote, incapable de retenir ses larmes plus longtemps. Christian fronce les sourcils, horrifié ou mortifié – je ne saurais dire – puis, après une seconde, il la serre fort dans ses bras.

— Oh, Christian, s'étouffe-t-elle.

Elle l'enveloppe de ses bras et pleure dans son cou, toute retenue oubliée.

Christian ne regimbe pas. Il la tient juste dans ses bras, en la berçant doucement pour la consoler. Des larmes brûlantes s'accumulent au bord de mes cils.

— Il est en vie ! Merde, tu es là ! s'exclame Carrick.

Il sort du bureau de Taylor, un téléphone portable à la main, et les prend tous les deux dans ses bras, les yeux fermés sous l'effet d'un immense soulagement.

— Papa ?

Mia couine des propos inintelligibles à côté de moi, puis elle se lève et court rejoindre ses parents et les étreint elle aussi.

Les larmes se mettent enfin à cascader sur mes joues. Il est là, il va bien. Mais je suis incapable du moindre mouvement.

Carrick est le premier à se défaire du groupe en essuyant ses larmes et en tapotant l'épaule de Christian. Puis c'est le tour de Mia et Grace recule.

— Désolée, marmonne-t-elle.

— Hé, maman, c'est bon, la rassure Christian, visiblement toujours aussi consterné.

— Où étais-tu ? Que s'est-il passé ?

Grace se prend la tête à deux mains.

— Maman, marmonne Christian avant de la prendre de nouveau dans ses bras en lui embrassant les cheveux. Je suis là. Je vais bien. Ça m'a juste pris sacrément longtemps pour revenir de Portland. Qu'est-ce que c'est que ce comité d'accueil ?

Il lève les yeux et parcourt la pièce des yeux jusqu'à ce que son regard rencontre le mien. Il cligne des paupières et jette un rapide coup d'œil vers José qui lâche aussitôt ma main. Christian crispe les lèvres. J'assimile son retour et le soulagement afflue en moi, me laissant à la fois vidée, épuisée et totalement ivre de joie. Et, pourtant, mes larmes ne cessent de couler. L'attention de Christian se reporte sur sa mère.

— Maman, je vais bien. Qu'est-ce qui se passe ? demande-t-il d'une voix rassurante.

Elle pose les mains de part et d'autre de son visage.

— Christian, tu étais porté disparu. Ton plan de vol, tu n'es jamais parvenu à Seattle. Pourquoi tu ne nous as pas prévenus ?

Christian hausse les sourcils de surprise.

— Je ne pensais pas que ça me prendrait autant de temps.

— Pourquoi tu n'as pas appelé ?

— Mon téléphone n'avait plus de batterie.

— Tu ne t'es pas arrêté… pour appeler en PCV ?

— Maman, c'est une longue histoire.

— Oh, Christian ! Ne me refais plus jamais ça ! Tu as compris ?

Elle crie presque.

— Oui, maman.

Il essuie les larmes de sa mère de ses pouces et la serre de nouveau dans ses bras. Quand elle reprend ses esprits, il la lâche pour étreindre Mia qui lui assène une tape sur le torse.

— On s'est tellement inquiétés pour toi ! lâche-t-elle, elle aussi en larmes.

— Je suis là maintenant, pour l'amour de Dieu, marmonne-t-il.

Lorsque Elliot s'approche, Christian confie Mia à Carrick qui a déjà un bras autour de son épouse. Il entoure les épaules de sa fille de l'autre. Elliot serre brièvement son frère contre lui, au grand étonnement de Christian, et lui file une grande tape dans le dos.

— C'est bon de te revoir, s'exclame Elliot, d'un ton bourru qui s'efforce de masquer ses émotions.

Malgré les larmes qui ruissellent sur mon visage, je peux voir tout ça. La pièce baigne d'un amour inconditionnel. Il ne peut plus le nier ; c'est juste qu'il ne l'acceptait pas jusqu'à présent, et même maintenant, il est complètement déboussolé. *Écoute, Christian, toutes ces personnes t'aiment ! Peut-être que maintenant tu vas commencer à le croire.*

Kate se tient derrière moi – elle a dû quitter la salle de télévision – et me caresse doucement les cheveux.

— Il est là, Ana, murmure-t-elle d'une voix réconfortante.

— Je vais dire bonjour à ma petite amie, maintenant, dit Christian à ses parents.

Tous deux hochent la tête, sourient puis s'écartent.

Il se dirige vers moi, avec une expression à la fois perplexe et épuisée. Quelque part au fond de moi, je trouve la force de me mettre debout et chancelle avant de me précipiter dans les bras qu'il m'ouvre.

— Christian !

Je sanglote.

— Chut, fait-il en m'enlaçant.

Le visage enfoui dans mes cheveux, il inspire profondément. Je lève mon visage maculé de larmes vers lui et il m'embrasse bien trop brièvement.

— Salut, toi, murmure-t-il.

— Salut.

La boule dans ma gorge me brûle.

— Je t'ai manqué ?

— Un peu.

Il sourit.

— Je vois ça.

Et d'une caresse douce, il essuie les larmes qui ne cessent de couler sur mes joues.

— J'ai cru… j'ai cru…

J'étouffe presque.

— Je vois ça. Chut… Je suis là. Je suis là…, chuchote-t-il en m'embrassant de nouveau chastement.

— Est-ce que tu vas bien ?

Je me libère de son étreinte pour toucher son torse, ses bras, sa taille – oh, le contact de cet homme chaud, sensuel et plein de vie sous mes doigts –, et m'assurer qu'il est bien là, devant moi. Il est de retour. Il tressaille à peine. Il me dévisage juste intensément.

— Je vais bien. Je ne vais nulle part.

— Oh, Dieu merci.

Je me love contre lui.

— Tu as faim ? Tu veux boire quelque chose ?

— Oui.

Je recule pour aller lui chercher quelque chose, mais il ne me lâche pas. M'entourant d'un bras, il tend la main vers José.

— Monsieur Grey, dit ce dernier d'une voix égale.

— Christian, je t'en prie.

— Bon retour parmi nous, Christian. Je suis content que tu ailles bien… et euh… merci de m'accueillir chez toi.

— Pas de problème.

Christian plisse les yeux mais il est distrait par Mme Jones qui est soudain près de lui. Je remarque seulement maintenant qu'elle n'est pas aussi élégante que d'habitude. Elle a les cheveux détachés et porte des leggings ainsi qu'un grand sweat-shirt gris, arborant le blason des WSU COUGARS sur le devant, qui la fait paraître plus petite. Cela la rajeunit de plusieurs années.

— Je peux vous proposer quelque chose, monsieur Grey ?

Elle essuie ses yeux avec un mouchoir. Christian lui adresse un sourire chaleureux.

— Une bière, s'il vous plaît, Gail, une Budvar, et un petit morceau à grignoter.

— Je m'en occupe, dis-je, désireuse de faire quelque chose pour mon homme.

— Non, n'y va pas, fait-il doucement en resserrant son étreinte.

Le reste de la famille se rapproche et Ethan et Kate nous rejoignent. Christian serre la main d'Ethan et dépose une bise sur la joue de Kate. Mme Jones revient avec une bouteille de bière et un verre. Il prend la bouteille mais refuse le verre d'un mouvement de tête. Elle sourit et retourne à la cuisine.

— Je suis surpris que tu ne boives pas quelque chose de plus fort, marmonne Elliot. Bordel, qu'est-ce qui s'est passé alors ? Papa m'a juste appelé pour me dire que l'hélico avait disparu.

— Elliot ! le reprend Grace.

— L'hélicoptère, gronde Christian en corrigeant Elliot.

Ce dernier prend un air entendu et je suppose qu'il s'agit d'une plaisanterie de famille.

— Asseyons-nous. Je vais vous raconter.

Christian m'entraîne vers le canapé et tout le monde s'installe, les yeux braqués sur lui. Il boit une longue gorgée de bière, puis jette un coup d'œil vers Taylor qui se trouve toujours sur le seuil de la pièce et lui adresse un signe de tête. Taylor lui répond de la même façon.

— Votre fille ?

— Elle va bien. Fausse alerte, monsieur.

— Bien.

Christian sourit. La fille de Taylor ? Qu'est-il arrivé à la fille de Taylor ?

— Content de vous revoir, monsieur. Ce sera tout ?

— Nous devons aller chercher l'hélicoptère.

Taylor acquiesce.

— Maintenant ? Ou ça peut attendre demain matin ?

— Demain matin, ça ira, Taylor.

— Très bien, monsieur Grey. Autre chose ?

Christian secoue la tête et lève sa bouteille de bière en direction de Taylor. Ce dernier lui adresse un sourire très rare – encore plus rare que ceux de Christian, je crois – avant de quitter la pièce, probablement pour retourner dans son bureau ou dans sa chambre.

— Christian, que s'est-il passé ? demande Carrick.

Christian se lance dans le récit de son aventure. Il avait pris Charlie Tango avec Ros, son numéro deux, pour aller régler une affaire de financement à WSU à Vancouver. J'ai du mal à suivre, je suis tellement hébétée. Je me contente de tenir la main de Christian en fixant des yeux ses ongles manucurés, ses longs doigts, les plis sur le dos de sa main, sa montre – une Omega avec trois petits cadrans. Je lève les yeux vers son beau profil tandis qu'il poursuit son histoire.

— Ros n'avait jamais vu le mont Sainte-Hélène, alors sur le trajet du retour, pour fêter nos affaires, nous avons fait un rapide détour. J'ai entendu que la restriction temporaire de vol avait été annulée un peu plus tôt et j'avais envie d'aller jeter un coup d'œil. Eh bien, heureusement que nous avons fait ça. Nous volions bas, à environ soixante mètres au-dessus du sol quand le tableau de bord s'est allumé de partout. La queue de l'appareil était en flammes, et je n'ai pas eu d'autre option que de couper tous les circuits et d'atterrir.

Il secoue la tête.

— J'ai posé l'hélicoptère près de Silver Lake, j'ai fait sortir Ros et j'ai réussi à éteindre le feu.

— Un feu ? Sur les deux moteurs ?

Carrick est horrifié.

— Ouais.

— Merde ! Mais je pensais…

— Je sais, l'interrompt Christian. C'était vraiment un coup de chance de voler si bas, murmure-t-il.

Je tressaille. Il me lâche la main et passe son bras autour de mes épaules.

— Tu as froid ? me demande-t-il.

Je secoue la tête.

— Comment as-tu éteint le feu ? demande Kate, rattrapée par son instinct de Carla Bernstein.

Seigneur, ce qu'elle peut être barbante parfois.

— Avec l'extincteur. On est obligés d'en avoir un dans l'appareil, c'est la loi, répond posément Christian.

Ses propos d'un autre temps tournent dans mon esprit : « Je remercie tous les jours la divine Providence que ce soit toi qui sois venue m'interviewer et pas Katherine Kavanagh. »

— Pourquoi tu n'as pas appelé ou utilisé ta radio ? demande Grace.

Christian secoue la tête.

— Avec les circuits hors service, pas de radio. Et je n'allais pas risquer de tout rallumer avec le feu. Comme le GPS fonctionnait toujours sur le BlackBerry, j'ai pu retrouver la route la plus proche. Ça nous a pris quatre heures pour la rejoindre. Ros était en talons.

La bouche de Christian se crispe en une moue désapprobatrice.

— On ne captait pas. Il n'y a pas de réseau à Gifford. La batterie de Ros s'est vidée en premier. Et la mienne sur le chemin.

Bordel. Je me raidis et Christian me prend sur ses genoux.

— Alors comment êtes-vous rentrés à Seattle ? demande Grace.

Elle cligne légèrement des yeux – en nous observant tous les deux, sans doute. Je rougis.

— Nous avons fait du stop et avons mis notre argent en commun. À nous deux, nous avions six cents dollars et nous pensions devoir payer quelqu'un pour qu'il nous ramène en voiture, mais un routier s'est arrêté et a accepté de nous raccompagner ici.

Christian secoue de nouveau la tête d'un air consterné à ce souvenir.

— Ça nous a pris une éternité. Il n'avait pas de portable, aussi bizarre que cela puisse paraître. Je n'ai pas pensé…

Il s'arrête et regarde sa famille.

— Qu'on pourrait s'inquiéter ? ironise Grace. Oh, Christian ! On devenait complètement fous !

— Tu as fait la une du journal, frangin.

Christian lève les yeux au ciel.

— Ouais. Je m'en suis douté quand je suis arrivé à l'accueil et que j'ai vu la poignée de photographes dehors. Je suis désolé, maman, j'aurais dû demander au routier de s'arrêter pour que je puisse téléphoner. Mais j'avais hâte de rentrer.

Il regarde José.

Ah, voilà pourquoi. Parce que José dort ici. Je m'assombris à cette pensée. Seigneur, toute cette inquiétude.

Grace secoue la tête.

— Je suis juste heureuse que tu nous reviennes en un seul morceau, mon chéri.

Je commence à me détendre et j'appuie ma tête contre le torse de Christian. Il sent l'extérieur, une légère odeur de sueur, de gel douche – l'odeur de Christian, le parfum le plus agréable au monde. Les larmes se mettent encore une fois à ruisseler sur mon visage, des larmes de gratitude.

— Les deux moteurs en feu ? répète Carrick, incrédule.

— Va savoir pourquoi.

Christian hausse les épaules et passe sa main dans mon dos.

— Hé, chuchote-t-il avant de me soulever le menton de deux doigts. Arrête de pleurer.

Je m'essuie le nez du revers de la main de la façon la moins élégante qui soit.

— Arrête de disparaître.

Je renifle et ses lèvres se retroussent.

— Panne électrique… C'est étrange, non ? insiste Carrick.

— Ouais, ça m'a aussi traversé l'esprit, papa. Mais là, j'aimerais juste aller me coucher et je penserai à toutes ces conneries demain.

— Afin que les médias sachent que *le* Christian Grey a été retrouvé sain et sauf ? dit Kate.

— Oui. Andréa et mes attachés de presse vont s'occuper des journalistes. Ros l'a appelée après que je l'ai déposée chez elle.

— Oui, Andréa m'a passé un coup de fil pour m'annoncer que tu étais en vie, précise Carrick en souriant.

— Je devrais augmenter cette femme. Là, c'est un peu tard, dit Christian.

— Je pense que c'est un message, mesdames et messieurs, mon cher frère a besoin d'un sommeil réparateur, se moque Elliot d'un air suggestif.

Christian lui fait une grimace.

— Cary, mon fils est en vie. Tu peux me ramener à la maison maintenant.

Cary ? Grace regarde son mari avec adoration.

— Oui, je pense que dormir nous ferait du bien, répond Carrick en lui souriant.

— Restez, propose Christian.

— Non, mon cœur, je veux rentrer à la maison. Maintenant que je sais que tu es en sécurité.

Christian me fait glisser à contrecœur sur le canapé avant de se lever. Grace le serre une nouvelle fois dans ses bras en fermant les yeux, soulagée. Il l'étreint.

— J'étais tellement inquiète, mon chéri, chuchote-t-elle.

— Je vais bien, maman.

Elle se penche en arrière et l'observe attentivement pendant qu'il la tient dans ses bras.

— Oui, je crois que ça va, dit-elle lentement.

Elle me jette un coup d'œil et me sourit. Je rougis.

Nous raccompagnons Carrick et Grace dans l'entrée. Derrière moi, j'entends Mia et Ethan qui ont une discussion animée à voix basse, mais je ne sais pas ce qu'ils se disent.

Mia sourit timidement à Ethan et il secoue la tête, bouche bée. Soudain elle croise les bras et tourne les talons. Il se frotte le front d'une main, de toute évidence frustré.

— Maman, papa, attendez-moi, lance-t-elle d'une voix maussade.

Elle est peut-être aussi lunatique que son frère. Kate me serre fort dans ses bras.

— J'ai l'impression qu'il s'est passé des trucs importants pendant que j'oubliais tout à la Barbade. Vous êtes raides dingues l'un de l'autre, ça se voit. Je suis contente qu'il ne lui soit rien arrivé. Pas seulement pour lui, mais pour toi aussi, Ana.

— Merci, Kate.

— Ouais. Qui aurait cru qu'on trouverait l'amour au même moment ?

Elle sourit. *Waouh. Elle l'a admis.*

— Avec deux frères ! j'ajoute en gloussant.

— On pourrait finir belles-sœurs, renchérit-elle malicieusement.

Je me raidis, puis me donne un coup de pied intérieur lorsque Kate se recule pour me dévisager avec son air « qu'est-ce que tu ne m'as pas dit ». Je rougis. Bon sang, dois-je lui avouer qu'il m'a demandée en mariage ?

— Tu viens, bébé ? l'appelle Elliot depuis l'ascenseur.

— Parlons de tout ça demain, Ana. Tu dois être épuisée.

Je bénéficie donc d'un sursis.

— Bien sûr. Toi aussi, Kate, tu dois être fatiguée après ce long voyage.

Nous nous étreignons une nouvelle fois et Elliot rejoint les Grey dans l'ascenseur. Ethan, qui a l'air ailleurs, serre la main de Christian et me prend brièvement dans ses bras avant de rejoindre les autres. La porte se referme sur eux.

José traîne dans le couloir lorsque nous revenons de l'entrée.

— Écoutez, je vais me pieuter… je vous laisse, dit-il.

Je rougis. Pourquoi a-t-il l'air si embarrassé ?

— Tu sais où est ta chambre ? demande Christian.

José hoche la tête.

— Ouais, la domestique…

— Mme Jones, dis-je pour le corriger.

— Ouais, Mme Jones, elle m'a montré ma chambre plus tôt. C'est un sacré appartement que tu as là, Christian.

— Merci, répond poliment Christian.

Il vient se poster près de moi et passe un bras autour de mes épaules avant de se pencher pour m'embrasser les cheveux.

— Je vais manger ce que Mme Jones m'a préparé. Bonne nuit, José.

Christian retourne d'un pas tranquille dans la grande pièce en me laissant avec José dans l'entrée.

Waouh ! Je suis seule avec José.

— Eh bien, bonne nuit.

José paraît mal à l'aise tout d'un coup.

— Bonne nuit, José, et merci d'être resté.

— C'est naturel, Ana. Chaque fois que ton crack de petit ami riche sera porté disparu, je serai là.

— José !

— Je plaisante. Ne te mets pas en colère. Je vais partir tôt demain matin. On se voit un de ces jours, hein ? Tu m'as manqué.

— Bien sûr, José. On se voit bientôt, j'espère. Je suis désolée, cette soirée a été si… merdique.

Je lui adresse un petit sourire d'excuse.

— Ouais, dit-il en souriant avant de me serrer dans ses bras. Merdique. Sérieusement, Ana, je suis content que tu sois heureuse, mais je suis là si tu as besoin.

Je lève les yeux vers lui.

— Merci.

Il a alors un petit sourire triste et mi-figue mi-raisin, puis il monte à l'étage.

Je retourne dans la pièce principale. Christian, debout près du canapé, m'observe avec une expression indéchiffrable. Nous sommes enfin seuls et nous nous dévisageons.

— Il en pince encore pour toi, tu sais, murmure-t-il.

— Et comment savez-vous ça, monsieur Grey ?

— Je reconnais les symptômes, mademoiselle Steele. Je crois souffrir du même mal.

— J'ai cru que je ne te reverrais jamais, dis-je dans un chuchotement.

Voilà, c'est dit. Toutes mes pires peurs que j'exorcise enfin, proprement empaquetées dans une courte phrase.

— Ça n'était pas aussi grave que ça en avait l'air.

Je ramasse sa veste et ses chaussures sur le plancher et me dirige vers lui.

— Je vais m'en occuper, murmure-t-il en tendant la main pour prendre ses affaires.

Il baisse les yeux sur moi comme si j'étais sa raison d'être et son regard doit être le reflet du mien, j'en suis persuadée. Il est là, il est vraiment là. Il m'attire dans ses bras et m'enveloppe de tout son corps.

— Christian.

Je suffoque et mes larmes se mettent à couler de plus belle.

— Chut, m'apaise-t-il en m'embrassant les cheveux. Tu sais… pendant les quelques secondes de pure terreur de l'atterrissage, je n'ai pensé qu'à toi. Tu es mon talisman, Ana.

— J'ai cru que je t'avais perdu.

Debout là, dans les bras l'un de l'autre, nous nous reconnectons en nous réconfortant. Lorsque je resserre les bras autour de lui, je me rends compte que je tiens encore ses chaussures. Je les laisse tomber bruyamment par terre.

— Viens te doucher avec moi, murmure-t-il.

— D'accord.

Je lève les yeux vers lui. Je ne veux pas le lâcher. Il me relève le menton.

— Vous savez, même le visage maculé de larmes, vous êtes magnifique, Ana Steele.

Il m'embrasse tendrement.

— Et vos lèvres sont tellement douces.

Il m'embrasse de nouveau, plus ardemment.

Oh mon Dieu… et dire que j'aurais pu le perdre… non… Je cesse de réfléchir et je m'abandonne.

— Il faut que je pose ma veste.

— Laisse-la tomber par terre, dis-je contre ses lèvres.

— Je ne peux pas.

Je me recule pour le dévisager, intriguée. Il m'adresse un petit sourire.

— Voilà pourquoi.

De sa poche intérieure de poitrine, il sort la petite boîte que je lui ai donnée et qui contient mon cadeau. Il jette sa veste sur le dossier du canapé et pose la boîte dessus.

Profite du moment, Ana, m'incite ma conscience. Bon, il est minuit passé, alors techniquement, c'est son anniversaire.

— Ouvre-la, dis-je.

Mon cœur se met à tambouriner.

— J'espérais que tu me dirais ça, murmure-t-il. Ça m'a rendu fou.

Je prends un petit air malicieux. J'ai la tête qui tourne. Il m'adresse son sourire timide et je fonds malgré mon cœur qui bat à tout rompre, ravie quoique intriguée de son expression amusée. De ses doigts habiles, il enlève le papier cadeau et ouvre la boîte. Son front se plisse quand il en sort un petit porte-clé rectangulaire en plastique représentant un panorama constitué de minuscules pixels qui clignotent sur un écran. C'est la silhouette de Seattle avec le nom de la ville en caractères gras en travers du panorama.

Il contemple l'objet une minute puis me regarde, déconcerté, un pli barrant son beau front.

— Retourne-le, dis-je en retenant mon souffle.

Il s'exécute. Ses yeux gris s'écarquillent d'émerveillement et de joie, puis se plantent dans les miens. Il entrouvre les lèvres, incrédule.

Le mot OUI clignote au dos du porte-clés.

— Joyeux anniversaire, dis-je tout bas.

20.

— Tu vas m'épouser ? murmure-t-il d'une voix incertaine.

J'acquiesce nerveusement et je rougis, anxieuse, sans vraiment comprendre sa réaction. Cet homme que j'ai cru avoir perdu… Comment ne peut-il voir à quel point je l'aime ?

— Dis-le, m'ordonne-t-il doucement, son regard intense et sensuel.

— Oui, je vais t'épouser.

Il inspire brusquement et soudain il m'attrape et me fait virevolter d'une manière pas du tout Cinquante Nuances. Il rit, jeune et insouciant, transporté d'allégresse. Je m'accroche à ses bras et sens ses muscles onduler sous mes doigts. Son rire contagieux m'emporte – j'ai la tête qui tourne, je suis confuse, comme une fille complètement et absolument folle de son homme. Il me repose et m'embrasse. Intensément. Ses mains de part et d'autre de mon visage, sa langue insistante, convaincante… excitante.

— Oh, Ana, souffle-t-il contre mes lèvres.

Sa joie me retourne. Il m'aime, je n'ai pas à en douter, et je savoure le goût de cet homme délicieux, cet homme que j'ai cru ne jamais revoir. Sa joie est évidente, ses yeux étincellent, il a un sourire enfantin, et son soulagement est presque palpable.

— Je pensais t'avoir perdu, je murmure, encore abasourdie et pantelante.

— Bébé, il faudra plus qu'un 135 défaillant pour me séparer de toi.

— Un 135 ?

— Charlie Tango. C'est un Eurocopter EC135, le plus sûr de ce type de modèle.

Une expression inconnue assombrit brièvement son visage et attire mon attention. Qu'est-ce qu'il ne me dit pas ? Avant que je ne puisse lui poser la question, il s'immobilise et baisse les yeux sur moi. Pendant une seconde, je crois qu'il va me parler. Je cille devant son air absent.

— Attends une seconde. Tu m'as donné ce cadeau avant qu'on ne voie Flynn, dit-il en levant le porte-clés.

Il semble presque horrifié. Oh mon Dieu, où veut-il en venir ? J'acquiesce, le visage de marbre. Il reste sans voix. Je hausse les épaules en guise d'excuse.

— Je voulais que tu saches que quoi que Flynn puisse dire, cela ne faisait aucune différence pour moi.

Il ouvre de grands yeux incrédules.

— Donc toute la soirée d'hier, alors que je te suppliais de me répondre, j'avais déjà ma réponse ?

Il est consterné. Je hoche de nouveau la tête, en essayant désespérément de comprendre sa réaction. Il me regarde, émerveillé et stupéfait puis sa bouche se tord en une moue ironique.

— Toute cette angoisse, murmure-t-il d'un air menaçant.

Je hausse une nouvelle fois les épaules en souriant.

— Oh, n'essayez pas de m'amadouer, mademoiselle Steele. Là, j'ai envie de…

Il passe la main dans ses cheveux puis secoue la tête avant de changer de cap.

— Je n'arrive pas à croire que tu m'aies laissé comme ça, sans savoir.

Son murmure est hésitant. Puis son expression se modifie subtilement, ses yeux se mettent à briller de malice et sa bouche esquisse un sourire sensuel.

Bordel. Un frisson me parcourt. À quoi pense-t-il ?

— Je crois qu'un châtiment s'impose, mademoiselle Steele, dit-il doucement.

Un châtiment ? Oh merde ! Je sais que c'est un jeu, mais je recule prudemment d'un pas. Il sourit.

— Tu veux t'amuser à ça ? murmure-t-il. Parce que je vais t'attraper.

Et ses yeux brûlent d'une intensité taquine.

— Tu te mords la lèvre, ajoute-t-il sur le ton de l'intimidation.

Tout mon ventre se crispe d'un coup. *Oh mon Dieu.* Mon futur époux a envie de jouer. Je recule encore d'un pas, puis je me retourne pour m'enfuir. En vain. Christian m'attrape d'un large geste souple qui me fait couiner de ravissement et de surprise. Il me hisse sur son épaule et s'engage dans le couloir.

— Christian !

Je me rappelle que José dort à l'étage, même si je doute qu'il puisse nous entendre.

Je me stabilise en m'accrochant au bas de son dos, puis dans un élan de bravoure, je lui gifle les fesses. Il m'assène aussitôt une tape.

— Oh !

— C'est l'heure de la douche, déclare-t-il sur un ton triomphant.

— Repose-moi !

J'essaie de prendre un ton réprobateur. Mais la lutte est vaine, ses bras maintiennent fermement mes cuisses et, pour une raison inconnue, je ne peux m'empêcher de glousser.

— Tu aimes bien ces chaussures ? me nargue-t-il en ouvrant la porte de la salle de bains.

— Je préférerais qu'elles soient par terre.

J'essaie d'être ironique moi aussi. Sans grande efficacité, puisque je ne peux m'empêcher de m'esclaffer.

— Vos désirs sont des ordres, mademoiselle Steele.

Sans me reposer par terre, il m'enlève mes chaussures et les laisse tomber bruyamment sur le carrelage. Marquant une pause près des lavabos, il vide ses poches – le BlackBerry à plat, les clés, le portefeuille, le porte-clés. Je ne peux qu'imaginer de quoi je dois avoir l'air dans le miroir sous cet angle. Quand il a fini, il se dirige droit vers la cabine de douche démesurément grande.

— Christian !

Je le réprimande avec vigueur, son intention est dorénavant claire.

Il ouvre l'eau au maximum. *Seigneur !* Une eau glaciale jaillit sur mes fesses et je couine – puis je cesse, me rappelant encore une fois la présence de José à l'étage. Je suis habillée et l'eau imprègne ma robe, ma culotte et mon soutien-gorge. Je suis trempée et, malgré tout, je ne peux m'empêcher de glousser.

— Non ! Repose-moi !

Je le fesse encore une fois, plus fort, et Christian me relâche en me laissant glisser contre son corps à présent ruisselant. Sa chemise blanche colle à son torse et son pantalon de survêtement est mouillé. Moi aussi, je le suis. J'ai le visage rouge, la tête qui tourne et je suis à bout de souffle. Il me sourit, l'air tellement… si incroyablement sexy.

Il se ressaisit, le regard brillant, et prend de nouveau mon visage dans ses mains, attirant mes lèvres vers les siennes. Son baiser est tendre, aimant, et absolument troublant. Je me contrefiche dorénavant d'être habillée et trempée jusqu'aux os. Il n'y a que nous deux sous l'eau qui cascade. Il est de retour, il est en vie, il est à moi.

Mes mains se posent involontairement sur sa chemise qui colle à sa poitrine, révélant les poils tassés sous le tissu blanc mouillé. Je sors le bas de sa chemise de son pantalon et il grogne tout contre ma bouche, mais ses lèvres ne quittent pas les miennes. Je commence à déboutonner son vêtement et il fait glisser lentement le zip dans le dos de ma robe. Ses lèvres se font plus insistantes, plus provocatrices, sa langue envahit ma bouche et mon corps explose de désir. Je tire d'un coup sur sa chemise et l'ouvre en la déchirant. Les boutons s'envolent en tous sens, ricochant sur le carrelage avant de disparaître sur le sol de la douche. Je fais glisser le tissu mouillé de ses épaules et le long de ses bras, puis je le bloque contre la paroi, gênant ses tentatives pour me dévêtir.

— Les boutons de manchette, murmure-t-il.

Il lève ses poignets auxquels pend la chemise, trempée et flasque. De mes doigts précipités, je défais le premier puis le second bouton de manchette en or et je les laisse tomber sans faire attention sur le sol carrelé, puis c'est la chemise qui les rejoint. Les yeux de Christian cherchent les miens sous la cascade d'eau. Son regard est brûlant, sensuel, chaud. Je pose la main sur la taille de son pantalon, mais il secoue la tête, m'attrape par les épaules et m'impose un volte-face pour que je lui tourne le dos. Il achève le long voyage du zip de ma robe, dégage mes cheveux mouillés de ma nuque et y fait courir sa langue jusqu'à la bordure de ma chevelure avant de repartir dans l'autre sens, m'embrassant et me suçotant tout à la fois.

Je gémis et, lentement, il fait glisser ma robe sur mes épaules puis plus bas sous mes seins, en m'embrassant le cou juste sous l'oreille. Il détache mon soutien-gorge et libère ma poitrine. Ses mains passent sur le devant de mon corps et s'emparent de mes seins tandis qu'il me murmure son compliment à l'oreille :

— Tu es si belle.

Mes bras sont pris au piège de mon soutien-gorge et de ma robe, qui pend, détachée, sous mes seins ; j'ai toujours les manches passées mais mes mains sont libres de mouvement. Je rejette la tête en arrière en ouvrant un meilleur accès à Christian vers ma nuque et je pousse mes seins dans ses mains magiques. Passant la main dans mon dos, je perçois son souffle rauque lorsque mes doigts inquisiteurs effleurent son érection. Il avance son sexe contre mes paumes accueillantes. Bon sang, pourquoi ne me laisse-t-il pas lui enlever son pantalon ?

Il tire sur mes tétons et, tandis qu'ils durcissent et s'étirent sous sa caresse experte, toutes mes pensées concernant son pantalon disparaissent et le plaisir monte en flèche, intense et érotique, dans mon ventre. La tête rejetée en arrière contre lui, je gémis.

— Oui, souffle-t-il.

Il me retourne encore une fois et capture ma bouche avec la sienne. Il m'enlève mon soutien-gorge, ma robe et ma culotte qui rejoignent sa chemise en un tas détrempé sur le sol de la douche.

J'attrape le gel douche près de nous. Christian s'immobilise en comprenant ce que je m'apprête à faire. Rivant mon regard au sien, je répands un peu de gel parfumé dans ma paume et je tiens ma main devant son torse, attendant sa réponse à ma question silencieuse. Il écarquille les yeux avant de m'adresser un hochement de tête presque imperceptible.

Tendrement, je pose ma main sur son sternum et commence à faire mousser le savon sur sa peau. Sa poitrine se soulève lorsqu'il inspire brusquement, mais il ne bronche pas. Au bout d'une seconde, ses mains s'agrippent à mes hanches, mais il ne me repousse pas. Il me dévisage avec prudence, son regard plus intense qu'effrayé, mais ses lèvres s'entrouvrent quand sa respiration s'accélère.

— Ça va ? je demande tout bas.

— Oui.

Sa réponse, courte, lui échappe presque comme un soupir. Je me rappelle les nombreuses fois où nous avons pris une douche ensemble, mais celle à l'hôtel Olympic est un souvenir amer. Bon, à présent, je peux le toucher. Je le lave en dessinant de petits cercles, je nettoie mon homme, mes mains se déplacent vers ses aisselles, sur ses côtes, sur son ventre plat et ferme, jusqu'à la ligne de poils qui court vers la taille de son pantalon.

— C'est mon tour, chuchote-t-il.

Il prend le shampoing, nous éloigne du jet d'eau, avant d'en répandre sur mes cheveux.

Je suppose que c'est un signe pour que je cesse de le laver et j'accroche mes doigts à la taille de son pantalon. Il fait mousser le shampoing dans mes cheveux, ses doigts longs et fermes massent mon cuir chevelu. Je grogne de plaisir, les yeux fermés, et je m'abandonne à cette sensation divine. Après tout le stress de la soirée, c'est exactement ce dont j'avais besoin.

Il glousse et j'ouvre un œil pour le découvrir en train de me sourire.

— Tu aimes ?

— Mmm…

— Moi aussi, dit-il en se penchant pour m'embrasser sur le front.

Ses doigts poursuivent leur course douce et déterminée sur mon cuir chevelu.

— Tourne-toi, m'ordonne-t-il.

Je m'exécute et ses doigts se déplacent lentement sur ma tête, ils me nettoient, me détendent, me chérissent. Oh, comme c'est bon. Il verse davantage de shampoing et lave tendrement les longues mèches sur mon dos avant de me repositionner sous la douche.

— Mets la tête en arrière, me dit-il calmement.

J'obtempère et il ne rince soigneusement les cheveux. Puis je lui fais face une fois de plus et mes mains se dirigent droit vers sa taille.

— Je veux te laver entièrement, je murmure.

Il m'adresse son petit sourire de travers et lève les mains dans un geste qui signifie « Je suis tout à toi, bébé ». Je souris, c'est Noël. Son pantalon et son boxer rejoignent rapidement le reste de nos vêtements. Je me redresse et tends la main vers le gel douche et l'éponge.

— On dirait que tu es content de me voir.

— Je suis toujours content de vous voir, mademoiselle Steele.

Encore ce petit sourire. J'imbibe l'éponge puis je reprends ma promenade sur son torse. Il est plus détendu, peut-être parce que je ne le touche pas vraiment. Je me dirige vers le sud avec l'éponge, traverse son ventre, suit la ligne de poils jusqu'à sa toison pubienne puis progresse le long de son érection.

Je lui jette un petit coup d'œil, il m'observe, les paupières à demi fermées, les yeux pleins de désir. *Mmm... J'aime ce regard.* Je laisse tomber l'éponge et le saisit fermement dans mes mains. Il ferme les yeux, penche la tête en arrière et grogne en poussant des hanches vers moi.

Oh oui ! C'est si excitant. Ma déesse intérieure, qui a refait surface après sa soirée passée à se balancer et à pleurer dans un coin, arbore un rouge à lèvres de salope.

Les yeux brûlants de Christian se rivent soudain aux miens. Il vient de se rappeler quelque chose.

— On est samedi ! s'exclame-t-il.

Les yeux illuminés d'un émerveillement lubrique, il m'attrape par la taille pour m'attirer contre lui et m'embrasser sauvagement.

Waouh, changement de vitesse !

Ses mains glissent le long de mon corps luisant et mouillé, parviennent à mon sexe, ses doigts m'explorent, me taquinent, et sa bouche implacable me laisse pantelante. Son autre main dans mes cheveux mouillés me maintient en place tandis que j'affronte toute la puissance de sa passion déchaînée. Ses doigts s'immiscent en moi.

— Aah.

Je gémis dans sa bouche.

— Oui, siffle-t-il.

Il me soulève, ses mains sous mes fesses.

— Passe tes jambes autour de ma taille, bébé.

Mes jambes obéissent et je m'accroche telle une patelle à son cou. Il me colle contre le mur de la douche, marque une pause, et me regarde intensément.

— Les yeux ouverts, murmure-t-il. Je veux te voir.

Je cligne des paupières, mon cœur bat à tout rompre, mon sang pulse chaud et lourd dans tout mon être, le désir à l'état pur me submerge. Puis Christian se glisse en moi, si lentement, me remplit, prend possession de mon corps, peau contre peau. Je pèse vers le bas, contre lui, en grognant fort. Une fois entièrement en moi, il marque une nouvelle pause, le visage éperdu, tendu.

— Tu es à moi, Anastasia, chuchote-t-il.

— Pour toujours.

Il sourit victorieusement et se met à remuer. Je halète.

— Et maintenant nous pouvons l'annoncer à tout le monde puisque tu as dit oui, déclare-t-il.

Il se penche pour s'emparer de ma bouche en continuant de bouger… lentement et doucement. Les yeux fermés, j'incline la tête en arrière quand mon corps s'arque, ma volonté se soumettant à la sienne, esclave de son rythme entêtant et lent.

Ses dents effleurent ma mâchoire, mon menton, courent le long de mon cou tandis qu'il accélère le rythme, poussant contre moi, me soulevant – loin de la terre, de la douche torrentielle, de la terreur de la soirée. Il n'y a que moi et mon homme bougeant à l'unisson, comme un seul être – chacun complètement absorbé par l'autre –, nos halètements et nos gémissements mêlés. Je savoure la sensation délicieuse d'être possédée tandis que mon corps s'éploie et s'épanouit autour de lui.

J'aurais pu le perdre… et je l'aime… Je l'aime tellement. Je suis soudain submergée par l'immensité de mon amour et la profondeur de mon engagement envers lui. Je vais passer le reste de ma vie à aimer cet homme et, sur cette pensée frôlant l'adoration, j'explose autour de lui – un orgasme cathartique – en criant son nom tandis que les larmes déferlent sur mes joues.

Il jouit aussi et se répand en moi. Le visage enfoui dans mon cou, il s'écroule au sol en me serrant fort et en baisant mon visage et mes larmes tandis que l'eau chaude s'écoule autour de nous et nous lave.

— Mes doigts sont tout fripés, dis-je d'une voix rassasiée d'après-l'amour en m'appuyant contre son torse.

Il lève mes doigts à ses lèvres et les embrasse l'un après l'autre.

— Nous devrions vraiment sortir de cette douche.

— Je suis bien là.

Je suis assise entre ses jambes et il me serre contre lui. Je ne veux pas bouger. Christian approuve dans un murmure. Mais soudain je me sens épuisée, rincée. Il s'est passé tellement de choses cette semaine – une vraie pièce tragique – et maintenant je vais me marier ! Un gloussement incrédule m'échappe.

— Quelque chose vous fait rire, mademoiselle Steele ? demande-t-il affectueusement.

— La semaine a été chargée.

Il sourit.

— C'est le moins qu'on puisse dire.

— Je remercie Dieu de vous retrouver en un seul morceau, monsieur Grey, je chuchote.

L'éventualité de ce qui aurait pu arriver me calme d'un coup. Il se raidit et je regrette aussitôt de lui avoir rappelé sa mésaventure.

— J'ai eu peur, confesse-t-il à ma grande surprise.

— Cet après-midi ?

Il acquiesce, la mine grave.

Bordel de merde.

— C'est pour ça que tu as donné l'impression de prendre la chose à la légère ? pour rassurer ta famille ?

— Oui. Je volais trop bas pour bien atterrir. Mais j'y suis tout de même arrivé.

Merde. Mes yeux se lèvent vers les siens. Son visage est grave sous l'eau qui cascade sur nous.

— Tu as frôlé la catastrophe ?

— Oui, de peu. Pendant quelques secondes atroces, j'ai cru que je ne te reverrais jamais.

Je le serre très fort contre moi.

— Je ne peux pas imaginer ma vie sans toi, Christian. Je t'aime tellement que ça me fait peur.

— Moi aussi, souffle-t-il. Ma vie serait dénuée de sens sans toi. Je t'aime tant.

Ses bras m'étreignent davantage et il enfouit son nez dans mes cheveux.

— Je ne te laisserai jamais partir, ajoute-t-il.

— Je ne m'en irai jamais.

Je l'embrasse dans le cou et il se penche pour m'embrasser à son tour tendrement.

Au bout d'un moment, il bouge un peu.

— Viens, on va te sécher et se coucher. Je suis épuisé et tu as l'air morte.

La tête penchée en arrière, j'arque un sourcil devant le choix des mots. Il incline le visage sur le côté avec un petit sourire.

— Vous avez quelque chose à dire, mademoiselle Steele ?

Je secoue la tête et me lève sur mes jambes vacillantes.

Je suis assise dans le lit. Christian a insisté pour me sécher les cheveux, il est assez doué pour ça. Comment cela se fait-il ? Voilà une pensée désagréable que j'écarte aussitôt. Il est 2 heures du matin et je suis sur le point de m'endormir. Christian examine de nouveau le porte-clés avant de grimper au lit. Il secoue la tête, encore incrédule.

— C'est génial. Le plus beau cadeau d'anniversaire que j'aie jamais eu, dit-il avec un regard doux et enthousiaste. Mieux que mon poster dédicacé de Guiseppe DeNatale.

— Je te l'aurais dit plus tôt, mais puisque c'était ton anniversaire… Que peut-on offrir à l'homme qui a déjà tout ? J'ai pensé que j'allais t'offrir… moi.

Après avoir posé le porte-clés sur la table de chevet, il se glisse à côté de moi et m'attire dans ses bras, tout contre son torse, pour nous emboîter comme des cuillères.

— C'est parfait. Comme toi.

J'ai un petit sourire, mais il ne peut voir mon expression.

— Je suis loin d'être parfaite, Christian.

— Ne seriez-vous pas en train de sourire, mademoiselle Steele ?

Comment peut-il le savoir ?

— Peut-être, dis-je en gloussant. Je peux te poser une question ?

— Bien sûr.

— Tu n'as pas appelé sur le trajet du retour de Portland. C'était vraiment à cause de José ? Tu avais vraiment peur de me laisser seule ici avec lui ?

Il ne réagit pas. Je me retourne vers lui et il écarquille les yeux devant mes reproches.

— Sais-tu à quel point c'est ridicule ? À quel point ta famille et moi on s'est inquiétés ? On t'aime tous tellement.

Il cligne des paupières avant de me sourire timidement.

— Je n'imaginais pas que vous vous inquiéteriez tous à ce point.

Je fais la moue.

— Quand vas-tu t'enfoncer dans ton crâne dur que tu es aimé ?

— Mon crâne dur ?

Il hausse les sourcils, surpris.

— Oui.

— Je ne pense pas que la densité osseuse de ma tête soit beaucoup plus élevée qu'une autre partie de mon corps.

— Je ne plaisante pas ! Arrête d'essayer de me faire rire. Je suis toujours un peu en colère contre toi, même si c'est en partie éclipsé par le fait que tu es sain et sauf, mais j'ai sérieusement cru…

Ma voix s'éteint au souvenir de ces dernières heures d'angoisse.

— Bon, tu sais ce que j'ai cru.

Son regard s'adoucit et il me caresse le visage.

— Je suis désolé. D'accord ?

— Ta pauvre mère, aussi. C'était vraiment émouvant de te voir avec elle.

Il sourit timidement.

— Je ne l'ai jamais vue ainsi.

Il cligne des yeux en se rappelant ce moment.

— Oui, c'était vraiment quelque chose. Elle se maîtrise toujours tellement. Ça a été un sacré choc.

— Tu vois ? Tout le monde t'aime. Tu vas peut-être commencer à l'admettre maintenant, dis-je en me penchant pour l'embrasser. Joyeux anniversaire, Christian. Je suis heureuse que tu sois ici pour profiter du moment avec moi. Et tu ne sais pas encore ce que je te réserve pour demain… enfin aujourd'hui.

— Il y a autre chose ? demande-t-il, surpris.

Il esquisse un sourire à couper le souffle.

— Oh oui, monsieur Grey, mais vous allez devoir attendre.

Je me réveille brusquement d'un rêve ou d'un cauchemar, mon cœur bat la chamade. Je me retourne, paniquée et, à mon grand soulagement, Christian est profondément endormi. Parce que j'ai bougé, il s'étire et tend la main dans son sommeil, passant son bras autour de moi. Il pose sa tête sur mon épaule en soupirant doucement.

La lumière inonde la chambre. Il est 8 heures. Christian ne dort jamais aussi tard. Je reste allongée en attendant que les battements de mon cœur ralentissent. Pourquoi cette angoisse ? Est-ce le contrecoup de la nuit dernière ?

Je me tourne pour l'observer. Il est là. Il est en vie. Je prends une profonde inspiration et j'admire son beau visage. Un visage qui m'est familier, toutes ses déclivités et ses ombres sont désormais gravées dans mon esprit.

Il paraît beaucoup plus jeune quand il dort et je souris parce que, aujourd'hui, il est plus vieux d'une année. Je suis folle de joie en pensant à mon cadeau. Oh… Que va-t-il faire ? Je devrais peut-être commencer par lui apporter le petit déjeuner au lit. Et puis, José est sans doute encore là.

Je le retrouve au comptoir de la cuisine en train de manger des céréales. Je ne peux m'empêcher de rougir en le voyant. Il sait que j'ai passé la nuit avec Christian. Pourquoi est-ce que je me sens soudain si timide ? Ce n'est pas comme si j'étais nue. Je porte mon peignoir en soie qui me couvre jusqu'aux pieds.

— Bonjour, José.

Je lui souris en payant d'audace.

— Hé, Ana !

Son visage s'illumine, il est véritablement content de me voir. Il n'y a aucune trace de taquinerie ou de mépris dans son expression.

— Tu as bien dormi ?

— Sûr. Quelle vue de là-haut.

— Ouais. C'est vraiment spécial.

Comme le propriétaire de l'appartement.

— Tu veux un vrai petit déjeuner d'homme ? dis-je pour le taquiner.

— J'aimerais bien.

— C'est l'anniversaire de Christian aujourd'hui, je lui apporte son petit déjeuner au lit.

— Il est réveillé ?

— Non, je crois qu'il est cuit après la journée d'hier.

Je détourne rapidement le regard et me dirige vers le réfrigérateur afin qu'il ne me voie pas rougir. *Seigneur, ce n'est que José*. Quand je sors les œufs et le bacon du réfrigérateur, mon ami me sourit.

— Tu l'aimes vraiment beaucoup, n'est-ce pas ?

Je fais la moue.

— Je l'aime tout court, José.

Il écarquille brièvement les yeux avant de sourire.

— Qu'est-ce qu'on ne pourrait pas aimer chez lui ? demande-t-il en faisant un geste pour désigner la grande pièce.

Je le fusille du regard.

— Eh bien, merci !

— Hé, Ana, je plaisante.

Hum… Va-t-on toujours sous-entendre ça ? Que j'épouse Christian à cause de son argent ?

— Sérieux, je plaisante. Tu n'as jamais été ce genre de fille.

— Une omelette, ça te va ? dis-je pour changer de sujet.

Je n'ai pas envie de me disputer.

— Bien sûr.

— Moi aussi, déclare Christian en entrant d'un pas nonchalant dans la grande salle.

Merde, il ne porte qu'un bas de pyjama qui tombe sur ses hanches de cette façon hyper sexy.

— José ! lance-t-il en adressant à ce dernier un signe de tête.

— Christian, répond José en inclinant solennellement la sienne.

Christian se tourne vers moi avec un petit sourire. Il l'a fait exprès. Je plisse les yeux, m'efforçant désespérément de me ressaisir, et l'expression de Christian change subtilement. Il sait que je sais ce qu'il manigance et il s'en fiche.

— J'allais t'apporter ton petit déjeuner au lit.

Il s'approche en se pavanant et enroule son bras autour de ma taille avant de basculer ma tête en arrière et de me planter un baiser mouillé et bruyant sur les lèvres. Pas du tout Cinquante Nuances !

— Bonjour, Anastasia, dit-il.

J'ai envie de lui jeter un regard noir, lui signifiant de bien se tenir, mais c'est son anniversaire. Je rougis. Pourquoi est-il si possessif ?

— Bonjour, Christian. Joyeux anniversaire.

Je lui souris et il me sourit en retour, plus ironique.

— J'ai hâte d'avoir mon autre cadeau, dit-il.

Nous y voilà ! Le visage de la même couleur que la Chambre de la Douleur, je jette un coup d'œil nerveux vers José qui semble avoir avalé quelque chose de travers. Je me détourne et commence à préparer le petit déjeuner.

— Qu'as-tu prévu aujourd'hui, José ? demande Christian, l'air désinvolte, en s'asseyant sur un tabouret.

— Je vais voir mon père et Ray, le père d'Ana.

— Ils se connaissent ? demande Christian, étonné.

— Oui, ils étaient ensemble à l'armée. Ils se sont perdus de vue jusqu'à ce qu'Ana et moi nous retrouvions à la fac ensemble. C'est mignon, en fait. Ils sont devenus les meilleurs potes du monde depuis. On va pêcher tous ensemble.

— Vous allez pêcher ?

Christian est vraiment intéressé.

— Ouais, on peut faire de belles prises dans les eaux côtières. Les truites de mer peuvent être énormes.

— C'est vrai. Mon frère, Elliot, et moi avons pêché une truite de quinze kilos une fois.

Ils parlent de pêche ? Qu'est-ce qu'ils ont avec la pêche ? Je n'y ai jamais rien compris.

— Quinze kilos ? Pas mal. Le père d'Ana détient le record. Dix-neuf kilos cinq.

— Tu plaisantes ! Il n'en a jamais parlé.

— Joyeux anniversaire, au fait.

— Merci. Alors, tu aimes aller pêcher où ?

Je m'enferme dans ma bulle. Je n'ai pas besoin d'en savoir davantage. Mais, en même temps, je suis soulagée. *Tu vois, Christian ? José n'est pas un mauvais bougre.*

Quand l'heure est venue pour José de partir, les deux hommes sont beaucoup plus à l'aise ensemble. Christian enfile rapidement un tee-shirt ainsi qu'un jean et, pieds nus, il nous accompagne, José et moi, dans le vestibule.

— Merci de m'avoir laissé pieuter ici, dit José en serrant la main de Christian.

— Quand tu veux, répond ce dernier en souriant.

José me serre rapidement dans ses bras.

— Prends soin de toi, Ana.

— Ne t'inquiète pas. C'était chouette de te voir. La prochaine fois, on passera vraiment la soirée dehors.

— Je te le rappellerai.

Il nous adresse un signe de la main depuis la cabine de l'ascenseur puis disparaît.

— Tu vois, il n'est pas méchant.

— Il en veut toujours à ta petite culotte, Ana. Mais je ne peux pas le lui reprocher.

— Christian, c'est faux !

— Tu ne t'en rends pas compte, hein ? me demande-t-il avec un petit sourire. Il a envie de toi. Sans rigoler.

Je fronce les sourcils.

— Christian, c'est juste un ami, un bon ami.

Et je me rends soudain compte que je parle comme Christian lorsqu'il évoque Mrs Robinson. Cette pensée est troublante. Il lève les mains en signe d'apaisement.

— Je n'ai pas envie qu'on se dispute, dit-il doucement.

Oh ! Mais on ne se dispute pas… si ?

— Moi non plus.

— Tu ne lui as pas dit qu'on se mariait ?

— Non. J'ai pensé que je devais d'abord l'annoncer à ma mère et à Ray.

Merde. C'est la première fois que j'y songe depuis que j'ai dit oui. Seigneur, qu'est-ce que mes parents vont en penser ?

Christian acquiesce.

— Oui, tu as raison. Et moi… euh, je devrais demander ta main à ton père.

J'éclate de rire.

— Oh, Christian, on n'est plus au XVIIIe siècle.

Bordel. Que va dire Ray ? La pensée de cette discussion m'emplit d'horreur.

— C'est la tradition, répond-il en haussant les épaules.

— On en parlera plus tard. Je veux te donner ton autre cadeau.

Mon but est de détourner son attention. La pensée de mon cadeau titille ma conscience. Il faut que je le lui offre pour voir sa réaction.

Il m'adresse un sourire timide et mon cœur a un raté. Aussi longtemps que je vivrai, je ne me lasserai jamais de ce sourire.

— Tu te mords encore la lèvre, me dit-il en me tirant le menton.

Un frisson traverse mon corps lorsque ses doigts me touchent. Sans un mot et pendant que j'ai encore un minimum de courage, je le prends par la main et l'entraîne vers la chambre. Je le lâche en l'abandonnant près du lit et je sors les deux autres cadeaux de sous mon côté du lit.

— Deux ? fait-il, surpris.

J'inspire un bon coup.

— J'ai acheté ça avant euh… l'incident d'hier. Je ne suis pas certaine que ce soit une bonne idée maintenant.

Je lui tends vite une des boîtes avant de changer d'avis. Il me dévisage, intrigué par mon hésitation.

— Tu es sûre que tu veux que je l'ouvre ?

J'acquiesce, anxieuse. Christian déchire le papier cadeau et regarde la boîte, surpris.

— Charlie Tango, dis-je tout bas.

Il sourit. La boîte contient un petit hélicoptère en bois avec une grande hélice fonctionnant à l'énergie solaire. Il ouvre l'emballage.

— Il marche à l'énergie solaire, murmure-t-il. Waouh.

Et avant que je n'aie le temps de m'en rendre compte, il est assis sur le lit pour assembler le modèle réduit. Les pièces s'enclenchent rapidement et Christian dépose le petit hélicoptère sur la paume de sa main. Un hélicoptère bleu en bois. Il m'adresse son sourire le plus éblouissant, puis se dirige vers la fenêtre afin que le petit jouet soit baigné par la lumière du soleil. L'hélice commence à tourner.

— Regarde ça, souffle-t-il en l'examinant soigneusement. Ce qu'on peut déjà faire avec cette technologie.

Il soulève le jouet au niveau des yeux pour regarder les pales tourner. Il est fasciné et fascinant à observer là, perdu dans ses pensées à scruter le modèle réduit. À quoi pense-t-il ?

— Tu aimes ?

— Ana, j'adore. Merci.

Il m'attrape et m'embrasse rapidement avant de contempler de nouveau le rotor.

— Je vais le mettre avec le planeur dans mon bureau, annonce-t-il d'un air détaché en examinant toujours le jouet.

Il éloigne sa main du soleil et les pales ralentissent et s'arrêtent. Je ne peux m'empêcher de sourire de toutes mes dents et j'ai envie de sauter de joie. Il adore ! Bien sûr, il est à fond dans les technologies alternatives. Dans l'empressement de mon achat, j'avais complètement oublié. Il le pose sur la commode et se tourne vers moi.

— Il me tiendra compagnie pendant qu'on ira récupérer Charlie Tango.

— Il est réparable ?

— Je ne sais pas. J'espère. Autrement il risque de me manquer.

Ah bon ? Je suis presque choquée de ressentir de la jalousie envers cet objet inanimé. Ma conscience lâche un petit gloussement ironique. Je l'ignore.

— Qu'est-ce qu'il y a dans l'autre boîte ? s'enquiert-il, les yeux brillants d'une excitation quasi enfantine.

Bordel.

— Je ne sais pas si ce cadeau est pour toi ou pour moi.

— Vraiment ?

Et je sais que j'ai piqué sa curiosité. Je lui tends nerveusement la seconde boîte. Il la secoue doucement et nous entendons tous les deux un cliquetis bruyant. Il lève les yeux vers moi.

— Pourquoi es-tu aussi nerveuse ? demande-t-il, amusé.

Je hausse les épaules, gênée et excitée à la fois, je rougis. Il hausse un sourcil.

— Vous m'intriguez, mademoiselle Steele.

Sa voix me traverse, le désir s'insinue dans mon ventre.

— Je dois dire que j'apprécie ta réaction. Qu'est-ce que tu m'as préparé ?

Avec curiosité, il soulève le couvercle de la boîte et en sort une petite carte. Le reste du contenu est emballé dans du papier. Il lit la carte et ses yeux cherchent aussitôt les miens – je ne saurais dire s'ils sont choqués ou simplement surpris.

— Te faire des choses brutales ? murmure-t-il.

J'acquiesce en déglutissant. Il incline la tête sur le côté, avec prudence, l'air perplexe, jaugeant ma réaction. Puis son attention se reporte sur la boîte. Il déchire le papier de soie bleu ciel et en sort un masque, des pinces à seins, un plug anal, son iPod, sa cravate gris argenté – et enfin, et surtout –, la clé de la salle de jeux.

Il me dévisage avec une expression sombre et indéchiffrable. *Oh merde.* Je suis tombée à côté ?

— Tu veux jouer ? demande-t-il doucement.

— Oui, dis-je dans un souffle.

— Pour mon anniversaire ?

— Oui.

Ma voix ne pourrait être plus aiguë. Une multitude d'émotions traversent son visage, et je ne saurais en définir aucune, mais il se fige sur celle de l'angoisse. *Hum...* Pas vraiment la réaction que j'attendais.

— Tu es sûre ?

— Pas les fouets ni les trucs de ce genre.

— Ça, j'ai compris.

— Oui, alors. Je suis sûre.

Il secoue la tête en baissant les yeux sur le contenu de la boîte.

— Folle et insatiable de sexe. Eh bien, je pense pouvoir faire quelque chose de tout ça, murmure-t-il presque pour lui-même avant de reposer le contenu dans la boîte.

Quand il me regarde de nouveau, son expression a complètement changé. Bordel, ses yeux se sont enfiévrés et sa bouche s'incurve lentement en un sourire érotique. Il me tend la main.

— Maintenant, dit-il.

Et ce n'est pas une suggestion. Mon ventre se contracte, se durcit, au plus profond. Je lui donne la main.

— Viens !

Et je le suis hors de la chambre, le cœur au bord de l'explosion. Le désir afflue, épais et brûlant, dans mon sang, et mon ventre se crispe à la perspective de ce qui m'attend. Enfin !

21.

Christian s'immobilise devant la porte de la salle de jeux.

— Tu es sûre que c'est ce que tu veux ? me demande-t-il, le regard brûlant malgré l'angoisse.

— Oui, dis-je avec un sourire timide.

Ses yeux s'adoucissent.

— Il y a quelque chose que tu ne veux pas faire ?

Je suis déroutée par sa question inattendue et mon esprit se met à turbiner. Une pensée surgit.

— Je ne veux pas que tu prennes de photos de moi.

Il se fige et son expression se durcit tandis qu'il penche la tête sur le côté en me considérant d'un air interrogateur.

Oh merde. Je crois qu'il va me demander pourquoi. Heureusement, ce n'est pas le cas.

— D'accord.

Soucieux, il déverrouille la porte, puis s'écarte pour me faire entrer dans la pièce. Je sens ses yeux posés sur moi quand il me suit et referme la porte derrière nous.

Déposant la boîte de son cadeau sur la commode, il en sort l'iPod, l'allume puis agite la main en direction de la chaîne stéréo installée dans le mur. Les vitres en verre teinté de l'appareil s'ouvrent dans un glissement silencieux. Il appuie sur des boutons et le bruit d'un métro résonne dans la pièce. Il baisse le son jusqu'à ce que le rythme électronique, lent et hypnotique, devienne une musique de fond. Une femme se met à chanter, je ne sais pas de qui il s'agit, mais sa voix douce est éraillée ; le rythme est mesuré et volontairement… érotique. *Oh mon Dieu*. C'est une musique pour faire l'amour.

Christian se tourne vers moi alors que je me tiens au centre de la pièce, le cœur battant la chamade, mon sang pulsant dans mes veines – du moins c'est ce qu'il me semble – au rythme de la musique envoûtante. Il avance nonchalamment vers moi et tire sur mon menton pour que je cesse de me mordre la lèvre.

— Que veux-tu faire, Anastasia ? murmure-t-il en plantant un doux baiser chaste au coin de ma bouche, les doigts toujours posés sur mon menton.

— Ce que tu veux. C'est ton anniversaire, dis-je tout bas.

Il suit ma lèvre inférieure du pouce et il plisse une nouvelle fois le front.

— Sommes-nous là parce que tu penses que j'ai envie d'y être ?

Il prononce ces paroles avec douceur, en me dévisageant attentivement.

— Non. J'ai envie d'être ici, moi aussi.

Son regard s'assombrit, se fait plus audacieux tandis qu'il évalue ma réponse. Il parle enfin, après ce qui me semble être une éternité.

— Oh, il existe tellement de possibilités, mademoiselle Steele, souffle-t-il d'une voix basse et excitée. Mais commençons par vous mettre nue.

Il tire sur la ceinture de mon peignoir pour qu'il s'ouvre, révélant ma nuisette en soie, puis il recule et s'assied nonchalamment sur l'accoudoir du canapé Chesterfield.

— Enlève tes vêtements. Lentement.

Il m'adresse un regard sensuel de défi. Je déglutis de manière compulsive en serrant les cuisses. Je suis déjà trempée. Ma déesse intérieure est déjà à poil, au garde-à-vous, prête, elle attend et elle me supplie de rattraper mon retard. Je rejette le peignoir, les yeux rivés à ceux de Christian, et je hausse les épaules pour laisser le vêtement tomber en tourbillons sur le sol. Son regard gris m'hypnotise tandis qu'il fait courir son index sur ses lèvres en me contemplant.

Je fais glisser les bretelles de ma nuisette sur mes épaules et le regarde fixement pendant une seconde avant de les lâcher. Ma nuisette effleure ma peau et ondule sur mon corps pour finir par s'évaser à mes pieds. Je suis nue, haletante et tellement prête.

Christian reste un moment immobile et je m'émerveille devant son appréciation sensuelle. Puis il se lève et se dirige vers la commode pour y prendre sa cravate gris argent – ma préférée. Il se retourne en la faisant coulisser entre ses doigts et il revient tranquillement dans ma direction, un sourire sur les lèvres. Une fois devant moi, je pense qu'il va me demander de lui tendre mes mains. Mais il ne le fait pas.

— Je crois que vous êtes trop peu vêtue, mademoiselle Steele, murmure-t-il.

Il place la cravate autour de mon cou et, lentement mais habilement, il fait ce que je suppose être un nœud Windsor parfait. Lorsqu'il resserre le nœud, ses doigts effleurent la base de ma gorge et je suis traversée par un courant électrique qui me coupe le souffle. La partie la plus large de la cravate est assez longue pour effleurer mes poils pubiens.

— Vous êtes très belle maintenant, mademoiselle Steele, lâche-t-il.

Il se penche pour m'embrasser doucement sur les lèvres. C'est un baiser rapide et je veux plus, le désir se déchaîne en spirales vicieuses dans mon corps.

— Que va-t-on faire de vous à présent ?

Il prend la cravate et la tire d'un coup sec, si bien que je suis forcée d'avancer dans ses bras. Ses mains plongent dans mes cheveux et rejettent ma tête en arrière, et il m'embrasse. Fort. Sa langue est impitoyable, implacable. Une de ses mains vagabonde librement le long de mon dos jusqu'à mes fesses. Lorsqu'il s'écarte, lui aussi halète, ses yeux gris en fusion ne me quittent pas ; il me laisse pantelante de désir, cherchant mon souffle, les sens en vrac. Je suis certaine que mes lèvres doivent être gonflées après cet assaut.

— Tourne-toi, m'ordonne-t-il gentiment.

J'obéis. Libérant mes cheveux de la cravate, il les natte vite, puis tire sur la tresse pour que je relève la tête.

— Tu as des cheveux superbes, Anastasia, murmure-t-il.

Il m'embrasse la gorge, décochant des vagues de frissons le long de mon échine.

— Tu n'as qu'à dire « stop ». Tu le sais, n'est-ce pas ? chuchote-t-il tout contre ma gorge.

J'acquiesce, les yeux fermés, et je savoure ses lèvres sur moi. Il me tourne encore une fois et attrape l'extrémité de la cravate.

— Viens Anastasia, dit-il en tirant doucement dessus pour me conduire vers la commode où est exposé le reste du contenu de la boîte. Voyons ces objets.

Il lève le plug anal.

— Celui-ci est bien trop gros. Tu es une vierge anale, je suis certain que tu ne tiens pas à commencer avec ça. Nous allons utiliser plutôt ça.

Il redresse son auriculaire et je suffoque, choquée. Ses doigts… *Là ?* Il m'adresse un petit sourire et la pensée désagréable du fisting anal mentionné dans le contrat me revient à l'esprit.

— Juste un doigt. Au singulier, ajoute-t-il doucement avec cette étrange capacité de lire dans mes pensées.

Mes yeux se rivent aux siens. Comment fait-il ça ?

— Ces pinces sont vicieuses.

Il touche les pinces à seins.

— Nous utiliserons plutôt celles-ci.

Il dépose une autre paire sur la commode. Elles ressemblent à des épingles à cheveux géantes avec des pendentifs jais.

— Elles sont ajustables, murmure Christian.

Je cligne des yeux écarquillés. Christian, mon mentor sexuel. Il en sait tellement plus sur tout ça que moi. Jamais je ne rattraperai mon retard. Je fronce les sourcils. Il en sait tellement plus que moi en bien des domaines… sauf en cuisine.

— Compris ? demande-t-il.

— Oui, dis-je tout bas, la bouche sèche. Tu vas me dire ce que tu as l'intention de me faire ?

— Non. J'improvise au fur et à mesure. Ce n'est pas une pièce de théâtre, Ana.

— Comment dois-je me comporter ?

Il plisse le front.

— Comme tu veux.

Oh !

— Tu t'attendais à jouer avec mon alter ego, Anastasia ? demande-t-il, d'un ton vaguement moqueur.

Je cligne des yeux.

— Eh bien, oui. Je l'aime bien.

Il m'adresse son sourire secret en faisant courir son pouce le long de ma joue.

— Maintenant, tu l'aimes bien, souffle-t-il tandis que son pouce caresse ma lèvre inférieure. Je suis ton amoureux, Anastasia, pas ton Dominant. J'aime ton rire et tes gloussements puérils. J'aime que tu sois détendue et heureuse, comme tu l'es sur les photos de José. C'est la fille qui s'est retrouvée à quatre pattes dans mon bureau. La fille dont je suis tombé amoureux.

J'en reste bouche bée et une douce chaleur se déploie dans mon cœur. C'est de la joie, de la joie pure.

— Mais, cela étant dit, j'aime aussi être brutal avec vous, mademoiselle Steele, et mon alter ego connaît un ou deux trucs. Alors faites ce qu'on vous dit et tournez-vous.

Ses yeux scintillent d'une lueur vicieuse et ma joie se déplace brutalement vers le sud, me saisissant fermement et agrippant chacune de mes déclivités sous la taille. J'obéis. Je l'entends ouvrir un tiroir derrière moi et, un moment plus tard, il est de nouveau devant moi.

— Viens, m'ordonne-t-il en tirant sur la cravate pour me conduire vers la table.

En passant devant le canapé, je remarque pour la première fois que toutes les cannes ont disparu. Étaient-elles encore là hier quand je suis venue dans la salle ? Je ne m'en souviens pas. Est-ce que Christian les a déplacées ? Mme Jones ? Christian interrompt le fil de mes pensées.

— Je veux que tu t'agenouilles là-dessus, dit-il en désignant la table.

Oh, d'accord. Qu'a-t-il en tête ? Ma déesse intérieure, pressée de le découvrir, a déjà bondi sur la table et contemple Christian avec admiration.

Il me soulève doucement et je replie mes jambes sous moi pour m'agenouiller devant lui, surprise par ma propre grâce. Maintenant, nous sommes les yeux dans les yeux. Il parcourt mes cuisses de ses mains, m'agrippe les genoux et m'écarte les jambes en se tenant directement devant moi. Il semble très grave, ses yeux sont plus sombres, ses paupières sont plus lourdes… son regard plus lubrique.

— Les bras derrière le dos, je vais te menotter.

Il sort des menottes en cuir de la poche arrière de son jean et passe les mains dans mon dos. On y est. Où va-t-il m'emmener cette fois ?

Sa proximité est grisante. Cet homme va être mon époux. Est-ce qu'on peut désirer un mari à ce point ? Je ne me rappelle pas avoir lu ça quelque part. Je ne peux pas lui résister et je fais courir mes lèvres entrouvertes le long de sa mâchoire, me frottant à la repousse de barbe, une combinaison enivrante de piquant et de doux, sous ma langue. Il s'immobilise, les yeux fermés. Son souffle faiblit et il s'écarte.

— Stop. Ou bien ça va aller bien plus vite que nous le désirons tous les deux, m'avertit-il.

Un moment, je crains qu'il ne se mette en colère, mais il sourit et ses yeux brillent d'une lueur amusée.

— Tu es irrésistible, dis-je en faisant la moue.

— Je le suis, là ? demande-t-il d'un ton sec.

J'acquiesce.

— Eh bien, ne détourne pas mon attention ou je te bâillonne.

— J'aime détourner ton attention, dis-je tout bas avec un air buté.

Il hausse un sourcil.

— Ou bien je te donne une fessée.

Oh ! Je m'efforce de me retenir de sourire. Il n'y a pas si longtemps, sa menace m'aurait réduite au silence. Je n'aurais jamais eu le courage de l'embrasser, spontanément, dans cette pièce. Je prends alors conscience qu'il ne m'intimide plus. C'est une révélation. Je souris malicieusement et il me renvoie un petit sourire de son cru.

— Tiens-toi bien, gronde-t-il.

Il recule en me regardant et frappe la peau de sa main avec les menottes en cuir. Et l'avertissement est là, dans ses gestes. J'essaie de prendre l'air contrit et je crois que j'y parviens. Il s'approche de nouveau de moi.

— C'est mieux, souffle-t-il.

Il se penche encore une fois derrière moi avec les menottes. Je résiste à l'envie de le toucher mais je me contente d'inhaler la merveilleuse odeur de Christian, encore frais de notre douche de la nuit passée. *Mmm...* Il faudrait mettre ce parfum en bouteille.

Je m'attends à ce qu'il me menotte les poignets mais il les attache à mes coudes. Cela me fait cambrer le dos et ressortir la poitrine, bien que mes coudes ne soient pas du tout joints. Quand il a fini, il se recule pour m'admirer.

— Ça va ? demande-t-il.

Ce n'est pas la position la plus confortable qui soit, mais je suis tellement pressée et excitée de voir où il veut en venir que je hoche la tête, affaiblie par le désir.

— Bien.

Il sort le masque de sa poche.

— Je crois que tu en as assez vu, murmure-t-il.

Il glisse le masque sur ma tête pour me couvrir les yeux. Mon souffle s'emballe. *Waouh*. Pourquoi le fait de ne pas voir est-il si érotique ? Je suis là, ligotée et agenouillée sur la table, j'attends – l'attente est douce, chaude et intense au creux de mon ventre. J'entends davantage le rythme mélodieux et régulier de la musique. Il résonne dans mon corps. Je ne l'avais pas vraiment remarqué jusque-là. Il a dû mettre le morceau en mode répétition.

Christian s'éloigne. Que fait-il ? Il retourne vers la commode et ouvre un tiroir, puis le referme. Une seconde plus tard, il est de retour et je le sens devant moi. Une odeur âcre, riche et musquée flotte dans l'air. C'est délicieux, ça ferait presque monter l'eau à la bouche.

— Je ne tiens pas à abîmer ma cravate préférée, murmure-t-il.

Je la sens se dénouer autour de mon cou. J'inspire brusquement lorsqu'elle remonte le long de mon corps, me chatouillant sur son parcours. Abîmer sa cravate ? J'écoute attentivement pour essayer de deviner ce qu'il s'apprête à faire. Il se frotte les mains. Ses doigts effleurent soudain ma joue, descendent le long de ma mâchoire.

À ce contact, mon corps bondit au garde-à-vous, sous l'emprise d'un frisson délicieux. Sa main enduite d'une huile à l'odeur sucrée se replie sur mon cou, descend doucement le long de ma gorge, sur ma clavicule, et remonte sur mon épaule ; ses doigts me malaxent tendrement sur leur chemin. Oh, il me fait un massage. Pas ce à quoi je m'attendais.

Il place sa seconde main sur mon autre épaule et entame un nouveau voyage excitant sur ma clavicule. Je gémis faiblement tandis qu'il progresse vers mes seins de plus en plus douloureux, je crève qu'il les touche. C'est excitant. Je cambre davantage mon corps sous sa caresse experte, mais ses mains dérivent sur mes flancs, lentement, de manière mesurée, au rythme de la musique et en évitant soigneusement mes seins. Je grogne sans savoir si c'est de plaisir ou de frustration.

— Tu es tellement belle, Ana, murmure-t-il d'une voix sourde, sa bouche tout contre mon oreille.

Son nez suit la ligne de ma mâchoire pendant qu'il poursuit son massage – sous les seins, en travers de mon ventre, plus bas… Il dépose de légers baisers sur mes lèvres, puis son nez dévale dans mon cou, ma gorge. *La vache, je suis en feu…* Sa proximité, ses mains, ses paroles.

— Et tu seras bientôt ma femme, chuchote-t-il.

Oh mon Dieu.

— À aimer et à chérir.

Seigneur.

— Je t'adorerai de tout mon corps.

Je rejette la tête en arrière pour gémir. Ses doigts s'enfoncent dans ma toison pubienne, passent sur mon sexe et il frotte sa paume contre mon clitoris.

— Madame Grey, murmure-t-il tandis que sa main œuvre toujours.

Je grogne.

— Oui, souffle-t-il alors qu'il continue de me tourmenter. Ouvre la bouche.

Ma bouche est déjà ouverte tant je halète. Je l'ouvre davantage et il glisse un gros objet en métal froid entre mes lèvres. De la forme d'une tétine pour bébé disproportionnée, l'objet comporte en surface des petites rainures gravées et, à son extrémité, ce qui ressemble à une chaîne. C'est gros.

— Suce, m'ordonne-t-il doucement. Je vais le mettre en toi.

En moi ? Où en moi ? Mon cœur bondit jusqu'à mes lèvres.

— Suce, répète-t-il.

Il cesse de me frotter avec sa paume. *Non, n'arrête pas !* J'ai envie de crier mais j'ai la bouche pleine. Ses mains huileuses remontent en glissant sur mon corps et empoignent enfin mes seins jusque-là négligés.

— Ne cesse pas de sucer.

Lentement, il fait rouler mes tétons entre ses pouces et ses index. Ils durcissent et s'allongent sous sa caresse experte, envoyant des vagues synaptiques de plaisir jusqu'à mon sexe.

— Tes seins sont si beaux, Ana, murmure-t-il.

Mes tétons durcissent de plus belle en guise de réponse. Il a un murmure approbateur et je gémis. Ses lèvres dévalent le long de mon cou vers un sein, déposant de légers mordillements et suçons en chemin, encore et encore, en se dirigeant vers mon téton. Soudain je sens la morsure de la pince.

— Ah !

Un grognement m'échappe malgré l'accessoire dans ma bouche. La vache, c'est exquis, brut, douloureux et tellement plaisant… *Oh, ce pincement.* Gentiment, il lape le téton restreint et, en même temps, il pose la seconde pince. La morsure de celle-ci est tout aussi dure… mais tout aussi bonne. Je grogne fort.

— Tu le sens, chuchote-t-il.

Oh oui. Oui. Oui.

— Donne-moi ça.

Il tire doucement sur la sucette métallique dans ma bouche et je la lâche. Une fois de plus, sa main descend le long de mon corps vers mon sexe. Il a de nouveau appliqué de l'huile sur ses mains. Elles glissent jusqu'à mes fesses.

Je suffoque. Que va-t-il faire ? Je me raidis sur mes genoux alors qu'il fait courir ses doigts entre mes fesses.

— Chut, détends-toi, souffle-t-il tout près de mon oreille.

Il m'embrasse dans le cou tandis que ses doigts me caressent et m'excitent.

Que va-t-il faire ? Son autre main glisse sur mon ventre jusqu'à mon sexe sur lequel il frotte de nouveau sa paume. Il glisse ses doigts en moi et j'émets un fort grognement appréciateur.

— Je vais mettre ça en toi, murmure-t-il. Pas là.

Ses doigts cheminent entre mes fesses en y étalant de l'huile.

— Mais ici.

Il fait tourner ses doigts à l'intérieur de mon sexe, les sort, les rentre, en percutant le fond de mon vagin. Je gémis et mes tétons pincés gonflent.

— Ah.

— Tais-toi maintenant.

Christian retire ses doigts et glisse l'objet en moi. Il prend mon visage dans ses mains et m'embrasse, sa bouche envahissant la mienne, et je perçois un vague clic. Aussitôt le godemiché se met à vibrer – *en moi !* Je suffoque. La sensation est extraordinaire – au-delà de tout ce que j'ai pu ressentir jusque-là.

— Ah !

— Détends-toi, dit Christian pour m'apaiser en étouffant mes halètements avec sa bouche.

Ses mains descendent et tirent très doucement sur les pinces. Je crie.

— Christian, je t'en prie !

— Chut, bébé. Tiens bon.

C'est trop – toute cette stimulation, partout. Mon corps commence à partir et, à genoux, je suis incapable de contrôler l'escalade. *Oh mon Dieu…* Vais-je être capable de gérer ça ?

— Tu es une bonne petite, m'apaise-t-il.

— Christian, je souffle, haletante.

Et, même à mes oreilles, ma voix paraît désespérée.

— Chut, Ana, sens ce que ça te fait. N'aie pas peur.

Ses mains sont à présent posées sur ma taille, elles me maintiennent, mais je ne peux pas me concentrer à la fois sur ses mains, sur ce qui est en moi, sur les pinces. Mon corps assemble peu à peu son explosion – grâce à la combinaison des vibrations implacables et à la torture si douce de mes tétons. *Bordel de merde.* Ça va être trop intense. Ses mains glissantes et huileuses quittent mes hanches et descendent pour passer derrière, elles me touchent, me sentent, palpent ma peau – me massent les fesses.

— Si belle, murmure-t-il.

Et soudain il pousse un doigt en moi… *là !* Entre mes fesses. *Bordel.* Son doigt me paraît étranger, plein, interdit… mais oh… tellement… bon. Et il le bouge lentement, le sortant et l'enfonçant, pendant que ses dents effleurent mon menton renversé.

— Si belle, Ana.

Je suis suspendue en altitude – très haut au-dessus d'un très large ravin et je monte en flèche et je tombe à la fois, étourdie, plongeant vers la Terre. Je ne peux pas tenir plus longtemps : je crie quand mon corps convulse et jouit sous l'ampleur qui me submerge. Lorsque mon corps explose, je ne suis que sensations. Christian détache une pince puis la seconde et mes tétons se mettent à chanter sous la vague d'une sensation douloureuse, mais douce, si douce. C'est si bon que mon orgasme n'en finit pas de durer. Son doigt reste entre mes fesses et continue d'aller et venir doucement.

— Argh !

Christian m'enveloppe de tout son corps, me maintenant contre lui pendant que mon ventre continue de pulser impitoyablement.

— Non !

Je crie de nouveau. Je l'implore et, cette fois, il retire le vibromasseur, et son doigt aussi alors que les convulsions perdurent.

Il détache une des menottes et mes bras s'écroulent vers l'avant. Ma tête se balance sur son épaule et je suis perdue, abandonnée aux sensations qui me submergent. Je ne suis que halètement, désir épuisé et abandon doux et bienvenu.

J'ai vaguement conscience que Christian me soulève et me porte jusqu'au lit où il m'allonge sur les draps frais en satin. Au bout d'un moment, ses mains, toujours huilées, frottent doucement l'arrière de mes cuisses, mes genoux, mes mollets et mes épaules. Je sens le lit s'enfoncer sous son poids quand il s'allonge près de moi.

Il ôte mon masque, mais je n'ai pas la force d'ouvrir les yeux. Il trouve ma tresse et enlève l'élastique qui la retient puis il se penche en avant pour m'embrasser sur les lèvres. Seul mon souffle irrégulier trouble le silence de la pièce et ma respiration s'apaise tandis que je redescends doucement sur terre en flottant. La musique s'est arrêtée.

— Si belle, répète-t-il.

Quand je convaincs un de mes yeux de s'ouvrir, Christian me contemple en souriant tendrement.

— Salut, dit-il.

Je parviens à grogner en guise de réponse et son sourire s'élargit.

— Assez brutal pour toi ?

J'acquiesce et lui adresse un sourire à contrecœur. Seigneur, plus brutal et j'aurais été obligée de nous donner la fessée à tous les deux.

— Je crois que tu essaies de me tuer, dis-je tout bas.

— Mort par orgasme. Il y a pire façon de mourir, dit-il avant de froncer les sourcils très légèrement lorsqu'une pensée désagréable traverse son esprit.

Cela me fait de la peine et je lève la main pour lui caresser le visage.

— Tu peux me tuer comme ça quand tu veux, je rétorque.

Je remarque qu'il est parfaitement nu et prêt à l'action. Quand il me prend la main pour en embrasser chaque doigt, je me redresse et prends son visage entre mes mains pour attirer sa bouche à la mienne. Il m'embrasse brièvement puis s'arrête.

— Voilà ce que je veux faire, murmure-t-il.

Il passe la main sous l'oreiller pour prendre la télécommande de la chaîne. Il appuie sur un bouton et les douces notes d'une guitare résonnent entre les murs.

— Je veux te faire l'amour, déclare-t-il en baissant sur moi ses yeux brillant d'une passion sincère.

En sourdine, une voix familière se met à chanter *The First Time Ever I Saw Your Face*. Et ses lèvres trouvent les miennes.

Quand je me crispe autour de lui, jouissant une nouvelle fois, Christian se défait entre mes bras, la tête rejetée en arrière en criant mon nom. Il me serre fort contre son torse et nous restons assis nez contre nez au milieu de son vaste lit, moi à califourchon sur lui. Et dans cet instant – cet instant de joie, avec cet homme, sur cette musique –, l'intensité de ma récente expérience dans cette pièce avec lui ainsi que tout ce qui s'est passé au cours de la semaine me submergent de nouveau. Pas seulement physiquement mais émotionnellement. Je suis complètement bouleversée par tous ces sentiments. Je suis tellement amoureuse de lui. Pour la première fois, je comprends un peu ce qu'il éprouve à propos de ma sécurité.

Me rappelant qu'il a failli y rester avec Charlie Tango la veille, je frémis et les larmes affluent dans mes yeux. Si quelque chose lui arrivait… Je l'aime tant. Mes larmes coulent sur mes joues sans que je puisse les retenir. Il y a tellement d'aspects chez Christian – sa part douce et gentille et sa part dominante genre « je peux faire ce que j'ai envie de toi et tu ramperas à genoux » –, ses cinquante nuances, tout ce qu'il est. Incroyable. Et tout à moi. Et je sais que nous nous connaissons peu, et que nous avons une montagne de problèmes à surmonter, mais je sais aussi que, pour l'autre, nous y parviendrons – et nous avons toute la vie devant nous pour ça.

— Hé, souffle-t-il.

Il serre mon visage entre ses mains. Il est toujours en moi.

— Pourquoi pleures-tu ?

Sa voix trahit son inquiétude.

— C'est parce que je t'aime tant.

Il ferme à demi les yeux, comme drogué, et boit mes paroles. Quand il les rouvre, ils brillent d'amour.

— Et moi, je t'aime, Ana. Tu me… guéris.

Il m'embrasse doucement pendant que Roberta Flack termine sa chanson.

Nous avons parlé et parlé et parlé, assis sur le lit dans la salle de jeux, moi sur ses genoux, nos jambes entourant le corps de l'autre. Le drap de satin rouge nous enveloppe comme un cocon royal et je n'ai aucune idée du temps que nous avons passé ainsi. Christian éclate de rire devant mon imitation de Kate pendant la séance photo à l'hôtel Heathman.

— Quand je pense que ça aurait pu être elle qui vienne m'interviewer. Je remercie le ciel d'avoir inventé le rhume, murmure-t-il en m'embrassant sur le nez.

— Je crois qu'elle avait la grippe, Christian, je corrige en faisant courir, mine de rien, mes doigts dans les poils de son torse et en m'émerveillant qu'il le supporte si bien. Toutes les cannes ont disparu, dis-je tout bas en me rappelant mon constat de tout à l'heure.

Il repousse mes cheveux derrière mon oreille pour la énième fois.

— Je ne pensais pas que tu pourrais franchir cette limite.

— Non, je ne pense pas pouvoir.

Puis je me surprends à jeter un regard vers les fouets, les palettes et les martinets. Il suit mon regard.

— Tu veux que je m'en débarrasse aussi ?

Il est amusé mais sincère.

— Pas la cravache… la marron. Ni ce martinet en daim.

Je rougis. Il me sourit.

— D'accord, la cravache et le martinet. Eh bien, mademoiselle Steele, vous êtes surprenante.

— Tout comme vous, monsieur Grey. C'est une des choses que j'aime chez vous.

Je l'embrasse tendrement au coin de la bouche.

— Et qu'est-ce que tu aimes d'autre chez moi ? me demande-t-il avec de grands yeux.

Je sais que c'est énorme pour lui de poser cette question. Cela me rend plus humble et je cligne des paupières. J'aime tout chez lui – même ses cinquante nuances. Je suis certaine que la vie avec Christian ne sera jamais ennuyeuse.

— Ça.

Je caresse ses lèvres avec mon index.

— J'aime ça et ce qui en sort et ce que tu me fais avec. Et ce qu'il y a là-dedans.

Je lui caresse la tempe.

— Tu es si intelligent et plein d'esprit, cultivé et compétent en tellement de domaines. Mais surtout, j'aime ce qu'il y a là-dedans.

J'appuie doucement la paume de ma main sur sa poitrine pour sentir les battements réguliers de son cœur.

— Tu es l'homme le plus charitable que j'aie jamais rencontré. Ce que tu fais. Ta manière de travailler. Je suis vraiment admirative.

— Admirative ?

Il est intrigué, mais je distingue une trace d'humour dans son expression. Puis son visage se transforme, son sourire timide apparaît comme s'il était gêné et j'ai envie de me lover contre lui. Ce que je fais.

Je somnole, enveloppée par le satin et par Grey. Christian me réveille en enfouissant son nez dans mes cheveux.

— Tu as faim ? me susurre-t-il.

— Mmm, je suis affamée.

— Moi aussi.

Je me redresse pour le contempler, étalé sur le lit.

— C'est votre anniversaire, monsieur Grey. Je vais vous cuisiner quelque chose. Qu'est-ce qui te ferait plaisir ?

— Surprends-moi.

Il passe une main dans mon dos et me caresse tendrement.

— Je devrais aller consulter mon BlackBerry pour voir si j'ai manqué des messages hier.

Il soupire en se rasseyant et je sens que ce moment spécial est terminé… pour l'instant.

— Allons nous doucher, propose-t-il.

Et qui suis-je pour refuser quelque chose à un enfant qui fête son anniversaire ?

Christian est au téléphone dans son bureau. Taylor se trouve avec lui, l'air grave. Il est habillé décontracté, en jean et tee-shirt moulant noir. Je m'affaire dans la cuisine pour préparer le déjeuner. J'ai trouvé des filets de saumon dans le réfrigérateur et je les fais pocher avec du citron. Je prépare également une salade et je fais bouillir de petites pommes de terre nouvelles. Je me sens extraordinairement détendue et heureuse, aux anges – littéralement, parmi eux. Je me tourne vers la grande fenêtre pour admirer le merveilleux ciel bleu. *Toutes ces discussions… tout ce sexe… Hmm.* Je pourrais y prendre goût.

Taylor émerge du bureau et interrompt ma rêverie. Je baisse le volume de mon iPod et j'enlève un écouteur.

— Salut, Taylor.

— Ana, dit-il en hochant la tête.

— Votre fille va bien ?

— Oui, merci. Mon ex-femme pensait qu'elle avait l'appendicite mais elle s'inquiétait trop, comme d'habitude.

Taylor lève les yeux au ciel, ce qui me surprend.

— Sophie va bien, reprend-il, elle a simplement une mauvaise gastro.

— Je suis désolée.

Il sourit.

— Est-ce qu'on a localisé Charlie Tango ?

— Oui, l'équipe de sauvetage est en route. L'appareil devrait arriver au Boeing Field tard ce soir.

— Oh, très bien.

Il m'adresse un sourire crispé.

— Ce sera tout, madame ?

— Oui, oui, bien sûr.

Je rougis. M'habituerai-je un jour à ce que Taylor m'appelle « madame » ? J'ai l'impression d'être vieille, d'avoir au moins trente ans.

Il hoche la tête avant de quitter la grande pièce. Christian est toujours au téléphone. J'attends que les pommes de terre soient cuites. Je prends mon sac à main et j'en sors mon BlackBerry. Il y a un texto de Kate. « On se voit ce soir. Hâte de bavarder looongtemps. » Je lui réponds : « Pareil. »

Ça me fera du bien de parler à Kate. J'ouvre ma boîte mail et je tape un rapide message à Christian.

De : Anastasia Steele
Objet : Déjeuner
Date : 18 juin 2011 13:12
À : Christian Grey

Cher monsieur Grey,
Je vous envoie ce message pour vous informer que votre déjeuner est presque prêt.
Et que j'ai eu une baise perverse, à m'en faire exploser le cerveau, plus tôt ce matin.
La baise perverse d'anniversaire est à recommander.
Et autre chose : je vous aime.
A.
(Ta fiancée)

J'écoute attentivement pour déceler sa réaction mais il est toujours au téléphone. Je hausse les épaules. Il est peut-être tout simplement trop occupé. Mon BlackBerry vibre.

De : Christian Grey
Objet : Baise perverse
Date : 18 juin 2011 13:15
À : Anastasia Steele

Qu'est-ce qui était le plus propice à te faire exploser le cerveau ? Je prends des notes.

Christian Grey
P-DG Affamé et maigrissant à vue d'œil après les exercices de ce matin, Grey Enterprises Holdings, Inc.

P.-S. : J'adore ta signature.
P.-P.S. : Qu'est-il advenu de l'art de la conversation ?

De : Anastasia Steele
Objet : Affamé ?
Date : 18 juin 2011 13:18
À : Christian Grey

Cher monsieur Grey,
Dois-je attirer votre attention sur la première ligne de mon précédent message vous informant que votre déjeuner est en effet

presque prêt ?... Alors cessez ces âneries à propos de votre faim et de votre amaigrissement. Quant à ce qui m'a fait exploser le cerveau pendant notre baise perverse... franchement, tout. Je serais intéressée par la lecture de vos notes. Et j'aime aussi ma signature entre parenthèses.
A.
(Ta fiancée)

P.-S. : Depuis quand êtes-vous si loquace ? Et tu es au téléphone !

J'appuie sur la touche « envoyer » et je lève les yeux pour le découvrir devant moi, un sourire au coin des lèvres. Avant que je ne puisse dire quoi que ce soit, il contourne l'îlot de la cuisine, me prend dans ses bras et m'embrasse bruyamment.

— Ça suffit, mademoiselle Steele, dit-il en me relâchant.

Puis il retourne nonchalamment – en jean, pieds nus avec sa chemise qui sort de son pantalon – dans son bureau, me laissant à bout de souffle.

J'ai préparé une sauce froide au cresson, à la coriandre et à la crème aigre pour accompagner le saumon, et j'ai mis le couvert sur le comptoir. Je déteste l'interrompre quand il travaille, mais je me tiens à présent sur le seuil de son bureau. Il est toujours au téléphone, les cheveux si soigneusement décoiffés et les yeux d'un gris vif – un véritable régal pour les yeux. Il lève la tête lorsqu'il m'aperçoit et ne me quitte pas du regard. Il prend un air contrarié et je ne sais si cela m'est adressé ou si c'est à cause de sa discussion.

— Laisse-les entrer et fiche-leur la paix. Tu as compris, Mia ? siffle-t-il en levant les yeux au ciel. Bien.

Je mime le geste de manger et il me sourit en hochant la tête.

— On se voit plus tard.

Il raccroche.

— J'ai le droit à un autre appel ? me demande-t-il.

— Bien sûr.

— Cette robe est très courte, ajoute-t-il.

— Tu aimes ?

Je tourne vite sur moi-même. C'est un des choix de Caroline Acton. Une robe bain de soleil d'un turquoise pastel, probablement plus indiquée pour la plage, mais c'est une journée tellement radieuse en bien des aspects. Il prend une mine renfrognée et mon visage se décompose.

— Tu es fantastique dedans, Ana. Je tiens juste à ce que personne d'autre ne te voie habillée ainsi.

— Oh ! Nous sommes à la maison, Christian. Il n'y a personne à part le personnel.

Sa bouche se crispe et, soit il s'efforce de dissimuler son amusement, soit il ne trouve vraiment pas ça drôle. Mais finalement, il acquiesce, rassuré. Je secoue la tête – il est sérieux, là ? Je retourne dans la cuisine.

Quelques minutes plus tard, il est de nouveau face à moi, le téléphone à la main.

— J'ai Ray au téléphone pour toi, murmure-t-il avec prudence.

Tout l'air quitte mes poumons d'un coup. Je prends le combiné en masquant le micro.

— Tu lui as dit !

Christian acquiesce et ses yeux s'agrandissent devant mon désarroi manifeste.

Merde ! J'inspire profondément.

— Salut, papa.

— Christian vient juste de me demander ta main, dit Ray.

Le silence s'étire entre nous tandis que je cherche désespérément quoi dire. Ray, comme d'habitude, se tait et ne me donne aucun indice sur sa manière de prendre cette nouvelle.

— Qu'est-ce que tu as répondu ? je demande d'une voix incertaine.

— J'ai dit que je voulais te parler. C'est un peu soudain, tu ne penses pas, Annie ? Tu ne le connais pas depuis longtemps. Je veux dire, c'est un bon gars, il aime la pêche mais… si vite ?

Son ton est calme et posé.

— Oui. C'est soudain… Ne quitte pas.

Je m'éloigne en urgence de la cuisine et du regard inquiet de Christian. Je me rapproche de la grande fenêtre. Les portes du balcon sont ouvertes et je sors au soleil. Je ne peux pas m'approcher du bord. On est bien trop haut.

— Je sais que c'est soudain et tout ça, mais… Eh bien, je l'aime. Il m'aime. Il veut m'épouser et il n'y aura jamais personne d'autre pour moi.

Je rougis en pensant que c'est peut-être la conversation la plus intime que j'aie jamais eue avec mon beau-père.

Ray reste silencieux à l'autre bout du fil.

— Tu en as parlé à ta mère ?

— Non.

— Annie… Je sais qu'il est riche et célibataire mais le mariage ? C'est un pas important à franchir. Tu es certaine ?

— C'est l'homme qui me rendra heureuse à jamais, dis-je tout bas.

— Waouh, fait enfin Ray au bout d'un moment, sur un ton plus doux.

— Il est tout pour moi.

— Annie, Annie, Annie. Tu es une jeune femme tellement têtue. J'espère que tu sais ce que tu fais. Repasse-le-moi, tu veux bien ?

— Bien sûr, papa, et est-ce que tu m'accompagneras à l'autel ?

— Oh, ma chérie.

Sa voix lui fait défaut et il se tait un moment. Son émotion me fait monter les larmes aux yeux.

— Rien ne me fera plus plaisir, répond-il enfin.

Oh, Ray, je t'aime tellement… Je déglutis pour m'empêcher de pleurer.

— Merci, papa. Je te repasse Christian. Sois gentil avec lui. Je l'aime.

Je crois que Ray sourit à l'autre bout de la ligne, mais c'est difficile à dire avec lui.

— Bien sûr, Annie. Et viens rendre visite à ton vieux père avec ton Christian.

Je reviens d'un pas vif dans la salle – énervée contre Christian qui ne m'a pas prévenue – et je lui tends le combiné, en lui faisant savoir par mon expression combien je suis agacée. L'air amusé, il prend le téléphone et retourne dans son bureau.

Deux minutes plus tard, il réapparaît.

— J'ai la bénédiction plutôt envieuse de ton père, lance-t-il fièrement.

Si fièrement que cela me fait glousser.

Il me sourit. Il se comporte comme s'il venait juste de négocier une importante fusion ou acquisition, ce qui, d'un certain point de vue, est un peu ce qu'il vient de faire.

— Bon sang, tu es un sacré cordon bleu, femme !

Christian avale sa dernière bouchée et lève son verre de vin blanc vers moi. Ce compliment me ravit et je prends conscience que je n'aurai à lui faire la cuisine que le week-end. Dommage. J'aime cuisiner. J'aurais peut-être dû lui faire un gâteau pour son anniversaire. Je consulte ma montre. J'ai encore le temps.

— Ana ? dit-il en interrompant ma rêverie. Pourquoi m'as-tu demandé de ne pas te prendre en photo ?

Sa question me prend d'autant plus par surprise qu'il parle d'une voix doucement trompeuse.

Oh... merde. Les photos. Je baisse les yeux sur mon assiette vide, en triturant mes doigts. Qu'est-ce que je peux répondre ? Je m'étais promis de ne pas mentionner que j'avais trouvé sa version des *Penthouse Pets*.

— Ana ! Qu'est-ce qui se passe ?

Il me fait sursauter. Sa voix m'ordonne de le regarder. Quand ai-je cru qu'il ne m'intimidait plus ?

— J'ai trouvé tes photos, j'avoue tout bas.

Il écarquille les yeux, sous le choc.

— Tu as fouillé dans le coffre ? demande-t-il, incrédule.

— Le coffre ? Non. Je ne savais pas que tu avais un coffre.

Il fronce les sourcils.

— Je ne comprends pas.

— Dans ton dressing. La boîte. Je cherchais ta cravate et la boîte était sous ton jean... celui que tu portes d'habitude dans la salle de jeux. Sauf aujourd'hui.

Je rougis.

Il reste bouche bée, horrifié. Il passe nerveusement la main dans ses cheveux en analysant l'information. Il se frotte le menton, perdu dans ses pensées, mais ne peut dissimuler la contrariété qui se lit sur son visage. Il secoue brutalement la tête, exaspéré – mais amusé aussi – et un léger sourire d'admiration retrousse les coins de sa bouche. Il met ses mains en clocher devant lui et se concentre de nouveau sur moi.

— Ce n'est pas ce que tu crois. Je les avais complètement oubliées. Cette boîte a été déplacée. Ces photos devraient se trouver dans mon coffre.

— Qui les a déplacées ?

Il déglutit.

— Il n'y a qu'une personne qui ait pu faire ça.

— Oh. Qui ? Et qu'est-ce que tu entends par « ce n'est pas ce que tu crois » ?

Il soupire et incline la tête sur le côté. Je crois qu'il est gêné. *Il peut l'être !* me lance ma conscience.

— Ça va peut-être te paraître sordide mais c'est une sorte d'assurance, chuchote-t-il en se préparant à affronter ma réaction.

— Une assurance ?

— Contre les révélations.

Ça fait tilt. Ça tinte même de manière déplaisante dans ma tête.

— Oh.

Je murmure parce que je ne sais pas comment réagir. Je ferme les yeux. On y est. Voilà les Cinquante Nuances de perversion. Là, maintenant.

— Oui, tu as raison, dis-je tout bas. C'est un peu sordide.

Je me lève pour débarrasser nos assiettes. Je ne veux pas en savoir davantage.

— Ana.

— Elles savent ? Les filles… les soumises ?

Il fronce les sourcils.

— Bien sûr qu'elles savent.

Eh bien, voilà autre chose. Il tend la main et m'attire à lui.

— Ces photos sont censées se trouver dans mon coffre. Elles ne sont pas destinées à un usage récréatif. Peut-être l'étaient-elles au moment où elles ont été prises. Mais…

Il prend un air implorant.

— Elles n'ont aucune importance.

— Qui les a mises dans le dressing ?

— Ça ne peut être que Leila.

— Elle connaît la combinaison de ton coffre ?

Il hausse les épaules.

— Ça ne me surprendrait pas. C'est une combinaison très longue et je l'utilise très rarement. Je l'ai écrite quelque part et je ne l'ai jamais changée, dit-il en secouant la tête. Je me demande ce qu'elle peut savoir encore et si elle a pris autre chose dans le coffre.

Sa mine s'assombrit, puis il me fait face.

— Écoute, je vais détruire ces photos. Tout de suite, si tu veux.

— Elles sont à toi, Christian. Tu en fais ce que tu veux.

— Ne réagis pas comme ça, dit-il en m'obligeant à le regarder. Je ne veux pas de cette vie. Je veux la vie que nous avons, ensemble.

La vache. Comment sait-il que ma paranoïa se terre sous l'horreur de ces photos ?

— Ana, je croyais que nous avions exorcisé tous ces fantômes ce matin. Du moins, c'est mon impression. Pas toi ?

Je cligne des yeux en me rappelant notre matinée très, très plaisante et romantique et carrément vicieuse dans sa salle de jeux.

— Oui. (Je souris.) Oui, c'est aussi mon impression.

— Bien. (Il se penche et me prend dans ses bras.) Je vais les déchirer, murmure-t-il. Puis il faut que j'aille travailler. Je suis désolé, bébé, mais j'ai une montagne de choses à régler cet après-midi.

— Parfait. Il faut que j'appelle ma mère, dis-je avec une grimace. Puis j'aimerais faire des courses et te préparer un gâteau.

Il sourit et ses yeux s'illuminent comme ceux d'un petit garçon.

— Un gâteau ?

J'acquiesce.

— Un gâteau au chocolat ?

— Tu veux un gâteau au chocolat ?

Son sourire est contagieux. Il hoche la tête.

— Je vais voir ce que je peux faire, monsieur Grey.

Il m'embrasse encore une fois.

Carla, abasourdie, est sans voix.

— Maman, dis quelque chose.

— Tu n'es pas enceinte, Ana ? murmure-t-elle, horrifiée.

— Non, non, rien de tout ça.

La déception tranche cruellement dans mon cœur et je suis attristée qu'elle puisse croire ça. Mais je me rappelle brusquement qu'elle était enceinte de moi lorsqu'elle a épousé mon père.

— Je suis désolée, ma chérie. C'est tellement soudain. Je veux dire, Christian est un sacré parti, mais tu es si jeune et tu devrais voir un peu le monde.

— Maman, tu ne pourrais pas simplement te réjouir pour moi ? Je l'aime.

— Chérie, il faut juste que je me fasse à l'idée. C'est un tel choc. J'ai bien senti en Géorgie qu'il y avait quelque chose de spécial entre vous deux, mais de là à parler mariage… ?

En Géorgie, il voulait que je sois sa soumise, mais je ne le lui dirai pas.

— Vous avez choisi une date ?

— Non.

— Je regrette que ton père ne soit plus en vie, chuchote-t-elle.

Oh non… pas ça. Pas maintenant.

— Je sais, maman. J'aurais aimé le connaître moi aussi.

— Il ne t'a tenue qu'une fois dans ses bras et il était si fier. Il pensait que tu étais la plus jolie petite fille au monde.

Une fois encore, elle me raconte cette sempiternelle histoire dans un chuchotis sinistre. Dans une minute, elle sera en pleurs.

— Je sais, maman.

— Et puis il est mort.

Elle renifle et je sais que cela la bouleverse comme chaque fois.

— Maman, dis-je tout bas, souhaitant tellement la prendre dans mes bras.

— Je suis une vieille folle, murmure-t-elle avant de renifler. Bien sûr que je suis heureuse pour toi, ma chérie. Est-ce que Ray est au courant ? ajoute-t-elle en paraissant avoir retrouvé ses esprits.

— Christian vient juste de lui demander ma main.

— Oh, c'est mignon. Bien.

Elle a l'air mélancolique mais elle fait un effort.

— Oui, ça l'était.

— Ana, ma chérie, je t'aime tellement. Je suis heureuse pour toi, crois-moi. Et vous devriez tous les deux venir nous voir.

— Oui, maman. Moi aussi, je t'aime.

— Bob m'appelle. Je dois y aller. Fais-moi savoir la date. Il faut qu'on prévoie… Pensez-vous organiser un grand mariage ?

Un grand mariage, quelle connerie. Je n'y ai même pas pensé. Un grand mariage ? Non. Je ne veux pas de grand mariage.

— Je ne sais pas encore. Je t'appellerai dès que j'en saurai davantage.

— Bien. Prends bien soin de toi. Vous deux devez vous amuser… vous avez tout le temps de faire des enfants.

Des enfants ! Hum… nous y voilà encore – une référence à peine masquée au fait qu'elle m'a eue très tôt.

— Maman, je n'ai pas vraiment fichu ta vie en l'air, n'est-ce pas ?

Elle suffoque.

— Oh non, Ana, ne pense pas ça. Tu es la plus belle chose qui nous soit jamais arrivée à ton père et moi. Je regrette juste qu'il ne soit pas là pour te voir adulte et sur le point de te marier.

La voilà de nouveau nostalgique et larmoyante.

— J'aurais aimé aussi.

Je secoue la tête en pensant à ce père mythique.

— Maman, je te laisse. Je te rappelle bientôt.

— Je t'aime, ma chérie.

— Moi aussi, maman. Au revoir.

La cuisine de Christian est un vrai paradis. Pour un homme qui n'y connaît rien, il semble avoir tout ce qu'il faut. Je soupçonne Mme Jones d'aimer cuisiner, elle aussi. Il me manque juste un chocolat de qualité pour préparer le glaçage. Laissant les deux moitiés du gâteau sur la grille pour les laisser refroidir, je prends mon sac à main et passe la tête à la porte du bureau de Christian. Il se redresse en souriant.

— Je sors juste acheter quelques ingrédients.

— D'accord.

Il se rembrunit.

— Quoi ?

— Tu ne mets pas un jean ou autre chose ?

Oh, allez.

— Christian, ce ne sont que des jambes.

Il me regarde, pas du tout amusé. On va se disputer. Et c'est son anniversaire. Je lève les yeux au ciel, j'ai l'impression d'être une sale ado.

— Et si nous étions à la plage ?

Je change de cap.

— Nous ne sommes pas à la plage.

— Tu aurais des objections si nous étions à la plage ?

Il réfléchit un moment.

— Non, répond-il simplement.

Je lève les yeux au ciel en lui adressant un petit sourire.

— Eh bien, imagine que nous y sommes. À plus.

Je me tourne et me précipite vers l'entrée. Je parviens à l'ascenseur avant qu'il ne me rattrape. Quand la porte se ferme, je lui adresse un petit signe de la main, avec un joli sourire pendant qu'il me regarde, impuissant – mais heureusement amusé. Il secoue la tête, l'air exaspéré, puis je ne le vois plus.

Oh, c'était excitant. L'adrénaline pulse dans mes veines et mon cœur semble vouloir sortir de ma poitrine. Mais, alors que l'ascenseur amorce sa descente, mon humeur suit le même chemin. Merde, qu'est-ce que je viens de faire ?

J'ai joué avec le feu. Il va être en colère contre moi quand je vais revenir. Ma conscience me fusille du regard par-dessus ses verres en demi-lune, une badine en osier à la main. Merde. Je songe au peu d'expérience que j'ai avec la gent masculine. Je n'ai jamais vécu avec un homme – bon, à part Ray – et pour une raison ou une autre, il ne compte pas. C'est mon père… Bon, celui que je considère comme mon père.

Et maintenant j'ai Christian. Il n'a jamais vraiment habité avec une femme, je pense. Il faudrait que je lui pose la question, s'il me parle encore après ça. Mais je suis convaincue que je peux porter ce que bon me semble. Je me rappelle ses règles. Oui, cela doit être pénible pour lui… Mais il a payé pour m'acheter cette robe. Il aurait dû donner des instructions plus précises au magasin Neimans : rien de trop court !

Cette jupe n'est pas si courte, n'est-ce pas ? Je vérifie dans le grand miroir du hall de l'immeuble. Bon sang. Si, elle est sacrément courte, mais j'ai pris position maintenant. Et je vais devoir en assumer les conséquences, c'est sûr. Je me demande, mine de rien, ce qu'il va faire. Mais, tout d'abord, il faut que je tire de l'argent.

Je regarde fixement mon reçu du distributeur de billets : 51 689,16 dollars. Il y a juste cinquante mille dollars de trop ! *Anastasia, il va falloir que tu apprennes à être riche, toi aussi, si tu me dis oui.* Et voilà que ça commence déjà. Je prends mes dérisoires cinquante dollars et me dirige vers l'épicerie.

De retour dans l'appartement, je file directement dans la cuisine, incapable de réprimer un frisson d'angoisse. Christian est toujours dans son bureau. Seigneur, il y a passé presque tout l'après-midi. Je n'ai pas le choix, je dois l'affronter pour avoir une idée des dégâts. Je jette un coup d'œil prudent par la porte. Il est au téléphone, tourné vers la fenêtre.

— Et le spécialiste Eurocopter doit venir lundi après-midi ?… Bien. Tenez-moi informé. Dites-lui que j'ai besoin d'avoir un rapport sur ce qu'il aura trouvé lundi soir ou mardi matin.

Il raccroche et fait pivoter son fauteuil mais s'immobilise quand il me voit, le visage impassible.

— Salut, dis-je tout bas.

Il ne dit rien et mon cœur tombe en chute libre jusque dans mon ventre. J'entre avec précaution dans la pièce et je contourne le bureau où il est assis. Il ne dit toujours rien, ses yeux ne quittent pas les miens. Je me tiens devant lui, très consciente de mes cinquante nuances d'imbécillité.

— Je suis de retour. Tu m'en veux ?

Il soupire, me prend la main et m'attire sur ses genoux en m'enveloppant dans ses bras. Il enfouit son nez dans mes cheveux.

— Oui, me dit-il.

— Je suis désolée. Je ne sais pas ce qui m'est passé par la tête.

Je me blottis contre lui, inspirant son odeur divine. Je me sens en sécurité malgré le fait qu'il m'en veuille.

— Moi non plus. Tu portes ce que tu veux, murmure-t-il en faisant courir sa main de ma jambe nue à ma cuisse. De plus, cette robe a quelques avantages.

Il se penche pour m'embrasser et, lorsque nos lèvres entrent en contact, la passion ou le désir ou un besoin profondément ancré de se faire pardonner me traversent et mon sang s'embrase. Je prends son visage entre mes mains en enfonçant mes doigts dans ses cheveux. Il grogne en même temps que son corps réagit. Il mordille avec avidité ma lèvre inférieure… ma gorge, mon oreille. Sa langue envahit ma bouche, et, avant que je ne le remarque, il descend sa braguette, me positionnant à califourchon sur lui, et s'enfonce en moi. Je m'agrippe au dossier du fauteuil, mes pieds touchant à peine le sol… et nous nous mettons en mouvement.

— J'aime bien ta manière de t'excuser, souffle-t-il dans mes cheveux.

— Et j'aime la tienne.

Je glousse en me blottissant contre son torse.

— Tu as fini ?

— Seigneur, Ana, tu en veux encore ?

— Non, tu as fini de travailler ?

— J'en ai encore pour une demi-heure. J'ai écouté ton message sur ma boîte vocale.

— Celui d'hier ?

— Tu avais l'air inquiète.

Je le serre fort contre moi.

— Je l'étais. Ça ne te ressemblait pas de ne pas me répondre.

Il m'embrasse les cheveux.

— Ton gâteau devrait être prêt d'ici une demi-heure.

Je descends de ses genoux en lui souriant.

— J'ai hâte. Ça sentait délicieusement bon, c'était plutôt évocateur, quand il cuisait.

Je lui souris timidement, un peu gênée, et son expression est le reflet de la mienne. Seigneur, sommes-nous tellement différents ? Il parle peut-être d'anciens souvenirs d'odeurs de cuisine. Je plante un rapide baiser au coin de sa bouche avant de retourner à mon gâteau.

Je suis prête et, lorsque je l'entends sortir de son bureau, j'allume l'unique bougie dorée sur le gâteau. Il m'adresse un sourire éclatant en s'approchant nonchalamment de moi, tandis que j'entonne doucement un *Joyeux Anniversaire*. Puis il se penche pour souffler sa bougie en fermant les yeux.

— J'ai fait un vœu, dit-il en les rouvrant.

Son regard me fait rougir.

— Le glaçage est encore mou. J'espère que tu aimeras.

— J'ai hâte de le goûter, Anastasia, murmure-t-il en donnant une teneur si érotique à ses paroles.

Je nous découpe à chacun une part que nous dégustons avec des petites fourchettes à dessert.

— Mmm, grogne-t-il de plaisir. C'est pour ça que je veux t'épouser.

Et j'éclate d'un rire soulagé… Il aime son gâteau.

— Tu es prête à affronter ma famille ?

Christian éteint le moteur de la R8. Nous sommes garés dans l'allée de la maison de ses parents.

— Oui. Est-ce que tu vas le leur annoncer ?

— Bien sûr. J'ai hâte de voir leurs réactions.

Il m'adresse un petit sourire vicieux avant de sortir de la voiture.

Il est 19 h 30 et, bien que la journée ait été chaude, une petite brise fraîche souffle depuis la baie. En sortant de la voiture, je resserre mon étole autour de moi. Je porte une robe de cocktail vert émeraude que j'ai trouvée ce matin en fouillant dans le dressing. Elle est agrémentée d'une large ceinture assortie. Christian me prend la main et nous nous dirigeons vers la porte d'entrée. Carrick l'ouvre avant même que nous n'ayons frappé.

— Christian, bonsoir. Joyeux anniversaire, mon fils.

Il prend la main tendue de Christian et l'attire à lui dans une brève étreinte, ce qui surprend son fils.

— Euh... merci, papa.

— Ana, comme c'est charmant de vous revoir.

Il me serre aussi dans ses bras et nous le suivons dans la maison.

Nous n'avons pas le temps d'arriver au salon que Kate se précipite vers nous dans le couloir. Elle a l'air furieuse.

Oh non !

— Vous deux, je veux vous parler ! lance-t-elle, irritée, de sa voix « il ne vaut mieux pas me prendre pour une conne ».

Je lance un regard nerveux vers Christian, qui hausse les épaules et qui décide de lui faire plaisir en la suivant dans la salle à manger, abandonnant Carrick, amusé, sur le seuil du salon. Elle ferme la porte et se tourne vers moi.

— Bordel, qu'est-ce que c'est que ça ? siffle-t-elle en agitant une feuille de papier vers moi.

Surprise, je prends la feuille et la parcours rapidement. Ma bouche s'assèche. *Bordel de merde*. C'est ma réponse à Christian, dans laquelle je discute du contrat.

22.

Mon visage blêmit d'un coup et mon sang se glace. Instinctivement je me place entre Christian et elle.

— Qu'est-ce que c'est ? s'enquiert Christian avec méfiance.

Je l'ignore. Je n'arrive pas à croire que Kate puisse faire ça.

— Kate ! Cela ne te regarde pas.

Je lui lance un regard plein de fiel, la peur laissant la place à la colère. Comment ose-t-elle me faire ça ? Pas maintenant, pas aujourd'hui. Pas le jour de l'anniversaire de Christian. Surprise par ma réaction, elle cligne de ses grands yeux verts.

— Ana, qu'est-ce qui se passe ? répète Christian, d'un ton plus menaçant.

— Christian, est-ce que tu veux bien nous laisser, s'il te plaît ? dis-je.

— Non. Montre-moi.

Il tend la main et je sens que je ne dois pas discuter – son ton est froid et implacable. À contrecœur, je lui donne le message.

— Qu'est-ce qu'il t'a fait ? demande Kate en ignorant Christian.

Elle semble dévorée d'inquiétude. Je rougis tandis que des myriades d'images érotiques traversent rapidement mon esprit.

— Ça ne te regarde pas, Kate.

Je ne peux m'empêcher de prendre un ton exaspéré.

— Où as-tu eu ça ? demande Christian, la tête penchée sur le côté, le visage impassible, la voix calme… et pleine de menace.

Kate rougit.

— Peu importe.

Mais elle poursuit aussitôt devant le regard noir et glacial de Christian :

— C'était dans la poche d'une veste – la tienne, je suppose – que j'ai trouvée accrochée à la porte de la chambre d'Ana.

Sous le regard gris et brûlant de Christian, l'assurance de Kate vacille un peu. Mais elle se reprend pour lui adresser à son tour un regard mauvais.

Un modèle d'hostilité en robe sexy rouge vif. Elle est splendide. Mais pourquoi diable va-t-elle fouiller dans mes vêtements ? D'habitude, c'est plutôt l'inverse.

— Tu en as parlé à quelqu'un ?

La voix de Christian est aussi douce qu'un gant de soie.

— Non ! Bien sûr que non, rétorque Kate, blessée.

Christian hoche la tête et semble se détendre. Il se tourne et se dirige vers la cheminée. Sans un mot, Kate et moi l'observons prendre un briquet sur le manteau de la cheminée, mettre le feu au message et le laisser lentement flotter dans l'âtre, jusqu'à ce qu'il ait disparu. Le silence qui règne dans la pièce est lourd.

— Pas même à Elliot ? dis-je en me tournant vers Kate.

— À personne, insiste Kate.

Pour la première fois, elle paraît intriguée et blessée.

— Je veux juste m'assurer que tu vas bien, Ana, murmure-t-elle.

— Je vais bien, Kate. Plus que bien même. Je t'en prie, Christian et moi allons bien, c'est de l'histoire ancienne. Je t'en prie, n'y pense plus.

— Ne plus y penser ? dit-elle. Comment le pourrais-je ? Qu'est-ce qu'il t'a fait ?

Et ses yeux verts s'emplissent d'une angoisse sincère.

— Il ne m'a rien fait, Kate. Honnêtement, je vais bien.

Elle cligne des yeux.

— Vraiment ? demande-t-elle.

Christian passe un bras autour de moi et m'attire contre lui sans quitter Kate des yeux.

— Ana a accepté de devenir ma femme, Katherine, dit-il tranquillement.

— Ta femme ! s'exclame Kate, incrédule.

— Nous allons nous marier. Nous allons annoncer nos fiançailles ce soir, dit-il.

— Oh !

Kate est stupéfaite.

— Je vous laisse quinze jours et voilà ce qui arrive ? C'est très soudain. Alors hier, quand j'ai dit…

Elle me regarde, l'air perdu.

— Et que vient faire ce message dans tout ça ?

— Rien, Kate. Oublie-le, je t'en prie. Je l'aime et il m'aime. Ne fais pas ça. Ne gâche pas son anniversaire et notre soirée, je la supplie dans un murmure.

Elle cligne des paupières et, de manière tout à fait inattendue, des larmes lui montent aux yeux.

— Non. Bien sûr que je n'en ferai rien. Tu vas bien ?

Elle a besoin d'être rassurée.

— Je n'ai jamais été aussi heureuse.

Elle m'attrape la main sans tenir compte du bras de Christian passé autour de moi.

— Tu vas vraiment bien ? insiste-t-elle, pleine d'espoir.

— Oui.

Je lui souris, la joie est revenue. Kate est de nouveau en selle. Elle me sourit, se faisant l'écho de mon bonheur. Je me libère de l'étreinte de Christian et elle me prend dans ses bras.

— Oh, Ana, j'étais tellement inquiète quand j'ai lu ce message. Je ne savais pas quoi penser. Tu m'expliqueras ? chuchote-t-elle.

— Un jour. Pas maintenant.

— Bien. Je n'en parlerai à personne. Je t'aime tellement, Ana, comme ma propre sœur. J'ai seulement pensé… Je ne savais pas quoi penser, en fait. Je suis désolée. Si tu es heureuse, alors je suis heureuse.

Elle se tourne vers Christian et réitère ses excuses. Il hoche la tête, le regard glacial. Son expression ne change pas. *Oh, merde, il lui en veut encore.*

— Je suis vraiment désolée. Vous avez raison, ça ne me regarde pas, me murmure-t-elle.

On frappe à la porte et Kate et moi nous séparons d'un coup. Grace passe la tête dans l'entrebâillement.

— Tout va bien, mon chéri ? demande-t-elle à Christian.

— Tout va bien, madame Grey, répond aussitôt Kate.

— Ça va, maman, dit Christian.

— Bien, fait Grace en entrant. Alors cela ne dérangera personne que je prenne mon fils dans mes bras pour lui souhaiter bon anniversaire.

Elle nous adresse un sourire radieux. Il la serre fort dans ses bras et se détend aussitôt.

— Joyeux anniversaire, mon chéri, dit-elle doucement en fermant les yeux. Je suis tellement heureuse que tu sois là avec nous.

— Maman, je vais bien.

Elle s'écarte et l'observe avant de lui sourire.

— Je suis tellement heureuse pour toi, dit-elle en caressant son visage.

Il la gratifie de son sourire de mille mégawatts.

Elle sait ! Quand lui a-t-il dit ?

— Eh bien, les enfants, si vous en avez fini avec votre tête-à-tête, il y a toute une foule rassemblée ici pour constater que tu es bien sain et sauf, Christian, et pour te souhaiter ton anniversaire.

— J'arrive tout de suite.

Grace lance un regard nerveux vers Kate et moi et semble rassurée par nos sourires. Elle m'adresse un clin d'œil en nous tenant la porte ouverte. Christian me tend la main.

— Christian, je tiens à m'excuser, vraiment, répète humblement Kate.

Kate humble, ça vaut le détour. Christian hoche la tête et nous la suivons hors de la pièce.

Dans le couloir, je regarde Christian avec inquiétude.

— Est-ce que ta mère est au courant pour nous deux ?

— Oui.

— Oh.

Et dire que notre soirée aurait pu dérailler à cause de la tenace Mlle Kavanagh. Je frémis à l'idée des détails du mode de vie de Christian révélés au grand jour.

— Eh bien, la soirée a débuté de manière intéressante.

Je lui souris tendrement. Il me regarde – et son air amusé est de retour. Dieu merci.

— Comme toujours, mademoiselle Steele, vous avez un don pour l'euphémisme.

Il porte ma main à ses lèvres et l'embrasse au moment où nous entrons dans le salon sous un tonnerre d'applaudissements. *Merde*. Combien y a-t-il d'invités ?

Je parcours rapidement la salle des yeux : tous les Grey, Ethan avec Mia, le Dr Flynn et son épouse, je suppose. Il y a Mac du bateau, un grand et bel Afro-Américain – je me rappelle l'avoir vu dans le bureau de Christian le jour où je l'ai rencontré –, Lily, la garce d'amie de Mia, deux femmes que je ne reconnais pas du tout et… *oh non*. Mon cœur s'arrête. Cette femme… Mrs Robinson.

Gretchen, les cheveux coiffés en chignon – pas en nattes –, se matérialise avec un plateau chargé de coupes de champagne. Vêtue d'une courte robe noire, elle rougit en battant des cils vers Christian. Les applaudissements s'apaisent et Christian presse ma main lorsque tous les yeux se tournent vers lui.

— Merci à tous. Je crois bien que je vais avoir besoin d'un verre.

Il prend deux coupes sur le plateau de Gretchen qui lui adresse un rapide sourire, et m'en tend une. Je crois qu'elle va mourir ou défaillir.

Christian lève son verre vers le reste de l'assemblée et tous se précipitent aussitôt vers lui. Menant la charge, cette affreuse femme en noir. Ne porte-t-elle donc jamais d'autre couleur ?

— Christian, j'étais tellement inquiète.

Elena le serre brièvement dans ses bras avant de l'embrasser sur les deux joues. Il ne me lâche pas, même si j'essaie de retirer ma main.

— Je vais bien, Elena, dit-il d'une voix glaciale.

— Pourquoi ne m'as-tu pas appelée ?

Sa question est désespérée et ses yeux cherchent ceux de Christian.

— J'ai été occupé.

— Tu n'as pas eu mes messages ?

Christian se déplace, mal à l'aise, et m'attire plus près de lui, son bras autour de ma taille. Son visage demeure impassible alors qu'il fait face à Elena. Elle ne peut plus m'ignorer, alors elle hoche poliment la tête dans ma direction.

— Ana, ronronne-t-elle. Vous êtes ravissante, ma chère.

— Elena, dis-je sur le même ton. Merci.

Je remarque le regard de Grace. Elle fronce les sourcils en nous observant tous les trois.

— Elena, je dois faire une annonce, dit Christian en la regardant sans passion.

Ses yeux bleu clair s'assombrissent.

— Bien sûr.

Elle recule en arborant un sourire feint.

— S'il vous plaît ! lance Christian.

Il attend un moment que le bourdonnement des discussions cesse et que tous les yeux convergent dans notre direction.

— Je vous remercie d'être ici aujourd'hui. Je dois dire que je m'attendais à un dîner calme en famille et c'est vraiment une agréable surprise.

Il adresse un regard lourd de reproches à Mia, qui sourit et lui fait un petit signe. Christian secoue la tête, agacé, avant de poursuivre.

— Ros et moi avons évité le pire hier…

Il désigne la femme rousse qui se tient non loin en compagnie d'une petite blonde pétillante.

Oh, c'est la Ros qui travaille avec lui. Elle sourit et lève son verre en direction de Christian. Il hoche la tête.

— C'est pourquoi je suis particulièrement heureux d'être là avec vous ce soir pour partager de très bonnes nouvelles. Cette superbe femme…, dit-il en baissant les yeux sur moi. Mlle Anastasia Steele, a accepté de devenir ma femme, et je voulais que vous soyez les premiers à l'apprendre.

On entend un bruissement de surprise, quelques acclamations aussitôt suivies d'un tonnerre d'applaudissements ! Seigneur, ça se passe vraiment, je dois être de la couleur de la robe de Kate. Christian me prend par le menton, lève mes lèvres vers les siennes et m'embrasse rapidement.

— Tu seras bientôt mienne.

— Je le suis déjà, dis-je tout bas.

— Légalement, articule-t-il en silence avec un petit sourire.

Lily, qui se tient près de Mia, semble déconfite. Gretchen paraît avoir avalé quelque chose de travers. Alors que je jette un regard nerveux sur la foule rassemblée, j'aperçois Elena. Elle est stupéfaite – horrifiée même –, et je ne peux réprimer ma satisfaction de la voir si abasourdie. Bon sang, mais que fait-elle ici, de toute façon ?

Carrick et Grace interrompent très vite mes réflexions peu charitables et bientôt on m'embrasse et on me serre dans les bras, passant d'un Grey à l'autre.

— Oh Ana, je suis tellement ravie que tu fasses bientôt partie de la famille, s'exclame Grace. Ce changement chez Christian… Il est… heureux. Je t'en suis tellement reconnaissante.

Je rougis, gênée par son exubérance, mais aussi secrètement ravie.

— Où est la bague ? s'exclame Mia en m'étreignant.

— Hum…

Une bague ! Seigneur. Je n'ai même pas songé à une bague. Je lève les yeux vers Christian.

— Nous en choisirons une ensemble, répond-il en lui lançant un œil noir.

— Oh, ne me regarde pas comme ça, Grey ! le reprend-elle avant de le serrer dans ses bras. Je suis tellement ravie pour toi, Christian.

C'est la seule personne que je connaisse qui ne soit pas intimidée par le regard sombre de Grey. Pour ma part, il me fait trembler… Enfin, il me faisait trembler.

— Quand allez-vous vous marier ? Vous avez fixé une date ? s'enquiert-elle avec un grand sourire.

— Aucune idée. Et non, nous n'avons pas encore fixé de date. Ana et moi devons discuter de tout ça, répond-il, agacé.

— J'espère que vous organiserez un grand mariage, ici, poursuit-elle, toujours aussi enthousiaste, en ignorant le ton caustique de son frère.

— Nous allons probablement prendre l'avion pour Las Vegas demain, gronde-t-il.

Il est gratifié d'une moue cent pour cent Mia Grey. Il lève les yeux au ciel et se tourne vers Elliot qui le prend pour la seconde fois dans ses bras en seulement deux jours.

— Chapeau, frangin, dit-il en tapotant le dos de son frère.

L'assemblée est tellement enthousiaste qu'il me faut plusieurs minutes avant de me retrouver avec Christian auprès du Dr Flynn. Elena semble avoir disparu et Gretchen remplit les coupes de champagne d'un air maussade.

Une superbe jeune femme aux longs cheveux sombres presque noirs accompagne le Dr Flynn. Elle a un impressionnant décolleté et de charmants yeux noisette.

— Christian, dit Flynn en tendant la main que Christian serre avec joie.

— John. Rhian.

Il embrasse la femme brune sur la joue. Elle est menue et charmante.

— Nous sommes contents que vous soyez encore parmi nous, Christian. Ma vie serait bien terne – et pauvre – sans vous.

Christian a un petit sourire satisfait.

— John ! s'exclame Rhian à la grande surprise de Christian.

— Rhian, je vous présente Anastasia, ma fiancée. Ana, voici l'épouse de John.

— Je suis ravie de rencontrer la femme qui a finalement capturé le cœur de Christian, me dit Rhian en me souriant avec chaleur.

— Merci, fais-je, de nouveau embarrassée.

— C'est une sacrée balle à effet rentrant que vous venez de lancer, déclare le Dr Flynn, l'air à la fois incrédule et amusé.

Christian fronce les sourcils.

— John, toi et tes métaphores de joueur de cricket, dit Rhian en levant les yeux au ciel. Félicitations à vous deux et joyeux anniversaire, Christian. Quel magnifique cadeau d'anniversaire.

Elle m'adresse un large sourire. Je ne pensais pas que le Dr Flynn serait là, ni Elena. C'est un choc, et je me creuse la tête pour savoir si j'ai quelque chose à lui demander, mais une soirée d'anniversaire n'est pas vraiment l'endroit approprié pour une consultation psychiatrique.

Nous bavardons quelques minutes. Rhian est mère au foyer et élève deux jeunes garçons. J'en déduis qu'elle est la raison pour laquelle le Dr Flynn pratique aux États Unis.

— Elle va bien, Christian, elle réagit bien au traitement. Encore deux semaines et nous pourrons envisager un programme externe.

Le Dr Flynn et Christian s'entretiennent à voix basse, mais je ne peux m'empêcher de tendre l'oreille, cessant assez grossièrement d'écouter Rhian.

— En fait, je suis dans les goûters d'enfants et les couches jusqu'aux oreilles en ce moment…

— Ça doit vous occuper.

J'accorde de nouveau mon attention à Rhian en rougissant. Elle rit de manière charmante. Je sais que le Dr Flynn et Christian parlent de Leila.

— Demande-lui quelque chose pour moi, murmure Christian.

— Alors que faites-vous, Anastasia ?

— Appelez-moi Ana, je vous en prie. Je travaille dans l'édition.

Christian et le Dr Flynn parlent encore plus bas ; c'est tellement frustrant. Mais ils coupent court quand nous sommes rejoints par les deux femmes que je n'ai pas reconnues plus tôt – Ros et la blonde pétillante que Christian me présente comme étant la compagne de Ros, Gwen.

Ros est charmante. J'apprends très vite qu'elles vivent toutes les deux quasiment en face de l'Escala. Elle ne fait que complimenter Christian pour ses talents de pilote. C'était la première fois qu'elle volait dans le Charlie Tango et elle n'hésitera pas une seconde à répéter l'expérience. C'est une des rares femmes que j'ai rencontrées qui ne soit pas éblouie par Christian… Bon, d'accord, la raison est évidente.

Gwen, qui n'arrête pas de glousser, fait preuve d'un humour pince-sans-rire. Christian semble extrêmement à l'aise en leur compagnie. Il les connaît bien. Ils ne parlent pas de travail, mais je devine que Ros est une femme intelligente qui peut facilement se mettre au niveau de son patron. Elle a également un sacré rire de gorge nourri à la cigarette.

Grace interrompt notre conversation insouciante pour nous annoncer que le dîner est servi sous forme de buffet dans la cuisine des Grey. Lentement, les convives se dirigent vers l'arrière de la maison.

Mia me coince dans le couloir. Dans sa robe de poupée vaporeuse rose pâle et ses talons de tueuse, elle me domine tel un ange au sommet du sapin. Elle tient deux verres à cocktail.

— Ana, siffle-t-elle d'un air conspirateur.

Je lève les yeux vers Christian qui me lance un regard genre « bonne chance, je ne sais pas comment la gérer » et la suis dans la salle à manger.

— Tiens, me dit-elle d'un air malicieux. C'est un Martini spécial de mon père, meilleur que le champagne.

Elle me tend un verre et m'observe avec attention lorsque je bois une gorgée pour goûter.

— Mmm… délicieux mais fort.

Qu'est-ce qu'elle me veut ? Elle ne serait pas en train d'essayer de me soûler ?

— Ana, j'ai besoin d'un conseil. Et je ne peux pas demander à Lily, elle a des jugements catégoriques sur tout, dit Mia en levant les yeux au ciel, un sourire aux lèvres. Elle est tellement jalouse de toi. Je crois qu'elle espérait sortir un jour avec Christian.

Mia éclate de rire à cette absurdité et je tressaille intérieurement. Voilà quelque chose que je vais devoir affronter pendant un moment : le fait que les femmes désirent mon homme. Repoussant cette idée malvenue, je reviens au sujet actuel.

— Je vais faire de mon mieux. Je t'écoute.

— Comme tu le sais, j'ai rencontré Ethan il y a peu, grâce à toi.

Elle m'adresse une sourire radieux.

— Oui.

Bon sang mais où veut-elle en venir ?

— Ana, il ne veut pas sortir avec moi.

Elle fait la moue.

— Oh.

Ébahie, je pense : *Peut-être n'est-il pas aussi intéressé que ça par toi ?*

— Écoute, ses raisons m'ont l'air complètement bidon. Il ne veut pas sortir avec moi parce que sa sœur sort avec mon frère. Tu sais, il pense que tout ça est un peu incestueux. Mais je sais qu'il m'aime bien. Qu'est-ce que je peux faire ?

— Oh, je vois, dis-je en tâchant de gagner du temps.

Qu'est-ce que je peux bien lui dire ?

— Tu ne pourrais pas accepter que vous soyez juste amis en attendant, pour lui laisser du temps ? Je veux dire, vous venez juste de vous rencontrer.

Elle paraît surprise.

— Bon, je sais que je viens juste de rencontrer Christian mais…

Je fronce les sourcils, pas bien sûre de ce que je peux ajouter ensuite.

— Mia, c'est un problème qu'Ethan et toi devez résoudre tous les deux. À ta place, j'essaierais la solution de l'amitié.

Mia sourit.

— Tu as pris ce regard à Christian.

Je rougis.

— Si tu veux un conseil, demande à Kate. Elle pourrait avoir une idée des sentiments de son frère.

— Tu crois ?

— Oui, dis-je en lui souriant de manière encourageante.

— Génial. Merci, Ana.

Elle me serre encore dans ses bras et file à toute vitesse – ce qui est assez impressionnant étant donné la hauteur de ses talons – vers la porte, sans aucun doute déterminée à aller ennuyer Kate. Je bois une autre gorgée de mon Martini et suis sur le point de suivre Mia quand je m'arrête net.

Elena entre d'un air dégagé dans la pièce, le visage tendu, animée d'une détermination sinistre et furieuse. Elle ferme tranquillement la porte derrière elle et me fusille du regard.

Oh, merde.

— Ana, lâche-t-elle avec mépris.

Je rassemble tout mon sang-froid, légèrement enivrée par les deux coupes de champagne et par le cocktail mortel que je tiens à la main. Mon visage a dû se vider de son sang, mais je convoque ma conscience et ma déesse intérieure afin de paraître aussi tranquille et imperturbable que possible.

— Elena.

Ma voix est fluette mais calme, malgré ma bouche sèche. Pourquoi cette bonne femme me fiche-t-elle autant la trouille ? Que me veut-elle maintenant ?

— Je te présenterais bien mes félicitations les plus sincères, mais je crois que ce serait déplacé.

Ses yeux bleus perçants se plantent dans les miens, pleins de haine.

— Je n'ai ni besoin ni envie de vos félicitations, Elena. Je suis surprise et déçue de vous voir ici.

Elle arque un sourcil. Je crois qu'elle est impressionnée.

— Je ne t'ai jamais considérée comme une adversaire digne de moi, Anastasia. Mais tu me surprends chaque fois.

— Je ne vous ai jamais considérée tout court, je rétorque en mentant éhontément.

Christian serait fier de moi.

— Maintenant, si vous voulez bien m'excuser, j'ai des choses bien plus intéressantes à faire que de perdre mon temps avec vous.

— Pas si vite, demoiselle, siffle-t-elle en s'appuyant contre la porte pour la bloquer. Que crois-tu que tu sois en train de faire en acceptant d'épouser Christian ? Si tu penses une seconde que tu peux le rendre heureux, tu te trompes vraiment.

— Ce que j'accepte de faire avec Christian ne vous regarde pas.

Mon sourire est d'une douceur sarcastique. Elle m'ignore complètement.

— Il a des besoins, des besoins que tu ne peux même pas imaginer pouvoir satisfaire, jubile-t-elle.

— Que savez-vous de ses besoins ? dis-je en ricanant.

Mon indignation s'enflamme d'un coup, brûlant en moi tandis que l'adrénaline déferle dans mes veines. Comment cette salope ose-t-elle me donner des leçons ?

— Vous n'avez rien fait d'autre que d'abuser d'un enfant et, si cela ne tenait qu'à moi, je vous balancerais dans le septième cercle de l'enfer et vous y abandonnerais, le sourire aux lèvres. Maintenant écartez-vous ou je vais devoir employer la force !

— Tu fais une grave erreur, ma chère, dit-elle en agitant un long doigt manucuré vers moi. Comment oses-tu juger notre style de vie ? Tu ne sais rien et tu n'as aucune idée de ce dans quoi tu mets les pieds. Et si tu crois qu'il va être heureux avec une petite fouineuse et croqueuse de diamants comme toi…

Ça suffit ! Je lui balance le reste de mon Martini au citron à la figure. Et je me mets à crier :

— Comment osez-vous me menacer de cette manière ! Quand allez-vous enfin l'accepter ? Que cela ne vous regarde pas !

Bouche bée, horrifiée, elle essuie la boisson collante qui macule son visage. Alors qu'elle s'apprête à bondir sur moi, elle est brusquement projetée en avant par la porte qui s'ouvre.

Christian se tient sur le seuil. Il lui faut un centième de seconde pour se faire une idée de la situation : moi, le teint de cendres et tremblante, et elle, trempée et livide. Son joli visage s'assombrit et se tord sous l'effet de la colère et il s'interpose aussitôt entre nous.

— Qu'est-ce que tu fous, Elena ? gronde-t-il d'une voix menaçante.

Elle cligne des yeux vers lui.

— Elle n'est pas faite pour toi, Christian, murmure-t-elle.

— Quoi ? hurle-t-il en nous faisant sursauter toutes les deux.

Je ne vois pas son visage, mais tout son corps s'est raidi sous la colère.

— Putain, mais comment sais-tu ce qui est bon pour moi ?

— Tu as des besoins, Christian, poursuit-elle d'une voix plus douce.

— Je te l'ai déjà dit ! Ça ne te regarde pas ! Merde !

Oh, le Très En Colère Christian a sorti sa tête pas si horrible. Tout le monde va entendre.

— Qu'est-ce que ça veut dire ?

Il marque une pause en lui lançant un regard furieux.

— Tu crois que c'est toi ? Toi ? Tu crois que tu es faite pour moi ?

Sa voix plus douce dégouline malgré tout de mécontentement et, soudain, je n'ai plus envie d'être là. Je ne veux pas être témoin de cet affrontement intime. Je suis de trop. Mais je suis coincée – mes membres sont incapables de se mouvoir.

Elena déglutit et semble se redresser. Sa posture change subtilement, devient plus autoritaire tandis qu'elle avance vers lui.

— J'ai été la meilleure chose qui te soit jamais arrivée, siffle-t-elle avec arrogance. Regarde-toi aujourd'hui. Tu es l'un des entrepreneurs les plus riches et les plus talentueux des États-Unis, tu es contrôlé, déterminé et tu n'as besoin de rien. Tu es le maître de l'univers.

Il recule comme si elle venait de le frapper et il la dévisage, sans voix.

— Tu aimais ça, Christian, n'essaie pas de te mentir. Tu étais sur le chemin de l'autodestruction et je t'ai sauvé. Je t'ai sauvé d'une vie derrière les barreaux. Crois-moi, bébé, c'est là que tu aurais fini. Je t'ai appris tout ce que tu sais, tout ce dont tu as besoin.

Christian, livide, la contemple avec horreur. Lorsqu'il parle enfin, c'est d'une voix sourde :

— Tu m'as appris à baiser, Elena. Mais tout cela est vide. Comme toi. Ça ne me surprend pas que Linc t'ait quittée.

La bile me monte aux lèvres. Je ne devrais pas être là. Mais je suis figée sur place, fascinée de façon malsaine alors qu'ils sont en train de s'écharper.

— Tu ne m'as jamais pris une seule fois dans tes bras, chuchote Christian. Tu ne m'as jamais dit une seule fois que tu m'aimais.

Elle plisse les yeux.

— L'amour, c'est pour les imbéciles, Christian.

— Sors de chez moi !

La voix implacable et furieuse de Grace nous surprend tous. Trois têtes se tournent d'un coup vers Grace qui se tient immobile sur le seuil de la pièce. Elle lance un regard plein de fureur à Elena qui pâlit sous son bronzage de Saint-Tropez.

Le temps semble suspendu, nous retenons notre souffle tandis que Grace s'avance délibérément vers Elena. Son regard, furibond, ne la quitte pas, jusqu'à ce qu'elle se retrouve à sa hauteur. Elena écarquille les yeux de frayeur et Grace la gifle violemment. Le bruit de l'impact résonne sur les murs de la salle à manger.

— Ôte tes sales pattes de mon fils, espèce de pute ! Et sors tout de suite de chez moi ! siffle-t-elle au travers de ses dents serrées.

Elena, la main posée sur sa joue qui rougit, la considère un moment avec horreur, choquée. Puis elle se précipite hors de la pièce sans prendre la peine de fermer la porte derrière elle.

Grace se tourne lentement vers Christian et un silence douloureux s'installe entre eux, aussi épais qu'une couverture, pendant qu'ils se dévisagent. Grace reprend très vite la parole :

— Ana, avant que je ne te le confie, m'accorderais-tu une minute ou deux en privé avec mon fils ?

Sa voix est calme, rauque mais trop forte.

— Bien sûr, dis-je dans un murmure.

Je sors aussi vite que possible, avec un coup d'œil inquiet derrière moi.

Mais aucun des deux ne regarde dans ma direction quand je m'en vais. Ils continuent de se dévisager, leur communication silencieuse étant bien plus éloquente que tous les hurlements.

Dans le couloir, je reste là, momentanément perdue. Mon cœur tambourine et mon sang bat dans mes veines… Je panique, je perds pied. Bordel de merde, c'était déjà du lourd et maintenant Grace est au courant. Je ne peux imaginer ce qu'elle va dire à Christian. Je sais que c'est mal, mais je m'appuie contre la porte pour essayer d'écouter.

— Combien de temps, Christian ?

La voix de Grace est douce. Je l'entends à peine. Je ne perçois pas la réponse de son fils.

— Quel âge avais-tu ? insiste-t-elle. Dis-moi. Quel âge avais-tu quand tout cela a commencé ?

De nouveau, je n'entends pas la réponse de Christian.

— Tout va bien, Ana ? m'interrompt Ros.

— Oui, tout va bien. Merci, je…

Ros sourit.

— Je vais juste chercher mon sac à main. J'ai besoin d'une cigarette.

Un bref instant, j'envisage de me joindre à elle.

— Je vais aux toilettes.

Il faut que je reprenne mes esprits, que je digère ce dont je viens d'être témoin et ce que je viens d'entendre. L'étage me paraît l'endroit le plus sûr pour être seule. Je regarde Ros s'éloigner d'un pas nonchalant vers le séjour et je grimpe les marches quatre à quatre jusqu'au premier étage puis au second. Il n'y a qu'un endroit où j'ai envie d'être.

J'ouvre la porte de la chambre d'enfant de Christian et la referme derrière moi en prenant une énorme inspiration. Puis je me jette sur le lit et contemple le plafond blanc.

La vache. Ce doit être, sans aucun doute, une des confrontations les plus atroces que j'aie eu à vivre. J'en suis encore tout hébétée. Mon fiancé et son ex-maîtresse… Aucune future mariée ne devrait connaître ça. Cela étant, une partie de moi est ravie qu'elle ait révélé sa vraie personnalité et que j'aie été là pour le voir.

Mes pensées se tournent vers Grace. Pauvre Grace, avoir à entendre tout cela. Je serre un des oreillers de Christian. Elle aura compris par hasard que Christian et Elena avaient eu une liaison – mais pas la nature de celle-ci. Mon Dieu. Je grogne. Qu'est-ce que je suis en train de faire ? Et si cette sorcière avait raison ?

Non, je refuse d'y croire. Elle est si froide et si cruelle. Je secoue la tête. Elle a tort. J'ai raison au sujet de Christian. Je suis ce dont il a besoin. Et, dans un éclair de lucidité surprenante, je me rends compte que ce n'est pas la manière dont il a vécu sa vie jusqu'à récemment qui me dérange, mais les raisons pour lesquelles il a vécu ainsi. Ses raisons pour avoir fait ce qu'il a fait à d'innombrables filles – je ne veux même pas savoir combien. Ce n'est pas la manière qui cloche. Elles étaient toutes adultes. Elles étaient toutes – comment a dit le Dr Flynn ? – consentantes dans ces relations sans danger et consensuelles. C'est le pourquoi. Le pourquoi cloche. Le pourquoi qui vient de ses ténèbres à lui.

Je ferme les yeux et pose mes bras sur mes paupières. Mais maintenant il va de l'avant, il a laissé tout ça derrière lui, et nous sommes tous les deux dans la lumière. Il m'éblouit et je l'éblouis. Nous pouvons nous guider l'un l'autre. Une pensée me vient. *Merde !* Une pensée lancinante et insidieuse : je me trouve dans le seul endroit où je peux laisser reposer ses fantômes en paix. Je m'assieds sur le lit. Oui, c'est ce que je dois faire.

Je me lève en tremblant, j'enlève mes chaussures, je me dirige vers son bureau et examine le tableau au-dessus. Les photos du jeune Christian sont toujours là – plus poignantes que jamais, après la scène à laquelle je viens d'assister. Et là, dans un coin, il y a cette petite photo en noir et blanc : sa mère, la pute camée. J'allume la lampe du bureau et en dirige le faisceau vers la photo. Je ne connais même pas son nom. Elle lui ressemble tellement, en plus jeune et plus triste. Tout ce que je ressens devant ce visage douloureux, c'est de la compassion. J'essaie de relever les ressemblances entre son visage et le mien. Je plisse des yeux en m'approchant vraiment près et je n'en vois aucune. Nos cheveux peut-être, mais je pense que les siens sont plus clairs. Je ne lui ressemble pas du tout. C'est un réel soulagement.

Ma conscience émet un *tss-tss* désapprobateur, les bras croisés, et me lance un regard noir par-dessus ses lunettes en demi-lunes. *Pourquoi te tortures-tu de la sorte ? Tu as dit oui. Tu as préparé ta couche.* Je fais la moue. Oui, en effet, et avec plaisir. Je veux m'allonger sur cette couche avec Christian et y rester toute la vie. Ma déesse intérieure, en position du lotus, m'adresse un sourire béat. Oui. J'ai pris la bonne décision.

Je dois aller retrouver Christian, il va s'inquiéter. Je ne sais depuis combien de temps je suis dans cette chambre ; il va croire que je me suis enfuie. Je lève les yeux au ciel en imaginant sa réaction exagérée. J'espère que Grace et lui ont fini de discuter. Je frémis en pensant à ce qu'elle a pu lui dire.

Je rencontre Christian dans l'escalier alors qu'il monte au premier pour me chercher. Son visage est tendu et fatigué – rien à voir avec le M. Cinquante Nuances insouciant avec lequel je suis arrivée. Je m'arrête sur le palier et lui sur la dernière marche pour que nous soyons à la même hauteur.

— Salut, dit-il prudemment.

— Salut.

Je suis sur mes gardes.

— Je m'inquiétais…

— Je sais, dis-je. Je suis désolée, je ne me sentais pas capable d'affronter les festivités. Il fallait que je m'éloigne, tu sais. Pour réfléchir.

Je lui caresse le visage. Il ferme les yeux et repose sa joue dans ma main.

— Et tu as pensé à le faire dans ma chambre ?

— Oui.

Il me prend la main et m'attire dans ses bras. Je m'abandonne volontiers à son étreinte, l'endroit que je préfère au monde. Il sent la lessive, le gel douche et Christian – le parfum le plus apaisant et le plus excitant sur terre. Il inspire, le nez dans mes cheveux.

— Je suis désolé que tu aies dû supporter tout ça.

— Ce n'est pas ta faute, Christian. Pourquoi était-elle là ce soir ?

Il baisse les yeux sur moi et ses lèvres se recourbent.

— C'est une amie de la famille, répond-il en guise d'excuse.

J'essaie de ne pas réagir.

— Plus maintenant. Comment va ta maman ?

— Maman est sacrément en colère contre moi en ce moment. Je suis vraiment content que tu sois là et que la fête batte son plein. Autrement, ma dernière heure avait sonné.

— À ce point ?

Il hoche la tête, le regard grave, et je sens qu'il est étonné par la réaction de sa mère.

— Peut-on vraiment lui en vouloir ?

Ma voix est calme et rassurante. Il me serre plus fort dans ses bras et il semble hésitant, perdu dans ses pensées.

— Non, répond-il enfin.

Waouh ! Découverte capitale.

— On peut s'asseoir ? dis-je.

— Bien sûr. Ici ?

J'acquiesce et nous nous asseyons tous les deux en haut de l'escalier.

— Alors comment te sens-tu ?

Je presse nerveusement sa main en observant son visage grave et triste. Il soupire.

— Je me sens libéré.

Il hausse les épaules puis son visage s'illumine d'un sourire insouciant à la Christian. La fatigue et la tension qui étaient visibles quelques secondes plus tôt se sont envolées.

— Vraiment ?

Waouh, je ramperais sur du verre pilé pour ce sourire.

— Notre relation d'affaires est terminée. Finie.

Je fronce les sourcils.

— Tu vas liquider les salons de beauté ?

Il ricane.

— Je ne suis pas aussi revanchard, Anastasia, me répond-il. Non, je vais lui en faire don. J'en parlerai à mon avocat lundi. Je lui dois bien ça.

J'arque un sourcil.

— Plus de Mrs Robinson ?

Il a un petit rictus amusé et il secoue la tête.

— Disparue.

Je souris.

— Je suis désolée que tu aies perdu une amie.

Il hausse les épaules.

— Vraiment ?

— Non, dis-je en rougissant.

— Viens.

Il se lève et me tend la main.

— Rejoignons la fête donnée en notre honneur. Il se peut même que je me soûle.

— Ça t'est déjà arrivé d'être soûl ? dis-je en lui prenant la main.

— Pas depuis ma folle adolescence.

Nous descendons l'escalier.

— Tu as mangé ? demande-t-il.

Oh, merde.

— Non.

— Eh bien, tu devrais. D'après la mine d'Elena et l'odeur qu'elle dégageait, j'en déduis que tu lui as balancé à la figure un des cocktails mortels de mon père.

Il me dévisage en s'efforçant en vain de ne pas paraître amusé.

— Christian, je…

Il lève la main.

— Pas de dispute, Anastasia. Si tu dois boire – et balancer de l'alcool à la figure de mes ex –, il faut que tu manges. C'est la règle numéro un. Je crois que nous avons déjà eu cette discussion après notre première nuit ensemble.

Oh oui. L'hôtel Heathman.

De retour dans l'entrée, il marque une pause pour me caresser le visage, ses doigts effleurent ma mâchoire.

— Je suis resté éveillé des heures à te regarder dormir, murmure-t-il. Je devais déjà t'aimer alors.

Oh.

Il se penche pour m'embrasser tendrement et je fonds de partout, toute la tension de la dernière heure s'évacuant avec langueur de mon corps.

— Manger, murmure-t-il.

— D'accord.

J'acquiesce parce que, en cet instant, je ferais n'importe quoi pour lui. Il me prend la main et me conduit vers la cuisine où la fête bat son plein.

— Bonne nuit, John, Rhian.

— Félicitations encore une fois, Ana. Vous ferez un couple parfait.

Dans l'entrée, le Dr Flynn nous sourit affectueusement alors qu'il est sur le point de nous quitter avec son épouse.

— Bonne nuit.

Christian ferme la porte en secouant la tête. Il baisse des yeux soudain brillants d'excitation sur moi.

Quoi encore ?

— Il ne reste plus que la famille. Je crois que ma mère a trop bu.

Dans le salon familial, Grace chante en karaoké sur une console de jeu. Kate et Mia lui prouvent qu'elles ne se débrouillent pas mal non plus.

— Tu lui en veux ?

J'essaie, d'un petit sourire, de préserver une certaine légèreté entre nous et j'y parviens.

— Est-ce un petit sourire que je vois là, mademoiselle Steele ?

— En effet.

— Ça a été une sacrée journée.

— Christian, ces derniers temps, chaque jour passé avec toi a été une sacrée journée, dis-je avec ironie.

Il secoue la tête.

— Bon point, bien joué, mademoiselle Steele. Viens, je veux te montrer quelque chose.

Main dans la main, nous traversons la maison jusqu'à la cuisine où Carrick, Ethan et Elliot discutent Mariners en buvant les derniers cocktails et en picorant les restes.

— Vous allez vous balader ? nous taquine Elliot quand nous franchissons les portes-fenêtres.

Christian ignore sa question. Carrick fronce les sourcils et secoue la tête vers Elliot en une remontrance silencieuse.

Sur les marches qui mènent à la pelouse, je retire mes chaussures. La demi-lune brille sur la baie. Elle projette toute une palette de nuances grises tandis que les lueurs de Seattle scintillent au loin. Les lumières du hangar à bateaux sont allumées et le bâtiment est comme un phare diffusant une lueur douce dans la froideur de la lune.

— Christian, j'aimerais aller à l'église demain.

— Oh ?

— J'ai prié pour que tu me reviennes en vie et c'est arrivé. C'est le moins que je puisse faire.

— D'accord.

Nous nous promenons dans un silence détendu pendant quelques minutes. Puis une pensée me vient à l'esprit.

— Où vas-tu accrocher les portraits que José a faits de moi ?

— J'ai pensé qu'on pourrait les accrocher dans notre nouvelle maison.

— Tu l'as achetée ?

Il s'arrête pour me regarder.

— Oui. Je croyais que tu l'aimais, dit-il, soudain inquiet.

— Bien sûr. Quand l'as-tu achetée ?

— Hier matin. Maintenant nous devons décider ce que nous allons en faire, murmure-t-il, soulagé.

— Ne la démolis pas. Je t'en prie. C'est une si belle maison. Elle a juste besoin qu'on s'occupe d'elle.

Christian me dévisage en souriant.

— D'accord. J'en parlerai à Elliot. Il connaît une bonne architecte qui a travaillé dans ma maison à Aspen. Il pourra s'occuper de la restauration.

Je ricane en me rappelant la dernière fois que nous avons traversé cette pelouse sous le clair de lune pour nous rendre dans le hangar à bateaux. Oh, c'est peut-être là que nous nous rendons. Je souris.

— Quoi ?

— Je me rappelle la dernière fois que tu m'as emmenée au hangar à bateaux.

Christian émet un petit rire tranquille.

— Oh, c'était amusant. En fait…

Il s'arrête soudain pour me mettre sur son épaule et je couine, même si nous n'avons pas loin à aller.

— Tu étais vraiment en colère si je me rappelle bien.

— Anastasia, je suis toujours vraiment en colère.

— Non, ce n'est pas vrai.

Il me fesse le derrière en s'arrêtant devant la porte en bois. Puis il me repose en me faisant glisser contre lui et prend ma tête entre ses mains.

— Non, plus maintenant.

Il se penche pour m'embrasser ardemment. Lorsqu'il s'écarte, je suis à bout de souffle et le désir me traverse tout le corps.

Il baisse les yeux sur moi et, dans la lueur qui s'échappe du hangar, je constate qu'il semble inquiet. Mon homme inquiet, pas un chevalier blanc ni un chevalier noir, mais un homme – un homme superbe, pas si perturbé que ça – que j'aime. Je lui caresse le visage en faisant courir mes doigts sur ses tempes et le long de sa mâchoire jusqu'à son menton, puis mon index effleure ses lèvres. Il se détend.

— Je voudrais te montrer quelque chose à l'intérieur, murmure-t-il en ouvrant la porte.

La lumière crue des néons éclaire l'impressionnante vedette contre le ponton qui se balance doucement sur l'eau noire. Il y a une barque à côté.

— Viens.

Christian me prend par la main et m'aide à monter les marches en bois. Il ouvre la porte en haut de l'escalier et s'écarte pour me laisser entrer.

J'en reste bouche bée. Le grenier est méconnaissable. La pièce est remplie de fleurs… Il y en a partout. Quelqu'un a conçu là un boudoir magique constitué de superbes fleurs des champs qui se mêlent à des guirlandes de Noël et des lampions miniatures qui diffusent une pâle lueur dans toute la pièce.

Je tourne vivement la tête vers Christian qui me contemple avec une expression indéchiffrable. Il hausse les épaules.

— Tu voulais des cœurs et des fleurs, chuchote-t-il.

Je cligne des yeux sans vraiment croire ce que je vois.

— Tu as mon cœur.

Puis il désigne la pièce d'un geste de la main.

— Et voici les fleurs, dis-je dans un chuchotement pour finir sa phrase. Christian, c'est ravissant.

Je ne sais quoi dire d'autre. J'ai le cœur au bord de l'explosion et les larmes me piquent les yeux.

Il me fait entrer dans la pièce et, avant que je n'en aie conscience, il pose un genou à terre devant moi. *Putain… Je ne m'attendais pas à ça !* J'en ai le souffle coupé.

Il sort une bague de sa poche intérieure et lève vers moi ses yeux d'un gris ardent, plein d'émotion.

— Anastasia Steele, je t'aime. Je veux t'aimer, te chérir et te protéger pour le restant de mes jours. Sois mienne. Pour toujours. Partage ma vie. Épouse-moi.

Je cligne des yeux et mes larmes coulent. Mon M. Cinquante Nuances, mon homme. Je l'aime tellement et je ne trouve qu'une chose à dire lorsque le raz de marée d'émotions me percute : « Oui. »

Il sourit, soulagé, et fait lentement glisser la bague sur mon doigt. C'est un superbe diamant ovale sur un anneau en platine. *Waouh, c'est gros.* Gros et pourtant simple. Étonnant de simplicité.

— Oh, Christian.

Je sanglote, soudain submergée par la joie. Je m'agenouille face à lui, mes doigts dans ses cheveux, et je l'embrasse, je l'embrasse de tout mon cœur et de toute mon âme. J'embrasse cet homme magnifique qui m'aime autant que je l'aime ; et il me prend dans ses bras, ses mains montent vers mes cheveux, sa bouche se pose sur la mienne. Je sais au plus profond de moi que je serai toujours à lui et qu'il sera toujours à moi. Nous sommes allés si loin tous les deux. Nous avons encore du chemin à parcourir, certes, mais nous sommes faits l'un pour l'autre. Il devait en être ainsi.

L'extrémité de la cigarette luit dans l'obscurité lorsqu'il tire dessus. L'homme souffle la fumée et la longue expiration finit en deux ronds pâles qui se dissolvent devant lui, tels deux fantômes dans le clair de lune. Il se tortille sur son siège, agacé, et avale une gorgée de bourbon d'une bouteille empaquetée dans du papier marron miteux avant de la reposer entre ses cuisses.

Il n'arrive pas à croire qu'il est encore sur la piste. Sa bouche se tord en un rictus sardonique. Le coup de l'hélicoptère a été un acte irréfléchi et audacieux. Une des choses les plus excitantes qu'il ait jamais faites dans sa vie. Mais ça n'a servi à rien. Il lève les yeux au ciel avec ironie. *Qui aurait cru que ce salopard savait vraiment piloter cette saleté ?*

Il ricane.

Ils l'ont sous-estimé. Si Grey a pensé une minute qu'il allait tranquillement pleurer sur son sort, ce connard n'y connaît vraiment rien.

Il en avait été de même toute sa vie. Les gens l'avaient toujours sous-estimé. Pour eux, c'était juste un type qui lisait des livres. Allez vous faire foutre ! Un homme avec une mémoire photographique qui lit des livres. Oh, tout ce qu'il a appris, tout ce qu'il sait. Il ricane encore une fois. *Ouais, à ton sujet, Grey. Tout ce que je sais sur toi.*

Pas mal pour un gamin sorti du caniveau de Detroit.

Pas mal pour le gamin qui a gagné une bourse à Princeton.

Pas mal pour le gamin qui a bossé comme un malade à la fac et qui est entré dans le monde de l'édition.

Maintenant tout ça est foutu. Foutu à cause de ce Grey et de sa petite salope. Il lance un regard noir vers la maison comme si elle incarnait tout ce qu'il méprise. Mais il n'y a rien à faire. Il n'y a eu qu'un seul drame ce soir et ç'a été cette poule blonde à talons, toute sapée de noir, qui a descendu l'allée en titubant et en larmes avant de grimper dans la CLK blanche et de se casser.

Il émet un petit rire sans joie, puis grimace. Merde, ses côtes. Encore endolories après la dérouillée que l'homme de main de Grey lui a administrée.

Il se rejoue la scène dans la tête. *Tu touches encore une fois à Mlle Steele, connard, je te bute.*

Ce salopard aura aussi son compte. Ouais, il aura ce qu'il mérite.

L'homme se réinstalle sur son siège. *Il semble que la nuit va être longue*. Il restera là, à surveiller. Il attendra. Il tire une nouvelle fois sur sa Marlboro. Sa chance viendra. Bientôt.

Remerciements

Je dois énormément à Sarah, Kay et Jada. Merci pour tout ce que vous avez fait pour moi.

Aussi, d'ÉNORMES remerciements à Kathleen et Kristi, qui m'ont remplacée au pied levé et ont tout réglé.

Merci aussi à Niall, mon mari, mon amoureux et mon meilleur ami (la plupart du temps).

Et une grande ovation à toutes les merveilleuses, merveilleuses femmes du monde entier que j'ai eu le plaisir de rencontrer depuis que j'ai commencé cette aventure et que je considère à présent comme des amies, à savoir : Ale, Alex, Amy, Andrea, Angela, Azucena, Babs, Bee, Belinda, Betsy, Brandy, Britt, Caroline, Catherine, Dawn, Gwen, Hannah, Janet, Jen, Jenn, Jill, Kathy, Katie, Kellie, Kelly, Liz, Mandy, Margaret, Natalia, Nicole, Nora, Olga, Pam, Pauline, Raina, Raizie, Rajka, Rhian, Ruth, Steph, Susi, Tasha, Taylor et Una. Et aussi aux nombreuses femmes talentueuses, drôles et chaleureuses (et aux hommes aussi) que j'ai rencontrées en ligne. Vous saurez vous reconnaître.

Merci à Morgan et Jenn pour tout ce qui concerne le Heathman.

Et enfin, merci à Janine, mon éditrice. Tu assures !

Un extrait de

CINQUANTE NUANCES PLUS SOMBRES par Christian

Traduit de l'anglais par Denyse Beaulieu

BONUS

JEUDI 9 JUIN 2011

Assis dans la voiture, j'attends, le cœur battant. Il est 17 h 36 et je fixe la porte d'entrée de son immeuble à travers la vitre teintée de mon Audi. Je suis en avance, je sais, mais toute la journée, j'ai attendu ce moment avec impatience.

Je vais la revoir.

Je change de position sur la banquette arrière. L'atmosphère est oppressante. Même si j'essaie de rester calme, j'étouffe et j'ai l'estomac noué par l'impatience et l'anxiété. Dans le siège conducteur, Taylor regarde droit devant lui, muet, imperturbable comme toujours, alors que j'arrive à peine à respirer. C'est agaçant.

Merde. Où est-elle ?

Elle est à l'intérieur… dans les bureaux de Seattle Independent Publishing. L'immeuble miteux, situé un peu en retrait du trottoir large et dégagé, aurait besoin d'être rénové : le nom de la société est gravé de travers sur le verre, et le revêtement dépoli des fenêtres s'écaille. La société qui se cache derrière ces portes closes pourrait aussi bien être une compagnie d'assurance ou un cabinet comptable ; leurs produits ne sont pas exposés. Il faudra revoir tout ça quand je prendrai le contrôle de la boîte. SIP m'appartient. Presque. J'ai déjà signé le protocole d'accord.

Taylor se racle la gorge, et croise mon regard dans le rétroviseur.

— Je vais attendre dehors, monsieur.

Avant que je puisse le retenir, il sort de la voiture.

Sa remarque me surprend. Peut-être est-il plus affecté par ma tension que je ne le croyais. C'est aussi flagrant que ça ? Il est peut-être tendu, lui aussi. Mais pourquoi ? Cela dit, depuis une semaine, il supporte mes sautes d'humeur, et je me doute bien que ça n'a pas dû être facile.

Mais aujourd'hui, c'est différent. J'ai bon espoir. Depuis qu'elle m'a quitté, c'est ma première journée productive, c'est du moins mon impression. L'optimisme m'a porté d'une réunion à l'autre ; seul mon besoin constant de consulter l'heure a gâché mon enthousiasme. Dix heures avant de la revoir. Neuf. Huit. Sept... Ma patience a été rudement mise à l'épreuve par l'horloge qui, à chaque tic-tac, me rapprochait de mes retrouvailles avec Mlle Anastasia Steele.

Et maintenant que je suis assis là, tout seul, à l'attendre, ma détermination et mon assurance sont en train de s'évanouir.

Elle a peut-être changé d'avis.

Est-ce que ce sont vraiment des retrouvailles ? Ou ne suis-je qu'un moyen de transport pour aller à Portland ?

Je consulte à nouveau ma montre.

17 h 38.

Et merde. Pourquoi le temps passe-t-il aussi lentement ?

Un instant, j'envisage de lui envoyer un mail pour la prévenir que je suis là, mais alors que je fouille mes poches pour prendre mon téléphone, je me rends compte que je ne veux pas quitter la porte des yeux. Je me cale dans mon siège pour me remémorer ses derniers mails. Je les connais par cœur ; ils sont amicaux et concis, mais aucun ne laisse supposer que je lui ai manqué.

Je ne suis peut-être qu'un moyen de transport, en effet.

Écartant cette idée, je fixe l'entrée, comme pour la forcer à apparaître.

Anastasia Steele, je t'attends.

La porte s'ouvre et mon cœur s'emballe. Puis se serre. Ce n'est pas elle.

Putain.

Elle m'a toujours fait attendre. Mes lèvres esquissent un sourire sans humour : je l'ai attendue chez Clayton's, au Heathman après la séance photo, et encore lorsque je lui ai envoyé les livres de Thomas Hardy.

Tess...

Je me demande si elle les a encore. Elle voulait me les rendre ; elle voulait en faire don à une ONG.

« Je ne veux rien qui puisse te rappeler à mon souvenir. »

L'image du départ d'Ana, de son visage triste et pâle, dévasté par la douleur et la confusion, me revient en mémoire. Ce souvenir est malvenu. Pénible.

C'est moi qui l'ai rendue malheureuse à ce point. Je suis allé trop loin, trop vite. Et je m'en veux. Depuis qu'elle est partie, le désespoir est devenu mon meilleur ami. Je ferme les yeux pour essayer de retrouver mon calme, mais ma peur la plus profonde, la plus sombre, ressurgit. Elle a rencontré quelqu'un. Elle partage son petit lit blanc et son beau corps avec un connard quelconque.

Et merde. Reste positif, Grey.

N'y pense pas. Tout n'est pas perdu. Tu vas bientôt la revoir. Tu as mis au point ton plan. Tu vas la reconquérir. Rouvrant les yeux, je fixe la porte d'entrée à travers les vitres teintées de l'Audi, qui reflètent désormais mon humeur. D'autres personnes sortent de l'immeuble. Toujours pas d'Ana.

Où est-elle ?

Dehors, Taylor fait les cent pas en surveillant la porte. Ma foi, il a l'air aussi nerveux que moi. *Qu'est-ce qu'il en a à foutre ?*

Ma montre indique 17 h 43. Elle va sortir d'un instant à l'autre. J'inspire profondément et je tire sur mes manches, puis je tente de rajuster ma cravate, avant de me rappeler que je n'en porte pas. *Bordel.* Je passe la main dans mes cheveux comme pour chasser mes doutes, mais ils continuent de me hanter. *Je ne suis qu'un moyen de transport pour elle, c'est ça ? Est-ce que je lui ai manqué ? Est-ce qu'elle va me reprendre ? A-t-elle quelqu'un d'autre ?* Je n'en ai aucune idée. C'est encore plus pénible que de l'attendre au Marble Bar. L'ironie de la situation ne m'échappe pas. À l'époque, je m'imaginais que c'était là l'accord le plus important que je négocierais avec elle. Je fronce les sourcils – la négociation ne s'est pas passée comme prévu. Avec Mlle Anastasia Steele, rien ne se passe jamais comme prévu. La panique me noue l'estomac à nouveau. Aujourd'hui, je négocie un accord bien plus important.

Je veux qu'elle me revienne.

Elle m'a dit qu'elle m'aimait...

Mon rythme cardiaque s'affole tandis que l'adrénaline m'inonde le corps.

Non. Non. Ne pense pas à ça. Impossible qu'elle éprouve de l'amour pour toi. Calme-toi, Grey. Concentre-toi.

Quand je jette un nouveau coup d'œil vers l'entrée de Seattle Independent Publishing, elle est là. Elle avance vers moi.

Bordel.

Ana.

Le choc vide d'un coup l'air de mes poumons comme si j'avais reçu un coup de pied au plexus. Sous une veste noire, elle porte l'une de mes robes préférées, la violette, et des bottes noires à talons hauts. Ses cheveux, flamboyants dans le soleil de fin de journée, ondulent dans la brise à chaque pas. Mais ce ne sont ni ses vêtements, ni ses cheveux qui retiennent mon regard. Son visage est presque transparent. Elle a les yeux cernés, et elle a maigri.

Maigri.

La douleur et la culpabilité me transpercent le cœur.

Bon sang.

Elle aussi, elle a souffert.

Mon inquiétude se transforme en colère.

Non. En fureur.

Elle ne mange plus. Elle a perdu, quoi, deux ou trois kilos au cours des derniers jours ? Elle se retourne vers un type qui sort derrière elle, et qui lui adresse un grand sourire. Il est beau mec, ce con, et il le sait. *Enculé.* Leur échange désinvolte ne fait qu'attiser ma rage. Il l'observe avec une expertise non dissimulée tandis qu'elle marche vers la voiture, et mon courroux augmente à chacun de ses pas.

Taylor lui ouvre la portière et lui offre sa main pour l'aider à monter. Soudain, elle est assise à côté de moi.

— Quand as-tu mangé pour la dernière fois ?

J'ai aboyé, en luttant pour garder mon sang-froid. Ses yeux bleus me dévisagent, me démasquent, me mettent à nu, me laissant aussi à vif que la première fois que je l'ai rencontrée.

— Bonjour, Christian. Moi aussi, je suis contente de te voir.

Elle se moque de moi ?

— Ne fais pas ta maligne. Réponds-moi.

Comme elle fixe ses mains posées sur ses genoux, je ne sais pas ce qu'elle pense. Puis elle me sort une excuse tordue : elle aurait mangé un yaourt et une banane.

Ça, ce n'est pas manger !

Je lutte pour contenir ma colère, avant de revenir à la charge :

— À quand remonte ton dernier vrai repas ?

Mais elle se tourne vers la vitre sans répondre. Taylor démarre, et Ana salue de la main le connard qui est sorti derrière elle.

— Qui est-ce ?

— Mon patron.

Alors, Jack Hyde, c'est lui. Je me rappelle son dossier, que j'ai parcouru ce matin : né à Detroit, boursier à Princeton, a gravi les échelons d'une maison d'édition à New York, n'est jamais resté plus de quelques années au même poste, passant d'une ville à l'autre. Il n'a jamais gardé une assistante plus de trois mois. Il est sur ma liste de surveillance, et Welch est en train d'enquêter sur lui.

Concentre-toi sur la question qui t'occupe, Grey.

— Et alors ? Ton dernier repas ?

— Christian, ça ne te regarde vraiment pas, murmure-t-elle.

Et je suis en chute libre.

Je ne suis qu'un moyen de transport.

— Tout ce que tu fais me regarde. Dis-moi.

Ne fais pas une croix sur moi, Anastasia. S'il te plaît.

Elle pousse un soupir exaspéré et lève les yeux au ciel, juste pour m'énerver. J'aperçois une ébauche de sourire au coin de sa bouche. Elle se retient de rire. Elle se retient de rire de moi. Après toute cette souffrance, c'est si rafraîchissant que ma colère retombe. C'est tellement Ana. Je me prends à l'imiter, et je tente de dissimiler mon sourire.

— Alors ? je reprends beaucoup plus doucement.

— *Pasta alle vongole,* vendredi dernier, répond-elle avec une petite voix.

Bordel de merde, elle n'a pas mangé depuis notre dernier repas ensemble ! J'ai envie de l'allonger sur mes genoux, là, tout de suite, sur la banquette arrière du 4 × 4… Mais je sais que je ne dois plus jamais la toucher comme ça.

Qu'est-ce que je vais faire d'elle ?

Elle baisse les yeux pour examiner ses mains. Son visage est encore plus pâle et plus triste. Je la dévore des yeux en me demandant quoi faire. Une émotion malvenue s'épanouit dans mon cœur, et menace de me submerger. Je la chasse de mon esprit pour contempler Ana : à l'évidence, ma pire crainte est infondée. Je sais qu'elle n'est pas allée se soûler pour tomber dans les bras d'un autre. Rien qu'à la voir, je suis convaincu qu'elle est restée seule, blottie dans son lit, à pleurer toutes les larmes de son corps. Cette pensée me réconforte et me fait mal en même temps. Je suis responsable de sa douleur.

Moi.

Je suis un monstre. C'est moi qui lui ai infligé cette souffrance. Comment la reconquérir après ça ?

— Je vois, je marmonne en tentant de réprimer mes émotions. Tu as l'air d'avoir perdu au moins deux kilos, peut-être plus. Je t'en prie, Anastasia, il faut que tu manges.

Je me sens impuissant. Que puis-je dire d'autre à cette jeune femme, si précieuse à mes yeux, pour la convaincre de manger ?

Comme elle ne me regarde pas, je peux contempler son profil. Elle est aussi délicate, pure et belle que dans mes souvenirs. J'ai envie de lui caresser la joue. De sentir la douceur de sa peau... de m'assurer qu'elle est vraiment là. Je me tourne vers elle, je meurs d'envie de la toucher.

— Comment vas-tu ? lui dis-je, juste pour entendre sa voix.

— Si je te disais que je vais bien, je te mentirais.

Et merde. J'avais raison. Elle souffre… et c'est ma faute. Mais ses paroles me redonnent un peu d'espoir. Je lui ai peut-être manqué. Non ? Je m'accroche désespérément à cette pensée.

— Tu me manques aussi, dis-je.

Je lui prends la main, parce que je ne peux pas vivre une minute de plus sans la toucher. Elle est minuscule et glacée dans la chaleur des miennes.

— Christian. Je...

Elle se tait, mais elle ne retire pas sa main.

— Ana, je t'en prie. Il faut qu'on parle.

— Christian. Je... s'il te plaît... J'ai tellement pleuré, chuchote-t-elle, et le fait de la voir retenir ses larmes transperce ce qui me reste de cœur.

— Oh, bébé, non.

Je l'attire vers moi et, sans lui laisser le temps de protester, je la soulève pour l'asseoir sur mes genoux et l'enlacer de mes bras.

Ah, la sentir contre moi.

Elle est trop légère, trop fragile, et j'ai envie de crier de frustration. Au lieu de ça, j'enfouis mon nez dans ses cheveux, submergé par son enivrante odeur. Elle me rappelle des jours heureux. Un verger en automne. Des rires à la maison. Des yeux qui brillent, pleins d'humour, de malice... de désir. Ma douce, douce Ana.

Mon Ana à moi.

Au début, elle se raidit et résiste, mais elle finit par se détendre et pose la tête sur mon épaule. Je m'enhardis, je ferme les yeux et me risque à embrasser ses cheveux. Elle ne se débat pas. Je suis soulagé. J'ai tant rêvé de cette femme. Mais je dois rester prudent. Il ne faut pas la faire fuir à nouveau. Je la serre dans mes bras, en savourant la sensation de son corps contre le mien, la sérénité de cet instant.

Malheureusement, cet interlude est de courte durée – Taylor a atteint l'héliport du centre-ville de Seattle en un temps record. À contrecœur, je la soulève pour la poser sur le siège.

— Viens, nous y sommes.

Des yeux perplexes interrogent les miens. Je lui explique :

— L'hélistation se trouve au sommet de l'immeuble.

Comment s'imaginait-elle qu'on se rendrait à Portland ? En voiture, ça prendrait presque trois heures. Taylor lui ouvre la portière et je sors de mon côté.

— Je dois vous rendre votre mouchoir, dit-elle à Taylor avec un sourire timide.

— Gardez-le, mademoiselle Steele, avec mes meilleurs vœux.

Mais à quoi ils jouent, tous les deux ? Je l'interromps :

— 21 heures ? dis-je, pour lui rappeler l'heure où il doit nous récupérer à Portland, mais surtout pour l'empêcher de parler à Ana.

— Oui, monsieur, répond-il posément.

Bas les pattes. Elle est à moi. Les mouchoirs, c'est mon boulot. Pas le tien.

Tout à coup, je la revois en train de vomir par terre pendant que je lui tiens les cheveux. Je lui avais donné mon mouchoir. Et puis, la nuit qui a suivi, quand je l'ai regardée dormir à côté de moi.

Arrête. Ne pense pas à ça, Grey.

Je lui prends la main – elle est encore bien froide – pour entrer dans l'immeuble. Devant l'ascenseur, je me rappelle notre rencontre au Heathman. Notre premier baiser.

Cette pensée réveille mes sens.

La porte de l'ascenseur s'ouvre et, à regret, je lâche la main d'Ana pour la laisser passer.

La cabine est exiguë. Nous ne nous touchons plus, mais je la sens. Tout entière. Ici.

Maintenant.

Putain. Je déglutis.

Est-ce parce qu'elle est toute proche ? Ses yeux assombris se lèvent vers les miens.

Ah, Ana.

Sa proximité m'excite. Elle inspire brusquement et fixe le sol.

— Moi aussi, ça me fait de l'effet, je chuchote.

Je prends à nouveau sa main et je caresse ses doigts. Elle renverse la tête pour me regarder. Ses yeux bleus insondables s'embrument de désir.

Bordel. Qu'est-ce que j'ai envie d'elle.

Elle se mordille la lèvre.

— S'il te plaît, ne te mordille pas la lèvre, Anastasia.

Ma voix est rauque de désir. Est-ce que ce sera toujours comme ça, avec elle ? J'ai envie de l'embrasser, de la plaquer contre le mur de la cabine comme je l'ai fait lors de notre premier baiser. J'ai envie de la prendre, pour qu'elle m'appartienne à nouveau. Elle bat des paupières, les lèvres légèrement entrouvertes, et je gémis. Comment s'y prend-elle, pour me faire dérailler d'un seul regard ? Je suis habitué à tout contrôler – et là, je suis pratiquement en train de saliver, juste parce qu'elle enfonce ses dents dans sa lèvre.

— Tu sais ce que ça me fait, je murmure.

Là, maintenant, bébé, j'ai envie de te baiser dans cet ascenseur, mais je pense que tu m'en empêcheras.

Quand la porte de l'ascenseur s'ouvre, une bouffée d'air frais me ramène à l'instant présent. Nous sommes sur le toit de l'immeuble, et même s'il a fait doux aujourd'hui, le vent s'est levé. Anastasia grelotte. Je l'enlace et elle se blottit contre moi. Elle est si frêle que son corps menu tient parfaitement sous mon bras.

Tu vois ? On va tellement bien ensemble, Ana.

Nous nous dirigeons vers *Charlie Tango*. Les pales du rotor tournent doucement – il est paré au décollage. Stephan, mon pilote, nous rejoint en courant. Nous nous serrons la main ; Anastasia est toujours calée sous mon bras.

— Prêt à décoller, monsieur. Il est à vous ! rugit-il par-dessus le vacarme du moteur.

— Tous les contrôles ont été effectués ?

— Oui, monsieur.

— Vous viendrez le chercher vers 20 h 30 ?

— Oui, monsieur.

— Taylor vous attend devant l'immeuble.

— Merci, monsieur Grey. Bon vol jusqu'à Portland. Madame...

Il salue Anastasia et se dirige vers l'ascenseur. Nous nous penchons pour passer sous les pales et j'ouvre la porte, en prenant sa main pour l'aider à monter à bord.

Lorsque je l'attache à son siège, elle inspire brusquement. Ce bruit résonne jusque dans mon entrejambe.

Je serre les sangles au maximum en tâchant d'ignorer les réactions de mon corps.

— Attachée comme ça, tu ne devrais pas pouvoir bouger, je marmonne. Je dois avouer que ce harnais te va bien. Ne touche à rien.

Elle rougit. Enfin, un peu de couleur sur son visage pâle – je n'y résiste pas. Je fais courir mon index sur sa joue pour suivre la ligne de sa rougeur.

Bon sang, qu'est-ce que j'ai envie de cette femme.

Elle se renfrogne, et je sais que c'est parce qu'elle ne peut pas bouger. Je lui tends un casque avant de m'installer dans mon siège et de boucler mon harnais.

Je procède aux contrôles avant le décollage. Tous les voyants sont verts. Je tire sur la commande des gaz, j'entre le code du transpondeur, et je m'assure que les feux anticollision sont bien allumés. Tout est en règle. Je mets mon casque, j'allume les radios, et je vérifie la vitesse du rotor.

Lorsque je me tourne vers Ana, je constate qu'elle m'observe avec attention.

— Prête, bébé ?

— Oui.

Elle est visiblement ravie, elle écarquille les yeux. Je ne parviens pas à réprimer un sourire avide tandis que je contacte la tour de contrôle.

Une fois l'autorisation de décollage reçue, je vérifie la température de l'huile et le niveau des jauges. Tout est normal. J'augmente le collectif, et *Charlie Tango*, tel un oiseau élégant, s'élève en douceur dans les airs.

Qu'est-ce que j'adore faire ça !

Plus nous prenons de l'altitude, plus je gagne en assurance. Je jette un coup d'œil à Mlle Steele.

Il est temps de l'éblouir. *Le spectacle commence, Grey.*

— Nous avons déjà chassé l'aube, Anastasia. Ce soir, nous chasserons le crépuscule.

Le sourire timide qui illumine son visage est une vraie récompense. Son expression me redonne espoir. Elle est là, avec moi, alors que je la croyais perdue. Elle a l'air de s'amuser et paraît de meilleure humeur que tout à l'heure. Je ne suis peut-être qu'un moyen de transport, mais je vais essayer de profiter de chaque minute de ce vol.

Le Dr Flynn serait fière de moi.

Je suis dans l'instant présent. Et je suis optimiste.

Je vais y arriver. Je peux la reconquérir.

Chaque chose en son temps, Grey. Ne brûle pas les étapes.

— En plus du soleil couchant, il y a beaucoup plus de choses à voir, cette fois-ci, lui dis-je. L'Escala, c'est par là. Et là, c'est Boeing… On distingue tout juste le Space Needle.

Toujours aussi curieuse, elle tend son cou mince pour distinguer la tour.

— Je n'y suis jamais allée.

— Je t'y emmènerai. On pourra y dîner.

— Christian, nous avons rompu, s'exclame-t-elle, consternée.

Ce n'est pas ce que je veux entendre, mais j'essaie de ne pas m'énerver.

— Je sais. Je peux quand même t'y emmener. Et te nourrir.

Je lui adresse un regard appuyé et ses joues prennent une ravissante teinte rose pâle.

— La vue est très belle, d'ici. Merci, dit-elle.

Je note qu'elle a changé de sujet.

— Impressionnant, n'est-ce pas ?

Jamais je ne me lasserai de cette vue.

— Impressionnant que tu saches piloter.

Son compliment m'étonne. Je la taquine :

— Vous me flattez, mademoiselle Steele ? Mais je possède de nombreux talents.

— J'en suis tout à fait consciente, monsieur Grey, réplique-t-elle d'un ton acide.

J'imagine sans peine ce à quoi elle fait allusion. Je ravale un ricanement. Voilà ce qui m'a le plus manqué : cette impertinence qui me désarme à tous les coups.

Continue à la faire parler, Grey.

— Comment se passe ton nouveau boulot ?

— Bien, merci. Intéressant.

— Et ton patron, il est comment ?

— Oh, ça va.

Elle n'a pas l'air très enthousiasmée par Jack Hyde, et un frisson d'appréhension me parcourt. A-t-il tenté quelque chose avec elle ?

— Qu'est-ce qui ne va pas ?

Je veux savoir… Est-ce que ce connard a eu un comportement déplacé ? Si c'est le cas, je le vire aussi sec.

— À part ce qui me semble évident, rien.

— Ce qui est évident ?

— Oh, Christian, qu'est-ce que tu peux être obtus, parfois.

— Obtus ? Moi ? Je ne suis pas certain d'apprécier votre ton, mademoiselle Steele.

— Eh bien, c'est comme ça, lance-t-elle, assez fière d'elle-même.

Je souris. J'aime bien quand elle se moque de moi. Rien qu'avec un regard ou un sourire, elle peut me donner l'impression de faire un mètre, ou six… et c'est rafraîchissant, car je n'ai jamais rien vécu de semblable.

— Ton insolence m'a manqué, Anastasia.

Tout à coup, je l'imagine à genoux devant moi. Je me tortille sur mon siège.

Merde. Concentre-toi, Grey, pour l'amour du ciel. Elle détourne les yeux en dissimulant un sourire, et regarde les banlieues qui défilent sous l'appareil tandis que je vérifie le cap. Tout va bien. Nous sommes sur la voie de Portland.

Elle se tait. De temps en temps, je l'observe à la dérobée. La curiosité et l'émerveillement illuminent ses traits tandis qu'elle contemple le paysage et le ciel d'opale. Malgré sa pâleur et ses yeux cernés – qui témoignent des souffrances que je lui ai infligées –, elle est belle à tomber. Comment ai-je pu la laisser sortir de ma vie ? Qu'avais-je dans la tête ?

Tandis que nous filons au-dessus des nuages dans notre petite bulle, tout en haut dans le ciel, mon optimisme augmente et les tourments de la semaine passée s'éloignent. Maintenant qu'elle est ici, avec moi, je me détends peu à peu, savourant une sérénité que je n'ai pas éprouvée depuis qu'elle m'a quitté.

Mais, à mesure que nous approchons de notre destination, mon assurance faiblit. Mon Dieu, j'espère que mon plan va réussir. Il faut que je l'emmène dans un endroit où nous serons en tête à tête. Je dois l'inviter à dîner. *Putain*. J'aurais dû réserver une table quelque part.

Il faut qu'elle mange. Si je l'emmène dîner, il ne me restera plus qu'à trouver les bons mots. Ces derniers jours m'ont appris que j'avais besoin d'être avec quelqu'un... que j'avais besoin d'elle. Je la veux. Et elle, est-ce qu'elle voudra de moi ? Vais-je pouvoir la convaincre de m'accorder une deuxième chance ?

Chaque chose en son temps, Grey... vas-y mollo. Ne lui fais pas peur.

Quinze minutes plus tard, nous atterrissons sur l'unique hélistation de Portland. Tandis que je coupe le moteur et que j'éteins le transpondeur, le carburant et les radios, l'incertitude qui me taraude depuis que j'ai décidé de la reconquérir refait surface. Il faut que je lui dise ce que j'éprouve, et ça va être difficile. Parce que je ne comprends pas ce que j'éprouve pour elle. Je sais qu'elle m'a manqué, que j'ai été malheureux sans elle et que je suis prêt à tenter de vivre avec elle le genre d'histoire dont elle a envie. Mais est-ce que ça lui suffira ? Est-ce que ça me suffira, à moi ?

L'avenir le dira, Grey.

Après avoir débouclé mon harnais, je me penche vers elle pour détacher le sien et perçois son doux parfum. Elle sent bon. Elle sent toujours bon. Elle me lance un coup d'œil furtif, comme si une pensée déplacée lui venait à l'esprit. Comme toujours, j'aimerais bien savoir ce qu'elle pense.

— Vous avez fait bon voyage, mademoiselle Steele ? je lui demande, en ignorant son regard.

— Oui, merci, monsieur Grey.

— Eh bien, allons voir les photos de ce jeune homme.

J'ouvre la porte, je descends d'un bond et je lui tends la main.

Nous sommes accueillis par Joe, le gérant de l'hélistation. C'est un ancien, un vétéran de la guerre de Corée, mais il reste aussi fringant qu'un quinquagénaire. Ses yeux perçants ne ratent rien. Ils s'éclairent lorsqu'il me sourit.

— Joe, gardez bien l'hélico pour Stephan. Il sera là autour de 20 ou 21 heures.

— Je n'y manquerai pas, monsieur Grey. Madame. Votre voiture vous attend en bas, monsieur. Oh, et l'ascenseur est hors service ; il va vous falloir emprunter l'escalier.

— Merci, Joe.

Alors que nous nous dirigeons vers l'escalier de secours, j'avise les talons hauts d'Anastasia et me rappelle sa chute maladroite dans mon bureau.

— Avec ces talons, heureusement qu'il n'y a que trois étages.

Je réprime un sourire.

— Tu n'aimes pas mes bottes ? me demande-t-elle en baissant les yeux vers ses pieds.

D'un coup, je me prends à imaginer ces bottes accrochées à mes épaules.

— Je les aime beaucoup, Anastasia, je marmonne, en espérant parvenir à masquer mes pensées lascives. Viens. On va y aller doucement. Je n'ai aucune envie que tu te rompes le cou en tombant.

Tandis que je l'enlace par la taille, je me félicite de cette panne d'ascenseur, qui m'offre une bonne excuse pour la tenir dans mes bras. Je l'attire contre moi et nous descendons l'escalier ensemble.

Dans la voiture, plus nous approchons de la galerie, plus mon angoisse augmente. Nous allons assister au vernissage de son soi-disant ami. Du type qui, la dernière fois, essayait de lui fourrer sa langue dans la bouche. Ils se sont peut-être parlé au cours des derniers jours ; ils ont peut-être hâte de se retrouver.

Putain. Ça, je ne l'avais pas encore envisagé. J'espère que je me trompe.

— José est juste un ami, dit doucement Ana.

Quoi ? Elle lit dans mes pensées ? Je suis aussi transparent que ça ? Depuis quand ?

Depuis qu'elle m'a dépouillé de mon armure. Depuis que j'ai découvert que j'avais besoin d'elle.

Quand elle me fixe, j'ai l'estomac noué.

— Ces beaux yeux te mangent le visage, Anastasia. Je t'en prie, promets-moi de te nourrir.

— Oui, Christian, je vais me nourrir, réplique-t-elle, agacée.

— Je ne plaisante pas.

— Vraiment ?

Son ton est sarcastique. Et j'ai failli rester sans rien faire. Il est temps de me déclarer.

— Je ne veux pas me disputer avec toi, Anastasia. Je voudrais que tu me reviennes, et que tu me reviennes en bonne santé.

— Mais rien n'a changé, dit-elle en fronçant les sourcils.

Si, Ana. Tout a changé. Je suis complètement chamboulé. Nous nous rangeons devant la galerie. Je n'aurai pas le temps de m'expliquer avant le vernissage.

— Nous en reparlerons sur le chemin du retour. On est arrivés.

Avant qu'elle puisse répondre que ça ne l'intéresse pas, je sors de la voiture, pour lui ouvrir la portière. Elle en descend, visiblement furieuse.

— Pourquoi fais-tu cela ?

— Quoi donc ?

Et merde. Quoi encore ?

— Tu commences à me dire quelque chose, et puis tu t'arrêtes.

C'est tout ? C'est pour ça que tu es en colère ?

— Anastasia, on est arrivés. C'est toi qui as voulu venir. Alors on y va. On parlera après. Je ne tiens pas particulièrement à me donner en spectacle en pleine rue.

Elle pince les lèvres et, avec une moue boudeuse, lâche un « d'accord » à contrecœur.

Je lui prends la main pour l'entraîner dans la galerie. Elle presse le pas derrière moi.

LE TOURNAGE

C'est un immense privilège que de voir ses mots et ses pensées prendre vie dans un film ; c'est un privilège encore plus grand que d'y participer personnellement. Le tournage de *Cinquante Nuances plus sombres* et de *Cinquante Nuances plus claires* fut une expérience inoubliable. Ce fut une joie de travailler avec quelqu'un comme James Foley, un réalisateur chevronné qui a totalement adhéré au texte et qui s'est donné pour mission de l'adapter à l'écran aussi fidèlement que possible. Son enthousiasme contagieux nous a portés tout au long de six mois de tournage éprouvant (!) qui nous a menés de l'hiver froid et humide de Vancouver au soleil torride de la Côte d'Azur.

L'un des plus précieux talents de James Foley, c'est son aptitude à réunir une équipe d'hommes et de femmes extraordinaires, aussi enthousiasmés que lui par le projet. Le directeur de la photographie John Schwartzman et son équipe, le chef décorateur Nelson Coates et ses collaborateurs, la chef costumière Shay Cunliffe et son atelier – tous ont réalisé un travail magnifique. Ces films sont superbes : riches, élégants, érotiques.

Comme je l'ai souvent répété durant ce processus, « il faut un village pour faire un film », et il me faudrait un chapitre entier pour nommer tous ceux qui y ont participé. De l'équipe d'Universal Studios aux services traiteur en passant par les assistants de production, l'équipe et les acteurs ont tous été merveilleux, et je suis reconnaissante à chacun d'entre eux.

Pour conclure ces mots d'éloge, je remercie tout particulièrement les acteurs principaux, Dakota Johnson et Jamie Dorman, qui ont eu le courage d'accepter des rôles exigeants, dans un récit destiné à un public féminin trop souvent négligé ou ignoré de nos jours.

C'est à ces fans que je dédie ces photos (certaines sont floues, pardon !). Elles sont pour vous.

E L
Décembre 2016

Nous avons tourné cette scène du film par une journée de printemps très fraîche. Il pleuvait des cordes (ce qui est inhabituel à Vancouver — non, je plaisante !), mais le ciel a fini par se dégager et, avec ses cerisiers en fleurs, la ville où j'ai vécu pendant six mois était superbe. Ici, Anastasia Steele — incarnée par Dakota Johnson — est assise sur le banc d'un parc durant sa pause déjeuner et lit un manuscrit de SIP, l'éditeur qui vient de l'embaucher. Solitaire, car Christian lui manque, elle se plonge dans le travail. Sur cette photo, en plus de Dakota, on aperçoit Tony Wyman, notre perchiste, et Paul Barry, notre premier assistant réalisateur.

Le service artistique de ce projet a été exceptionnel. Le chef décorateur Cal Loucks et son équipe, ainsi que le chef accessoiriste David Dowling et ses collaborateurs, ont mis le paquet pour le bureau de Jack Hyde. L'attention de ces professionnels pour les moindres détails m'a beaucoup impressionnée durant tout le tournage. Le bureau de Jack est un vrai bazar, jonché de piles de manuscrits et de gadgets, avec lesquels le personnage joue alors qu'il devrait travailler. Ces petites touches nous permettent de mieux comprendre le caractère de Jack et enrichissent la facture et le récit du film.

La scène dans la galerie de Portland était un passage essentiel du livre, et j'ai été ravie que nous réussissions à lui donner vie à l'écran. José Rodriguez, l'ami d'Ana, l'a invitée au vernissage de sa première exposition. Stupéfaite, elle y découvre d'immenses portraits d'elle. Ces magnifiques photos de Dakota Johnson ont été réalisées par Doane Gregory, notre photographe de plateau, qui est également un artiste extrêmement talentueux. D'ailleurs, toutes les images exposées dans la galerie sont de lui, et son travail apparaît également plus tard dans le film, aux murs de l'appartement d'Anastasia et Kate à Seattle, ainsi que dans la villa des Grey.

En tant que productrice, j'ai pu assister au tournage de la plupart des scènes. Hélas, je ne me rappelle plus la remarque de Dakota à Jamie Dornan, qui joue Christian Grey, mais, la connaissant, j'imagine qu'elle devait être à la fois incongrue et tordante. Sur cette image, on voit également Spencer Louttit, notre assistant chef accessoiriste, ainsi qu'un illustre inconnu... Non, en fait, il s'agit de mon confrère producteur, Dana Brunetti.

C'est l'un de mes clichés préférés. Je me rappelle avoir observé l'action depuis la mezzanine, en attendant que Dakota lève les yeux entre deux prises. Lorsqu'elle l'a fait, j'ai saisi l'occasion — elle est ravissante. La scène se déroule dans le salon de beauté d'Elena Lincoln, Esclava. Aux côtés de Dakota Johnson et Jamie Dornan, il y a Ian Fox, caméraman (derrière la caméra, évidemment) ; Shelly Shaw, chef costumière de plateau ; Doane Gregory, photographe de plateau ; Lea Kovach, doublure de Dakota ; Paula Elle, figurante ; Rodrigo Carcamo Parga, deuxième assistant caméra ; Doug Lavender, premier assistant caméra ; Jack Cruickshank, machiniste travelling ; Tony Wyman, perchiste ; Jeffery Bjorgum, ingénieur retour vidéo ; et Michael Collins, l'un de nos assistants réalisateurs.

Moi, debout devant le siège du pouvoir – comme le dirait Christian Grey. Ce décor faisait partie du bureau de Christian Grey dans son appartement de l'Escala. Remarquez à quel point son espace de travail est aux antipodes de celui de Jack Hyde ; une fois de plus, les décorateurs ont enrichi le personnage de Christian à travers les détails de son environnement : le tableau austère sur le mur du fond, les couleurs neutres et froides, et le bureau obsessionnellement bien rangé d'un maniaque du contrôle.

Max Martini est un type formidable et un acteur merveilleux. D'un bout à l'autre du film, la présence taciturne de Taylor, le garde du corps stoïque qu'il incarne, laisse présager les risques et les dangers inhérents à la vie de Christian. Ici, il est assis dans la bibliothèque de Christian.

Notre « grutier » stagiaire, Jamie Dornan. À vrai dire, il vaut mieux qu'il s'en tienne au métier de comédien. Ce qu'on ne voit pas ici, c'est la grue et l'équipe qui la contrôle. Je crois qu'il fallait six personnes pour la manipuler. Lorsqu'on la déplaçait, plusieurs machinistes venaient donner un coup de main. Sur ce tournage, nous disposions de deux grues Technocrane, la plus petite montait jusqu'à dix mètres environ, et la plus grande pouvait aller beaucoup plus haut encore. Les machinistes étaient incroyables, et c'était très amusant de regarder la caméra descendre en piqué pour planer au-dessus des acteurs pendant les prises. Sur cette photo, notre machiniste travelling, Jack Cruickshank, surveille les manœuvres de Jamie.

Nelson Coates, notre chef décorateur, et Shay Cunliffe, notre chef costumière, ont sorti le grand jeu pour le bal masqué organisé par les Grey pour *Faire Face Ensemble*. Ce n'était pas comme ça que j'avais imaginé la scène en écrivant le livre, mais j'ai adoré tous les détails — du grand spectacle, fastueux et érotique. Voici, en avant-goût, la parure portée par la talentueuse Marcia Gay Harden, qui joue le Dr Grace Trevelyan-Grey. La mère de Christian était magnifique dans son costume de bal. Les choix du département des costumes pour les tenues des acteurs ont largement contribué au récit.

J'ai surpris un jour Jamie Dornan dans l'escalier de la villa des Grey, en train de contempler un portrait de sa famille fictive, spécialement réalisé pour le tournage. Cela m'a fait plaisir de voir la famille Grey prendre vie grâce à cinq personnalités chaleureuses, drôles et pleines de talent, parfaitement à l'aise toutes ensemble.

Entre les prises, pendant que les assistants mettent en place l'éclairage et l'équipement et que les ensembliers préparent les accessoires et les décors du plan suivant, les acteurs peuvent se détendre loin des caméras. Ici, dans l'appartement qu'Anastasia partage avec Kate, Dakota Johnson, Jamie Dornan et Bella Heathcote bavardent pendant que Max Martini consulte son téléphone. (Jamie mange, comme d'habitude... mais où est-ce qu'il met tout ça ?)

Parfois, les acteurs récupèrent avec une petite sieste réparatrice. Cela dit, Rita Ora, qui joue Mia, la sœur de Christian, n'en a pas besoin !

Par une journée d'été torride à Vancouver, nous avons tourné une séquence dramatique autour de *Charlie Tango*, l'hélicoptère de Christian. Les gros plans du cockpit ont été filmés devant un écran vert. Et pendant presque toute la journée, Jamie Dornan et Robinne Lee (qui joue Ros Bailey, la directrice générale de Christian) ont été coincés dans la minuscule cabine de l'hélicoptère. Il faisait tellement chaud que nous avons fait venir un camion de glaces — mais Jamie et Robinne, les pauvres, sont restés à rôtir dans le cockpit pendant que toute l'équipe se régalait... Est-ce que Jamie nous salue, ou est-ce qu'il nous supplie de le libérer ? Je ne sais plus.

Eric Johnson joue Jack Hyde, le patron d'Ana. Ici, il est en piteux état... Est-ce à cause de l'éternelle pluie de la côte nord-est du Pacifique, ou parce qu'il s'est bagarré ? La talentueuse Rosalina Da Silva, qui dirigeait l'équipe maquillage canadienne, l'a superbement amoché !

C'est l'histoire de deux Jamie. Le fait que notre acteur principal et notre réalisateur aient le même prénom risquait de donner lieu à toutes sortes de quiproquos durant le tournage… Donc, tandis que l'un conservait le droit de s'appeler Jamie, l'autre fut simplement appelé Foley — M. Foley pour les intimes. Ici, les deux Jamie partagent le canapé d'une Chambre que l'on n'a plus besoin de présenter.

Dans la piscine couverte des Grey, Christian offre enfin à Ana « des cœurs et des fleurs ». Le chef décorateur Nelson Coates a pris cette indication très à cœur (si l'on peut dire). Les piscines me font souvent froid dans le dos (ne me demandez pas pourquoi — sans doute à cause des bondes, des vannes et de cette eau qui bouillonne), et celle-ci n'a pas fait exception. Jusqu'à ce que Nelson la transforme... Elle est devenue tout simplement magique. À l'arrière-plan, on peut voir le chef opérateur Ian Fox et l'assistant réalisateur Paul Barry.